Prolog

Wie Öl sickert die Dunkelheit in seine Poren, füllt jede Zelle seines Körpers aus. Geräusche dringen nur gedämpft herein und heraus. Genau so soll es sein, ein Refugium fernab der Außenwelt. Eine Insel der Stille, ein Ort der Andacht. Krauss hört nur den eigenen Atem, das Rauschen des Blutes in seinen Ohren. Er hat den Raum eingerichtet, ihn sorgfältig isoliert, ihn vor neugierigen Blicken geschützt. Für ihn ist es kein normales Zimmer, sondern das Tor zu einer anderen Welt. Zu einer anderen Zeit, einem anderen Leben.

Krauss lässt die Dunkelheit einige Minuten auf sich wirken. Er kennt jeden Quadratzentimeter dieses Raums, hätte kein Licht gebraucht. Trotzdem nimmt er ein Streichholz aus der Schachtel, reißt es an und entzündet die beiden Kerzen auf der kleinen Kommode. Sie brennen ruhig. Krauss kniet sich hin. Er schließt die Augen, versucht sich zu konzentrieren. Es fällt ihm zunehmend schwerer. Zu viele Tote, zu viel Leid, zu große Schuld. Keine Erlösung. Er hofft auf Hanna, hofft, dass sie ihn diesmal befreien wird vom Elend seiner Existenz. Viermal schon hat sie ihn enttäuscht, und das hat viele Menschen das Leben gekostet. Einige, die es verdient, und einige, die es nicht verdient hatten. Krauss macht da kaum noch Unterschiede, weil die Grenzen ohnehin verschwimmen. Er führt einen Krieg, und der kennt keine Moral. Nur Sieger und Verlierer. Krauss steht auf beiden Seiten. Hanna soll für ihn entscheiden.

Er öffnet die Augen, sieht ihr direkt ins Gesicht. Sie lacht, hat den Kopf leicht auf die Seite gelegt. Ein paar Strähnen kräuseln sich dekorativ über ihre Wange. Dabei hat sie kaum auf ihr Äußeres geachtet, verabscheute Eitelkeit. Krauss mag dieses Foto am liebsten, weil es wirkt, als würde Hanna mit ihm reden. »Komm, hör jetzt auf, es reicht«, hat sie damals gesagt, weil er sie gar nicht oft genug fotografieren konnte. Spielerisch hatten sie um die Kamera gerangelt, bis er nachgab und sie ihn knipste, sich dabei kaputtlachte über seine albernen Posen. Die Bilder von sich hat er verbrannt, nur die von ihr behalten. Sie sind sein Schatz, seine Reliquien, und dieser Raum ist seine Kapelle. Krauss weiß, dass andere seine geistige Gesundheit anzweifeln würden, wüssten sie, was sich hier abspielt. Es kümmert ihn einen Dreck. Alles, was jemals zählte, war Hanna. Ohne sie ist er nichts, ohne sie ist alles nichts.

Er beugt sich vor, zieht die oberste Schublade der Kommode auf. Die Waffe liegt genauso dort, wie er sie zurückgelassen hat. Krauss nimmt den Revolver heraus, betrachtet ihn im Schein der Kerzen. Der 38er ist gedrungen, fast harmlos. Aber er tötet wie jedes andere Mordwerkzeug. Krauss hat es gesehen. Es war ihre Waffe gewesen, sie schätzte das Format, das in eine kleine Tasche passte. Krauss klappt die Trommel auf und hält den Revolver senkrecht. Eine Patrone fällt in seine aufgehaltene Hand. Krauss schließt die Finger um die Kugel, fühlt ihre makellose Oberfläche, ihre tödliche Perfektion. Dieses Stück Blei kennt keine Skrupel, keine ethischen Grundsätze, kein Gewissen. Genauso wie er, bevor er Hanna traf.

Krauss steckt die Patrone in eine Kammer. Er klappt die Trommel zu, streicht mit der Hand darüber. Die Trommel rotiert, das Geräusch erinnert ihn an ein Glücksrad. Er fühlt sich wie ein Verlierer, einer, dem man seinen Gewinn in einer dunklen Gasse hinter dem Rummel abgenommen und ihn dann zurückgelassen hat, verprügelt wie einen Hund. Glück kennt er nur vom Hörensagen, es erscheint ihm wie etwas, das man in Kinderbüchern findet. Krauss setzt die Waffe an die Schläfe. Er blickt Hanna in die Augen, sieht das Lächeln darin, die Wärme, das uneingelöste Versprechen auf eine gemeinsame Zukunft. Krauss glaubt zwar nicht daran, aber er hofft trotzdem auf ein Wiedersehen. Dann würde er wissen, dass er einmal, nur einmal alles richtig gemacht hatte. Er spannt den Hahn. Er denkt daran, was sie durchgemacht hat, versucht, durch ihre Augen zu sehen, ihren Schmerz zu durchleben. Seine Tränen hat er längst vergossen. Er spürt seinen Körper nicht mehr. Nur endlose Traurigkeit. Sein schwarzes Herz. Er drückt ab.

Der Hahn klickt. Krauss rührt sich nicht. Hanna schaut ihn noch immer an. Ernster jetzt, wie ihm scheint. An ihrem fünften Todestag hat sie ihm ein weiteres Jahr geschenkt.

1.
Bredtstedt

7. August
Sönke-Nissen-Koog, Nachmittag

»Auf den Frieden! Skål!« Hermann Görings großspurig herausposaunter Trinkspruch lockerte den Knoten in Dahlerus' Gedärmen, dieses hartnäckige Rumoren, das ihn tagelang nicht zur Ruhe hatte kommen lassen. Der Schwede hob wie die anderen Männer am Tisch sein Glas und schüttete den Aquavit in einem Zug hinunter. Die Wärme des Alkohols beruhigte ihn noch ein Stückchen mehr als der Anblick des zufrieden grinsenden Feldmarschalls.

Göring feixte in seine Richtung. »Na, Dahlerus, schauen Sie nicht so grantig, es läuft doch alles so, wie Sie es sich gewünscht haben.« Göring hob demonstrativ eine Hand, obwohl er sowieso schon die Aufmerksamkeit aller Anwesenden genoss. »Meine Herren! Lassen Sie uns einen Toast aussprechen auf den Mann, der dieses Treffen möglich gemacht hat, den Mann, der unermüdlich für ein friedliches Europa kämpft. Auf unseren freundlichen Gastgeber, Birger Dahlerus, Botschafter des Friedens und perfekter Gentleman.« Der Deutsche nahm sein Glas und prostete Dahlerus erneut zu. »Ja, das sind Sie, Dahlerus, ein Gentleman von Kopf bis Fuß, und ich weiß, wovon ich spreche. Ich muss mich ja tagtäglich mit ungebildeten Bauerntrampeln herumschlagen. Damit sind natürlich nicht Sie gemeint, Bodenschatz!«

Görings massiger Körper schüttelte sich vor Lachen, aber der Minister fand trotzdem noch die Kraft, dem steif neben ihm sitzenden General seine Pranke auf die Schulter zu schlagen. Aus der Sicht des Schweden lief es hervorragend, alles in allem. Wenn man die handelnden Personen berücksichtigte. Denn er wusste aus eigener Erfahrung, dass Görings Launen nicht viel zu bedeuten hatten, dass sie so schnell umschlugen wie das Wetter in den Schären. Er hatte sich oft gefragt, was ein derart wankelmütiger Mensch an der Spitze eines Staates zu suchen hatte. Aber dort befand er sich ja in bester Gesellschaft. Die vergangenen zwei Jahre hatten Dahlerus darin bestärkt, dass das Deutsche Reich von gemeingefährlichen Männern regiert wurde – der »Anschluss« Österreichs, die Zerschlagung der Tschechoslowakei, die antisemitische Politik, die im vergangenen November in der ungeheuerlichen Reichskristallnacht ihren Höhepunkt fand. Überall hatte der korpulente Deutsche, dessen Gesicht jetzt vom Alkohol und der ihm entgegengebrachten Anerkennung speckig glänzte, seine Finger drin. Zwar hatte Göring Dahlerus nach der Pogromnacht eindringlich versichert, die Zerstörung jüdischen Eigentums, das Morden und Brandschatzen seien ein furchtbarer Fehler gewesen und gingen allein auf das Konto des Berliner – »Behalten Sie das aber für sich, Dahlerus!« – Giftzwergs Goebbels, selbst der Führer hätte von nichts gewusst und fassungslos reagiert. Dahlerus kannte Göring aber lange genug, um dessen Worte nicht auf die Goldwaage zu legen. Der zweite Mann des Reiches suchte stets den eigenen Vorteil, das lenkte sein Handeln und sein Denken. Wenn es sein musste, riss er das Ruder so schnell herum, dass es die halbe Mannschaft von Bord fegte. Mitgefühl für das jüdische Volk war ihm fremd, ihn empörte der wirtschaftliche Nachteil, der dem Staat durch die demolierten Geschäfte entstanden war. So etwas fiel auf ihn zurück, den Chef des Vierjahresplans, und Göring wollte seinen Namen um keinen Preis mit Niederlagen, sondern mit Erfolgen verbunden sehen. Deshalb kam er auf die Idee, die Juden für den angerichteten Schaden zahlen zu lassen. Eine Milliarde Reichsmark, eine unfassbare Summe. Und ein unfassbarer Vorgang.

Dahlerus hatte viel daraus gelernt, versuchte Görings Geltungssucht für seine Zwecke zu nutzen. Seit Jahren umgarnte der schwedische Unternehmer nun diesen Mann, der ihm, und auch das musste Dahlerus sich immer wieder eingestehen, trotz seiner brutalen Seiten nicht komplett unsympathisch war. Göring konnte außerordentlich charmant sein, vor allem Frauen gegenüber, er war ein aufmerksamer, großzügiger Gastgeber und in bestimmten Dingen so naiv wie ein Kind, das die Welt zu seinem

Spielplatz erklärt. Der Schwede hatte nie verstanden, wie jemand, der Luxus so über alles liebte wie Göring, dabei mitwirken konnte, die Grundlagen dafür so nachhaltig zu zerstören. Es war ihm ein Mysterium, das zu ergründen er aufgegeben hatte. Nur seine Hoffnung auf Frieden, die hatte er nie verloren – und der Weg dahin führte für ihn einzig und allein über Göring.

»Zigarre?« Der Reichsfeldmarschall hielt ihm eine österreichische Virginia hin, eine schlanke Zigarre, die sich gut mit Mundstück rauchen ließ.

»Nein, danke«, erwiderte er.

»Dahlerus, besitzen Sie eigentlich gar keine Laster?« Göring schüttelte in gespielter Verständnislosigkeit den Kopf. »Ich werde ihnen noch einen Orden verleihen müssen, für notorisches Gutmenschentum. Schauen Sie sich ihre englischen Freunde an, die wissen eine gute Zigarre zu schätzen.«

Dahlerus blickte pflichtschuldig in die Runde und sah in vernebelte Gesichter. Sir Robert Renig, offensichtlich unerfahren im Zigarrengenuss, bröselte sich mit den Fingern unauffällig ein paar Tabakkrümel von der Lippe. Charles McLarn dagegen dampfte vor sich hin wie eine Lokomotive, sichtbar zum Unwillen des neben ihm sitzenden Byron Mountain. Die übrigen Männer, Stephen Rossen, Alexander Holden, Tom Menceford und Charles Spencer, pafften mehr oder weniger zufrieden an ihren fetten Stumpen. Glücklicherweise verteilte sich der Rauch schnell in dem hohen Raum, sammelte sich unter den schweren Eichenbalken des Spitzdaches.

Dahlerus dachte daran, dass Elisabeth den Geruch von Zigarren verabscheute und sie ihm deshalb nach und nach das Rauchen verleidet hatte. Der Gestank ziehe durch alle Ritzen, hatte sie sich bei jeder Gelegenheit beschwert. Dahlerus hatte sich anfangs gesträubt, bald aber eingesehen, dass er auf seine abendliche Qualmerei gut verzichten konnte. Ihren Besuchern würde Elisabeth natürlich nie irgendwelche Vorschriften machen. Im Gegenteil: Seine Frau war die beste Gastgeberin der Welt. So war er Elisabeth unendlich dankbar, dass sie den Hof ihrer Familie, den Sönke-Nissen-Koog, als Treffpunkt vorgeschlagen hatte. Gestern hatte Karlsson die schwedische Flagge auf dem First gehisst, ein rein symbolischer Akt. Er sollte die Illusion erzeugen, auf schwedischem Boden miteinander zu reden, auch wenn der Hof in Schleswig-Holstein lag, also auf deutschem Gebiet. Göring würde die Geste zu schätzen wissen. Seine Freunde aus England auch. Wenn die schwedische Regierung Angst davor hatte, den Vermittler zu spielen – Dahlerus hatte sie nicht. Er würde alles tun, damit die Welt nicht in einen neuen Krieg taumelte. Elisabeth stand treu an seiner Seite, und das Wissen darum bestärkte ihn in seinem Vorhaben. Was waren ein paar Schwaden Zigarrenqualm gegen die Feuersbrünste, die Europa zu verbrennen drohten?

Sir Charles Spencer, einer seiner engsten Vertrauten, blinzelte ihm zu und wandte sich an Göring. »Dieser Tabak ist exzellent, Herr Feldmarschall. Wenn ich meiner Zufriedenheit Ausdruck verleihen darf – so exzellent wie das Bemühen Ihrer Person um eine sicher für beide Seiten vorteilhafte Annäherung unserer beiden Nationen. Wie sehr das englische dem deutschen Volk verbunden ist, durften wir Ihnen ja heute ausführlich darlegen. Ich hoffe, Sie nutzen Ihren Einfluss, diese Erkenntnis auch Ihrer Führung eindringlich zu vermitteln.«

Spencers höfliches Lächeln relativierte seinen aristokratischen Tonfall.

Dahlerus wusste, dass der Engländer kein arroganter Schnösel war. Zudem wirkte seine Art zu sprechen, besonders bei Angelegenheiten von großer Tragweite, immer etwas gekünstelt. Spencer wog jedes seiner Worte genau ab, um so unmissverständlich wie möglich zu sein, lag aber gerade deshalb oft leicht daneben. Er hatte in Cambridge studiert und sich anschließend zum Direktor von John Brown & Co und der Associated Electrical Industries hochgearbeitet. Nebenher war er in die Politik eingestiegen und hatte es bis in die Führungsriege der Labour-Partei geschafft. Sein Wort hatte Gewicht in England, und man war bereit, ihm zuzuhören. Bei Diskussionen fühlte Spencer sich wohl, und er suchte stets die Lücke in der Argumentation seines Gegenübers. Göring musste ein harter Brocken für ihn sein, denn der Deutsche hatte die Lücke zum Prinzip erklärt. Und es war ihm herzlich egal, wenn jemand darin herumstocherte. Dahlerus achtete darauf, ob Böttger, Görings Dolmetscher, die Führung in einen Führer verwandelte. Göring beherrschte zwar ein paar englische Brocken, genug für Small Talk, aber zu wenig für die Feinheiten einer diplomatischen Konversation. Böttger übersetzte korrekt.

Göring blies eine gigantische Rauchwolke gen Zimmerdecke. »Lieber Sir Spencer, Sie dürfen sicher sein, dass ich, wie schon mehrfach betont, alles Erdenkliche tun werde, damit sich unsere beiden Regierungen an einen Tisch setzen.« Görings Augen blitzten verschwörerisch, weil er annahm, den Ton seines Gegenübers getroffen zu haben. »Und ich bin mir sicher, wenn Sie alle es wären«, die Zigarrenhand des Deutschen schloss mit einer raumgreifenden Bewegung alle Anwesenden ein, »die mit am Tisch säßen, würden wir auch zu einem für beide Seiten erfolgreichen Abschluss der Verhandlungen gelangen. So aber liegt das Gelingen auch an Ihren Regierungsvertretern, das dürfen Sie nicht vergessen, meine Herren. Deshalb müssen Sie mindestens genauso gute Vorarbeit leisten wie ich, wenn nicht mehr.«

Göring blickte zu Dahlerus. »Ganz abgesehen davon, dass wir die außerordentliche Gastlichkeit dieses Hauses natürlich nicht genießen könnten. Sie wissen, wie sehr das politische Verhandlungsgeschick vom kulinarischen Angebot abhängt.« Er lächelte breit, bevor er die Pointe ausspielte. »Vor allem, wenn ich mit am Tisch sitze.«

Der Feldmarschall lachte selbst am lautesten über seinen kleinen Witz. Dass Göring gutes Essen liebte, war kein Geheimnis. Sein Körperumfang sprach für sich. »Göring ist der dickste Nazi, den ich kenne«, hatte Elisabeth einmal kopfschüttelnd zu ihrem Mann gesagt, »er sieht aus wie eine Presswurst in Uniform.« Dahlerus hatte sie etwas entrüstet angesehen, aber ihre Polemik traf ins Schwarze. Mit Kleidern von der Stange kam der Deutsche auf jeden Fall nicht zurecht: Er ließ sich seine Uniformen und Anzüge auf den voluminösen Leib schneidern. Und alle paar Monate neu anpassen. Die schwedischen Köstlichkeiten, die Dahlerus für das Treffen extra aus Stockholm hatte einfliegen lassen, hatte der Deutsche in rasantem Tempo verputzt: frischen Sill, zarten Graved Lax, Janssons frestelse, Lingonsyl. Bodenschatz musste ihm sogar ein paar seiner fettigen Köttbullar überlassen. Der General war es gewohnt, seinen Teller mit dem Chef zu teilen. Görings

Hunger war nur schwer zu stillen. Der Schwede ahnte, dass sich diese hervorstechende Eigenart des zweitmächtigsten Mannes im Deutschen Reich nicht nur auf das Essen beschränkte.

Dahlerus selbst hatte den ganzen Tag über kaum einen Bissen heruntergebracht. Zu schwer lastete die Tragweite des bevorstehenden Treffens auf seinem Gemüt. Am frühen Morgen hatte es gerade für einen Kaffee im Kreise seiner Freunde gereicht. Danach war er mit seinem Wagen zum Bahnhof nach Bredtstedt aufgebrochen, um Feldmarschall Hermann Göring zu der inoffiziellen Konferenz im Sönke-Nissen-Koog zu geleiten. Es schien Dahlerus, als habe er in den vergangenen fünf Jahren nur auf diesen Tag hingearbeitet, als hätten seine Beziehung zu Göring, die Zugeständnisse an dessen menschliche Schwächen und politische Monstrositäten nur den Zweck gehabt, furchtbares Unheil abzuwenden. Der Unternehmer glaubte weder an Vorsehung noch an Schicksal. Seiner Meinung nach scheuten die meisten Menschen, die sich auf höhere Mächte beriefen, davor zurück, die Dinge selbst in die Hand zu nehmen. Dahlerus vertraute auf die Macht des Einzelnen, darauf, dass die kleinsten Puzzleteilchen irgendwann etwas Großes, vielleicht sogar mehr als die Summe ihrer Teile ergaben, wenn man nur die notwendige Geduld aufbrachte. Für ihn hieß das: ein friedliches, vereintes Europa, das sich gegenseitig unterstützte statt bekämpfte. Das war sein Traum, der ihm nicht mehr aus dem Kopf gehen wollte, der ihn verfolgte, seit er dem letzten Krieg entronnen war. Der Frieden erschien ihm als das höchste Gut der Menschen, und er sah ihn nie als etwas Selbstverständliches an. Stattdessen hatte er permanent das Gefühl, auf brüchigem Eis zu wandeln. Was ihn nur weiter anspornte – bis er selbst in seinem Eifer, den Frieden zu erhalten, manische Züge zu entdecken meinte. Aber er konnte nicht anders. Elisabeth nannte ihn einen unbelehrbaren Weltverbesserer, doch er war in Wirklichkeit mehr als das. Ein Getriebener, ein Gepeinigter, verfolgt von geifernden Schimären des Untergangs.

All das forderte auch körperlich seinen Tribut: Nur ein spärlicher, grau durchwirkter Haarkranz war Dahlerus geblieben, der Bauch neigte zu einer deutlichen Wölbung, die er für einen Mann von 48 Jahren als angemessen empfand, unter den Augen saßen schwarze Ringe. Die Aussicht, heute seinem Ziel vielleicht ein großes Stück näherzukommen, erfrischte ihn jedoch. Für das prächtige Wetter an diesem Augustmorgen hatte der Schwede allerdings kaum einen Blick übrig. Genauso wenig wie für die Auswahl seiner Kleidung. Elisabeth hatte ihm einen dreiteiligen grauen Anzug herausgehängt, in dem er aussah wie der Vorstandsvorsitzende einer Bank. Die hohe Stirn verlieh ihm etwas Distinguiertes, Ernstes; die Brille auf der geraden, großen Nase unterstützte das Bild des seriösen Geschäftsmannes. Weil das weiße Hemd am Kragen etwas spannte, rügte ihn Elisabeth, er würde nicht auf seine Figur achten. Ihre Worte drangen kaum zu ihm durch, so wenig war er an sich selbst interessiert; aber immerhin fragte er sich eine Sekunde, wie er ohne Elisabeth existieren sollte.

Während er mit seinem Wagen durch die trotz der frühen Stunde schon angenehm warme Morgenluft schnurrte, hatte Dahlerus all dies vergessen, beschäftigte ihn einzig und allein das Gelingen der vor ihm liegenden Aufgabe. Was vorzubereiten möglich war, hatte er getan. Mit Spencers Freunden alles wieder und wieder durchgesprochen, nächtelang darüber diskutiert, welche Positionen Englands unverrückbar wären, wo man einlenken könne und was man an Angeboten von Göring hören wolle.

Zweifellos war diese Zusammenkunft ein heikles Unterfangen. Weder Dahlerus noch die englischen Geschäftsleute waren offizielle Delegierte der Regierung. Ihr Engagement wurde nur geduldet. Dahlerus konnte sich sehr gut vorstellen, was sie sich aus diplomatischen Kreisen würden anhören müssen, wenn ihre Initiative scheiterte. Wahrscheinlich riskierten sie nicht ihre berufliche Existenz, ihr guter Ruf aber stand gewiss auf dem Spiel.

Dieses Bewusstsein trug nicht gerade dazu bei, die Atmosphäre zu entspannen – wobei der Schwede die Briten dafür bewunderte, äußerlich nie aus der Fassung zu geraten. So etwas nannte man die feine englische Art: über jeden Zweifel erhaben und souverän selbst in der ausweglosesten Situation.

In Dahlerus dagegen tobte das Chaos. Die halbe Nacht hatte er sich herumgewälzt, unfähig abzuschalten, die Gedanken nur auf das Treffen gerichtet. Sein Kopf war wie in Watte gepackt. Der Schwede fürchtete, selbst die naheliegenden Argumente nicht mehr sofort parat zu haben. Wie ein Mantra betete er auf der Fahrt die einzelnen Punkte wieder und wieder herunter und hatte dennoch das Gefühl, nichts davon behalten zu können.

Unbeachtet rauschte die Straße unter ihm hinweg. Erst als er plötzlich vor dem Bahnhof stand, wurde ihm klar, dass er für den Verkehr kein Auge gehabt hatte. Dahlerus schalt sich einen Idioten – und erschrak.

Dutzende Schaulustige belagerten das Gebäude. Absperrbänder der Polizei hielten die Menschen auf Distanz. Nur ein kleiner Korridor vor dem Bahnsteig war frei zugänglich. Hatte Göring nicht selbst um absolute Diskretion gebeten? Nichts von diesem Treffen durfte nach außen dringen, um die Verhandlungen nicht zu gefährden. Und jetzt das! Eine geheime Zusammenkunft hatte Dahlerus sich anders vorgestellt. Für einen kurzen Moment sah der Schwede, wie sich seine Pläne in Rauch auflösten. Morgen würde in den Zeitungen stehen, dass eine englische Delegation im Sönke-Nissen-Koog mit Göring zusammengetroffen sei. Was für ein Fiasko!

Er steuerte seinen Wagen in eine Lücke und stieg aus. Leicht genervt bahnte er sich einen Weg durch die Menge. Woher kamen nur die vielen Menschen? An einem Montagmorgen? Sie wollten Göring sehen, wurde Dahlerus plötzlich klar. Die Deutschen verehrten ihren bärigen Feldmarschall, Hitler fürchteten sie. In den Gesichtern las Dahlerus ehrliche Sympathie. Nur widerwillig rückte die Menge beiseite, um den Schweden durchzulassen. Vor dem von Polizisten und SS-Männern gesicherten Absperrband blieb er stehen. Dahinter sondierte ein kleiner Mann mit kerzengerader Haltung und einem Grübchen im Kinn die Umgebung. Dahlerus erkannte in ihm Paul »Pili« Körner, Görings Adjutanten und einer von dessen engsten Vertrauten. Körner wiederum hatte auch Dahlerus erspäht. Schnurstracks war er auf ihn zugegangen, hatte das rot-weiße Band mit der linken Hand angehoben und ihm die rechte zum Gruß geboten.

»Heil Hitler, Herr Dahlerus. Göring erwartet Sie schon. Folgen Sie mir!«

Schnellen Schrittes war Körner durch die Bahnhofshalle vorausgeeilt.

Dahlerus hatte sich anstrengen müssen, um mit dem kompakten, aber alerten Mann mitzuhalten.

»Ich hoffe, der Feldmarschall hatte eine gute Reise.«

»Davon dürfen Sie ausgehen. Alles ist bestens.«

Vor dem Zug, der das einzige Gleis blockierte, hielten die beiden Männer an. Überall auf dem Bahnsteig waren SS-Männer postiert. Eingravierte Hakenkreuze auf den Waggon-Fenstern bewiesen, dass es sich um keine Regionalbahn handelte. Dahlerus hatte von Görings rollendem Hauptquartier gehört, gesehen hatte er es allerdings bisher noch nicht. Außer Göring besaßen noch Reichsführer-SS Heinrich Himmler und Hitler eigene Sonderzüge, so luxuriös ausgestattet, dass es darin an nichts fehlte. Görings Gefährt war besonders verschwenderisch gestaltet. Körner führte den Schweden zu einem Waggon, vor dessen Tür ein Treppchen den Spalt zwischen Zug und Bahnsteig überbrückte.

»Bitteschön, Herr Dahlerus, treten Sie ein.«

Der Schwede stieg die Stufen hoch und stand vor einer Schiebetür.

»Gehen Sie ruhig hindurch«, forderte ihn Körner auf.

Dahlerus öffnete die Tür. In dem vom üblichen Mobiliar entkernten und mit bequemen Sesseln, Sofatischen und Kommoden üppig dekorierten Waggon drehten sich zwei von drei im Raum anwesenden Männern nach ihm um. Erich Görnert, Chef des Vierjahresplan-Amtes, und General Karl-Heinrich Bodenschatz, der auf Görings Wunsch beim Treffen im Sönke-Nissen-Koog dabei sein sollte. Der dritte Mann brauchte sich nicht umzudrehen, weil er dem Neuankömmling schon zugewandt saß. Es war Hermann Göring.

Schwungvoll erhob sich Hitlers langjähriger Weggefährte aus einem reich verzierten Sessel, dessen beachtlicher Umfang darauf schließen ließ, dass er alleine dem Chef dieses Zuges vorbehalten war. Der Raum war auf den Geschmack des Deutschen zugeschnitten, wirkte mit seinem hochflorigen Teppich, der die Geräusche dämpfte, und seinen klobigen Möbeln schwer und überladen, fast barock. Dahlerus fühlte sich, wie meistens, wenn er auf Göring traf, in eine andere Zeit katapultiert.

Mit seiner Garderobe hatte Göring sich an diesem Tag zurückgehalten. Statt wie bei repräsentativen Auftritten uniformiert und ordengeschmückt war er für seine Verhältnisse mit einem hellbeigen Anzug geradezu unauffällig gekleidet. Er breitete die Arme aus, kam auf Dahlerus zu und fasste ihn an beiden Schultern.

»Mein lieber Dahlerus, schön, dass Sie da sind. Da haben wir es doch noch geschafft, wir beide. Vielleicht schreiben wir heute Geschichte. Das wäre dann eindeutig Ihr Verdienst.«

»Ich freue mich auch, Sie zu sehen, Herr Reichsfeldmarschall. Hatten Sie eine gute Reise?«

»Danke der Nachfrage. Aber wenn ich von einem so ehrenwerten Mann empfangen werde, ist der Weg dorthin zweitrangig. Was zählt, ist das Ziel. Und da haben wir uns heute eine Menge vorgenommen, nicht wahr?«

»In der Tat. Aber ob das für die Geschichtsbücher reicht, darüber müssen andere befinden. Wir sollten unsere Kraft darauf konzentrieren, im Hier und Jetzt etwas zu erreichen. Um in der Sprache der Eisenbahner zu bleiben: Lassen Sie uns die entscheidenden Weichen stellen. Meine englischen Gäste sind auf jeden Fall schon sehr gespannt, was Sie über die deutsche Position zu berichten haben.«

Göring hatte die Hände wieder heruntergenommen und lächelte sein Gegenüber an. Seine Augenbrauen schossen hoch. »Sie fallen ja direkt mit der Tür ins Haus, mein lieber Dahlerus. Können es mal wieder gar nicht abwarten. Aber so sind die Schweden, nicht wahr? Halten mit nichts hinterm Berg. Das liebe ich so an ihnen.« Göring schaute auf einmal etwas betrübt drein. »Karin war genauso. Aber wem sage ich das, Dahlerus, das wissen Sie besser als ich.«

Der Schwede war irritiert. Wie sollte er das wissen, fragte er sich, wenn er Görings erster Frau, Karin von Fock, niemals begegnet war? Vielleicht dachte der Reichsmarschall, dass sich die Schweden alle persönlich kannten.

Zum Glück hatte er Göring schon bei mehreren Gelegenheiten ungebremst vor sich hin sprudelnd erlebt und dessen sprunghafte Plauderei einzuschätzen gelernt. Die Kunst bestand darin, das Wesentliche herauszufiltern. Kein leichtes Unterfangen, denn

Göring knipste sein Strahlen mit dem nächsten Satz schon wieder an.

»Lassen Sie uns nicht über die traurige Vergangenheit reden, sondern über die Zukunft. Dafür sind wir doch schließlich hergekommen. Bitte, setzen Sie sich einen Moment zu uns, mein lieber Dahlerus.«

Göring fasste den Schweden behutsam am Ellenbogen und dirigierte ihn zu einem freien Sessel. »Erich Görnert und General Bodenschatz kennen Sie ja bereits.«

Dahlerus nickte den beiden zu, diese erwiderten höflich den Gruß.

»Darf ich Ihnen etwas anbieten, einen Kaffee vielleicht?«

»Nein danke, ich habe bereits gefrühstückt.«

»Die Küche in meinem Zug ist vorzüglich. Sind Sie sicher, dass Sie nichts wollen?« Göring setzte ein verschmitztes Lächeln auf. Dass dieser Mann, um seine Ziele durchzusetzen, unbarmherzig mordete, schien Dahlerus in solchen Augenblicken unfassbar. In den Jahren seit der Machtergreifung hatte sich Hitlers zweiter Mann den Ruf erworben, für seine Ziele über Leichen zu gehen. In der sogenannten »Nacht der langen Messer« hatte Göring SA-Chef Ernst Röhm aus dem Weg räumen lassen und mit ihm gleich Dutzende ihm und Hitler unbequeme Amtsträger. Hinterher berief sich die Führungsriege auf Staatsnotwehr: Man habe einem Putsch von Röhm und seinem SA-Heer vorbeugen wollen. Im Volk kursierte eine andere Lesart: »Reichsmordwoche« hießen dort die blutigen Tage um den 30. Juni 1934. Das Gemetzel hatte Göring nicht geschadet, die Menschen liebten ihn nach wie vor. Er benahm sich wie einer von ihnen, steckte voller Widersprüche, hatte Stärken und Schwächen und machte keinen Hehl daraus. Man war bereit, ihm viel zu verzeihen.

Gerade jetzt schaute Göring Dahlerus an wie ein Zirkusdirektor, der eine tolle Überraschung vorbereitet hat, begierig, sie vorzuführen. Der Schwede nickte höflich. »Na gut, Sie haben mich überredet, ein Kaffee kann nicht schaden.«

»Da diskutiert es sich auch gleich viel gemütlicher. Kekse gibt's übrigens auch.«

Göring wies auf den kleinen Tisch vor Dahlerus. Das Gebäck

war bereits reichlich dezimiert. Göring griff nach einem Schokoröllchen und schob es sich komplett in den Mund. Es bedurfte keiner großen Phantasie, um sich vorzustellen, wer sich an den Leckereien gütlich getan hatte.

Göring kaute zufrieden. Mit vollem Mund fing er an zu sprechen. »Die Lage, mein lieber Dahlerus, ist verfahren. Die Deutschen in Polen sehen sich Tag für Tag unerträglichen Diffamierungen ausgesetzt. Immer wieder gibt es Übergriffe auf deutsche Bürger, auf deutsche Geschäfte. Das ist untragbar, absolut untragbar. Danzig und Oberschlesien dürfen nicht der polnischen Willkür ausgeliefert sein. Das ist gegen alle Absprachen. Alles, was diese in Frage stellt, können wir nicht dulden. Wir brauchen den Anschluss der deutschen Gebiete auf polnischem Boden, um wieder Ruhe ins Reich zu bringen. Wie Sie wissen, sehen die Polen das leider anders, Herr Dahlerus. Dort ist man nicht zu Kompromissen bereit. Das ist gefährlich. Oberschlesien gehört zum Großdeutschen Reich, das müssen die Polen anerkennen. Wenn sie das nicht freiwillig tun – wonach es leider aussieht –, werden wir sie dazu zwingen müssen. Damit wir uns recht verstehen: Mir persönlich wäre eine diplomatische Lösung lieber.« Göring beugte sich nach vorne. Dahlerus dachte, er wollte seinen Worten mehr Gewicht verleihen, aber er griff nur nach einem weiteren Keks. »Ich habe mich immer für die Polen eingesetzt, Dahlerus, das wissen Sie. Mich gegen meinen Führer gestellt, wenn es sein musste. Machtworte gesprochen, die Beziehungen gepflegt. Zugunsten der Polen, versteht sich. Aber auch meine Geduld ist mal am Ende. In Warschau muss man endlich begreifen, dass die Nationalsozialisten das Deutsche Reich wieder zur alten Blüte führen wollen. Was sage ich, müssen! Es ist der uns vom Schicksal gegebene Auftrag. Und wir werden weder hadern noch verzagen. Das haben wir bewiesen. Österreich hat den Anschluss bereits vollzogen, auch das Sudetenland ist zurück in deutscher Hand. Wie können wir da auf Oberschlesien verzichten, Dahlerus? Menschen deutschen Blutes werden dort bedroht, geschlagen, beleidigt. Das muss aufhören.«

Dahlerus fragte sich, worauf diese Suada wohl hinauslief. Aber er zog es vor, den Reichsfeldmarschall bei dessen politischem Rundumschlag nicht zu unterbrechen.

»Jetzt kommen Ihre englischen Freunde ins Spiel. Bei jeder sich bietenden Gelegenheit betont Chamberlain, dass er seine polnischen Verbündeten nicht alleine lassen will und im Falle eines aggressiven Aktes der Deutschen gegen uns zu Felde ziehen wird. Ich muss sagen, ich verstehe das nicht.«

Körner und Bodenschatz schüttelten bestätigend leicht mit den Köpfen.

Dahlerus bemerkte, dass die beiden Untergebenen die Rede ihres Chefs stets unterstützend begleiteten. Widerspruch war gefährlich.

»Ich mag die Engländer, sehr sogar. Auch der Führer schätzt England, das englische Volk, dessen Wurzeln sich mit den deutschen Wurzeln ja so eng verästeln. Aber beide begreifen wir die englische Haltung nicht. England muss an einem starken Deutschland gelegen sein. Wir halten unsere schützende Hand über Europa, indem wir ein gewaltiges Bollwerk gegen den Iwan aufbauen. Wer will Stalin die Stirn bieten, wenn nicht ein wiedererstarktes Deutsches Reich? Wahrscheinlich könnten wir die Bolschewiken mit der phantastischen Übermacht der deutschen Luftwaffe sogar in die Knie zwingen!«

Göring kam allmählich in Fahrt. Dahlerus hoffte nur, dass der passionierte Flieger nicht zu seinem Lieblingsthema umschwenkte, der Luftwaffe und ihrer enormen Schlagkraft. Dabei hätten die Deutschen nach den Versailler Verträgen überhaupt keine Armee mehr aufbauen dürfen! Von einer Luftwaffe ganz zu schweigen. Gut, das war Schnee von gestern, schoss es Dahlerus durch den Kopf. Längst als verpasste Chance, die Deutschen in ihre Schranken zu weisen, abgehakt. Man musste sich mit den Realitäten auseinandersetzen. Dem deutschen Heer zum Beispiel: mehr als eine Million Menschen unter Waffen. Eine Armee, geboren aus Hybris und Hass.

»Wer will sich meinen Kampffliegern denn entgegenstellen? Niemand, sage ich Ihnen, niemand! Wir legen alles in Schutt und Asche, bevor irgendjemand da unten überhaupt begriffen hat, was passiert.« Göring kramte in seiner Hosentasche nach einem Taschentuch, zog es heraus und tupfte sich den Schweiß auf der Stirn ab. Er bemerkte Dahlerus' leicht verstörten Blick. »Natürlich ist das die allerletzte Option. Ich wollte Ihnen nur verdeutlichen, dass England uns braucht, als Partner, als Waffengefährten. Davon würden beide Nationen profitieren. Stellen Sie sich das einmal vor, Dahlerus. England und Deutschland Seite an Seite. Was für ein Bündnis! Unschlagbar. Die Welt würde neidisch auf uns blicken. Neidisch und ängstlich, weil sie diesem Bündnis hoffnungslos unterlegen wäre. Eine historische Allianz wäre das, aber Chamberlain zeigt uns die kalte Schulter. Die Enttäuschung über seine Worte sitzt tief, das kann ich Ihnen sagen. Auch beim Führer. Er will auf keinen Fall, dass sich England gegen uns wendet, nur weiß er nicht, wie er es verhindern soll. Weil er an die Interessen des deutschen Volkes denken muss und ihn von diesem schicksalhaften Weg niemand abbringen wird.«

Göring sah jeden der Anwesenden nacheinander an. Bei Dahlerus hielt er inne und spitzte leicht die Lippen. Der Schwede erinnerte sich an einen Spruch seines alten Herrn. Traue nie einem Mann, dessen Eitelkeit offensichtlich ist, denn er wird bei jedem Geschäft nur den eigenen Vorteil suchen.

»Dass wir heute hier sitzen, ist der Beweis dafür, dass der Führer es ernst meint mit seiner Annäherung an England. Es ist an uns, diesen Wunsch in Worte zu kleiden, die auch auf einem Vertrag haltbar wären. Wenn eine Annäherung überhaupt von beiderseitigem Interesse ist. Das müssen wir – Ihre hochgeschätzten englischen Gäste und ich – heute herausfinden. Und wenn es eine Basis gibt, wovon ich überzeugt bin, mein lieber Dahlerus, denn mein Herz schlägt für England, dann finden wir sie auch.«

»Davon bin ich genauso überzeugt wie Sie, Herr Feldmarschall. Ich weiß, wie Sie die Dinge vorantreiben und stets nach einer Lösung suchen. Dass Sie heute hier sind, bestärkt mich in dem Glauben, dass wir eine friedliche Lösung finden.«

»Natürlich kann das nur ein Anfang sein, Dahlerus. Ich werde mir sehr genau anhören, was Ihre englischen Freunde zu sagen haben. Wenn auch nur ein Funke Hoffnung besteht, müssen wir zusehen, dass wir offizielle Vertreter unserer beiden Regierungen an einen Tisch bringen. Und zwar so schnell wie möglich.«

»Der einzig gangbare Weg, da haben Sie recht.«

Göring beugte sich wieder vor. Diesmal legte er jedoch seine

Hand auf Dahlerus' Unterarm. Der Deutsche sprach leise, aber bestimmt. Der Schwede schaute in Görings fleischiges Gesicht, in dessen vor Eifer schimmernde Augen. In diesem Moment hätte er geschworen, dass der Feldmarschall einen geheimen Plan hatte. Aber der Augenblick verstrich.

»Denken Sie bitte an meine Worte, mein lieber Dahlerus. Wir müssen schnell zu Ergebnissen kommen. Was wir am wenigsten besitzen, das ist Zeit. Sie zerrinnt uns zwischen den Fingern. Es steht eine Menge auf dem Spiel.«

»Der Frieden.«

»Genau. Und deshalb brechen wir jetzt auf.«

Die Fahrt der kleinen Wagenkolonne vom Bahnhof in Bredtstedt – Göring hatte Dahlerus, nachdem sie den Zug verlassen hatten, zu sich in seinen offenen Mercedes gebeten, der Wagen des Schweden wurde von einem Soldaten gesteuert – durch die sonnige Heidelandschaft in den Sönke-Nissen-Koog, die höfliche Begrüßung durch den Hausherrn, seinen Schwager Hans Raabe, die Vorstellungsrunde mit Spencer und dessen Landsleuten, das alles erschien dem Schweden im Rückblick wie etwas, das man sonst nur in Wochenschauen erlebte. Dass die so unterschiedlichen Männer am Tisch sich jetzt bei einer Zigarre über Alltäglichkeiten austauschten, war kaum zu glauben. Es wirkte fast normal, wie das gewohnte Beisammensein in einem Club, ein vertrautes Plaudern unter guten Bekannten. Niemand hätte vermutet, dass hier konträre Weltanschauungen miteinander kollidierten, Ideologien, die himmelweit auseinander lagen. Unvorstellbar, dass diese Männer sich in wenigen Wochen unversöhnlich gegenüberstehen, ja sogar die Familie ihres Tischnachbarn aus der Welt bomben könnten. Etliche dieser Gegensätze waren unverblümt zur Sprache gekommen. Die Engländer hatten mit ihren Überzeugungen nicht hinter dem Berg gehalten. Spencer hatte Göring unmissverständlich klargemacht, dass Großbritannien am Ende seiner Geduld sei. Alle Argumente seien ausgetauscht, weiteres Entgegenkommen nicht zu erwarten. Man stehe Schulter an Schulter mit Polen und werde bei einem Angriff der Deutschen seinerseits nicht zögern.

»Dessen sollten Sie sich sehr wohl bewusst sein, Eure Exzellenz«, hatte Spencer gesagt. »Es wird von englischer Seite aus keine Ausflüchte mehr geben. Niemand in England will einen Krieg mit Deutschland, aber wenn es nicht zu vermeiden ist, wird ihm auch niemand aus dem Wege gehen. Was Sie dabei zu vergessen scheinen: Die Deutschen mussten schon einmal angesichts der englischen Überlegenheit kapitulieren. Das deutsche Volk hat unter dieser Bürde jahrelang gelitten. Nun wollen Sie es wieder so weit kommen lassen, Gesundheit und Glück der Menschen in Ihrem Land leichtfertig riskieren. Denn Sie werden auch dieses Mal verlieren, Herr Göring. Sie werden an der Entschlossenheit des englischen Volkes scheitern, so wie Sie schon einmal gescheitert sind. Ungeachtet der unzähligen Opfer, die dieser Krieg auch unter den Briten und ihren Verbündeten fordern wird: In dem Moment, in dem Sie in Polen einmarschieren, haben Sie diesen Krieg verloren.«

Göring hatte sich alle Argumente aufmerksam angehört und vieles von dem erwidert, was sich auch Dahlerus schon hatte anhören müssen. Es war immer dasselbe, der Anspruch auf die deutschen Gebiete, die Übergriffe auf deutsche Landsleute.

Spencer hatte ihm scharf widersprochen. »Sie können nicht immer behaupten, dieses und jenes Gebiet auf fremdem Staatsgebiet gehört historisch gesehen dem Deutschen Reich, Ihre Landsleute würden dort schlecht behandelt, und sich als Reaktion darauf gleich den ganzen Staat einverleiben. Stellen Sie sich vor, das würde jeder machen. Was wäre, wenn Mussolini die Gebiete des Heiligen Römischen Reiches beanspruchte? Und versuchte, halb Europa einzukassieren? Das funktioniert nicht.«

Göring antwortete, es gehe ihm nicht um ganz Polen, sondern nur um Danzig, Oberschlesien und den Korridor. »Sie werden doch nicht allen Ernstes die Zugehörigkeit Danzigs zum Deutschen Reich in Frage stellen wollen, Mister Spencer? Ich gebe Ihnen meine heilige Versicherung als Staatsmann und Offizier, dass wir nur Forderungen auf urdeutsche Gebiete erheben. Entschuldigen Sie bitte meine Ausdrucksweise, meine Herren, aber das restliche Polen kann mir gestohlen bleiben.«

Trotz der gegensätzlichen Auffassungen hatte Dahlerus gespürt, dass sich die Stimmung im Verlaufe des Tages allmählich verbesserte. Görings Gesicht war zartrosa angelaufen, er lachte ab und an über eine ironische Bemerkung und flocht selbst ein paar Witzchen ein. Unter dem Berg von Vorwürfen und Schuldzuweisungen war man sich wohlgesinnt, spürte Dahlerus. Das englische Volk sei dem deutschen im Herzen eng verbunden, hatte Spencer geschmeichelt, und Göring hatte das Kompliment zurückgegeben. Es liege nicht am englischen Volk, dass man nicht Seite an Seite gehe, sondern allein an der englischen Regierung, die ein starkes Deutschland verhindern wolle.

So waren die Argumente ausgetauscht, bis die Raabes das Essen servieren ließen und sich die Atmosphäre vollends entspannte. Im Zigarrendunst hatte man sich darauf geeinigt, dass der Tag als Erfolg gewertet werden müsse und es an der Zeit sei, die Vertreter beider Regierungen so schnell wie möglich an einen Tisch zu bringen, um das auf offizieller Ebene weiterzuführen, was in kleinerer Runde angefangen worden sei.

Am späten Nachmittag hatte sich Göring verabschiedet, nicht ohne sich bei jedem seiner Gesprächspartner für dessen außerordentliches Engagement zu bedanken. Dahlerus hatte diese Szene befriedigt verfolgt, sie erschien ihm wie ein Vorgriff auf bessere Zeiten. Der Berg aus Zweifeln, den er mit sich herumschleppte, war vorübergehend um ein paar Zentimeter geschrumpft. Das war mehr, als er erwartet hatte.

Vor der Tür des Hofes trat Göring noch einmal an ihn heran. Er nahm Dahlerus' Hand in seine und zwinkerte ihm spitzbübisch zu. »Ich hoffe, Sie sind zufrieden, mein lieber Dahlerus. Wir sind einem friedlichen Miteinander in Europa heute ein ganzes Stück nähergekommen. So, wie Sie es sich immer gewünscht haben. Ich werde dem Führer alles berichten. Ihr Land kann stolz auf Sie sein. Ich wollte, es gäbe mehr von Ihrer Sorte.«

Göring war einen Schritt zurückgetreten, hatte sich zu den Männern umgedreht, die vor dem Sönke-Nissen-Koog seine Abfahrt begleiteten und die rechte Hand zum Hitlergruß erhoben. »Heil Hitler, meine Herren. Wir bleiben in Verbindung.«

Nach Görings Abfahrt spürte Dahlerus, wie die Anstrengungen des Tages seine Glieder lähmten. Er war erleichtert und erschöpft zugleich. Am liebsten hätte er sich sofort zurückgezogen, aber daran war nicht zu denken.

Die Männer verspürten den Wunsch zu reden, die Ereignisse des Tages zu besprechen, sich selbst zu beglückwünschen. Dahlerus wollte niemanden enttäuschen und hielt durch. Die Küche servierte ein spätes Dinner, alle plauderten durcheinander und prosteten sich zu. Weil jeder seine Eindrücke noch schriftlich zusammenfassen wollte, löste sich die Runde zu später Stunde auf. Die Gäste zogen sich in ihre Zimmer zurück.

Erst da fiel Dahlerus auf, dass er Elisabeth länger nicht mehr gesehen hatte. Sie hatte das Feld frühzeitig den Männern überlassen und sich klammheimlich ins Bett geschlichen. Er konnte es ihr nicht verdenken. Es war laut und feucht geworden, die Engländer verstanden sich aufs Feiern.

Leise schlich sich Dahlerus in das Schlafzimmer, das seine Schwägerin für ihn und seine Frau vorbereitet hatte. Elisabeth schlief bereits, wie er es vermutet hatte. Dahlerus ging ans Fenster und schaute hinaus. Der Mond tauchte die Heidelandschaft in ein fahles Licht. Gespenstisch, dachte Dahlerus, wie ein Totenhemd, das über dem Land liegt. Dabei hatten sie doch heute alles getan, um dem Tod so wenig wie möglich Arbeit zu geben. Trotzdem haderte er mit sich, hörte die mahnenden Stimmen in seinem Kopf, die nie verstummen wollten. Es war noch ein weiter Weg, so viel war klar. Ob ihnen die Zeit blieb, ihre Sache zu Ende zu bringen? Er spürte den Krieg am Horizont heraufziehen, und er wusste nicht, ob sie stark genug sein würden, um ihn zurückzudrängen.

»Birger.«

Dahlerus drehte sich um. Von ihm unbemerkt war Elisabeth aus dem Bett gestiegen und zu ihm ans Fenster gekommen. Sie trat auf ihn zu, nahm ihn in ihre Arme. Er legte den Kopf auf ihre Schulter, spürte die Wärme ihres Körpers. Etwas klumpte sich in ihm zusammen, ein diffuses Gefühl der Angst, das seine Eingeweide schmerzhaft umklammerte.

Mein Gott, betete er, lass diesen Krieg an uns vorüberziehen.

Elisabeth drückte ihn fest an sich. Es wirkte. Dahlerus ließ die Tränen einfach laufen.

»Ist ja schon gut«, sagte sie, »ich liebe dich.«

2.
London
4. August
Paddington, Vormittag

Fassungslos starrte Krauss auf die Nachricht. Unmöglich. Christa musste sich täuschen. Sie hatte jemanden verwechselt. Nach all den Jahren ein verzeihlicher Irrtum. Zu übermächtig waren die Schatten der Vergangenheit. Verdunkelten die Seele, wenn Nacht für Nacht der Schrecken heraufstieg. Oft ließen sich die Gespenster auch am Morgen nicht abschütteln, verfolgten einen den ganzen Tag, verwandelten sich in reale Gesichter, begegneten einem an jeder Ecke, in jedem unbekannten Passanten, der den Weg kreuzte.

Krauss hatte selbst erlebt, wie er in der Menge einen dieser Mörder zu erkennen meinte, ihm hinterherhetzte, ihn einholte. Und in ein fremdes, verdutztes Antlitz blickte. So wird es Christa auch gegangen sein, dachte er. Vielleicht hatte es geregnet, oder der Nebel hatte einem Unbeteiligten diabolische Züge verliehen. Andererseits war Christa alles andere als paranoid. Ihr gesunder Menschenverstand hatte ihn stets beeindruckt. Sie ließ sich nicht leicht von Gefühlen überwältigen. Er vertraute auf ihr Urteil, und er vertraute wenigen.

Krauss zerknüllte den Zettel. Er hatte gehofft, den Namen nie mehr hören zu müssen. Aber die Nachricht war so kurz wie unmissverständlich: »Bensler ist in London.«

Krauss schob den losen Ziegelstein zurück an seinen Platz. Das unbebaute Grundstück in Paddington war gut zu überblicken, deshalb hatten sie es ausgewählt. Auf der langen Fahrt durch die City hierhin ließen sich eventuelle Verfolger entdecken und abhängen. Bisher war das nie nötig gewesen. Eine halbhohe, verfallene Mauer zog sich um Teile des Geländes, auf dem bald eine Siedlung entstehen sollte. Dann würden sie sich nach einem anderen Ort umsehen müssen. Hinter einem Ziegel aus dem lockeren Mauerwerk platzierte Christa ihre Nachrichten, wenn es etwas zu berichten gab. Ihr Signal war die Farbe Rot.

Einmal in der Woche fuhr Krauss durch die Garden Lane, wo Christa als Haushälterin arbeitete. Gab es etwas mitzuteilen, stand etwas Rotes im Fenster – ein Strauß Rosen, Weihnachtssterne, eine rote Kerze. Dann machte Krauss sich auf den Weg nach Paddington. Von Anfang an hatten sie vereinbart, persönliche Kontakte möglichst zu vermeiden. Für die Zukunft des Jungen war die Isolation entscheidend. Auch das Telefon sollte nur in Notfällen benutzt werden.

Dies war ein Notfall, dachte Krauss. Heute Morgen hatte er die Rosen im Fenster gesehen und war direkt herausgefahren. Seit Jahren schon hielten sie Funkstille, lief alles problemlos. So lange lag die letzte Nachricht zurück, dass er sich fragte, ob die Mauer überhaupt noch stand und ob er den richtigen Stein finden würde.

Was Christa ihm mitzuteilen hatte, wagte er sich kaum vorzustellen. Dass es ihn nicht kalt lassen würde, damit hatte er gerechnet – mit Krankheit oder Geldsorgen, aber nicht mit Bensler.

Krauss fuhr mit seinem kleinen Riley Coupé zurück in die Innenstadt, achtete jedoch kaum auf den Verkehr. Christas Nachricht hatte alte Wunden wieder aufgerissen. Bensler war eine davon. Eine skrupellose Bestie, mordlustig und sadistisch. Einmal hatte Krauss miterleben müssen, wie Bensler ungerührt einer schwangeren Frau die Brustwarzen abgeschnitten hatte, um sie zum Reden zu bringen. Es hatte ihm Freude bereitet. Wo der Kerl auftauchte, gab es früher oder später ein paar Leichen. Die andere Wunde aber schmerzte weit mehr. Bensler zählte zu Edgars besten Männern. Früher hatte auch Krauss dazugehört. Doch das war es nicht alleine. Edgar hatte Krauss verführt, obwohl er ihn hätte beschützen müssen, weil in ihren Adern dasselbe Blut floss. Edgar war Krauss' älterer Bruder, sein verkommener, widerwärtiger, hinterhältiger Bruder. Es gab niemanden, den Krauss mehr hasste. Seit Jahren wünschte er sich, Edgar all das heimzuzahlen, was der ihm angetan hatte. Sollte es doch noch gelingen? Spielte ihm die Vorsehung Bensler in die Hände? Oder war es eine weitere Prüfung, um seine Schuld gegenüber Hanna abzutragen? Er wusste es nicht. Er wusste nur eines: Edgar hatte Hanna auf dem Gewissen. Und das würde er ihm nie verzeihen.

Krauss versuchte, seinen Verstand zusammenzuhalten. Auf wen hatte es Bensler in London abgesehen? Natürlich war er im Auftrag seines Bruders hier, als Abgesandter der »Söhne Odins«. Krauss schüttelte den Kopf. Damals hatte er an all das geglaubt, an die Mythen, daran, dass sie ihr germanisches Erbe antraten. Heute konnte er es nicht mehr begreifen. Den Namen, die »Söhne Odins«, hatte sich Edgar ausgedacht. Weil sie »die Besten der Besten« waren, das Resultat einer kompromisslosen rassischen Auslese. Sie durften ungestraft tun, was andere nicht einmal zu denken wagten, denn sie genossen höchsten, allerhöchsten Schutz. Niemand pfuschte ihnen ins schmutzige Handwerk, weil sie offiziell gar nicht existierten, obwohl sie ab 1933 organisatorisch lose der Gestapo zugeschlagen waren. Intern hieß Edgars Truppe »das elfte Dezernat« – auf dem Papier besaß die Gestapo exakt zehn Abteilungen. Doch die Männer zogen die Bezeichnung »Söhne Odins« vor. Es verlieh ihnen etwas Geheimnisvolles, Düsteres, Beängstigendes. Bensler war einer derjenigen, die es genossen, gefürchtet zu werden. Auf wen hatte er es in London abgesehen? Dass die »Söhne Odins« Krauss auf die Spur gekommen waren, schien ihm sehr unwahrscheinlich. Edgar hielt ihn für tot, Hanna hatte er selbst sterben sehen. Das elende Schwein!

Vielleicht hatte jemand Krauss doch in London erkannt und die Deutschen informiert. Dann hätte auch Edgar davon erfahren, da war sich Krauss sicher. Irgendwann war bei den »Söhnen Odins« alles Wissenswerte aufgelaufen. Sonst hätten sie nicht so effektiv arbeiten können. Trotzdem hielt er diese Möglichkeit für unwahrscheinlich. Wenn Edgar und seine Leute über ihn Bescheid wüssten, wäre alles lautlos vonstatten gegangen. Bensler hätte sich nicht blicken lassen – erst im letzten Moment, mit einer Waffe im Anschlag. Diese Männer verstanden sich auf ihr Geschäft. Niemand wusste das besser als Krauss. Trotzdem sagte ihm eine innere Stimme, dass es um andere Dinge ging. Um den Jungen? Nur Christa hätte ihnen die Wahrheit verraten können, doch dann hätte sie ihn nicht informiert. Das passte nicht zusammen. Aber worum ging es dann? Er musste es herausbekommen, so viel war klar. Und danach musste er Bensler töten. Eine solche Gelegenheit bekam er so schnell nicht wieder.

Krauss hatte einen Pub angesteuert, der eine Kabine mit einem Münzfernsprecher besaß. In dem Lokal war um die Mittagszeit nicht viel los. Er kramte ein paar Münzen aus seiner Tasche und hockte sich in die Kabine. Dass die Leitung abgehört werden würde, war extrem unwahrscheinlich. Er wählte Christas Nummer. Es klingelte viermal, dann wurde abgehoben. Eine energische Frauenstimme meldete sich. »Bei Watsons.«

»Hallo, Christa, ich bin's.«

»Endlich.«

Christas Stimme wurde sofort etwas weicher. Krauss hörte förmlich, wie ein Teil der Anspannung von ihr abfiel.

»Ich hatte gehofft, dass du anrufst. Dann hast du meine Nachricht bekommen?«

»Ja. Bist du dir sicher?«

»Absolut. Er war es. Erst habe ich gedacht, ich spinne, aber dann bin ich ihm gefolgt. Ich wollte auf Nummer sicher gehen.«

Krauss durchfuhr es heiß. Vielleicht hatte Christa einen großen Fehler begangen, einen Fehler, der sie alle teuer zu stehen kommen würde. Es knisterte leise in der Leitung.

»Bist du noch da?« Christa klang verzweifelt.

»Ja. Ich mache mir große Sorgen.«

»Nicht wegen mir, hoffe ich. Ich war extrem vorsichtig. Ich habe daran gedacht, was du mir eingebläut hast. Kein Risiko eingehen, niemals. Aber ich musste wissen, ob er es ist. Wenn er auf dich träfe, wie ich auf ihn getroffen bin, nicht auszudenken. Deshalb bin ich ihm nachgegangen. Er hat sich absolut sicher gefühlt, sich nicht einmal umgeschaut.«

Krauss erinnerte sich an Benslers Überheblichkeit. Gut möglich, dass er glaubte, alles zu kontrollieren. Es sah so aus, als hätte Christa einfach Glück gehabt.

»Wie weit bist du ihm gefolgt?«

»Bis zu einem Haus in der Canal Street. Da ist er rein und nicht mehr rausgekommen. Ich bin nach fünf Minuten verschwunden, weil ich da nicht sinnlos herumstehen wollte. Das erschien mir zu riskant.«

»Das war richtig.«

Krauss fuhr sich mit der Hand durchs Gesicht. In was waren sie hier hineingeraten? Das Leben erschien ihm wie Treibsand, in dem er bei jedem Schritt tiefer versank. Auch Christa, die nie klagte, für die jedes Problem nur eine nicht gefundene Lösung darstellte, rang mit sich.

»Was hat das alles zu bedeuten? Geht es um den Jungen? Oder um dich, Richard?«

»Ich weiß es nicht. Ich habe nicht den geringsten Schimmer. Aber ich muss es wissen. Hast du die Adresse?«

»Canal Street 164. Es ist ein unauffälliges Reihenhaus mit zwei Etagen.«

»Und unsere einzige Chance.«

Die Leitung knackte.

»Christa?«

»Ja.«

»Ich werde sie nutzen.«

Krauss hielt den Hörer so fest umklammert, dass seine Knöchel weiß hervortraten. Sein Leben geriet aus den Fugen. Er wünschte sich, Hanna hätte ihn zu sich geholt. Stattdessen tauchte Bensler auf. Eine widerliche Fratze aus einer noch widerlicheren Vergangenheit. Einer von denen, an die heranzukommen er längst aufgegeben hatte. Jahrelang hatte Krauss sein Bedürfnis nach Rache auf andere Weise befriedigt. Er hatte dem englischen Nachrichtendienst sein Wissen über die »Söhne Odins« offenbart und darum gebeten, gegen seinen Bruder und dessen Truppe arbeiten zu dürfen. Sein Hass verlangte nach einem Ventil. Seither optimierte er den Informationsfluss, wie es in ihrer Übereinkunft hieß – was nichts anderes bedeutete, als dass er den Auftrag bekam, die geheimen Nachrichtenwege sauber zu halten. Ein paar deutsche Spitzel waren dabei spurlos verschwunden und würden es auch bleiben. Krauss gab es eine, wenn auch schwache Genugtuung, dem System zu schaden, das sein Leben zerstört hatte. Er regulierte das Gleichgewicht der Kräfte. Natürlich machte er sich was vor, das war ihm klar. Genauso konnte man versuchen, einen Elefanten mit Mückenstichen zu erlegen. Ein lächerlich sinnloses Unterfangen!

Sinnlos wie ein Leben ohne Hanna.

Er öffnete die Kabinentür, trat hinaus und schaute sich um. Ein paar verlorene Gestalten bevölkerten den Raum. Zwei Männer in Anzügen standen an der Theke, nutzten ihre Mittagspause für ein schnelles Bier. Krauss hätte auch einen Schluck vertragen, etwas Stärkeres, aber er brauchte einen klaren Kopf. Bei einem Mann wie Bensler durfte er sich keinen Fehler leisten. Es würde sein letzter sein. Krauss wandte sich ab und verließ den Pub. Draußen war es sommerlich schwül, ungewöhnlich für London, doch seine Sinne waren nur nach innen gerichtet. Er nahm weder die Hitze noch den Geruch von Autoabgasen und heißem Asphalt wahr. London dampfte aus allen Poren, und der Himmel hing wie eine Glocke über der Stadt. Selten vertrieb ein Windstoß den fauligen Dunst, alles schmorte in seinem Saft. Krauss quetschte sich in seinen Riley und kurbelte das Fenster herunter. Er startete den Motor, reihte sich in den Verkehr ein. Die Sache duldete keinen Aufschub. Jede Stunde, die Bensler ungestört in der Stadt herumschnüffelte, bedeutete eine potenzielle Gefahr. Aber vorher musste er zu Hause vorbeischauen. Wenn man in einen Krieg zog, musste man aufrüsten.

Daheim angekommen, ging er sofort in den Keller. Ungeduldig ruckelte er ein Regal mit Konservendosen beiseite. Die Holzplanken darunter ließen sich anheben. Es war kein perfektes Versteck, das wusste Krauss, aber es tat seine Dienste. Er zog einen schmutzigen Lappen aus dem Hohlraum, faltete ihn auseinander. Ein 45er Colt Automatik kam zum Vorschein, seine Antwort auf knifflige Fragen. Zuverlässig und brachial. Er zog den Ladeschlitten zurück, ließ ihn einschnappen. Holte zwei Magazine aus dem Hohlraum, schob eines in den Griff der Waffe, lud erneut durch. Auf den Colt war Verlass. Es gab wenig, was diese Projektile nicht durchschlugen. Das Problem war die Lautstärke. Sollte er die Pistole einsetzen müssen, würde ihm nicht viel Zeit bleiben. Der Colt weckte Tote. Aber Krauss hatte nicht unbedingt vor, ihn zu benutzen. Die schwere Waffe war nur seine Versicherung für den Notfall, die Kavallerie. Normalerweise zog er für seine Aufträge ein handlicheres Kaliber vor, eine kleine 22er Walther PPK mit Schalldämpfer. Deren Schüsse waren einen Raum weiter kaum zu hören, dazu war die Waffe zuverlässig und narrensicher. Wenn man nah genug an die Zielperson herankam. Bisher war Krauss dies immer gelungen, aber bei Bensler durfte er nicht davon ausgehen. Der Colt richtete auch auf größere Entfernung genug Unheil an.

Krauss stellte sich vor, wie die Kugeln Benslers Körper durchschlugen. Er schloss die Augen und atmete tief durch. Sein Wunsch nach Rache durfte seine Pläne nicht gefährden. Dass Bensler alleine sein würde, war unwahrscheinlich. Oberste Priorität war es, Christa und den Jungen zu schützen. Also durfte niemand in der Canal Street 164 überleben.

Krauss sicherte die Waffe und steckte sie in die Jackentasche. Danach zog er die Walther aus dem Schulterhalfter und überprüfte das Magazin. Es war voll. Er war gewappnet.

Bevor er losfuhr, dachte er kurz daran, Doyle zu informieren. Eine Schnapsidee! Der MI5-Mann hätte ihm ein derartiges Massaker nie gestattet, sondern stattdessen versucht, Bensler zu verhaften und zu drehen, ihn auf seine Seite zu ziehen. Krauss schauderte bei dem Gedanken. Er würde das nicht zulassen, eher riskierte er, vor einem Militärgericht zu landen. Wobei sie ihn wohl eher kaltstellen würden, auf die eine oder andere Art. Toleranz gegenüber eigenmächtig handelnden Mitarbeitern, noch dazu externen Kräften, zählte nicht gerade zu den Stärken des MI5. Vielleicht kam er ja ungeschoren aus der Sache raus – wer wusste das schon? Irgendwie war es Krauss auch egal. Die Dinge standen so, wie sie standen. Nicht mal einen richtigen Plan hatte er. Außer dass er auf das Überraschungsmoment setzte. Alte Indianerweisheit, Betonung auf alt. Er hoffte einfach auf ein wenig Glück, hatte das Gefühl, es verdient zu haben.

Im Auto konzentrierte er sich auf die nächsten Schritte. Er brauchte einen guten Posten, von dem sich das Haus unbemerkt beobachten ließ. Am helllichten Tag war eine Person im Wagen zu auffällig. Eine Wohnung gegenüber wäre ideal, aber risikoreich. Wohin mit den Bewohnern? Sie durften ihn nicht wiedererkennen, was ihn zwingen würde, Unschuldige zu töten. Das wollte er, wenn es irgendwie ging, unbedingt vermeiden. Manchmal heiligte der Zweck die Mittel, redete er sich ein. Und widersprach sich sofort – er war nicht so menschenverachtend wie Bensler. Vielleicht hatte es eine Zeit gegeben, in der er es hätte werden können. Müßig, darüber nachzudenken, denn Hanna hatte ihm rechtzeitig die Augen geöffnet. Und ihre bald darauf für immer geschlossen. Es war soweit, diese Schuld zu begleichen.

Krauss parkte den Wagen am Anfang der Canal Street und ging zu Fuß zur angegebenen Adresse. Er schritt schnell aus, hastete wie ein Angestellter zurück an seinen Arbeitsplatz. Es war zwei Uhr am Nachmittag. Die Canal Street war im hinteren Teil eine Wohnstraße, nur im vorderen Bereich hatten sich ein paar Geschäfte und Büros angesiedelt. Ungefähr auf der Höhe von Nummer 164 erspähte er schräg gegenüber ein Haus, dessen Fenster als einzige in der Mittagshitze nicht geöffnet waren. Er konnte sein Glück kaum fassen, traute dem Braten aber nicht. Zielstrebig ging er über die Straße auf das zweistöckige Gebäude zu, nestelte dabei in der Tasche nach seinen Dietrichen.

Vor der Tür zog er die gebogenen Drähte aus der Tasche, führte sie ins Schloss und suchte den Druckpunkt. Es war eine Sache von wenigen Sekunden, gerade so lange, wie jemand braucht, der einen Schlüssel benutzt. So etwas lernt man in Deutschland, dachte er, und es funktioniert überall. Drinnen schloss er leise die Tür. Krauss hatte sich so lautlos wie möglich verhalten, denn mit seiner Einschätzung, dass das Haus zurzeit verlassen war, konnte er danebenliegen.

Reglos stand er im Flur, horchte. Er hörte nichts, was auf menschliche Anwesenheit schließen ließ. Nachdem der erste Adrenalinschub abgeflaut war, nahm er einen leicht muffigen Geruch wahr, Stoffe, die in der Hitze ausdünsteten, was sie über Jahre aufgesogen hatten. Die Bewohner waren verreist, verzogen, verstorben, was kümmerte es ihn. Hauptsache, sie waren weg. Krauss atmete wieder normal. Es fing gut an. Trotzdem zog er die schallgedämpfte Walther aus dem Schulterhalfter. Er hielt die Waffe nach unten, führte sie eng am Bein und betrat einen Raum nach dem anderen. Alles deutete darauf hin, dass schon einige Tage niemand mehr das Haus betreten hatte.

Nirgendwo lag etwas herum, der Kühlschrank war bis auf wenige haltbare Sachen so gut wie leer, die Dusche blitzblank geputzt. Krauss stieg die Treppe hinauf in den ersten Stock. Schlafzimmer, Kinderzimmer, Arbeitszimmer. Wer hier an was arbeitete, interessierte ihn nicht. Ihm kam eine derart geordnete Existenz ohnehin vollkommen fremd vor. Ein Leben, wie es in diesem Haus geführt wurde, unauffällig, unbescholten, vielleicht sogar glücklich, war ihm verwehrt geblieben.

Er steckte die Waffe wieder weg. Vom Kinderzimmer aus ließ sich Haus Nummer 164 perfekt einsehen. Er zog sich einen Stuhl ans Fenster und setzte sich so hin, dass er von außen nicht zu entdecken war, trotzdem aber beobachten konnte, wer gegenüber ein- und ausging. Ideal für das Opernglas, das er noch eingesteckt hatte. Drei von vier Fenstern in Benslers neuem Domizil waren weit geöffnet, zwei in der oberen, eines in der unteren Etage. Böen wehten die Vorhänge ab und an in die Räume, so dass Krauss mit dem Fernstecher Details erkannte. Hinter dem rechten oberen Fenster einen Tisch und zwei Stühle, über einer Lehne hing eine Hose. Das untere Fenster schien zur Küche zu gehören, Krauss registrierte eine Anrichte. Nur die Bewohner fehlten. Keine Spur von Bensler. Dass Christa ihn in das Haus hatte gehen sehen, musste nicht bedeuten, dass er dort auch wohnte. Immer noch hoffte Krauss, dass sie vielleicht doch nur ein Phantom verfolgt hatte. Aber Christa war nicht der Typ Frau, der auf Trugbilder hereinfiel.

Er stützte die Füße auf die Heizung und beobachtete das obere Fenster. Plötzlich bewegte sich etwas. Tatsächlich – er sah stark behaarte Beine, die in einer weißen Unterhose steckten. Darüber war ein Teil des Oberkörpers zu sehen, ebenfalls in weißer Unterwäsche. Der Vorhang verdeckte Brust und Kopf.

Krauss hielt den Atem an. Wo blieb der Wind, wenn man ihn brauchte? Der Mann entfernte sich wieder. Krauss fluchte. Er wartete weiter. Eine Stunde verging. Der Nachmittag verstrich allmählich. Krauss hatte gehofft, alles bei Tageslicht erledigen zu können, im Schutz des alltäglichen Treibens. Die Nacht würde jedes Geräusch weit hinaustragen. Jetzt lief ihm die Zeit davon. Er konnte nicht einfach auf Verdacht in das Haus stürmen. Er musste sicher sein. Hundertprozentig.

Plötzlich packte jemand im oberen Raum die Vorhänge, zog sie beiseite. Der Mann im Unterhemd trat ans Fenster, schaute die

Straße herunter. Krauss brauchte das Opernglas nicht mehr. Benslers hässliche Visage, die pockige Haut, die zerfurchte Säufernase, das haltlose Kinn kannte er fast so gut wie sein eigenes Gesicht.

Stechender Schmerz schoss plötzlich von der Wirbelsäule aus seinen Körper hoch. Krauss versteifte sich, biss die Zähne zusammen. Es war die Wunde, die er sich damals bei der Flucht vor Edgar zugezogen hatte, eine Kugel, zu nah an der Wirbelsäule, um sie herauszuoperieren. Ab und an drückte sie auf am Rückenmark verlaufende Nerven. Der Schmerz schnitt durch seine Organe wie flüssiges Feuer, ließ seine Kräfte erlahmen.

Krauss atmete stoßweise. Umständlich rutschte er vom Stuhl und legte sich der Länge nach hin. Wenn er sich entspannte, ließ der Schmerz nach. Er spürte die Wunde bis in seine Kiefer, spürte ihr pulsierendes Zentrum, das Lava durch seine Adern pumpte.

Nach wenigen Minuten erlosch das Feuer. Der Anfall war vorbei. Krauss zog sich wieder auf den Stuhl und setzte leicht zittrig das Opernglas an die Augen. Bensler hatte Gesellschaft bekommen, eine Blondine. Sie sagte etwas zu ihm, er nickte, sie verschwand. Krauss sah sie nur im Halbprofil, zu kurz, um sie einwandfrei zu erkennen. Aber ihre Art, sich zu bewegen, erschien ihm vertraut. Es hatte einige Frauen im Umfeld der »Söhne Odins« gegeben, die meisten von ihnen hartgesotten wie die Männer. Das verdoppelte das Risiko. Bensler streckte den Kopf aus dem Fenster, beugte sich so weit vor, dass seine Bierwampe empfindlich gequetscht wurde, und inspizierte die Straße. Erwartete er jemanden? Wollte er nur kurz frische Luft schnappen? Bensler, den sie wegen seines Kantschädels und der Art, sich durchzusetzen, immer die Walze genannt hatten, drehte sich um und verschwand im hinteren Bereich des Raums.

Krauss harrte weiter aus. Wo sich zwei Gegner aufhielten, könnten auch drei auf ihn warten. Das würde es fast unmöglich machen. Gegen drei von Edgars Schergen stand selbst ein zu allem entschlossener Mann wie er auf verlorenem Posten. Auch wenn er im Vorteil war, weil er nichts mehr zu verlieren hatte und keiner mit ihm rechnete. Krauss legte das Opernglas weg. Andererseits war ein Zeitpunkt so gut wie der andere. Er hatte heute schon einmal Glück gehabt. Warum nicht noch mal? Bensler und Blondie waren allein, das sagte ihm seine Intuition. Sonst würde die Drecksau nicht in Unterwäsche herumlaufen.

Vor seinem inneren Auge ließ er seine nächsten Schritte ablaufen, versuchte, sich in das Haus zu versetzen. Alles hing davon ab, dass er völlig ruhig blieb, nicht vorschnell handelte. Er musste einen klaren Kopf behalten, dann würde es gelingen. Es musste gelingen. Krauss stand auf und warf einen letzten Blick auf Canal Street 164. Die Vorhänge wehten leicht im Wind, alles schien wie ausgestorben. Vielleicht würde er dort sterben. Nicht heute, entschied er.

Krauss wandte sich mit einer entschlossenen Bewegung ab. Er stellte den Stuhl zurück an seinen Platz, stieg langsam die Treppe hinab, ging durch den Flur, öffnete die Tür zur Straße. Einige Sekunden lang rekapitulierte er seine Schritte, vergewisserte sich im Geiste, dass niemand seinen Besuch bemerken würde. Er zog die Haustür hinter sich zu und lief in gemäßigtem Tempo den Bürgersteig hinunter, weg vom Haus. Es sollte so normal wie möglich wirken. Nach zweihundert Metern wechselte er die Straßenseite und kam zurück. Kurz vor Nummer 164 holte er den Draht aus der Tasche.

Ohne zum Fenster hochzuschauen, nahm er die drei Stufen zur Tür, steckte den Dietrich ins Schloss und ließ den Riegel einschnappen. Er schlüpfte hinein und zog sofort die Walther. Dann drückte er mit der Linken leise die Tür wieder zu. Er war im Haus. Krauss packte die Waffe mit beiden Händen, hielt sie halbhoch vor den Körper. Bisher hatte er sich nicht von der Stelle bewegt. Er lauschte, wie zwei Stunden zuvor im Haus gegenüber. Die Geräuschkulisse war eine völlig andere. Es knackte und knisterte, Vorhänge raschelten, durch die offenen Fenster drang das Rauschen der Straße. Aus der oberen Etage waren Stimmen zu hören. Undeutlich, abgehackt, fordernd. Ein Mann. Bensler? Eine hellere Tonlage, monoton antwortend. Die Frau. Beide hielten sich also oben auf.

Sehr gut, dachte Krauss. Zwei Meter links von ihm befand sich eine offenstehende Tür. Mit drei großen Schritten erreichte er sie, schwenkte die Waffe in den Rahmen. Die Küche. Niemand zu sehen. Aufgeschnittene Früchte auf der Anrichte, eine leere Wasserflasche, ein Glas mit Zucker. Jemand hatte Limonade gemacht und danach nicht aufgeräumt.

Krauss drehte sich wieder in den Flur, von dem eine Treppe in den ersten Stock führte. Hinter der Treppe lag ein weiterer Raum, wahrscheinlich das Wohnzimmer, von dem aus es in den Garten ging.

So leise wie möglich schlich er sich heran, öffnete mit der Linken die Tür, hielt die Waffe mit der Rechten im Anschlag. Mit einem Schritt war er drin, erfasste alles mit einem Blick. Sessel, Couch, Schrankwand mit Büchern, großes Fenster zum Garten, menschenleer. Keine Durchgangstüren. Er ging zurück in den Flur. Am Fuß der Treppe stand die blonde Frau und starrte ihn an. Unter ihrem linken Auge leuchtete ein Leberfleck.

Eva Ludwig, realisierte Krauss im Bruchteil einer Sekunde, die sanfte Eva, und zog im selben Moment den Abzug durch. Es gab ein dumpfes Plopp. Die sanfte Eva, die ihren Spitznamen der Fähigkeit verdankte, Männer mühelos um den Finger wickeln zu können, schwankte. Auf ihrer weißen Bluse bildete sich ein roter Fleck, mäanderte über ihre Brust wie ein bösartiges Geschwür. Der Schuss hatte sie ins Herz getroffen. Sie fasste sich mit der Linken an die Wunde, blickte Krauss fassungslos an, krümmte sich leicht. Aus ihrem Mund kam kein Laut, nicht mal ein Stöhnen. Erst jetzt sah er den Krug in ihrer Hand. Limonade, sie sollte frische Limonade machen.

Krauss sprang in ihre Richtung. Es war zu spät. Eva fiel und mit ihr der Krug. Wie in Zeitlupe stürzte das Gefäß zu Boden und war doch für Krauss unerreichbar. Klirrend zerbrach es auf der untersten Stufe. Der Lärm füllte das Haus für eine Sekunde so komplett aus wie ein Korken einen Flaschenhals. Eva dagegen war mucksmäuschenstill in sich zusammengesackt.

»Was hast du denn jetzt schon wieder angestellt, du blöde Kuh?« Benslers wütende Stimme dröhnte aus dem ersten Stock.

Krauss erinnerte sich wieder an die Arroganz des rabiaten Deutschen. Bensler rechnete nicht damit, dass ihn jemand in seinem eigenen Haus bedrohen könnte. Krauss hörte schwere Schritte, die schnell näher kamen. Um sich zu verstecken, war es zu spät. Bensler, immer noch in Unterhose und Unterhemd, war schon ein Stück die Treppe heruntergestürmt, als er die auf dem Boden liegende Eva sah. Und Krauss, der neben ihr stand und eine Waffe auf ihn richtete.

Bensler stockte.

Wie schon bei Eva einen Moment zuvor, schien die Welt mit einem Mal stillzustehen. Bensler löste sich als Erster aus der Starre. Ruckartig warf er seinen massigen Körper herum und hastete auf allen vieren die Treppe hoch. Krauss schoss. Er erwischte Bensler am rechten Knie. Bensler stöhnte auf, kroch aber weiter. Krauss zog erneut den Abzug durch, das Projektil schlug hinter Bensler in die Wand. Schon war der Nazi außer Sichtweite. Krauss sprang über die reglose Eva hinweg und sprintete die Treppe hoch. Was für ein Irrsinn! Er hatte sich eine Sekunde lang nicht genug konzentriert, sich von der Begegnung mit Eva aus dem Konzept bringen lassen. Jetzt musste er dafür zahlen.

Oben angelangt, lauschte er eine Sekunde. Zwei Räume gingen nach vorne zur Straße raus, zwei nach hinten. Von vorne hörte er das Klappern einer Schublade in dem Raum zur Linken. Krauss lehnte sich neben den Rahmen, atmete aus und schwang herum. Bensler beugte sich verkrampft über eine Kommode und zielte mit einer Waffe auf ihn. Krauss schoss sofort. Die Kugel traf den schwer keuchenden Deutschen in die linke Schulter. Der Einschlag riss ihn herum, die Pistole glitt ihm aus der Hand.

Krauss war mit drei schnellen Schritten bei ihm und zog ihm hart die Walther über den Schädel. Bensler sackte zusammen. Krauss nahm die Waffe an sich, auch eine PPK. Bensler hatte in der Hektik vergessen, sie zu entsichern. Diesmal hatte er einen Fehler gemacht. Also hatte sich die Überraschungstaktik zumindest ein wenig ausgezahlt. Aber es hätte auch anders verlaufen können. Er beugte sich über sein Opfer. Bensler war nicht bei Bewusstsein, atmete jedoch. Krauss riskierte es, die übrigen Räume zu sichern. Niemand. Eva und Bensler waren offensichtlich alleine. Der Grund dafür war noch zu klären.

Krauss ging zurück zu Bensler. Der Raum war karg eingerichtet, mit einem Tisch und mehreren Stühlen in Fensternähe, über einer Lehne hing eine achtlos hingeworfene Hose. Diesen Raum hatte Krauss von seinem Beobachtungsposten einsehen können. An einer Wand gab es eine Art Sekretär, darauf eine Schreibmaschine. Dazu die Kommode mit Schubladen, aus der Bensler die Waffe gefischt hatte. Alles wirkte flüchtig eingerichtet, nicht für länger gedacht. Einer der anderen Räume war das Schlafzimmer. Die zerwühlten Laken deuteten darauf hin, dass Bensler und Eva ein Paar waren. Auf den Nachttischen standen leere Limonadengläser. Die beiden hatten es sich gemütlich gemacht. So weit weg vom langen Arm Berlins, da ließ man die Zügel schleifen. Aber Krauss wusste, dass die beiden kein echtes Liebespaar sein konnten. Dazu waren sie zu krank im Kopf.

Lustlos durchwühlte er die Schubladen. Einige waren leer, in anderen fand er etwas Kleidung, genug für ein paar Tage. Sie waren gerade erst angekommen, dachte Krauss, hatten sich noch nicht eingelebt, warteten. Worauf? Das konnte ihm nur einer beantworten. Er hockte sich neben Bensler, der lang hingestreckt auf dem Boden lag, stieß ihn unsanft mit dem Lauf der Walther an die Brust.

Der Deutsche stöhnte. Unter seinem Knie und neben seiner Schulter hatten sich Blutlachen auf dem Teppich gebildet.

»Bensler, du Ratte.«

Krauss griff sich einen Stuhl und zog ihn neben den angeschossenen Deutschen. Er setzte sich und trat Bensler kräftig in die Seite. »Wach auf! Du warst doch sonst so hart im Nehmen.«

»Leck mich am Arsch, Krauss.«

Bensler quetschte die Worte zwischen den Zähnen hervor. Die Augen hielt er geschlossen.

»Immer noch der Alte. Ungehobelt und geschmacklos. Schau dir nur an, wie du aussiehst. Du bist in London, Erich, hier rennt man nicht in Unterwäsche herum. Du siehst aus wie ein Bauer, der gleich die Schweine füttern will.«

Bensler öffnete die Augen. »Du hast Eva umgebracht.«

»Und du bist der Nächste.«

Bensler räusperte sich. Seine Stimme klang trotzdem belegt. »Ich habe nie wirklich an deinen Tod geglaubt, Krauss. Das war alles zu glatt, zu inszeniert. Aber Edgar wollte nichts davon hören. Er hat lange gelitten. Er leidet immer noch.« Bensler leckte sich mit der Zunge über die Unterlippe. »Wenn du noch lebst, lebt auch der Junge. Was ist mit ihm? Ist er wohlauf? Wo ist er, wo hältst du ihn versteckt? Was hast du deinem Volk nur angetan, Krauss?«

»Halt die Schnauze! Wieso seid ihr hier? Wegen mir ja wohl kaum.«

»Hast du eine Zigarette?«

»Liegen im Wagen. Wieso seid ihr hier?«

Bensler stützte sich auf seinen gesunden Arm, richtete sich mühsam auf und rutschte mit dem Oberkörper an die Wand. Schmerzwellen verzerrten sein Gesicht. Aber er hatte aufgehört zu stöhnen.

»Edgar ist nicht mehr derselbe wie früher. Nach deinem Tod, deinem vermeintlichen Tod hat er monatelang kaum mit uns gesprochen. Später hat er mir erzählt, wie sehr er bereue, was passiert ist. Du würdest dich wundern, Richard. Er würde dich in seine Arme schließen.« Bensler verzog reflexhaft den Mund. »Wir alle würden das.«

»Zum letzten Mal: Wieso seid ihr hier? Ich will eine Antwort, kein Geschwätz.«

Bensler fuhr ihn plötzlich an. »Du weißt doch gar nicht, wie es abgelaufen ist. Welchen Druck er gemacht hat. Auf uns alle. Uns blieb doch keine Wahl.«

»Ihr habt Hanna getötet.« Krauss schaute Bensler lange an. »Und so viele andere. Dafür gibt es keine Entschuldigung.«

»Du hast genauso gemordet wie wir. Vergiss das nicht!« Bensler erwiderte den Blick. »Du bist einer von uns. Immer noch. Edgar weiß das.«

»Du irrst dich. Ich war nie einer von euch. Ihr hattet mich zu etwas gemacht, was ich nicht war. Nie sein wollte.«

»So ein Quatsch. Du bist einer von uns, du bist arisch bis ins Mark, genau wie dein Bruder. Du trägst das Zeichen, wie wir anderen auch. Reines Blut, reines Herz, reines Volk. Du bist ein Sohn Odins. Du hast Pflichten zu erfüllen.«

Krauss zielte mit der Waffe zwischen Benslers Augen. »Ich kann diese Scheiße nicht mehr hören, Bensler. Noch ein Wort von diesem Gewäsch, und du bist ein toter Mann. Also: Wieso seid ihr hier?«

»Du tötest mich doch sowieso. Wieso sollte ich dir etwas erzählen?«

»Weil du es vorziehst, schnell zu sterben.«

»Du bist keiner, der gerne foltert. Daran hat sich wohl nichts geändert.« Schmerz löschte Benslers Lächeln gleich wieder aus.

Krauss lehnte sich zurück. Die Hand mit der Waffe ruhte auf seinem Oberschenkel, der Lauf zeigte in Richtung des Nazis.

»Vielleicht hast du recht. Andererseits: So brennend interessieren mich deine Antworten auch wieder nicht. Eigentlich sind sie mir sogar ziemlich egal. Das Einzige, was zählt, ist, dass du nicht mehr die gleiche Luft atmest wie ich.« Krauss hob die Waffe.

»Warte, warte.« Bensler wirkte aufgeregt. »Du bist doch nicht zufällig hier, oder? Das heißt, du arbeitest für jemanden. Für die Engländer? Die Franzosen, die Polen? Wahrscheinlich für die Engländer. Egal, du kannst auf jeden Fall Informationen gebrauchen. Ich liefere sie dir.« Bensler machte eine Pause. »Wir machen einen Handel. Ich sage dir, was ich weiß, dafür stellt ihr mich unter Schutz.«

Krauss dachte nach. Wenn Bensler wüsste, dass er nah an der Wahrheit war und sich gleichzeitig komplett irrte. Tatsächlich hatte ihn der Zufall verraten, die Geister, die er einst selbst heraufbeschworen hatte. Welche Ironie! Krauss konnte ihm anbieten, was er wollte. Niemand würde ihn hierfür zur Rechenschaft ziehen, weil er keine Spuren hinterlassen würde. Und es gab niemanden, der noch etwas erzählen konnte.

»Für wen ich arbeite, geht dich nichts an. Wenn du etwas zu sagen hast, dann sag es. Mal sehen, was ich für dich tun kann.«

»Du bist schon ein Dreckschwein. Das warst du immer.« Bensler ruckelte sich in eine bequemere Stellung. »Aber ich habe keine Wahl. Die Sache ist jetzt sowieso gelaufen. Edgar hat uns hergeschickt, um die Bevölkerung zu demoralisieren. Wir sollen Sprengsätze zünden, Attentate verüben, solche Aktionen eben. Sobald der Krieg ausgebrochen ist, geht's los. Das ist alles.«

»Das ist alles, soso.« Krauss runzelte die Stirn. Dass Hitler die Messer wetzte, blieb niemandem verborgen. Allerdings hoffte die Regierung in England immer noch, dass sich ein Krieg mit dem mächtigen Nachbarn vermeiden ließ. Hitler hatte offensichtlich andere Pläne. »Du kotzt mich an, Bensler. Wann genau soll es so weit sein?«

»Das weiß ich nicht. Bald. Sobald es in Polen knallt, schlagen wir auch hier los. Das ist der Plan.«

Krauss atmete durch. So weit würde er es nicht kommen lassen.

»Wir sind Soldaten, Krauss.« Benslers Stimme hatte einen beschwörenden Tonfall angenommen. »Wir sind im Krieg.«

Krauss richtete die Waffe auf Benslers Kopf. Der Nazi verkrampfte sich leicht.

»Ich habe dir die Wahrheit gesagt. Du hast versprochen, mir zu helfen.«

»Ich habe dir nichts versprochen. Du hast versucht, deine Haut zu retten.«

»Du bist eine falsche Schlange, Krauss.« Bensler spuckte aus, der Speichel zog Fäden. »Edgar hat uns vor dir gewarnt. Damals. Schließlich kennt er dich besser als jeder andere. Er hat immer geahnt, dass du unsere Sache nicht wirklich begreifst. Und er hat am Ende Recht behalten. Hanna hat das zum Vorschein gebracht, was wirklich in dir steckt: ein Verräter. Ich habe wenigstens etwas, an das ich glaube. Für das es sich zu sterben lohnt.«

Krauss hielt inne. Irgendetwas hatte sich an der Geräuschkulisse verändert.

Bensler beobachtete ihn genau. Krauss stand auf. Lauschte. Unten klapperte etwas. Auch Bensler hatte es gehört. Krauss beugte sich blitzschnell nach vorne und hieb dem Nazi zum zweiten Mal die Waffe über den Kopf. Bensler hatte ihm wohl nicht alles verraten.

Unten fiel eine Tür ins Schloss. Ein unterdrückter Aufschrei. Jemand hatte Evas Leiche entdeckt. Ihm blieb wenig Zeit. Mit drei leisen Schritten war er an der offenen Zimmertür, die kurz hinter der Treppe in den oberen Flur mündete. Er musste jetzt sehr schnell und präzise handeln. Der oder die Ankömmlinge gehörten mit Sicherheit zu Bensler, sonst hätten sie wohl keine Schlüssel. Er hatte ein Team hier. Nach dem Wenigen, was er erzählt hatte, ergab das einen Sinn. Wenn es Benslers Leute waren, durfte er sie nicht unterschätzen.

Die Waffe in beiden Händen weit von sich gestreckt, ging Krauss zum oberen Ende der Treppe.

Ein Mann beugte sich über die tote Eva. Zwei Meter hinter ihm stand eine Frau, eine Hand vor dem Mund. »Helmut!« Sie hatte Krauss sofort gesehen. Krauss drückte ab, die Kugel schlug knapp neben ihr in die Wand ein. Der Mann blickte zu ihm hoch, griff unter seine Jacke. Krauss zielte, schoss. Der Mann taumelte nach hinten, Blut spritzte aus seinem Hinterkopf. Krauss drückte ein weiteres Mal ab. Der Mann brach zusammen. Krauss wollte auf die Frau zielen, doch die war verschwunden.

Nein, nein, nein, dachte Krauss, als er die Treppe hinunterstürmte.

Mit einem Satz sprang er über die Leichen, stürmte zur offenstehenden Tür, rannte hindurch. Die Frau bog hinter dem Vorgarten um die Ecke, spurtete über den Bürgersteig die Straße hinunter. Sie war schnell. Krauss lief hinterher. Es waren nur wenige Menschen unterwegs. Die Frau hatte zwischen fünfzig und hundert Meter Vorsprung und schien ihr Tempo noch zu erhöhen. Krauss atmete stoßweise. Er war zwar erst Anfang dreißig und in guter Verfassung, aber er hatte schon lange keinen Sport mehr getrieben. Trotzdem war er sicher, nah genug an sie herankommen zu können, um einen sauberen Schuss zu landen.

Die Frau erreichte eine Seitenstraße und bog ab. Krauss war nur Sekunden später an der Ecke. Abrupt blieb er stehen. Die Straße, die er jetzt einsehen konnte, war leer. Sein Opfer hatte sich in Luft aufgelöst. Er lief ein paar Schritte den Bürgersteig entlang, schaute sich hektisch um. Nichts. Sie musste in ein Haus verschwunden sein, aber in welches? Vielleicht besaß Benslers Team hier einen weiteren Unterschlupf. Danach zu suchen, konnte er sich jetzt nicht leisten. Er musste zurück in die Canal Street, sein Werk vollenden.

Krauss steckte die Waffe weg und trabte in einer Geschwindigkeit zurück, die kein Aufsehen erregte. Die Tür stand noch halb auf. Bevor er das Haus wieder betrat, zog er erneut die Waffe. Mit der Walther im Anschlag stieg er über die Leichen und die Treppe in den ersten Stock. Oben sicherte er erst wieder den Flur, dann stürzte er ins Zimmer, in dem er Bensler zurückgelassen hatte.

Der Raum war leer. Nur eine Blutlache am Boden erinnerte an das, was gerade hier geschehen war. Krauss fluchte. Er konnte sein Pech nicht fassen. Bensler war ein zäher Brocken, er hatte ihn ausgetrickst. Krauss rechnete nicht damit, ihn noch im Haus zu finden. Trotzdem sondierte er das Schlafzimmer, die übrigen Räume im Erdgeschoss und den Keller. Mit der Angst im Nacken, die Polizei könne jeden Moment vor der Tür stehen, blieb ihm nur wenig Zeit für eine gründliche Inspektion. Bensler war genauso spurlos verschwunden wie die Frau, die er verfolgt hatte. Krauss kochte vor Wut über sich selbst. Er hatte es vermasselt. Und zwar gründlich.

3.
Bredstedt

7. August
Zug nach Sylt, Mittag

Birger Dahlerus hing seinen Gedanken nach. Er saß im Zug nach Sylt, auf dem Weg zu Hermann Göring. Dem Mann, auf dessen Schultern Dahlerus das Kartenhaus seiner Hoffnung baute. Hätte er alleine im Abteil gesessen, hätte er vielleicht leise geseufzt. So verkniff er sich derartige Gefühlsäußerungen. Seine Zweifel aber ließen sich nicht einfach wegwischen, sie begleiteten jeden seiner Schritte. Göring war ein unkalkulierbarer Kantonist, so viel stand fest. Aber der Einzige, den er hatte. Der Gedanke, dem Deutschen nach Sylt nachzureisen, war an diesem Morgen entstanden, geboren bei einem reichhaltigen Frühstück mit seinen englischen Gästen. Wieder und wieder sprachen sie das Treffen mit Göring vom Vortag durch, diskutierten jeden Vorschlag und stritten sich darum, wie es weitergehen müsse. Sie kamen zu dem Ergebnis, den vorangegangenen Tag als vielversprechend zu bezeichnen, als den Anfang von etwas, was zu einem guten Ende führen könnte. Charles Spencer, der wie immer das Wort führte, warnte vor allzu großem Überschwang. Erst jetzt beginne der schwierige Teil, hartnäckiges Verhandeln, langwierige Überzeugungsarbeit. Dahlerus wusste, wie recht er hatte.

»Um Hitler verbindliche Aussagen zu entlocken, brauchen wir eine erneute Vier-Mächte-Konferenz«, hatte Spencer in die Runde gesagt, »ohne Frankreich und Italien geht es nicht. Erst wenn alle an einem Tisch sitzen, wächst der Druck auf Deutschland. Hitler muss klar werden, dass er sich mit einem Krieg gegen Polen isoliert. Englands Entschlossenheit reicht alleine nicht aus. Eine Vier-Mächte-Konferenz, ein zweites München, das ist es, was wir brauchen.«

Sie hatten den Vorschlag hin und her gewälzt, für gut befunden und wieder verworfen, als undurchführbar erklärt und schließlich als einzig gangbaren Weg bezeichnet. Dahlerus sollte so schnell wie möglich Göring unterrichten. Der Deutsche lag mittlerweile am Strand von Sylt, entspannte sich ein paar Tage vom Berliner Tollhaus, wie er den politischen Betrieb der Reichshauptstadt spöttisch nannte. Bei seiner Abreise hatte Göring dem Schweden aber versichert, er sei jederzeit für ihn zu sprechen; Dahlerus zögerte daher keine Sekunde, zum Telefon zu greifen. Tatsächlich willigte der Reichsfeldmarschall sofort ein, den Unterhändler zu treffen, er solle den nächsten Zug von Niebüll nach Sylt nehmen, dort werde er ihn am Bahnhof abholen.

So fuhr Dahlerus unverhofft auf Deutschlands wichtigste Urlaubsinsel, im Gepäck statt Badehose und Sonnenschirm sorgfältig formulierte Antworten auf Görings sicherlich bohrende Fragen. Normalerweise fiel es ihm leicht, sich bei einer Zugfahrt zu konzentrieren, doch an diesem Tag drohte die Hitze das Denken zu sabotieren. Im Abteil musste das Fenster ein Stück weit offen stehen, so stickig war es. Wäre er gefragt worden, hätte er sich schlechtes Wetter gewünscht, Wolken und Wind, um den Kopf klar zu halten.

Dahlerus legte den Kopf zurück und schloss die Augen. Was hätte er darum gegeben, aus der Zukunft zurückschauen zu können auf diese Tage im August, mit dem Wissen darum, wie die Dinge sich entwickeln! Er hatte Hermann Göring fünf Jahre vor dem Treffen im Sönke-Nissen-Koog kennengelernt, im März 1934 – sein erster Eindruck war der eines Mannes gewesen, der zu seinem Wort steht. Damals versuchten ein nationalsozialistischer Richter und ein Notar, den schwedischen Unternehmer zu übervorteilen. Dahlerus wollte eine deutsche Witwe heiraten, Elisabeth Nissen. Deutsche Gesetze aber verlangten, dass wegen ihres Sohnes aus erster Ehe ein Vormundschaftsgericht in die Verbindung einwilligte. Obwohl viel Geld für das Paar auf dem Spiel stand, peinigte es vor allem das Gefühl, ungerecht behandelt worden zu sein. Natürlich fürchtete Dahlerus, seine private Zukunft könne ihm zwischen den Händen zerrinnen, aber er ärgerte sich auch maßlos über die kriminelle Energie von Beamten, deren Aufgabe es war, Recht zu sprechen, und nicht, die Menschen auszubeuten.

Der zuständige Richter, ein verhärmter Hanseat namens Reinhard Rossmann, hatte ihm in einem Vieraugengespräch kurz und bündig erklärt, dass deutsches Geld in Deutschland verbleiben müsse, dass das Reich jeden Pfennig brauche, um die Verfehlungen der politischen Vorgänger wett- und das deutsche Staatswesen wieder flottzumachen. Dahlerus wandte selbstbewusst ein, dass gute Beziehungen zu den Nachbarn eine solche Entwicklung nur fördern könnten. Ganz abgesehen von dem Profit, den eine enge wirtschaftliche Verflechtung, ähnlich einer Ehe im privaten Leben, irgendwann einmal abwerfen würde und beiden Seiten, der deutschen wie der schwedischen, zugute kommen würde. Rossmann hatte kühl entgegnet, dass sich Ausländer im Dritten Reich daran gewöhnen müssten, an zweiter Stelle zu stehen. »Deutschland braucht Sie nicht, Herr Dahlerus – aber wenn Sie meinen, unbedingt eine Deutsche heiraten zu müssen, dürfen Sie das selbstverständlich tun. Zu unseren Bedingungen, versteht sich.«

Dahlerus hatte schnell begriffen, dass Rossmann nicht von seinen Positionen abrückte, er hatte das Gespräch beendet und war wutentbrannt die Treppen des Gerichts hinabgestürmt. Noch Stunden später glühte er vor Zorn auf diesen Beamten, der sich Staatsdiener nannte, aber aufführte wie ein diktatorischer Herrscher. Rossmann hatte ihn wie einen Aussätzigen behandelt. Selten hatte sich Dahlerus so gedemütigt gefühlt, und er war der Ansicht, dass er, ein recht erfolgreicher Unternehmer in mittleren Jahren, es nicht nötig habe, sich derart herablassend abfertigen zu lassen. Die Nationalsozialisten waren angeblich angetreten, dem deutschen Volk die Würde wiederzugeben. Nun offenbarten sie ihr wahres Gesicht. Alle Zweifel an der Glaubwürdigkeit Hitlers und seiner Parteikollegen schienen mehr als berechtigt. Aber der Schwede gab nicht so schnell klein bei. Es entsprach einfach nicht seiner Natur. Dahlerus kapitulierte erst, wenn man ihm die Pistole auf die Brust setzte.

In der Angelegenheit mit Rossmann kam ihm der Zufall zu Hilfe: Ein schwedischer Firmenchef, mit dem er befreundet war, besaß gute Verbindungen in die obersten Kreise der deutschen Regierung und bot ihm an zu vermitteln. So gelangte Dahlerus zu einer Audienz beim damaligen preußischen Innenminister – Hermann Göring. Der Minister lud ihn ins Preußische Staatsministerium des Inneren nach Berlin ein. Bereitwillig reiste der Schwede in die Hauptstadt, wild entschlossen, das Unrecht aus der Welt zu schaffen und sich auf keinen Fall einschüchtern zu lassen. So ignorierte er die prächtige Fassade des Ministeriums Unter den Linden genauso wie die Dimensionen des großzügig geschnittenen Vorzimmers, in dem er gebeten wurde, sich noch ein paar Minuten zu gedulden. Steif nahm er auf einer breiten Ledercouch Platz. Die Sekretärin servierte Kaffee und Kekse, Dahlerus dankte und rührte betont vorsichtig in seiner Tasse herum, um die Stille nicht zu stören. Es schien ihm, als ernte er für jedes Löffelklingeln einen schiefen Blick des strengen Fräuleins, deren Auftreten eher an eine gelangweilte Galeristin als an eine Sekretärin denken ließ. Aber weder sie noch das gediegene Interieur imponierten ihm, obwohl ihm durchaus bewusst war, dass hier einschüchternde Machtfülle demonstriert werden sollte. Die Situation war für Dahlerus eher befremdlich, als ob man auf einen Urteilsspruch warte oder eine medizinische Diagnose, die das Leben für immer verändern würde.

Plötzlich änderte sich die Atmosphäre, wechselte der Ort seinen Charakter. Erst wusste Dahlerus nicht, was er da hörte, aber es dämmerte ihm schnell, was hinter den verschlossenen Türen vorging: Göring brüllte wie ein tollwütiger Hund, sein Gegenüber kläffte zurück. Zwar drangen bis zu Dahlerus nur Wortfetzen durch, aber dass der Innenminister nicht bei bester Laune war, schien außer Zweifel. Schon verfluchte sich der Schwede ob des Tages, den er gewählt hatte, konnte aber auch nicht umhin, Görings Stimmvolumen zu bewundern, das sogar gepolsterte Türen zu durchdringen in der Lage war.

Gerade als Dahlerus mit sich haderte, warum das Schicksal ausgerechnet ihm so übel mitspielte, wurde die Tür schwungvoll aufgeschleudert. Ein Mann mittleren Alters stürmte hinaus, hastete energisch durch das Vorzimmer, riss Mantel und Hut vom Ständer, bevor die Sekretärin auch nur von ihrem Stuhl aufstehen konnte, und verschwand grußlos. Da der zornige Besucher die Tür zu Görings Arbeitszimmer nicht geschlossen hatte, durfte

Dahlerus mit anhören, wie Göring wütend vor sich hin brabbelte. Mehrfach schlug der Innenminister mit der Hand auf den Tisch. Wie der Schwede später erfuhr, hatte es sich bei Görings Gast um den Dirigenten Wilhelm Furtwängler gehandelt, der für einen seiner Musiker, einen Juden, der aus seinem Orchester verbannt werden sollte, vorgesprochen hatte. Weder der berühmte Künstler noch der Minister war bereit, von seiner Position abzurücken – so war der Streit eskaliert.

Görings Sekretärin quittierte die ruppige Abschiedsszene mit einem mitleidigen Lächeln. Vorwurfsvoll sah sie kurz herüber zu Dahlerus, als ob dieser die Szene bestellt hätte, strich energisch ihren Rock glatt und huschte zu ihrem Chef. Hinter ihr fiel die Tür mit einem lauten Knall ins Schloss. Dahlerus sah seine Chancen auf ein erfolgreiches Gespräch rapide schwinden. Fast war er geneigt, seine Sachen zu nehmen und auf das Treffen zu verzichten. Sollten Görings cholerische Ausbrüche eher die Regel als die Ausnahme sein, würde es wohl eine kurze Audienz werden. Ein derartiges Verhalten könnte und würde Dahlerus, sollte er selbst damit konfrontiert werden, nicht tolerieren.

Nach drei bangen Minuten öffnete die Sekretärin die Tür zu Görings Arbeitszimmer und nickte dem Schweden auffordernd zu. »Der Innenminister lässt bitten.«

Göring thronte hinter einem mächtigen Schreibtisch aus Eichenholz und blätterte, ohne aufzublicken, lustlos in Papieren. Dahlerus kannte den Deutschen bisher nur von Bildern und aus Wochenschau-Filmen, er hatte ihn sich voluminöser vorgestellt, revidierte aber bald sein vorschnelles Urteil – es war der ausladende Tisch, der Göring geradezu zierlich erscheinen ließ. An einer Wand hing ein großformatiger Ölschinken, eine barocke Jagdszene, auf der ein Hirsch von Pfeilen getroffen zu Boden sank. Der treffsichere Schütze saß auf einem weißen Pferd und glich dem etwas feist geratenen Minister wie ein eineiiger Zwilling. Dahlerus nahm es amüsiert zur Kenntnis. Wahrscheinlich sah sich Göring in der Rolle des wackeren Waidmannes, dachte er. Solange er nur Tiere jagte.

Der Schwede musste mehr als die Hälfte des Raums durchqueren, bis er den im Vergleich zum übrigen Mobiliar schmucklosen

Stuhl vor dem übergroßen Schreibtisch erreicht hatte. Es kam ihm vor, als trete er vor ein Inquisitionsgericht. Auf dem Tisch standen ein gigantischer Kerzenhalter samt Kerze, eine bauchige Stehlampe und eine kleine Hakenkreuzfahne. Das Rot korrespondierte mit der rosigen Gesichtsfarbe des Ministers. Auch ein recht großer Stand-Bilderrahmen fand Platz auf dem überladen wirkenden Möbelstück. Dahlerus fragte sich, auf wessen Porträt Göring den lieben langen Tag über schaute. Er vermutete das strenge Antlitz Hitlers. Hinter Göring hing ein großes Schwert mit der Schneide nach unten, den Knauf schmückte ein Orden. Es war, wie Dahlerus später erfuhr, der Göring für seine Verdienste im Ersten Weltkrieg verliehene Orden Pour le Mérite. Die Klinge stammte aus einer Solinger Waffenschmiede und hatte die Worte »Getreu dem Führer, Volk und Reich« eingraviert.

Erst als Dahlerus einige Sekunden vor Görings Schreibtisch gewartet hatte, sah der Innenminister zu ihm auf.

»Nehmen Sie Platz, Herr …« Göring warf einen gekünstelten Blick in seine Unterlagen. »…Dahlerus. Was führt Sie zu mir?«

Der Schwede trug sein Anliegen vor, das er Göring schon brieflich dargelegt hatte, und bat den Innenminister um Rat, ja eigentlich sogar um Hilfe.

»Eingedenk dessen, dass sich die deutsche Regierung auf die Fahne geschrieben hat, Missstände zu beseitigen und jedem deutschen Bürger zu seinem angestammten Recht zu verhelfen, sitze ich heute vor Ihnen, Herr Minister. Nun, Elisabeth Nissen ist eine deutsche Bürgerin. Ihre Beamten aber handeln nicht besser als diejenigen, deren Willkür die nationalsozialistische Partei als verkommen geißelte und damit um die Gunst des einfachen Mannes auf der Straße buhlte. Mich persönlich hat dieses Verhalten maßlos enttäuscht.«

Göring, der ihn anfangs nicht besonders freundlich behandelte, wurde im Laufe des Gesprächs nachdenklicher. Dahlerus spürte, wie ihn der Deutsche intensiv taxierte, verborgene Fallstricke und Lügen zu erschnüffeln suchte. Göring kannte die Schweden sehr gut, war mit einer Schwedin verheiratet gewesen, schätzte die nordische Mentalität, die direkte Art der Menschen. Offensichtlich passte der Mann, der da vor ihm saß, nach gründlicher Prüfung in dieses Bild – Dahlerus hatte bald den Eindruck, dass Göring aufrichtig an seinem Fall interessiert war. Dennoch brauste der Minister auf, als Dahlerus behauptete, Ausländer seien in Deutschland nicht mehr gut gelitten, vor allem Schweden.

»Das ist doch vollkommener Quatsch, Herr Dahlerus, dumme Hetzpropaganda, von Neidern in die Welt gesetzt. Sie sind doch ein intelligenter, kultivierter Mensch. Plappern Sie nicht dieses dumme Zeug nach. Wer nichts zu verbergen hat, ist und bleibt in Deutschland willkommen.«

Göring beruhigte sich bald wieder, ließ seinen Gast die Dinge darlegen, warf eine Zwischenfrage ein, bezweifelte dies und das, hörte aufmerksam zu.

Nach einer guten halben Stunde war das Thema erschöpft.

»Ich werde den Vorgang überprüfen lassen«, versprach Göring seinem Gegenüber. »Wenn sich Ihre Anschuldigungen tatsächlich als wahr herausstellen, wird das Konsequenzen haben. Nicht für Sie natürlich.« Er lächelte milde. »Von meiner Seite aus können Sie heiraten, wen Sie wollen. Und natürlich mit allem, was dazugehört. Schließlich wollen wir auch weiterhin gute Geschäfte mit Ihnen machen.« Göring erhob sich unvermittelt und reichte dem Schweden die Hand. »Sie hören von mir, Herr Dahlerus.«

»Ich werde Sie beim Wort nehmen, Herr Innenminister.«

Obwohl es ihm damals erschien, als habe er kaum Zeit mit Göring verbracht, war Dahlerus mit einem guten Gefühl aus dem Ministeriumsgebäude getreten. Er hatte den Eindruck gewonnen, einen Nationalsozialisten getroffen zu haben, mit dem man reden konnte, der Argumenten zugänglich war. Aufbrausend, ja, herrisch auch, aber nicht völlig abgehoben. Göring wirkte geistig beweglich.

Der Lauf der Ereignisse gab ihm recht: Der Innenminister nahm sich Dahlerus' Sache an und regelte die Vormundschaftssache in dessen Sinne. Es war so, als habe ein Problem nie auch nur existiert. Als Dank bot der Schwede Göring an, dessen Stiefsohn Thomas behilflich zu sein, eine Stelle in Stockholm zu finden.

Göring kam auf die großzügige Offerte wenige Monate später zurück. Zwischen den beiden fast gleich alten Männern hatte etwas begonnen, das man nicht Freundschaft, aber wohl gegenseitige Sympathie nennen konnte. Zumindest hätte Birger Dahlerus es so genannt.

Dank der erfolgreichen Hilfe bei der Vermittlung von Görings Stiefsohn riss der Kontakt zwischen dem schwedischen Unternehmer und dem deutschen Nationalsozialisten auch in den folgenden Jahren nicht ab. Man sprach nicht oft miteinander, vielleicht zweimal im Jahr. Häufig genug jedoch, um die Beziehung aufrechtzuerhalten – zumal beide davon profitierten. Bei ihren Gesprächen fiel Dahlerus auf, dass Görings Weltbild erschreckend eindimensional war. Hitlers Gefolgsmann war stolz auf seine diplomatischen Erfolge, die er auf eigene Initiative und am Außenministerium vorbei errang; diese beschränkten sich aber auf Südosteuropa und Polen. Ansonsten kannte er die Welt nicht aus eigenem Erleben, sondern nur vom Hörensagen. Abgesehen von Schweden natürlich, wo er ein paar Jahre gelebt hatte. Er war alles andere als ein Kosmopolit und deshalb anfällig für jedwedes Vorurteil. Wann immer sich die Gelegenheit ergab, versuchte Dahlerus auf Göring einzuwirken, ihm die Augen über die Menschen in Europa zu öffnen. Am schwierigsten empfand er es, die Mauer aus Unwissen, kruden Behauptungen und gezielt gestreuten Unwahrheiten zu durchdringen, die Görings Berater in jahrelanger Kleinarbeit aufgebaut hatten. Erschwerend kam hinzu, dass Göring kaum Englisch beherrschte, geschweige denn eine andere Fremdsprache. Zwar umgab er sich gerne mit internationalen Gästen, sah sich in der Rolle des weltgewandten Repräsentanten des Reiches, staatstragende Dialoge aber bedurften eines sprachmächtigen Vermittlers. Dahlerus gefiel das nicht. Wie sollte Göring beurteilen, was die Menschen in England oder Frankreich dachten und fühlten, was sie sich erhofften, wovon sie träumten, wovor sie sich fürchteten? Wer alles mochte ihm sein Wissen einflüstern? Der Schwede hatte einige Vertraute Görings kennengelernt, und es fiel ihm leicht, sich deren Ratschläge auszumalen.

Als Österreich ans Dritte Reich »angeschlossen« und die Tschechoslowakei auf der Münchner Konferenz ihrem Schicksal überlassen wurde, fasste Dahlerus, getrieben von der Schreckensvision eines brennenden Europas, den verwegenen Plan, Göring die Augen zu öffnen. Er wollte ihn teilhaben lassen am Denken der Menschen, die zu treffen er alleine nicht in der Lage war, auf dass sie ihm die Augen öffneten über das Unvermeidliche, das sie alle erwartete. Mehr als zehn Jahre hatte Dahlerus in England gelebt, seine Firma pflegte immer noch die besten Handelsbeziehungen. Er besaß Zugang zu den höchsten wirtschaftlichen und politischen Kreisen des Empire, genoss das Vertrauen bedeutender Männer, bezeichnete viele gar als Freunde. Ausgestattet mit ihrem Vertrauen entwarf er sein gewagtes wie verzweifeltes Vorhaben. Einer seiner eifrigsten Mitstreiter war Charles Spencer, Mitglied der Konservativen Partei und erfolgreicher Unternehmer, ein Gentleman der alten Schule, aufrecht, entschlossen, unnachgiebig. Dahlerus und ihn verband eine tiefe, von gegenseitigem Respekt geprägte Freundschaft, sie teilten dieselben Ansichten, hofften beide, dass es ihnen gelänge, das Schlimmste abzuwenden. Allerdings, und das betonte Spencer bei jeder sich bietenden Gelegenheit, nicht um jeden Preis. Der Brite weigerte sich kategorisch, Zugeständnisse an die Deutschen zu machen, weil Hitler sich über alle getroffenen Vereinbarungen hinwegsetzte. Spencers Haltung entsprach der Linie der Regierung. Die Engländer erwarteten ein Entgegenkommen von deutscher Seite, nicht umgekehrt. In jedem Fall würde man die vertraglich festgelegten Beistandsverpflichtungen gegenüber Polen erfüllen. So lautete die Botschaft, die Dahlerus und seine britischen Freunde Göring überbringen wollten – dass ein Krieg mit Polen zwangsläufig einen Krieg mit England bedeuten würde.

Bei einem sonntäglichen Dinner im Londoner Constitutional Club am 2. Juli hielten die Männer ihre Positionen schriftlich fest, entschlossen, sie Göring persönlich darzulegen. Der Schwede ersuchte beim deutschen Feldmarschall erfolgreich um einen Termin. Schon zwei Tage nach dem Gespräch in London saß Dahlerus Göring in dessen nahe Berlin gelegener, im Andenken an seine erste Frau errichteten Residenz Carinhall gegenüber. Rund zweihundert Gäste einer Gartenparty warteten auf den Hausherrn, doch der diskutierte lieber mit Birger Dahlerus über ein geheimes Treffen mit der englischen Delegation. Göring willigte nicht sofort in den Plan des schwedischen Unternehmers ein, sondern behauptete, dass die Engländer den Polen nicht beistehen würden, der Vertrag zwischen den beiden Ländern das Papier nicht wert sei, auf dem er geschrieben stehe. Wie schon so oft würden die Briten nur bluffen, von einer realen Gefahr könne keine Rede sein.

Dahlerus redete auf Göring ein, versuchte, ihn vom Gegenteil zu überzeugen, was ihm nur teilweise gelang – aber immerhin gefiel dem Feldmarschall irgendwann die Idee, die englischen Positionen aus berufenem Munde zu hören. Der Schwede schlug ein neutrales Territorium vor, spekulierte darauf, dass seiner Regierung eine solche Initiative nur recht sein konnte und schwedischer Boden der ideale Ort dafür. Dass man in seiner Heimat diplomatische Verwicklungen fürchtete und auf keinen Fall den neutralen Status verletzt wissen wollte, konnte er zu diesem Zeitpunkt nicht ahnen. Am Ende musste Dahlerus auf den Sönke-Nissen-Koog ausweichen, den Gutshof seiner Frau, Elisabeth Nissen, bewohnt und geführt von seinem Schwager Hans Raabe und dessen Gattin. Göring, der Hitler in seine Pläne eingeweiht und von ihm die Einwilligung bekommen hatte, verlangte als eine Bedingung höchste Geheimhaltung. Weder konnte noch wollte Dahlerus dafür garantieren, beide Seiten verpflichteten sich jedoch zu absolutem Stillschweigen. Als Termin wurde der 7. August gewählt, ein Montag. Es war der Tag, an dem sich Birger Dahlerus von seinem Leben, so wie er es kannte, verabschiedete, an dem er seinem größten Traum so nah sein durfte wie nie zuvor. Es war ein Tag, an den er sich später gerne erinnerte, weil es ein guter Tag war. Einer der letzten.

Als der Zug in den Bahnhof von Westerland rumpelte, raffte Dahlerus seine Sachen zusammen, zog seinen sandfarbenen Popelinemantel über, setzte den Hut auf und trat auf den Bahnsteig. Dort erwartete ihn schon der allgegenwärtige Paul Körner.

»So schnell sieht man sich wieder, Herr Dahlerus.«

»In der Tat. Etwas überraschend, aber ich denke, unvermeidlich.«

»Wie auch immer, Herr Dahlerus. Sie wissen, dass Sie unser vollstes Vertrauen genießen.«

Dahlerus suchte im Tonfall Körners nach entlarvenden Hinweisen, fand aber nichts. Andererseits wurde Görings Adjutant dafür bezahlt, die undurchschaubare Stimme seines Herrn zu sein. Körner geleitete Dahlerus über den Bahnsteig zur Bahnhofshalle. Dort wimmelte es von Urlaubern, die gemeinsam mit dem Schweden angekommen waren. Niemand nahm Notiz von ihnen, jeder war damit beschäftigt, sich zu orientieren, ein Taxi zu rufen oder einen vom Hotel hergeschickten Wagen. Körner dirigierte seinen Gast an Koffern und Menschen vorbei, führte ihn aus der Halle und dem größten Trubel heraus. Etwas abseits sah Dahlerus schon Görings offenen Mercedes, der Feldmarschall selbst am Steuer, zwischen den Lippen baumelte lässig eine Zigarette mit Mundstück. Niemand erkannte den Mann hinterm Lenkrad, der wie viele andere Chauffeure offenbar auf Sommerfrischler wartete.

»Eure Exzellenz fährt Sie heute höchstpersönlich«, sagte Körner.

»Und wie kommen Sie hier weg?«, fragte Dahlerus, schämte sich aber sofort für seine spontan zur Schau getragene Fürsorge.

»Machen Sie sich keine Sorgen«, antwortete Körner milde, als sie auf den Wagen zugingen. »Alles in bester Ordnung.«

Göring hob einen Arm und winkte. »Dahlerus, Sie Schlitzohr. Jetzt erschleichen Sie sich auch noch einen Strandurlaub.« Er grinste, seine apfelroten Backen leuchteten. »Hoffentlich haben Sie Ihre Badehose nicht vergessen.«

Dahlerus lächelte höflich und setzte sich auf den Beifahrersitz. Körner hatte ihm die Tür aufgehalten.

»Exzellenz.«

»Schön, dass Sie kommen konnten, Dahlerus. Das Klima hier ist einfach wunderbar. Ich dachte, wir machen eine kleine Spazierfahrt und bereden alles. Den Körner können wir dabei nicht gebrauchen. Der verträgt die Sonne nicht. Habe ich recht, Pili?«

Görings Adjutant, der seinen Spitznamen der gemeinsamen Vergangenheit mit Göring verdankte, verzog keine Miene, hob stattdessen den Arm zum Gruß.

»Heil Hitler, Pili«, sagte Göring und steuerte den Wagen aus dem Tohuwabohu von Taxis und Bussen.

Unmittelbar hinter dem Bahnhof beruhigte sich der Verkehr. Göring fuhr vorausschauend und sicher, fühlte sich wohl in seiner Rolle als Chauffeur. Auch Dahlerus genoss die Fahrt, deren erste Minuten schweigend verliefen, inhalierte die salzige Seeluft, streckte sein Gesicht in den Fahrtwind. Nach der Reise in dem muffigen Abteil war die frische Brise eine Erlösung.

Göring drehte den Kopf leicht in seine Richtung. »Ich habe mir gedacht, wir schlagen zwei Fliegen mit einer Klappe, mein lieber Dahlerus. Machen eine Spritztour über diese wunderschöne Insel, erfreuen uns an Sonne, Strand und Meer. Und dabei reden wir über alles, was Ihnen auf dem Herzen liegt. Nur wir beide. Denn was nützt die ganze Geheimhaltung, wenn doch immer einer mithört. So sind wir unter uns, und Sie können frei von der Leber weg reden.« Göring nahm die Zigarettenspitze aus dem Mund und lachte lauthals. »Sagen Sie mir mal so richtig die Meinung, Dahlerus. Ich weiß, dass ich's verdient habe, aber von den Speichelleckern traut sich ja keiner. Nur zu!«

Dahlerus kannte Göring lange genug, um dessen Launen einzuschätzen. Das joviale Angebot des Feldmarschalls schien ehrlich gemeint zu sein, entsprang aber dessen wechselhaftem Gemüt. Allzu harsche Kritik mochte Göring nicht hören, weder an seiner Politik noch an seiner Person. Stellte man sein Denken oder Handeln in Frage, musste man sorgsam vorgehen. Aber der Schwede hatte nicht vor, dem Deutschen dessen Verfehlungen vorzuwerfen – er wollte ihm nur einen Vorschlag unterbreiten.

»Ich weiß das zu schätzen, Herr Göring«, antwortete Dahlerus. »Denn es zeigt, dass Sie mir vertrauen. Und in der derzeitigen Situation ist es von größter Bedeutung, dass wir auf das Wort des anderen zählen können.«

»Das ist doch selbstverständlich. Sie sind für mich ein Ehrenmann, Dahlerus, ohne Wenn und Aber. Also raus mit der Sprache.«

Treffen mit Göring unter vier Augen folgten eigenen Regeln. Insofern war Dahlerus eher zwiegespalten, was ihre Inselrundfahrt betraf. Einerseits sprach Göring einiges vielleicht offener an, so dass sich daraus etwas von seinen wahren Absichten ableiten ließ, andererseits landeten sie vielleicht bei einer Diskussion über die Jagdgewohnheiten der alten Germanen.

»Wir, das heißt, die englische Delegation und ich, haben heute Morgen noch einmal die Ergebnisse des gestrigen Tages besprochen. Wenn ich eines vorneweg schicken darf, Herr Feldmarschall: Die Briten sind rundum zufrieden über den Verlauf unserer kleinen Konferenz.«

»Das will ich auch meinen.«

»Außerdem soll ich Ihnen von Sir Charles Spencer herzliche Grüße ausrichten, im Namen aller Anwesenden natürlich. Spencer hält Sie für einen großen Staatsmann, einen Mann von Ehre und Gewissen.«

»Das freut mich. Bitte geben Sie ihm das Kompliment zurück. Ein beeindruckender Mensch, dieser Spencer. Hat sich große Verdienste um sein Land erworben. Ein wacher Geist, dabei nie überheblich. Sehr angenehm.« Göring zog an seinem Mundstück und schickte zarte Rauchwölkchen in die Sylter Sommerluft. Er fuhr gemächlich, warf gelegentlich einen anerkennenden Blick auf die Insellandschaft.

»Da sind wir schon an einem Punkt. Sir Spencer hält zwar auch viel von Ihnen, aber er hegt ein gewisses Misstrauen, was den Rest der deutschen Führungsebene angeht.«

Göring setzte eine zweifelnde Miene auf.

»Vielleicht auch, weil er persönlich niemanden außer Ihnen kennt. Man war sich heute morgen jedoch einig darüber, dass sich die Verbindlichkeit von Gesprächen extrem erhöhen werde, wenn man den Kreis der verhandelnden Parteien vergrößern würde. Genauer gesagt: Die englische Delegation plädiert für eine neue Vier-Mächte-Konferenz, für ein zweites München. Italien und Frankreich sollten mit am Tisch sitzen, wenn es um die Zukunft Europas geht. Letzten Endes wären auch sie unmittelbar betroffen – vor allem, wenn die Verhandlungen scheitern und Deutschland in Polen einmarschiert.«

»Nun malen Sie den Teufel mal nicht an die Wand, Dahlerus. So schnell schießen die Preußen nicht, das müssten Sie doch auch wissen. Sie und Ihre Freunde neigen etwas zur Übertreibung. Aber wahrscheinlich müssen wir die Dinge etwas überspitzen, um zum Ziel zu kommen. Eine neue Vier-Mächte-Konferenz, ein zweites München also. Da haben Sie sich ja was Schönes ausgedacht.«

Göring steuerte einen Parkplatz vor den Dünen an. Ein schmaler Fußweg führte von dort zum Strand. Der Feldmarschall suchte eine passende Lücke, bugsierte den Mercedes hinein, stellte den Motor ab und zog die Handbremse an. Mit einem lauten Knurren verstummte die Maschine.

Göring schaute Dahlerus belustigt an. »Lust auf einen kleinen Spaziergang?«

Der Schwede zuckte mit den Achseln. Ihm blieb nichts anderes übrig, als einzuwilligen. Er hoffte nur, dass hier niemand mit einer Nazigröße rechnete, Göring nicht erkannt würde und sie ungestört blieben. Den Deutschen kümmerte das nicht im Geringsten, er lief gut gelaunt auf die Dünen zu. Dahlerus hatte Mühe, mit dem wesentlich korpulenteren Mann Schritt zu halten.

»Ein herrlicher Tag, was, Dahlerus?«

»Sie wollen hoffentlich nicht eine Runde mit mir schwimmen gehen, Herr Göring, da muss ich nämlich passen.«

»Nun seien Sie nicht so ängstlich, ich will Ihnen nur etwas zeigen.«

Auf dem höchsten Punkt der Düne ließ sich die Küste ausgezeichnet überblicken. Strandkörbe, Handtücher und Menschen sprenkelten den Strand, Väter bauten mit ihren Söhnen Sandburgen, Mütter cremten ihre Töchter ein, überall tollten Wasserratten in der kühlen Nordsee. Vom Meer her wehte ein leichter Wind, der den würzigen Salzwassergeruch bis hoch zu den beiden Männern trug. Dahlerus atmete die Luft gierig ein. Sie roch nach Kindheit, nach unbeschwertem Vergnügen, nach Geborgenheit. Die meisten hier ahnten wahrscheinlich, dass sich etwas über ihren Köpfen zusammenbraute, aber sie wollten es nicht wissen, wollten dem Unvermeidlichen für ein paar Tage entfliehen. Man bekam fast den Eindruck, dass die Ausgelassenheit zunahm, je näher das Verderben rückte. Noch einmal feiern, lautete die Devise, noch einmal das Leben in vollen Zügen genießen.

Göring blieb stehen, beobachtete das Gewusel wortlos, aber zufrieden. »Schauen Sie sich gut um, Dahlerus. Sie sehen sorglose Menschen, glückliche Menschen, wohlhabende Menschen. Die Deutschen sind ein reiches Volk, reich an inneren Werten, an Gleichmut und Lebensfreude. Sie arbeiten hart, und sie genießen ihren wohlverdienten Urlaub. Sehen Sie nur die vielen Kinder. Überall spielen Eltern mit ihren Sprösslingen. Das beweist doch, wie gut es uns geht. Unser Land wächst und gedeiht, weil die Menschen wissen, dass ihre Kinder eine Zukunft haben. Sie fürchten sich nicht, weil sie keinen Grund besitzen, sich zu fürchten. Ich liebe die Menschen, Dahlerus. Jetzt sagen Sie mir bitte eins: Warum sollten wir das alles aufs Spiel setzen? Diesen Menschen das Leben vergällen, ihre Kinder gefährden, ihren Wohlstand riskieren? Warum sollten wir das tun?«

Göring sah Dahlerus fragend an. Der Schwede blieb eine Antwort schuldig. Göring hatte auch keine erwartet.

Nach einer kurzen Pause sprach er weiter. »Was ich Ihnen damit sagen will, Dahlerus, ist Folgendes: Ich bin nicht daran interessiert, das deutsche Volk in eine missliche Lage zu manövrieren. Ich möchte, dass es allen gutgeht. Ich bin ein Mann des Friedens. Deshalb habe ich mich auch bereit erklärt, mit ihren Freunden zu sprechen, deshalb habe ich General Bodenschatz heute Morgen zu Hitler geschickt, um ihm von unserem erfolgreichen Treffen zu berichten. Ich tue alles, damit die Völker Europas friedlich nebeneinander existieren. Auch zu einer neuen Vier-Mächte-Konferenz wäre ich, um das mal vorwegzunehmen, unter bestimmten Bedingungen bereit. Aber vorher muss ich noch etwas klarstellen. Denn weil ich die Menschen liebe, bleibt mir manchmal nichts anderes übrig, als für diese Liebe einzustehen, wenn sie bedroht wird. Gerade Sie, Dahlerus, müssten das verstehen, als einer, der Gerechtigkeit so über alles stellt. Was in Polen geschieht, ist nicht gerecht, sondern ein Affront gegen das deutsche Volk. Deutsche werden angefeindet, geprügelt, ausgegrenzt. Diese Menschen nehmen nicht teil an dem Wohlstand, der ihnen zusteht, sondern sie leben jämmerlich wie Hunde. Glauben Sie mir, ich weiß, wovon ich spreche. Für das Leben dieser Menschen müssen wir kämpfen, Dahlerus, dafür müssen wir alles riskieren. Es sei denn, wir finden eine andere Lösung. Und mit wir meine ich in diesem Fall Sie und mich. Krieg oder Frieden, das ist die Bürde, die wir beide tragen müssen. Auch wenn mein Kopf unter dieser Sonne glüht wie ein Hochofen.«

Göring lächelte, lüftete seinen Hut, holte ein Tuch aus der Tasche und wischte sich die Stirn ab. Dahlerus staunte über die Fähigkeit des Feldmarschalls, blitzschnell umzuschalten, seine wahren Gefühle mit einem lausbubenhaften Strahlen zu verschleiern. Aber der Schwede ließ sich nicht täuschen. Für einen kurzen Moment hatte Göring die Maske des Diplomaten gelüftet, dahinter war ein bissiges Tier zum Vorschein gekommen. Noch vor zwei Jahren galt der Feldmarschall in England als Mann mit blutbefleckten Stiefeln, als einer, der über Leichen ging, um seine politischen Ziele zu erreichen. Erst allmählich hatte sich das Bild etwas zu seinen Gunsten gewandelt. Aber die Bestie, das ahnte Dahlerus, schlief nur. Göring konnte sie jederzeit von der Kette lassen. Plötzlich fürchtete der Schwede sich noch mehr als ohnehin vor dem, was vor ihnen lag. War ein Krieg wirklich zu verhindern? Da waren sie wieder, die Zweifel, die ihn während seiner gesamten Mission begleiteten – nicht an deren Ziel an sich, sondern daran, dies auch zu erreichen. Er hielt es für klüger, erst mal zu schweigen.

Göring drängte zum Aufbruch. »Kommen Sie, Dahlerus, lassen Sie uns fahren, das ist weitaus angenehmer bei dieser Affenhitze.«

Beide Männer gingen wortlos zurück zu dem offenen Mercedes, den der Deutsche unverschlossen hatte stehen lassen. Göring schien es nicht zu kümmern, dass sich jemand an seinem Eigentum zu schaffen machen könnte. Deutschland war sein Wohnzimmer, hier benahm er sich, wie es ihm gefiel. Die Männer stiegen in den Wagen, Göring lenkte den Mercedes wieder auf die Straße und setzte die Rundfahrt fort.

Dahlerus ergriff das Wort. »Eure Exzellenz, diese Vier-Mächte-Konferenz …«

Der Feldmarschall unterbrach ihn. »… ist eine vernünftige Idee, das habe ich Ihnen ja schon gesagt. Aber natürlich bedarf ein solches Unterfangen sehr genauer Absprachen. Wir müssen ausloten, wie die Italiener und Franzosen zu diesem Plan stehen. Solche Gespräche sind langwierig. Und wir müssen wissen, was die britische Regierung denkt. Ein Scheitern einer solchen Konferenz hätte verhängnisvolle Folgen, Dahlerus, das wissen Sie genauso gut wie ich. Damit wäre das zarte Band, das wir gerade zwischen Deutschland und England zu knüpfen suchen, endgültig zerrissen. Das können wir uns nicht leisten. Dann wäre alles hinfällig, was Sie bisher auf die Beine gestellt haben.«

Der Schwede überlegte. Göring hatte recht, wenn er sagte, dass sie sich ein Scheitern nicht leisten konnten. Aber er ging nonchalant darüber hinweg, dass es die aggressive deutsche Politik war, die solche Gespräche überhaupt notwendig machte. Und dass es kinderleicht war, alle Probleme aus der Welt zu räumen – indem nämlich die Deutschen auf ihre überzogenen territorialen Ansprüche verzichteten. Doch dies alles zu denken war die eine Sache, es vor Göring auszusprechen, eine andere.

»Es freut mich, dass Sie unserem Vorschlag grundsätzlich beipflichten, Herr Göring. Natürlich haben sie recht, was die unterschiedlichen Empfindlichkeiten angeht. Ich glaube allerdings, dass wir nicht mehr lange zögern dürfen. In den vergangenen Wochen habe ich den Eindruck gewonnen, dass sich die Dinge fast täglich zuspitzen.«

Göring hob beschwichtigend die Hand. »Na, na, nun bleiben Sie mal ganz ruhig, mein lieber Dahlerus. Ganz so dramatisch ist die Lage nicht. Sie kennen meinen Einfluss auf den Führer. Wenn ich ihm rate, in Verhandlungen einzusteigen, wird er es tun. Die Zeit ist nicht unser Problem, sondern die widerstreitenden Interessenlagen sind es. Die müssen wir unter einen Hut bekommen. Und deshalb müssen wir alles gründlich vorbereiten.«

Dahlerus hatte so seine Zweifel, was Görings angeblichen Einfluss auf Hitler betraf. Die beiden traten im Gegensatz zu früher selten gemeinsam auf, und man munkelte, dass sie sich nur noch wenig zu sagen hatten. Andererseits galt Göring immer noch als die rechte Hand Hitlers. Aber beeinflusste das Hitlers Entscheidungen? Ob Görings Macht wirklich so groß war, wie von ihm behauptet, würde sich bald zeigen.

»Ich hoffe, Sie haben recht.«

»Natürlich habe ich recht. Zweifeln Sie etwa daran?« Göring betrachtete den schwedischen Unternehmer amüsiert.

»Ich habe gelernt, meinen Hoffnungen größeren Platz einzuräumen als meinen Zweifeln.«

»Das haben Sie schön gesagt. Aber Hoffnung kann nur ein Baustein unseres Erfolgs sein. Der andere ist sorgfältige Vorbereitung. Wenn wir so viel wie möglich vorab klären, erleben wir hinterher keine Überraschungen. Deshalb müssen wir das Ganze so offensiv wie möglich vorantreiben – und gleichzeitig im Verborgenen operieren. Das wird nicht leicht, mein lieber Freund.«

Die beiden Männer vereinbarten, jeweils alles in ihrer Macht Stehende zu veranlassen, um eine derartige Konferenz auf die Beine zu stellen. Dahlerus sicherte zu, seine englischen Gesprächspartner zu informieren, die wiederum bei ihrer Regierung vorstellig werden wollten, und er versprach, beim schwedischen Premierminister dafür zu werben, sich als neutraler Gastgeber für die Konferenz anzubieten. Göring sollte Hitler informieren und auf diplomatischem Wege sondieren, ob Italien und Frankreich zu Gesprächen bereit seien.

Mehr als zwei Stunden fuhren die beiden Männer bereits über die Insel, und Dahlerus stellte sich schon darauf ein, in einem Hotel zu übernachten. Der Zug nach Niebüll war bereits vor einer halben Stunde abgefahren, es war der letzte an diesem Tag. Angesichts ihrer weitaus wichtigeren Themen schien es ihm zu nebensächlich, seine Heimreise anzusprechen. Aber Göring bewies Weitblick, und bei der neuerlichen Einfahrt in den Bahnhof von Westerland zeigte sich, dass er auf manche Dinge tatsächlich Einfluss nehmen konnte. Die Reichsbahn zum Beispiel. Ungeduldig vor sich hinschnaufend, stand der Zug nach Niebüll auf dem Gleis. Göring hatte angeordnet, dass die Bahn warten solle, bis er wieder eintreffe. Der Feldmarschall grinste breit über die gelungene Überraschung.

»Das wäre doch nicht nötig gewesen.«

Göring winkte wortlos ab, als wolle er eine Fliege verscheuchen. Er drehte sich zu Dahlerus um und sah diesen ernst an. »Hier trennen sich nun unsere Wege, mein lieber Dahlerus. Halten Sie mich unbedingt auf dem Laufenden, wenn Sie etwas Neues erfahren. Auch ich werde Sie umgehend informieren. Wir dürfen jetzt nicht aufgeben, jetzt, wo wir schon so viel erreicht haben.« Der Deutsche reichte Dahlerus die Hand.

Fleischig und weich, dachte der Schwede, wie die Hände einer Frau.

Göring flüsterte beschwörend. »Und denken Sie immer daran, mein lieber Dahlerus, egal was passiert: Ich bin auf Ihrer Seite. Ich bin Ihr Freund.«

Dahlerus wusste nicht recht, was er erwidern sollte. »Hoffen wir das Beste. Leben Sie wohl, Herr Göring.«

»Sie auch, mein lieber Dahlerus. Wir werden uns schon bald wiedersehen, da bin ich mir sicher.«

Hermann Göring zwinkerte Dahlerus zu. Der Schwede stieg aus dem Wagen und ging Richtung Bahnhof. Der Mann, der von sich behauptete, den Frieden sichern zu wollen, wendete den Mercedes, deutete lässig einen Hitlergruß an und fuhr davon. Dahlerus blieb noch einen Augenblick stehen, sah der entschwindenden Limousine hinterher. Er fragte sich, ob er wirklich Hermann Görings Freund sein wollte. Als die Waggontür scheppernd hinter ihm zufiel, wusste er die Antwort.

4.
London
8. August
Chelsea, Vormittag

Jonathan Doyle nippte an seinem Kaffee. Das lauwarme Gebräu schmeckte wie Schlamm. Der Brite verzog keine Miene. In den Jahren als Verbindungsoffizier für den Militärischen Abschirmdienst MI5 hatte er gelernt, seine Gefühle zu kontrollieren. Doyle beherrschte seinen Job. Er stellte Tasse und Untertasse auf den kleinen Tisch vor sich. Das Klappern des Porzellans verstärkte die Stille. Der Engländer empfand das Schweigen nicht als unangenehm, es gab ihm Zeit, sich zu sammeln. Seit seiner Ankunft vor gut einer halben Stunde hatte er kaum ein Wort mit Krauss gewechselt. Der Deutsche hatte ihn eher notgedrungen ins Wohnzimmer gebeten und ihn gefragt, ob er Kaffee wolle. Doyle hatte die Einladung angenommen, zu seinem Bedauern, wie sich jetzt herausstellte, und Krauss war in die Küche verschwunden.

Sonderlich erfreut schien der Deutsche nicht zu sein, ihn zu sehen, dachte Doyle, korrigierte sich aber gleich: Krauss wirkte nie erfreut. Er zeigte überhaupt nur wenig, was man als irgendwie geartete Gefühlsregung interpretieren konnte. In dieser Hinsicht bewegten sie sich auf Augenhöhe – mit dem feinen Unterschied, dass Doyle seine Gesichtsmuskulatur so virtuos bediente wie ein Klavierspieler sein Instrument, Krauss dagegen so ausdruckslos wirkte wie ein königlicher Gardist am Buckingham Palace. Der englische Agent mochte den Deutschen nicht. Für ihn hatte der Kerl einen Schaden. Und zwar einen kapitalen. Einen von der gefährlichen Sorte.

Doyle stierte in seine Tasse. Die braune Brühe schmeckte nicht nur wie Schlamm, sie sah auch so aus. Dünne Staubfäden tanzten in der Augustsonne. Draußen war es brütend heiß, drinnen aber einigermaßen kühl. Auf der Insel stöhnten alle über die Hitze. In den Zeitungen warnten sogenannte Experten davor, England könnte versteppen. Doyle hielt nichts von solchem Geschwätz, er blätterte immer gleich zum Sportteil. Momentan hatte er sowieso andere Sorgen als das Wetter: Er wünschte sich, den Kaffee nicht probiert zu haben. Seine Zunge fühlte sich pelzig an, er lechzte nach einem Glas Wasser. Nur nicht aus diesem Kühlschrank. Krauss schaute an ihm vorbei, womöglich aus dem Fenster, hinaus in den etwas kargen Garten. Rasen, ein paar Büsche, gerade so viel, dass es einen nicht über die Maßen forderte. So ungepflegt, wie das Grün aussah, scherte es Krauss einen Dreck. Er lebte in seiner eigenen Welt, abgeschottet, schwer nachvollziehbar nach herkömmlichen Maßstäben. Das erklärte auch den miserablen Kaffee. Wenn es darauf ankam, war Krauss allerdings voll da, das musste man ihm lassen. Seit er in ihren Diensten arbeitete, hatte er sie nicht einmal enttäuscht. Krauss war ein Geschenk Gottes, dachte Doyle, korrigierte sich aber sofort – ein Geschenk des Teufels natürlich. Angeschwemmt wie eine Kiste Treibgut, bei der sich herausstellt, dass sie große Schätze birgt.

Als Krauss ihnen seine Dienste angeboten hatte, waren sie erst skeptisch gewesen, hatten ihn auf Herz und Nieren geprüft. Doch der Deutsche war ein Überzeugungstäter, ein abgefallener Todesengel. Eine Mordmaschine, in Deutschland perfekt gedrillt. Dass die Deutschen sich auf dieses tödliche Handwerk verstanden, war nicht zu leugnen. Die bestmögliche Schule, spöttelte Doyle bei sich. Und was für eine Ironie des Schicksals. Ein verlorener Sohn stellt sich gegen das eigene Vaterland.

Das Leben schlägt manchmal absurde Kapriolen, dachte Doyle. Heute Freund, morgen Feind. Dazwischen lag nur ein Wimpernschlag. Solange er auf der Gewinnerseite stand, beklagte er sich nicht. Besser, dass einer wie Krauss für statt gegen England arbeitete. Viel besser. Der Hausherr schien sich zu sammeln. Krauss blickte seinem Gegenüber direkt in die Augen. »Kommen Sie zur Sache, Doyle. Sie sind nicht hier, um schlechten Kaffee zu trinken.«

Der Brite zog eine Augenbraue hoch. Also wusste Krauss doch, dass er einen lausigen Kaffee machte. Vielleicht hatte er auch nur die Reste von gestern aufgewärmt. Das schien wahrscheinlicher. Der Deutsche hatte recht – er war weder hier, um schlechten Kaffee zu trinken, noch um über die Kunst des Kaffeekochens zu lamentieren. Mit der Tür ins Haus fallen wollte er allerdings genauso wenig.

»Ich frage mich, wann Sie endlich auf Tee umsteigen, Herr Krauss. Selbst der schlechteste Tee ist genießbarer als Ihr bester Kaffee. Und das hier …«, Doyle nickte leicht gen Tisch, »… ist nicht Ihr bester.«

»Sie würden die Deutschen am liebsten mit Teebeuteln bewerfen, bis sie um Gnade winseln. Darf ich Ihnen einen guten Rat geben? Das funktioniert nicht.«

»Seien Sie sich da nicht so sicher. Teetrinker sind kultivierte Menschen, und die lösen ihre Probleme auch mal bei einer Tasse Darjeeling. Davon scheinen mir Ihre Landsleute allerdings weit entfernt zu sein.« Doyle hielt einen Moment inne. »Weiter entfernt denn je.«

Krauss senkte den Kopf. »Da haben Sie recht. Nur wissen wir das schon länger – und ich nehme an, ich soll meinen Teil dazu beitragen, die Verhandlungsposition Englands zu stärken.«

»In gewisser Weise, ja.«

Doyles und Krauss' Augen trafen sich kurz. Der Engländer hielt dem kühl taxierenden Blick des Deutschen nicht lange stand. Zum einen lag das an dessen weit auseinander stehenden hellblauen Augen, die Doyle an die dünnen Stellen im Eis auf einem zugefrorenen See erinnerten, dort, wo die Gefahr groß war einzubrechen. Vor dem, was unter der Oberfläche verborgen lag, fürchtete er sich. Dazu gesellten sich der blonde Haarschopf und die scharf geschnittenen Gesichtszüge. Eine Narbe am rechten Kinn relativierte die perfekte Physiognomie. Trotzdem ein Arier wie aus dem Rasse-Handbuch, dachte der Brite, fast lächerlich klischeehaft. Aber das Äußere des Deutschen war ein wesentliches Kriterium gewesen, warum er als junger Mann ausgewählt worden war. Einer wie er entsprach dem Idealbild eines arischen Herrenmenschen. Genetische Elite. Dass die krude Psychologie funktionierte, merkte Doyle daran, dass er sich Krauss gegenüber unterlegen fühlte. Zum Teufel mit diesen Deutschen! Allein die Vorstellung, dass sie Europa beherrschen könnten, machte ihn krank. Um das zu verhindern, schien ihm jedes Mittel erlaubt. Krauss war eines davon – und wahrlich nicht das schlechteste.

»Im Hauptquartier ist man der Auffassung, dass die derzeitigen Ereignisse unorthodoxes Handeln verlangen. Man würde dort, ich will es mal vorsichtig formulieren, gerne einen parallelen Weg zur offiziellen Politik der Beschwichtigung einschlagen – um noch schneller ans Ziel zu gelangen.

Natürlich wird ein solcher Weg öffentlich nicht verlautbart. Die Regierung würde sich, käme je etwas zur Sprache, davon in jeder Form distanzieren.«

Doyle sprach sehr leise, hoffte, dass der Raum keine versteckten Wanzen enthielt. Krauss hatte sein eigenes Haus als Treffpunkt vorgeschlagen. Dort fühlte er sich sicher, und der Deutsche verstand sein Geschäft. Letztendlich misstraute Doyle ihm – einer, der kaltblütig Menschen ermordete, war zu allem fähig. Jetzt führte ohnehin kein Weg mehr zurück. Er war dabei, die Karten auf den Tisch zu legen. Und bisher hatte Krauss zuverlässig bewiesen, dass er mit im Boot war, wenn es darum ging, den Nazis zu schaden.

»Das galt doch für alle unsere Operationen.« Krauss sprach ohne irgendeine hörbare Regung. Wie ein Roboter, dachte Doyle. Wenn Hitler eine Armee dieser Kreaturen losschicken würde, dann gnade uns Gott.

»Das stimmt. Aber diese ist besonders heikel. Und sie könnte die englische Regierung in eine prekäre Situation bringen, wenn Sie versagen.« Doyle versuchte, seine Stimme wichtig klingen zu lassen. »Krauss, was ich Ihnen jetzt sage, darf nie, ich betone: nie in die Öffentlichkeit gelangen. Was Sie bisher für uns getan haben, war Kleinkram. Sie haben hier und da ein wenig aufgeräumt, ein paar lästige Kakerlaken in die Kanalisation befördert. Ecken und Kanten abgeschliffen. Verstehen Sie mich richtig, wir sind Ihnen dankbar, sehr dankbar sogar, aber von diesem neuen Auftrag hängt mehr ab als von allen anderen, die Sie bisher so zuverlässig ausgeführt haben.« Doyle verschränkte seine Hände. »Es geht um die Zukunft unseres Landes, um die Zukunft Europas, vielleicht der Welt.«

»Seit wann schwafeln Sie solchen Unsinn?«

»Das ist kein Unsinn. Ich versuche nur, Sie für einen Auftrag zu erwärmen, der alles Vorherige in den Schatten stellt.«

»Machen Sie es nicht so theatralisch. Sagen Sie mir einfach, worum es geht.«

Doyle lehnte sich weit nach vorne, roch den Duft des schalen Kaffees vor sich auf dem Tisch. Wie die Nazis, ging Doyle plötzlich auf, verfault, stinkend, ein brauner Morast, der alles zu ersticken drohte. »Sie müssen in Deutschland etwas für uns erledigen.«

»Sie meinen jemand.«

Doyle nickte unmerklich.

»Sie wissen, dass es dort einige Menschen gibt, die mich leicht identifizieren können. Je nachdem, was Sie vorhaben, wäre das ein gefährliches Spiel.«

»Dessen sind wir uns bewusst.«

Doyle fragte sich zum wiederholten Mal, ob Krauss die Leichen am Hafen zu verantworten hatte. Das Massaker von der Canal Street nannten es die Medien. Zeugen wollten einen blonden Mann gesehen haben, der bewaffnet aus dem Haus gestürmt war und eine Frau verfolgt hatte. Aber ihre Aussagen waren zu ungenau, widersprachen sich. Die Kaltblütigkeit, am helllichten Tag in ein Haus zu gehen und zwei Menschen zu erschießen, besaßen nur wenige. Bei der Auswertung der Spuren war die Polizei bisher nicht wesentlich weitergekommen, doch alles deutete darauf hin, dass es noch ein weiteres Opfer gab. In einem Zimmer hatte man Blutflecken gefunden. Möglich, dass sie von einem der beiden Opfer stammten. Vielleicht gab es auch eine dritte Person. Über die Identität der Toten war bisher nicht viel bekannt, weil keine Papiere gefunden wurden. Doyle erschien das höchst merkwürdig. Angeblich waren die Mieter englische Geschäftsleute. Das Haus gehörte einer walisischen Import-Export-Firma, die es über einen Makler vermietet hatte. Bald würden sie mehr wissen. Es würde ihn nicht wundern, wenn der blonde Killer, dem er hier gegenübersaß, darin verwickelt war. Krauss war wahnsinnig genug, so kaltblütig und rücksichtslos vorzugehen. Bisher hatten sie aber zu wenig in der Hand, um eine Verbindung herzustellen. Nur wenn es so war, musste er wissen, was dahintersteckte. Denn momentan brauchte er Krauss dringender denn je.

Verstohlen betrachtete der Engländer sein Gegenüber. Krauss wirkte merkwürdig abwesend. Zu gern hätte Doyle gewusst, was in dem Deutschen vorging. Hatte er erneut die Seiten gewechselt? Noch am Morgen hatten sie bei einer Besprechung im Hauptquartier darüber diskutiert, wie vertrauenswürdig Krauss war. Am Ende einigten sie sich darauf, dass er keine unmittelbare Gefahr darstellte. Der Auftrag war vorrangig, es gab dafür keinen besseren Mann als den Deutschen. Genauso wenig wie einen triftigen Grund, an seiner Loyalität zu zweifeln. Auch wenn Doyle das nicht gefiel.

»Sie besitzen eine reelle Chance. Aussehen lässt sich verändern, außerdem hatten Sie nur mit wenigen Personen engen Kontakt. Nach unserer Einschätzung können Sie sich – mit entsprechender Vorsicht – frei bewegen. Außerdem haben Sie einen entscheidenden Vorteil gegenüber anderen Kandidaten: Deutsch ist Ihre Muttersprache. Sie kennen die Mentalität, die üblichen Gepflogenheiten. Bei allem Respekt – Sie sehen aus wie ein Nazi. Ihnen stehen alle Türen offen.«

»Um wen geht es?«

»Lassen Sie mich noch eines sagen, bevor ich Ihnen den Namen verrate. Mit diesem Auftrag endet unsere Zusammenarbeit. Egal, wie Sie sich entscheiden. Sie sind bestens von uns versorgt, und das wird auch so bleiben. Dass wir Ihnen dankbar sind, habe ich schon erwähnt. Aber wenn ich gleich durch diese Tür gehe, habe ich alles vergessen, was ich Ihnen gesagt habe. Ich kenne Sie nicht einmal mehr, ich bin Ihnen sogar nie begegnet. Und auch sonst wird sich niemand in England an Sie erinnern. Wenn Sie sich dafür entscheiden, den Auftrag anzunehmen, werden wir Sie zwar nach Deutschland schleusen, aber dann sind Sie auf sich alleine gestellt. Jede Hilfe von unserer Seite könnte unsere Regierung kompromittieren. Wir werden Ihre Tat als die eines wahnsinnigen Einzeltäters verurteilen, eines Mannes, der nur sein Rachebedürfnis stillen wollte. Und noch eines möchte ich Ihnen nicht verheimlichen: Die Chancen, dass Sie diese Sache überleben, stehen schlecht. Wenn Sie mich fragen: sehr schlecht.«

Doyle machte eine kleine Pause. Krauss hatte ihn die ganze Zeit neugierig betrachtet, wie ein Wissenschaftler, der eine seltene

Amöbenart unter dem Mikroskop untersucht. Der Brite hatte ihm längst alles verraten. Man musste kein Prophet sein, um zu ahnen, worauf das Gerede hinauslief.

»Ich soll Adolf Hitler töten.«

Doyle blieb ungerührt. »Sie haben es erfasst.«

Die Engländer waren schon ein verrücktes Völkchen. Absurditäten gehörten zum Alltag, jeder pflegte seine Schrullen wie ein exotisches Haustier. Daran hatte Krauss sich gewöhnt. Aber ein Attentat auf Hitler, das war abenteuerlich. Wobei Krauss zugeben musste, dass die Idee einen gewissen Reiz besaß. Niemand in der deutschen Führungsriege war auch nur annähernd in der Lage, den Diktator zu ersetzen. Nein, er musste sich korrigieren. Niemand litt unter denselben Wahnvorstellungen wie Hitler. Besessen von faschistischen Ideen waren sie alle, aber meist noch halbwegs bei gesundem Menschenverstand. Selbst Hetzern wie Goebbels oder Ribbentrop traute Krauss alleine nicht zu, das nationalsozialistisch regierte Land komplett ins Verderben zu reißen. Sie brauchten Hitler als dämonische Instanz. Außerdem hieß der zweite starke Mann im Reich Hermann Göring. Und das konnte tatsächlich eine Trumpfkarte sein: Krauss schätzte Göring als jemanden ein, der sein eigenes Wohl über alles andere stellte, als verwöhnten Bonvivant, der gerne im Luxus schwelgte. Würde er Hitler beerben, hätten sie vielleicht eine Chance, Deutschland im Zaum zu halten. Vielleicht.

Was tatsächlich passieren würde, war schwer vorherzusagen. Doch je länger er über die Sache nachdachte, desto mehr leuchtete ihm ein, dass der Faktor Hitler eine entscheidende Rolle spielte. Ihn auszuschalten, schien vielversprechend. Allerdings war das Risiko, vorsichtig ausgedrückt, immens. Dass er nah genug an Hitler herankommen würde, schien Krauss undenkbar. Andere hatte es auch schon versucht und waren gescheitert. Selbst von einem geplanten Attentat der englischen Regierung an Hitlers Geburtstag, das am Ende verworfen wurde, munkelte man hier und da in Geheimdienstkreisen. Angeblich existierte eine Sektion X beim Special Operations Executive, deren Hauptaufgabe es war, Nazi-Größen zu beseitigen. Bisher ohne durchschlagenden Erfolg. Vielleicht war der neue Plan auch auf dem Mist des SOE gewachsen. Und so abwegig war er gar nicht. Gelang es dem Geheimdienst, Krauss in Deutschland einzuschleusen, ohne dass eine Spur zurückführte, könnten die Engländer glaubhaft jede Verwicklung bestreiten. Krauss wäre der missratene Sohn, der sich für sein verlorenes Leben rächte. Ein Einzeltäter. Ein Psychopath. Und vor allem: ein Deutscher.

So sympathisch Krauss der Plan bei aller Verstiegenheit war, er hatte andere Sorgen. Bensler, Edgar, Christa, der Junge. Es fiel ihm schwer, sich zu sortieren. Er hatte Bensler unterschätzt und zu intuitiv gehandelt. Die Frau hatte ihn wahrscheinlich nicht einmal erkannt, sie wäre also keine Gefahr gewesen. Er hätte sie laufen lassen und Bensler erledigen müssen. Jetzt lebte der Dreckskerl noch, auch wenn zwei 22er Projektile in seinem Körper steckten. Sicher erholte er sich in irgendeinem Schlupfloch in London und schmiedete Rachepläne. Zudem ahnte er, dass der Junge wohlauf war. Selbst wenn er nicht den geringsten Schimmer hatte, wo er nach ihm suchen sollte. Allein die Tatsache, dass er Bescheid wusste, war ein Fiasko. Wahrscheinlich hatte er Edgar längst informiert. Wenn nicht, würde er es bald tun.

Krauss hatte Christa noch einmal angerufen, ihr alles erzählt. Vorläufig mussten sie sich keine Sorgen machen. Aber irgendwann brauchten sie einen Plan. Im Moment sah Krauss keine Möglichkeit, Bensler aufzuspüren. Vielleicht gelang es ja der Polizei, wobei er nicht genau wusste, ob er sich das wünschen sollte. Wenn sie Bensler erwischten, würde seine eigenmächtige Aktion wohl auffliegen. Bisher hielt sich die Polizei allerdings bedeckt.

Nur Doyle musterte ihn ab und an merkwürdig.

Krauss schalt sich einen Narren, der unter Verfolgungswahn litt. Aber er konnte sich des Gefühls einfach nicht erwehren, dass alles ins Wanken geriet, sie am Rande eines Abgrundes taumelten. Seine Gedanken kreisten nur noch um dieselbe Sache: Er musste Bensler finden, und er musste ihn töten. Doch das würde nicht reichen. Nach dem, was geschehen war, musste er in die Offensive gehen. Ins letzte Gefecht ziehen, hörte sich besser an, dachte er sarkastisch. Es gab noch so viele offene Rechnungen zu begleichen. Ganz obenan stand Edgar. Sein großer Bruder. Mit Edgars

Tod würde auch der Wille erlahmen, weiter nach dem Jungen zu suchen. Sein Bruder musste sterben – Krauss musste ihn töten, und wenn es das Letzte war, was er tat. Nur so würde keine Spur zurückführen. Vielleicht war das Hannas Vermächtnis. Sein Haus erschien ihm auf einmal sehr klein.

Doyles Anwesenheit störte ihn dabei, die Dinge zu durchdenken. Krauss öffnete die Tür zum Garten, trat hinaus auf die kleine Terrasse. Doyle blieb vor seiner Tasse Kaffee sitzen, wollte ihm wohl Gelegenheit geben, das eben Gesagte zu verdauen. Krauss war ihm dafür dankbar. Entbehrte die Situation doch nicht einer gewissen Komik. Da redeten zwei erwachsene Männer an einem heißen Augusttag in einem gewöhnlichen Reihenhaus beim Kaffee darüber, den gefährlichsten Staatsmann der Welt zu töten. So etwas fiel nur den Briten ein. Kraus hatte diesen Menschenschlag in den vergangenen Jahren schätzen gelernt und hoffte darauf, dass die Engländer den Deutschen im Falle einer neuerlichen Auseinandersetzung wieder Paroli bieten würden. Eine Eskalation schien ihm unausweichlich. Alles, was Hitler gesagt und getan hatte, steuerte unweigerlich darauf zu. Der selbsternannte Führer hatte nie einen Hehl daraus gemacht, wie seine Pläne aussahen. Nur steckte Europa offensichtlich den Kopf in den Sand in der Hoffnung, der Kelch würde vorüberziehen. Wenn es noch leise Zweifel gab, so hatte Bensler sie beseitigt – sein Auftrag, den Krieg unter die Bevölkerung zu tragen und sie in Panik zu versetzen, sagte alles. Es sei denn, man nahm dem Diktator die Möglichkeit, seine Pläne in die Tat umzusetzen.

Einem Impuls folgend, schlüpfte Krauss aus seinen Sandalen und lief barfuß über das Gras. Es fühlte sich angenehm auf der Haut an, weich und trotz der hohen Lufttemperatur kühl. Am liebsten hätte er sich lang hingelegt, das Spiel der Wolken verfolgt. Dies und die Begegnung mit Bensler wühlten tief in seinem Gedächtnis vergrabene Erinnerungen wieder auf. An funkelnde Jugendtage, an eine Zeit, in der er manchmal platzen wollte vor Glück. Die Ferien hatte die Familie Krauss immer am Starnberger See verbracht, Edgar und er waren viel geschwommen oder mit dem Boot rausgerudert. Einige Male hatten sie gefischt und der Mutter stolz ihren Fang präsentiert. Etliche der schönsten Wochen seines Lebens verband Krauss mit den Ferien am See. Schlagartig war all das vorbei gewesen, hatte für sie eine andere, vergiftete Zeit begonnen. Wehmütig dachte er an ihren letzten unbeschwerten Sommer im Jahr 1923.

Mit Edgar an seiner Seite schien ihm die Welt zu Füßen zu liegen, bereit, erobert zu werden. An jenem flirrend blauen Tag, an den er jetzt denken musste, hatte er mit Edgar auf dem Steg gesessen. Edgar und Richard, die blonden Brüder. Vor ihnen ausgebreitet lag der See, glatt und geheimnisvoll wie ein Monolith. Ein Reiher watete im Schilf. Wasserläufer tanzten schwerelos auf der Oberfläche, auf der Suche nach mikroskopischen Häppchen. Warmer Wind umschmeichelte ihre Körper. Damals hatte ihn die Schönheit der Natur nur beiläufig berührt, weil er sich stets auf seinen Bruder konzentrierte. Auf Edgar, den Makellosen, der mit seinem gewinnenden Lächeln jeden für sich einnahm, selbst denjenigen, der ihm fünf Minuten zuvor noch die Pest an den Hals gewünscht hatte. Neben Edgars Glanz verblasste alles und jeder, auch Richard. Obwohl ihm die Gene denselben blonden Haarschopf geschenkt hatten, denselben kantigen, wie mit dem Lineal gezeichneten Kiefer, dieselben blauen Augen. Aber während Edgars Pupillen warm leuchteten wie Opale, irritierte Richards wässrig kühler Blick. Es war zwar nur eine Nuance im Farbton, aber die entschied über ein Schicksal. Viele Mitschüler fanden Richard unheimlich, hielten ihn für emotionslos, gleichgültig anderen gegenüber. Das stimmte jedoch nicht. Richard war nicht unfähig zu lieben, er fixierte nur all seine Gefühle auf einen einzigen Menschen. Damals war Edgar dieser Mensch gewesen, für jeden anderen heuchelte Richard höchstens wohlwollendes Interesse. Niemandem hatte er in seiner Jugend so nahegestanden wie seinem älteren Bruder, nicht einmal seinen Eltern. Mittlerweile hatte sich das Blatt grundlegend gewendet. Krauss hasste Edgar wie keinen anderen Menschen auf dem Planeten – seine tief empfundene Liebe von damals war ins gegenteilige Extrem umgeschlagen.

Damals aber erschien ihm nichts erstrebenswerter, als seinem Bruder nachzueifern. Edgar war ihm in allem voraus, war weltgewandt und allwissend, charmant und schlagfertig, stark und schön. Frauen fielen bei seinem Anblick gleich gefügig ins Bett, so schien es Richard zumindest, wenn er Edgars ausgeschmückte Geschichten anhören musste, bei denen irgendwann stets mindestens ein hübsches Mädchen auftauchte. Richard konnte es kaum abwarten, ebenfalls siebzehn zu werden, denn das war das Alter, in dem das Leben erst richtig begann. Nur zwei Jahre trennten ihn von seinem Bruder, und doch fühlte er sich neben ihm wie ein Neandertaler. Vor allem im Beisein von anderen, wenn sein Bruder seine Überlegenheit ausspielte. Deshalb genoss er es besonders, Edgar ganz für sich zu haben. So wie auf dem Steg an jenem großartigen Sommertag, der Krauss so entrückt schien wie die Ära der Pharaonen. Sie hatten die Beine über dem Wasser baumeln lassen, saßen nur in ihren Badehosen auf den windschiefen Planken, die nackten Oberkörper im gleißenden Sonnenlicht. Es prickelte auf der Haut. Edgar war einen Tag zuvor nach München gefahren, hatte dort Kameraden getroffen, zumindest hatte er das den Eltern erzählt. Die hatten es hingenommen, kaum nachgefragt, der Junge war schließlich fast erwachsen. Richard aber wollte alles wissen über diese ominösen Kameraden.

»Sag schon, wer's war«, stichelte er, »bestimmt Kameradinnen, nicht wahr?«

Edgar hatte nur spitzbübisch gegrinst. »Sei nicht so neugierig, Brüderchen. Musst nicht alles wissen.«

»Muss ich wohl, weil es ja blöd wäre, wenn ich dem Vater was Falsches erzählen würde. Blöd für dich, natürlich.«

»Du bist ja ein ganz Gewitzter. Aber du weißt ja: Wer seine Nase in anderer Leute Angelegenheiten steckt, für den gibt es oft ein böses Erwachen. Könnte also sein, dass du eines Morgens ohne Nase dastehst.«

»Nun sag schon, Edgar.«

Er quengelte, war das Geplänkel schnell leid gewesen, ahnte, dass sich hinter dem Besuch in München mehr verbarg, etwas Größeres, Dunkleres. Normalerweise ließ Edgar sich nie lange bitten, tischte ihm seine Frauengeschichten brühwarm auf, schmückte sie so unwahrscheinlich aus, bis Richard nur noch ungläubig stöhnte. Manchmal hielt er sich theatralisch die Ohren zu, um Edgar auf die Palme zu bringen. Insgeheim aber liebte er dessen Berichte, seine Münchhausiaden über amouröse Verwicklungen und abenteuerliche Eskapaden. Sie verkürzten ihm die Zeit bis zum Erwachsenwerden. An diesem Tag aber hatte er das Gefühl gehabt, dass irgendetwas anders war, ohne genau sagen zu können, was und warum. Edgar, der seine gute Laune sonst wie eine Trophäe vor sich hertrug, wirkte für seine Verhältnisse merkwürdig verschlossen. Er versuchte es zwar zu überspielen, aber es gelang ihm nicht. Das, was da in ihm schlummerte, wollte heraus. Lieber heute als morgen.

Edgar zwinkerte ihm zu. »Wer zuerst an der Badeinsel ist. Wenn du vor mir anschlägst, erfährst du die ganze Geschichte. Ehrenwort.«

Richard hatte seinen Bruder kurz angesehen und war ohne ein weiteres Wort in den See gesprungen.

Edgar hatte hinter ihm hergerufen. »He, Teufel noch mal …«

Sein Bruder setzte sich auf, ging ein paar Schritte auf dem Steg zurück, nahm Anlauf und hechtete mit einem gewaltigen Kopfsprung in den See. Trotz seines kleinen Vorsprungs besaß Richard keine wirkliche Chance. Edgar war damals einen Kopf größer als sein jüngerer Bruder, sportlich durch und durch. Er schwamm wie eine Forelle, schoss durch den unbewegten See, fast ohne Wellen zu schlagen. Richard hörte ihn kaum einmal atmen, weil er selbst lautstark vor sich hinprustete. Schon nach der halben Distanz zu der notdürftig aus leeren Fässern und Holzplanken zusammengezimmerten Insel hatte Edgar ihm knapp eine Länge abgenommen. Krauss erinnerte sich, wie er seinen Bruder für dessen Geschicklichkeit bewunderte. Wie Edgar sich mühelos mit beiden Händen aus dem Wasser auf die Insel stemmte, nagte an seinem Selbstbewusstsein.

Als er sich erschöpft auf das warme Holz fallen ließ, lag Edgar schon in der Sonne, die Arme weit ausgebreitet. Er sprach, ohne die Augen zu öffnen.

»Na, kleiner Bruder, auch schon da?«

»Du hast gepfuscht, du hast Anlauf genommen. Klare Sache.«

Edgar kicherte. »Wer hat denn hier gepfuscht? Nicht mal auf ein Signal hast du gewartet. Aber du siehst, dass es nicht immer was bringt, sich unrechtmäßig einen Vorteil zu verschaffen.«

»Einen Versuch ist's schon wert. Vor allem gegen dich.«

»Was soll das denn heißen?«

Richard antwortete nicht, weil er sich so bemüht hatte, den Moment festzuhalten, sich jedes Detail einzuprägen. Die Sonne, die das Seewasser auf ihrer Haut verdunsten ließ, den Wind, der sanft durch das Schilf strich, die Insel, die leicht auf den von ihnen erzeugten Wellen schaukelte. In der Rückschau verklärte sich die Szene für ihn zusätzlich, weil sie für ihn das Ende seiner Unschuld und den Anfang seines Unglücks bedeutete. Hätte er Edgar doch nie gefragt, hätte er ihn doch ziehen lassen in seine neue Welt, von der sein Bruder sich so Großes versprach und die sie beide zum Niedrigsten machte, was Menschen überhaupt sein können – zu Mördern und Monstern.

Damals hatte ihn die Neugier nicht ruhen lassen.

»Erzählst du's mir trotzdem?«

»Da gibt's nicht viel zu erzählen.«

»Kommt mir nicht so vor. Eher, als gäbe es zu viel zu erzählen.«

»Du hast ja keine Ahnung.«

»Das sollst du ja ändern. Am besten jetzt gleich.«

Edgar hatte den Kopf zu ihm herübergedreht, die Augen wegen der Sonne stark zusammengekniffen. »Versprichst du mir, dass du den Eltern nichts erzählst? Die würden es eh nicht verstehen oder es in den falschen Hals kriegen und mir den Umgang verbieten. Ehrenwort?«

Auch Richard hatte sich umgedreht und seinen Bruder angesehen. »Du machst es aber spannend. Ehrenwort, na klar.«

»Na gut. Ich habe bei Herrn Adolf Hitler unterschrieben, bei der Nationalsozialistischen Deutschen Arbeiterpartei.«

»Bei dem Bierkelleragitator?«

Damals hatte Richard es erst nicht fassen können. Sein hinter jedem Rockzipfel hinterherjagender Bruder war ein Anhänger dieses österreichischen Nationalisten, der im Münchner Bürgerbräukeller regelmäßig gegen die Regierung wetterte. Seine NSDAP galt als ein Haufen ungehobelter Burschen, die gerne mit dem Knüppel argumentierten. Hitler wurde eher belächelt als einer, den die stürmische deutsche Geschichte an die Oberfläche gespült hatte und der genauso schnell wieder in den Fluten verschwinden würde. Ausgerechnet den himmelte Edgar nun an wie eines seiner willigen Mädchen.

Richard musste lachen. »Was willst du mit Adolf Hitler? Der hat doch nur eine große Klappe und ist dabei ungefähr so aufregend wie Vater, wenn er wieder mal über das Leben doziert.«

Edgar furchte entrüstet die Stirn. »Du bist ein Blödmann. Hitler kämpft dafür, dass Deutschland wieder mit erhobenem Haupt dasteht in Europa. Dass die Franzosen aus unserem Land verschwinden und uns nicht aussaugen wie eine Zecke. Dass es ein Ende hat mit den verbrecherischen Forderungen des Versailler Vertrages. Dass die Juden aus der Regierung verschwinden.«

Richard erkannte seinen Bruder kaum wieder. Nie zuvor hatte er Derartiges aus dessen Mund gehört; nun rezitierte Edgar Parteiprogramme, als hätte er nie etwas anderes als Politik im Sinn gehabt. Richard schaute noch einmal zu Edgar hinüber, aber der hatte sein Gesicht wieder gen Himmel gedreht und sprach mit geschlossenen Augen – als würde er beten.

»Einmal die Woche treffen sich die Kameraden in München, reden darüber, was verändert werden muss. Ich war dabei, und ich habe Hitler sprechen hören. Der Mann ist eine Offenbarung, Richard, seine Stimme geht dir bis ins Mark, und was er sagt, ist so überzeugend, so unerhört, so unverblümt, so …«, Edgar rang nach den richtigen Worten, »so wahr. Hitler ist unsere Hoffnung, die Hoffnung aller Deutschen, die wieder in einem starken Land leben wollen. Er hat Visionen, und er weiß, wie man sie umsetzt. Schon folgen ihm ein paar Tausend Kameraden, und täglich werden es mehr. Noch steht hinter ihm eine kleine Armee, aber bald ist es das ganze Volk. Und ich bin einer, der von Anfang an dabei ist, Richard. Ich habe bei ihm unterschrieben, und jetzt bin ich Mitglied in der SA.«

»SA?«

»Hitlers Sturm-Abteilung. Bereit für den Sturm auf die dreckigen Franzosen, die unser Land in den Ruin treiben. Und für den Sturm auf die Regierung, die dies alles einfach so geschehen lässt.« Edgar hatte sich ruckartig zu ihm herumgerollt. »Ich sage dir eins, Brüderchen. Es ist besser, wenn auch du von Beginn an dabei bist. Denn wenn es nachher ans Heulen und Zähneklappern geht, stehst du besser auf der richtigen Seite. Und stell dir vor, wir beide, Schulter an Schulter, im Kampf gegen Deutschlands Feinde – wer wollte sich uns entgegenstellen?«

Für Deutschlands Wohlergehen in den Krieg zu ziehen, war Krauss damals lächerlich erschienen, wo es ihnen doch gutging, französische Besatzer hin oder her. Und was wollte ein Hitler mit seiner kleinen Privatarmee schon ausrichten? Eine riesengroße Seifenblase war das, eine Kinderei von Erwachsenen, die den Hals nicht vollkriegen konnten. Aber wenn es ihm die Möglichkeit bot, neben seinem Bruder in den Kampf zu ziehen – wobei er sich eher eine Schulhofrangelei als ein blutiges Gemetzel vorstellte –, dann bitteschön. Auf sie mit Geheul, auf wen auch immer! Hauptsache, Edgar lief voran, und er war rechtzeitig zur Stelle, um ihm die rettende Hand zu reichen. Was für ein Traum, der Retter seines Bruders zu sein. Dafür lohnte sich jede Mühsal.

Richard drehte sich auch auf die Seite, stützte seinen Kopf auf eine Hand. »Hört sich nicht schlecht an. Gegen uns kommt keiner an, oder?«

»Niemals. Gemeinsam sind wir unbesiegbar – und am Ende sind wir es, die ganz oben stehen.«

Krauss biss die Zähne so fest zusammen, dass seine Kiefer knackten. Zu sehr schmerzte die Erinnerung. Damals, am See, hatte er zum letzten Mal die Leichtigkeit des Lebens als etwas Selbstverständliches erlebt. Von da an hatte sich der Schrecken in seinem Dasein eingenistet, musste er sich mit Blut, Tränen und Tod auseinandersetzen. Edgar hatte ihn zwar in den Abgrund gerissen, aber er hätte nein sagen, den Wahnsinn stoppen können. Doch er war selbst schnell der Faszination des Faschismus erlegen, war glühend überzeugt gewesen von einer kranken Ideologie. Dafür durfte er Edgar nicht verurteilen, zumal der selbst noch ein halbes Kind gewesen war. Nicht deshalb hasste er ihn. Krauss hasste ihn, weil er ihm das genommen hatte, was er über alles in der Welt liebte, nachdem er aufgehört hatte, seinen Bruder zu lieben. Genauso gut hätte Edgar ihn töten können. Dass er es nicht getan hatte, war ein Fehler, für den sein Bruder bezahlen würde.

»Sie müssen sich nicht heute entscheiden«, sagte Doyle von der Terrassentür aus. Die Stimme zerriss den Nebel aus Schmerz und

Schuld, in dem Krauss sich für kurze Zeit verloren hatte. Er drehte sich zu Doyle um, suchte Augenkontakt. Doyle wirkte müde, zerknittert, als ob er eine lange Reise hinter sich hätte und wüsste, dass ihm keiner die Gelegenheit zum Ausruhen gewähren würde. Selbst seine Stimme klang erschöpft. »Sollten Sie auf unsere Pläne eingehen, schleusen wir Sie bei der nächsten Gelegenheit nach Deutschland ein. Lange können wir nicht mehr warten, Hitler scheint zu allem entschlossen zu sein. Drüben sind Sie dann auf sich alleine gestellt. Und so leid es mir tut: Sie sollten besser nicht nach England zurückkommen. Selbstverständlich helfen wir Ihnen, wo es geht. So lange kein Risiko besteht, dass wir mit Ihnen in Verbindung gebracht werden können. Aber fliehen Sie bitte nach Australien oder Tahiti. Oder wo Sie es sonst aushalten können. Nur nicht nach England ...«

Krauss schnitt ihm mit einer schroffen Handbewegung das Wort ab. »Seien Sie still, Doyle.«

Der Brite schwieg, zog aber als Zeichen seiner Missbilligung die Augenbrauen hoch.

Krauss seufzte. »Entspannen Sie sich. Ich mach's.«

5.
Berlin

22. August
Carinhall, Vormittag

Erregt verfolgte Hermann Göring die mächtige Zunge, die seinen nackten Fuß abschleckte und dabei sorgfältig zwischen den Zehen entlangraspelte. Er müsste sich mal wieder die Nägel schneiden lassen, dachte der Feldmarschall. Noch besser gefiel ihm der Gedanke, Elsa könnte sie ihm zärtlich abknabbern. Ein wohliger Schauer lief ihm den Rücken herunter.

»Elsa, lass gut sein«, murmelte er, richtete sich auf und fasste der jungen Löwin mit beiden Händen ins Fell. Das Tier verlagerte seine Aufmerksamkeit von Görings Füßen sofort auf dessen Arme, versuchte sie spielerisch mit seinen untertassengroßen Pfoten zu packen. Dabei biss es den Deutschen, der auf seinem Bett nur mit Unterhose und einem weißen Hemd bekleidet über der Löwin kniete, leicht in die Handgelenke. Göring ließ sich auf das Gerangel ein, umarmte den Kopf des Raubtiers und rollte mit der Katze übers Bett. Er spürte in seinen Lenden, wie ihn das noch mehr erregte, umklammerte Elsa etwas enger, drückte seinen Kopf in ihr Fell.

Einen Moment lang hielt das erst sieben Monate alte, aber schon imposante Tier still. Dann drangen aus der Löwin Töne, als würde weit entfernt ein Gewitter heraufziehen. Mit zwei, drei schnellen Bewegungen wand sich die Katze aus Görings Griff und sprang behände vom Bett. Federnden Schrittes und erhobenen Hauptes stolzierte Elsa aus dem Zimmer, würdigte den korpulenten Zweibeiner keines Blickes.

Göring drehte sich auf den Rücken. Immer dasselbe mit den Frauen, dachte er und zupfte sich ein paar Löwenhaare aus dem Mund. Seine Erektion war so schnell verschwunden wie die zahme Raubkatze. Er würde Elsa bald an einen Tierhändler abgeben müssen, sie war zu stark geworden, um gefahrlos mit ihr spielen zu können. Manchmal träumte er selbst davon, ein mächtiger Löwe zu sein, mit wilder Mähne und riesigem Gemächt, ein zähnebewehrtes Monster, vor dem alle Kreaturen kuschten, auch Elsa. Aber so wurde das einfach nichts. Sie musste weg und ein neues Löwenbaby her. Bei den Tieren war das so leicht. Da kümmerte es keinen, wenn sie plötzlich verschwanden. So ähnlich wie bei den Juden. Obwohl man da schon etwas umsichtiger agieren musste. Aber nicht viel. Nur in seinem direkten Umfeld, da funktionierte das nicht. Dabei wünschte er sich sehnlichst, er könne ihm lästige Menschen einfach abstoßen. Menschen, die sein geruhsames Leben bedrohten. Menschen wie Hitler. Jeder Gedanke an den Mann brachte ihn auf die Palme. Früher war das einmal anders gewesen. Da hatte er Hitler verehrt, war der Führer ihm als der einzig richtige Mann zur richtigen Zeit erschienen. Heute würde er ihn lächelnd den Löwen zum Fraß vorwerfen. Was für ein Festmahl! Er war Hitler so leid. Der Führer sah einfach nicht die Vollkommenheit dessen, was sie erreicht hatten, das Polster, auf dem sie es sich den Rest ihres Lebens gemütlich machen konnten. Stattdessen riss er sie alle ins Verderben.

Erst vor ein paar Stunden hatte Hitler ihn unsanft aus dem Bett geworfen. Hatte ihn um drei Uhr morgens angerufen. Sich nicht mal gemeldet, sondern gleich ins Telefon gebrüllt. Göring hatte erst gar nicht kapiert, worum es überhaupt ging.

»Wie oft habe ich Ihnen gesagt, dass das eine dumme Idee ist, Stalin ein Telegramm zu schicken? Aber nein, Sie mussten Ihren dicken Kopf ja durchsetzen, mussten ihn unbedingt durchsetzen, auch gegen meinen ausdrücklichen Willen. Immer wieder setzen Sie Ihren Kopf durch, obwohl Sie ihn besser zum Denken benutzen sollten, diesen Kopf. Jetzt machen wir uns zum Narren, Sie machen uns zum Narren, Sie machen mich zum Narren. Jawohl, zum Narren! Sie machen mich zum Narren, und damit machen Sie das ganze deutsche Volk zum Narren. Wieso glauben Sie, dass man Stalin einfach ein Telegramm schicken kann? Stalin ist Stalin, und der lacht sich kaputt über solche Telegramme, die kriegt er wahrscheinlich jeden Tag, und jetzt kriegt er sie auch noch von uns. Das wird ihm ein gefundenes Fressen sein, und das ist ganz alleine Ihre Schuld, Göring, Ihre Schuld, jawohl. Sie haben aus Ihrem Führer einen Narren gemacht, aber das haben Sie zum letzten Mal getan, das verspreche ich Ihnen, Göring, weil ich nämlich keine Vorschläge mehr von Ihnen hören will, verstehen Sie mich? Ich habe genug von Ihren Vorschlägen. Wahrscheinlich lacht ganz Russland schon über uns und damit über mich. Kommen Sie mir nur ja nicht mehr mit einem Vorschlag!«

Göring hatte antworten wollen, aber da hatte es nur noch in der Leitung gerauscht. Hitler hatte den Hörer auf die Gabel geknallt. Todmüde hatte der Feldmarschall rekonstruiert, worum es ging. Ihm war nur ein Vorschlag eingefallen – er hatte Hitler geraten, Stalin zu drängen, den arroganten Ribbentrop sofort zu empfangen, damit dieser ihm einen Nichtangriffspakt unterbreiten könne. Hitler fand das unklug, hatte aber nachgegeben. Offensichtlich bereute er nun seinen Entschluss.

Natürlich viel zu früh, dachte Göring. Diese verdammten Bolschewiken hatten doch Besseres zu tun, als sofort zu springen, wenn sie ein Hund ankläffte. Hitler begriff das nicht. Er war so ungeduldig wie ein brünstiger Stier, der auf jeden losging, der seine uneingeschränkte Macht in Frage stellte. Mühsam hatte Göring zurück in den Schlaf gefunden.

Deshalb tendierte seine Lust, Hitler zu treffen, nach der morgendlichen Rangelei mit Elsa gegen Null. Der Führer wollte alle Oberbefehlshaber sehen, noch heute Nachmittag im Berghof am Obersalzberg. Göring war schon spät dran, doch eine bleierne Schwere lastete auf ihm. Vielleicht hätte er nach dem Gespräch mit Hitler zwei, drei Tropfen Morphium weniger nehmen sollen. Seine Gier nach süßen Träumen, die ihm zu vergessen halfen, war einfach zu groß. Er fühlte sich wie gelähmt. Unmöglich, sich aufzurichten. Er würde der Reichskanzlei eine Nachricht zukommen lassen, dass er unpässlich sei, das Bett auf keinen Fall verlassen könne. Fieber, Erbrechen, Durchfall, was auch immer. Krank vor Sorge um das Deutsche Reich. Asthmatisch, anämisch, neurotisch.

Göring seufzte. So eine furchtbare, grauenhafte, vermaledeite Schifferscheiße, dachte er, schloss die Augen und schlummerte leise weg.

Erneut weckte ihn das Klingeln des Telefons. Erneut schreckte er hoch, musste sich orientieren. Bitte nicht, dachte er. Nicht schon wieder. Er setzte sich auf, entschlossen, das Schrillen auszuhalten. Konnte das wieder Hitler sein? Sollte er es doch probieren, bis ihm der Arm abfiel.

Göring grunzte. Ruckartig griff er zum Hörer, riss ihn von der Gabel. »Ja!« Seine Stimme war kurz davor, sich zu überschlagen.

»Gratuliere, Göring, gratuliere. Alle Achtung, mal wieder den richtigen Riecher gehabt. Sie sind ein Fuchs, Göring, ein Fuchs, der den Hasen aus seinem Bau lockt, das sind Sie. Die Russen haben soeben telegrafiert, dass Stalin Ribbentrop empfängt, schon heute. Das ist so perfekt, perfekter geht's gar nicht. Alles läuft nach Plan. Wir haben Stalin da, wo wir ihn haben wollten. Er ist dabei anzubeißen, er kann gar nicht anders. Ein Bündnis mit Deutschland, was Besseres kann ihm doch gar nicht passieren. Der wird sich noch umgucken, dieser bolschewistische Stammesfürst. Trotzdem genießt er meine Hochachtung. Ich hätte es an seiner Stelle genauso gemacht. Die Polen können einpacken. Aus und vorbei. Und das verdanken wir Ihrer Initiative, Ihrem Mut. Respekt! Hätte ich nicht besser machen können. Ich wusste, dass ich mich auf Sie verlassen kann, Göring. Gratulation.«

Hitler hatte eingehängt, bevor Göring auch nur eine Silbe formen konnte.

Ungläubig starrte der Feldmarschall den Hörer in seiner Hand an und legte ihn vorsichtig zurück auf die Gabel. In seinem rechten Ohr pochte es – Hitler hatte wie immer in die Muschel geschrien.

»Hermann!«

Die Stimme seiner Frau rüttelte Göring endgültig wach. Sein Name erschien ihm irgendwie fremd, fast absurd.

»Hermann, du kommst zu spät!«

Er stützte sich auf die Ellenbogen. Wohin zu spät? Obersalzberg, durchzuckte es ihn, Hitler. Der Führer hatte am Nachmittag zum Tee geladen. Zum Tee! Aber er hatte doch gerade … mit Hitler …

»Hermann?« Emmy stand in der Tür, schaute besorgt. »Ist irgendwas?«

»Was soll schon sein? Ich habe nachgedacht.« Göring setzte sich auf.

»Für mich sieht das eher nach geschlafen aus. Schulz hat den Wagen schon vorfahren lassen. Du bist spät dran.«

Göring winkte genervt ab. »Dann muss der Knilch halt warten. Das schadet ihm auch nichts!«

»Welcher Knilch? Schulz?« Emmy schaute ehrlich besorgt.

Göring sah sie verächtlich an. Fern von allem, dachte er. Keinen blassen Schimmer, was vorgeht. »Ach!«, brüllte er und stand auf. »Vergiss es!«

Er stampfte an ihr vorbei ins Ankleidezimmer. Wütend schleuderte er eine Schranktür auf und wühlte in seiner Garderobe.

»Generäle, Generäle, Teetrinken mit Generälen, pah.«

Er zog eine weiße Uniformjacke aus dem Schrank, hielt sie sich vor das Gesicht, musterte sie kurz und warf sie auf einen Stuhl. »Wir sollen ja in Zivil erscheinen«, murmelte er vor sich hin und schob einen Anzug nach dem anderen weg. Mit einem Griff zog er sein grünes, ärmelloses Lederwams hervor. Zufrieden nickend nahm er es vom Bügel und streifte es über sein weißes Hemd. Aus einer Kommode holte er zwei dicke graue Strümpfe und eine Knickerbocker-Hose. Komplett angezogen, stellte er sich vor einen mannshohen Spiegel und posierte mit herausgestellter Brust.

»Gute Figur. Das macht was her.«

Kritisch beäugte er sein Spiegelbild, zog plötzlich eine Augenbraue hoch. Noch einmal ging er zu einer Kommode, öffnete eine andere Schublade und wühlte darin herum. Mit einem schwarzen Gürtel, an dem ein riesiger goldener Dolch hing, inspizierte er sich erneut im Spiegel. Er rückte den Dolch zurecht.

»Perfekt.«

Eine Minute dachte er darüber nach, ob er noch seinen altgermanischen Speer einpacken sollte, um den kriegerischen Eindruck zu vervollständigen. Aber er fürchtete, dass dieses Aperçu wieder niemand zu schätzen wissen würde. Kretins! Diese aufgeblasenen Spießer konnten ihm gestohlen bleiben. Göring strich sich mit beiden Händen durch die Haare und trat hinaus auf den Gang. Der Waldhof war nach dem Umbau so weitläufig, dass sich selbst die Angestellten darin verloren. Andauernd vermisste Göring einen Lakaien in seiner Nähe, und das nervte ihn gewaltig. Er rief aus vollem Hals.

»Emmy! Kropp!«

Robert Kropp war sein persönlicher Kammerdiener und hatte die Anweisung, sich permanent in Rufweite seines Herrn aufzuhalten. Obwohl Kropp meist ein untrügliches Gespür für die Pläne seines Chefs bewies, kam keine Antwort. Säuerlich stapfte Göring durch den mit dicken Teppichen, barocken Wandgemälden und Skulpturen reich geschmückten Flur, polterte die Treppe hinunter und ging hinüber in den Wirtschaftsflügel. Alles schien wie ausgestorben. Göring schimpfte vor sich hin. Langsam zweifelte er an seinem Verstand. Vielleicht träumte er ja noch. Auf dem Weg in die Küche kam ihm Emmy entgegen. Göring blieb stehen.

»Was ist hier los, zum Teufel? Wo sind alle hin? Warum antwortet mir keiner?« Er machte ein gleichermaßen ungläubiges wie kampfeslustiges Gesicht. »Ist das eine Meuterei oder so was?«

»Red keinen Quatsch, Hermann. Du selbst hast allen zwei Tage freigegeben, erinnerst du dich nicht mehr? Bis auf Schulz und die Ordonnanz. Wegen einer geheimen Operation. Hast du auf jeden Fall mir gegenüber behauptet. Den anderen hast du gesagt, sie sollten sich zwei Tage um ihre Familie kümmern. Was du eben so sagst, wenn du etwas anderes meinst.«

Göring starrte sie immer noch zornig an, die Hände in die massigen Hüften gestemmt. Als wolle er sie gleich übers Knie legen. Grimmig kniff er die Augen zusammen. Seine schmalen Lippen verzogen sich zu einem listigen Lächeln.

»Natürlich weiß ich das noch. Wollte dich doch nur foppen, Liebes.« Er legte Emmy väterlich einen Arm um die Schulter. »Die Bagage vergnügt sich in Berlin, während ich mal wieder zum Führer muss, die Kastanien aus dem Feuer holen. So ist das Leben. Hart und ungerecht.«

Insgeheim atmete Göring auf. Der Nebel in seinem Kopf hatte sich wieder gelichtet. Fast hätte er sich vor Emmy zum Trottel gemacht. Gut, das spielte eigentlich keine Rolle. Trotzdem sollte er sich mehr konzentrieren, sich mehr seinen Geschäften und weniger den Tieren widmen. Und die Finger vom Morphium lassen.

Aber das war leichter gesagt als getan. Manchmal wusste er im Nachhinein nicht einmal mehr, ob er sich bedient hatte, so sehr war ihm das in Fleisch und Blut übergegangen. Außerdem ließen ihm die Idioten keine Wahl. Die Sitzungen, die Gespräche, das Taktieren, der ganze politische Zinnober, das alles langweilte ihn unsäglich. Was für ein jämmerliches Leben! Er drückte Emmy an sich, gab ihr einen flüchtigen Kuss auf die Stirn.

»Ich muss jetzt los, Liebes. Sonst komme ich noch zu spät zum Tee mit dem Führer.«

»Das habe ich dir schon vor einer halben Stunde gesagt.«

»Du bist ja auch die Beste. Deshalb werde ich ihn schön von dir grüßen.«

Emmy lächelte ihn an. »Ich bestehe darauf.«

Görings schlechte Laune schwand. Zum Abschied zwinkerte er seiner Frau kurz zu, blieb vor der gewaltigen Eichentür des Hauptportals noch einmal stehen, drehte sich um und breitete die Arme aus. »Wie sehe ich aus, Liebes?«

»Wie Deutschlands oberster Jägermeister. Waidmannsheil!«

Göring lachte dröhnend und verschwand durch die Tür. Am Fuße der Treppe wartete Willi Schulz, sein Fahrer, vor der schwarzen Mercedes-Limousine. Schulz öffnete die hintere Wagentür.

»Morgen, Schulz. Dann wollen wir mal. Auf nach Tempelhof. Und drücken Sie auf die Tube, meine Frau hat mich aufgehalten.«

Nachdem die Ju 52 ihre Reiseflughöhe von 5000 Metern erreicht hatte, döste Göring noch etwas. Auf dem schweren Ledersessel, den er in seine Privatmaschine hatte einbauen lassen, schlummerte er meist schon nach Sekunden ein oder hing seinen Gedanken nach. Das gleichmäßige Dröhnen der Rotoren störte ihn nicht, im Gegenteil. Das Fliegen beruhigte Göring, er war selbst Pilot und fühlte sich frei hoch oben am Himmel, unbelastet von den Widrigkeiten des Alltags. Jedes Klischee über die Fliegerei hätte er sofort als wahr unterschrieben. Als Pilot hatte es ihn, sobald er festen Boden unter den Füßen spürte, immer wieder in die Wolken getrieben. Es brannte da eine diffuse Sehnsucht in ihm, wie ein Durstgefühl, das kein Getränk dieser Welt stillen konnte. Dieses ewige Verlangen war einer der Gründe gewesen, warum er damals mit dem Morphium angefangen hatte, das und die ewigen Schmerzen, eine Folge der Schussverletzung, die er sich 1923 nach dem Putschversuch zugezogen hatte. Im stillen Zwiegespräch mit sich selbst behauptete er, seine Sucht unter Kontrolle zu haben. Wenn er allerdings ehrlich mit sich ins Gericht ging, beschlichen ihn Zweifel. Oft konnte er den Dingen nicht mehr folgen, entwickelten sie eine Dynamik, der er nicht mehr gewachsen war. Das Morphium half ihm, alles etwas zu verlangsamen. Zum Beispiel die Sache mit der Luftwaffe. Seinem Baby, als Luftfahrtminister. Die Luftwaffe war ein entscheidendes Element der strategischen Planung, sie war die Speerspitze der Deutschen Wehrmacht und damit kriegsentscheidend. Regelmäßig musste Göring Hitler die aktuellen Zahlen vorlegen, seinen Auftrag, die Luftwaffe zur größten in Europa, wenn nicht der Welt aufzubauen, legitimieren. Dabei hatte er die Zahlen etwas großzügig interpretiert, ein paar Messerschmitts hier und ein paar Fokker da leicht aufgerundet. Göring wunderte es selbst manchmal, wie fabelhaft die Luftwaffe auf dem Papier aussah. Es war ihm fast peinlich. Aber er sonnte sich gerne im Glanz der atemberaubenden Zahlen, deren abstrakte Größe sich in den Gesprächen mit Hitler in eine konkrete, überlegene Kraft verwandelte – bis Göring siedendheiß einfiel, wie es tatsächlich um seine Truppen stand. Bisher war alles gutgegangen, war es nicht zur Feuerprobe gekommen. Die Legion Condor hatte zwar in Spanien ganze Arbeit geleistet, aber das war eben nur eine Legion gewesen. Göring hoffte, es würde keiner auf die Idee kommen, die Zahlen zu überprüfen. Er schalt sich einen Idioten. Wer sollte das schon sein? Wer wollte alle Fakten zusammentragen? Ohne dass er über das Forschungsamt davon erfuhr? Unmöglich. Und außerdem: Die Luftwaffe war vielleicht nicht so stark, wie sie auf dem Papier erscheinen mochte, doch sie war stark genug – für den Anfang.

Göring hoffte, dass ihm noch ein paar Jahre Zeit blieben, bis seine Flieger gefordert wurden. Auch wenn vieles dagegen sprach. Daher erschien es ihm klug, sich frühzeitig abzusichern. Birger Dahlerus kam ihm sehr gelegen. Der Schwede war seine Rückversicherung, aufzusparen für den richtigen Augenblick. Dahlerus glaubte an das Gute im Menschen und war beseelt, ja, fast besessen von der Idee, den Frieden in Europa zu bewahren. Das verstellte ihm den Blick für die politischen Realitäten. Göring konnte seiner Ansicht nach dabei nur gewinnen. Solche Situationen mochte er am liebsten. Egal, wie er es drehte und wendete, er zog sich elegant aus der Affäre. In Hitlers Augen hielt Göring die Engländer hin, verwickelte sie in langwierige Verhandlungen, schürte die Hoffnung auf eine friedliche Lösung der Konflikte, vielleicht sogar eine Partnerschaft. Das lähmte den Willen der Briten, sich einzumischen ins heraufziehende Getümmel. In den Augen der Engländer wiederum setzte sich der Feldmarschall für den Frieden ein, positionierte sich sogar als Alternative zum Führer. Für die Briten war Göring damit der Mann, den sie als den berechenbarsten einschätzten; sollten sie je vor die Wahl gestellt werden, wen sie an Deutschlands Spitze sehen wollten, so würden sie ihn unterstützen.

Göring, die Glieder in dem bequemen Sessel entspannt von sich gestreckt, lächelte breit. Es machte sich bezahlt, sich für den Frieden zu engagieren – selbst wenn am Ende doch der Krieg ausbrechen würde.

Er drehte den Kopf zum Fenster, sah unter sich deutsche Landschaften vorbeiziehen. Nur wenige Wolken behinderten die Sicht, zumeist war der Blick frei auf Felder, Wiesen und Äcker. Göring schätzte die Ju, ihr gemächliches Tempo, das ihm viel Zeit ließ, sich zu sammeln. Sie hatten jetzt ungefähr die Hälfte des Weges zurückgelegt, noch zwei Stunden, und die Maschine würde in Berchtesgaden aufsetzen.

Wieder übermannten den Feldmarschall Fluchtphantasien. Vielleicht sollte er nach vorne gehen, das Steuer an sich nehmen und einfach weiterfliegen, so lange, bis der Sprit ausging. Göring kicherte leise. Was für ein absurder Gedanke! Besser wäre es, mitten in den Berghof zu fliegen, justamente, wenn alle ihre Gläser zum Wohl des Führers erheben würden. Das wäre ein stilvoller Abgang, das würde Wellen schlagen noch im hintersten Winkel der Welt. Leider würde er davon nichts mehr mitbekommen, und das wäre wirklich schade. Aber träumen war erlaubt, und während Göring sich das Chaos so farbig wie möglich ausmalte, dämmerte er allmählich hinweg.

In Ainring, dem von Hitler für größere Maschinen ausgebauten Flughafen von Berchtesgaden, wartete schon eine schwarze Mercedes-Limousine auf dem Rollfeld. Göring verabschiedete sich per Handschlag von den Piloten und stieg die Treppe hinunter. Unten hielt ihm Eduard Ramsberger, sein Fahrer am Obersalzberg, wo Göring sich eine prächtige Villa eingerichtet hatte, die hintere Tür auf. Der Reichsfeldmarschall hob nachlässig den rechten Arm und reichte Ramsberger die Hand.

»Heil Hitler, Ramsberger. Was macht die Familie?«

»Alles wohlauf, Eure Exzellenz.«

»Na dann, bringen Sie mich mal heil zum Führer.«

Ramsberger grinste pflichtschuldigst über Görings Scherz, obwohl er ihn schon tausendmal gehört hatte. Der Feldmarschall ließ sich auch gerne die neuesten Witze über sich erzählen, aber der Chauffeur hatte heute keinen parat. Behutsam schloss er die Tür hinter seinem Arbeitgeber, ging um den Mercedes herum und stieg auf der Fahrerseite ein. Langsam steuerte er den großen Wagen an einigen wartenden und parkenden Flugzeugen vorbei und herunter vom Gelände des Flugplatzes. Göring kannte den Weg von Ainring zum Obersalzberg wie seine Westentasche, und er genoss das Alpenpanorama. Gerade an einem so wunderbaren Augusttag wie heute.

»Prächtiges Wetter, Ramsberger. Sie müssen ein glücklicher Mensch sein, mit der Sonne und diesen Bergen.«

»Im Prinzip schon, Herr Feldmarschall. Aber es zieht was auf, das ist bald vorbei mit der Sonne.«

Göring schaute aus dem Fenster. »Ich sehe nichts.«

»Glauben Sie's mir. Es zieht was auf.«

»Wenn Sie es sagen, wird's schon stimmen.«

Göring lehnte sich zurück. Nur noch eine gute Stunde, und er würde wissen, was Hitler zu sagen hatte. Natürlich hatte er einen Verdacht; der Führer ließ nicht die versammelte Generalität antanzen, um über die Produktivitätsrate der deutschen Landwirtschaft zu reden. Es würde um Wesentliches gehen, um die Zukunft, um ihrer aller Zukunft. Göring vermutete, dass Hitler sie einschwören würde auf seine Absichten, was Polen betraf. Was angesichts der Gäste, die er dazu eingeladen hatte, sicherlich nicht darauf hinauslief, die Polen zu einem Völkerballturnier einladen zu wollen.

Mittlerweile schraubte sich der Wagen die kurvenreiche Straße zum Berghof hoch. Göring zupfte sein Lederwams zurecht. In den Spitzkehren öffnete sich der Blick weit über das waldreiche Berchtesgadener Land. Dunkle Wolken verdüsterten den Himmel.

»Tatsächlich, Ramsberger, da zieht was auf.«

Ramsberger sah kurz in den Rückspiegel und zuckte mit den Achseln. Der Berghof kam in Sicht. Bewaffnete Soldaten des Reichssicherheitsdienstes und der SS bewachten das Gelände. Überall parkten Fahrzeuge, meist große Limousinen. Göring war nicht der Erste. Ihn störte das nicht. Sollten sie alle so schnell herdackeln, wie sie wollten. In Wahrheit war er längst da. Es war wie in der Geschichte mit dem Hasen und dem Igel. Ihm wäre nur lieb, die Hasen hier würden alle auf der Stelle tot zusammenbrechen. Was wäre das für eine wunderbare Ruhe. Ramsberger hielt am Fuß der Treppe, die auf die weitläufige Terrasse des Berghofs führte. Ein Diener öffnete die Wagentür.

Göring stieg aus. Draußen knallte Julius Schaub, Hitlers persönlicher Adjutant, zackig die Hacken zusammen und streckte den Arm hoch zum Hitlergruß.

»Heil Hitler, Herr Reichsfeldmarschall. Willkommen auf dem Berghof.«

»Heil Hitler, Schaub.«

»Hoffe, Sie hatten eine gute Reise.«

»Machen Sie sich mal keine Gedanken, Schaub. Wo gibt's den Tee?«

Schaub geleitete Göring die Treppe hoch, auf der zu beiden Seiten Soldaten der Leibstandarte Adolf Hitler Spalier standen. Auf der Terrasse unterhielten sich etliche, in Zivil gekleidete Männer, in ihren Händen Gläser, die alles Mögliche enthielten, aber garantiert keinen Tee. Göring registrierte die Admiräle Boehm und Canaris, Sondermann und Pohlstein.

»Der Führer bittet darum, dass sich alle in der Großen Halle einfinden. Er wird in wenigen Minuten dazu stoßen. Darf ich Sie jetzt alleine lassen, Herr Feldmarschall? Sie kennen sich ja bestens aus.«

»Aber sicher doch, Schaub. Bin ja praktisch hier zu Hause.«

Gewitterwolken türmten sich drohend über dem Anwesen auf, ab und zu rollte ein gewaltiger Donner über die pittoreske Landschaft mit ihren stolzen Gipfeln. Noch regnete es nicht. Göring ging über die Terrasse, grüßte kurz nach links und rechts, schüttelte ein paar Hände, wechselte ein paar Worte und betrat die Räume des Berghofs. Hätte er den Weg nicht gekannt, so hätte ihm das Stimmengewirr den Weg gewiesen. Nach wenigen Minuten erreichte er die mit kostbaren Gobelins geschmückte Große Halle. Hier empfing Hitler gerne Staatsgäste und ließ sie zu Kreuze kriechen. Kurt Schuschnigg, der österreichische Bundeskanzler, hatte hier vor einem Jahr ein Abkommen unterzeichnet, mit dem er das Ende eines souveränen österreichischen Staates besiegelte. Jetzt war der Raum voll mit Generälen, die kerzengerade in ihren Sonntagsanzügen steckten und darauf warteten, dass Hitler zum Halali blies. Zwischen ihnen wuselten eifrig Hausangestellte mit beladenen Tabletts. Göring entging nicht, wie ihn einige der Anwesenden kritisch beäugten, tat aber so, als wäre es das Normalste der Welt, mit einem Lederwams bekleidet inmitten von graumelierten Anzugträgern zu stehen. Erst als er Erich von Mansteins verdutztes Gesicht sah, schwante ihm Schlimmes. General von Manstein stammte aus einer alten Offiziersfamilie und hielt sich für etwas Besseres; sein großkotziges Auftreten war Göring schon lange ein Dorn im Auge, doch der General galt als hervorragender Offizier und wähnte sich wohl zu Recht unter Hitlers Schutz.

Göring drehte ab, doch es war zu spät. Von Manstein hob den Arm und grüßte mit seinem Sektglas. Seine Stimme dröhnte durch die ganze Halle.

»Heil Hitler, Herr Göring. Gehe ich recht in der Annahme, dass Sie heute für den Saalschutz verantwortlich sind?«

Das spöttische Murmeln, das Göring hörte, ging im Rauschen des Blutes unter, das seine Wut durch den Körper pumpte. Von Manstein war einen Schritt zu weit gegangen. Ihn vor allen Leuten lächerlich zu machen, das war ein Affront, den er sich nicht bieten lassen konnte. Zum Teufel mit diesem Arschloch! Er würde ihn in Stücke reißen. Göring öffnete gerade den Mund, um auf von Mansteins Provokation zu antworten, da applaudierten alle Männer artig. Göring schloss seinen Mund wieder. Der Applaus galt nicht ihm, so viel war klar. Hitler, festlich gekleidet mit weißer Uniformjacke und grauen Hosen, hatte den Raum betreten und sich neben dem Flügel aufgebaut. Dort legte er ein paar Papiere ab und wartete darauf, dass der Applaus verebbte. Er nickte den Anwesenden zu. Seine Haare klebten wie immer fest am Kopf. Göring erinnerte sich beim besten Willen nicht daran, Hitlers Frisur jemals zerzaust gesehen zu haben. Normal war das nicht. Aber was war das schon?

Der Führer starrte missbilligend in die Runde und wartete, bis auch das letzte Murmeln verstummt war. Dann reckte er sein Kinn energisch gen Saaldecke.

»Ich habe Sie heute hier zusammengerufen, um Ihnen die politische Lage darzulegen und Sie mit meinen Entschlüssen vertraut zu machen. Dazu gehört auch die Erörterung von militärischen Details. Früher oder später, das war mir von Anfang an klar, musste es zu einer Auseinandersetzung mit Polen kommen. Ich habe den Entschluss bereits im Frühjahr gefasst, dachte aber, dass ich mich in einigen Jahren zunächst gegen den Westen und dann gegen den Osten wenden würde. Aber die Zeitfolge lässt sich nicht immer festlegen. Polen strebt den Zugang zum Meer an. Bei einer Auseinandersetzung mit dem Westen würde Polen uns angreifen, das wurde mir klar. So musste ich mich von meinen ursprünglichen, mir sehr sympathischen Plänen verabschieden.«

Göring spürte, wie seine Augenlider schwer wurden. Die schnarrende Stimme Hitlers schläferte ihn ein. Vor allem die Grundsatzreden des Führers dauerten oft endlos, besaßen kaum inneren Zusammenhalt und wiederholten einen Gedanken oft mehrfach. Bereits nach wenigen Minuten schaltete Göring regelmäßig ab. Diesmal erschien vor seinem geistigen Auge General von Manstein. Genüsslich stellte sich Göring dessen dummes Gesicht vor, wenn er ihm befehlen würde, aus dem Flugzeug zu springen – ohne Fallschirm. Herrlich! Er spähte in der Halle herum, doch er schaute nur auf akkurat ausrasierte Hinterköpfe. Von Manstein konnte er so nicht identifizieren. Aber das würde ein Nachspiel haben, so viel war sicher. Ein General mehr oder weniger brachte die Deutsche Wehrmacht nicht in Verlegenheit. Pah!

Er zuckte zusammen. Hitler hatte seinen Namen ausgesprochen.

»Göring kann das bestätigen. Wirtschaftlich geht es uns so schlecht, dass wir nur noch wenige Jahre durchhalten können. Uns bleibt nichts anderes übrig, als zu handeln. Aber wir müssen uns nicht fürchten. Unsere Gegner haben unterdurchschnittliche Führer. Keine Persönlichkeiten. Keine Herren, keine Tatmenschen.«

Görings kurzzeitig hochgefahrene Aufmerksamkeit erlosch. Worauf das alles hinauslief, war klar. Das konnte sich jeder ausrechnen, der nur über ein Quäntchen logisches Denken verfügte. Schwachkopf plus Armee ergab Krieg. Auf das Geschwätz konnte man verzichten. Für ihn hätte ein einziger Satz gereicht. Aber nein, mit Hitler war das nicht zu machen. Er stand da, als würde er einen berühmten Interpreten ankündigen, schon im voraus beseelt von dessen Vortrag. Dabei war er nur beseelt von sich selbst. Göring versuchte wieder, Sinn in das Auf und Ab von Hitlers schneidender Stimme zu bringen.

»Wie ist es um die britische Aufrüstung tatsächlich bestellt? Auf dem Gebiet der Luftwaffe ist zwar einiges geschehen, aber noch lange nicht genug. Zurzeit verfügt England nur über 150 Flaks. Noch ist England in der Luft verwundbar, aber das kann sich ändern. Wir müssen unsere Luftüberlegenheit ausnutzen. Die englische Luftwaffe besitzt nur 130000 Mann, die französische 72000, die Polen haben 15000 Mann. Unsere Luftwaffe steht dem mit 390000 Mann entgegen.«

Göring musste schlucken. Von dieser Zahl war die Luftwaffe so weit entfernt wie er von seinem Idealgewicht. Er war jetzt ganz Ohr.

»Wir werden den Westen halten, bis wir Polen erobert haben. Der Gegner hatte noch die Hoffnung, dass Russland sich gegen uns stellen würde. Unsere Gegner sind kleine Würmchen. Ich habe sie in München gesehen. Wir sind mit Russland ins Gespräch gekommen. Wir haben einen Nichtangriffspakt vorgeschlagen. Russland hat geantwortet, es sei zu einem Abschluss bereit. In diesen Stunden ist Außenminister Ribbentrop auf dem Weg nach Moskau, um den Vertrag abzuschließen. Nun ist Polen in der Lage, in der ich es haben wollte. Die Veröffentlichung des Nichtangriffspakts hat eingeschlagen wie eine Granate. Damit ist der Weg für die Soldaten frei. Ich habe meine Pflicht getan, nun tun Sie die Ihrige.«

Hitler verstummte.

Göring zögerte keine Sekunde. In den letzten Minuten war ihm klar geworden, was zu tun war. Er musste es halten wie Hitler – seine Gegner im Sturm erobern. Göring bahnte sich einen Weg durch die Reihen der Oberbefehlshaber. Drei Meter vor Hitler blieb er stehen, knallte die Hacken zusammen und hob den Arm zum Gruß.

»Mein Führer! Im Namen der hier versammelten Offiziere gelobe ich Treue und Gehorsam. Auf dass wir die Gegner in die Knie zwingen.«

Hitler sah ihn milde lächelnd an. Dann wandte er sich noch einmal an alle. Seine Stimme drang bis in den letzten Winkel des Raums. »Ich habe nur Angst, dass mir im letzten Moment noch irgendein Schweinehund einen Vermittlungsplan vorlegt.«

6.
Djursholm

24. August
Dahlerus' Haus, Vormittag

Fast hatte Birger Dahlerus die Hoffnung schon aufgegeben. Mehr als zwei Wochen waren seit seinem letzten Gespräch mit Göring vergangen. Zwei Wochen, in denen der Schwede an seiner Mission verzweifelte, in denen das untätige Warten in Stockholm ihn beinahe zerriss. Erfolglos hatte er versucht, sich abzulenken, sich kopfüber in die Arbeit gestürzt, aber schnell gemerkt, dass die bewährten Mechanismen nicht funktionierten. Als Geschäftsführer der Bolinder Fabriks war er für sein Unternehmen eher eine Last als eine Hilfe und froh darüber, mit Henrik Gunnarson einen zuverlässigen und verständnisvollen Compagnon an seiner Seite zu wissen, dem er den Betrieb anvertrauen konnte. Einzig und allein Elisabeth munterte Dahlerus auf, wenn der Gedanke an den in der Ferne heraufziehenden Krieg ihn wieder zu erdrücken drohte.

»Mach dir keine Vorwürfe, Birger«, beschwichtigte sie ihren Mann, »du hast getan, was in deiner Macht steht. Mehr als das. Welcher normale Ingenieur bekommt schon Hermann Göring an seinen Wohnzimmertisch, um mit ihm über den Frieden zu verhandeln?«

Dahlerus schaute sie in solchen Momenten immer verständnislos an. »Und was hat es gebracht? Nichts. Absolut nichts. Wir sitzen hier, während sich über unseren Köpfen ein Unwetter zusammenbraut, das uns allen die Existenz zerhagelt. Statt tatenlos zuzusehen, müssten wir jeden von diesen Deutschen am Kragen packen und sie persönlich an den Verhandlungstisch setzen.«

»Du weißt genauso gut wie ich, dass das Quatsch ist, Birger. Du musst dich einfach damit abfinden, dass du nur ein kleines Rädchen in einem gigantischen Getriebe bist. Außerdem ist es noch gar nicht gesagt, dass alles zu spät ist. Solche Dinge brauchen ihre Zeit. Göring wird sich schon bei dir melden.«

»Ja, um mir zu sagen, wie leid es ihm tut. Dass es morgen losgeht und wir besser mal die Köpfe einziehen.«

In solchen Momenten stand Dahlerus meist auf und verließ aufgewühlt den Raum. Irgendwie steuerte fast jede Unterhaltung mit seiner Frau auf dieses Thema zu, und immer wieder landeten sie an demselben Punkt, tauschten ähnliche Argumente aus. Der Schwede drehte sich im Kreis, und niemand konnte ihn da herausziehen – außer Göring.

Erschwerend kam hinzu, dass sich die Ereignisse plötzlich beschleunigten, mit deutlicher Tendenz in Richtung Katastrophe. Erst erzählte Spencer am Telefon, dass sich sozusagen das gesamte englische Kabinett in die Ferien verabschiedet habe, was sich für Dahlerus verdächtig nach Fahnenflucht anhörte. Dann meldeten die Medien, dass Deutschland und Russland sowohl einen Handelsvertrag als auch einen Nichtangriffspakt geschlossen hatten. Dem Schweden war sofort klar, dass Hitler sich damit den Weg nach Polen freigeräumt hatte – weil die Gefahr, in einem Zwei-Fronten-Krieg zerrieben zu werden, nicht mehr existierte.

Als Dahlerus die Nachricht beim Frühstück las, zerknüllte er wütend die Zeitung und schleuderte sie quer durch den Raum. Elisabeth, die solche Ausbrüche von ihrem Ehemann nicht kannte, starrte ihn entgeistert an.

»Entschuldige bitte«, sagte Dahlerus und rannte aus dem Zimmer. Im Flur zog er sich die Schuhe an, nahm eine leichte Jacke vom Haken und verließ das Haus.

Direkt hinter ihrem Grundstück am Stadtrand von Stockholm begann ein ausgedehntes Waldstück, in dem Dahlerus und seine Frau gerne lange Spaziergänge unternahmen. Jetzt hatte der Schwede das dringende Bedürfnis, alleine loszulaufen, um die Dinge in Ruhe zu durchdenken. Aber es wollte ihm nicht gelingen, seine Erinnerungen zu verdrängen. Es waren die Bilder des letzten großen Krieges, die er so tief wie möglich in seinem Gedächtnis vergraben hatte und die doch nie zu vergessen waren. Meist hielt er sie in Schach, kontrollierte ihre zersetzende Kraft, doch heute überrollten sie ihn wie ein unter Volldampf fahrender Expresszug. Eindrücke von unendlichem Leid, von Zerstörung und Entbehrung. Als junger Mann hatte Dahlerus während des Kriegs zwei Jahre in Deutschland gearbeitet und dort die Hungersnot im schlimmen Winter 1916/17 am eigenen Leib zu spüren bekommen. Viel schwerer aber wog das Elend der Menschen, das er mit ansehen musste, das stille Leiden der Kinder, die apathischen Blicke der Mütter, der herzzerreißende Schmerz und die verzweifelten Versuche, in all dem Chaos die Würde zu bewahren. Er hatte gehofft, dies nie mehr erleben zu müssen, doch jetzt schien es wieder so unausweichlich heraufzuziehen wie der nächste Herbststurm. Dahlerus fühlte sich winzig, hilflos, archaischen Urgewalten ausgeliefert. Dabei hatte er sich geschworen, alles zu tun, um ein neuerliches Morden zu verhindern. Offensichtlich war das nicht genug.

Der Spaziergang brachte den Schweden nicht weiter, ja, er hatte sogar den Eindruck, mit jedem Schritt tiefer in einen Abgrund hinabzusteigen, aus dem ihn am Ende kein Weg mehr herausführen würde. So kehrte er zurück ins Haus, die Seele vergiftet, das Herz bleischwer. Wenige Sekunden, nachdem die Tür ins Schloss gefallen war, stand Elisabeth vor ihm. Dahlerus sah seine Frau fragend an.

»Göring hat angerufen. Er will es gleich noch mal versuchen.«

Dahlerus ging an ihr vorbei ins Wohnzimmer. Was hatte das zu bedeuten? Egal, endlich bewegte sich etwas. Das Telefon schrillte. Nach dem ersten Ton hatte der Schwede abgenommen.

»Birger Dahlerus.«

»Mein lieber Dahlerus, seien Sie gegrüßt. Hier geht es gerade drunter und drüber. Ich brauche Sie in Berlin. Wann können Sie kommen?«

»Ist Ihnen morgen früh genug, Herr Göring?«

»Bestens. Steigen Sie im Esplanade ab, ich lasse Sie abholen. Und grüßen Sie mir Ihre reizende Frau. Bis morgen.«

Dahlerus legte den Hörer auf die Gabel. Elisabeth hatte sich neben ihn gestellt, nahm seine Hand. Er sah sie an. Seine Stimme klang belegt. »Es ist noch nicht verloren.«

Die beiden SS-Männer salutierten zackig vor dem Tisch des Schweden. Dahlerus hatte nach der Ankunft im Berliner Hotel Esplanade seine Sachen aufs Zimmer gebracht und sich in den Speiseraum begeben, um noch schnell eine kleine Mahlzeit zu sich zu nehmen. An der Rezeption hatte er hinterlassen, wo er zu finden sei. Nun also begrüßten ihn die beiden Uniformierten, und einige Gäste an den Nebentischen verfolgten das Geschehen teils interessiert, teils angespannt.

»Herr Dahlerus?«

»Ganz richtig.«

»Würden Sie uns bitte folgen. Herr Göring erwartet Sie.«

»Aber natürlich.«

Dahlerus nahm noch einen Schluck Kaffee, griff sich den leichten Mantel, den er über einen Stuhl geworfen hatte, und folgte den Soldaten nach draußen. Eine Frau schaute ihn traurig an. Wahrscheinlich denkt sie, dass sie den harmlos wirkenden Herrn nie mehr wiedersehen wird, vermutete er. Vor dem Hoteleingang wartete eine schwarze Limousine – wie üblich bei Göring ein Mercedes. Ein SS-Mann hielt ihm den hinteren Wagenschlag auf, der andere setzte sich ans Steuer. Als der zweite zugestiegen war, ging die Fahrt los. Niemand sprach ein Wort.

Ziel ihrer kleinen Reise war die Schorfheide, ein ausgedehntes Waldstück rund sechzig Kilometer vor Berlin, mit sanften Hügeln und idyllischen Seen. Mitten darin lag Carinhall, Görings prächtige Residenz. Der Feldmarschall hatte das Gebäude, einst eine im schwedischen Stil erbaute Jagdhütte, zu einem pompösen Anwesen umbauen lassen; der Name sollte auf ewig an seine verstorbene erste Frau Carin von Fock erinnern, deren Bildnisse das Haus schmückten und deren Leichnam in einem nahe dem Hauptgebäude gelegenen Mausoleum zur letzten Ruhe gebettet war. Dahlerus hatte dies immer als morbide empfunden, aber Göring ging so selbstverständlich damit um wie mit seinen jungen Löwen, die zum Teil frei auf dem Gelände herumliefen. Nicht zuletzt fühlte sich der Feldmarschall so wohl in Carinhall, weil die Schorfheide mit ihrem reichen Rotwildbestand ideale Jagdgründe bot; fast jeder seiner Gäste musste mit dem Reichsjägermeister, denn auch diesen Titel hatte Göring inne, auf die Pirsch gehen.

Der Schwede hatte freilich anderes im Sinn als die Jagd. Nach einer guten Stunde passierte der Wagen die äußere, stacheldrahtbewehrte Sicherheitszone des Waldhofs, der nach zwei weiteren, schwer bewachten Schleusen zwischen den Bäumen auftauchte. Überall rannten Arbeiter herum, machten sich an den Gebäuden zu schaffen. Dahlerus wunderte sich, weil doch die Umbauten seiner Meinung nach längst abgeschlossen sein mussten. Dann sah er, dass die Männer große Netze schleppten und über mehrere Leitern verteilt auf die Dachfirste zogen. Teile eines Hofflügels waren schon komplett verhängt. Der Wagen hielt vor dem Haupteingang.

Dahlerus stieg aus. Wozu sollten diese Netze sonst dienen, wenn nicht dazu, das Haus vor feindlichen Luftangriffen zu tarnen? Hier rüstete sich einer für etwas, dessen Unausweichlichkeit anscheinend beschlossene Sache war. Dem Schweden schnürte es für einen Moment die Kehle zu. War alles zu spät und er nur hier, um die schlechten Nachrichten aus berufenem Munde zu hören?

Die SS-Männer begleiteten ihn zum Haupteingang, aber da kam Göring ihm bereits von dort entgegen.

»Willkommen, willkommen, mein lieber Dahlerus. Was bin ich froh, Sie wohlbehalten hier zu sehen. Es sind wohl zu viele Tage vergangen seit unserem letzten Zusammentreffen.«

»Zu meinem größten Bedauern, Herr Göring. Ich bin froh, dass Sie meine Dienste weiter in Anspruch nehmen. Das macht mir Hoffnung.«

»Aus diesem Grund habe ich Sie gerufen. Weil Sie den Glauben an die Sache nicht verlieren. Genauso wenig wie ich. Leider befinden wir uns da nicht in so guter Gesellschaft. Aber kommen Sie erst mal rein, das wollen wir doch nicht hier draußen besprechen.«

»Nur noch eine Frage, Herr Göring: Was geht hier vor? Wenn ich mich nicht täusche, sind das Tarnnetze, die Sie da aufziehen lassen.«

Göring setzte eine missbilligende Miene auf. »Eine Vorsichtsmaßnahme. Leider. Der Lauf der Ereignisse zwingt mich dazu. Aber das gehört zu den Dingen, die wir in Ruhe diskutieren sollten.«

Der Feldmarschall führte seinen Gast durch die Eingangshalle in sein Arbeitszimmer. Auf dem Weg dorthin begegnete ihnen seine Frau Emmy, die den Schweden freundlich begrüßte. In seinem Büro angekommen, wies Göring, der wie meistens zu Hause mit seinem geliebten Lederwams und Knickerbockern bekleidet war, auf eine kleine Sesselgruppe mit Tisch. Die beiden Männer setzten sich, und Görings Kammerdiener servierte Kaffee und Gebäck. Sofort stopfte sich der Feldmarschall einen Keks mit Schokoladenüberzug in den Mund. Dahlerus nahm dies nur beiläufig wahr. Göring sprach mit vollem Mund.

»Lassen Sie mich es mal so formulieren, mein lieber Dahlerus. Es gibt Kräfte in dieser Regierung, die lieber heute als morgen losschlagen würden. Der Pakt mit Stalin spielt Hitler in die Hände, deckt seinen Rücken. Damit fällt die große Sorge des Führers weg, sich an zwei Fronten aufzureiben. Insofern haben sich die Dinge für uns sehr gut und für die Polen sehr schlecht entwickelt. Trotzdem – und das meine ich ehrlich, mein lieber Dahlerus – bedaure ich zutiefst, dass unsere kleine Konferenz nicht zustande gekommen ist. Weil ich nach wie vor der Ansicht bin, dass wir mit den Engländern zu einer Übereinkunft kommen können. Lassen wir Warschau und Berlin erst mal außen vor. Interessanter ist die Achse London – Berlin. Da steckt einfach ungeheures Potential drin. Aber die Briten müssen das ebenfalls erkennen und einen Schritt auf uns zugehen, gerade in dieser neuen Konstellation mit Russland. Und da kommen Sie wieder ins Spiel, Dahlerus, mit ihren hervorragenden Kontakten. Sie haben direkten Zugang zu allen entscheidenden Stellen.« Göring setzte eine ernste Miene auf. »Ganz ehrlich, Dahlerus, ich vertraue Ihnen da etwas an, was nicht für andere Ohren bestimmt ist. Aber ich halte diesen Ribbentrop und sein Auswärtiges Amt weder für willens noch in der Lage, mit den Engländern ins Gespräch zu kommen. Auswärtiges Amt – dass ich nicht lache. Ich nenne es gern Unfähiges Amt, fragen Sie Emmy. Ribbentrop ist der Unfähigste von allen. Dass er jetzt bei Stalin punkten konnte, hat er allein mir zu verdanken. Meine Idee war das, ihn da hinzuschicken, allein meine Idee.« Der Feldmarschall räusperte sich. »Aber das spielt ja keine Rolle. Tatsache ist, dass ich Sie in England als Vermittler brauche. Noch ist es nicht zu spät, den Weltenbrand aufzuhalten.«

Dahlerus nahm dies zunächst schweigend zur Kenntnis, hin- und hergerissen zwischen dem Wunsch, den Frieden zu bewahren, und der Sorge, als willfähriges Werkzeug missbraucht zu werden. Doch er konnte nicht aus seiner Haut. Er erklärte sich bereit, in London erneut versuchen zu wollen, die Briten von den friedlichen Absichten der deutschen Regierung zu überzeugen. Göring freute sich über die Hilfsbereitschaft des Schweden, nötigte ihm mehrere Kekse auf und verkündete, ihn persönlich zurück nach Berlin zu bringen. Dort wollte er erst den polnischen Botschafter Lipski treffen, um mit ihm über mögliche Wege aus der Krise zu sprechen. Später am Nachmittag stand eine Besprechung mit Hitler und Ribbentrop auf dem Programm. Der Außenminister wurde heute aus Moskau zurückerwartet und sollte die ausgehandelten Details des neuen Vertrags erläutern.

Gegen sechzehn Uhr brachen die beiden Männer auf, Göring hatte extra sein zweisitziges Cabriolet vorfahren lassen, um den schönen Tag zu genießen. Zum wiederholten Male wunderte sich Dahlerus darüber, wieso der Feldmarschall nicht entschiedener für den Frieden eintrat. So, wie sich die Dinge augenblicklich entwickelten, musste Göring damit rechnen, dass die unbeschwerten Tage bald verbraucht waren. Die Tarnnetze, mit denen er Carinhall zu schützen versuchte, sprachen eine deutliche Sprache. Trotzdem redete er während der Fahrt nach Berlin unverdrossen auf Dahlerus ein, schilderte wieder und wieder das aus Sicht der Deutschen unerträgliche Verhalten der Polen. Der Schwede mochte es nicht mehr hören, machte aber eine interessierte Miene. Selbst im dichten Getümmel des Berliner Stadtverkehrs plapperte der Feldmarschall munter weiter, wenn auch deutlich weniger konzentriert.

Als er den Wagen an einer roten Ampel stoppen musste, erkannten ihn mehrere Passanten, die die Straße überquerten und winkten ihm begeistert zu. Göring winkte zurück.

Dahlerus staunte. »Die Menschen mögen Sie.«

Göring lächelte breit. »Haben Sie daran gezweifelt?«

»Das nicht, aber offensichtlich nehmen Ihnen die Leute nicht übel, dass Sie sie in einen neuen Krieg hineinziehen wollen. Sonst würden sie Ihnen vielleicht ins Gewissen reden.«

»Sie vertrauen mir.«

Dahlerus sah ihn ernst an. »Enttäuschen Sie diese Menschen nicht.«

Nachdem Göring ihn am Hotel abgesetzt hatte, ging Dahlerus auf sein Zimmer und ruhte sich aus. Zum Dinner war er mit einem befreundeten Bankdirektor verabredet, Allan Wettermark. Beim Essen diskutierten sie die heraufziehende Krise, und Wettermark warnte seinen Landsmann davor, sich zu sehr auf Göring zu verlassen, weil dessen Position gegenüber Hitler geschwächt sei. Dahlerus entgegnete, dass ihm keine andere Wahl bleibe und er lieber auf den zweiten Mann im Deutschen Reich setze als auf gar keinen.

Gegen dreiundzwanzig Uhr verabschiedeten sich die beiden Gesprächspartner, und Dahlerus zog sich in sein Zimmer zurück. Eine halbe Stunde später schrillte das Telefon.

Göring war am Apparat.

»Mein lieber Dahlerus, die Sache ist komplizierter als gedacht. Ribbentrop hat bei Stalin mehr herausgeholt, als ich vermutet habe. Das heißt, Sie müssen ihre Anstrengungen verdoppeln. Überzeugen Sie die Engländer davon, sich an den Verhandlungstisch zu setzen, Dahlerus, aber tun Sie es schnell. Ich habe den Verdacht, dass uns nicht mehr viel Zeit bleibt.«

»Ich fliege morgen mit der 8-Uhr-Maschine.«

»Ausgezeichnet. Viel Glück. Wenn es einer schaffen kann, dann Sie.«

Dahlerus war sich längst nicht so sicher wie der deutsche Feldmarschall, ob er es schaffen könne, aber er hatte auch nicht vor aufzugeben. Gleich nach der Landung in London schrieb er sich seine Gedanken von der Seele, verfasste für die britische Regierung einen genauen Bericht der Lage, so wie er sie sah. Im Laufe des Tages erreichte ihn die Nachricht, dass Nevile Henderson, der britische Botschafter in Berlin, zu Gesprächen in die Reichskanzlei gebeten worden war. Alles schien plötzlich auf dem richtigen

Weg, eine Annäherung von England und Deutschland nicht mehr ausgeschlossen. Sollte sich das Blatt so schnell gedreht haben? Der Schwede traute sich kaum, dies als Hoffnungsschimmer zu deuten, aber die gute Stimmung seiner britischen Freunde riss ihn mit.

Am Nachmittag eröffnete ihm zudem der englische Außenminister Lord Halifax bei einer Besprechung im Foreign Office, dass man Dahlerus' Dienste wohl nicht mehr in Anspruch nehmen müsse. Es zeichne sich ab, dass man nun direkt mit den Deutschen verhandle, wenn sich auch Henderson nach seinem Besuch in der Reichskanzlei noch nicht gemeldet habe. Halifax bedankte sich herzlich bei dem Schweden für dessen Bemühungen, und Dahlerus spürte so etwas wie Erleichterung. Mehr, als die großen Kontrahenten an einen Tisch zu bringen, war nie sein Ziel gewesen, alles Weitere mussten die Politiker unter sich ausmachen. Das Einzige, was ihn störte, war das Tempo, in dem die Dinge sich entwickelten. Gestern noch hatte Göring unheilschwanger darauf gedrungen, dass keine Zeit zu verlieren sei, heute schloss er die Briten schon in die Arme. Aber ihm blieb wenig Gelegenheit zum Grübeln, weil Spencer und die anderen mit ihm anstoßen wollten.

Beim Dinner im Carlton herrschte eine entspannte Atmosphäre, die Männer plauderten alle durcheinander, angespornt von den Ereignissen, zu deren positiver Entwicklung sie ihren Teil beigetragen hatten.

»Wenn Ihr mich fragt, dann waren es die köstlichen Köttbullar, die Göring überzeugt haben. Er hat nach jedem, das er verputzt hat, seliger gelächelt.« Sir Robert Renig nahm kichernd einen Schluck aus seinem halbvollen Pint.

Die Runde lachte.

»Genau, ich hab's gesehen. Es war so zwischen dem achten und dem zehnten Klops, als er sich entschieden hat.«

»Hast du Bodenschatz beobachtet? Der war stinksauer.«

»Weil er hungrig wieder abziehen musste. Göring hat immer schneller zugegriffen. So ist das nun mal bei den Nazis.«

»Bodenschatz ist doch auch ein Nazi.«

»Ja, aber einer, der nicht zum Zuge kommt.«

So ging es eine Weile weiter, und Dahlerus fragte sich, ob sie sich nicht zu früh freuten. Er äußerte seine Zweifel. Spencer und die anderen hörten ihm aufmerksam zu.

»Wenn du so skeptisch bist, Birger, warum rufst du Göring nicht an? Er ist doch jederzeit für dich zu sprechen, behauptet er. Frag ihn, was dran ist am neuen Kurs und ob damit zu rechnen ist, dass die Deutschen und die Engländer ihre Probleme ausräumen. Ruf ihn an, Birger!«

Dahlerus hatte selbst schon damit geliebäugelt, sich persönlich Gewissheit zu verschaffen. Spencers Vorschlag stieß also auf fruchtbaren Boden. Der Schwede ging an die Rezeption, um ein Telefongespräch mit Berlin anzumelden. Dort teilte man ihm jedoch mit, dass alle Verbindungen abgebrochen seien.

Es war zweiundzwanzig Uhr. Dahlerus sah den Rezeptionisten fragend an.

»Technische Probleme?«

Der Hotelangestellte zuckte mit den Schultern. »Ehrlich gesagt, ich weiß es nicht. Aber ich vermute, die Sache hat einen anderen Hintergrund.«

Dahlerus zögerte einen Moment. »Geben Sie mir das Foreign Office.«

Im Foreign Office herrschte – das war am Telefon nicht zu überhören – eine angespannte Stimmung. Zwar konnte Dahlerus keine Details in Erfahrung bringen, aber offensichtlich hatten die Deutschen am frühen Abend alle Verbindungen nach England gekappt. Nach einigem Hin und Her erklärte man sich jedoch bereit, dem Schweden zu helfen, und in der Tat gelang es, nach einigen Minuten eine Verbindung in die Reichskanzlei herzustellen.

General Bodenschatz war am Apparat. »Der Feldmarschall befindet sich leider in einer wichtigen Besprechung, Herr Dahlerus. Ich glaube nicht, dass er abkömmlich ist.«

»Ich würde mich freuen, wenn Sie es wenigstens versuchen würden, General Bodenschatz. Herr Göring hat mir versichert, dass ich ihn jederzeit erreichen kann. Ihnen dürfte die Dringlichkeit meines Anliegens bekannt sein. Schließlich bin ich auch im Auftrag des Feldmarschalls hier in London unterwegs.«

Bodenschatz klang etwas mürrisch. »Schon gut, Herr Dahlerus. Aber ich kann nichts versprechen.«

Der General legte das Telefon beiseite, und Dahlerus hörte, wie sich Schritte entfernten. Einen Moment war alles still, dann kamen die Schritte zurück.

»Mein lieber Dahlerus, gut, dass Sie anrufen.« Görings ernster Tonfall ließ Dahlerus Böses ahnen.

»Guten Abend, Herr Göring. Entschuldigen Sie bitte die späte Störung, aber es scheint mir etwas vorgefallen zu sein, was ich nicht so recht einzuordnen vermag. Noch vor ein paar Stunden hatte ich den Eindruck, dass sich die Dinge zum Guten wenden, und jetzt …«

»Auch ich habe daran geglaubt, Dahlerus, auch ich. Doch offensichtlich stehen wir beide alleine da. Anderen scheint es herzlich egal zu sein, was auf dem Kontinent passiert und ob das Leben vieler Menschen auf dem Spiel steht. Sei es, wie es sei, ein Krieg scheint mir wahrscheinlicher denn je. Der Führer ist außer sich. Wenn es nach ihm ginge, würde er wohl gleich jetzt losschlagen. Aber ich habe ihm ins Gewissen geredet.«

Dahlerus verschlug es fast die Sprache. Nichts von dem, was Göring da erzählte, passte zusammen. Und schon gar nicht zu dem Stand der Verhandlungen, wie er ihn kannte.

»Ich verstehe nicht recht, wovon Sie sprechen, Herr Göring. Habe ich irgendetwas verpasst? Ich dachte, Sie haben Henderson zu sich rufen lassen, um mit ihm zu klären, wie sich die Lage entspannen lässt. Und jetzt wollen Sie aus heiterem Himmel losschlagen? Ich bin fassungslos.«

»Sie wissen nicht, was wir wissen. Die Briten haben sich einen Affront geleistet. Während ihr sauberer Botschafter Henderson beim Führer herumschleimte, unterschrieben sie den Beistandspakt mit den Polen. So etwas nennt man bei uns Heuchelei. Aber nennen Sie es meinetwegen, wie Sie wollen. Tatsache ist, dass die Briten gar nicht daran denken, einen friedlichen Weg zu beschreiten. Das war ein deutliches Signal, und wir haben es gehört.«

»Gut, davon habe ich nichts gewusst, das gebe ich zu. Allerdings wissen Sie doch genauso gut wie ich, dass das eine mit dem anderen nichts zu tun hat. Die Engländer haben stets deutlich gesagt, dass sie die Polen nicht alleine lassen und zu ihren Vereinbarungen stehen. Jetzt haben sie diesen Vertrag eben unterzeichnet. Verpflichtet gefühlt haben sie sich schon vorher.«

»Das sagen Sie. Für mich sieht das eher so aus, als wollten die Briten sagen, dass sie es leicht mit uns aufnehmen können. Dass sie in Europa das Sagen haben und wir uns gefälligst danach richten sollen. Diese Unterschrift ist eine Kampfansage.«

»Es bestürzt mich, dass Sie so denken. Es muss doch möglich sein, dies alles in einem Gespräch zu klären. Wenn Sie einfach die Tür hinter sich zuknallen, werden Sie nie erfahren, welche Beweggründe dahinterstecken.«

»Ich weiß nicht, ob ich das überhaupt will.«

Dahlerus suchte verzweifelt nach dem einen Argument, mit dem er die Mauer, die Göring aufbaute, überwinden konnte. »Lassen Sie mich noch einen Anlauf starten. Ich spreche mit Lord Halifax, vielleicht lässt sich alles aufklären.«

Göring schwieg. Nach einigen Sekunden räusperte er sich. »Ich vertrauen Ihnen. Probieren Sie es. Aber ich kann für nichts garantieren.«

»Das weiß ich. Nehmen Sie trotzdem den Rat eines friedliebenden Schweden an: Überstürzen Sie nichts.«

Nachdem Dahlerus seinen britischen Freunden das Gespräch mit Göring skizziert hatte, herrschte betretenes Schweigen.

Spencer löste sich als Erster aus der Starre. »Das ist so was von verlogen. Die Deutschen haben gewusst, dass dieser Vertrag unterzeichnet wird. Oder haben sie ernsthaft damit gerechnet, dass wir darauf verzichten und Hitler einfach so gewähren lassen? So dumm kann niemand sein. Oder vielleicht doch?«

Renig schüttelte den Kopf. »Für mich sieht das nach einem Plan aus. Das ist alles vorgeschoben, dass sie nicht gewusst haben wollen, dass die Unterzeichnung bevorsteht. Die Deutschen wollten immer den Krieg und suchten nur nach einem Grund, weshalb es sich nicht lohnt, mit uns über den Frieden zu diskutieren.«

»Ich verstehe nicht, was Hitler dabei gewinnt. Es müsste ihm eigentlich am Frieden mit England gelegen sein. Wer will sich denn mit allen seinen Nachbarn gleichzeitig streiten? Er kann nur verlieren. Mir ist das ein Rätsel. Kannst du uns das erklären, Birger?«

Der Schwede war jedoch genauso ratlos wie seine Freunde. Was sollte er ihnen sagen? Er fühlte sich als Spielball der Mächtigen in einem Match, dessen Ausgang festzustehen schien und das zu beeinflussen er nicht in der Lage war. Nur eines ließ ihn nicht komplett verzagen: Er wusste um Görings wankelmütiges Wesen. Schon jetzt konnte er seine Meinung wieder geändert haben und Verhandlungen für den einzigen Weg aus der Krise halten. Göring war das Scharnier, mit dem sich Hitler und dessen Positionen vielleicht drehen ließen. Dort mussten sie ansetzen, wenn sie noch irgendetwas ausrichten wollten. Es war nicht viel, was Dahlerus wusste, aber dieses Wenige trug mit dazu bei, dass die Männer den Glauben an ihre Sache nicht ganz verloren. Wenn es auch an diesem Abend so aussah, als stehe der Krieg vor der Tür.

Am Morgen des 26. August, einem Samstag, stand England unter Schock. Die Zeitungen berichteten davon, dass ein Krieg mit Hitler wohl unvermeidlich sei und Premierminister Chamberlain über Nacht die Streitkräfte alarmiert habe. Über das Radio wurde in regelmäßigen Abständen die bevorstehende Mobilmachung der Armee verkündet. Wenn die Menschen auch nicht in Hektik verfielen, so ließ sich doch an ihren bedrückten Gesichtern ablesen, was ihre Herzen bewegte. Das von vielen befürchtete schlimmste Szenario war eingetreten, der Hetzer Adolf Hitler war nicht zu beschwichtigen gewesen. Großbritannien drohte in eine neuerliche, verheerende Katastrophe zu schlittern. Dahlerus ließ sich von der Stimmung anstecken, die sich wie ein hochinfektiöser Virus in Windeseile auf der Insel verbreitet hatte. Züge fielen aus oder verspäteten sich, Flüge wurden gestrichen, der Autoverkehr in der Londoner Innenstadt brach teilweise zusammen. Das Land reagierte mit Schüttelfrost auf die Seuche Krieg.

Der Schwede rannte wie ferngesteuert durch sein Hotelzimmer, angetrieben von dem Willen, sich gegen das Unabwendbare zu stemmen. Ein weiteres Telefongespräch mit Göring schien ihm wenig sinnvoll, weil es nichts Neues zu erzählen gab. Seiner

Ansicht nach besaß nur eine Strategie minimale Erfolgsaussichten: Er musste die englische Regierung davon überzeugen, dass sie den Deutschen noch einmal ihre Gesprächsbereitschaft signalisierte. Die einzige Adresse, die dafür in Frage kam, hieß Downing Street Nr. 10.

Dahlerus packte seine Sachen zusammen und machte sich auf den Weg.

Am Regierungssitz wurde der Schwede in das Büro des Chefs des Central Department, Collin Roberts, geführt. Dahlerus schilderte seinen dringenden Wunsch, mit Lord Halifax sprechen zu dürfen, und musste sich eine halbe Stunde gedulden, bis Roberts ihn in das Zimmer des Außenministers geleitete. Halifax begrüßte den Schweden höflich.

»Guten Morgen, Herr Dahlerus. Ich dachte, Sie hätten sich schon nach unserem letzten Gespräch auf den Weg nach Hause gemacht.«

»Nun, eigentlich hatte ich auch vor, heute zurück nach Stockholm zu fliegen. Die Ereignisse zwingen mich, noch mal bei Ihnen vorzusprechen.«

»Sie meinen Hitlers überzogene Reaktion auf die Ratifizierung des Beistandspaktes? Das war für uns allerdings ein Schlag ins Gesicht. Wir haben gestern Nachmittag erstmal ganz schön dumm aus der Wäsche geschaut. Aber wie Sie mittlerweile sicher gemerkt haben: Wir sind vorbereitet.«

»Das ist nicht zu übersehen. Glauben Sie mir, auch ich war gestern total konsterniert. Es sah so aus, als hätten wir einen entscheidenden Durchbruch erzielt, und dann das. Ich habe am späten Abend noch mit Göring telefoniert. Seine Reaktion sagt mir, dass die Lage ernst ist. Die Deutschen bluffen meiner Meinung nach nicht. Hitler ist zu allem fähig.«

Halifax sah ihn ernst an. »Das denken wir auch. Sonst hätten wir anders reagiert.«

Dahlerus sammelte all seinen Mut zusammen. »Sehen Sie, ich würde gerne einen Vorschlag äußern. Bei allem Respekt Ihnen und Ihrer Regierung gegenüber und im Bewusstsein dessen, dass ich als Privatmann, der die Dinge natürlich aus einer sehr eingeschränkten Perspektive betrachtet, Ihnen nicht wirklich etwas raten kann, möchte ich trotzdem eines loswerden: Meiner Ansicht nach besteht eine kleine Chance, das Schlimmste zu verhindern. Schreiben Sie einen persönlichen Brief an Göring. Wenn einer dem Krieg ablehnend gegenübersteht, dann ist er das – aus vielerlei Gründen. Ich glaube, diesen Mann bis zu einem gewissen Grad zu kennen, und wenn ich seine Motive auch nicht alle durchschaue, so hat er mir doch den Eindruck eines Mannes vermittelt, der den Krieg zwar als Druckmittel einsetzt, aber eigentlich verabscheut. Natürlich könnte ich mich irren, ich sehe jedoch keinen anderen Weg. Wenn Sie Göring einen Brief schreiben, in dem Sie den aufrichtigen Wunsch formulieren, zu einem gegenseitigen Übereinkommen zu gelangen, wird der Feldmarschall vielleicht auf Hitler einwirken. Ich wäre bereit, diesen Brief persönlich zu überbringen.«

Halifax starrte auf einen Punkt auf seinem Schreibtisch und sagte erst mal nichts. Nach einigen Sekunden, die sich für Dahlerus wie Minuten anfühlten, brach er das Schweigen.

»Vielleicht haben Sie recht. Aber ich muss das mit Chamberlain besprechen. Wenn Sie hier warten würden.«

Dahlerus nickte, der Außenminister erhob sich und verließ das Zimmer.

Nach einer halben Stunde kehrte er zurück, setzte sich an seinen Platz, zog eine Schublade auf und nahm einen Bogen Briefpapier heraus. Bevor er den Stift ansetzte, sah er Dahlerus an.

»Einen weiteren Versuch wird es nicht geben, Herr Dahlerus.«

»Dessen bin ich mir bewusst, Herr Außenminister.«

Spencer fuhr Dahlerus zum Flughafen nach Croydon. Englands Luftfahrtminister Sir Kingsley Wood hatte veranlasst, den fahrplanmäßigen Flug nach Amsterdam so lange festzuhalten, bis der Schwede an Bord war.

In Amsterdam musste er dann in eine Maschine nach Berlin umsteigen.

Seit Lord Halifax den Brief verfasst hatte, fühlte sich Dahlerus besser. Zumindest gab es etwas, woran er sich klammern konnte, denn das Schreiben, das ihn der Außenminister hatte lesen lassen, bemühte sich in freundlichen, offenen Worten um ein gegenseitiges Einvernehmen. Dahlerus konnte es kaum abwarten, den Brief Göring in die Hand zu drücken; der lange und umständliche Flug quälte ihn im Vorhinein.

Nach einer Stunde hatten sie Croydon erreicht.

Dahlerus wurde sofort auf das Rollfeld gebracht, die übrigen Passagiere warteten schon über eine Stunde in der Maschine. Während Dahlerus zu seinem Platz ging, entschuldigte er sich nach links und rechts. Mehr als ein abfälliges Murmeln erntete er dafür nicht. Kaum hatte er sich hingesetzt, rollte das Flugzeug los. Der Schwede schnallte sich an und lehnte sich zurück. Er war wieder im Spiel.

Aus einem Impuls heraus drehte er den Kopf zur Seite und musterte seinen Nachbarn auf der anderen Seite des Gangs. Ein gut aussehender Mann in den Dreißigern, das Gesicht vielleicht etwas streng, die Haare leuchtend blond. Im Profil wirkte sein Kiefer wie mit dem Lineal gezogen. Ein Deutscher, wie er deutscher nicht sein könnte, dachte Dahlerus unwillkürlich. In diesem Moment drehte ihm der Mann das Gesicht zu – er hatte wohl gespürt, dass er beobachtet wurde. Die Blicke der beiden Fluggäste trafen sich kurz. Die wässrig blauen Augen des Deutschen musterten ihn kalt, und mit einem Mal stieg die Furcht vor der Zukunft wieder in Dahlerus hoch. Elisabeth hatte ihn gewarnt. Wer sich unter Mörder begab, durfte nicht mit Gnade rechnen.

7.
Berlin

26. August
Hotel Esplanade, Vormittag

Richard Krauss lockerte seine Krawatte und sah hinaus auf die Stadt. Das Hotel Esplanade thronte im Herzen Berlins, sein Blick schweifte über den baumreichen Tiergarten bis hinüber nach Moabit. Östlich von ihm, durch das Hotel verdeckt, lagen Ku'damm und Kurfürstenstraße, direkt vor ihm befand sich das Lützowufer. Dank seines im sechsten Stock gelegenen Zimmers erkannte er am Horizont die Spree. Krauss ließ das Panorama einige Minuten auf sich wirken. Da war er nun doch zurückgekehrt. Zurück in ein anderes Leben. In eine Vergangenheit, die er eigentlich abgeschlossen wähnte. Eine Mischung aus Scham und Schmerz schnürte ihm die Kehle zu. Berlin war ihm immer noch vertraut, dort hatte er mit seinen Kameraden über Wohl und Wehe, Leben und Tod entschieden. Damals hatten die Menschen ihn gefürchtet, heute war es umgekehrt. Die Stadt revanchierte sich für seine Untaten, war sein Feind, jeder Schritt nunmehr ein Risiko. Hinter jeder Tür lauerte Verrat, hinter jedem Fenster ein Spitzel. Dass er hier lange überleben würde, schien ihm nicht nur fraglich, es war ausgeschlossen. Aber für das, was er vorhatte, brauchte er wenig Zeit.

Krauss riss sich vom Fenster los, ging zum Bett und öffnete seinen Koffer. Er nahm zwei frische Hemden heraus, hängte sie auf einen Bügel. Ein leicht zerknittertes Sakko warf er auf das Bett und faltete Unterwäsche auseinander. Zwischen den Kleidern lagen gut verpackt der 45er Colt und der 38er Revolver. Die Walther trug er im Schulterhalfter. Doyle hatte dafür gesorgt, dass er am Flughafen nicht kontrolliert wurde. Nach und nach füllte sich das Bett mit anderen Utensilien, einer Stahlrute, einem Totschläger und einem Schlagring. Ein jämmerliches Arsenal, dachte Krauss. Edgar würde ihn auslachen. Doch mehr war nicht drin gewesen. Außerdem reichte eine Kugel aus, um das Leben seines Bruders zu beenden, beruhigte er sich.

Achtlos ließ Krauss die Waffen auf dem Bett liegen, zog sich aus und ging ins Bad. Nach dem Flug brauchte er eine heiße Dusche, um den Kopf freizubekommen. Unter dem fast kochenden Wasserstrahl rekapitulierte er die vergangenen Tage. Doyle hatte es plötzlich sehr eilig gehabt und ihm einen Platz an Bord der letzten regulären Maschine nach Berlin besorgt. Offensichtlich war Hitler in die Offensive gegangen, hatte die Telefonverbindungen nach England gekappt. Die Deutschen drückten aufs Tempo, und beim MI5 sah man sich genötigt mitzuziehen. Doyle hatte ihn ein weiteres Mal auf seinen Auftrag eingeschworen, war am Ende aber zu sehr ins Pathos abgeglitten. Krauss konnte derartige Grundsatzreden nicht mehr ertragen, mochte weder seinem Vaterland noch dem, das ihn aufgenommen hatte, einen Dienst erweisen. Was ihn wirklich bewegte, saß viel tiefer, war eine Frage des Blutes, betraf nur ihn und seinen Bruder. Aber da er das Doyle nicht auf die Nase binden wollte, hatte er den Mund gehalten und sich dessen Litanei angehört. Über das, was Hitlers Tod auslösen würde. Hitlers Tod, den er herbeiführen sollte. Wie einen erfolgreichen Geschäftsabschluss. Er war ein Mitarbeiter im Außendienst, und er sollte nicht mit leeren Händen zurückkommen. Nicht mehr, nicht weniger.

Sicher würde Krauss Hitler töten, sollte er die Gelegenheit dazu bekommen. Aber er würde sie nicht suchen. Sie musste sich ergeben – und das war mehr als unwahrscheinlich. Er verfolgte ein anderes Ziel: alte Rechnungen zu begleichen, um den Jungen zu schützen. Und um sein eigenes elendes Dasein zu einem sinnvollen Ende zu führen.

Doyle hatte ihm einen Tipp gegeben, wie er vielleicht über Umwege an Hitler herankäme. Der Mann hieß Birger Dahlerus, war schwedischer Großindustrieller und in halboffiziellem diplomatischen Auftrag mit derselben Maschine nach Berlin unterwegs. Krauss hatte ihn anhand von Fotos, die Doyle ihm gezeigt hatte, erkannt. Dahlerus, hohe Stirn, graue Schläfen, Brille vor übernächtigten Augen, wirkte völlig in sich versunken, wie jemand, dessen Aufmerksamkeit von anderen Dingen beansprucht wurde. Über die Motive des Schweden hatte Doyle ihn weitestgehend im Dunkeln gelassen. Anscheinend war der Mann auf einer privaten Mission, getrieben von welchen Dämonen auch immer. Grundsätzlich machte ihn das Krauss sympathisch. Dahlerus befand sich auf einer Art Kreuzzug, ähnlich wie er selbst. Irgendwie bezweckten sie sogar dasselbe: Frieden. Nur dass Krauss inneren Frieden suchte. Der Unterschied war aus seiner Sicht marginal. Was den Schweden für Doyle und damit für ihn interessant machte, war dessen enger Kontakt zu Göring. Offensichtlich waren Dahlerus und der Feldmarschall befreundet, und dieser Beziehung verdankte es der Schwede, dass er auf hoher Ebene diplomatisch wirken durfte. Doyle war der Meinung, dass Krauss, wenn er sich an Dahlerus hängen würde, irgendwann auf Hitler stoßen müsste. Auf jeden Fall könnte ihm der Schwede mit seinen hervorragenden Kontakten nützlich sein – und deshalb hatte Doyle Krauss in dasselbe Hotel wie Dahlerus eingebucht, ins Esplanade. Natürlich unter falschem Namen. Krauss reiste als Franz Vogelsang, ein deutscher Geschäftsmann, den der heraufziehende Krieg aus London nach Berlin verschlagen hatte.

»Wenn du dich in die Höhle des Löwen begibst, dann tue es mit erhobenem Haupt«, erklärte Doyle seine Strategie, auf offiziellem Wege nach Deutschland einzureisen. Bisher war seine Taktik aufgegangen. Lange würde ihn die Tarnung nicht schützen, vielleicht ein paar Tage. Gerade lange genug, um Edgar aufzuspüren. Hitler musste warten.

Krauss stieg aus der Dusche, trocknete sich ab und rasierte sich. Danach fühlte er sich frischer. Er legte sich aufs Bett und dachte über seine nächsten Schritte nach. Edgar aufzuspüren würde nicht einfach sein. An ihn heranzukommen noch viel schwieriger. Krauss ging davon aus, dass Edgar nach dem Fiasko mit ihm, Hanna und dem Jungen seine Vorkehrungen getroffen haben würde. So hätte er es zumindest gemacht, wenn er nicht hundertprozentig davon überzeugt gewesen wäre, dass sein Bruder tot war. Das bedeutete, Edgar hatte seinen privaten Wohnsitz gewechselt und die Sicherheitsstufe erhöht. Krauss konnte also nicht das Telefonbuch aufschlagen und die Adresse seines Bruders heraussuchen. Und in die Kommandozentrale der »Söhne Odins«

hineinzuspazieren war schlichtweg unmöglich. Edgars Abteilung war in einem Seitenflügel des Gestapo-Hauptquartiers an der Prinz-Albrecht-Straße untergebracht. In unmittelbarer Nachbarschaft, an der Wilhelmstraße, residierte die Zentrale des Sicherheitsdienstes und des RSHA, des Reichssicherheitshauptamtes. Neben dem Reichspalais war das Viertel das bestbewachte in Berlin, es wimmelte dort von SS- und SA-Leuten sowie Männern des Reichssicherheitsdienstes.

Bis zu Edgar durchzudringen – wenn er sich überhaupt dort aufhielt –, schien Krauss ein Himmelfahrtskommando zu sein. Er musste seinen Bruder außerhalb des Gestapo-Gebäudes erwischen, so viel war klar. Aber auch das war eine Herausforderung. In der unmittelbaren Umgebung der Prinz-Albrecht-Straße 9 durften nur Fahrzeuge der Gestapo, des SD und des RSHA halten. Andere Fahrzeuge wurden sofort überprüft, beziehungsweise mit einem Strafmandat fortgeschickt. Himmler und Heydrich wussten, dass die von ihnen geführten Organisationen zu den verhasstesten im Lande gehörten. Insofern hatte Krauss schon lange entschieden, dem Geheimdienst-Viertel fernzubleiben. Ausschlaggebend war eine weitere Überlegung: Bensler hatte Edgar sicher längst über das, was in London geschehen war, informiert. Sein Bruder wusste also, dass er noch lebte. So wie Krauss ihn einschätzte, bereitete Edgar sich auf alle Eventualitäten vor. Dazu zählte auch ungeladener Besuch.

Krauss musste unkonventionell vorgehen. Zwei Möglichkeiten kamen in Betracht. Odins Söhne unterhielten mehrere sichere Wohnungen und Keller in der Stadt. Dort trafen sie sich mit V-Männern, verpassten Querulanten eine Gehirnwäsche oder ließen oppositionellen Subjekten eine spezielle Behandlung angedeihen. Speziell hieß, dass kaum jemand diese Verhöre überlebte. Sie wechselten die Wohnungen von Zeit zu Zeit, um eventuellen Befreiungsaktionen vorzubeugen. Einige dieser Stützpunkte hatten sich jedoch als so ideal herausgestellt, dass sie permanent benutzt wurden. »Auerbachs Keller« war so ein Ort. Benannt nach Horst Auerbach, einem Kommunisten, dem Edgars Leute Informationen über geheime Parteiumtriebe entlocken wollten. Auerbach hielt tagelang durch, bis er plauderte, und das zollte selbst den hartgesottenen »Söhnen Odins« Respekt ab. Zudem war er der Erste, der die Räume an der Worringer Straße nicht mehr lebend verließ. Fortan hieß der ausgebaute Kohlenkeller, den man über einen Durchgang betrat, »Auerbachs Keller«. In der Regel hielten sich dort mehrere Männer auf. Von ihnen hoffte Krauss zu erfahren, was ihn seinem Ziel näher bringen würde.

Nachdem er seinen Entschluss gefasst hatte, zog er sich an. Die Stahlrute, die sich wie ein Teleskop zusammenschieben ließ, steckte er zusammen mit dem Schlagring in die linke Tasche seines leichten Popelinemantels, die kleine Walther PPK in die rechte. Der Colt kam ins Schulterhalfter, der 38er in ein kleines Futteral am Knöchel. An der Rezeption bestellte er ein Taxi. Nach wenigen Minuten fuhr der Wagen vor, Krauss stieg ein und nannte dem Fahrer die Adresse. »Worringer Straße, Ecke Friesenplatz.«

Der Fahrer, eine vierschrötige Gestalt mit Blumenkohlnase und Schlägermütze, brachte den Audi auf Touren. »Neu hier in der Stadt?«, fragte er.

»Wie man's nimmt«, antwortete Krauss.

»Wollen noch mal jemanden besuchen, bevor et losjeht, wa?«

»Bevor was losgeht?«

Der Fahrer sah in den Rückspiegel. »Der Krieg natürlich. Wat glauben Sie denn?«

Krauss reagierte nicht sofort.

»Wissense denn nicht, dat der Führer et leid ist mit die Polen? Et kann jeden Tag losgehen, wenn se mich fragen.«

Krauss murmelte etwas.

»Wat? Ick kann se nich verstehen.«

»Ich sagte, der Krieg hat längst begonnen. Wir sind schon lange im Krieg.«

Der Fahrer schob an seiner Mütze herum und kratzte sich am Hinterkopf. »Wie meinen se denn det jetzt?«

»Schon gut, schon gut. Fahren Sie einfach.«

Der Fahrer schwieg beleidigt. Krauss waren die Befindlichkeiten des Mannes hinterm Steuer egal, er nutzte die Tour als Stadtrundfahrt, betrachtete teils mit Abscheu, teils mit Interesse, was die Nazis aus der Metropole gemacht hatten. Auf den Bürgersteigen flanierten Spaziergänger, von Sorge oder gar Panik vor einem neuen Krieg war hier nichts zu spüren, die Menschen gingen ihren täglichen Beschäftigungen nach. Wenn überhaupt, waren es die überall im leichten Augustwind wehenden Hakenkreuzfahnen, die Böses ahnen ließen.

Ab und zu inspizierte der Fahrer unauffällig seinen Gast im Rückspiegel, aber der starrte stoisch aus dem Fenster. Wenn er einmal nach vorne sah, wandte der Taxifahrer seine Augen ab. Ihm war dieser Mensch unheimlich. Hätte er nicht so unglaublich arisch gewirkt, hätte der Chauffeur diese Begegnung vielleicht gemeldet. Aber dem Aussehen seines Passagiers nach zu urteilen fürchtete er, es mit einem Agenten der Gestapo oder des SD zu tun zu haben. Mit denen ließ man sich am besten nicht näher ein.

Am Ziel angekommen, blieb er dennoch im Wagen sitzen. Rausfinden würde der Kerl schon alleine.

»Macht 3,50 Mark.«

Krauss zahlte und stieg aus. In der Straße besaßen fast alle Häuser einen Hinterhof, und so wählte er einen Durchgang auf der gegenüberliegenden Straßenseite des Hausdurchgangs, den er beobachten wollte. Wenn in »Auerbachs Keller« heute jemand anwesend war, würde er dies sofort sehen – mindestens eine Wache war Vorschrift.

Krauss lobte sich sofort für seine Intuition. Gleich zwei Gestalten lungerten vor dem Eingang herum, rauchten und quatschten. Er kannte keinen von ihnen, sie waren zu jung, um Edgars Bruder persönlich erlebt zu haben. Darauf hatte er spekuliert. Er zog sich gerade so weit in den Durchgang zurück, dass er von der gegenüberliegenden Straßenseite nicht gesehen werden konnte.

Eine halbe Stunde verging. Die beiden Wächter wirkten gelangweilt. Der eine sagte ein paar Worte und verschwand in einer Tür im Durchgang. Darauf hatte Krauss gewartet. Er ging ohne Eile quer über die Straße auf den Mann zu. Erst als er fast die andere Straßenseite erreicht hatte, wurde der Wächter aufmerksam.

Krauss sprach ihn an. »Entschuldigung, aber ist das hier die Worringer 25?«

Der junge Mann schaute genervt. »Nee, Meister, da sind Sie ein paar Häuser zu hoch.«

»Oh, verdammt. Das ist heute nicht mein Tag. Welche Richtung war das noch?«

Krauss stand jetzt unmittelbar vor dem Sohn Odins, den er auf Anfang zwanzig schätzte. Edgar hatte ein Faible für junges Blut. Es tat ihm leid für den Mann, aber er hatte dieses Leben selbst gewählt – mit allen Konsequenzen.

Der Wächter wurde unwirsch, weil Krauss zwei Schritte in den Durchgang tat. »He, he, Freundchen. Bis hierhin und nicht weiter.«

Krauss ließ sich nicht beirren. Er sah sich suchend um und ging noch einen Schritt weiter, so dass er im abgeschatteten Bereich des Durchgangs stand. Von der sonnenbeschienenen Straße aus war er nur noch schlecht zu erkennen.

Der Wächter griff nun Krauss' Arm. »Raus hier, Freundchen. Sehen Sie zu, dass Sie Land gewinnen.«

»Ja, bin ja schon weg, nur die Ruhe.«

Krauss holte eine Zigarettenschachtel aus der linken Manteltasche und schnippte eine Kippe raus. Dann griff er in die rechte Tasche, umklammerte mit der Linken blitzschnell den Hals des Wächters und drückte ihn mit zwei Schritten an die Wand direkt vor der Tür, die hinunter zu »Auerbachs Keller« führte. Der Junge war so überrascht von der plötzlichen, brutal ausgeführten Attacke, dass er kaum reagierte. Krauss schoss ihm durch das Futter des Mantels zwei Kugeln in die Brust. Das Geräusch war nicht lauter als das Entkorken einer Weinflasche. Die Muskeln des Wächters erschlafften. Krauss drückte ihn weiter an die Wand. Einen Moment lang würde er ihn so halten können. So lange sie standen, erregten sie wenig Aufmerksamkeit. Er hoffte, dass der zweite Wächter nicht lange wegbleiben würde. Die Tür hatte keine Klinke, nur ein Schloss. Man musste sie mit dem Schlüssel aufziehen oder von innen öffnen. Jede Minute kostete ihn Kraft. Aber die Tür schwang schneller auf als gedacht. Der zweite Mann trat heraus, direkt vor Krauss, der die Waffe schon beim ersten Knarzen der Angeln aus der Tasche gezogen hatte. Krauss schoss ihm in die Stirn. Der Mann knallte gegen die Tür, rutschte an ihr herunter und hielt sie mit seinem Körper auf. Krauss schleppte den ersten Wächter zur offenen Tür und ließ ihn hineinfallen. Danach zog er den zweiten Mann in den Eingang.

Krauss' letzter prüfender Blick galt dem Hausdurchgang. Er hatte voll auf Risiko gespielt. Aber seine Erfahrung sagte ihm, dass die wenigsten Menschen bemerkten, was um sie herum geschah. Jeder war nur auf sich fixiert. Krauss schloss die Tür hinter sich. Sein Herz klopfte ihm bis zum Hals. Nach mehr als sieben Jahren war er wieder in »Auerbachs Keller«. Doch niemand zündete ihm eine Willkommenskerze an.

Der verwinkelte Bau hatte fünf Zimmer. Einen Aufenthaltsraum für das Personal, der als Einziger zwei schmale Fenster auf Straßenniveau besaß, einen kleinen Raum für Vorräte und Material, zwei Arrestzellen und einen großen, akustisch gedämpften Verhörraum. Wer dort um sein Leben schrie, blieb unerhört. Krauss stieg die steinerne Treppe hinab, die Waffe im Anschlag. Daraus, dass Edgar zwei Wachen abgestellt hatte, schloss er, dass die »Söhne Odins« gerade jemanden bearbeiteten. Krauss rechnete mit mindestens drei weiteren Männern. Am Fuß der Treppe erreichte er einen Gang, der rechts zu den Zellen und dem Verhörraum und links zum Aufenthaltsraum führte. Krauss wollte zuerst seinen Rücken decken und ging links herum. Ohne Hast öffnete er die Tür zum Aufenthaltsraum und spazierte hinein.

An einem schmucklosen Tisch, um den ein paar Stühle herumstanden, saß ein Mann und blätterte in einem Magazin. Er sah gelangweilt auf. Krauss hielt die Waffe auf sein Gesicht gerichtet. Der Mann, älter als die beiden Wächter, aber Krauss ebenfalls unbekannt, hörte auf zu blättern. Er machte einen kräftigen Eindruck. Seine Augenbrauen waren vorne zusammengewachsen, die Haare von einem schmutzigen Blond. Seine Nase hatte in ihrem Leben einige Schläge eingesteckt.

»Was …?«

Krauss' Stimme war emotionslos. »Aufstehen, mit dem Gesicht zur Wand.«

Der Mann zögerte, versuchte die Überraschung zu verdauen.

»Sofort!«

Widerwillig schob der Angesprochene den Stuhl nach hinten und erhob sich. Betont langsam ging er zur Wand.

»Das wirst du noch bereuen, Freundchen.«

Krauss blieb frostig. »Kein Wort mehr, klar. Hände hinter den Kopf.«

Der Kerl gehorchte, bewegte seine Glieder aber wie in Zeitlupe. Krauss stellte sich hinter ihn und drückte ihm die Waffe in den Nacken, so dass sein Gegner die Kühle des Metalls spürte.

»Du hörst mir jetzt genau zu. Wenn du das Tageslicht wieder sehen möchtest, beantworte meine Fragen: Ich verstehe keinen Spaß. Wie viele Männer sind hier unten?«

»Zu viele für dich, du Stinktier.«

Krauss spannte den Hahn.

»Schon gut. Zwei Mann, beide im Verhörraum.«

»Wer wird verhört?«

»Kaltenbrunner, ein Geschäftsmann, Trotzkist, steht im Verdacht, große Mengen Geldes außer Landes geschmuggelt zu haben. Wir fühlen ihm auf den Zahn. Guck es dir ruhig an! Dann weißt du, was dich erwartet.« Der Kerl gluckste.

»Wer verhört ihn?«

»Was?«

»Namen.«

Krauss verstärkte den Druck der Waffe.

»Grasshoff und Wiesmann.«

»Werner Grasshoff?«

»Wer bist du?«, fragte der Mann. Seine Stimme klang plötzlich belegt.

»Ich habe dir eine Frage gestellt«, antwortete Krauss.

Der Nazi zögerte. »Werner, ja, Werner.« Er atmete laut aus. »Du bist Richard, oder?«

Krauss kannte Grasshoff sehr gut. Ein intellektueller Typ mit ausgeprägten sadistischen Neigungen. Er wurde gerne herangezogen, um Geheimnisse herauszupressen, war aber leicht hypochondrisch veranlagt. Von ihm könnte er das erfahren, was er wissen wollte. Klaus Wiesmann dagegen war erst kurz bevor Krauss die »Söhne Odins« verlassen hatte, zu ihnen gestoßen. So weit er sich erinnerte, ein harter Knochen. Er würde sich an Grasshoff halten müssen.

»Wir gehen jetzt zum Verhörzimmer, du marschierst voran. Langsam! Wenn wir da sind, öffnest du die Tür und gehst rein.

Machst du eine schnelle Bewegung oder gibst einen Laut von dir, bist du ein toter Mann. Hast du mich verstanden?«

Der Mann nickte. »Ja. Wenn du Edgars Bruder bist ...«

»Ich will nur wissen, ob du mich verstanden hast.«

»Ich habe dich verstanden.«

»Wie heißt du?«

»Lorzer. Karl. Oberscharführer Lorzer.«

»Befindet sich jemand in den anderen Zimmern, Karl?«

»Nein.«

»Dann los. Und nimm die Hände runter.«

Krauss trat einen Schritt zurück, um Lorzer ein wenig Spielraum zu geben. Der Oberscharführer ging langsam aus dem Aufenthaltsraum, Krauss folgte mit zwei Metern Abstand. Die Waffe hielt er auf Lorzers Hinterkopf gerichtet. Nach etwa sechs Metern bog der Gang nach rechts ab, und sie standen vor der Tür des Verhörraums. Krauss zischte Lorzer an, er solle stehenbleiben. »Denk an meine Worte, Karl. Der einzige Weg, aus diesem stinkenden Kellerloch lebend wieder herauszukommen, ist der, mir zu gehorchen. Edgar wird dich gewarnt haben.«

»Du bist also Richard.«

»Öffne die Tür!«

Lorzer öffnete die Tür und ging hindurch, Krauss folgte ihm auf den Fuß.

Der Raum war etwa zwanzig Quadratmeter groß. Vor der Wand, die Krauss gegenüber lag, befand sich ein Stuhl, auf dem ein nackter, blutüberströmter Mann saß. Werner Grasshoff, hager, Brille, hohe Stirn, eine Gummischürze umgebunden, beugte sich gerade über sein Opfer. Krauss sah etwas Metallisches in seiner Hand. Neben Grasshoff stand ein Rolltisch, auf dem mehrere Werkzeuge lagen. Etwa drei Schritte von den beiden entfernt, links von Krauss, beobachtete Wiesmann, die Arme vor der Brust verschränkt, das Geschehen. Er hatte sich nur leicht umgewandt, als Lorzer und Krauss den Raum betraten. Sein Gesichtsausdruck war der eines Mannes, der nicht gestört werden wollte. Auch Grasshoff hatte den Kopf Richtung Tür gedreht.

Krauss schleuderte Lorzer mit einem kräftigen Fußtritt nach vorne; der Oberscharführer fiel wild mit den Armen rudernd vornüber und riss den Stuhl samt darauf angeschnalltem Mann um. Wiesmann öffnete fassungslos den Mund, aber Krauss hatte schon die Waffe auf ihn gerichtet und schoss ihm in Knie und Schulter. Die Wucht der Geschosse ließ Wiesmann gegen die Wand taumeln. Krauss zielte auf Grasshoff. Der hatte sich aufgerichtet, aber nicht von der Stelle gerührt. Lorzer rappelte sich mühsam vom Boden hoch. Krauss nahm die Walther schnell in die Linke und zog mit der Rechten den Colt aus dem Schulterhalfter.

In jeder Hand eine Waffe, eine auf Grasshoff, eine auf Lorzer gerichtet, blickte er kurz zu Wiesmann. Von dem Nazi kam kein Laut, er lag mit geschlossenen Augen am Fuß der Wand, auf die er geprallt war.

Krauss sah Grasshoff an. »Hallo, Werner.«

»So bald haben wir nicht mit dir gerechnet, Richard.«

»Manchmal verrechnet man sich eben. Irren ist menschlich. Wobei das Menschliche euch ja weniger liegt.«

»Immer noch der alte Zyniker.«

»Manche Dinge verändern sich eben nicht.«

»Na ja. Früher hättest du nicht auf deine eigenen Leute geschossen. So ganz der Alte scheinst du also nicht zu sein.«

»Früher war alles besser. Aber ich bin nicht hier, um in Erinnerungen zu schwelgen.«

»Das habe ich mir fast gedacht.«

»Du legst jetzt erst mal die Zange – oder was immer du da in der Hand hast – ganz langsam auf den Tisch. Dann schiebst du ihn mit dem Fuß weg. Schön vorsichtig!«

Grasshoff gehorchte. Bisher war ihm keine Spur von Nervosität anzumerken. Vielleicht hatten ihn die Jahre als Folterknecht abgehärtet.

Krauss setzte darauf, dass sich der Kern einer Persönlichkeit selten veränderte. Und im Kern war Grasshoff ein Feigling.

»Nimm die Hände hinter den Kopf. Du auch, Karl.«

»Was glaubst du eigentlich, wer du bist, Richard? Meinst du, du kannst einfach hier hereinspazieren, ein paar Leute umlegen und ungestraft wieder aus Berlin verschwinden? So dumm bist du doch nicht.«

»Ihr legt doch auch dauernd Leute um und niemand zieht euch zur Rechenschaft. Gleiches Recht für alle.«

»Nein, so einfach ist das nicht. Du nimmst Sonderrechte für dich in Anspruch seit dem, was damals passiert ist. Dabei warst nicht du im Recht, sondern wir. Hättest du noch auf unserer Seite gestanden, hättest du genauso gehandelt. Aber du hast die Seiten gewechselt und legitimierst deine Taten damit. Sieh es mal von unserem Standpunkt aus.«

»Danke für die Belehrung, Werner. Aber was eure kranken Hirne ausbrüten, interessiert mich schon lange nicht mehr. Du kannst aus deiner Perspektive tausendmal Recht haben, das ist mir vollkommen egal. Es wird dich nicht retten.«

Grasshoff schluckte. »Du willst mich also töten. Klaus, Karl und mich. So viele, wie du kriegen kannst. Dich rächen, deinen Privatkrieg führen. Ist es das?«

»Vielleicht. Es geht dich nichts an.«

»Edgar wird enttäuscht sein. Er hält dich für einen hochintelligenten, sensiblen Menschen. Nur deshalb sei Hanna in der Lage gewesen, dich einzuwickeln.«

»Nimm den Namen nicht in den Mund!«

»Es ist nicht so, wie du glaubst. Lass dir alles von Edgar erklären. Ich bin fest davon überzeugt, dass es für dich einen Weg zurück gibt.«

»Wo finde ich Edgar?«

»Ich bringe dich zu ihm.«

Krauss legte den Kopf schief. Er beobachtete Lorzer aus den Augenwinkeln, aber der hatte sich während des ganzen Gesprächs nicht gerührt. Für ihn musste es so aussehen, als gebe es ein Quäntchen Hoffnung, den Keller lebend zu verlassen.

»Ich habe da ein kleines Problem.«

»Was?«

»Ich traue dir nicht, Werner.«

»Manchmal muss man über seinen eigenen Schatten springen. Ich verspreche dir, ich bringe dich zu Edgar, und dir wird kein Härchen gekrümmt.«

»Ich sage dir, wie es funktioniert. Du verrätst mir, wo sich Edgar versteckt hält, und ich lasse dich am Leben.«

Grasshoffs Augenlider zuckten. Krauss registrierte es zufrieden. Der Gefolterte, der rücklings an den Stuhl gefesselt auf dem Boden lag, stöhnte laut. Lorzer biss sich auf die Lippen.

Krauss spannte den Hahn der Walther. »In den nächsten fünf Sekunden entscheidet sich dein weiteres Leben, Werner. Ich brauche eine Adresse, und du solltest sie mir geben.«

Wiesmann, der am Fuß der Wand lag, hustete plötzlich. Krauss drehte die Waffe schnell in seine Richtung und schoss ihm in den Kopf.

Grasshoff schrie auf. »Du kaltblütiges Schwein.«

»Du bist der Nächste.«

Grasshoff wimmerte leise. Als er zu sprechen anfing, war er kaum zu verstehen.

»Edgar hat verschiedene Quartiere, was soll ich dir da sagen, er wohnt mal hier, mal da, damit ihn keiner erwischt, er hat kein festes Domizil. Er bringt mich sowieso um, wenn ich es dir verrate.«

»Spuck's aus, verdammt noch mal. Ich will wissen, wo er mit Hilde und den Kindern wohnt. Dann darfst du dein trauriges Leben weiterführen.«

Grasshoffs Wimmern ging in ein Schluchzen über.

Krauss verlor die Geduld. Er schrie Grasshoff an. »Verdammt, Werner!«

In diesem Moment stürzte sich Lorzer, der Krauss in den letzten Minuten genau beobachtet und auf ein Nachlassen von dessen Konzentration gewartet hatte, auf ihn. Krauss sah einen Schatten auf sich zukommen und feuerte, doch Lorzer hatte schon seinen rechten Arm beiseitegewischt und rammte ihm den Schädel in die Schulter. Der Colt flog durch den Raum. Krauss rang nach Luft, der Bodycheck des Oberscharführers hatte einen Lungenflügel zusammengepresst. Dass mit Lorzer nicht zu spaßen war, hätte ihm eigentlich klar sein sollen. Krauss wurde gegen die Wand gedrückt. Er versuchte, Lorzer die Walther in die Seite zu rammen, doch der Gestapo-Mann wehrte die Hand mit der Rechten ab und stieß Krauss erneut den Kopf in die Brust.

Krauss, für eine Sekunde kraftlos, ließ die Waffe fallen. Er sah, dass Lorzer lächelte. Mit dem nächsten Schlag würde alles vorbei sein. Dann war er den Schergen seines Bruders hilflos ausgeliefert. Plötzlich brach aus Lorzers Lächeln eine Blutfontäne, und Krauss spürte, wie eine warme Flüssigkeit sein Gesicht bedeckte. Erst jetzt hörte er den Knall. Er warf sich auf den Boden, Lorzer, nun kraftlos, kippte einfach weg. Durch einen blutigen Schleier sah er Grasshoff am anderen Ende des Raums, in der Hand die 45er. Er hatte Lorzer von hinten in den Schädel geschossen. Treffen wollte er Krauss.

Grasshoff, mit zittrigen Händen, zielte erneut und feuerte, aber die Kugel schlug oberhalb von Krauss in den Putz. Splitter spritzten umher. Der Hall in dem kleinen Raum war ohrenbetäubend. Krauss tastete hektisch nach der Walther, bekam sie wundersamerweise zu fassen, hörte eine weitere Explosion und feuerte seinerseits mehrere Schüsse ab. Grasshoff schwankte, ließ beide Arme hängen und fiel um.

Krauss versuchte, seinen Atem unter Kontrolle zu bringen. Nach zwei Minuten richtete er sich auf, schaute an sich herunter, tastete sich ab. Keine Kugel hatte ihn getroffen, Lorzer hatte ihm nichts gebrochen. Allmählich funktionierten seine Sinne wieder, und er nahm einen penetranten Geruch wahr. Er fasste sich ins Gesicht und betrachtete angeekelt seine Finger, an denen eine blutige Masse klebte. Lorzers Blut, vermischt mit Hirn, Haut und Haaren. Er ging zum Tisch, zog das weiße Tuch unter den Folterinstrumenten weg und wischte sich angewidert das Gesicht ab. Danach begutachtete er Grasshoff. Nichts mehr zu machen. Mindestens eine Kugel hatte ihn in die Brust getroffen. Wieder einmal würde er keine Auskunft bekommen. Wieder einmal hatte er es vermasselt. Glück und Pech lagen bei ihm stets nah beieinander.

Er sammelte die 45er ein, die vor Grasshoff auf dem Boden lag. Wie lange er schon in »Auerbachs Keller« war, konnte er nicht sagen. Aber es war Zeit, diesen Ort zu verlassen.

Krauss steckte die Waffen ein, warf noch einen kurzen Blick auf das Chaos und wollte gehen. Als er schon in der Tür war, hielt ihn ein Stöhnen zurück. Die Laute kamen von dem an den Stuhl gefesselten Mann am Boden. Krauss hatte ihn völlig vergessen. Es war keiner seiner Feinde. Nicht mehr. Trotzdem ging er nur widerwillig zurück, und er hasste sich dafür. Der Mann hatte ein

Auge halb geöffnet. Das andere war komplett zugeschwollen. Krauss erinnerte sich, dass Lorzer den Namen Kaltenbrunner hatte fallen lassen. Ein Trotzkist. Der Mann versuchte zu sprechen, aber sein Mund war eine blutige, breiige Masse. Sein nackter Körper war mit Wunden übersät.

Krauss wollte den Blick erst abwenden, dann zwang er sich jedoch hinzusehen. Auch er hatte es einmal zugelassen, dass unschuldigen Menschen Ähnliches angetan wurde, und er schämte sich so dafür, dass ihm schlecht wurde. Niemand, der einem anderen Menschen so etwas zufügte, hatte ein Recht darauf, weiterzuleben. Einschließlich sich selbst. Kaltenbrunner bewegte seine angeschnallte Hand. Krauss deutete es als Winken. Er beugte sich herunter, neigte den Kopf an die Lippen des Geschundenen.

»Helfen Sie mir«, flüsterte Kaltenbrunner.

Krauss stemmte den Stuhl samt Mann auf die Beine. Kaltenbrunner atmete schwer. Krauss löste erst die Lederriemen an den Füßen, danach öffnete er die Schlaufen an den Armen. Der Gefolterte blieb reglos sitzen.

»Kommen Sie zurecht?«

Kaltenbrunner nickte.

»Warten Sie, bis ich verschwunden bin, bevor Sie gehen. Aber warten Sie nicht zu lange. Hier kann jeden Moment jemand auftauchen.«

Der Gefangene brummte zustimmend. Krauss sah auf das zerstörte Gesicht des Mannes, wandte sich ab und schritt zur Tür. Kaltenbrunners Stimme war eher ein Krächzen. »Wie heißen Sie?«

Krauss drehte sich um. Offensichtlich hatte der Mann von dem Gespräch mit Grasshoff nichts mitbekommen. Er zögerte.

»Richard.«

Kaltenbrunner hob den Kopf. »Danke, Richard.«

Krauss errötete. Er hatte keinen Dank verdient. Ohne ein Wort wirbelte er herum, ging durch den Kellergang, stieg die Treppe hinauf und trat durch die Tür ins Freie. Lange würde der Überfall auf »Auerbachs Keller« nicht unbemerkt bleiben. Krauss knöpfte seinen Mantel zu und ging davon. Es war Zeit für Plan B.

8.
Wildpark Werder

26. August
Görings Sonderzug, Abend

Göring riss den Umschlag so ungeduldig auf, dass es Papierschnipsel auf den Boden seines Salonwagens regnete. Er schnaufte. Hatte dieser leutselige Schwede etwa gedacht, er würde sich mit seinem Arsch draufsetzen und den Brief an Weihnachten lesen? Manchmal fasste er es nicht, was in den Leuten um ihn herum vorging. Es schien ihm von Tag zu Tag mehr, dass er der Einzige war, der in dem ganzen Schlamassel einen klaren Kopf behielt. Aber was nutzte es, wenn er in staatstragenden Angelegenheiten nicht selbst entscheiden durfte. Die wichtigen Weichen stellte ein anderer – einer, dessen Fähigkeiten ebenfalls hinter den seinen zurückblieben. Mit dem Brief, den Dahlerus aus London mitgebracht hatte, hatte er jedoch ein As im Ärmel. Immerhin stammte das Schreiben vom englischen Außenminister Lord Halifax persönlich.

Göring faltete den Brief auseinander und begann, leise vor sich hinmurmelnd, zu lesen. Nach zwei Minuten reichte er die Seiten an den ihm gegenüber sitzenden Schweden.

»Meine Lesebrille liegt leider in einem anderen Abteil. Würden Sie so freundlich sein, die Zeilen zu übersetzen? Denken Sie daran, dass jedes Wort zählt. Wir können es uns nicht leisten, wegen semantischer Ungenauigkeiten in einen Krieg zu geraten.«

Dahlerus, der den Inhalt des Briefes schon aus Lord Halifax' eigenem Mund gehört hatte, nahm die von Görings Attacke etwas zerrupften Blätter wieder an sich. Natürlich wusste er, dass der Feldmarschall des Englischen nur bedingt mächtig war, dies allerdings ungern zugab. Er übersetzte das Schreiben langsam vom Englischen ins Deutsche, bemüht, keinen falschen Zungenschlag hineinzubringen. Der Inhalt war wenig überraschend, Halifax appellierte an die Deutschen, eine friedliche Lösung mit Polen zu suchen, unterstrich den kompromisslosen Willen der Engländer, an ihrem Beistandspakt festzuhalten, aber auch ihre Bereitschaft, im Falle einer einvernehmlichen Lösung die freundschaftlichen Beziehungen zu Deutschland weiter auszubauen – alles in warmen Worten, sorgfältig formuliert.

Görings Laune besserte sich sprunghaft. Für ihn war der Brief ein vorzeigbarer Erfolg, der seine eigene Position stärkte. Vielleicht brachte das Schreiben Hitler dazu, den Angriff weiter nach hinten zu verschieben.

Der Feldmarschall betrachtete Dahlerus, der das Papier auf einem kleinen Tisch zwischen ihnen abgelegt hatte. Wenn der Schwede wüsste, dass Hitler den Angriffsbefehl auf Polen, Codewort »Weiß«, gestern schon unterschrieben hatte! Wären die Dinge gelaufen wie geplant, würden bereits die ersten deutschen Bomber über polnischem Boden kreisen. Dass sie trotzdem hier zusammensaßen und Göring seine friedlichen Absichten bekundete, beruhte auf einer für den Feldmarschall absonderlichen Verkettung von Umständen.

Nachdem die Engländer ihren Pakt mit den Polen ratifiziert hatten, erklärten die Franzosen, sie würden ebenfalls losschlagen. Das alleine war keine große Überraschung. Aber dann war Mussolini umgefallen. Aus heiterem Himmel. Einfach so. Zog seine bereits zugesagte Unterstützung zurück.

Göring imponierte dieser Mann, weil er vor niemandem Respekt hatte. Der italienische Diktator verlangte als Preis für seine Kooperation so aberwitzige Materialmengen, dass die Wehrmacht danach praktisch kampfunfähig gewesen wäre. Wie konnte man nur so verrückt sein? Hitler hatte zum Schein eingewilligt. Er wusste, wie er mit seinesgleichen umgehen musste. Vorsichtshalber hatte der Führer den Befehl »Weiß« erst mal gestoppt.

Dahlerus durfte sich also weiter optimistisch wähnen, den Krieg verhindern zu können. Göring hätte jeden Aufschub durchaus begrüßt, aber für ihn war die Lage weitaus komplizierter. Er musste sich, wollte er weiter auf der Seite der Strippenzieher stehen, alle Optionen offenhalten. Dass er riskant spielte, war ihm sonnenklar, doch ohne Risiko kein Jackpot. Zum Glück für

Göring war seine Vorstellung eines Hauptgewinns variabel. Ob nun Führers Liebling oder Englands Alternative, beides schmeichelte seinem Ego. Es kam darauf an, zur richtigen Zeit an den richtigen Schrauben zu drehen.

Göring beugte sich vor und legte eine Hand auf die beschriebenen Seiten. »Mein lieber Dahlerus, diesen Brief legen wir dem Führer persönlich vor.«

»Glauben Sie wirklich, dass das eine gute Idee ist? Es steht ja nichts wirklich Neues darin.«

»Nichts Neues für Sie und mich. Beim Führer bin ich mir da nicht so sicher. Außerdem schätzt er es, die Dinge schwarz auf weiß vor sich zu sehen.«

»Wenn das so ist. Hauptsache, es hilft, den Krieg zu verhindern. Wann wollen Sie bei Herrn Hitler vorsprechen?«

Göring lächelte triumphierend. »Sofort natürlich.«

Der Feldmarschall sprang auf und griff zu einem der Telefone auf seinem Schreibtisch. »Oberstleutnant Conrad. Bringen Sie uns zurück nach Berlin. Und melden Sie mich in der Reichskanzlei an. Noch heute Abend. Mich und Herrn Birger Dahlerus.« Er machte eine kleine Pause und sah den Schweden verschwörerisch an. »Einen meiner engsten Vertrauten.«

Göring legte auf und schmunzelte. Der Feldmarschall war froh, heute die taubenblaue Uniform gewählt zu haben, die er sich erst kürzlich hatte schneidern lassen. Sie besaß golddurchwirkte Epauletten, die stilistisch durch zwei Streifen an jeder Hosenseite wieder aufgegriffen wurden. Seit der Krieg fast minütlich auszubrechen drohte, trug er zudem seinen Orden Pour le Mérite, auf den er besonders stolz war, weil er ihn sich als waghalsiger Flieger im Ersten Weltkrieg erworben hatte. Nicht nur er selbst wusste allerdings, dass die Zahl seiner gegnerischen Abschüsse deutlich nach oben korrigiert worden war. Nachweisen ließ sich das freilich nicht mehr, wie so vieles war es verschlungen vom gierigen Strudel der Geschichte. Nur wenig kratzte am imposanten Bild, das Göring hier und heute abzugeben glaubte und das er noch gesteigert wähnte durch den an ihn persönlich gerichteten Brief des englischen Außenministers. Die forschenden Blicke des Schweden interpretierte er als bewundernd, als Anerkennung seiner Fähigkeit, entschlossen zu handeln. Es waren die ängstlichen Augen Europas, die da auf ihm ruhten. Er war ihre letzte Hoffnung.

Alles lief rund, ganz anders als noch ein paar Tage zuvor, als Hitler ihn am Telefon angeschnauzt hatte wegen seiner angeblich so dummen Vorschläge. Jetzt war er wieder obenauf. Und zwar in jeder Hinsicht. Erst gestern war Emmy, nachdem sie die kleine Edda versorgt hatte, zu ihm ins Bett geschlichen. Liebevoll wie seit Wochen nicht mehr hatte sie ihm den Wanst gekrault, lüstern geschnurrt und ihn als hungrigen Löwen bezeichnet. Sie wusste, dass ihm das gefiel, und ihr schauspielerisches Talent reichte allemal aus, das unterwürfige Kätzchen zu mimen. Er hatte sie von hinten genommen, kräftig in sie hineingestoßen, bis sie vor Vergnügen jaulte. Dabei war ihm immer wieder das Bild von Elsa durch den Kopf geschossen, was ihn nur noch mehr anstachelte. Am Ende hatte er sich großartig gefühlt, so komplett, so vollkommen, wie ein Herrscher der Savanne sich nicht vollkommener fühlen konnte. Dieser Schwung hatte maßgeblich zur Wahl seiner Garderobe am nächsten Morgen beigetragen, und er begleitete ihn den ganzen Tag über. Selbst Hitlers mürrisches Gesicht drang nicht durch diesen Panzer aus Selbstzufriedenheit, und er meinte sogar, mit seinen sensiblen Antennen beim Führer eine diffuse Unsicherheit herauszufiltern, was seine Person betraf. Den Feldmarschall überraschte das nicht, war er für seinen Parteichef doch so wichtig wie in den ersten Monaten nach der Machtübernahme, als Hitler ihn dafür Sorge tragen ließ, dass das Land nicht im Chaos versank. Wieder drohte alles aus dem Gleichgewicht zu geraten, und wieder war er zur Stelle. Mit einem entscheidenden Unterschied: Er wusste zwar, was Hitler von ihm erwartete. Aber er war sich unschlüssig, ob das der richtige Weg war. Ihn interessierte weniger die Frage von Krieg und Frieden. Ihm ging es um die Macht. Sie zu erhalten, am besten aber zu vermehren war sein ganzes Bestreben. Birger Dahlerus sollte ihm dabei helfen.

Nachdem er endlich in Görings Zug in Friedrichswalde angekommen war, hatte Dahlerus zwei Stunden auf ihn eingeredet, bevor er endlich Lord Halifax' Brief hervorzauberte. Woher der Schwede dieses Sendungsbewusstsein nahm, war Göring schleierhaft. Er an seiner Stelle hätte sich nach Stockholm in sein Häuschen zurückgezogen und abgewartet. Selbst im schlimmsten Fall rechnete Göring kaum mit mehr als ein paar Monaten Krieg. Sollten die Briten sich einmischen, würde es eben ein paar Wochen länger dauern. Nichts, was sich nicht aussitzen ließ. Zumal in einem neutralen Land wie Schweden, als dessen Bürger man nach Kriegsende weiter unbelastete Beziehungen mit seinen Nachbarn pflegen konnte. Was die Deutschen anging, hegte Göring dagegen einige Zweifel. Eskalierte die Situation, wäre das Verhältnis zu den Briten, Franzosen und Polen dauerhaft belastet. Da würde man wohl künftig nach Italien ausweichen müssen, um zu entspannen.

Als Dahlerus gekünstelt hustete, merkte Göring, dass er gedanklich abgeschweift war. Offensichtlich brannte dem schwedischen Unterhändler etwas unter den Nägeln. Vielleicht half es tatsächlich, Hitler mit einem aufrichtigen Menschen zu konfrontieren, schoss es Göring durch den Kopf.

»Heraus mit der Sprache, mein lieber Dahlerus. Sie zieren sich doch sonst nicht so.«

»Nicht dass wir uns falsch verstehen, Herr Feldmarschall. Aber glauben Sie, dass ich die Ansichten der britischen Regierung Herrn Hitler persönlich vortragen darf?«

Göring zog die Augenbrauen hoch. »Davon gehe ich selbstverständlich aus. Adolf Hitler wird sich genauso glücklich schätzen wie ich, einen derart engagierten Mann kennenzulernen. Außerdem müssen Sie unserem Führer ja einmal persönlich gegenübertreten, damit Sie selber einschätzen können, wie vorbehaltlos er sich für das deutsche Volk einsetzt und wie ehrenhaft seine Absichten sind.« Göring wedelte mit dem erhobenen Zeigefinger herum, um seinen Worten Nachdruck zu verleihen. »Ich bin der festen Überzeugung, dass Sie die Begegnung mit dem Führer nicht so schnell vergessen werden. Bisher ist niemand von einer solchen Audienz unbeeindruckt geblieben. Ich bin wirklich gespannt.«

Mittlerweile rollte Görings Sonderzug durch die ausgedehnten Wälder des Wildparks Werder bei Potsdam wieder zurück Richtung Berlin. Auf dem Gelände des Wildparks unterhielt der Feldmarschall sein Hauptquartier, Deckname »Kurfürst«, eine weitläufige Bunkeranlage, dreißig Meter unter der Oberfläche in den Fels gesprengt. Sie war mit allem ausgestattet, was man zum Überleben brauchte, einer modernen Funk- und Kommandozentrale sowie einem umfangreichen Waffenarsenal. Bis nach Berlin war es eine gute Stunde; Göring ließ den Zug jedoch vor der Stadt an einer kleinen Station anhalten, einen Wagen hatte er bereits dorthin beordert.

Trotz der späten Stunde war es warm, die Luft roch nach frischem Gras. Göring liebte den Sommer, auch wenn die Hitze das Leben für ihn manchmal beschwerlich machte. Er spürte, wie diese animalische Lust wieder in ihm aufstieg. Schade, dass Emmy nicht da war. Er bat Dahlerus einzusteigen und gondelte mit ihm durch die Außenbezirke in Richtung Reichskanzlei. Bester Laune skizzierte er die neue Freundschaft zwischen Russland und Deutschland, beobachtete Dahlerus dabei aus den Augenwinkeln. Er hatte eine diebische Freude daran, seinen Gesprächspartner mit Zwischenfragen zu verunsichern. So wollte er erreichen, dass der Schwede nervös wirkte, wenn er mit Hitler sprach. Umso souveräner sah Göring selbst aus und konnte sich besser in Szene setzen sowohl als Mentor des Schweden als auch als Initiator des Vermittlungsversuches, der in Hitlers Augen vor allem eine Hinhaltetaktik war.

Der Feldmarschall zwinkerte Dahlerus zu. »Soll ich Ihnen mal was erzählen? Stalin hat sogar zugestimmt, dass im Kreml fotografiert werden darf. Ribbentrop hat gleich ein ganzes Album mitgebracht. Leider ist der hässliche Knabe auf den meisten Bildern selber drauf.« Göring wieherte laut. »Immerhin existiert ein Foto, auf dem Ribbentrop den Nichtangriffspakt mit Molotow unterzeichnet. Das ist sozusagen der Beweis.«

Dahlerus lächelte verkrampft. Zwei Minuten später hielt Göring vor dem Hotel Esplanade.

»Warten Sie hier, mein lieber Dahlerus. Ich sondiere die Lage, bereite Hitler auf das Gespräch vor und lasse Sie abholen. Sie wissen, einen Mann wie den Führer möchte man nicht im Pyjama treffen.« Göring kicherte.

Dahlerus schaute ihn entgeistert an.

»Ein Witz, Dahlerus, ein Witz. Bis später.«

Der Schwede stieg aus und betrat das Hotelfoyer. Es war fünf Minuten vor Mitternacht. Zwei Angestellte an der Rezeption warteten auf Nachtschwärmer. Dahlerus nahm auf einem breiten Ledersessel Platz. Er fragte sich, ob es klug war, mitten in der Nacht mit Hitler zu reden. Dieser Mann schien tagsüber schon ein schwerverdaulicher Brocken, wie sollte es erst zu derart ungastlicher Stunde sein?

Während der Schwede vor sich hingrübelte, betraten zwei SS-Männer das Hotel. Sie sondierten das Foyer, gingen auf den Unterhändler zu und salutierten.

»Herr Dahlerus, der Führer lässt bitten.«

9.
Berlin

26. August
Innenstadt, früher Nachmittag

Plan B hieß Leonard, kurz Leo Maybaum, und war einer der wichtigsten V-Männer des elften Dezernats. Krauss hatte ihn selbst angeworben. Maybaum besaß beste Kontakte zu sozialdemokratischen und kommunistischen Widerstandsgruppen und Kampfzellen. Über die Jahre waren sich Krauss und Maybaum allmählich nähergekommen, wechselten gelegentlich private Worte, spürten Sympathie füreinander. Zwischen beiden wuchs etwas heran, das Krauss nicht richtig benennen konnte, dessen Belastbarkeit aber einer harten Probe unterworfen wurde, als er jede Hilfe benötigte, um den »Söhnen Odins« zu entkommen. Er hatte Glück. Maybaum besorgte Krauss, Hanna und dem Jungen erst eine sichere Wohnung und später einen Wagen, um sie außer Landes zu schaffen. Der V-Mann spielte ein gefährliches Spiel, in jeder Hinsicht. Seine Spitzeldienste beruhten auf getürkten Informationen; in Wirklichkeit arbeitete er mit den Gruppen zusammen, die zu bespitzeln er vorgab. Es war ein ständiges Balancieren am Abgrund. Aber Maybaum, ein angesehener Hutmacher, hatte den Intellekt, die Besonnenheit und Intuition, sein gefährliches Doppelleben zu verschleiern. Nur Krauss ahnte etwas von Maybaums wahren Aktivitäten. Als der abtrünnige Sohn Odins ihm sein eigenes Dilemma schilderte, tat der zwanzig Jahre ältere Mann etwas, was gegen alle Vernunft war und ihn sein Leben hätte kosten können: Er offenbarte sich dem Jüngeren, nahm ihn auf wie einen Sohn. Krauss verdankte Maybaum, dass er und Hanna es überhaupt geschafft hatten, Berlin lebend zu verlassen. Was danach mit seinem Retter geschehen war, wusste er nicht.

Für seinen Bruder hatte es keinen Grund gegeben, an Maybaums Loyalität zu zweifeln. Krauss hatte mit ihm nie über den

V-Mann geredet. Wenn er es einem Menschen zutraute, seinen Kopf über Wasser zu halten, dann war es Maybaum. Deshalb setzte er alle seine Hoffnungen auf ihn. Es war ein Schuss ins Blaue, aber das Einzige, was Krauss auf die Schnelle einfiel. Damals unterhielt Maybaum ein kleines Ladenlokal mit Werkstatt am Prenzlauer Berg.

Nach dem Debakel in »Auerbachs Keller« machte sich Krauss auf den Weg dorthin. Die Leichen würden bald entdeckt sein. Edgar würde nicht viel Phantasie brauchen, um die Handschrift zu erkennen, die hinter dem Überfall stand, davon war Krauss überzeugt.

Die Zeit lief ihm davon. Es war bereits später Nachmittag. Er ließ sich mit einem Taxi in die Nähe von Maybaums Hutladen bringen. Dort angekommen, mischte er sich unter die Passanten. Je näher er der Straßenecke kam, hinter der Maybaums Geschäft lag, desto unruhiger wurde er. Als das Ladenlokal endlich in Sichtweite kam, atmete er auf. Der geschwungene Schriftzug auf der Scheibe war immer noch derselbe. »Hüte Maybaum« stand dort zu lesen und kleiner darunter: »Herren & Damen/Erstklassige Zylinder«.

Aufmerksam observierte Krauss die Umgebung, bemühte sich, dabei nicht aufzufallen. Niemand erregte seine Aufmerksamkeit. Scheinbar achtlos spazierte er auf der gegenüberliegenden Straßenseite an dem Laden vorbei. Er passierte einen Bäcker und eine Änderungsschneiderei, auf deren Schaufenster große Judensterne prangten. »Kauft nicht bei Juden!«, stand darunter. Der Laden wirkte dunkel. Einige hundert Meter entfernt überquerte er die Straße und ging zurück. Wieder passierte er Maybaums kleines Geschäft, wieder schien ihm alles unverdächtig. Als er um die nächste Straßenecke bog, spürte Krauss plötzlich, wie Schmerzwellen von seinem Rückgrat durch seinen Körper schossen. Vielleicht hatte ihn Lorzer bei seiner rabiaten Attacke doch verletzt, die alte Wunde gereizt. Ihm wurde schlecht und schwindelig. Seine Hände waren schweißnass. Er zog sich in einen Hauseingang zurück, lehnte sich mit der Stirn gegen die kühle Wand.

Nach zwei Minuten ebbten die Schmerzen langsam ab. Krauss tat so, als studiere er die Klingelschilder. Kurze Zeit später fühlte er sich wieder besser. Er saugte die warme Nachmittagsluft tief in seine Lungen, versuchte sich auf die bevorstehende Begegnung zu konzentrieren. Das Risiko, das damit verbunden war, musste er ausblenden, jeder seiner Schritte beinhaltete ab jetzt eine Gefahr. Außerdem schien die Umgebung sauber, soweit er das beurteilen konnte. Die Menschen, die er beobachtete, hatten ein Ziel. Sie erledigten Einkäufe oder kamen von der Arbeit nach Hause. Niemand war damit beschäftigt, nicht aufzufallen. Natürlich hatte das nichts zu sagen, aber Krauss redete es sich zumindest ein.

An Maybaums Laden angekommen, trat er sofort ein. Die Türglocke bimmelte dezent. Im kleinen Geschäftsraum war niemand zu sehen. Zu beiden Seiten des Raums standen deckenhohe Regale, randvoll mit Kopfbedeckungen, darunter mit Federn verzierte Trachten- und Jagdkappen, einfache Filzmützen, aber auch leichte Strohhüte. Für Frauen gab es elegante Exemplare für die Rennbahn und die Oper. Auf zwei Tischen vor der Fensterauslage stapelten sich Kutscherzylinder, Melonen und Chapeau Claques. Ein schmaler Gang führte in einen hinteren Raum, zur Werkstatt. Maybaum warb damit, jeden noch so ausgefallenen Hutwunsch zu erfüllen. Hinter der Geschäftstheke, auf der sich die Registrierkasse befand, wurde ein Vorhang beiseitegeschoben. Ein etwas beleibter, kleiner Mann betrat den Raum. Trotz der sommerlichen Temperaturen trug er einen Anzug und eine Fliege. Seine Haare lagen wie ein graues Vogelnest um den Schädel. Er blinzelte Krauss durch seine Nickelbrille an.

»Womit kann ich Ihnen helfen?«

Krauss lächelte freundlich. »Hallo, Leo.«

Maybaum wirkte irritiert. Er nahm den Kopf zurück, als müsse er seinen Blick neu justieren, tat einen Schritt und riss die Augen auf. »Richard?«

Krauss schnitt eine entschuldigende Grimasse.

»Richard, du bist es, ich glaube es nicht. Du bist es wirklich.« Maybaum lief auf ihn zu. Die Männer umarmten sich.

»Lass dich mal ansehen. Schmal bist du geworden, vor allem im Gesicht. Aber die Augen. Unverkennbar.« Maybaum schüttelte den Kopf. »Dass ich dich je wiedersehen würde, hätte ich nie gedacht. Und auch noch in Berlin. Was führt dich zu mir?

Etwas Gutes bestimmt nicht, das ahne ich schon. Lass uns nach hinten gehen! Da sind wir ungestört. Ich schließe nur den Laden ab.«

Maybaum verriegelte hastig die Eingangstür und hängte ein »Geschlossen«-Schild hinter die Scheibe. Er legte Krauss einen Arm auf die Schulter und leitete ihn an der Theke vorbei durch die Tür mit dem Vorhang in den dahinter liegenden Raum. Er war zweckmäßig eingerichtet, mit einem alten Eichenholztisch und drei Stühlen, einer kleinen Küchenzeile, einigen Schränken und Regalen an den Wänden. Neben allerlei Dosen, Gläsern und schmutzigem Geschirr hatten sich selbst hierhin ein paar Hüte verirrt. Ein Buch lag aufgeschlagen auf dem Tisch, daneben dampfte eine Tasse mit Kaffee. Krauss nickte in Richtung Tasse.

»Einen Kaffee könnte ich jetzt auch gebrauchen.«

»Den sollst du haben. Nimm Platz, Richard.«

Krauss zog einen Stuhl heran und setzte sich. Er warf einen Blick auf das aufgeschlagene Buch, klappte es kurz zusammen, um Titel und Autor lesen zu können.

»Erich Maria Remarque, ›Im Westen nichts Neues‹. Verfemte Literatur. Du hast dich nicht geändert, Leo.«

Maybaum verlieh seiner Stimme einen übertrieben pathetischen Tonfall. »Gegen literarischen Verrat am Soldaten des Weltkriegs, für Erziehung des Volkes im Geiste der Wehrhaftigkeit! Ich habe die geistlosen Sprüche nicht vergessen, mit denen sie die Werke unserer besten Dichter den Flammen übergeben haben. Zum Glück überdauert wahre Größe solch kleingeistigen Wahnwitz. Ich dachte, es kann nicht schaden, mal wieder Remarque zu lesen. Um sich das vor Augen zu führen, was uns bevorsteht. Mit anderen Worten: Ich habe mich nicht geändert.«

Krauss entspannte sich. Wegen Menschen wie Maybaum lohnte sich das alles, dachte er. Der Hutmacher setzte sich ihm gegenüber an den Tisch, reichte ihm den versprochenen Becher Kaffee. Krauss nahm einen Schluck. Er sprach als Erster in die Stille, die sich nach Maybaums letzten Worten ausgebreitet hatte.

»Wie hast du es nur geschafft zu überleben?«

Jetzt lächelte auch Maybaum. »Dasselbe wollte ich dich gerade fragen.«

Krauss sah dem Älteren in die Augen und meinte darin eine Traurigkeit zu erkennen, die nicht zu dem Wesen des listigen Hutmachers passte, so wie er ihn kannte. Aber was wusste er schon von den Jahren, die vergangen waren?

»Jede Menge Glück. Und gute Menschen.«

»Offiziell giltst du seit damals als tot. Ihr alle drei. Hanna, du und der Junge. Ich habe Edgar nach dir gefragt, aber er hat geantwortet, dein Name würde nicht mehr existieren. Sollte ich ihn noch einmal in den Mund nehmen, wären das meine letzten Worte. Daraufhin habe ich selbst Ermittlungen angestellt. Wie du weißt, habe ich meine Kanäle.«

»Ich weiß. Was hast du herausbekommen?«

»Dass die Chance besteht, dass du und der Junge leben.« Maybaum blickte abwesend in seine Tasse. »Dass es Hanna nicht geschafft hat.«

»Edgar hat sie umgebracht. Ich habe es mit eigenen Augen gesehen.«

»Das muss furchtbar gewesen sein.«

»Es war so, als würde Edgar mich selbst erschießen. An diesem Tag bin ich gestorben, zusammen mit Hanna. Derjenige, der hier vor dir sitzt, ist nicht mehr der Mann, den du kennst. Auch Edgar ist an diesem Tag gestorben, er weiß es nur noch nicht.«

»Sie nennen ihn mittlerweile ›den Schlächter‹. Er ist gnadenlos. Wer in seine Hände gerät, ist verloren. Die Söhne Odins sind gefürchteter denn je. Sie machen sich gar nicht mehr die Mühe, ihre Taten zu verschleiern, so wie die übrige Gestapo. Ich weiß nicht, wie viele ungeklärte Morde auf ihr Konto gehen.«

»Edgar wird dafür bezahlen.«

»Was soll das ändern? Am nächsten Tag sitzt ein neuer Mann auf Edgars Stuhl, und das Morden geht weiter. Du wirst niemanden damit retten, wenn du vorhast, Edgar zu töten.«

»Das stimmt nicht. Ich rette den Jungen.« Krauss sah auf die Tischplatte. »Und mich.« Er seufzte. »Aber wahrscheinlich hast du recht. Wenn man es aus übergeordneter Perspektive betrachtet, wird sich nichts ändern.«

Maybaum taxierte ihn lange. »Dem Jungen geht es also gut? Wo hast du ihn untergebracht?«

»Er ist in guten Händen. Wenigstens das habe ich noch hingekriegt. Er weiß nichts von dem, was vorgefallen ist, nichts von seiner Herkunft. Er wächst auf wie ein ganz normaler Junge. Er ist ein ganz normaler Junge.«

»Wie alt ist er jetzt?«

»Er wird sechs.«

»Hast du regelmäßig Kontakt?«

Krauss schaute ihn irritiert an. »Wieso willst du das alles wissen?«

Maybaum hob entschuldigend die Hände. »Ich habe euch damals aus Berlin gebracht. Hast du das vergessen?«

»Natürlich nicht. Verzeih mir. Ich glaube, ich bin in den vergangenen Wochen einfach zu misstrauisch geworden. Vor allem seit der Sache mit Bensler.«

»Bensler? Was hast du mit dem Widerling zu schaffen?«

»Ich habe versucht, ihn auszuschalten. Er war mit einem Kommando in London, um dort nach einem etwaigen Kriegsausbruch für Unruhe zu sorgen. Es war dummer Zufall, der ihn mir in die Hände gespielt hat. Aber ich hab's versaut. Bensler hat überlebt. Und Edgar informiert, da bin ich mir sicher.«

»Weiß er, dass der Junge lebt?«

»Er weiß gar nichts, er wird sich jedoch seinen Teil denken. Bensler ist zwar ein Monstrum, aber kein Vollidiot. Er wird alles daransetzen, den Jungen zu finden. Ohne mich hat er allerdings keine Chance.«

»Und du bist nicht mehr in London, sondern in Berlin.«

»So ist es.« Krauss spielte mit seiner fast leeren Tasse. »Leo, du musst mir helfen.«

»Habe ich mir fast gedacht, dass du mich nicht nur wegen der alten Zeiten besuchst.«

»Wie sieht es mit deinem Kontakt zu Edgar aus? Setzt er dich noch ein? Wie hast du es geschafft, so lange durchzuhalten?«

»Soll ich dir mal was sagen? Ich weiß es selbst nicht. Einige Wochen, nachdem du verschwunden warst, ist er wieder bei mir aufgetaucht. Da habe ich gedacht, jetzt ist es vorbei, jetzt musst du bezahlen. Aber abgesehen davon, dass er mir verboten hat, deinen Namen noch einmal zu benutzen, war alles wie sonst. Er hat mich ausgefragt, mir ein paar Aufträge gegeben. So ging es die ganzen Jahre. Wobei er und seine Leute sich immer seltener bei mir haben blicken lassen. Aus irgendeinem unerfindlichen Grund lässt er mich gewähren. Noch einen Kaffee?«

»Gerne.«

Maybaum erhob sich und klapperte mit dem Wasserkessel. Er zog eine Schublade auf. »Ich muss eben Filtertüten aus der Werkstatt holen, bin sofort wieder da.«

Der Hutmacher verschwand hinter dem Vorhang. Krauss grübelte vor sich hin. Irgendwie machte Maybaum auf ihn nicht den Eindruck eines Mannes, der von seinem Erscheinen völlig überrascht war. Nach der ersten, kurzen Irritation hatte er sich schnell wieder gefangen. Und er hatte kaum nach Hanna gefragt, nach der Zeit in Frankreich, obwohl er ihr damals eng verbunden gewesen war. Krauss wollte Maybaum trauen, aber es fiel ihm zunehmend schwerer.

Nach drei Minuten kehrte der Hutmacher ohne Filtertüte zurück.

»In der Werkstatt waren auch keine mehr. Trinken wir den Kaffee eben ungefiltert.«

Krauss sprach zu Maybaums Rücken. »Verschweigst du mir was?«

Der Hutmacher drehte sich hastig um, zu hastig für Krauss' Geschmack. »Was sollte ich dir verschweigen? Spinn nicht herum, Richard. Mein Kopf steckt genauso in der Schlinge wie deiner. Wenn Edgar erfährt, dass ich dir geholfen habe, bin ich dran. Da gibt es kein Pardon.«

»Schon gut. Weißt du, wo Edgar mit seiner Familie wohnt?«

»Was willst du tun? Gleich die gesamte Familie auslöschen?«

»Das lass meine Sorge sein.«

»Das kann ich nicht. Wenn ich dir die Adresse nenne, hänge ich mit drin. Dann klebt ihr Blut auch an meinen Händen. Bei Edgar ist mir das egal, aber nicht bei unschuldigen Kindern.«

»Edgar hat sich einen Teufel um Schuld oder Unschuld geschert.«

»Aber du bist nicht Edgar.«

»Ich bin sein Bruder.«

»Du hast ins Leben zurückgefunden, hast wieder gelernt, zwischen Recht und Unrecht zu unterscheiden. Warum willst du das einfach wegwerfen?«

»Ich will gar nichts wegwerfen. Es macht mich nur zornig, wenn ich sehe, dass wir mit Edgar eigentlich viel zu gnädig umgehen. Diese Bestie hätte es verdient, dass man seine Kinder vor seinen Augen schlachtet. Aber dazu sind wir nicht fähig, weil wir uns einen Rest Menschlichkeit bewahrt haben. Er wird also besser davonkommen als diejenigen, die er auf dem Gewissen hat. Sie durften nicht mit Gnade rechnen. Natürlich werde ich Hilde und den Kindern nichts antun, Leo.«

»Du bist eben ein Mensch, kein Mörder.«

»Manchmal bin ich mir da nicht sicher, Leo. Die Schuld, die ich auf mich geladen habe, ist erdrückend. Eines Tages werde ich dafür büßen müssen.«

Mit einem Ruck wurde der Vorhang beiseitegeschoben.

»Vielleicht kommt der Tag schneller, als du denkst.«

Es war nicht Maybaum, der das sagte. Zwei Männer zielten mit Pistolen auf Krauss und den Hutmacher. Der eine der beiden Männer trug einen eleganten Anzug, hatte hellblonde, gescheitelte Haare und in etwa Krauss' Körpergröße. Seine Augen waren von einem tiefen, warmen Blau. Er sah aufgeschlossen und sympathisch aus, vor allem, wenn er, wie jetzt, über das ganze Gesicht strahlte.

»Hallo, Bruderherz, lange nicht gesehen.«

Krauss sagte nichts, starrte ihn nur finster an. Die erste Begegnung mit seinem Bruder hatte er sich anders vorgestellt. Edgar richtete die Waffe auf den Hutmacher. Maybaum ruckelte auf seinem Stuhl herum.

»Du darfst dich bei deinem sauberen Freund hier bedanken. Ich habe gewusst, dass er mir eines Tages nützlich sein könnte. Man muss sich eben gedulden können. Du siehst, es zahlt sich aus.«

Maybaum wirkte verzweifelt. »Richard, vor einer Woche stand er plötzlich im Laden und hat damit gedroht, meine Familie zu töten. Was sollte ich denn tun? Jahrelang lässt er mich in Ruhe, und plötzlich stürzt die Welt über mir zusammen. Ich hatte keine Wahl.«

Krauss rührte sich nicht. Sein Bruder beobachtete ihn genau.

»Überlege dir sehr gut, was du tust, Richard. Vorne warten weitere Männer, draußen noch ein halbes Dutzend. Du kommst hier nicht lebend raus. Und Leo auch nicht. Sei kein Idiot. Nimm die Hände hinter den Kopf und lass dich entwaffnen. Danach gehen wir zu mir und reden in aller Ruhe. Nur wir beide. Ein Gespräch unter Brüdern. Die Dinge sind nicht so, wie du glaubst. Es gibt immer einen Weg zurück.«

»Für Hanna gibt es diesen Weg nicht.« Krauss sprach leise, jede Silbe eine Anklage. Er suchte in den Augen seines Bruders etwas, das sie verband, aber er fand nichts.

Edgars Stimme klang versöhnlich. »Wir alle begehen Fehler, Richard. Ich habe einen gemacht, und das tut mir leid. Du hast einen gemacht. Man muss die Größe besitzen zu verzeihen. Das zu lernen, dauert manchmal Jahre.«

»Da würde ein ganzes Leben nicht ausreichen. Dass du das Wort Verzeihung überhaupt in den Mund nimmst. Einem Tier kann ich verzeihen, weil es nur seinen Instinkten folgt. Du aber mordest, weil es dir Spaß macht. Was du getan hast, ist unverzeihlich.«

»Verbohrt wie eh und je, mein Brüderchen. Lass uns das in Ruhe klären. Steh auf!«

Edgar wackelte ungeduldig mit seiner Luger, was seinen Bruder veranlasste, die Hände hinter den Kopf zu heben. Der Mann, der mit Edgar den Raum betreten hatte, griff von hinten in Krauss' Schulterhalfter und nahm die 45er heraus. Danach tastete er die Taschen ab und nahm die Walther und den Totschläger an sich.

»Hände auf den Rücken!«, befahl er.

»Nicht so unfreundlich, Müller. Das ist schließlich mein Bruder.«

Müller legte Krauss Handschellen an und führte ihn in Richtung Vorhang.

Edgar blickte mitleidig zu Maybaum. »Tja, Leo. Auftrag erfüllt.«

Maybaum schaute in die Ferne. »Ich hoffe, Sie stehen zu Ihrem Wort.«

»Ich stehe immer zu meinem Wort.«

Der Anführer der »Söhne Odins« hob seine Waffe, zielte auf Maybaums Kopf und drückte ab. Der Hutmacher flog vom Stuhl. Edgar betrachtete ihn interessiert. Er schüttelte leicht den Kopf. »Ich habe ihm nie über den Weg getraut. Aber ich war mir sicher, dass er mir eines Tages nützlich sein könnte.« Er tippte sich mit dem Zeigefinger an die Nase. »Es gibt kein feineres Näschen für Verrat.«

Krauss' Augen ruhten auf dem toten Maybaum.

Sein Bruder lächelte ihn an. »So, Bruderherz. Jetzt verrate mir mal, wo du Hitlers Sohn versteckt hast.«

10.
Berlin

27. August
Reichskanzlei, nach Mitternacht

Adolf Hitler hatte die Hände hinter dem Rücken verschränkt, den Kopf leicht in die Höhe gereckt und sich so zur Tür postiert, dass er seitlich über die Schulter blickte. Er trug einen schlichten Uniformrock, den rechten Oberarm zierte eine rote Binde mit Hakenkreuz. Etwa drei Meter von ihm entfernt stand Hermann Göring, auch er schaute in Richtung des Besuchers, der zu dieser frühen Stunde den Führer in dessen Arbeitszimmer konsultierte. Auf Birger Dahlerus – den Mann, dessen Botschaft so wichtig war, dass sie keinen Aufschub bis zum Morgen duldete – wirkte der Empfang wie eine billige Schmierenkomödie. Es fiel ihm schwer zu glauben, dass der selbsternannte Führer des Deutschen Reiches diesen theatralischen Auftritt tatsächlich ernst meinte; wie es sonst gemeint sein sollte, wusste er jedoch genauso wenig zu sagen. Es war Dahlerus' erstes Zusammentreffen mit Hitler, und schon nach den ersten Schritten in dessen Arbeitszimmer wünschte der Schwede sich, es möge bald beendet sein. Er versuchte, seinem Buchhaltergesicht nichts anmerken zu lassen, trat entschlossen vor und grüßte die Heimsuchung Europas.

»Guten Morgen, Eure Exzellenz.«

Hitler löste sich aus seiner Starre, senkte den Kopf um einige Millimeter, lächelte kaum merklich und bot Dahlerus die rechte Hand. »Seien Sie willkommen, Herr Dahlerus. Göring hat mir viel von Ihnen erzählt. Ich weiß es zu schätzen, was Sie für das deutsche Volk tun, und bin Ihnen dankbar dafür. Jeder Mann, der sich für Deutschland einsetzt, wird dereinst einen Platz finden in unserer Gemeinschaft. Aber nehmen Sie doch bitte Platz, Herr Dahlerus. Sie auch, Göring.«

Hitler wies auf zwei Stühle, die um einen kleinen Tisch in einer

Ecke des Raumes gruppiert waren. Es war der Platz, an dem der Diktator gerne seinen Tee trank und die Morgenzeitungen las – meistens erst am Nachmittag, weil er selten vor elf Uhr das Bett verließ. Eine Besprechung nach Mitternacht war für ihn nichts Ungewöhnliches, im Gegenteil. Es entsprach seinem Naturell. Dahlerus, der das nicht wusste, wunderte sich, dass Hitler keine Spur von Müdigkeit zeigte.

Während der Schwede und Göring sich setzten, blieb der Führer stehen und starrte auf einen Punkt, der außerhalb des Raumes zu liegen schien. Die Hände hatte er wieder hinter dem Rücken verschränkt. Unvermittelt – Dahlerus hätte in die Stille hinein beinahe nach Halifax' Brief gefragt – begann Hitler zu reden. Seine Stimme besaß etwas seltsam Metallisches, als schleiften seine Stimmbänder über ein rostiges Getriebe.

»Nichts ist mir zugefallen, alles musste ich mir erkämpfen. Jeder Rückschlag hat mich stärker gemacht, hat die Kraft in mir entfesselt, die es mir möglich macht, Deutschland wieder zu alter Größe zu führen. Was mich nicht getötet hat, hat mich nur härter gemacht. Die rote Reichsregierung wollte mich damals niederdrücken, wollte mich zerquetschen wie ein lästiges Furunkel, indem sie mich in die Festung sperrte. Am Ende war ich es, der sie zerquetschte. Mit der Legitimation des Volkes. Weil es sehr schnell begriff, dass nur einer es von der Tyrannei imperialistischer Mächte befreien kann, dass nur einer seine Not lindert und ihm den Lebensraum verschafft, den es verdient.«

Dahlerus fragte sich, was das mit der aktuellen Lage zu tun hatte, die zu diskutieren er sich eigentlich in der Reichskanzlei befand. Bisher hatte Hitler mit keinem Wort Halifax' Brief erwähnt. England, Polen, der bevorstehende Krieg, nicht eines der brennenden Themen wurde angesprochen. Dahlerus sah fragend zu Göring herüber, doch der schaute seinen Führer an. Mit glänzenden Augen, so schien es dem Schweden.

Hitler fuhr fort. »Immer wieder aufs Neue musste ich mich der Versuche erwehren, mir die vom Volk geschenkte Macht zu entreißen. Denken Sie nur an die von feigen Kommunistenhänden entzündeten Flammen, die den Reichstag verzehrten. Oder an den scheinheiligen Verräter Ernst Röhm – eine giftige Schlange, die ich jahrelang treuherzig an meiner Brust genährt habe. Es wird mir jetzt noch speiübel, wenn ich daran denke. Alle mussten sie bezahlen für ihre frevelhaften Taten, weil es keine Gnade gibt für diejenigen, die ihre Hand gegen das deutsche Volk erheben. Es ist nur meinem Weitblick und meiner Menschenkenntnis zu verdanken, dass alle diese Versuche, mich auf meinem Wege zu stoppen, im Keime erstickt wurden. In meinen Adern fließt das Blut des deutschen Volkes, und es ist meine mir von der Vorsehung gegebene Aufgabe, dieses Blut rein zu halten von aufrührerischen Elementen. Wer das deutsche Volk zerstören will, muss damit rechnen, selbst zerstört zu werden.«

Hitler hatte eine Hand zur Faust geballt, hielt sie vor sein Gesicht und betrachtete sie, als verstecke sich darin etwas Widerwärtiges. Seine Wangen glänzten. Er drehte sich abrupt zu Dahlerus herum.

»Kommen wir auf England zu sprechen. Ein arrogantes Volk. Die Engländer halten sich für die Herren der Welt, dabei ist ihnen die Welt längst entglitten. Ihr Dünkel hat sie schwach gemacht, faul und dekadent. Es gab eine Zeit, da waren sie aus anderem Holz geschnitzt, da habe auch ich zu ihnen aufgesehen. Weil wir dieselben Urahnen besitzen, derselben nordischen Rasse entstammen. Als der Stamm sich über Europa verteilte, suchten die einen eine Heimat in Germanien, die anderen verschlug es auf die Insel. In gewissem Sinne sind wir also Brüder. Doch das ist lange her. Brüder schlagen unterschiedliche Wege ein, aber derjenige, den das englische Volk gewählt hat, ist ein Irrweg. Jahrelang habe ich mich bemüht, England an meine Seite zu bringen, so wie sich ein verliebter Freier abstrampelt, seiner Braut das Ja-Wort abzuringen, doch es ist mir nicht gelungen. England benimmt sich störrisch und herrisch wie eine Herzogin, die sich auf ihrem Schloss unangreifbar wähnt. Aber beim ersten Schritt über den Schlossgraben wird sie von ihren Untergebenen erschlagen. Das britische Weltreich ist längst zerfallen, die Armee ein Schatten ihrer selbst. Nur über die Flotte bezieht England seine Macht, doch eine Flotte reicht in der heutigen Zeit nicht aus, um die Welt in Schach zu halten. Niemals! Trotzdem ist England nicht bereit, sich auf unsere Seite zu schlagen. Warum? Weil diese angeborene

Arroganz, dieser Dünkel so dominant ist, dass England seine Freunde nicht mehr von seinen Feinden unterscheiden kann. Was wäre das für eine Allianz gewesen, wenn Deutschland und England zueinander gefunden hätten? Das Aus für Kommunisten und Bolschewiken. Jetzt dreht sich die Welt andersherum, jetzt mussten wir uns mit den Bolschewiken verbünden, und das britische Reich wird zu Asche zerfallen. Das englische Volk hat das deutsche nicht mehr als Freund verdient, weil es den Blick für die Wirklichkeit verloren und sein Blut vermischt hat. England ist nur noch ein Bastard.«

Hitler redete sich allmählich in Rage, nahm dabei keine Notiz von seinen Gästen. Dahlerus hörte zunehmend unwilliger zu. Er hatte das Gefühl, einer Inszenierung beizuwohnen, in der ihm die Rolle des gefügigen Beobachters zugedacht war. Das war nicht nach seinem Geschmack. Bevor Hitler erneut loslegte, ergriff der Schwede das Wort.

»Eure Exzellenz, bei allem Respekt, aber ich muss entschieden widersprechen.«

Göring sah Dahlerus an, als sei ihm gerade erst bewusst geworden, dass der Schwede überhaupt einer verständlichen Sprache mächtig sei.

Hitler runzelte irritiert die Brauen, hob den Kopf wieder auf Begrüßungsniveau und neigte den gesamten Oberkörper leicht nach vorne. In seinem Gesicht las Dahlerus vor allem eine Frage: Was will dieser Mensch von mir?

Hitlers Ton hatte etwas Blasiertes. »Nun?«

»Wie Sie wahrscheinlich von Herrn Göring wissen, habe ich mehr als zehn Jahre meines Lebens in England verbracht. Während dieser Zeit hatte ich das Glück, Menschen aus allen sozialen Schichten kennenzulernen. Etliche nenne ich heute meine Freunde. Aber auch den meisten derjenigen, denen ich nicht freundschaftlich verbunden bin, zolle ich meine Hochachtung. Die Engländer sind keineswegs, so wie Sie es darstellen, von Arroganz zerfressen, sondern freundliche, fleißige und fromme Menschen. Sie verwechseln Stolz mit Arroganz. Die Engländer sind stolz auf ihr Land und ihre Geschichte, und so gehen sie durchs Leben. Sie arbeiten hart, sind zäh und beharrlich, sonst hätten sie nicht das erreicht, was sie erreicht haben. Ich kann diesen Menschen nur meinen uneingeschränkten Respekt zollen.«

Hitler musterte den Schweden von oben bis unten. »Ihr Plädoyer für die Briten imponiert mir, Herr Dahlerus. Wo genau haben Sie in England gearbeitet?«

»Bei Simplex Motorworks in Sheffield. Gewohnt habe ich in Tinsley, bei gewöhnlichen Arbeitern. Es war eine außerordentliche Erfahrung. Man hat mich herzlich aufgenommen und anstandslos integriert.«

»Erzählen Sie! Was hat Sie besonders beeindruckt, wie unterscheidet sich Ihrer Meinung nach der Typus des Engländers von dem des Deutschen?«

»Meiner Meinung nach sind sie sich sehr ähnlich. Vielleicht identifiziert man sich in England noch mehr mit dem, was man tut und was man ist. Selbst der einfache Arbeiter kann sich für seinen Job begeistern, und er steht treu zu dem Unternehmen, das ihn beschäftigt. Er ist anspruchslos, was sein tägliches Leben betrifft, und findet noch im Geringsten eine Zufriedenheit, die eine Gemeinschaft zusammenhält. So habe ich es zumindest erlebt, und das waren keine Eindrücke von ein paar Tagen, sondern über acht Monate hinweg. Außerdem bin ich mit dem Fahrrad durch Schottland gereist, habe mir also noch mehr Anschauung direkt vor Ort verschafft.«

»Über die Unfähigkeit, ein Land so zu regieren, dass es einheitlich denkt und handelt? Oder die Langeweile von Lords, die es vorziehen, zu Pferde hinter Füchsen herzujagen, anstatt ihrer Gemeinde zu dienen?«

»Da liegen Sie vollkommen falsch«, erwiderte der Schwede. »Stattdessen habe ich ein Projekt entdeckt, wo sich Unternehmertum und Gemeinsinn auf das Idealste verbinden. In Port Sunlight ist eine großzügige Arbeitersiedlung entstanden, die aus den Gewinnen der Firma Lever Brothers mitfinanziert wird. Trotz ihres nicht gerade üppigen Einkommens leben die Menschen dort in sicheren und geordneten Verhältnissen; ihr Wohlstand beruht auf der Erkenntnis, dass derjenige, der mehr besitzt als die anderen, auch mehr tun muss, um die Gemeinschaft zu fördern.«

Hitler zupfte sich einen Krümel von der Jacke. Sein anfängliches Interesse war einer gewissen Abwesenheit gewichen. Dahlerus ahnte, dass es nicht einfach sein würde, diesen Mann dazu zu bringen, einen konstruktiven Dialog mit England zu suchen. Von einem deutsch-britischen Abkommen ganz zu schweigen.

»Glauben Sie wirklich, so ein Modell setzt sich durch? Der Mensch muss Ziele haben im Leben, sonst legt er sich zur Ruhe. Er braucht etwas, wonach er streben kann. Vollkommenheit zum Beispiel. Diese Menschen, die Sie mir beschreiben, werden wir mit einem Handstreich hinwegfegen. Sie haben es verlernt zu kämpfen«, erklärte Hitler.

»Das sehe ich anders, Eure Exzellenz. Mit solchen Menschen und solchen Ideen können Sie ein starkes und gesundes Europa bauen, in dem alle friedlich miteinander leben. Untüchtige Individuen finden Sie überall, selbst in Ihrem eigenen Land. So etwas hat nichts mit Nationalität zu tun, sondern mit Charakter.«

Hitler stach mit seinem rechten Zeigefinger durch die Luft. Sein Schnurrbart zitterte, als er sprach. »Der Deutsche hat den besten, stärksten und reinsten Charakter, den man sich nur wünschen kann. Niemand wird ihn in die Schranken weisen, und niemand kann ihm das Wasser reichen. Deshalb brauchen wir auch niemanden, und schon gar nicht die Briten. Der Brite ist, wenn er nicht gerade in seiner kolonialen Hängematte schaukelt, streitsüchtig, reizbar und rüpelhaft.«

Dahlerus verabschiedete sich von seiner diplomatischen Vorsicht. Bei diesem Mann galten andere Regeln, seine Gedanken sprangen so wild umher wie tollwütige Kaninchen. »Das wäre umso mehr ein Grund, den Dialog zu suchen, Eure Exzellenz. Sie wollen sich doch nicht mit einer Armee von Rüpeln anlegen.«

Hitler, der während der letzten Worte unruhig auf und ab gegangen war, blieb plötzlich stehen. Er starrte Dahlerus einige Sekunden lang finster an, sprach dabei kein einziges Wort. Dann brach er in höhnisches, abgehacktes Gelächter aus. »Glauben Sie, die Deutschen haben Angst vor den Briten? Vor einer Horde von betrunkenen Raufbolden, von aufgeblasenen Eseln? Das ist doch lächerlich. Die Briten haben der Deutschen Wehrmacht nichts entgegenzusetzen. Allein die Luftabwehr Berlins ist so stark wie die des gesamten Königreiches. Meine Luftflotte ist unüberwindbar. Göring wird das bestätigen. Wir legen London in Schutt und Asche, und kein Engländer wird uns daran hindern.«

Göring schnaufte. Dahlerus sah ihn an, aber der Feldmarschall blickte wie andächtig auf seinen Führer. Kein Wort des Widerstands, der Mäßigung kam über seine Lippen. Der Schwede fand seine schlimmsten Befürchtungen bestätigt.

Hitler deklamierte weiter. »Die deutsche Armee wird den Feind überrollen. Niemand ist darauf vorbereitet. Deutsche Waffen durchdringen jeden Schutzschild. Gegen unsere Panzer kann kein feindliches Geschütz etwas ausrichten. Der deutsche Soldat ist besser ausgebildet als jeder andere. Er weiß in jeder Sekunde, was zu tun ist, er kennt keine Angst, weil seine Waffen denen seiner Gegner haushoch überlegen sind. Er stößt blitzschnell vor und fügt dem Feind hohe Verluste zu, und er zieht sich rechtzeitig zurück, um den Attacken des Gegners auszuweichen. So ist er nie zu fassen und gleichzeitig eine nie nachlassende Pein.«

Hitler sprach mittlerweile völlig monoton, die Stimme quoll schnarrend aus dem Brustraum. Ab und an bellte er einen Satz hinaus. Die Hände bewegte er ruckartig, als wolle er die Luft zerteilen. Dahlerus schien es so, als werfe Hitler, während er sprach, einen abschätzenden Blick in einen mannshohen Spiegel, der neben seinem Schreibtisch an der Wand angebracht war. Er kontrolliert seine Posen, dachte der Schwede, und ihm gefällt, was er sieht.

Der Führer redete unaufhörlich weiter. »Die deutschen Panzer halten jedem Geschoss der Welt stand. Britische und französische Panzer aber werden von deutschen Granaten durchbohrt – durchbohrt! Die deutsche Flotte ist der britischen vielleicht zahlenmäßig unterlegen, aber ein deutsches Schiff ist gut für zehn britische. Was die Kreuzer nicht versenken, versenken die U-Boote. Britischer Stahl ist minderwertig. Ich habe die Luftwaffe angewiesen, Bomben zu laden, die jeden Schiffspanzer durchschlagen. Jeden Schiffspanzer! Wenn die Schlacht geschlagen ist, liegt die britische Flotte da, wo sie hingehört: auf dem Meeresgrund.« Hitler wies triumphierend auf den Teppich zu seinen Füßen. Er sah Dahlerus an, als wolle er ihn zu einem Duell herausfordern.

Der Schwede ließ sich nicht einschüchtern. Er nahm den Schlagabtausch an. »Sie scheinen vergessen zu haben, wie der letzte Weltkrieg verlaufen ist. Ohne eine starke Flotte ist den Briten nicht beizukommen. Wenn England und Frankreich sich verbünden, sieht sich Deutschland einer undurchdringlichen Blockade gegenüber. Außerdem müssen Sie davon ausgehen, dass beide Mächte in den vergangenen Jahren sehr tätig waren, was die Kriegsproduktion angeht. Vielleicht ist die englische Armee noch nicht ganz so weit wie die deutsche, das kann ich als Privatmann schlecht beurteilen, aber sie wird schnell aufholen. Und was den Engländern an Waffen fehlt, gleichen sie durch Kampfmoral wieder aus. Ich glaube kaum, dass Deutschland ungeschoren davonkommt.«

Hitler hatte während der letzten Sätze von Dahlerus angefangen, leise vor sich hinzumurmeln. Ab und an sah er den Schweden aus den Augenwinkeln angestrengt an, als müsse er sich konzentrieren, wer dort spricht. Als Dahlerus schwieg, brach Hitlers Gemurmel ab. Ein Zucken lief durch seinen Körper. Plötzlich brach es aus ihm heraus, als würde ein Kessel explodieren. Er schrie, seine Stimme überschlug sich, Speichel spritzte zwischen seinen Lippen hervor.

»Deutschland ist unbesiegbar!«

Die Worte erfüllten den Raum, verhallten zwischen den opulenten Ölschinken, die überall an den Wänden hingen. Dahlerus zweifelte nicht nur an Hitlers, sondern auch an seinem eigenen Verstand. Was hatte er hier bei einem Wahnsinnigen verloren? Erneut suchte er Augenkontakt zu Göring, erneut scheiterte er. Der Feldmarschall wirkte abwesend. Er wusste, dass Deutschland von jemandem regiert wurde, der offenkundig unzurechnungsfähig war. Aber er ließ es geschehen. Dahlerus schauderte. Wie sollte er in dieser Konstellation etwas erreichen? Wie Vereinbarungen erzielen, die über den Moment hinaus, in dem sie verabredet wurden, Bestand hatten?

Hitler ballte eine Hand zur Faust und sprach, als ob er von einer Bühne ins Publikum deklamierte. Die Worte fielen dumpf in den Raum und blieben dort liegen wie stinkende Fladen. »Niemand kann dieser Armee standhalten, niemand! Dieses Land ist für den Krieg bestimmt, es ist sein Schicksal, seine Zukunft. Wir werden jeden Gegner vernichten! Gibt es Krieg, werde ich U-Boote bauen,

U-Boote, U-Boote, U-Boote. U-Boote! Ich werde Flugzeuge bauen, Flugzeuge, Flugzeuge, Flugzeuge. Ich werde Panzer bauen, Panzer! Niemand hält diese Armee auf, niemand! Niemand!«

Hitler hatte seinen monumentalen Schreibtisch erreicht und stützte sich erschöpft ab. Er keuchte, als hätte er einen Hundertmeterlauf hinter sich gebracht, und strich sich die Haare, die ihm ins Gesicht gefallen waren, mit der Hand zurück. Weder Göring noch Dahlerus sagten ein Wort. Der Schwede fragte sich, wo die Vorstellung, die Hitler lieferte, noch hinführen mochte. Er versuchte, das absurde Schauspiel zu durchdringen, gab es aber auf.

Nach einigen Minuten atmete Deutschlands Führer wieder ruhiger. Über seinen Schreibtisch gebeugt, sprach er wie in Trance weiter. »Ich habe keine Angst vor einem Krieg, genauso wenig wie mein Volk. Es bewundert mich, vertraut und folgt mir blind. Ich werde es nicht ins Verderben führen, sondern in ein neues Leben. Wir werden nicht eher ruhen, bis Deutschlands Feinde besiegt sind. Und ist der Weg noch so lang, wir gehen ihn unbeirrt. Wenn uns etwas fehlt, werden wir verzichten, und ich werde dabei der Erste sein. Wenn mein Volk dürstet, dürste auch ich. Wenn mein Volk darbt, darbe auch ich. Wenn mein Volk hungert, hungere auch ich. Das wird allen Ansporn genug sein.«

Hitler wirbelte zu Dahlerus und Göring herum. Er zitterte am ganzen Körper. Seine Augen irrten wild herum. Plötzlich schlug er sich mit der Faust auf die Brust und schrie: »Wenn es keine Butter mehr gibt, bin ich der Erste, der aufhört, Butter zu essen. Butter. Zu. Essen. Wenn der Feind sich jahrelang nicht geschlagen gibt, halten wir eben ein Jahr länger durch. Das deutsche Volk wird mir auf diesem Weg folgen, das deutsche Volk ist allen überlegen. Ich bin allen anderen überlegen.«

Mit einem lauten Seufzer beendete Hitler seinen Ausbruch. Er stierte selig in die Ferne, auf einen Punkt weit außerhalb des Zimmers. Dahlerus fragte sich, was Hitler dort sah. Er war entsetzt, verwirrt, bestürzt. Dass es schwierig werden würde, hatte er erwartet. Aber das übertraf alle seine Befürchtungen. Er musste einem Irren die Welt erklären. Noch wusste er nicht wie. Hitler löste sich aus seiner Starre und verschränkte wieder die Arme hinter dem Rücken. Er räusperte sich, ging zum Tisch, an dem sein

Feldmarschall und der Schwede saßen, zog einen freien Stuhl zu sich heran und nahm Platz. Er legte die Hände in den Schoß und richtete das Wort an Dahlerus. Zu dessen Überraschung klang Hitlers Stimme völlig normal. »Sie als Kenner der englischen Denkart. Bitte erklären Sie mir eins: Warum kommen England und Deutschland nicht zusammen? Warum scheitern alle unsere Bemühungen, miteinander zu kooperieren?«

Der Schwede fühlte sich überfordert. Wie ehrlich konnte man einem Mann gegenüber sein, dessen Einschätzungen der Lage so entfernt von der Realität waren wie der Mond von der Erde? Wie weit durfte er mit seiner Kritik gehen, ohne dass ihn der Jähzorn Hitlers traf und alle seine Bemühungen zunichte machte? Er entschied sich, gleichzeitig so vorsichtig und so deutlich wie möglich zu sein.

»Exzellenz, aufgrund meiner eingehenden Kenntnis des englischen Volkes, seiner Mentalität und seiner Einstellung gegenüber Deutschland muss ich es als meine bestimmte Auffassung bezeichnen, dass diese Schwierigkeiten nach meiner Überzeugung in einem Mangel an Vertrauen in Sie persönlich und Ihre Regierung begründet sind.«

Der Führer streckte ruckartig den rechten Arm zum Hitler-Gruß aus, schlug sich mit der Linken auf die Brust und sprach mit empörtem Tonfall. »Nie in meinem Leben habe ich je eine Unwahrheit gesagt. Idioten, die das behaupten!«

Dahlerus hob beschwichtigend die Hände. »In der Politik ist es wie in der Geschäftswelt. Fehlt das gegenseitige Vertrauen, ist es für beide Seiten schwierig, einen Vertrag abzuschließen. Also muss man versuchen, dieses Vertrauen wiederherzustellen.«

Hitler schürzte die Lippen. Er blickte einen Moment auf die Tischplatte, dann fixierte er den Schweden. »Ich habe Ihnen meine Position dargelegt. Nun sind Sie in der Lage, sie der englischen Regierung zu erklären. Ich möchte, dass Sie in meinem Auftrag nach England reisen und dies übernehmen. Vielleicht können Sie den Briten klarmachen, was sie erwartet, wenn sie sich mit mir einlassen. Aber sagen Sie ihnen bitte, es wäre mir lieber, wenn wir zu einer Verständigung kommen.«

»So leid es mir tut, Exzellenz, aber ich muss Sie enttäuschen.

Als Privatmann eines neutralen Landes liegt es nicht in meinen Möglichkeiten, in Ihrem Auftrag zu reisen. Wenn die englische Regierung gewillt ist, von mir den Inhalt des Gespräches wiedergegeben zu bekommen, so bin ich gerne bereit, dies zu tun. Ich möchte aber darauf hinweisen, dass über wesentliche Punkte bisher nicht gesprochen worden ist und dass ich keineswegs nur meine Eindrücke referieren möchte. Sie müssen verstehen, dass der Spielraum für fehlerhafte Interpretationen dabei viel zu groß ist. Wenn Sie den Briten ein Angebot machen wollen, müssen Sie die Eckpunkte schriftlich fixieren. In der Geschäftswelt wird genauso verfahren. Ich denke, wenn es um Krieg oder Frieden geht, bleibt gar keine andere Alternative. Zum Beispiel fehlt mir eine klare Einordnung Ihrerseits dazu, wie Sie mit dem polnischen Korridor und Danzig verfahren wollen.«

Hitler lächelte. Nach den Hasstiraden und Schreiattacken kam dies so unvermittelt, dass Dahlerus fast erschrak. »Sie sind ein schlauer, weitblickender Mann, Herr Dahlerus. Ich respektiere das. Göring, holen Sie einen Atlas.«

Hitler wedelte abfällig mit der Hand. Der Feldmarschall, der die ganze Zeit reglos auf seinem Stuhl gesessen und nicht eine Bemerkung von sich gegeben hatte, sprang wortlos auf und ging zum Regal hinter Hitlers Schreibtisch. Er zog einen Atlas hervor, nahm einen Rotstift vom Schreibtisch und kehrte mit beidem zurück. Hitler blätterte eine Karte von Deutschland und Polen auf, riss sie heraus und reichte sie Göring. Der Feldmarschall markierte mit dem Filzstift die polnischen Gebiete, die künftig unter deutscher Hoheit stehen sollten. Es war eine Sache von Sekunden. Göring reichte Dahlerus das Blatt. Der Schwede sah ihn irritiert an. Hitler machte eine Geste, dass es genug sei.

»Schriftlich werden Sie nicht mehr von mir bekommen. Aber ich bin gerne bereit, Ihnen noch ein paar Punkte zu erläutern.« Der Führer holte tief Luft und rasselte seine Forderungen herunter. »Erstens: Deutschland wünscht einen Pakt mit England, der alle strittigen politischen und wirtschaftlichen Fragen löst. Zweitens: England hilft Deutschland, den Korridor nach und die Stadt Danzig selbst zu bekommen, mit Ausnahme eines Freihafens. Die Briten erhalten einen Korridor nach Gdingen und Gebiet um die Stadt herum. Drittens: Deutschland garantiert Polens Grenzen. Viertens: Deutschland wünscht seine Kolonien von England zurück oder im Ausgleich dafür andere Kolonien. Wir müssen unseren Rohstoffbedarf sichern. Fünftens: Die deutsche Minderheit in Polen muss Garantien erhalten, dass sie gut behandelt wird. Sechstens: Deutschland schützt das Britische Empire, wo immer es angegriffen wird, mit seiner Wehrmacht. Außerdem werden wir keine Nation, welche immer es auch sein mag, dabei unterstützen, die Waffen gegen das Empire zu erheben. Das ist sozusagen Ehrensache.«

Zum ersten Mal schaltete sich Göring ein. Er wirkte beflissen. »Selbst gegen Italien würden wir zu Felde ziehen, wenn es zwischen England und Italien im Mittelmeer zu Interessenskonflikten kommen sollte. Ein Pakt oder Bündnis mit England hätte für uns also weitreichende Verpflichtungen.«

Hitler nickte. Beide Staatsmänner sahen zufrieden aus.

Verglichen mit der ruhigen Atmosphäre am Tisch, wirkten die hysterischen Ausbrüche Hitlers vollkommen unwirklich. Aber Dahlerus hatte sie nicht vergessen. Er faltete die herausgerissene Atlas-Seite zusammen und steckte sie in die Innentasche seines Sakkos.

»Ich werde versuchen, Ihre Haltung so detailgetreu wie möglich wiederzugeben. Wenn die britische Regierung mich empfängt.«

»Von beidem gehe ich aus. Und ich möchte Ihnen jetzt schon meinen Dank und meine Hochachtung ausdrücken. Alle Vorschusslorbeeren, mit denen Göring Sie bedacht hat, waren berechtigt.« Hitler stand auf und reichte Dahlerus die Hand. Sie war feucht. »Ich freue mich aufrichtig, Sie kennengelernt zu haben, Herr Dahlerus. Helfen Sie dem deutschen Volk weiter so engagiert wie bisher, und unser Dank wird Ihnen sicher sein.«

»Und ich hoffe, dass ich einige Ihrer Vorbehalte gegenüber England zerstreuen konnte. Wenn Sie aufrichtig an einem Frieden interessiert sind, bin ich mir sicher, dass es zu einem einvernehmlichen Ergebnis kommen wird. Ich werde auf jeden Fall alles dafür tun, was in meiner bescheidenen Macht steht.«

»Da bin ich mir sicher. Leben Sie wohl, Herr Dahlerus. Göring wird Sie hinausbegleiten.«

Hitler trat einen Schritt zurück, wandte sich brüsk ab und marschierte durch eine Seitentür davon. Der Feldmarschall führte Dahlerus aus dem Arbeitszimmer durch einen Vorraum hinaus in die Empfangshalle. Dort berührte er leicht den Arm des Schweden und forderte ihn auf, stehen zu bleiben.

Göring hob erwartungsvoll die Augenbrauen. »Na, was meinen Sie?«

»Ehrlich gesagt, ich bin enttäuscht.«

Görings Strahlen erlosch. »Warum? Wegen der Monologe? Das ist vollkommen normal. Der Führer steigert sich immer hinein in seine Themen, das ist seine Art. Voller Empathie, bei allem, was ansteht. So kann er die Dinge durchdringen. Auf andere wirkt es oft …« Göring suchte das richtige Wort. »… merkwürdig. Aber deshalb müssen Sie nicht enttäuscht sein.«

Dahlerus nahm seine Brille ab, blies ein Staubkorn weg und setzte sie wieder auf. »Ich bin von Ihnen enttäuscht, Herr Göring.«

Der Feldmarschall fasste sich mit beiden Händen an die Brust und schaute bestürzt drein. »Von mir? Ich habe doch gar nichts gesagt.«

»Das ist es ja. Sie halten sich mit Ihrer Meinung zu sehr zurück. Vieles von dem, was Ihr Führer gesagt hat, entspricht nicht der Wahrheit. Ich weiß, dass Sie es besser wissen. Und ich habe gedacht, dass Sie versuchen, auf Hitler einzuwirken. Niemand ist so nah dran wie Sie. Auf Sie hört er.«

Göring machte ein betretenes Gesicht. »Wenn Sie wüssten … Aber Sie haben recht. Ich werde gleich noch einiges von dem geraderücken, was Hitler gesagt hat. Sie haben mein Wort.«

Dahlerus schaute ihn schweigend an. Hinter den großen Fenstern der Reichskanzlei dämmerte es bereits. Er hörte Vögel zwitschern. Fast die gesamte Nacht hatte er mit Hitler und Göring verbracht. Eine Nacht in einer anderen Welt, in der er – das war ihm klar geworden – eigentlich nichts zu suchen hatte. Weil es ihn krank machte. Stattdessen sollte er bei Elisabeth sein, den August in Schweden, die Wärme genießen, bevor der Winter das Land überrollte. Er spürte schon, wie die Kälte ihm langsam die Glieder heraufkroch.

»Wie komme ich zurück nach England?«

»Für Ihre Abreise ist gesorgt. In Tempelhof wartet ein Flugzeug auf Sie. Abflug um acht Uhr. Wir haben alle Überflugrechte.«

»Dann kann ja nichts mehr schiefgehen.«

Göring legte Dahlerus eine Hand auf die Schulter. »Sarkasmus steht Ihnen nicht, mein lieber Dahlerus. Von Ihrer Mission hängt viel ab, sehr viel, das wissen Sie genauso gut wie ich. Lassen Sie sich nicht von Eindrücken beirren, die Sie nicht richtig einordnen können. Geben Sie einfach Ihr Bestes, so wie Sie es bisher getan haben. Sie haben einen starken Mann im Hintergrund, denken Sie daran.« Göring verstärkte den Druck seiner Hand. »Und einen dicken dazu.« Der Feldmarschall lachte über seinen Witz.

Dahlerus verzog keine Miene.

Göring zwinkerte ihm zu. »Überzeugen Sie die Engländer! Und werfen Sie die Karte nicht weg. Die ist vielleicht einmal viel wert.«

Wieder lachte Göring und winkte einen Adjutanten herbei, der am Ausgang des Saals gewartet hatte. Dahlerus verabschiedete sich förmlich und folgte dem Mann hinaus aus der Reichskanzlei. Draußen wartete ein Wagen, der ihn zurück ins Hotel brachte. Der Schwede nahm ein kurzes Frühstück, packte seine Sachen und ließ sich nach Tempelhof fahren.

Nur zwanzig Stunden, nachdem er in Berlin gelandet war, befand er sich schon wieder auf dem Weg nach London. Es war ein herrlicher Spätsommertag, die Sonne tauchte die Landschaft in warmes Licht. Aber Dahlerus bekam das Bild Hitlers nicht aus dem Kopf. Er sah ihn vor sich, wie er geiferte und spuckte, wie er seinen grenzenlosen Hass hinaus in die Welt schrie. Ob ein Frieden mit diesem verbohrten Menschen überhaupt möglich war? Er bezweifelte es.

War er doch nicht einmal in der Lage zu sagen, ob Hitlers Worte der Wahrheit entsprachen. Wie sollte er damit umgehen? Gab es überhaupt eine Alternative zu Verhandlungen? Für die Menschen in Europa zählte nur eine Wahrheit: Krieg oder Frieden. Dahlerus war wie betäubt. Er schloss die Augen. Und ertappte sich bei einem Gedanken, der eigentlich nicht seiner Natur entsprach. Er wünschte sich, Hitler wäre tot.

11.
Berlin

27. August
Auerbachs Keller, früher Morgen

Wenn er die Augen schloss, sah Krauss Maybaums flehenden Gesichtsausdruck. Hatte der Hutmacher wirklich geglaubt, dass Edgar ihn verschonen würde? Verzweifelte Menschen klammerten sich oft an etwas, das sie unter anderen Umständen nicht einmal erwogen hätten. Vielleicht verschonte Edgar wenigstens Maybaums Familie. Krauss blieb, wollte er sich vom Schicksal seines alten Freundes ablenken, nichts anderes übrig, als die Augen offen zu halten. Allerdings stimmte ihn der Ausblick auch nicht gerade fröhlich. Er befand sich in einem fast kahlen Raum. Ihm gegenüber lag eine geschlossene Tür, neben ihm, außer Reichweite, stand ein Rolltisch. Auf dem Fußboden und an zwei Wänden zeugten große Flecken von nur notdürftig weggeputzten Blutlachen.

Krauss saß in »Auerbachs Keller«, in dem Raum, in dem er vor weniger als zehn Stunden drei Leichen zurückgelassen hatte. Die Toten waren verschwunden, stattdessen hatte Edgar seinen Bruder nackt auf dem Stuhl festschnallen lassen, auf dem seine Männer vor kurzem noch Kaltenbrunner gefoltert hatten.

Ironie des Schicksals nannte man das wohl, dachte Krauss. Sie hatten ihn allein gelassen, wohlwissend, dass er sich nicht aus eigener Kraft befreien konnte. Arme und Beine waren mit breiten Lederriemen festgezurrt, der Spielraum für Hände und Füße gleich null. Aber ohne Waffen wäre er sowieso nicht weit gekommen. Edgar hatte überall Männer postiert, sowohl im Durchgang als auch im Keller. Bei seiner Ankunft am späten Abend hatte Krauss einige von ihnen wiedererkannt. Ihre hasserfüllten Blicke sprachen für sich. Nach dem, was am Nachmittag geschehen war, wünschten ihm alle den Tod. Bei ihm hätte jeder gerne den Folterknecht gespielt. Edgar konnte sich den gemeinsten aussuchen. Wahrscheinlich fiel seine Wahl auf sich selbst.

Krauss grunzte. Kein Wort war gefallen zwischen ihm und Edgar auf der Fahrt von Maybaums Laden zu »Auerbachs Keller«. Erst als sie die Hauseinfahrt an der Worringer Straße erreicht hatten und der Wagen hielt, hatte sein Bruder das Wort an ihn gerichtet.

»›Auerbachs Keller‹ kennst du ja bereits.«

Krauss legte so viel Hohn wie möglich in seine Stimme. »Ein Standort, den du vielleicht besser aufgegeben hättest. Zu unsicher.«

»Wie du siehst, habe ich das Problem erkannt.« Edgar wies mit einer lässigen Armbewegung auf die vier Männer, die im Hausdurchgang warteten. »So etwas passiert mir nur einmal.«

Danach hatte Edgar ihn in den Keller hinabführen und festbinden lassen.

Seitdem war niemand mehr aufgetaucht. Krauss vermutete, dass es um Mitternacht war. Die Dinge entwickelten sich zu schnell. Schneller, als er es je für möglich gehalten hätte. Und leider ausgesprochen ungemütlich.

Gerade mal einen Tag hatte er gebraucht, um knietief in der Scheiße zu stecken. Das war Maßarbeit. Seine Chancen standen schlecht. Edgar würde nicht so dumm sein und sich eine Blöße geben. Im Moment hoffte Krauss nur, dass sie bei der Folter so weit gehen mussten, dass er starb, ohne etwas über Philipps Aufenthaltsort zu verraten. Philipp, der eigentlich Adolf jr. hieß und Hitlers einziger Sohn war.

Krauss konnte nicht weiter über eine Strategie nachdenken, weil die Tür geöffnet wurde. Edgar betrat den Raum, gefolgt von einer blonden, sportlich wirkenden Frau, die Krauss nicht kannte, und Franz Grünberg, seiner rechten Hand. Grünberg, ein pausbäckiger Typ mit fassförmigem Oberkörper, und die Frau bauten sich vor der Wand auf, die Krauss gegenüber lag. Edgar schleifte einen Stuhl hinter sich her und platzierte ihn direkt vor seinem Bruder. Ohne sich zu seinen Begleitern umzudrehen, setzte er sich hin und schlug die Beine übereinander. Seine Stimme klang weich.

»Lang, lang ist's her.«

»Nicht lange genug.«

»Die Freude ist ganz auf meiner Seite. Wenn ich mich recht erinnere, bist du derjenige, der mir einen Besuch abstatten wollte. Jetzt, wo wir uns gefunden haben, hast du schon wieder was zu meckern. So kenne ich dich, Bruderherz.«

»Den Bruderherz-Quatsch kannst du dir sparen.«

Edgar riss in gespielter Überraschung die Augen auf. »Aber du bist doch mein Bruder, oder irre ich mich etwa? Mein kleiner Bruder Richard, der so versessen darauf war, alles mit seinem großen Bruder Edgar zu teilen. Der ihm lebenslange Treue geschworen hat und den Grundstein legen wollte für eine neue deutsche Rasse. Der Richard bist du doch? Oder nur noch der, der seine Ideale verraten hat für eine Frau? Der uns das Kind genommen hat, das unsere Zukunft sein sollte. Ich vermute ja, du bist Letzteres. Aber wie du es auch drehst und wendest, du bist und bleibst mein Bruder.«

»Das ist die Bürde, die ich tragen muss. Wenn ich könnte, würde ich es ungeschehen machen.«

Krauss sah seinen Bruder angewidert an. Aus der Nähe war Edgars Haut fahl, unter seinen Augen saßen schwarze Ringe. Selbst die blonden Haare wirkten farblos. Krauss hatte den Eindruck, einem übernächtigten Albino gegenüberzusitzen. Der Kampf für Hitlers Herrenrasse saugte Edgar das Mark aus den Knochen.

»Deshalb bist du doch hier, habe ich recht? Um einen Fehler der Natur zu korrigieren. Und um eine große Sünde zu begehen. Ich sehe es schon auf deiner Stirn, das Kainsmal. Warum solltest du sonst deine Deckung verlassen? Aber soll ich dir mal was sagen: Das war eine saudumme Idee.«

»Einen Versuch war's wert.«

Edgar schüttelte den Kopf. »Richard, Richard, mein ungestümer Bruder. Du hast dich immer leicht zu unüberlegten Dingen verleiten lassen. Meistens konnte ich dich auf den richtigen Weg zurückbringen. Vielleicht klappt's ja auch dieses Mal.«

»Auf den richtigen Weg? Welcher sollte das deiner Meinung nach sein? Derjenige, der direkt in den Abgrund führt? Du bist so ein überhebliches Arschloch, Edgar. Du könntest nicht einmal einen Blinden führen. Dein sogenannter richtiger Weg ist eine

Einbahnstraße. Oder kennst du jemanden, der aus der Hölle zurückgekommen ist?«

Krauss bemerkte, wie sich Edgars Gesichtszüge verhärteten. Im Kunstlicht des Kellers erschien ihm sein blasser Bruder gespenstisch, und er erinnerte sich daran, wie grausam Edgar sein konnte. Ihn fröstelte. Edgars Worte tropften kalt in »Auerbachs Keller«.

»Offensichtlich bist du im Besitz der einzigen Wahrheit. Vielleicht kannst du mich daran teilhaben lassen. Und mir zum Beispiel erklären, warum du gegangen bist und deine Familie im Stich gelassen hast. Ich meine nicht Hanna und den Jungen.« Edgar deutete mit dem Finger auf sich. »Wir waren deine Familie, ich und die anderen ›Söhne Odins‹. Wir haben dich geliebt, und wir wären für dich gestorben. Ich habe mir immer wieder den Kopf darüber zerbrochen, was deinen plötzlichen Kurswechsel verursacht haben mag, aber es wollte mir einfach nicht einleuchten. Erkläre es mir, hier und jetzt.«

Krauss schrie seinen Bruder an. »Wie soll ich dir etwas erklären, das du nicht begreifen kannst! Schau dich doch nur mal um: Wie willst du das, was um dich herum passiert, den Menschen erklären? Folter und Mord an Unschuldigen. Dein Horizont ist so beschränkt wie der eines Tieres: Fressen oder gefressen werden, was anderes kennst du nicht. Da gibt es nichts zu erklären.«

Edgar hüstelte in die vorgehaltene Hand. »Du erschreckst mich. Dieser Hass, das passt gar nicht zu dir. Auch noch gegen deinen Bruder. Außerdem, wenn ich mich recht erinnere, hast auch du getötet. Und tötest noch, wenn du schon auf diesen Raum anspielst. Was du hier angerichtet hast, war ein Massaker.«

Krauss schüttelte leicht den Kopf. »Auch das wirst du nie verstehen. Ich versuche nur, die Balance wiederherzustellen. Zu meinen Gunsten. Ich war ein Mörder, das stimmt, und ich habe mein Leben verwirkt, auch das. Aber ich töte nicht mehr. Ich beseitige Unrat. Leider ist dieses Land so verdreckt, dass ein Müllmann nicht reicht.«

»Wenn das deine neue Art von Humor ist, kann ich dir nur sagen, dass ich dich früher amüsanter fand. In deinem Oberstübchen scheint einiges durcheinandergeraten zu sein in den vergangenen Jahren. Vielleicht hast du länger in keinen Spiegel mehr gesehen. Hättest du es getan, hättest du einen deutschen Arier erblickt, einen Herrenmenschen, der zu Höherem berufen ist. Du hast genauso wie ich daran geglaubt, dass unser Volk eine große Zukunft hat, wenn man ihm den Weg dorthin weist. Du warst so unbeirrt, so überzeugt, so durchdrungen davon, dass ich dir bedingungslos vertraut habe – ich konnte nicht anders, denn in unseren Adern fließt dasselbe Blut. Plötzlich sollte all das keine Rolle mehr spielen? Plötzlich zählte es nichts mehr, zu den engsten Vertrauten des Führers zu gehören? Der Schutzengel seines Sohnes zu sein? Wie kann man so etwas nur wegwerfen?«

Krauss lachte verächtlich. »Dein verlogenes Gequatsche ist unerträglich. Es ist mir unbegreiflich, wie ich diesen Schmutz jahrelang ertragen habe und warum ich eure Lügen als bare Münze genommen habe. Dieses Gerede von Rasse, Volk und Lebensraum, es erscheint mir heute so billig, so durchschaubar, und ich könnte mich jeden Tag dafür prügeln, dir so bedingungslos gefolgt zu sein. Und wenn du es genau wissen willst: Ich wollte dich schon töten, bevor ich mit Hanna geflohen bin. Sie hat mich davon abgehalten, hat auf mich eingeredet wie auf einen störrischen Esel. Du hast es Hanna zu verdanken, dass du noch lebst, Edgar. Als Dank hast du ihr eine Kugel verpasst.«

Die beiden Männer starrten sich grimmig an. Nach einer Weile schaute Edgar zu Boden. Keiner von beiden sprach ein Wort. Die Stille war so vollkommen, dass sich Krauss für einen Moment in der kleinen Kammer unter der Treppe seines Hauses in London wähnte, Hannas Fotografie vor Augen. Sein Leben war eine nicht enden wollende Katastrophe.

Edgars Stimme vertrieb die Bilder aus der Vergangenheit. Sein Ton war schneidender geworden. »Bensler hat dich rausgejagt, was? Du willst mich erledigen und das Geheimnis des Jungen mit ins Grab nehmen! Habe ich recht, Richard? Ich kenne dich besser als du selbst, weißt du das nicht mehr? Aber du ignorierst die Bande, die uns zusammenhalten.« Bei den letzten Worten hatte Edgar die Stimme leicht erhoben. Er machte eine kurze Pause. Danach sprach er ruhiger, fast schmeichelnd weiter. »Was auch geschehen ist, weshalb auch immer du nach Berlin zurückgekommen bist – dieses Band zwischen uns kannst du nicht leugnen. Und ich bin mir sicher, dass es in den vergangenen Jahren Momente gegeben hat, in denen du dir gewünscht hast, alles ungeschehen machen, die Zeit zurückdrehen zu können. Aber der Krieg verändert einen Menschen, und wenn du dich erstmal für eine Seite entschieden hast, prägt das dein Denken und Handeln. Ich verstehe das sehr gut. Ich verstehe, dass du dich gegen mich stellen musstest. Und ich würde es auch verstehen, wenn du wieder zu mir zurückkehrst. Wer einmal die Seiten gewechselt hat, kann es auch ein zweites Mal tun.«

Krauss schnaubte erbost. »Du verstehst gar nichts, Edgar. Weniger als nichts. Ja, es hat viele Momente gegeben in den vergangenen Jahren. Momente, in denen ich vor Wut verzweifelte. Aber nicht, weil ich dich verloren hatte. Sondern weil ich dich auch nach unserer Flucht nicht getötet habe, obwohl ich die Gelegenheit dazu gehabt habe. Ja, ich hätte dich töten können, völlig problemlos, es wäre ein Leichtes gewesen. Stattdessen habe ich mit angesehen, wie du Hanna umgebracht hast.«

»Das wusste ich ja gar nicht. So nah warst du dran?«

»Ja, so nah war ich dran.«

»Warum hast du es nicht getan? Warum hast du mich nicht getötet?«

Krauss schluckte. Seine Kehle fühlte sich schrundig an, wie ausgetrockneter Wüstenboden. »Wegen des Jungen.«

»Alles wegen des Jungen?«

»Alles wegen des Jungen.«

In Krauss' Augen funkelte kalter Hass. Edgar sah ihn teilnahmslos an.

Krauss spuckte ihm die Worte ins Gesicht. »Du bist eine kranke Bestie. Du hast eine Schuld zu begleichen. Schick deine Leute raus und lass uns die Sache alleine zu Ende bringen. Unter Brüdern.«

Edgar reagierte kühl, schlug das linke über das rechte Bein. Grünberg rührte sich nicht, die Frau kaute an der Unterlippe.

»Du hättest mich töten sollen, als du die Gelegenheit dazu hattest.«

Krauss starrte seinen Bruder wortlos an.

Edgar fuhr fort. »Das mit Hanna tut mir leid, aufrichtig leid.

Aber wie ich dir gerade schon zu erklären versucht habe, bin ich ein Soldat im Krieg und als solcher gezwungen, Dinge zu tun, die schmerzhaft sein mögen. Hanna hat mir zwei der drei wichtigsten Dinge in meinem Leben gestohlen: meinen Bruder und den Sohn des Führers. Jeder andere in meiner Situation hätte genauso gehandelt. Mir blieb keine Wahl.«

»Du hast Russisches Roulette mit ihr gespielt!«

Edgar wich etwas zurück. »Übertreibst du nicht etwas? Das ist doch fünf Jahre her. Nun gut. Ja, ich habe sie gefoltert, aber ich musste es tun: Ich habe ihr einfach nicht geglaubt. Das abgebrannte Haus, die verkohlten Leichen, das schien mir alles zu glatt, zu konstruiert. Das passte nicht zusammen. Und ich habe ja auch recht behalten, wie man sieht. Allerdings hatte ich das mit den Kugeln falsch eingeschätzt. Es ging zu schnell. Hätte es länger gedauert, hätte ich wohl mehr erfahren.«

»Du Schwein. Du wirst dafür bezahlen, so viel ist sicher.« Krauss ruckelte wild in seinem Stuhl herum, aber die Riemen saßen fest.

Edgar sah seinen Bruder mitleidig an. »Ich bin sehr gespannt, wie du das anstellen wirst. Mir scheint deine Bewegungsfreiheit doch etwas eingeschränkt zu sein. Erst mal möchte ich deinem Gedächtnis auf die Sprünge helfen. Franz, den Revolver.«

Grünberg zog aus seiner Jackentasche einen Revolver und gab ihn seinem Chef. Edgar nahm die Waffe, klappte die Trommel auf und ließ die Kugeln in seine geöffnete Hand fallen. Er steckte die Patronen in seine Sakkotasche und hielt eine einzige hoch.

»Schau sie dir genau an, Richard. Das ist wie im Varieté. Gerade noch in meiner Hand, gleich in deinem Kopf. Voilà!«

Edgar steckte die Patrone in eine Kammer und drehte die Trommel. Krauss sah ihn ungerührt an. Edgar richtete die Waffe auf den Kopf seines Bruders. »Wo hast du den Jungen versteckt?«

Krauss lächelte. »Du bist ein solcher Idiot, ich kann es kaum fassen.«

Edgar drückte ab. Der Hahn klickte auf eine leere Kammer. »Das Glück steht dir bei. Nur wie lange noch?« Er ließ die Trommel erneut rotieren. Dann setzte er die Waffe seinem Bruder wieder an die Stirn. »Wo ist der Junge?«

Krauss schloss die Augen. Kein Muskel in seinem Gesicht

zuckte. Sekunden verstrichen. Edgar drückte ab. Es klickte metallisch.

Krauss öffnete die Augen. »Du vergeudest deine Zeit. Erschieß mich sofort, das kommt aufs selbe raus.«

»Nur Geduld, Bruderherz, du kommst schon noch dran. Aber ich weiß, dass du nicht so hart bist, wie du dich gibst. Irgendwann wird jeder weich. Alles eine Frage des richtigen Zeitpunkts.«

Erneut drehte Edgar an der Trommel, drückte die Waffe anschließend aber in Krauss' Unterleib. Krauss zuckte reflexhaft. Jetzt lächelte Edgar.

»Ein bisschen Abwechslung muss sein. Wo ist der Junge?«

»Frag Grasshoff. Ich hab's ihm verraten, bevor ich ihn abgeknallt habe.«

Edgar drückte ab. Metall auf Metall. Er zog die Waffe zurück und ließ sie locker über seinem Knie baumeln.

»Ehrlich gesagt, Richard, interessiert mich der Junge kaum noch. Hitler hat ihn längst vergessen, glaube ich. Wie alt ist der Bursche jetzt? Fünf, sechs? Die prägenden Jahre sind fast vorbei. Die Zeit, in der man die Grundlagen hätte legen können für einen großen Geist. Jetzt ist er verdorben durch den üblichen Klimbim. Das kriegt man nie wieder richtig raus. Führer-Gene hin oder her. Es war ein misslungenes Experiment, nicht mehr. Wahrscheinlich sieht es der Führer genauso. Ich möchte nur noch, dass der Junge in die Hände gerät, in die er gehört. Er wird hier so normal aufwachsen wie dort, wo du ihn versteckt hältst.« Edgar zuckte mit den Schultern. »Und wenn nicht, ist das auch nicht weiter schlimm. Dann wächst irgendwo ein Mensch heran, der sich zu Höherem berufen fühlt, wenn er erwachsen ist. Vielleicht wird er ja Dachdecker.«

Der Chef der »Söhne Odins« schmunzelte und drückte seinem Bruder die Waffe unters Kinn. Grünberg kicherte vernehmlich.

»Trotzdem solltest du mir sagen, wo ich den Burschen finde. Sonst fällt er in ein paar Jahren als Unbekannter vom Dach, wer weiß.«

Krauss betete, die Kugel möge ihm den Kopf zerfetzen. Er wartete mit geschlossenen Augen auf den Knall, versuchte, sich Hannas lächelndes Gesicht vorzustellen. Unter seinem Kinn klickte es.

Edgar lehnte sich in seinem Stuhl zurück. »Da müssen wir wohl stärkere Geschütze auffahren, was? Ich hoffe aber, es hat dir genauso viel Spaß gemacht wie mir.«

Er klappte die Trommel des Revolvers auf und hielt sie vor Krauss' Augen senkrecht in die Höhe. Alle Kammern waren leer. Edgar beugte sich vor und flüsterte theatralisch. »Die Welt der Magie steckt voller Überraschungen.« Er griff mit der Linken hinter das rechte Ohr seines Bruders und zauberte eine Patrone hervor, die er übertrieben stolz nach allen Seiten präsentierte.

Grünberg applaudierte, die Frau zeigte keine Reaktion.

»Meine Damen, meine Herren, dieses war der erste Streich, doch der zweite folgt sogleich. Bruderherz, mach dich bereit für die Wunder der Manege.«

Edgar verließ den Raum, Grünberg und die Frau folgten ihm. Die Tür knallte ins Schloss. Krauss versuchte, sich auf seine Atmung zu konzentrieren. Er musste seine innere Mitte finden, um das durchzustehen, was noch auf ihn wartete. Edgars selbstverliebte Vorstellung war nur der Anfang. Sein Bruder genoss es, andere Menschen zu quälen. Krauss beherrschte einige Techniken, sich mental zu verschließen, aber er wusste, dass es schwer werden würde. Edgar kannte seine Schwachstellen, das war das Problem.

Die Tür öffnete sich wieder. Grünberg rollte ein hüfthohes Fass in den Raum und stellte es in einer Ecke ab. Edgar kam hinterher, stellte sich vor seinen Bruder und stemmte die Arme in die Hüften.

»Darf ich vorstellen: Franz Grünberg und sein Wasserballett.« Edgar wies mit einer Hand auf Grünberg, der gerade einen Schlauch in das Fass hängte.

Grünberg grinste. »Ein heißes Bad kann nie schaden, was, Richard?«

»Mach das Wasser nur nicht zu heiß, Franz. Mein Bruder hat eine empfindliche Haut.«

Krauss ahnte, was sein Bruder vorhatte. Ihm wurde schlecht bei dem Gedanken.

Edgar bemerkte den Blick seines Bruders. »Ja, Richard, du liegst richtig. Ich fand es immer schon merkwürdig, dass einer, der so gut schwimmen kann wie du, sich so vor dem Ertrinken fürchtet. Aber so war es doch, oder? Du hattest panische Angst davor, Wasser zu schlucken, nicht wahr? Nun, wir haben gleich ein ganzes Fass für dich. Du darfst der Sache gleich auf den Grund gehen, nur einen kleinen Moment noch. Oda!«

Die blonde Frau, die das Russische Roulette mit angesehen hatte, betrat den Raum. Sie hatte ein kleines Tablett in der Hand, darauf lagen eine Spritze und ein Tupfer.

Krauss zerrte wieder erfolglos an den Riemen. »Was hast du vor, du Schwein?«

»Entspann dich, Bruderherz. Du sollst nur etwas lockerer werden. Genieße Odas heilende Hände.«

Die Frau namens Oda nahm die Spritze in die Rechte und rieb mit dem Tupfer über Krauss' Armbeuge. Sie sah ihrem Patienten in die Augen. Ihre Stimme klang angenehm rauchig.

»Wenn Sie sich bewegen, könnte ich ihre Vene verletzen. Das möchte ich vermeiden. Haben Sie mich verstanden?«

Krauss rührte keinen Muskel. »Spielt das noch eine Rolle?«

Oda zuckte mit den Achseln. Sie sah hübsch aus, fand Krauss. Schlankes Gesicht, hohe Wangenknochen, etwas zu große Nase. Die Haare hatte sie zu einem Zopf gebunden. Schade, dass darunter ein verrottetes Gehirn schlummerte. Oda setzte die Spritze in der Armbeuge an und traf gleich beim ersten Mal. Sie machte ihre Sache gut.

»Gleich sehe ich alles in einem angenehmeren Licht, vermute ich.«

»Sie werden sich wohler fühlen, das ist wahr. Und etwas schlapp.«

Edgar schaltete sich ein. »Damit du nicht so herumstrampelst, wenn du im Fass nach Fischen suchst. Wir wollen ja nicht, dass du dich verletzt.« Er lachte höhnisch.

Krauss spürte einen leichten Schwindel. Wahrscheinlich hatten sie ihm Morphium oder Heroin injiziert. Beides würde seine Kräfte lähmen und ihn in einen Zustand versetzen, in dem er die Dinge nicht mehr klar beurteilen konnte. Edgar wollte böse Überraschungen vermeiden. Eine wohlige Mattigkeit legte sich über Krauss' Glieder. Wärme breitete sich in seinen Eingeweiden aus. Oda betrachtete ihn aufmerksam.

Edgar beugte sich über seinen jüngeren Bruder. »Genieße deine

Träume, solange du noch kannst. Wir lassen dich jetzt einen Moment alleine. Aber wir kommen zurück. Versprochen.«

Oda, Edgar und Grünberg verließen den Raum, die Tür krachte ins Schloss.

Krauss konnte kaum noch die Augen offenhalten. Der Stuhl schien unter ihm wegzusacken oder zumindest seine feste Form aufzugeben.

Merkwürdigerweise passte sich sein Körper den fließenden Linien des Stuhles an. Auch der Raum verlor seine Struktur, wirkte plötzlich organisch. Krauss fühlte sich getragen von einer weichen Welle aus Wärme, die den Schrecken der vergangenen Stunden hinwegspülte. Ab und zu blitzte ein Funken der Erkenntnis auf, mahnte ihn zu Vorsicht, zu Wachsamkeit. Vergebens. Die Woge war zu vollkommen, schluckte Zeit und Raum. Sie hatte Hannas Gesicht. Er gab sich ihr hin.

Als sich der Nebel etwas lichtete, wusste er mit seiner Situation erst nichts anzufangen. Allmählich dämmerte ihm das Ausmaß seiner Misere. Er erinnerte sich nicht daran, dass Edgar, Grünberg oder die Frau namens Oda zurückgekommen waren. Sie hatten ihn seinem Rausch überlassen. Irgendetwas stimmte da nicht. Allerdings hatte ihn sein Zeitgefühl komplett verlassen. Vielleicht waren erst fünf Minuten verstrichen, seit sein Bruder gegangen war. Es hätten auch fünf Stunden sein können. Er fror. Ein Indiz dafür, dass er schon länger in diesem Kellerloch saß.

Plötzlich knallte die Tür auf. Oda kam herein. Ihr eher fürsorglicher Gesichtsausdruck, als sie ihm die Spritze gegeben hatte, war Entschlossenheit gewichen. Sie baute sich vor Krauss auf. In der rechten Hand hielt sie eine Luger mit Schalldämpfer. Krauss fürchtete das Schlimmste. Sie sprach schnell, wählte die Worte sorgfältig.

»Hören Sie mir gut zu, Richard. Unsere Zeit ist knapp. Ich arbeite für eine kommunistische Widerstandsgruppe. Bensler hat sich heute Nacht bei Edgar gemeldet. Er glaubt zu wissen, wo der Junge steckt. Wir wollen nicht, dass er in seine Hände fällt. Deshalb hole ich Sie hier heraus. Ich habe Edgar, Franz und zwei weitere Männer erschossen. Das verschafft uns ein paar Minuten. Haben Sie mich verstanden?«

Krauss hatte sie zwar gehört, traute aber seinen Ohren nicht. Das war doch völliger Wahnsinn. Ein Trick. Niemals konnte Bensler den Jungen aufspüren. Sein Bruder würde sich nicht von einer Blondine erschießen lassen. Andererseits machte Oda einen harten Eindruck. Und seine Chancen, diesem Schlamassel zu entkommen, standen draußen deutlich höher als in diesem stinkenden Keller. Er nickte. Seine Zunge fühlte sich an wie ein aufgequollener Lappen.

»Verstanden.«

»Ich schneide Sie jetzt los.«

Oda legte die Luger auf den Tisch und zog ein Messer aus ihrer Jackentasche. So geschickt, wie sie die Spritze gesetzt hatte, befreite sie Krauss von den Riemen. Er drückte sich aus dem Stuhl hoch, taumelte aber sofort nach vorne.

»Das sind die Nachwirkungen des Heroins. Ihr Kreislauf macht schlapp.«

Krauss keuchte. »Sie hätten mir auch Kochsalz injizieren können.«

»Reden Sie keinen Quatsch. Edgar ist kein Dummkopf – war kein Dummkopf.«

Krauss sah sie an. Diese Frau sollte seinen Bruder getötet haben, nach all den Jahren, in denen er auf seine Rache gewartet hatte? Was soll's? dachte er. Wenn es stimmte, war es gut. Tot ist tot. Die Luger, die Oda jetzt wieder in der Hand hielt, sah nicht aus wie ein Spielzeug.

»Wir können hier nicht ewig warten. Wie fühlen Sie sich?«

»Ich glaube, es geht.«

Krauss versuchte, alleine zu stehen. Oda stützte ihn ab. Sie hatte einen festen Griff. In Krauss' Hinterkopf rotierte ein Kreisel.

»Haben Sie ein paar Klamotten?«

»Oben im Wagen. Er steht im Durchgang. Bis dahin müssen Sie es so schaffen.«

Auf Oda gestützt, stolperte Krauss in den Gang. Vor der Tür lag ein Mann, das Gesicht dem Boden zugedreht. Neben ihm hatte sich eine Blutlache ausgebreitet. Oda lotste Krauss an dem leblosen Wächter vorbei. An der Treppe hielt sie inne. Die Tür zum Aufenthaltsraum war halb geöffnet.

Krauss sah Füße auf dem Boden liegen. Aus dem Raum drang ein Stöhnen.

Oda flüsterte. »Halten Sie sich fest!«

Krauss lehnte sich an die Wand. Oda ging zum Aufenthaltsraum und sah vorsichtig hinein. Dann drehte sie sich in die Tür, die Waffe im Anschlag.

Sie gab zwei gedämpfte Schüsse ab. Krauss hörte es rumpeln. Oda verschwand im Raum und kam nach wenigen Sekunden zurück.

»Grünberg. Ein zäher Bursche.«

»Ist mein Bruder da drin? Kann ich ihn sehen?«

»Er ist nicht hier. Er hat eine Wohnung zwei Häuser weiter. Ich habe ihn dort getötet.«

»Ich muss ihn sehen.«

»Glauben Sie mir: Er ist tot. Und wenn wir weiter hier herumstehen, sind wir es auch. Lassen Sie uns verschwinden.«

Während Oda im ersten Licht der Morgendämmerung mit ihrem Wagen, einem BMW 326, über Berlins ausgestorbene Straßen rumpelte, rekapitulierte Krauss, geduckt auf der Rückbank, die letzte halbe Stunde. Was geschehen war, erschien ihm zu aberwitzig, um real zu sein. Eine ihm unbekannte Frau, die seinem Bruder offensichtlich eng verbunden war, hatte ihn aus den Fängen der Söhne Odins befreit und angeblich mehrere Männer getötet, darunter Edgar. Ob diese Männer wirklich tot waren, hatte er nicht selbst nachprüfen können – allerdings hatte er einen Wächter in einer Blutlache vor seiner Zelle liegen sehen. Er wusste nicht, was er glauben sollte, zu plötzlich kam ihm diese Wende der Ereignisse. Allerdings fühlte er sich von der Spritze immer noch zu matt, um in die Offensive gehen zu können. Er ließ die Dinge einfach geschehen, in der Hoffnung, das Glück möge zu ihm zurückgekehrt sein.

Zumindest hatte er wieder Kleider am Leib. Oda hatte ihm eine derbe Arbeiterhose und ein weißes Hemd auf den Rücksitz gelegt. Er hatte sich die Sachen gleich nach ihrer Abfahrt übergestreift. Jetzt fühlte er sich wieder mehr wie ein Mensch und nicht wie ein Tier, das man zur Schlachtbank führt. Oda hatte ihn angewiesen, den Kopf möglichst unten zu halten. Man könne nie wissen. Krauss schätzte sie auf Anfang, Mitte dreißig, also etwa sein Alter. Ihre Haare hatte sie zu einem Zopf gebunden. Sie trug einen Hosenanzug, der sie männlich wirken ließ. Ihr entschiedenes Auftreten verstärkte diesen Eindruck. Von der Zurückhaltung, die sie an den Tag gelegt hatte, als Edgar ihn folterte, war nichts mehr zu spüren. Diese Frau schien genau zu wissen, was sie wollte, und jedes Mittel einzusetzen, das sie ihrem Ziel näherbrachte. Krauss mochte starke Frauen. Seit Hanna war er keiner mehr begegnet, die ihn auf Anhieb so faszinierte wie Oda. Nur ihre Motive lagen für ihn im Dunkeln. Er brauchte mehr Informationen. Auch über das, was sie von Bensler und dessen angeblichen Plänen berichtet hatte.

»Wie sicher sind die Informationen über Bensler?«

»Das weiß ich nicht. Edgar hat mir gesagt, dass sie einen Funkspruch von Bensler aufgefangen hätten. Und dass Richard, also Sie, bald eine böse Überraschung erleben würde. Daraus habe ich geschlossen, dass Bensler dem Kind auf der Spur ist. Für uns stand damit fest, dass wir handeln müssen.«

»Uns? Wer ist uns?«

»Ihre Leute – ich meine die Leute Ihres Bruders – nennen es die ›Rote Kapelle‹. Aber es gibt nicht eine einzelne Gruppe. Der kommunistische Widerstand fächert sich in Dutzende, wenn nicht Hunderte kleine Verbände auf. Es gibt welche, die diskutieren, die Flugblätter schreiben und versuchen, andere Menschen so auf die Misere in Deutschland aufmerksam zu machen. Und es gibt welche, die handeln. Ich gehöre zu letzteren. Die Nazis verstehen nur eine Sprache: die der Gewalt.«

»Wenn Sie glauben, dass ich Ihnen den Jungen ausliefere, sind Sie falsch gewickelt. Da hätte ich ihn ja gleich an meinen Bruder verschachern können.«

Oda blickte kurz über die Schulter nach hinten. Ihre zusammengezogenen Augenbrauen zeigten ihre Missbilligung. »Reden Sie doch keinen Quatsch. Wir wollen dem Jungen nichts tun, ganz im Gegenteil. Wenn ich von Gewalt spreche, meine ich damit die Nazis, keine unschuldigen Kinder. Sollte Bensler wirklich an den Jungen herankommen, wird er ihn zurück nach Deutschland bringen, zurück zu Hitler. Egal, was jemals aus dem Jungen wird, so hätte diese Rückkehr doch Symbolkraft. Hitlers Sohn, sein geistiger Erbe, befreit aus den Händen seiner Feinde. Das wäre schicksalsträchtig. Ein Junge, wie bestimmt zum nächsten großen Führer des Deutschen Reiches. Hitler hätte einen designierten Nachfolger und sähe sich als Begründer einer Dynastie. Das können wir nicht zulassen. Wir würden den Jungen an einen sicheren Platz bringen, dorthin, wo ihn alle Benslers dieser Welt nicht finden.«

Krauss rutschte auf der Rückbank des BMW herum, auf der Suche nach einer bequemeren Position. »Und Sie könnten ihn jederzeit als Druckmittel gegen Hitler benutzen. Das haben Sie sich prima ausgedacht, aber das kommt nicht in Frage. Ich kann mir nicht vorstellen, dass Bensler irgendeine Spur findet außer der seines eigenen Gestanks. Der Junge ist sicher.«

»Wenn Sie meinen. Aber ich an Ihrer Stelle würde Bensler nicht unterschätzen. Alleine wäre er vielleicht keine große Gefahr, aber er hat mehrere Leute, die ihn unterstützen. Außerdem besitzt er Zugang zu Regierungskreisen. Nicht jeder in England ist den Nazis feindlich gesinnt. Sie sollten also in sich gehen und genau überlegen, wer alles den Aufenthaltsort des Jungen kennt. Sie können ihn nicht mehr schützen, zumindest nicht von hier aus. Wir können es. Wir haben eine schlagkräftige Gruppe in London. Ein Funkspruch genügt, und wir bringen den Jungen in Sicherheit.«

Krauss schwieg. Odas Äußerungen brachten ihn ins Grübeln. Zwar hatte er nie zu irgendjemandem ein Wort über den Jungen gesagt und den Kontakt zu ihm auf ein Minimum beschränkt. Aber es gab keine hundertprozentige Sicherheit. Vielleicht hatte Doyle ihn beschatten lassen. Vielleicht hatte Christa einmal eine Bemerkung gemacht oder einem Liebhaber ihr einsames Herz ausgeschüttet. Es war zwar extrem unwahrscheinlich, aber nicht unmöglich. Nur, was hieß das jetzt und hier für ihn? Es fiel ihm schwer, daraus eine Option für sein Handeln abzuleiten. Sein Kopf fühlte sich immer noch wattig an. In diesem Zustand durfte er keine Entscheidungen treffen, das wäre verantwortungslos gewesen. Es stand zu viel auf dem Spiel.

In den vergangenen zehn Minuten war die Straße schlechter geworden. Krauss hob den Kopf und sah aus dem Fenster. Sie hatten Berlin verlassen, fuhren über Land. Hinter den Bäumen ging die Sonne auf. Seine Stimmung blieb düster.

»Ich traue Ihnen nicht.«

»Glauben Sie, ich lege mich aus Spaß mit der Gestapo an? Wenn Sie bitte mal eine Sekunde nachdenken: Die kennen mein Gesicht. Ich kann mich in Deutschland nicht mehr blicken lassen. Für die Nazis bin ich seit heute ein Staatsfeind. Wenn sie mich erwischen, stellen sie mich sofort an die Wand. Nein, vorher foltern sie mich noch, um Namen aus mir herauszupressen. Was ihnen vielleicht auch gelingen wird, denn ich bin nicht so hart, wie es den Anschein hat. Mein Leben ist also so gut wie verwirkt, ich könnte mir gleich hier eine Kugel in den Kopf schießen. Und Sie sagen, Sie trauen mir nicht. Herzlichen Dank.«

Krauss stöhnte leise. »So habe ich es nicht gemeint. Ich bin Ihnen natürlich dankbar, dass Sie mich da rausgeholt haben, aber Sie müssen auch mich verstehen. Das geht alles ein wenig schnell. Ich brauche Zeit.«

»Zeit ist das, was wir am wenigsten haben.«

Krauss schwieg. Er hörte, wie Oda ein Feuerzeug aufklappte. Sie zündete sich eine Zigarette an. Tabakschwaden zogen durch den Innenraum.

»Wollen Sie auch eine?«

»Gerne.«

»Ich glaube, Sie können hochkommen. Hier draußen sind eh nur Bauern unterwegs.«

Krauss richtete sich auf und nahm die Zigarette entgegen, die Oda ihm reichte. Sie brannte schon. Oda zündete sich eine neue an. Krauss nahm einen tiefen Zug.

»Wo bringen Sie mich hin?«

»Das sehen Sie doch. Raus aus der Stadt, in Sicherheit. Dahin, wohin wir auch den Jungen bringen würden.«

»Sie kennen Philipp nicht.«

»Philipp? Heißt er jetzt so?«

»Er ist ein kluger Bursche, der wahnsinnig gerne Fußball spielt. Britisch durch und durch. Mit phantastischen Eltern. Besser als dort, wo er jetzt ist, wird es ihm nirgendwo gehen. Ihn da rauszureißen wäre ein Verbrechen.«

»Denken Sie daran, was passiert, wenn Bensler ihn findet. Glauben Sie, er würde die Familie verschonen? Das wird eine traumatische Erfahrung für den Jungen. Ich dagegen verspreche Ihnen, dass wir auch die Familie schützen werden. Und natürlich bringen wir das zu Ende, was Sie in London begonnen haben. Ich konnte Bensler nie ausstehen.«

Oda bog von der Landstraße auf einen Feldweg ab. Im Schritttempo fuhr sie über die buckelige Piste auf einen Bauernhof zu.

»Wir sind gleich da. Sagen Sie mir, wo wir Philipp finden, und wir holen ihn da raus. Noch heute. Wenn es nicht schon zu spät ist.«

Krauss drückte die Zigarette im kleinen Aschenbecher in der Tür aus. Oda lenkte den Wagen durch ein offenstehendes Tor. Links und rechts davon zog sich ein mannshoher Zaun über die Wiese. Er erkannte jetzt einige Männer, die auf dem Hofgelände herumstanden. Einer lehnte an einer Scheune, ein anderer an einem Motorrad mit Beiwagen. Interessiert verfolgten sie das Fahrzeug, das nun auf den kiesbestreuten Vorplatz steuerte. Zwar entdeckte Krauss keine Waffen, aber die Männer machten nicht den Eindruck, als würden sie ungebetene Eindringlinge mit Mistgabeln bewerfen. Oda stoppte den BMW und drehte den Zündschlüssel. Der Motor erstarb. Sie drehte sich zu ihm um, sah ihn eindringlich an.

»Haben Sie sich alles gut überlegt?«

Krauss nickte nur.

Oda hob die Schultern. »Es ist Ihre Entscheidung.«

Sie öffnete die Tür, stieg aus dem Wagen und ging um ihn herum. Auch Krauss verließ das Fahrzeug. Oda wies mit der Hand auf den Bauernhof.

»Sie werden erwartet.«

Krauss ging hinter ihr her auf das Hauptgebäude zu. Im rechten Winkel dazu standen eine große Scheune und ein Stall. Es roch leicht nach Jauche. Oda hielt die Eingangstür offen, so dass Krauss an ihr vorbei ins Haus gehen konnte. Er war noch etwas wackelig auf den Beinen. Im Gang hinter der Tür wartete ein junger Mann. Krauss folgte ihm in die Stube. Mitten im Zimmer, auf einem Holzstuhl, saß Edgar und grinste ihn an. Am Tisch hockten mehrere Männer und spielten Karten, unter ihnen Franz Grünberg. Zwei bewaffnete Söhne Odins richteten ihre Gewehre auf Krauss. Er drehte sich um. Hinter ihm stand Oda, die Luger zeigte auf seinen Kopf.

»Sie hatten Ihre Chance.«

Edgar klatschte langsam und genussvoll in die Hände. »Sie hätte Schauspielerin werden sollen, was, Richard? Aus ihr wäre sicher ein Star geworden. Ein Jammer.«

Krauss schämte sich für seine Dummheit. Er hätte wissen müssen, dass Edgar kein Spiel perfide genug war.

Sein Bruder bekam das Grinsen nicht aus dem Gesicht. »Geh nicht zu hart mit dir ins Gericht. Auf so eine Frau fällt jeder rein. Er ist doch reingefallen, Oda?«

»Nun ja. Der Junge heißt Philipp und lebt bei einer englischen Familie, mehr hat er nicht verraten.«

Edgars Grinsen verschwand. Er musterte seinen Bruder. »Nun ja, wirklich erwartet habe ich es auch nicht. Aber man braucht schließlich ein wenig Spaß. Immerhin kann ich Bensler jetzt einen Vornamen liefern. Ich bin sicher, dass in ein paar Stunden noch mehr Informationen dazukommen.« Edgar besah sich seine Fingernägel. »Dann werden wir dich mal gründlich auseinandernehmen, Bruderherz.«

12.
Berlin

28. August
Britische Botschaft, früher Morgen

Sir George Ogilvie-Forbes glaubte Dahlerus kein Wort. Der Schwede las in den Augen des englischen Botschaftsrates unverhohlene Skepsis, gemischt mit tiefer Müdigkeit. Dahlerus hatte Forbes gegen 1.45 Uhr morgens aus dem Bett geklingelt und den Beamten am Telefon nur mühsam davon überzeugen können, ihn zu so unwirtlicher Zeit in der britischen Botschaft in Berlin zu empfangen. Offensichtlich war der Engländer vom Foreign Office nicht über Dahlerus' Aktivitäten informiert worden und befürchtete, seine Nachtruhe einem wichtigtuerischen Betrüger zu opfern. Dass er seinem Drängen trotzdem nachgegeben hatte, wunderte den Schweden ein wenig. Forbes schien wie er selbst ein Mann zu sein, der nach dem letzten Strohhalm griff. Dahlerus wollte ihn nicht enttäuschen.

»Wie ich Ihnen schon am Telefon zu erklären versucht habe, komme ich gerade von einem Vieraugengespräch mit Hermann Göring. Der Feldmarschall hat Hitler anschließend über die englischen Antworten auf seine Vorschläge, die ich aus London mitgebracht habe, informiert, und der Führer hat positiv reagiert. So positiv, dass ich wieder deutlich optimistischer bin, was eine friedliche Übereinkunft zwischen England und dem Deutschen Reich betrifft.«

Forbes zupfte an der Bügelfalte seiner Hose. Seine Stimme hatte etwas Nasales, sein Tonfall erinnerte Dahlerus an einen Psychiater, der bei seinem Patienten geduldig die Schichten des Unbewussten freilegt, um zum Kern der Sache vorzustoßen.

»Sie sind also im Auftrag der englischen – meiner – Regierung unterwegs, um deren Stellungnahme auf Hitlers Angebote der deutschen Führung zu unterbreiten. Wenn ich es recht verstehe, haben Hitler und Göring Ihnen diese Angebote, um die es hier geht, in einem vertraulichen Gespräch erläutert. Ihnen ganz alleine. Und die Antworten aus London überbringen Sie ebenfalls alleine, als Privatmann und vorbei am offiziellen Procedere. Premierminister Chamberlain – korrigieren Sie mich, wenn ich falsch liege – wartet auf Ihre Ausführungen, bevor er Botschafter Sir Nevile Henderson in Marsch setzt. Ist das richtig so?«

Dahlerus nickte und öffnete den Mund, um zu antworten.

Forbes gebot ihm mit der Hand Einhalt. »Sollten Ihre Ausführungen der Wahrheit entsprechen, wieso liegt mir in dieser Sache nicht eine einzige Notiz vor? Stattdessen zeigen Sie mir als Legitimation einen Briefbogen des Foreign Office, mit nichts anderem als meinem und Mr. Holmans Namen darauf. Denken Sie nicht auch, ein klitzekleines Telegramm, das mich über Ihre sagenhafte Mission aufklärt, wäre hilfreich, was deren Gelingen angeht? Selbst wenn Sie mir nicht wie ein Mann erscheinen, der es nötig hätte, einem Botschaftsrat mitten in der Nacht Märchen aufzutischen – Ihre Geschichte scheint mir reichlich konstruiert. Bei allem Respekt.«

Dahlerus hatte sich bei den letzten Worten des Engländers vorgebeugt, als könne er alleine durch seine Haltung den Diplomaten von seiner Aufrichtigkeit überzeugen. Wieso nur türmten sich immer neue Hindernisse auf, und auch noch an Stellen, wo man sie nicht erwartete?

»Mister Forbes, ich weiß, dass sich meine Geschichte in Ihren Ohren wie das Geschwätz eines größenwahnsinnigen Trottels anhören muss, doch ich versichere Ihnen: Nichts liegt mir ferner, als Sie für einen abenteuerlichen Quatsch um Ihren wohlverdienten Schlaf zu bringen. Manchmal erscheint mir das alles selbst vollkommen unwirklich, und ich frage mich, wie ich da so tief hineingeraten konnte. Aber so ist es eben. Eines ergab das andere, und plötzlich vermittelte ich zwischen den mächtigsten Männern der Welt, so absurd sich das anhören mag. Es ist eine Schlamperei, dass das Foreign Office Sie nicht informiert hat. Bürochef Alexander Cadogan persönlich hat Ihren Namen auf dem Briefbogen notiert – ich fand es auch etwas, na ja, seltsam, wollte ihm jedoch nicht vorschreiben, was er zu tun habe. Wissen Sie, merkwürdiges Benehmen bin ich mittlerweile gewohnt.«

Bei seinen letzten Worten dachte Dahlerus daran, dass zumindest in den vergangenen vierundzwanzig Stunden alles glatt gelaufen war. Verdächtig glatt. Nach dem nächtlichen Treffen mit Hitler war er auf dem Flugplatz in Croydon von seinen Freunden und Mitarbeitern der englischen Regierung empfangen worden. Während Charles Spencer und Robert Renig neugierige Zaungäste abgewimmelt hatten – weil der Flugverkehr ruhte, erfreute sich jede landende Maschine großer Aufmerksamkeit –, kutschierte ihn der Flughafenchef persönlich ins Foreign Office. Von dort aus wurde er zur Downing Street Nr. 10 gebracht, wo er auf Chamberlain, Halifax und Staatssekretär Cadogan traf. In bemerkenswert ruhiger Atmosphäre hatte Dahlerus zunächst die Vorschläge Hitlers referiert und jede Zwischenfrage so detailliert wie möglich beantwortet. Chamberlain zeigte sich interessiert daran, wie der Schwede Hitler beurteilte. Dahlerus entgegnete, dass er den deutschen Führer nicht als Geschäftspartner haben wollte. Der englische Premier hatte gelächelt. Offensichtlich teilte er die Einschätzung des Schweden. Misstrauen gegenüber der deutschen Regierung beherrschte das englische Kabinett, und es legte sich wie ein Schatten über die überraschend versöhnlichen Angebote Hitlers. Weil sich die Briten gegenüber den Deutschen verpflichtet hatten, Henderson noch am gleichen Tag nach Berlin zu schicken, und Dahlerus befürchtete, dies könne seinen Gesprächserfolg gefährden, schlug der Schwede Chamberlain vor, den britischen Botschafter noch einen Tag warten zu lassen und stattdessen ihn selbst zu schicken. So könne er die Briten darüber unterrichten, wie Hitler auf ihre Antworten reagiert, was wiederum Hendersons Mission erleichtern würde. Zunächst war man sich uneinig darüber, ob es in der verfahrenen Situation angemessen sei, die Dienste eines privaten Unterhändlers weiter in Anspruch zu nehmen. Der britische Premier jedoch schätzte unkonventionelles Handeln. Dahlerus holte sich per Telefon das Einverständnis Görings, und seinem Plan stand nichts mehr im Wege.

Während der Schwede mit Cadogan in dessen Arbeitszimmer die Situation analysierte, entwarfen Chamberlain und Halifax die Antworten auf Hitlers Vorschläge. Für Dahlerus entsprach die

Reaktion dem, was er erwartet hatte. Natürlich lehnten die Briten in der momentanen Lage die Rückgabe der früheren deutschen Kolonien ab, zeigten sich aber zu späteren Gesprächen darüber bereit. Auch die von den Deutschen angebotene Hilfe im Falle eines Angriffs auf das britische Empire wurde entschieden zurückgewiesen. Was Danzig, den Korridor und die Garantie der polnischen Grenzen anging, so empfahl die englische Regierung entweder direkte Verhandlungen zwischen Deutschland und Polen beziehungsweise die Kontrolle durch fünf Großmächte. Die entscheidenden Punkte jedoch waren zwei andere: England bekräftigte, dass es im Kriegsfall seinen Verpflichtungen gegenüber Polen nachkommen werde. Allerdings erklärte sich England auch grundsätzlich bereit, einen weitreichenden Friedensvertrag mit Deutschland zu schließen. Alle wesentlichen Details sollten in speziellen Verhandlungen ausgearbeitet werden.

Mehr konnte Hitler nicht erwarten, dachte Dahlerus. Nur einem ging das alles zu weit.

»Die deutsche Gangsterpolitik muss aufhören«, gab Alexander Cadogan dem Deutschen mit auf den Weg nach Berlin. Zusammen mit einem offiziellen Briefbogen des Foreign Office, auf dem er ausschließlich die Namen von Botschaftsrat Forbes und dessen Sekretär Mr. Holman notierte, ohne eine einzige zusätzliche, die Rolle des Schweden erklärende Zeile. Dieses Schriftstück sollte ihm als Entree in die britische Botschaft in Berlin dienen – eben dasselbe, das Forbes gerade mit skeptischem Blick betrachtete. Der Diplomat nahm einen Schluck von dem Tee, den Holman ihm hingestellt hatte. Er versuchte, das Beste aus der Situation zu machen.

»Gehen wir mal für einen Moment davon aus, dass das, was Sie behaupten, stimmt. Was hat Sie als Privatmann dazu gebracht, sich in die hohe Politik einzumischen? Noch dazu als Bürger eines neutralen Landes? Diplomatie ist eine Kunst und keine Spielwiese für Amateure.«

»Da haben Sie recht. Ich möchte auf diesem Gebiet gar nicht mit Ihnen konkurrieren. Mein Anliegen war es, die Mächte an einen Tisch zu bringen, um den Frieden zu erhalten. Dass sich daraus eine aktive, lang andauernde Vermittlerrolle ergeben würde, damit habe ich nicht gerechnet. Durch meine Bekanntschaft mit Hermann Göring dachte ich, der Sache dienlich zu sein, sie schneller vorantreiben zu können als jemand, der offizielle Wege einschlagen muss. Dass es so kompliziert werden würde, konnte ich nicht ahnen. Aber wie ich schon sagte, es ist eben so, wie es ist. Und ich werde alles tun, was ich für nötig halte.«

Forbes hatte Dahlerus aufmerksam zugehört. Er musterte den Schweden wie den Abgesandten eines exotischen Stammes. Von Minute zu Minute schien ihm dieser Mann sympathischer, auch wenn das, was er erzählte, allzu verwegen klang. Aber eben nicht unmöglich. Außerdem: Was sollte es bringen, einem Botschaftsrat mitten in der Nacht haarsträubende Geschichten zu erzählen? Forbes war schon bereit, dem Schweden zu glauben, als Holman ins Büro stürmte.

»Sir, gerade ist ein verschlüsseltes Telegramm vom Foreign Office eingetroffen. Ich konnte es noch nicht komplett dechiffrieren – aber der Name Dahlerus wird auf jeden Fall mehrfach genannt. Es scheint so, als würde er die Wahrheit sagen.«

Der Schwede zuckte mit den Schultern.

Forbes lächelte. »Daran hat doch niemand ernsthaft gezweifelt, oder?«

Dahlerus erzählte Forbes nun haarklein, was sich seit seiner Ankunft in Berlin zugetragen hatte. Direkt nach der Landung gegen 23 Uhr hatte der Schwede Göring in dessen Wohnung in Berlin aufgesucht und ihm die britischen Antworten Punkt für Punkt auseinandergelegt. Göring war bester Stimmung gewesen und hatte konzentriert zugehört. Dahlerus betonte noch einmal, dass es sein Bestreben sei, neutral zu referieren, ohne Position für die eine oder andere Seite zu beziehen, und dass er darauf hoffe, dass man ihm das Vertrauen entgegenbringe, alle Aspekte so darzulegen, wie sie gesagt worden sind.

Der Schwede sah Forbes eindringlich an. »Es ist mir außerordentlich wichtig, dass auch Sie das wissen, Sir Forbes. Ich bin weder ein Handlanger der deutschen noch der englischen Regierung. Was ich tue, entspringt meinem freien Willen, und ich handele nach bestem Wissen und Gewissen. Nie würde ich Partei für die eine oder andere Seite ergreifen. Ich kann auch Sie, wie ein paar Stunden zuvor Hermann Göring, nur beschwören, dass Sie mir vertrauen.«

Forbes nickte. »Ich kenne Sie kaum, aber ich vertraue Ihnen. Fahren Sie fort.«

»Göring war zunächst nicht besonders begeistert von dem, was ich ihm mitzuteilen hatte. Es kam wieder das übliche Lamento von der englischen Arroganz, dass sie es nicht nötig hätten, sich helfen zu lassen und immer noch dächten, sie wären die Herren der Welt und so weiter. Aber wir sind dann die englische Antwort Punkt für Punkt durchgegangen, und allmählich spürte ich bei ihm die Bereitschaft, sich auf die britische Position einzulassen. Sie kennen Göring sicher ebenso gut wie ich, Sir Forbes, und wissen, dass er seine Meinung blitzschnell ändert. Nun, nach einer halben Stunde hat er seine große Nase gerieben und mir erklärt, dass er die Engländer verstehe und dies auch Hitler verständlich machen wolle. So sind wir auseinandergegangen. Zwei Stunden später hat er mich prächtig gelaunt im Hotel angerufen und gefragt, ob England lieber einen Vertrag oder ein Bündnis mit Deutschland wünsche. Das müssen Sie sich mal vorstellen: Gerade noch mäkelt er an den Briten herum, und einen Moment später klopft er ihnen auf die Schulter.« Dahlerus schüttelte entrüstet den Kopf. »Am Ende zählt für mich nur das Ergebnis. Und offensichtlich besteht wieder Grund zur Hoffnung. Hitler hat alle Aspekte der britischen Antwort akzeptiert, die internationale Garantie für die polnischen Grenzen, die vertagte Diskussion um die Kolonien, den Wunsch nach einer Einigung nur zwischen Polen und Deutschland, was Danzig und den Korridor betrifft. Sollte Hendersons Note morgen dem entsprechen, was ich bereits vorgebracht habe, so steht einem friedlichen Miteinander von Deutschland und England nichts mehr im Wege. Das hat mir Göring versichert.«

Die beiden Männer arbeiteten akribisch aus, was Botschafter Henderson gegenüber Hitler vorbringen sollte und was er besser unerwähnt ließ. Jede Eventualität wurde berücksichtigt, jede denkbare Entgegnung Hitlers diskutiert. Dahlerus hatte den Eindruck, dass Forbes besonderen Eifer an den Tag legte, um seine vorherigen Zweifel an dem Schweden wieder wettzumachen. Trotzdem wirkte er aufrichtig in seinem Bemühen, den ihm noch vor wenigen Stunden völlig unbekannten Mann zu unterstützen.

Am frühen Morgen, als es bereits dämmerte, übermittelte Forbes seine Erkenntnisse nach London. Dahlerus verabschiedete sich und fuhr in sein Hotel. Es war 5.30 Uhr am Morgen des 28. August. Er hatte dem britischen Botschaftsrat alles erzählt, was er wusste – alles bis auf eines. Göring hatte ihm vor dem Abflug aus London telefonisch die genauen Koordinaten für die Flugroute übermittelt. In diesen Tagen war es gefährlich, durch die Luft zu reisen. Göring befürchtete, dass Dahlerus abgeschossen werden könnte. Das war es, was der Schwede Forbes vorenthalten hatte. Nicht nur der Frieden stand auf dem Spiel, sondern auch das Leben eines unbedeutenden schwedischen Unterhändlers.

13.
Berlin

28. August
Hof der Söhne Odins, früher Morgen

Krauss' Lippe schmerzte, wo Grünberg ihn mit der flachen Hand geschlagen hatte. Wahrscheinlich war sie geschwollen. Unter seinem rechten Auge brannte die Wange wie Feuer, auch dort hatte der Nazi ihn mehrfach getroffen, ihm mit seinem fetten Siegelring die Haut aufgeschlitzt. Sein Körper pochte, als dränge etwas Lebendiges ungeduldig an die Oberfläche. Grünberg und Müller hatten ihm bestimmt eine halbe Stunde lang zugesetzt, ihm ihre Fäuste in die Rippen, die Niere und die Leber gerammt. Irgendwann waren sie gegangen, hatten ihn alleine zurückgelassen, wohl wissend, dass er sich nicht befreien konnte. Bei jedem Atemzug spürte Krauss seine geschundenen Organe. Wie gerne hätte er sich bewegt, um sich durch eine bequemere Position Erleichterung zu verschaffen, aber sie hatten ihn an einen Stuhl geschnallt. Bei dem Versuch, sich zu befreien, war er samt dem Stuhl umgestürzt und lag nun auf der Seite, eine Gesichtshälfte hart auf den kalten Zementboden gequetscht. Er war immer noch auf dem Hof, zu dem Oda ihn gebracht hatte, in irgendeinem muffigen Hinterzimmer.

Oda – fast nötigte Krauss diese Frau Respekt ab. Sie hatte ihre Rolle perfekt gespielt, bis in die kleinste Nuance. Dabei war es ein eigentlich durchschaubares Manöver gewesen, das ihm von Anfang an merkwürdig vorgekommen war. Edgar hatte das einkalkuliert und mit dem Heroin seinen Willen geschwächt. Sein Bruder liebte solche Scharaden. Krauss hätte es wissen müssen. Er wünschte sich, er würde Oda und Edgar unter umgekehrten Vorzeichen begegnen. Es gab noch einiges zu besprechen.

Momentan allerdings sah es so aus, als würde er sich auf ziemlich unwürdige Weise aus diesem Leben verabschieden – ohne die

Dinge in seinem Sinne geordnet zu haben. Trotzdem setzte er einen Namen mehr auf seine Liste, einen weiblichen Namen. Man konnte nie wissen.

Wie lange er mittlerweile hilflos auf dem Boden lag, vermochte Krauss nicht zu sagen. Es mussten mehrere Stunden sein. Draußen war es bereits lange dunkel, durch das einzige Fenster fiel kein Lichtstrahl. Sein Nacken brannte nun ebenfalls, weil er den Kopf unnatürlich abwinkeln musste. Er hoffte darauf, dass der Zeitpunkt näher rückte, an dem er keinen Schmerz mehr spüren würde. Doch er wusste genau, wie trügerisch dieser Wunsch war. Edgar würde alles daransetzen, die Informationen zu bekommen, die er haben wollte. Krauss nahm sich vor, diesen letzten Kampf nicht zu verlieren. Er war es Hanna schuldig, den Jungen mit seinem Leben zu schützen.

In der Dunkelheit fragte sich Krauss, was sein Bruder vorhatte. Nichts rührte sich im Haus, kein Laut war zu hören. Krauss musste dringend Wasser lassen. Er rief, erhielt aber keine Antwort. Es interessierte niemanden, wenn er sich beschmutzte. Krauss versuchte, sich auf eine positive Erinnerung zu konzentrieren, um sich abzulenken. Er beschwor Bilder von Hanna herauf, umsonst. Es gelang ihm nicht. Plötzlich klapperte es an der Tür. Sie wurde aufgezogen. Gegen das Licht, das in den Raum fiel, erkannte er nur einen schwarzen Umriss, kein Gesicht. Die Person ging vor seinem Kopf in die Hocke. Krauss roch Parfum. Es war Oda. In ihrer Stimme schwang nicht der kleinste Schimmer von Unsicherheit mit.

»Ich weiß, dass Sie mir kein Wort glauben, Richard. Aber was ich Ihnen jetzt sage, ist die Wahrheit, so verrückt sich das auch anhören mag. Ich werde es Ihnen später beweisen.«

Krauss raunzte sie an. »Lassen Sie mich raten. Sie sind Hitlers heimliche Geliebte, wollen den Jungen befreien und mit Adolf irgendwo ein neues Leben anfangen, als glückliche Kleinfamilie.«

»Natürlich sind Sie wütend auf mich – das ist mir klar.«

»Wütend trifft es so in etwa. Binden Sie mich los, dann erläutere ich Ihnen das näher.«

Oda seufzte. »Ich wusste, dass es schwer wird. Trotzdem empfehle ich Ihnen, mir zuzuhören, denn ich bin Ihre letzte Chance.«

Krauss sah sie mit einem Auge an. Oda wirkte ernst und aufrichtig, aber das hatte nichts zu bedeuten. Niemand wusste das besser als er. »Reden Sie!«

Oda atmete einmal tief durch. »Ich arbeite tatsächlich nicht für Edgar, sondern für einen anderen Auftraggeber. Für wen, werde ich Ihnen später verraten. Meine Aufgabe ist es, Informationen über die ›Söhne Odins‹ zu sammeln. Durch Ihr Erscheinen hat sich die Lage allerdings geändert. Mein Auftraggeber will nicht, dass Erkenntnisse über den Aufenthaltsort von Hitlers Sohn in die Hände der Söhne Odins fallen. Deshalb hole ich Sie hier heraus. Was heute früh passiert ist, tut mir leid. Ich musste Edgars Spiel mitspielen.«

»Warum haben Sie mich nicht tatsächlich befreit?«

»Ich hatte zu dem Zeitpunkt keine entsprechende Order.«

Krauss glaubte ihr kein Wort. Das war nur ein weiterer, auf dem Mist seines Bruders gewachsener abstruser Quatsch. Vorgebracht von einer Frau, die offensichtlich ihren Beruf verfehlt hatte – sie gehörte ins Theater, auf eine Bühne, weit vorne an die Rampe. Diesmal würde er sich nicht täuschen lassen.

»Machen Sie mich erstmal los, dann sehen wir weiter.«

Oda lächelte milde. »Glauben Sie, ich wüsste nicht, was in Ihnen vorgeht? Ich habe eine Waffe, Richard, und ich weiß, wie man sie benutzt. Sollten Sie auf die Idee kommen, sich mit mir anzulegen, werde ich Sie erschießen. Das ist der zweite Teil meiner Order: Wenn ich Sie nicht lebendig hier herausbringen kann, soll ich Sie töten. Wichtig ist, dass Ihre Informationen nicht in die falschen Hände fallen.«

Krauss ahnte, dass Oda keinen Spaß verstand. Aber seine Chance würde kommen.

»Binden Sie mich los!«

Oda schnitt die Fesseln durch und trat zwei Schritte zurück. Sie hielt eine Waffe auf Krauss gerichtet. Eine Walther mit Schalldämpfer. Seine Walther? Krauss rappelte sich mühsam auf. Jeder Knochen, jede Faser seines Körpers schmerzte. Er tastete seine Rippen ab, befühlte seine Lippe. Nur Schwellungen, keine Brüche. Sein Schädel brummte. Nach dem langen Liegen war ihm leicht schwindelig.

»Haben Sie wieder ein paar Leichen für mich drapiert?«

Oda grinste. »Allerdings. Mit dem kleinen Unterschied, dass die Männer diesmal wirklich tot sind. Bis auf einen. Gehen Sie doch mal nachschauen.«

Krauss ging voran durch den Gang bis zur Stube, in der Edgar ihn ein paar Stunden zuvor empfangen hatte. Ein Mann saß auf einem Stuhl, sein Kopf lag auf der Tischplatte, als würde er schlafen. Ein anderer hing ihm gegenüber quer auf der hölzernen Sitzbank. In seiner Stirn klaffte ein Loch, aus dem Blut sickerte. Vor dem Ofen saß Grünberg, die Hände mit Handschellen an den Griff der Ofenklappe gekettet. In seinem Mund steckte ein Knebel. Grünbergs Augen irrten zwischen Krauss und Oda hin und her, vollkommen verwirrt – und ängstlich. Wenn das alles ein Täuschungsmanöver war, dann war es sehr ausgeklügelt, dachte Krauss.

Sein Bruder war sicher bereit, Opfer zu bringen, aber das ging zu weit.

Vielleicht tat Krauss Oda Unrecht. Sie stellte sich zwischen ihn und Grünberg, wahrte aber genug Distanz, um gegen eine plötzliche Attacke gewappnet zu sein.

»Ihr kennt euch ja bereits.« Oda blickte Krauss kühl an. Hinter ihrem markigen Auftreten meinte er plötzlich einen Schimmer Traurigkeit, einen Abgrund aus Kummer zu spüren. Sie war eine Verlorene – wie er. »Ich wollte Ihnen die Genugtuung verschaffen, zuzusehen, wie einer ihrer Folterknechte dafür bezahlt, was er Ihnen angetan hat. Und natürlich möchte ich Ihnen beweisen, dass ich es diesmal ernst meine. Keine faulen Tricks, kein doppelter Boden. Nur eine Kugel. Wir wissen beide, dass das Schwein damit viel zu gut wegkommt.«

Oda richtete ihre Waffe auf Grünbergs Kopf. Der Nazi stöhnte laut und wand sich in seinen Ketten.

Krauss schrie auf. »Nein! Warten Sie, Oda! Er weiß, wo ich Edgar finde. Und er wird es mir sicher erzählen. Nicht wahr, Franz?«

Grünberg zappelte hektisch, sah dabei nervös zu Oda herüber. Sie wirkte unschlüssig.

Krauss nickte ihr zu. »Nehmen Sie ihm den Knebel raus.«

»Machen Sie es gefälligst selbst.«

Krauss ging auf Grünberg zu. Kurz bevor er ihn erreicht hatte, schoss Oda dem Nazi in die Stirn. Sein Kopf knallte gegen die Ofenklappe und fiel schlapp nach hinten.

Krauss fuhr erschrocken zurück. »Sind Sie wahnsinnig? Was soll das?«

»Nun wissen Sie, dass ich es ernst meine. Tun Sie nicht so scheinheilig. Sie hätten ihn auch getötet, wenn er Ihnen das verraten hätte, was Sie wissen wollen.«

Krauss biss die Zähne zusammen. Es war alles schlimmer, als er angenommen hatte, und offensichtlich permanent steigerungsfähig. Oda gab sich zumindest große Mühe, die Lage zu verschärfen. Sie betrachtete ihn kritisch von der Seite.

»Grünberg hätte Ihnen nichts erzählen können, was ich nicht längst weiß. Das sollte Ihnen doch klar sein, oder?«

»Sie wissen, wo Edgar sich versteckt hält?«

»Ich weiß alles über Edgar.«

Krauss stützte sich am Küchentisch ab. »Bringen Sie mich zu ihm.«

»In Ihrem Zustand? Das ist doch lächerlich. Wenn Sie ihn erschrecken wollen, bitteschön. Zu mehr wird es nicht reichen.«

Krauss atmete tief durch. Sein Brustkorb fühlte sich an, als hätte man ihn als Trommel benutzt. Was ja auch irgendwie stimmte. »Also bleibt mir keine andere Wahl, als mitzukommen. Das wollen Sie mir doch damit sagen.«

»So in etwa. Wobei wir vorher noch drei kleine Probleme lösen müssen.«

Krauss sah sie fragend an.

Oda wedelte mit ihrer Pistolenhand. »Zwei Wachleute, zwei Motorräder.«

Er runzelte verständnislos mit den Augenbrauen.

»Ich weiß nicht, wie man so ein Ding fährt.«

Mut umschrieb Odas Verhalten für Krauss nur unzureichend. Sie stürzte sich in ein Abenteuer, ohne dessen Risiken eingehend abzuwägen. Wenn ihr der Zeitpunkt günstig erschien, schlug sie zu, in der Hoffnung, ihre Kaltblütigkeit würde sie retten. Krauss kannte so ein Verhalten von sich selbst, wobei er eher der analytische, abwägende Typ war. Erst seit Hannas Tod handelte er offensiver, rücksichtsloser gegenüber seinem eigenen Schicksal. Vielleicht hatten Oda und er mehr gemeinsam, als er dachte. Er vertraute ihr noch lange nicht, dafür war es zu früh, aber sie schien es diesmal ernst zu meinen. Fragte sich nur, was da, wo sie ihn hinbringen wollte, auf ihn wartete. Schlimmer als Edgar konnte es kaum sein. Krauss entschied, vorerst mitzuziehen. Dafür mussten sie die Wachen ausschalten.

Oda hatte die Situation ausgenutzt, als sie mit Grünberg und zwei weiteren Söhnen Odins alleine in der Stube des Hofs war. Edgar musste dringend nach Berlin und hatte das Verhör seines Bruders auf den nächsten Tag verschoben. Grünberg und Oda sollten gemeinsam mit den Wachen die Sicherheit Richards garantieren. Nun wanderten Odins Söhne durch Walhalla.

Krauss hatte ein Handtuch in kaltes Wasser getaucht und kühlte die Wunde unter seinem Auge. Er sprach mit dem Rücken zu Oda. »Wie ist der Plan?«

»Sie ziehen Grünbergs Jacke an, wir gehen zusammen raus zu den Motorrädern. Es sind zwei Zündapp mit Beiwagen. Während sie ein Motorrad starten, rede ich mit einer der Wachen. Ein Mann steht an der Scheune, einer am Tor. Ich sage ihm, dass Edgar uns nach Berlin abgeordnet hat. Er wird mir nicht glauben und irritiert sein. Ich erschieße ihn, Sie kommen angefahren, ich springe in den Beiwagen, und wir rasen im Kugelhagel der anderen Wache durch das Tor. Fertig, Flucht geglückt.«

Krauss hustete. »Sie sind verrückt.«

»Nicht verrückter als Sie.«

»Die Männer sind mit Maschinenpistolen bewaffnet. So schnell können Sie gar nicht schauen, wie die ihnen ein paar nette Löcher in die Brust stanzen. Ihr Plan ist dilettantisch.«

»Zugegeben, ich hatte schon bessere Ideen. Aber meine Inspiration lässt mich gerade im Stich.«

Krauss drehte sich zu ihr um. »Gehen Sie zu der Wache an der Scheune. Sagen Sie ihr, Edgar sei am Telefon und habe durchgegeben, dass Thors Hammer gefallen sei. Zu meiner Zeit hat das bedeutet, dass ein direkter Führerbefehl vorliegt. Die Wache muss ihn von Edgar persönlich in Empfang nehmen, wird Sie also in das Haus begleiten. Dort schalten Sie ihn aus. Danach gehen wir beide zu einer Maschine, werfen sie an und fahren los. Die andere Wache wird denken, dass dies zu den neuen Befehlen gehört. Zumindest für einen Moment. Es müsste reichen, um bis zum Tor, auf jeden Fall aber bis in Schussweite zu kommen. Ich hoffe, Sie treffen aus einem fahrenden Motorrad.«

Oda zuckte mit den Achseln. »Bisher hat sich keiner beklagt.«

»Dann los!«

Oda schaute ihn skeptisch an, ging zu Grünberg, öffnete dessen Handschellen mit einem Schlüssel und nahm sie dem Toten ab. »Kerle wie Sie lasse ich nur ungern unbeaufsichtigt.«

Krauss stöhnte. Oda griff nach seiner rechten Hand, ließ die Handschelle einschnappen, führte das noch freie Ende durch den Ofengriff und schnallte es um Krauss' linke Hand.

»Nun zur Operation Thors Hammer. Mal sehen, ob Ihre alte Zauberformel noch wirkt. Falls nicht, wünsche ich Ihnen ein schmerzfreies Restleben.«

Oda verließ die Stube. Krauss hockte sich neben Grünberg. Sein ehemaliger Kampfgefährte schmorte bereits in der Hölle. Grünberg hatte stets loyal hinter Edgar gestanden, nie an dessen Entscheidungen gezweifelt. Er hatte anscheinend die Rolle ausgefüllt, die eigentlich ihm, dem jüngeren Bruder, zugedacht gewesen war. In Edgars Nähe lebte es sich gefährlich, dachte Krauss. Er hörte, wie Oda plappernd ins Haus kam, vernahm eine zweite Stimme, die eines Mannes. Bis hierhin hatte alles geklappt. Der Wächter betrat den Raum, Oda hatte ihn vorausgehen lassen. Entsetzt blieb er auf der Stelle stehen, starrte fassungslos auf die grausige Szenerie. Krauss hörte ein dumpfes Ploppen. Der Mann fiel auf die Knie und sackte wortlos mit dem Oberkörper nach vorne. Oda hatte ihm von hinten in den Kopf geschossen.

Langsam senkte sie die Waffe.

»Odin gehen allmählich die Söhne aus.«

Oda befreite Krauss von den Handschellen, ließ ihn dabei keine Sekunde aus den Augen. Krauss roch ihren Duft, etwas Blumiges, das so gar nicht zu ihrem knochenharten Auftreten passte. Lilien – Oda duftete nach Lilien. Sie war eine schöne Frau, das fiel ihm jetzt wieder auf. Er rieb sich die Handgelenke.

»Gehen wir's an.«

Sie nickte und reichte ihm Grünbergs Jacke, die sie dem Nazi abgenommen hatte, bevor sie ihm die Handschellen anlegte. Krauss streifte sich den Blouson über. Er war ihm zwei Nummern zu weit. Grünberg hatte sich einen Wohlstandsbauch angefressen. Futter für die Würmer.

Oda gab Krauss eine Lederkappe und eine Brille. »Die habe ich aus dem Beiwagen gefischt. Für Ihren Blondschopf.«

Krauss stülpte die Kappe auf und zog sich die Brille über. Jede Bewegung verursachte Schmerzen, aber er bemühte sich, so normal wie möglich zu wirken. Er bezweifelte, dass er sich auf dem Motorrad wirklich würde halten können. Oda nahm dem toten Wächter die Maschinenpistole, eine handliche MP 38, ab und hängte sie sich vor die Brust. Die Walther stopfte sie in die Jackentasche.

»Sie gehen voran.«

Krauss verließ die Stube und ging durch die Tür auf den Platz vor dem Hauptgebäude. Eine an der Hauswand angebrachte Lampe erhellte einen wenige Meter umfassenden Halbkreis vor dem Gebäude. Auch am Tor brannte ein Licht, Krauss erkannte den Wachposten, der gerade von seinem Stuhl aufgestanden war. Der Mann hatte gesehen, wie sie das Haus verlassen hatten. Vor dem Hof parkten die beiden Zündapp KS 750. In der Wehrmacht schätzte man die robusten und geländegängigen Maschinen.

Krauss ging auf das erste Gespann zu, packte mit den Händen an den Lenker und zog mit dem Fuß den Kickstarter nach oben. Der Wächter rief ihnen etwas zu, aber Krauss hörte nicht hin. Er konzentrierte sich auf das Motorrad. Viele Versuche, die Maschine zu starten, würden ihm nicht bleiben. Er hob den Fuß. Oda antwortete der Wache. Krauss trat den Starter durch und gab gleichzeitig Gas. Die Zündapp grummelte und verstummte wieder. Der Nazi war ein paar Schritte in ihre Richtung gegangen und rief erneut zu ihnen herüber, drohender jetzt. Krauss zog den Starter wieder hoch. Oda setzte sich in den Beiwagen, die MP 38 mit beiden Händen umklammert. Krauss hämmerte mit aller Kraft auf den Starter. Der Schmerz raubte ihm fast den Atem. Die Zündapp sprang mit ohrenbetäubendem Lärm an. Krauss drehte den Gashahn auf, um den Vergaser mit Sprit zu füllen. Er schwang sich auf den Sattel und sah zum ersten Mal in Richtung der Wache. Der Mann war schwerer bewaffnet als sein von Oda ausgeschalteter Kollege, er zielte mit einem MG 42 auf sie und schrie etwas, das vom Knattern des Motorrads übertönt wurde. Krauss legte einen Gang ein und drehte am Gashebel. Die Zündapp sprang im selben Moment nach vorne, als der Wächter den Abzug betätigte.

Krauss sah die Flammen, die aus der Mündung der großen Waffe loderten, die Schussgeräusche gingen im Donnern des Motors unter. Er warf das Gespann in eine scharfe Linkskurve, weg von dem Schützen. Oda feuerte auf den Mann, hatte jedoch Probleme, die Waffe zu halten. Krauss wusste, wie schwer es war, selbst mit einer leichten Maschinenpistole kontrolliert zu schießen. Er fuhr Slalom über den Hof, um ein schwieriges Ziel für den Wachposten abzugeben. Der Mann verharrte auf seiner Position, versuchte, sie ins Visier zu nehmen. Krauss zog die Maschine rechts herum, so dass Oda ein gutes Schussfeld bekam. Sie fixierte das Mündungsfeuer des Wächters. Krauss sah, wie Oda im selben Moment zusammenzuckte, in dem der Mann von den Füßen gerissen wurde. Er hielt das schwere Gespann an – und ertappte sich dabei, wie er hoffte, Oda möge nicht verletzt sein. Nicht nur, weil sie sein einziges Bindeglied zu Edgar war. In seinen Ohren dröhnte es.

»Oda, sind Sie getroffen?«

Sie sah zu ihm auf, biss sich auf die Lippen. »Ich glaube, mich hat ein Splitter erwischt. Von der Verkleidung.«

Krauss bemerkte jetzt, dass eine große Gewehrkaliber-Patrone den Seitenwagen aufgeschlitzt hatte. Das Projektil hatte Oda um ein paar Zentimeter verfehlt.

»Ist es schlimm?«

»Es brennt wie der Teufel, aber ich glaube, es geht. Fahren Sie los, ich zeige Ihnen, wo wir hinmüssen.«

Krauss gab Gas und knatterte mit der Maschine vom Hof. Dass er seinen Peinigern auf diese Weise entwischen würde, hätte er noch vor ein paar Stunden nicht gedacht. Edgar würde ihn verfluchen. Der Gedanke lenkte ihn kurzzeitig von den Schmerzen ab, die durch seinen Körper fluteten. Jedes Schlagloch quälte seine Synapsen, und in manchen Augenblicken wusste er nicht genau, ob er sich am Motorrad festhielt oder es steuerte.

Oda wies ihm mit knappen Kommandos den Weg, schlug gegen sein Bein und zeigte mit der Hand mal nach rechts, mal nach links. Die erste Zeit fuhren sie über einsame Landstraßen, nach einer Stunde aber bogen sie auf einen Feldweg ab. Krauss stöhnte, war das Fahren auf Asphalt für ihn doch wesentlich angenehmer. Der Weg führte zunächst über Ackerland und anschließend in ein weitläufiges Waldgebiet. Zum Glück hatte es lange Zeit nicht geregnet, so dass der Untergrund hart und trocken war. Obwohl sich Krauss in der Gegend um Berlin einmal ganz gut ausgekannt hatte, fand er sich in der Dunkelheit nicht zurecht. Außerdem konzentrierte er sich wegen der Schmerzen vor allem darauf, die Zündapp unfallfrei zu bewegen. Oda allerdings wusste genau, wo sie hinwollte, zumindest gab sie ohne zu zögern die Richtung an.

Nach einer Weile stießen sie auf einen breiteren Weg, der sie zu einer großen Lichtung führte. Krauss stoppte die Zündapp. Am Ende der Lichtung stand ein Gebäude. Nicht irgendeine kleine Hütte, sondern ein riesiges Anwesen. Von ihrer Perspektive aus schauten sie auf die mächtige Front. Einige Fenster waren erleuchtet. Das Motorrad tockerte im Leerlauf.

Krauss beugte sich zu Oda hinüber. »Ist das unser Ziel?«

Sie nickte.

»Wer wohnt dort?«

»Fahren Sie einfach.«

Krauss überlegte eine Sekunde. Der Besitzer eines solchen Hauses war nicht irgendwer. Was hatte das für ihn zu bedeuten? Er zögerte.

»Was ist los?«

Oda schlug mit der flachen Hand auf den Beiwagen. Krauss antwortete nicht, sondern fuhr einfach los. Je näher sie dem Anwesen kamen, desto größer erschien es. Krauss entdeckte jedoch nirgendwo eine menschliche Seele. Kein Wachpersonal, kein schützender Zaun, die Sache wurde immer merkwürdiger. Der Weg brachte sie direkt vor den Haupteingang. Zumindest jetzt hätte sie jemand in Empfang nehmen müssen, denn der Lärm des

Motorrads hallte unüberhörbar über die Lichtung. Nichts rührte sich. Fünf Meter vor dem Gebäude hielt er die Maschine erneut an. Der Lichtkegel der Zündapp erfasste die Front, die in Krauss' Augen merkwürdig flach wirkte. Selbst die erleuchteten Fenster sahen seltsam blass aus. Mit dem Haus stimmte etwas nicht.

Oda fasste an sein Bein. »Fahren Sie zwischen das zweite und dritte Fenster rechts neben dem Hauptportal.«

Krauss stellte keine Fragen mehr und tat, wie ihm geheißen. Vor der Wand zwischen den Fenstern bremste er. Oda stieg aus dem Beiwagen, ging zur Hauswand und machte sich dort zu schaffen. Plötzlich schnappte ein Spalt in der Wand auf. Oda drückte dagegen. Es war ein großes Tor, dessen Verschluss sie vorher betätigt hatte. Sie winkte Krauss.

»Fahren Sie durch!«

Er sah sie nur an.

»Tun Sie es einfach. Rasen Sie nicht, halten Sie Schritttempo. Und glotzen Sie mich dabei nicht so blöde an.«

Krauss fuhr in das Innere des Gebäudes. Zwei Soldaten richteten ihre Maschinengewehre auf ihn. Sie wirkten unaufgeregt, erwarteten sie offensichtlich. Oda nickte den Männern zu. Als er die geheime Tür passiert hatte, bedeutete sie ihm anzuhalten. Er stoppte die Maschine und schob die Brille hoch. Das vermeintliche Haus bestand aus einer für ihn zunächst wirren, weil unübersichtlichen Konstruktion aus Balken. Es existierten weder Flure noch Zimmer oder Möbel. Das Ganze war eine Attrappe. Eine gigantische Attrappe. Ein Potemkinsches Dorf. Einer der Soldaten hatte das Tor hinter ihm geschlossen. Oda fummelte fluchend an ihrem verletzten Arm herum und wandte sich an Krauss.

»Steigen Sie ab und gehen Sie voran. Da lang.«

Oda wies mit der Maschinenpistole durch die Balken an der Hausfront entlang. Krauss sah sich interessiert um, beeindruckt von dem Aufwand, der hier betrieben wurde. Was ihm gerade noch wirr erschienen war, hatte nur mit der Menge des verbauten Holzes zu tun. Es war ein tadelloses Gerüst, durch das er hier spazierte. Aber eben nur ein Gerüst. Die erleuchteten Fenster, die er von außen gesehen hatte, waren Lampen hinter transparenten Folien. Dieses Haus sollte von etwas ablenken. Mit einem Mal begriff Krauss, wo er sich befand.

»Stehenbleiben. Öffnen Sie die Luke zu Ihren Füßen.«

Krauss stand vor einer in den Boden eingelassenen Stahltür. Er beugte sich runter und zog sie auf. Der Schmerz, der ihn die ganze Zeit dumpf umklammert hielt, schnürte ihm die Luft ab. Er keuchte.

»Gehen Sie runter!«

Hinter der Tür lag eine Treppe, die in die Dunkelheit führte. Wieder ein Keller, dachte Krauss. Er hatte sein Leben in den Untergrund verlegt.

Vorsichtig tastend bewegte er sich die Stufen hinab. Oda war direkt hinter ihm. Er hörte, wie sie einen Schalter umlegte. Licht flackerte auf. Die Treppe mündete in einen breiten Gang, von dem mehrere Türen abgingen.

Oda kannte sich aus.

»Nehmen Sie die dritte Tür von rechts.«

Krauss öffnete die Tür und betrat den dahinterliegenden Raum. Er war gemütlicher eingerichtet, als er vermutet hatte, mit einem kleinen Sofa und zwei Sesseln, einem schmalen Bett und einem Regal mit mehreren Büchern. Sogar ein Bild hing an der Wand, eine Luftkampfszene aus dem Weltkrieg. Krauss blieb mitten im Raum stehen und breitete die Arme aus.

»Das nenne ich mal gemütlich.«

Oda lächelte. »Home sweet home, wie der Engländer sagt. Hier können Sie sich erstmal ausschlafen und Ihre Wunden lecken.«

»Wollen Sie mir nicht verraten, wer mein Gastgeber ist? Nur für den Fall, dass ich eine Beschwerde habe.«

»Das erfahren Sie früh genug.«

Krauss nahm die Lederkappe samt Brille ab und warf die Sachen auf das Sofa. Er blickte Oda kühl in die Augen. »Ich habe da so einen Verdacht.«

»Ach was.«

»Vom britischen Geheimdienst weiß ich, dass Hermann Göring in der Nähe seines Wohnsitzes Carinhall ein fast identisches Gebäude hat errichten lassen. Es besitzt ähnliche Dimensionen, besteht aber nur aus Holz und Pressspan. Göring hofft, auf diese

Weise feindliche Flieger ablenken zu können. Er nennt es Schein-Carinhall. Die Briten haben sich kaputt gelacht über so viel Aufwand. Als ob sich jemand davon täuschen lassen würde.«

Oda schwieg.

»Sie arbeiten also für Hermann Göring.«

Sie schmunzelte. »Du bist ein schlauer Bursche, Richard.«

14.
Berlin

28. August
Görings Sonderzug, Vormittag

Göring biss gierig in ein dick mit Himbeerkonfitüre bestrichenes Brötchen. Er fühlte sich großartig. Seiner Stimmung entsprechend hatte er sich für Tschaikowskys Pathetique entschieden, eingespielt von Wilhelm Furtwängler und den Berliner Philharmonikern. Er schätzte den Dirigenten, obwohl ihm dessen notorisches Engagement für jüdische Musiker auf die Nerven ging. Als ob es nicht genug deutsche Virtuosen gäbe. Vom Grammophon, auf das er auch in seinem Sonderzug nicht verzichten wollte, klang Tschaikowsky allerdings nur halb so gut wie im Konzertsaal. Trotzdem gelang es Furtwängler, ihn zu berühren. Der Mann war eben ein Genie in seinem Fach. So wie er selbst. Göring grinste über seinen Vergleich. Aber es war die Wahrheit. In der Welt der Politik machten die Leute ihm so wenig vor wie Furtwängler in der Welt der Musik. Das beste Beispiel waren die braunen Meldungen, die vor ihm auf dem Frühstückstisch lagen. Da hatte das Forschungsamt sich mal wieder selbst übertroffen. Kein Überwachungsdienst in Deutschland arbeitete effektiver. Das war alleine sein Verdienst. Entzückt überflog er die Blätter, nicht ohne auf dem einen oder anderen klebrige Flecken zu hinterlassen.

Dahlerus hatte gleich nach dem Gespräch mit ihm Botschaftsrat Forbes aus dem Bett geklingelt. Geschah ihm recht, diesem versnobten Arschloch. Forbes und Holman hatten Dahlerus zuerst für einen Hochstapler gehalten, den Schweden aber trotzdem empfangen. Den Rest der Nacht hatte Dahlerus auf Forbes eingeredet und ihm haarklein auseinandergelegt, welchen diplomatischen Durchbruch sie nach Hitlers positiver Reaktion erreichen könnten, wenn sie es richtig anstellten. Deppen! Hitler hatte ihnen nur geliefert, was sie hören wollten. Er würde von seinem Entschluss, Polen anzugreifen, keinen Zentimeter abweichen, das war Göring spätestens seit dieser Nacht hundertprozentig klar. Hitler hatte sich die britische Reaktion auf seine Vorschläge am Telefon kurz angehört und Göring sofort seine Antworten diktiert. Der Führer wollte so schnell wie möglich losschlagen, gleichzeitig jedoch die Briten neutralisiert wissen.

Eigentlich hätte das Göring schlechte Laune bereiten müssen. Aber die Ereignisse arbeiteten für ihn. Hitler sah allmählich ein, dass es ohne seinen Feldmarschall und dessen Verbindungen einfach nicht ging. Und in den Augen der Briten wurde er von Stunde zu Stunde wichtiger als friedliebende Alternative zum Führer. Göring schmatzte laut vor Vergnügen. Als wäre dies alles nicht schon genug Fortune, hatte ihm Oda einen dicken Fisch geangelt, einen Fisch, der den Schlüssel zu einem ungeahnten Schatz hütete – Richard Krauss. Der Mann, der vor vielen Jahren mit Hitlers Sohn erst spurlos verschwunden und später angeblich samt dem Kind einem Unfall zum Opfer gefallen war. Eigentlich hätte er damals nichts vom Sprössling des Führers wissen dürfen; Hitler hatte ihn in die Obhut von Edgar Krauss und der »Söhne Odins« gegeben, aber Görings Forschungsamt war natürlich nichts verborgen geblieben. Befriedigt hatte er verfolgt, wie der Junge entführt worden war und die Nachricht von seinem Tod in eingeweihten Kreisen durchsickerte. Jetzt war Richard Krauss von den Toten auferstanden, und Göring hätte sein drittes üppig belegtes Brötchen darauf verwettet, dass der Junge ebenfalls unter den Lebenden weilte. Er musste Krauss, den Oda in Schein-Carinhall versteckt hielt, nur noch davon überzeugen, ihm den Jungen auszuliefern, dann hatte er einen Trumpf in der Hand. Fragte sich nur, wie er ihn ausspielte.

Es klopfte. Obwohl Göring nur eine Pyjamajacke trug, brummte er ein gelangweiltes »Ja«.

Oberstleutnant Conrad steckte den Kopf durch die Tür. »Herr Dahlerus ist gerade angekommen.«

Göring winkte mit der Hand und sprach mit vollem Mund. »Schicken Sie ihn rein.«

Der Feldmarschall stand auf und schlüpfte in seinen Lieblingsmorgenmantel. Er war aus erbsengrünem Satin und besaß eine juwelenbesetzte Schärpenschnalle. Göring wischte sich mit dem Handrücken noch schnell einige Brötchenkrümel aus den Mundwinkeln, da öffnete sich die Waggontür.

Dahlerus trat herein, etwas blass im Gesicht, aber offensichtlich bei guter Stimmung.

Göring stemmte die Arme in die Seite und grinste breitbackig. »Guten Morgen, mein lieber Dahlerus. Sie überraschen mich immer wieder aus Neue. Jetzt haben Sie auch noch das Schlafen eingestellt.«

Dahlerus sah den Feldmarschall verdutzt an. »Wie darf ich das verstehen?«

Göring zog wichtigtuerisch eine Augenbraue hoch. »Nun, Sie verließen die englische Botschaft um 5.30 Uhr, sind ins Hotel gefahren, haben geduscht und sich gleich auf den Weg zu mir gemacht. Um 7.30 Uhr stehen Sie hungrig und müde, aber voller Tatendrang in meinem Sonderzug. Ich möchte Sie nicht als Vorgesetzten haben.«

»Sie sind gut informiert.«

»Deshalb bin ich in dieser Position.«

»Also muss ich Ihnen gar nichts mehr berichten.«

»Es freut mich, die Dinge aus Ihrem Mund zu hören, mein lieber Dahlerus. Nach einem vernünftigen Frühstück, versteht sich. Sie müssen einen Mordshunger haben. Setzen Sie sich und greifen Sie zu.«

Dahlerus wiegelte ab. »Nein, danke, ich habe keinen Appetit.«

Göring spielte den Entrüsteten. »Nicht schlafen und nicht essen, das dürfte selbst einen so genügsamen Menschen wie Sie überfordern. Nun kommen Sie schon, es macht mir keinen Spaß, allein zu frühstücken.«

»Na gut, eine Tasse Kaffee trinke ich mit.«

Der Feldmarschall lächelte zufrieden. Er wies Dahlerus auf den Platz ihm gegenüber, an dem, wie der Schwede bemerkte, gedeckt war. Göring schnitt sein viertes Brötchen auf.

»In der englischen Botschaft hat man Sie erst für einen Verrückten gehalten, wissen Sie das? Ausgerechnet Sie, die Vernunft in Person. Ist das nicht absurd?«

Dahlerus rührte in seiner Tasse. »Nun ja, vielleicht hätte ich an Stelle der Briten ganz genauso reagiert. Das Foreign Office hatte es versäumt, die Botschaft in Berlin rechtzeitig zu informieren. Forbes' Misstrauen war berechtigt.«

»Lustig ist es trotzdem. Weil die Briten so ein verschnarchter Haufen sind. Aber ich bin froh, dass sonst alles nach Plan gelaufen ist. Sie haben Hitlers Antwort tadellos wiedergegeben. Kompliment.« Görings Augen leuchteten. »Ich hätte Forbes' Telegramm nach London nichts hinzuzufügen. Perfekt. Gute Arbeit, mein lieber Dahlerus.«

»Es freut mich, dass Sie zufrieden sind. Aber ich kann es nicht gutheißen, dass Sie die Menschen bespitzeln, denen Sie vertrauen sollten.«

»Nun seien Sie mal nicht gleich eingeschnappt. Ich habe Sie nicht bespitzelt und habe es auch in Zukunft nicht vor. Aber Sie müssen verstehen, dass ich die Briten nicht unbeaufsichtigt lassen kann.« Göring zuckte mit den Schultern und zog eine Schnute. »Das ist das Nachrichtengeschäft.«

Dahlerus schilderte dem deutschen Feldmarschall dennoch ausführlich, was er mit Forbes vereinbart hatte und welche offizielle Stellungnahme von Nevile Henderson im Laufe des Tages zu erwarten sei. Göring entgegnete, seiner Ansicht nach seien die Dinge nun auf einem guten Weg; und er, Dahlerus, könne ja ein Stimmungsbild unter den Offizieren im Zug einfangen. Unterdessen würde Göring sich ankleiden und später dazustoßen.

Der Schwede ließ sich von Oberstleutnant Conrad in den Salonwagen bringen, wo er zu seiner Überraschung auf eine ganze Schar von Generälen und hohen Beamten traf. »Pili« Körner empfing ihn herzlich und stellte ihn den Generälen Milch, Udet, Bodenschatz und Jeschonnek, Görings Stabschef, vor. Milch und Udet machten auf Dahlerus einen leicht verwegenen Eindruck. Bodenschatz kannte er vom Treffen im Sönke-Nissen-Koog.

Der General schüttelte ihm fest die Hand. »Meine Hochachtung, Herr Dahlerus. Wir alle hier wissen Ihr Engagement zu schätzen. Niemand von uns will diesen Krieg. Aber wir werden, wenn es von uns verlangt wird, selbstverständlich unsere Pflicht tun. Deshalb ist es so wichtig, dass jemand wie Sie, aus einem neutralen Land, sich einsetzt. Sie sind nicht wie wir per Eid gebunden.«

Dahlerus nickte ernst. »Das entbindet Sie doch nicht, Ihre Meinung zu sagen, General Bodenschatz.«

»Sie wissen, was ich damit sagen will, Herr Dahlerus.«

»Ja, ja, ich weiß.«

Nach einer halben Stunde, in der Dahlerus mit den Offizieren die politische Lage diskutiert hatte, ohne dass die Militärs ihm Neues über die bevorstehenden Manöver verraten hätten, stieß Göring zu der Runde. Er trug wie in den vergangenen Tagen Uniform und polierte schwarze Stiefel.

»Meine Herren, darf ich Ihnen unseren Gast für einen Augenblick entführen?«

Dahlerus folgte Göring nach draußen vor dessen Zug, der an seinem unterirdischen Hauptquartier am Wildpark Werder stand. Ein paar Meter neben den Gleisen waren große Tische aufgebaut. Auf ihnen ausgebreitet lagen detaillierte Karten Polens und des deutsch-polnischen Grenzgebiets.

Göring erläuterte Dahlerus, wie wenig ein deutscher Korridor nach Danzig die strategische Position Polens schwächen würde. Der Feldmarschall fühlte sich offenkundig wohl in seiner Rolle, wies mit der Hand auf die genau eingezeichneten Positionen der deutschen Divisionen, entwarf die ersten Kriegstage im Falle, dass ihre Vermittlungsbemühungen – Gott möge es verhüten – scheitern sollten. Alles war bereits vorempfunden in diesen Karten, und fast schien es Göring bei seinen eigenen Worten, es sei bereits geschehen, als spreche er über eine gewonnene Schlacht. Dieser Krieg war eine Formsache, mehr nicht. Routine. Er sah Dahlerus an, der abwesend wirkte. Der Schwede hatte kein Wort von dem verstanden, was Göring ihm gerade erklärt hatte, das konnte er an dessen Gesicht ablesen.

Der Feldmarschall seufzte müde.

Dahlerus fühlte sich aufgefordert, etwas zu sagen. »Sehr aufschlussreich, Eure Exzellenz, aber ich hoffe, dass es nicht so weit kommt.«

»Das hoffen wir alle.«

»Könnten Sie dieses ›alle‹ näher erläutern? Wie beurteilen Ihre

Regierungskollegen einen etwaigen Krieg? Außenminister Ribbentrop scheint ja eine Auseinandersetzung mit Polen zu begrüßen, wie ich Ihren Worten entnehmen durfte. Aber was sagen zum Beispiel die Herren Goebbels und Himmler? Sie müssen es doch wissen.«

Langsam fing Dahlerus an, Göring zu nerven. Der Schwede hörte nie auf, Fragen zu stellen, wie ein quengeliges Kind. Stattdessen sollte er lieber mal zuhören. Hätte Dahlerus die Fähigkeit, zwischen den Zeilen zu lesen, wüsste er längst, dass Polens Untergang beschlossene Sache war. Und dass Goebbels und Himmler es nie wagen würden, sich gegen den Führer zu stellen. Das durfte nur er sich herausnehmen – wenn auch mit der gebotenen Vorsicht.

»Auf Ribbentrop dürfen Sie nichts geben. Der Mann ist ein Intrigant. Er glaubt, durch einen Krieg seine Rolle als Außenminister zu stärken. Aber sein Wort hat bei Hitler kein großes Gewicht. Vergessen Sie Ribbentrop.«

»Er hat doch den Nichtangriffspakt mit Stalin ausgehandelt.«

Göring stieß einen verächtlichen Laut aus. »Vergessen Sie nicht, wessen Idee das gewesen ist.«

»Und was ist mit Himmler und Goebbels?«

»Soll ich Ihnen mal was sagen, mein lieber Dahlerus? Entscheidend ist es jetzt, dass wir die Engländer ins Boot holen. Wenn es uns gelingt, einen Pakt oder ein Bündnis mit den Briten herzustellen, hat das ganze Kriegsgerede keine Bewandtnis mehr. Dann zählt nur noch die Achse London-Berlin. So einen Pakt würde das Deutsche Reich überall und mit allem, was ihm zur Verfügung steht, verteidigen. Sagen Sie das Ihren englischen Freunden.« Göring schlug mit der Hand auf den Kartentisch. »Deutschland würde England verteidigen wie einen Bruder.«

Der englische Botschafter Sir Nevile Henderson überbrachte Hitler gegen 22.30 Uhr die offizielle Note seiner Regierung. Sie deckte sich in allen Punkten mit den von Dahlerus fast 24 Stunden zuvor übermittelten Antworten. Nach Hendersons Besuch bat Hitler seinen Feldmarschall, Stellvertreter Heß, Reichsführer-SS Himmler und Außenminister Ribbentrop in den Wintergarten der Reichskanzlei. Göring fühlte sich immer noch beflügelt davon, wie gut die Dinge für ihn liefen. Auch wenn er es am Nachmittag nicht geschafft hatte, Richard Krauss in Schein-Carinhall einen Besuch abzustatten. Er wollte dies gleich am nächsten Morgen nachholen. Fast bis zum Mittag hatte ihn Dahlerus in seinem Hauptquartier aufgehalten, am frühen Nachmittag bereits beorderte Hitler ihn zurück nach Berlin. Er sollte unbedingt zugegen sein, wenn der britische Botschafter einträfe. Für Göring war das nur ein weiteres Indiz dafür, dass der Führer ihn momentan für unverzichtbar hielt. Dies alles bewegte ihn dazu, im Kreise der wichtigsten Nationalsozialisten seine Meinung zu äußern. Angemessen natürlich.

Hitler imitierte gerade unter beifälligem Gelächter Hendersons Akzent und dessen gestelzte Art zu sprechen. »So ein pikierter Affe. Haben diese Briten eigentlich alle was in der Nase, oder warum reden sie so weibisch? Immerhin ist das, was Henderson mitgebracht hat, genau das, was wir uns gewünscht haben. Wenn auch etwas speichelleckerisch formuliert.«

Göring räusperte sich. »Sie sagen es, mein Führer. Die Briten öffnen uns eine Tür. Es wäre eine gute Gelegenheit, das Vabanque-Spielen zu beenden.«

Hitler taxierte ihn abschätzig. »Sie wissen ganz genau, worum es geht. Wir haben die Engländer im Griff, halten sie in Schach. Solange sie an Verhandlungen glauben, haben wir so gut wie freie Hand. Außerdem habe ich in meinem Leben immer Vabanque gespielt.«

Göring schaute betreten zu Boden.

Hitler hob seine Stimme. »Meine Herren. So wie sich die Dinge entwickeln, habe ich den 1. September als Tag für ›Code Weiß‹ ausgewählt. Sie wissen, was zu tun ist.« Hitler machte eine Pause und sah jeden in der Runde für ein paar Sekunden an. Dann lächelte er verschlagen. »Heute Nacht werde ich mir etwas Teuflisches für die Polen ausdenken.«

15.
Berlin

29. August
Schein-Carinhall, Vormittag

Krauss hatte geschlafen wie ein Toter. Traumlos, total erschöpft von Folter und Flucht. Oda hatte ihm noch etwas zu essen und zu trinken gebracht und ihn danach sich selbst überlassen. Um sich nichts vorwerfen zu können, inspizierte er die Tür, fand sie verschlossen und, wie vermutet, keine Schwachstelle, die ein Entkommen hätte möglich machen können. Der unterirdische Raum war logischerweise fensterlos, ebenso wie das kleine Badezimmer, das er erst später entdeckt hatte. Luftschächte versorgten den Unterschlupf mit Sauerstoff. Ihm blieb nichts anderes übrig, als zu schlafen, und er war dankbar dafür.

Als Oda die Tür öffnete, rappelte er sich mühsam hoch. Obwohl ihm jeder Knochen und jeder Muskel im Leib schmerzte, fühlte er sich besser. Oda brachte ihm belegte Brote und eine Tasse Kaffee. Sie stellte beides auf den Tisch, außerhalb seiner Reichweite, und setzte sich in den Sessel. Ihre Luger legte sie auf die Armlehne.

»Guten Morgen, Richard. Greif zu.«

Krauss rieb sich mit den Händen übers Gesicht und durch die Haare. »Wie spät ist es?«

»12 Uhr mittags. Du hast elf Stunden geschlafen. Weil du heute nicht ins Büro musst, habe ich dich in Ruhe gelassen.«

Krauss zog eine Grimasse. Er stand vorsichtig auf. Oda griff zur Luger.

»Schön langsam, Richard. Ich neige zu Überreaktionen.«

»Das kann ich bestätigen. Aber ich wollte nur mein Frühstück holen.«

Oda nickte. Krauss nahm Teller und Tasse vom Tisch, setzte sich wieder auf sein Bett und stellte das Geschirr vor sich auf den

Boden. Mit geschlossenen Augen schlürfte er den Kaffee. Bisher kannte er nur ihren Vornamen, und das nur, weil er ihn aufgeschnappt hatte. »Würdest du so nett sein und mir deinen Namen verraten? Ich meine, wo wir hier schon auf altes Ehepaar machen. Du hast dich noch nicht vorgestellt, oder habe ich was verpasst?«

»Mein Name ist Oda.«

»Oda?«

»Oda. Nur Oda.«

»Na gut, Oda. Was hast du vor?«

»Ein Dankeschön wäre nicht verkehrt.«

»Danke? Wofür? Dass du mich aus der einen Zelle herausgeholt hast, um mich in die nächste zu sperren? Oder dafür, dass du mich an den Fettsack Göring auslieferst? Einen Heuchler und Mörder, der vor nichts zurückschreckt, der jeden über die Klinge springen lässt, wie es ihm gefällt. Herzlichen Dank dafür. Du bist meine Wohltäterin, Oda.«

Krauss hob seine Tasse, als wolle er ihr zuprosten.

Oda lächelte. »Nun, wenn ich mir dich so ansehe, geht's dir nicht schlecht. Du liegst in einem weichen Bett, bist ausgeschlafen und trinkst heißen Kaffee. Aber vielleicht ziehst du es ja vor, an einen Stuhl gebunden zu sein und dich wie ein Schnitzel weich klopfen zu lassen? Geschmäcker sind bekanntlich verschieden. Ehrlich gesagt glaube ich nicht, dass du den heutigen Tag überlebt hättest. Allein deshalb solltest du mir dankbar sein.«

Krauss stierte in seine Tasse. »Du hast doch keine Ahnung.«

Oda legte den Kopf schief. »Ach nein? Wovon genau habe ich keine Ahnung?«

»Das führt zu nichts. Lassen wir das.«

»Du bist also derjenige, der hier die Entscheidungen trifft.«

Krauss hob eine Hand. »Schon gut. Du hast die Waffe, du bestimmst, wo es lang geht.«

»So ist's recht. Wovon habe ich keine Ahnung?«

Oda fixierte Krauss. Sie hatte noch nie so hellblaue Augen gesehen. Eine Sekunde lang spürte sie die Angst wie eine Faust in der Magengrube. Krauss besaß dieselben mörderischen Gene wie sein Bruder.

»Von Edgar und mir. Familienangelegenheiten.«

»Edgar hat mir einiges erzählt. Von deiner Flucht. Von dir und Hanna. Niemand hat ihn jemals so sehr enttäuscht wie du – sagt er.«

Krauss lachte verächtlich. »Dass jemand wie Edgar von Enttäuschung spricht. Einen Mörder kann man nur enttäuschen, indem man nicht stirbt. Das ist die Art von Enttäuschung, die er meint. Wenn er wüsste, wie enttäuscht ich erst bin. Darüber, dass er sich nicht längst eine Kugel in den Kopf gejagt hat. So bin ich nämlich derjenige, der es für ihn erledigen muss. Das ist wahre Enttäuschung.«

Oda musterte Krauss interessiert. »Wie man einen Menschen so abgrundtief hassen kann. Ehrlich gesagt, glaube ich, dass Edgar die Hoffnung nie verloren hat, dass du dich mit ihm versöhnen könntest. Die Vergangenheit begraben.«

»Hat er sich dir anvertraut?«

»Edgar hat in den letzten Wochen immerzu davon geredet. Seit er von Bensler erfahren hat, dass du lebst, gab es für ihn nur noch ein Thema.«

Krauss hielt die Tasse mit beiden Händen. »Schläfst du mit ihm?«

Oda lachte leise. »Was geht dich das an?«

Krauss lächelte zurück, doch seine Augen blieben kühl. »Ich dachte nur.«

»Edgar hat Frau und Kinder.«

»Als ob dich das hindern würde. Oder ihn.«

»Ich schlafe nicht mit ihm, wenn dich das weiterbringt.«

Krauss schwieg, nahm einen Bissen von dem Brot. Oda sagte ebenfalls nichts, wartete ab. Krauss hob den Kopf. »Was hat er dir erzählt?«

»Über dich?«

Krauss nickte. Oda sah an ihm vorbei, konzentrierte sich mit halb geschlossenen Augen.

»Du warst für die Sicherheit von Adolf jr. zuständig. Der Kleine kränkelte. Eine Kinderkrankenschwester überwachte ihn Tag und Nacht. Hanna … Rosenau, wenn ich mich recht erinnere.«

Krauss reagierte nicht auf die Pause.

Oda fuhr fort. »Hanna hat dir den Kopf verdreht. Du hast dich permanent bei ihr und dem Kind aufgehalten, alles Übrige vernachlässigt. Alle haben dein Pflichtbewusstsein gelobt, dabei hast du nur Hannas Nähe gesucht. Sie hat dich dazu überredet, den Jungen zu entführen. Sie hatte Geldprobleme, wollte Hitler erpressen. Eine schwachsinnige Idee, aber du warst blind vor Liebe. Ihr habt Berlin verlassen, seid nach Frankreich geflohen. Dort hat man euch Wochen später aufgespürt, aber ihr habt einen Tipp bekommen und konntet gerade noch fliehen. Bei der Flucht bist du angeschossen worden …?«

Krauss starrte auf Odas Füße. Sie hätte nicht einmal zu sagen vermocht, ob er noch atmete.

»Danach seid ihr an einem anderen Ort in Frankreich untergetaucht. Aber auch dort hat man euch gefunden. Leider zu spät. Die Hütte, in der ihr euch versteckt gehalten habt, ist in der Nacht abgebrannt, mit dir und dem Jungen. Hanna konnte sich retten. Edgar hat sie aufgespürt und befragt. Mehr als das hat er nicht erfahren. Sie ist gestorben. In der Hütte hat man die verkohlten Leichen eines Mannes und eines Kindes gefunden. Etliche Spuren deuteten darauf hin, dass Hanna die Wahrheit gesagt hatte. Doch es gab einige, und dazu gehörte Edgar, die nicht an Hannas Version geglaubt haben. Ihm war das alles zu gestellt. Aber er fand keinen Anhaltspunkt, um das Gegenteil zu beweisen. Der Fall wurde geschlossen, Hitler hat niemals mehr darüber gesprochen. Nur Edgar hat gewartet. Auf den Tag, an dem er ein Lebenszeichen von dir bekommen würde. Als er Benslers Nachricht erhielt, war er den ganzen Tag völlig aufgekratzt. Obwohl er zwei Leute verloren hatte und Bensler schwer verletzt war. Aber dass du lebst, entschädigte ihn für alles.«

Oda beobachtete Krauss. Er war noch abwesend, verfangen in den Netzen der Erinnerung. Sie musste vorsichtig sein. Wenn dieser Mann mit allem abgeschlossen hatte, so wie sie vermutete, war er unberechenbar.

Krauss schüttelte leicht den Kopf, murmelte etwas Unverständliches. Er sah auf.

»Edgars Welt war immer sehr einfach gestrickt. Er hat sich die Dinge so zurechtgelegt, dass sie hineinpassten. Was durch das

Raster fiel, hatte eben Pech gehabt. Mit dem, wie die Welt wirklich ist, hatte das selten etwas zu tun.«

Krauss fragte sich, wie viel er Oda erzählen durfte. Er war sich nicht einmal sicher, ob sie für Edgar arbeitete. Selbst wenn sie die Wahrheit sagte, war Göring nicht gerade die Adresse seines Vertrauens. Andererseits wussten sowohl Edgar als auch der Feldmarschall von dem Jungen, und es schadete nicht, Oda über das aufzuklären, was tatsächlich passiert war. Solange er Philipps Aufenthaltsort für sich behielt. Oda sollte ruhig erfahren, mit was für pervertierten Menschen sie arbeitete. Er holte tief Luft.

»Kurz nach seiner Machtübernahme hat Hitler darüber nachgedacht, wie es mit dem Deutschen Reich weitergehen würde, wenn er nicht mehr da wäre. Genug Versuche, ihn aus dem Weg zu räumen, hatte es ja damals schon gegeben. Außerdem glaubte er, dass er kein hohes Alter erreichen würde. Doch wer sollte dann seine Position einnehmen? Er hielt niemanden für geeignet. Göring? Zu weich, zu eitel. Heß? Zu wenig Charisma, zu phantasielos. Goebbels? Keine Persönlichkeit, zu der man aufsah. Und so weiter. Niemand war in seinen Augen gut genug. Nur in seinen Genen schlummerten die Fähigkeiten, die einen Führer des Reiches auszeichneten. Was also tun?«

Krauss schaute Oda auffordernd an. Sie zuckte mit den Schultern. Er fuhr fort. »Hitler entschied, einen Stammhalter zu zeugen. Damit es auch wirklich funktionierte und die Chance auf einen Jungen bestand, denn nur ein Junge kam selbstverständlich für ihn in Frage, versuchte er, vier Frauen zu schwängern. Sie waren nach allen denkbaren Rassekriterien ausgesucht worden. Natürlich öffneten sie ihren Schoß freiwillig für den geliebten Führer. Die Frauen wussten nichts voneinander. Jede dachte, sie wäre als Einzige auserkoren, ihrem Führer einen Sprössling zu schenken. Alle wurden zu strengstem Stillschweigen verpflichtet, denn ihre Kinder sollten später nicht zum Ziel von Attentätern oder Entführern werden. Aber es lief nicht wie geplant. Nur drei Frauen wurden tatsächlich schwanger. Eine verlor ihr Kind sehr früh, es war ein Junge. Die zweite brachte ein behindertes Mädchen zur Welt. Es starb wenige Tage nach der Geburt. Die dritte allerdings gebar einen gesunden Jungen. Etwas klein, aber gesund.

Adolf junior. So hat ihn sein Vater genannt. Die Mütter ließ er verschwinden. Er wollte niemanden, der später Ansprüche auf das Kind stellte. Hitler war sich zwar bewusst, dass die Mutter bei der Erziehung eine wichtige Rolle spielt, aber er wollte keinen Muttersohn als Statthalter. Edgar hat sich um die Frauen gekümmert.«

Oda war seinen Worten zusehends entgeistert gefolgt. Krauss sah ihr die Abscheu an. Er hatte darauf spekuliert. Keine Frau ließ diese monströse Geschichte unberührt.

Oda sprach sehr leise. »Stimmt das? Sagst du die Wahrheit, Richard?«

»Warum sollte ich lügen? Glaubst du, ich denke mir so etwas aus? Du hast es hier mit Wahnsinnigen zu tun, wusstest du das nicht?«

»War Göring darüber informiert?«

»Keine Ahnung. Hitler hat sich nur sehr wenigen anvertraut. Edgar und seine Abteilung sollten das Kind abschirmen. Ab diesem Zeitpunkt nannten sie sich die ›Söhne Odins‹. Aber selbst wenn Hitler Göring nicht eingeweiht hat, würde es mich doch wundern, wenn der von dem Plan nicht Wind bekommen haben sollte. Das war doch ein gefundenes Fressen für sein Forschungsamt, auch wenn es damals erst im Aufbau begriffen war.«

Oda biss sich auf die Unterlippe.

Göring hatte ihr gegenüber wahrscheinlich den Ahnungslosen gespielt, dachte Krauss. Vielleicht war er es ja.

Odas Stimme hatte ihren harten Unterton verloren. »Wie ging es weiter?«

»Der kleine Adolf kränkelte, in diesem Punkt hast du recht. Edgar entschied, eine speziell ausgebildete und vertrauenswürdige Krankenschwester hinzuzuziehen. Hilde, seine Frau, hatte ihm Hanna empfohlen. Mich betraute er damit, für die Sicherheit des Jungen zu sorgen. Auch das stimmt. Aber ich weiß nicht, ob Edgar dir etwas von Hitlers Erziehungsplan für seinen designierten Nachfolger erzählt hat?«

Oda schüttelte den Kopf.

»Adolf junior sollte nicht aufwachsen wie jeder x-beliebige Junge. Hitler wollte ihn so früh wie möglich auf seine zukünftige Aufgabe vorbereiten, ihn durch die nationalsozialistische

Lehre prägen. Es sollte kein Raum für Eventualitäten bleiben. Adolf junior würde ein Volk zu führen haben. Hitler hatte vorgesehen, seinen Sohn ab dem zweiten Lebensjahr mit dem nötigen Wissen vertraut zu machen. Kontakte zu anderen Kindern sollte es nicht geben, alle anderen Aktivitäten wie Spielen auf ein Minimum beschränkt sein. Adolf junior erwartete ein streng reglementiertes, von Männern geprägtes, freudloses Dasein. Wenn Hanna nicht gewesen wäre.«

Hanna – die Frau, die Licht in das Dunkel seines Lebens brachte. Wie sehr er sie geliebt hatte – ihre Bewegungen, ihre Stimme, ihren Geruch. Niemals hatte er einen Menschen getroffen, der so anmutig, so vollkommen war. Erst wenn sie ihm die Dinge erklärte, begriff er sie wirklich. Schon nach dem ersten Tag mit ihr konnte er sich kaum von ihr trennen. Nach einigen Monaten war ein Leben ohne Hanna für ihn nicht mehr vorstellbar. Wenn sie ihm über die Wange streichelte und Liebkosungen in sein Ohr flüsterte, vergaß er die Welt um sich herum. Wenn sie, während sie den Jungen im Arm wiegte, leise weinte, weil sie das Schicksal des kleinen Adolf als unmenschlich empfand, zerriss es Krauss das Herz. Er vertraute ihr blind. Es schien, als sei sie auf mysteriöse Weise untrennbar mit ihm verbunden. Nie hatte Edgar ein glücklicheres Händchen bewiesen als mit der Entscheidung, Hanna sich um die Gesundheit des Kindes kümmern zu lassen. Sie sorgte sich so um den Jungen, dass sie bereit war, alles für ihn aufzugeben. Krauss folgte ihr bereitwillig. Er hätte sich damals kein anderes Leben mehr vorstellen können. Kein Leben ohne Hanna. Wie sollte er das alles Oda erklären? Unmöglich.

»Ich habe sie geliebt. Wir haben uns geliebt. Mehr als sich das ein Außenstehender vorstellen kann. Nachdem sie erfahren hat, was dem Jungen blüht, fasste sie den Entschluss, ihn zu entführen. Als sie den Mut gesammelt hatte, mich zu fragen, musste sie mich nicht mehr überzeugen. Es war auch mein Wunsch. Dank Hanna hatte ich mit allem anderen abgeschlossen. Edgar, den ›Söhnen Odins‹, dem Wahn, dem alle verfallen waren. Es erschien mir nur noch krank. Unsere Art von Heilung war die Flucht.«

Krauss machte eine Pause. Oda sagte nichts.

»Hanna hatte lange in Frankreich gelebt und im Land immer

noch Freunde. Dorthin sind wir geflohen, in ein kleines Dorf in der Provence. Alles hat sich richtig und gut angefühlt. Wir waren eine Familie, und Adolf jr. war unser Sohn. Wir nannten ihn Philipp. Wochenlang ging alles gut. Aber Edgars Arm war länger, als wir dachten, und nicht alle Franzosen sind den Deutschen feindlich gesinnt. In einem kleinen Dorf bleibt den Menschen nichts verborgen. Irgendjemand hat uns verraten, doch wir sind gewarnt worden. Trotzdem kam es zu einer Schießerei und einer wilden Jagd. Wir entkamen, aber eine Kugel hat mich im Rücken erwischt. Zum Glück ist sie nicht tief eingedrungen. Hanna kannte einen Arzt in der Nähe von Bordeaux. Dort sind wir hin. Er hat sich nicht getraut, die Kugel zu entfernen, weil sie zu nah an der Wirbelsäule sitzt. Das Risiko war ihm zu groß. Hanna hat mich gepflegt. Die Kugel steckt noch in meinem Körper.«

Krauss spürte das Projektil, während er darüber sprach. Es war nicht der überfallartige Schmerz, der ihn ab und zu heimsuchte, sondern ein diffuser Druck an seinem Rückgrat. Um keinen Preis der Welt hätte er darauf verzichten wollen. Der Schmerz war seine Strafe dafür, dass er leben durfte und Hanna unter der Erde lag.

»Wieder haben wir uns ein Dorf gesucht, diesmal mit Hilfe des Arztes, den Hanna kannte. Er hat uns ein kleines Haus vermittelt, wunderschön gelegen, mit einem großen Garten. Die folgenden Monate waren wunderbar. Wir dachten, wir hätten es geschafft. Doch Hannas Stimmung verschlechterte sich zusehends, sie wurde launisch, fing oft ohne ersichtlichen Grund an zu weinen, lag nachts lange wach. Woran es lag, wollte sie mir nicht sagen. Sie lenkte das Gespräch auf andere Dinge. Eines Tages schickte sie mich früh nach Bordeaux, den Vorratsschrank wieder auffüllen und Saatgut für den Garten besorgen. Philipp sollte ich mitnehmen, weil sie das Haus gründlich aufräumen wollte und Zeit für sich brauchte. Ich dachte, das sei eine gute Idee. Für die Fahrt nach Bordeaux hin und zurück braucht man einen ganzen Tag. Den Rückweg über hatte ich so ein komisches Gefühl im Magen, dass irgendetwas nicht stimme. Als ich in den Weg zu unserem Haus einbog, sah ich schwarzen Rauch aufsteigen. Überall parkten Autos. Deutsche Autos. Ich wurde panisch, setzte zurück und fuhr in einen Feldweg ein paar hundert Meter weiter. Dort stellte ich den Wagen ab, ließ Philipp auf der Rückbank und ging zu Fuß durch ein kleines Wäldchen, hinter dem unser Haus lag.«

Krauss' Adamsapfel verschwand für einen Moment. Er schluckte und hustete, versuchte seine Gefühle zu unterdrücken. Oda entging das nicht. Fast verwundert registrierte sie, wie verletzlich dieser Mann wirken konnte. Die Wunden in seinem Gesicht verstärkten diesen Eindruck. Vor einer Stunde noch hatte sie die Ähnlichkeiten der beiden Brüder bemerkt, nun fing sie an, die Unterschiede zu erkennen.

Krauss sprach stockend weiter. »Ich bin auf unser Haus oder das, was davon noch übrig war, zugegangen, immer in Deckung von Bäumen oder Büschen. Das Haus bestand nur noch aus verkohlten Trümmern, zwei Seitenwände waren eingestürzt. Alles qualmte. Um das Haus herum standen Edgars Männer, vielleicht zehn oder zwölf Leute, schwerbewaffnet. Auch Edgar war dabei, ich hatte ihn nicht gleich erkannt. Es dämmerte bereits. Er sprach mit jemandem, den ich nicht sehen konnte, weil er von zweien seiner Männer verdeckt wurde. Als sie beiseite traten, sah ich sie. Hanna. Sie kniete vor Edgar. Mir stockte der Atem. Ich wusste nicht, ob ich mich darüber freuen sollte, dass sie noch am Leben war, denn damit hatte ich erst nicht gerechnet. Oder ob ich mich fürchten musste. Ich vermutete, dass er sie schlagen würde, um etwas über mich zu erfahren. Als er die Waffe auf sie richtete, habe ich fast geschrien. Mein erster Impuls war, zu ihr zu laufen und Edgar zu erschießen, aber irgendetwas hielt mich davon ab. Nicht die Angst um mein Leben, denn das zerrann ohnehin gerade. Es war die Sorge um das Kind und eine plötzliche Eingebung, dass Hanna dies alles so gewollt haben könnte. Zum ersten Mal hatte sie mich weggeschickt, auf eine Strecke, für die ich einen ganzen Tag benötigte. Außerdem vertraute sie mir den Jungen an, auch dies war eher ungewöhnlich. In dem Moment war es mir nicht komisch vorgekommen, aber sie hatte so eine Art, die Leute zu überzeugen. Es gab nur wenige, die ihr etwas abschlagen konnten. So wartete ich hinter meinem Busch auf das, was geschah. Es war mein Fegefeuer, ein Besuch in der Hölle. Ich weiß nicht, ob ich je wieder herausgekommen bin. Edgar drehte die

Trommel des Revolvers, es war ihre 38er, und sagte etwas zu ihr. Hanna schüttelte den Kopf. Edgar hielt ihr die Waffe an den Kopf und drückte ab. Es löste sich kein Schuss. Er lachte, und einige seiner Männer mit ihm. Er drehte erneut die Trommel, sagte wieder etwas zu Hanna, was ich aus meiner Position nicht verstand, und drückte erneut ab. Es knallte, und Hanna sackte zusammen. Edgar fluchte. Mein Herz hörte auf zu schlagen.«

Krauss sah alles genau vor sich. Er roch den beißenden Qualm, der mit dem leichten Wind zu ihm herüber getrieben wurde und ihn im Hals kratzte. Er hörte den Gesang der Zikaden, der pünktlich mit der Dämmerung einsetzte und die ganze Nacht anhielt. Trotzdem nahm er das dumpfe Geräusch wahr, das Hannas Körper erzeugte, als sie vornüber in den Staub fiel. Dunkelheit umfing ihn, aber es war nur der Schock, der ihn kollabieren ließ. Er lag auf dem Rücken in einem Busch und hatte den Willen zu atmen verloren. Nur die Instinkte seines Körpers bewahrten ihn vor dem Tod. Er schnappte nach Luft, quälte sich wieder hoch und sah, wie Edgars Männer in den Trümmern herumstocherten. Nach einer Weile kamen sie mit etwas zurück, dass Krauss aus der Distanz als Schädel und Knochen identifizierte. Er traute seinen Augen nicht. Hanna hatte alles arrangiert.

»Edgar hat Hanna gefoltert und hingerichtet. Ich habe es mit eigenen Augen gesehen. Die Männer fanden im Haus die verkohlten Schädel eines Erwachsenen und eines Kindes, dazu einige Knochen. Sie nahmen sie mit. Hanna ließen sie liegen. Ich wartete, bis sie verschwanden. Es gab für sie keine Veranlassung mehr, eine Wache aufzustellen. Ich bin zu Hanna gegangen und habe sie begraben. Ich hatte Angst, dass Edgar zurückkommen würde. Danach suchte ich den Arzt auf, der uns geholfen hat. Er erklärte mir alles. Sie hatte sich ihm anvertraut, weil sie unter Ahnungen litt, dass wir aufgespürt werden. Sie suchte nach einem Ausweg, um das Kind und mich zu retten. So war sie eben. Sie plante, sollten Edgars Schergen uns aufspüren, unseren Tod vorzutäuschen. Sie weihte den Arzt ein, weil sie Beweise für unser Ableben brauchte, aber sie verriet ihm nicht, dass sie vorhatte, sich zu opfern.«

Krauss erinnerte sich an ein Gespräch, das er mit Hanna an

einem lauen Abend hinter dem Haus geführt hatte. Sie war sehr ernst gewesen.

»Was würdest du tun, wenn ich nicht mehr da wäre?«, hatte sie ihn gefragt.

Er war aus allen Wolken gefangen. »Was soll das? Hast du vor zu verschwinden?«

»Red keinen Unsinn. Wir müssen uns auf alles vorbereiten. Ich weiß schließlich auch, was ich tun werde, wenn du nicht mehr da bist.«

»Ach ja. Und was wäre das?«

»Philipp beschützen. Ihn in deinem Sinne erziehen. Das hat oberste Priorität.«

Die Nacht war sternenklar gewesen. Er hatte in den Himmel gesehen. »Du willst von mir hören, dass ich für Philipp sorge. Ist es das?«

Hanna hatte ihn angelächelt. »Ich möchte, dass du es aus freien Stücken tust, nicht weil ich es hören will. Ich liebe Philipp, ich möchte sicher sein, dass es ihm gutgeht.«

»Natürlich kannst du sicher sein. Glaubst du wirklich, ich lasse ihn im Stich? Er ist unser Kind.«

»Versprichst du mir das?«

Krauss hatte in Hannas Gesicht vergeblich nach etwas gesucht, das ihm ihre Motive offenbaren würde.

»Das muss ich dir nicht versprechen. Es gibt keine Alternative. Es gab nie eine. Aber ich möchte ihn mit dir gemeinsam aufziehen. Versprichst du mir, dass du mich nicht verlässt?«

Hanna hatte seine Hand genommen. »Versprochen.«

Statt Hanna saß nun Oda vor ihm. Wie hätte sie sich verhalten?

Krauss nahm den Faden wieder auf. »Eines Tages bekam Hanna Informationen zugespielt, dass ein deutscher Gestapo-Trupp im Nachbardorf herumstöberte. Sie aktivierte ihren Plan. Mit dem Arzt hatte sie besprochen, dass er ihr aus der Pathologie zwei Schädel besorgte, den eines Erwachsenen und den eines Kindes. Das war kein Problem. Er brachte noch ein paar Knochen mit, die zu Studienzwecken dort lagerten. Sie hatte alles genau berechnet. In der Nacht, bevor sie mich nach Bordeaux schickte, informierte sie anonym die ›Söhne Odins‹. Sie wollte den Zeitpunkt, an dem sie uns aufspürten, selbst bestimmen. Als ich mit dem Jungen unterwegs war, besorgte sie sich die Schädel und legte sie ins Haus. Sie benutzte viel Benzin. Sie wollte ein vernichtendes Feuer. Als Edgar erschien, fand er nur noch eine Ruine vor. Und halbverkohlte Knochen.« Krauss stierte auf seine Hände. »Sie hat nicht einmal einen Abschiedsbrief hinterlassen, um ihr Täuschungsmanöver nicht zu gefährden. Hanna wollte, dass alle Spuren endgültig abbrechen.«

Krauss schluckte wieder. Mehrere Minuten sagte er nichts. Für einen Moment hatte er vergessen, wo er war.

Als Oda auf ihrem Sessel herumrutschte, sprach er weiter. »Geblieben ist mir nur ihre Waffe. Die 38er, mit der Edgar sie erschossen hat. Er warf sie danach einfach weg. Ich habe sie gefunden und eingesteckt. Es ist der Revolver, den ich bei mir hatte, als Edgar mich bei Maybaum gestellt hat. Ich hänge sehr an ihm.«

Oda räusperte sich. »Was ist danach passiert?«

»Ich bin nach England, habe eine neue Familie für den Jungen aufgetrieben. Bei mir wäre es zu gefährlich gewesen. Außerdem war ich ohne Hanna nicht in der Lage, ein Kind aufzuziehen. Ich hatte ihr zwar etwas anderes versprochen, aber es ging nicht. Ich wäre kein guter Vater gewesen. Hier endet die Geschichte. Zumindest für dich.«

Krauss dachte daran, wie er sich in London an Christa gewandt hatte, eine Freundin aus Jugendtagen. Er war vielleicht zwei Jahre bei der Gestapo gewesen, da hatte er sie kennengelernt. Christa fühlte sich zu ihm hingezogen und er zu ihr, aber sie war angewidert von der Ideologie der Nazis. Solange Krauss bei ihnen mitmischte, gab es für sie keine gemeinsame Zukunft. Christa entfernte sich allmählich von ihm, und irgendwann war sie wirklich verschwunden, nach London, um dort, in einer liberalen Gesellschaft, zu leben und zu arbeiten. Als Krauss Jahre später mit Philipp in London eintraf, spürte er sie auf und schaffte es, erneut ihr Vertrauen zu gewinnen. Alles, was sich gegen das nationalsozialistische Regime richtete, fand in Christa eine bereitwillige Unterstützerin. Er konnte sich auf sie verlassen, das spürte er, auch wenn die Flamme der Liebe zwischen ihnen erloschen war. Mit ihrer Hilfe fand er eine Familie, die den Jungen ohne offizielles

Procedere aufnahm und Christa als Hausdame gleich dazu. Die Eltern wussten nichts von der Vergangenheit des Jungen, wollten es auch nicht wissen. Sie waren nur glücklich. Ein Zustand, den Krauss lediglich aus Erinnerungen kannte. Die Zukunft des Kindes würde er auf keinen Fall gefährden. Oda musste nicht alles wissen. Weder sie noch Göring durften mehr erfahren.

Sie sah ihn ernst an. »Ich hoffe, dass du deine Meinung änderst, Richard. Wenn Edgar den Jungen zuerst aufspürt, wird es weitere Tote geben, das ist dir doch klar, oder?«

»Edgar wird ihn nicht finden. Genauso wenig wie Göring.«

Oda stand auf. »Warten wir's ab.«

Als Oda gegangen war, hatte Krauss ein wenig zu lesen versucht, um sich abzulenken. Im Regal standen hauptsächlich Klassiker der deutschen Literatur. Er griff sich Schillers »Räuber« und legte sich aufs Bett. Doch es fiel ihm schwer, sich auf die Geschichte zu konzentrieren, auch wenn sie von zwei unterschiedlichen Brüdern handelte, und so schlief er bald ein.

Oda brachte ihm Abendessen, ohne weiter mit ihm zu reden. Krauss war das recht. Er wartete darauf, dass seine Kräfte zurückkehrten. Wieder schlummerte er weg. Als er aufwachte, fühlte er sich zum ersten Mal seit Tagen wieder relativ frisch. Die Schmerzen waren in den Hintergrund getreten. Ohne Tageslicht vermochte er jedoch die Uhrzeit nicht zu bestimmen. Es hätte genauso gut spät am Abend wie früh am Morgen sein können. Er legte sich aufs Bett, las ein paar Seiten, stand auf, stöberte im Bücherregal, legte sich wieder hin.

Plötzlich rappelte es an der Tür. Oda kam herein, die Maschinenpistole im Anschlag. Sie trug eine graue Uniform. Ihre blonden Haare hatte sie zu einem Zopf gebunden. Ihr Ton war scharf. »Setzen Sie sich auf! Die Hände hinter den Kopf.«

Krauss tat, wie ihm geheißen. Oda stellte sich an die Wand ihm gegenüber.

Ein Mann betrat den Raum. Krauss erkannte ihn sofort. Es war Hermann Göring. Krauss hatte den Feldmarschall schlanker in Erinnerung. Göring steckte so prall in seiner Uniform, dass Krauss fürchtete, das Koppelschloss könne aufspringen. Auf der Brust trug er einen seiner obligatorischen Orden, die schwarzen

Stiefel waren blank gewienert. In der Hand hielt der Feldmarschall eine Reitgerte. Er grinste so breit, dass seine Wangen aussahen wie zwei speckige Brötchen. Göring setzte sich in den Sessel, in dem etliche Stunden zuvor Oda gesessen hatte. Er schlug sich mit der Gerte lässig aufs Knie.

»Krauss – Richard Krauss. Der Bruder des gefürchteten Edgar. Sie sind ein ganz schöner Schlawiner, dass Sie sich hier blicken lassen. Aber ich schätze Leute, die sich was zutrauen.« Göring zeigte mit der Gerte in Krauss' Richtung. »Nehmen Sie die Hände runter. Das geht in Ordnung, Oda, was denkst du?«

Oda nickte. »Er ist gefährlich.«

Göring lachte leise, was seine Backen zum Schwingen brachte. Krauss beobachtete ihn interessiert, schätzte das Gewicht des Feldmarschalls. Mindestens 140 Kilogramm.

»Sonst wäre er ja nicht hier. Außerdem liegt das in der Familie.«

Krauss hatte die Hände im Schoß, saß da wie ein Schuljunge. »Wenn Sie das sagen.«

Göring runzelte fragend die Stirn. »Sind wir uns mal begegnet?«

»Persönlich? Nicht, dass ich wüsste. Vielleicht einmal in Begleitung von Edgar. Ich erinnere mich nicht.«

Krauss erinnerte sich sehr wohl, Göring bei verschiedenen offiziellen Anlässen gesehen zu haben. Allerdings waren sie einander nie vorgestellt worden. Warum auch? Göring interessierte sich einen Dreck für niedere Chargen, und Krauss spielte eine unbedeutende Rolle. Edgar war das Gesicht der »Söhne Odins«.

Göring grinste wieder. »Dafür holen wir es ja jetzt nach. Und das Schöne ist, wir müssen uns gar nichts voneinander erzählen. Sie wissen, wer ich bin, und ich weiß alles über Sie. Das spart enorm viel Zeit.«

Krauss reagierte nicht auf Görings joviales Verhalten. Er blieb kühl. »Warum sind Sie dann überhaupt gekommen? Da wäre die Ersparnis viel größer gewesen.«

»Ein Witzbold sind Sie auch. Nun, leider ließ sich das nicht vermeiden. Denn, das können Sie mir glauben, ich hätte auf Ihre Bekanntschaft gerne verzichtet. Unglücklicherweise besitzen Sie etwas, was ich gerne hätte.«

»Da sind Sie nicht der Einzige.«

»Aber derjenige mit dem besten Angebot.« Göring strahlte wieder.

Krauss rutschte im Bett zurück, so dass er sich mit dem Rücken an die Wand lehnen konnte. Oda ließ ihn nicht aus den Augen. »Da bin ich aber gespannt.«

Göring wedelte mit seiner Reitgerte herum. Er blitzte Krauss an. »Sie verraten mir, wo der Junge steckt, und ich lasse Sie frei. Oda hilft Ihnen, sich an Ihrem Bruder zu rächen. Das ist es doch, was Sie wollen, oder?«

»Könnte sein. Aber es gibt da einen Haken. Sie erfahren von mir gar nichts. Von mir aus können Sie mir die Haut in Streifen vom Körper ziehen – ich werde stumm bleiben. Kein Geschäft.« Krauss richtete seine blauen Augen auf Göring.

Der Feldmarschall sah weg. »Sehen Sie, ich bin kein Dummkopf. Natürlich wollen Sie nicht reden. Aber betrachten Sie es doch mal ganz nüchtern. Ihre Lage hat sich in den vergangenen 36 Stunden dramatisch zum Besseren gewendet. Ihr Bruder hätte Sie so lange gefoltert, bis Sie geredet hätten. Gut, Sie reden nicht, sagen Sie, aber ich weiß, dass jeder irgendwann redet. Nur fehlt mir die Zeit, es Ihnen zu beweisen. Sie hätten also geredet, Ihr Bruder hätte das Kind geholt, die Zieheltern getötet und den Jungen in Hitlers Obhut gegeben. Stattdessen sitzen Sie nun hier und verhandeln entspannt mit mir. Ich verspreche Ihnen, dass wir das Kind ohne Einsatz von Gewalt nach Deutschland schaffen. Die Eltern müssen mit dem Verlust leben, aber das wird Ihnen gelingen. Außerdem erlaube ich Ihnen, Ihren Bruder aus dem Weg zu räumen. Ist dies vollbracht, löse ich die ›Söhne Odins‹ auf. Ich habe die Gestapo gegründet, da kann ich wohl eine Abteilung auflösen. Mir ist diese Truppe schon lange ein Dorn im Auge. Sie, Krauss, haben das, was Sie haben wollten, und verschwinden aus Deutschland, zurück in Ihr geliebtes England. Wobei es allerdings eine Schande ist, wenn Deutsche wie Sie ihrem Vaterland den Rücken kehren.«

Krauss dachte nach. Wofür brauchte Göring den Jungen, wenn nicht als Druckmittel gegen Hitler? Das hieß, dass zwischen den beiden nicht alles rund lief. Gemunkelt wurde es seit langem. Es hieß aber auch, dass Göring längst nicht so frei schalten und walten konnte, wie er vorgab. Niemals könnte er ohne Hitlers Einverständnis in die Struktur der Gestapo eingreifen. Himmler und Heydrich hatten außerdem noch ein Wörtchen mitzureden. Mit anderen Worten: Göring versuchte, Krauss einen Bären aufzubinden. Alles andere hätte ihn auch gewundert.

»Ich habe Ihnen doch gesagt, dass ich mich auf kein Geschäft mit Ihnen einlasse. Wenn Sie den Jungen wollen, müssen Sie ihn suchen.«

Görings Grinsen verschwand. »Denken Sie darüber nach, Krauss. Ich gebe Ihnen ein paar Stunden, um sich eine endgültige Meinung zu bilden. Aber ich habe nicht ewig Zeit. Ich möchte die Sache bald über die Bühne bringen.« Göring stand auf . »Wenn Sie mein großzügiges Angebot nicht annehmen wollen, Ihre Sache. Wir finden einen Weg, Sie zum Sprechen zu bringen. Versprochen ist versprochen.«

16.
Berlin
29. August
Hotel Esplanade, Morgen

Dahlerus legte zufrieden den Hörer auf die Gabel. Das Warten hatte sich gelohnt. Zwei Stunden war er im Hotelzimmer auf und ab gegangen, bis Oberstleutnant Conrad sich endlich gegen 1.15 Uhr am Morgen bei ihm meldete. Görings Adjutant schilderte ihm in aller Kürze, dass Botschafter Hendersons abendlicher Besuch bei Hitler erfolgreich verlaufen war. Die offiziellen Antworten der englischen Regierung deckten sich en détail mit denen, die Dahlerus vorab Göring übermittelt hatte. Der Schwede war erleichtert. Endlich wieder ein positives Signal. Es ging voran.

Am gestrigen Vormittag noch hatte ihn Göring mit seinem Feldherrngehabe genervt, als er ihm schier endlos die militärische Überlegenheit der deutschen Truppen am Kartentisch demonstrierte.

Dahlerus hatte den Deutschen ab einem gewissen Zeitpunkt reden lassen. Ihn interessierte die soldatische Perspektive nicht. Wenn die Waffen sprachen, war es sowieso zu spät. Dann war er mit seinen Vermittlungsversuchen gescheitert. Er war hier, um den Ausbruch eines Krieges zu vermeiden. Er brauchte keine Lehrstunde in Strategie. Was ihn friedlicher gestimmt hatte, war Görings gute Laune. Auch der Feldmarschall schien zu glauben, dass sich plötzlich eine Chance auftat, doch noch mit den Briten ins Gespräch zu kommen. Obwohl sich Dahlerus nicht mehr so sicher war wie noch vor Wochen, dass Göring ernsthaft für den Frieden rang. Vor allem das Treffen mit Hitler hatte den Schweden stark verunsichert. Görings passives Benehmen gab Anlass zu höchster Besorgnis. Andererseits wollte Dahlerus seine Beobachtungen nicht überbewerten. Solange er Göring an seiner Seite wusste, glimmte ein Funke Hoffnung. Ohne den Feldmarschall sah Dahlerus schwarz.

Forbes schien seine Ansicht zu teilen. Am Mittag hatte Dahlerus in der britischen Botschaft vorbeigesehen und den Botschaftsrat in aufgeräumter Stimmung angetroffen. Offensichtlich herrschte selbst unter den Berufsdiplomaten die Ansicht, dass eine friedliche Lösung der Krise möglich war. Beinahe ansteckend empfand der Schwede diesen Optimismus, vor allem wenn man bedachte, wie reserviert die Briten normalerweise waren. Forbes begegnete ihm mittlerweile ausgesprochen herzlich. Die Vorsicht, die der Brite bei Dahlerus' nächtlichem Besuch ihm gegenüber gezeigt hatte, war wie fortgeblasen.

Nach seiner Visite in der Botschaft war dem Schweden nichts anderes übrig geblieben, als den Tag irgendwie herumzubringen, in der Hoffnung, dass sich alles zum Guten wenden würde. Er verabredete sich mit Geschäftsfreunden zum Abendessen und zog sich auf sein Hotelzimmer zurück, wo er stundenlang herumtigerte, bis ihn Oberstleutnant Conrad erlöste. Obwohl Dahlerus in den vergangenen zwei Tagen so gut wie gar nicht geschlafen hatte, war er nach dieser guten Nachricht zu aufgedreht, um ins Bett zu gehen. Stattdessen griff er zum Hörer und rief seine Frau in Djursholm an. Er wollte mit einem geliebten Menschen sprechen.

»Dahlerus«, meldete sich eine müde Frauenstimme.

»Hallo Elisabeth, ich bin's.«

»Birger.« Seine Frau klang erfreut, die Müdigkeit war wie weggewischt. »Es ist mitten in der Nacht. Ist etwas Schlimmes passiert?«

Dahlerus lachte leise. »Nein, nein. Ganz im Gegenteil. Es läuft alles gut. Sogar sehr gut. Besser, als ich dachte. Deshalb rufe ich an.«

»Heißt das, es gibt keinen Krieg?« Elisabeth wirkte jetzt aufgekratzt.

Dahlerus zögerte. »Nun ja, so weit sind wir noch nicht. Aber wir kommen voran. Ich will dich nicht mit Einzelheiten langweilen. Nur so viel: Hitler hat den Briten ein Angebot gemacht, und Chamberlain ist darauf in einigen Punkten eingegangen. Es sieht so aus, als könnten sich die beiden an einen Verhandlungstisch setzen.«

»Das hört sich für mich nicht gerade nach einem Durchbruch an.«

»Mag sein. Doch so nah dran wie jetzt waren wir bisher noch nie. Alle sind aufgekratzt, und alle glauben plötzlich daran. Zumindest soweit ich das beurteilen kann. Ich spüre selbst, dass wir es in der Hand haben. Heute oder morgen entscheidet es sich, ob es Krieg oder Frieden gibt. Das fühle ich.«

Elisabeth ließ ein paar Sekunden verstreichen.

»Was sagt Göring?«

»Viel, wie immer. Aber wenig Konkretes. Gestern Morgen hat er mir demonstriert, wie überlegen die deutsche Wehrmacht ist.«

»Das hört sich nicht nach Frieden an.«

»Ach, das muss man nicht überbewerten. Du kennst Göring doch. Er brüstet sich gerne damit, wie schlagkräftig das deutsche Heer und was für ein toller Feldherr er selbst ist. Dabei sitzt er am liebsten daheim am Kamin, schmaucht österreichische Zigarren und genießt einen teuren Wein.«

Elisabeth klang ernst. »Hoffentlich täuschst du dich nicht in ihm.«

»Hoffentlich täuschen wir uns nicht alle.«

»Hoffentlich, hoffentlich. Was anderes höre ich seit Wochen nicht mehr.«

»Hoffnung ist alles, was uns bleibt.«

Beide schwiegen.

Elisabeth durchbrach als Erste die Stille. »Und wie geht es dir, Birger?«

»Wie soll es mir schon gehen?«

»Du darfst das alles nicht zu nahe an dich herankommen lassen, sonst wird es dich zerstören. Hörst du mich? Ich weiß, dass du dir die Dinge sehr zu Herzen nimmst, aber wenn die Verhandlungen scheitern, ist das nicht deine Schuld. Du hast alles getan, was du konntest. Mehr als die meisten anderen je tun würden. Du musst auch an dich denken, Birger.«

»Das sagt sich so leicht, Elisabeth. Es geht hier nicht um dich oder mich, sondern um das Schicksal von Millionen von Menschen. Wie soll ich da an mich denken? Oder mir etwas nicht zu Herzen nehmen? Für jeden Menschen gibt es im Leben wahrscheinlich einen Moment, wo er alles geben muss. Bei den meisten zieht er unbemerkt vorüber. Ich habe das Glück oder das Pech, dass ich ihn kenne. Wenn ich jetzt nicht alles gebe, wann dann? Ich würde mir das immer vorwerfen, das weißt du. Und das wäre mindestens genauso schlimm.«

Wieder schwieg seine Frau. Dahlerus meinte, sie schlucken zu hören. Er hoffte, dass sie nicht weinte. Nicht um ihn. Um die Welt musste man weinen.

Als Elisabeth sprach, wirkte sie gefasst. »Du bist eben ein Dickschädel, Birger. Deshalb liebe ich dich ja so sehr.«

»Ich liebe dich auch, Elisabeth.«

»Viel Glück, Birger. Du wirst es brauchen.«

17.
Berlin

29. August
Schein-Carinhall, früher Nachmittag

Nachdem Göring und Oda gegangen waren, untersuchte Krauss den Raum akribisch nach etwas, das ihm als Waffe dienen könnte. Er fand nichts. Einen Augenblick erwog er, Oda ein Buch an den Kopf zu werfen und sie so zu überraschen, schob die Idee aber gleich wieder beiseite. Sie hätte ihm sofort eine Kugel zwischen die Rippen geschossen.

Er setzte sich aufs Bett und rekapitulierte seine Lage. Sie war, gelinde gesagt, schwierig. Es galt, die erstbeste Chance zu ergreifen. Oder sich töten zu lassen. Nicht die schlechteste Alternative. Krauss zog eine Kugel von Oda einer langen Folter eindeutig vor. Vielleicht sollte er es darauf ankommen lassen.

Wie aufs Stichwort wurde die Tür geöffnet. Oda trug noch die Uniform. Statt mit der Maschinenpistole war sie wieder mit der Luger bewaffnet. Sie setzte sich auf den Sessel und legte die Luger auf die Lehne, den Lauf auf ihren Gefangenen gerichtet. Ein Gewohnheitstier, dachte Krauss. Ihr Besuch mit Göring lag etwa zwei Stunden zurück, schätzte er. Seine Bedenkzeit war wohl um.

»Du hast mir deine Geschichte erzählt, jetzt möchte ich dir meine erzählen«, sagte sie.

Krauss sah sie erstaunt an. In welche Trickkiste griff sie jetzt? Er schwieg.

Oda sprach seltsam monoton. »Meine Mutter ist eine Schwester von Göring. Sie hatten nie viel miteinander zu tun, aber sie gehört nun mal zur Familie. Göring hatte vier Geschwister. Mein Vater ist nach dem Krieg nie mehr richtig auf die Beine gekommen. Er war meistens schlechtgelaunt, jähzornig, gewalttätig. Gearbeitet hat er nur gelegentlich. Wir haben uns gerade so über Wasser gehalten. Als ich sieben wurde, drei Jahre nach Ende des

Krieges, fing er zum ersten Mal an, mich zu befummeln. Ich habe mir nichts dabei gedacht, obwohl es mir komisch vorkam. Es war unser Geheimnis, erzählte er mir. Mit acht Jahren hat er mich vergewaltigt. Es war schrecklich. Ab diesem Tag war meine Kindheit beendet.«

Oda berührte mit den Fingern die Luger. Krauss blieb stumm.

»Das ging so weiter, bis ich vierzehn wurde. Es war schon längst nicht mehr das Geheimnis von mir und meinem Vater, denn meine Mutter wusste davon. Aber sie schwieg, aus Angst, nehme ich an. Wenn ich mit ihr darüber sprechen wollte, wiegelte sie ab. Ich fühlte mich fürchterlich, dachte daran, mich umzubringen. Dann wurde ich schwanger. Mein Vater hat mich geschlagen, als er es bemerkte, da war ich schon im vierten Monat. Er sagte, das Kind müsse weg. Aber ich wollte es nicht abtreiben lassen, weil ich der Ansicht war, das Kind könne nichts dazu. Es hatte ein Recht darauf, zu leben. Ich wusste nicht mehr, was ich tun sollte. In meiner Verzweiflung habe ich mich an meinen mächtigen Onkel gewandt, an Hermann Göring. Es war 1928, und er war inzwischen ein wichtiger Mann in der NSDAP. Ich dachte, er könnte mir helfen. Das hat er auch.«

Oda machte eine Pause, seufzte.

»Er ist mit drei SA-Leuten bei uns aufgekreuzt und hat meinen Vater auf das Übelste zusammenschlagen lassen. Wenn er nicht zur Familie gehören würde, wäre er jetzt ein toter Mann, hat er ihn angeschrien. Meine Mutter hat die ganze Zeit daneben gesessen und geheult. Ich habe es mit angesehen und keine Träne vergossen. Die Liebe zu meinem Vater war längst verbraucht. Meine Mutter tat mir leid, mehr nicht. Nur für mein ungeborenes Kind empfand ich etwas. Göring hat mich mit in mein Zimmer genommen. Dort hat er mir ein Angebot gemacht. Er würde mich aus meiner Familie herausholen und für mich sorgen. Und er garantierte mir, dass mich niemals mehr irgendjemand gegen meinen Willen anrühren würde. Die Bedingung war, dass ich mein Kind nach der Geburt abgeben müsste. Er sagte, ich müsse mich gleich entscheiden. Es war schrecklich. Aber ich hätte es in dem Haus nicht mehr ausgehalten. Und ich sagte mir, dass es mein Kind gut haben würde. Göring würde eine Familie aussuchen, in dem meinem Kind nicht das gleiche Schicksal blühen würde wie mir. Ich vertraute Göring. Ich ging mit ihm mit.«

Oda schwieg. Krauss fragte sich, was diese Beichte bezwecken sollte. Er wusste keine Antwort darauf. Oda fuhr fort.

»Meinen Eltern bin ich seither nie mehr begegnet. Sie sind aus Berlin weggezogen, ich wollte nie wissen, wohin. Mein Kind habe ich nicht einmal im Arm gehalten. Ich weiß nicht einmal, ob es ein Mädchen oder ein Junge ist. Das sei besser so, hieß es, so könne ich keine emotionale Bindung herstellen. Das ist natürlich totaler Quatsch. Ich spüre es, weiß, dass es lebt. Er lebt. Es ist ein Junge. Er ist jetzt elf. Ich weiß, dass es ihm gutgeht, zumindest rede ich es mir ein. Göring hat mir nie verraten, was mit ihm geschehen ist. Aber er hat sein Wort gehalten. Mich hat nie wieder jemand angerührt. Ich würde es auch niemandem raten.«

Ihre Augen funkelten vor Zorn. Krauss wusste jetzt, dass sie mindestens so kaputt war wie er. Was diese Gesellschaft für Wracks hervorbringt, ist schon beängstigend, dachte er. Ein Panoptikum der Verstörten. Heil Hitler.

»Die ersten Jahre verbrachte ich in einem nationalsozialistisch geführten Mädcheninternat. Dort wurden wir gedrillt, aber mir war das alles nicht hart genug. Ich suchte Schmerzen, Kampf bis zur Selbstaufgabe. Das war selbst den abgebrühten Erziehern zu viel. Göring hat mich regelmäßig besucht. Nach drei Jahren hat er mir ein neues Angebot gemacht. Wenn ich es darauf anlegen würde, rücksichtslos mit mir selbst umzugehen, hätte er eine Aufgabe für mich. Es war kurz vor dem Sieg der Nationalsozialisten. Er wollte eine geheime Eliteeinheit aufbauen, unabhängig von seinen Plänen für die Gestapo. Er dachte dabei an die verborgen operierende Schutzstaffel von Edgar Krauss, die Hitler direkt unterstand. Göring war immer schon paranoid. Er setzte alles daran, zu erfahren, was hinter seinem Rücken vorgeht. Ich sagte zu, wurde ausgebildet und Teil einer Einheit, die unter dem Mantel des Forschungsamtes arbeitet. Wir sind sozusagen der operative Teil von Görings Abhörapparat. Klein, aber schlagkräftig.«

Krauss rätselte weiter. Er durchschaute Odas Motivation nicht.

»Vor etwa zwei Jahren habe ich Edgars Vertrauen gewonnen. Er hat mich in seine Abteilung aufgenommen. Ich habe Göring seither über alle Schritte der Söhne Odins informiert. Als er erfahren hat, dass du hier bist und Hitlers Sohn in England lebt, hat er mir den Befehl gegeben, dich zu befreien und in unsere Obhut zu bringen. Er will auf gar keinen Fall, dass das Kind in Hitlers Hände fällt.«

Krauss breitete die Hände aus. »Warum erzählst du mir das alles?«

Oda sah ihn an. »Weil ich dir helfen will.«

Krauss schaute ungläubig. »Helfen? Helfen, wie Göring mir helfen will? Wenn du glaubst, ich traue dir auch nur einen Millimeter, dann hast du dich getäuscht. Du kannst mir erzählen, was du willst. Woher soll ich wissen, dass du die Wahrheit sagst?«

Oda seufzte erneut. »Ich weiß, dass du mir nicht traust. Deshalb habe ich dir das alles erzählt. Um uns auf Augenhöhe zu bringen. Ich habe gehofft, du würdest schon irgendwie spüren, dass ich dich nicht belüge. Offensichtlich habe ich mich geirrt.«

Krauss rieb sich mit den Händen durchs Gesicht. »Vergiss bitte nicht, welche Nummer du mit mir abgezogen hast. Auf der Liste der Menschen, denen ich vertraue, stehst du ganz weit unten, knapp vor Göring und Hitler.«

Aber insgeheim spürte er, dass sie ehrlich zu ihm gewesen war. Er wusste nur nichts damit anzufangen. Oda beugte sich vor. Sie sprach sehr leise. »Es geht mir um das Kind. Ich habe nachgedacht. Ich möchte, dass das Kind da bleibt, wo es ist. Dass es glücklich und behütet aufwächst. Ich will nicht, dass es hineingezogen wird in diesen Strudel aus Lug und Trug, aus Gier und Gewalt. Es geht mir nicht um dich, Richard. Ich glaube, dass dir niemand mehr helfen kann. Ich weiß nicht mal, ob du willst, dass dir jemand hilft. Aber das Kind weiß von alledem nichts. Es ist unschuldig. Und ich möchte, dass es das auch bleibt.«

Diesmal seufzte Krauss. Er stützte den Kopf in die Hände. Diese Frau kam entweder direkt aus der Hölle oder war vom Himmel geschickt. Er presste die Finger in seine Augäpfel, bis sie schmerzten und er Sterne sah. Was hätte Hanna getan?

Oda redete durch den Nebel auf ihn ein. »Ich habe die aktuellen braunen Meldungen aus dem Forschungsamt gelesen. Edgar hat ein zweites Kommando nach London geschickt, um Bensler bei der Suche nach dem Jungen zu unterstützen. Göring will ebenfalls einige Männer nach London entsenden. Es ist zwar wie die Suche nach der Nadel im Heuhaufen, aber unterschätze nicht ihre Möglichkeiten. Es gibt durchaus Kontakte zu Regierungs- und Geheimdienstkreisen. Das war nicht alles gelogen, was ich dir bei unserer Flucht aus »Auerbachs Keller« erzählt habe. Falls es eine Schwachstelle in deiner Tarnung gibt, werden sie sie früher oder später finden.«

Oda hatte recht. Krauss musste sofort an Christa denken. Und Doyle. Er hatte ihm zwar nie etwas gesagt, aber wie sollte er sicher sein, dass der MI5 ihn nicht überwacht hatte. Es gab in diesem Geschäft keine Sicherheit. Wie hatte er nur an diesen Punkt kommen können? Was für eine abstruse Kette von Fehlentscheidungen hatte ihn so nah an den Abgrund gebracht, dass er gezwungen war, seine Deckung aufzugeben? Es war müßig. Oda sagte die Wahrheit. Sie war seine letzte Hoffnung, so schlimm stand es um ihn. Er drückte immer noch den Kopf in die Hände, sprach ohne aufzusehen.

»Was sollen wir tun?«

Odas Stimme klang fest. »Du musst die Familie des Jungen warnen. Sie müssen London verlassen, so schnell wie möglich. Wenn das Kind eine Zukunft haben soll.«

Krauss brachte die Worte nur schwer über die Lippen. »Wie soll das von hier aus gehen? Alle Telefongespräche werden abgehört, wahrscheinlich von verschiedenen Stellen. Ein Telegramm ist zu gefährlich. Ich komme aus dem Land nicht so ohne weiteres raus. Selbst wenn es mir gelänge, ist es vielleicht schon zu spät. Und was ist mit dir? Wenn Göring erfährt, dass du ein falsches Spiel spielst, bist du erledigt.«

»Was kümmert dich das?«

»Wenig. Aber du bist dir hoffentlich im Klaren darüber, dass nur Göring dich vor Edgar schützen kann. Mein Bruder wird dich zur Strecke bringen wollen. Er erträgt keinen Verrat, wie du weißt.«

Oda schrie ihn unvermittelt an. »Was glaubst du, weshalb ich dir das alles erzähle? Mein Leben besteht nur aus Katastrophen, da kommt es auf eine mehr oder weniger nicht an. Ich habe es satt, im Dreck herumzuwühlen. Seit ich denken kann, bin ich umgeben von Heuchlern, Mördern und Kinderschändern. Es ist mir egal, wenn sie mich hassen. Ich hasse sie tausendmal mehr. Wenn sie mich töten wollen, bitteschön. Aber niemand sollte damit rechnen, dass ich mich einfach so zur Schlachtbank führen lasse.«

Krauss sah den Hass in ihren Augen schimmern. »Okay. Du bist bereit, alles zu riskieren. Ich bin der Letzte, der das nicht versteht. Aber wir dürfen dabei nicht unser Ziel aus den Augen verlieren. Wie gehen wir vor?«

»Ich bringe dich hier raus. Die Wache besteht nur aus zwei Mann. Sie schöpfen keinen Verdacht, wenn ich dich mitnehme. Ich habe völlig freie Hand. Göring vertraut mir blind.«

»Wenn du es sagst.«

»Und ich habe auch schon eine Idee, wie wir deiner Familie in London eine Nachricht zukommen lassen können. Ich kenne eine Person, die über jeden Verdacht erhaben ist. Jemanden, bei dem man nicht einmal vermuten würde, dass er in Kontakt mit dir stehen könnte.«

Krauss sah sie fragend an.

»Göring hatte in den letzten Tagen viel mit ihm zu tun. Es ist ein schwedischer Geschäftsmann, der zwischen der deutschen und der englischen Regierung vermittelt. Es geht darum, eine Einigung in der Polen-Krise zu erzielen. Die Engländer unterstützen die Polen, wie du sicher weißt. Göring hofft auf so etwas wie einen Nichtangriffspakt mit den Engländern, wenn ich das richtig verstehe, ähnlich wie mit den Russen. Auf jeden Fall fliegt der Schwede ständig zwischen London und Berlin hin und her. Der Name des Mannes ist Birger Dahlerus.«

Krauss erinnerte sich an den Schweden. Er hatte ihn im Flugzeug nach Berlin gesehen, ein unauffälliger, seriöser Geschäftsmann. Doyle hatte ihm empfohlen, sich an Dahlerus' Fersen zu heften, wenn er bei seinem Auftrag nicht mehr weiterkäme. Es sei damit zu rechnen, dass Dahlerus Kontakte zu Hitler habe. Ein Treffen mit dem Führer an einem Ort außerhalb der Reichskanzlei sei nicht undenkbar. Krauss hatten die Informationen nicht sonderlich interessiert, weil er ohnehin anderes im Sinn hatte, als sich um Hitler zu kümmern. Jetzt wurde Dahlerus wieder interessant, auf eine andere Weise, als Krauss es für möglich gehalten hätte. Er fragte sich jedoch, wie sie diesen vermutlich grundehrlichen Mann für ihren Zweck gewinnen sollten. Dahlerus wollte einen Krieg verhindern. Er würde jedes Risiko vermeiden, das seine Mission gefährdete. Außerdem vertraute er Göring. Krauss hielt Odas Idee für zu gewagt.

»Dahlerus kennt keinen von uns beiden. Er wird uns für Freischärler halten, für zwielichtige Elemente, die seine Friedensbemühungen hintertreiben wollen. Wie willst du ihn überzeugen?«

Oda hatte sich entspannt im Sessel zurückgelehnt. Ihre Wut war verflogen. Sie sah Krauss an und lächelte. »Mit der Wahrheit.«

18.
Berlin

29. August
Görings Wohnung, Vormittag

»Es bleibt Frieden. Der Frieden ist gesichert«, rief Göring.

So aufgewühlt hatte Dahlerus den Deutschen selten erlebt. Nach der Ankunft des Schweden in der Wohnung des Feldmarschalls war dieser auf seinen Besucher zugestürzt und hatte dessen Hand ergriffen, die er seitdem unablässig schüttelte.

Während er auf Dahlerus einredete, strahlte Göring übers ganze Gesicht. »Henderson hat gestern Abend einen hervorragenden Eindruck bei Hitler hinterlassen. Der Führer glaubt jetzt fest daran, dass eine Verständigung zwischen England und Deutschland möglich ist. Das Eis ist gebrochen.« Göring zwinkerte Dahlerus zu, ohne dessen Hand loszulassen. »Das ist vor allem Ihr Verdienst. Hitler besteht darauf, dass Sie die höchste Auszeichnung des Deutschen Reiches erhalten. Das hat er mir nach unserem Treffen mitgeteilt. Mein lieber Dahlerus, Sie haben nun einen festen Platz im Herzen des Führers. Das ist nur wenigen vergönnt, darauf dürfen Sie stolz sein.«

Dahlerus wusste nicht, was er sagen sollte. Orden bedeuteten ihm nichts. Er freute sich darüber, dass es offenbar voranging, aber er hatte ein schlechtes Gefühl dabei, von einer Seite vereinnahmt zu werden. Auf einen Platz im Herzen des Führers konnte er verzichten. Genauso wie auf einen Platz in den Geschichtsbüchern. Den Schweden interessierte nur das Ergebnis. Außerdem mochte er Görings übertriebenen Optimismus nicht teilen. Das Misstrauen, das sich seit dem Treffen mit Hitler seiner bemächtigt hatte, vergällte ihm jeden noch so kleinen Fortschritt. Aber es wäre dumm gewesen, Göring zu enttäuschen.

»Ich fühle mich geehrt, Exzellenz. Allerdings ist es genauso Ihr Verdienst wie das meine.«

Göring ließ die Hand des Schweden los und winkte ab. »Ach, hören Sie auf. Ich tue nur meine Pflicht. Sie dagegen engagieren sich nicht nur für eine Sache, die außerhalb Ihrer Verantwortung liegt, sondern auch für ein fremdes Land. Ehre, wem Ehre gebührt.«

»Noch sind wir nicht am Ziel.«

»Aber wir waren selten näher dran. Der größte Wunsch des Führers ist es, mit England übereinzukommen. Was er bei unserem Treffen alles über die Briten gesagt hat, dürfen Sie nicht so ernst nehmen. Hitler ist ein impulsiver Mensch mit einer sensiblen Seele. Wenn er sich verletzt fühlt, schießt er oft übers Ziel hinaus. Nun aber scheint sich sein Wunsch zu erfüllen, wittert er eine historische Chance. Da wiegen die Probleme mit Polen plötzlich sehr leicht, mein lieber Dahlerus. Das wird sich im Nu lösen lassen, da bin ich mir sicher.«

Dahlerus war die Skepsis ins Gesicht geschrieben. Er behielt seine Bedenken zwar weiter für sich, Göring kannte den schwedischen Geschäftsmann jedoch gut genug, um dessen Miene richtig zu deuten.

»Nun schauen Sie doch nicht so missmutig drein. Bisher hat sich noch alles zum Guten gewendet. Ich verrate Ihnen auch etwas, das Ihre schlechte Meinung über Hitler ins Wanken bringen dürfte. Gestern, während unserer Besprechung nach Hendersons Besuch, hat der Führer Ribbentrop sehr provokativ gefragt, ob er immer noch glaube, dass Sie, Dahlerus, ein englischer Agent seien. Da war unser verehrter Herr Außenminister sehr zerknirscht, weil er zugeben musste, sich in Ihnen getäuscht zu haben. Sie sehen, wie groß das Vertrauen ist, das Hitler Ihnen entgegenbringt.«

Görings kleine Indiskretion hatte bei Dahlerus eher das Gegenteil von dem ausgelöst, was der Feldmarschall beabsichtigte. Der Schwede war beunruhigt. Wieso intrigierte Ribbentrop gegen ihn? Er war dem deutschen Außenminister nur gelegentlich begegnet, hatte selten mehr als ein paar Worte mit ihm gewechselt. Offensichtlich verfolgte Ribbentrop andere Ziele als er. Vielleicht aber, auch das war nicht unwahrscheinlich, log Göring ihn an. Bisher hatte der Feldmarschall Ribbentrop bei jeder sich bietenden Gelegenheit schlechtgemacht. Die beiden waren einander nicht grün, das war kein Geheimnis. Nur was sollte es bringen, wenn Göring ihm Ribbentrops Aversionen enthüllte? Gut, eigentlich ging es um Hitlers Vertrauensbeweis dem Schweden gegenüber. Was bei Dahlerus haften blieb, war jedoch tiefe Verunsicherung. Und das beklemmende Gefühl, Statist in einer schwer durchschaubaren Inszenierung zu sein.

»Was hat Ribbentrop gegen mich?«

»Ich habe Ihnen schon vor kurzem gesagt: Vergessen Sie Ribbentrop. Der Mann ist ein notorischer Stänkerer. Viel wichtiger ist es, dass Sie bei Hitler hoch im Kurs stehen. Das alleine zählt. Ribbentrop wird das nicht gefallen, aber sei's drum. Solange Sie unter dem Schutz Hitlers stehen, haben Sie von Ribbentrop nichts zu befürchten.« Göring stemmte die Hände in die Hüften. »Außerdem bin ich ja auch noch da.«

Dahlerus sah ihn verständnislos an. »Nichts zu befürchten? Was soll das denn heißen?«

Göring blies die Backen auf. »Sie dürfen das jetzt nicht überbewerten, aber ich halte Ribbentrop für einen hinterhältigen Vogel. Um seine Ziele zu erreichen, geht er über Leichen. Es wird ihn ganz schön wurmen, dass der Führer so hohe Stücke auf Sie hält. Aber wie gesagt: Wir passen auf Sie auf.«

Der Schwede schüttelte den Kopf. Görings Art, ihn zu beruhigen, war eher dazu angetan, ihm schlaflose Nächte zu bereiten. Dahlerus stellte sich vor, wie Ribbentrops Agenten ihn zur Strecke brachten. Schließlich hatte Göring gesagt, der Außenminister würde über Leichen gehen. Dahlerus' Hoffnung war, dass diese Einschätzung in die Kategorie fiel, die der Feldmarschall ausgezeichnet beherrschte: Geschwätz. Der Schwede beschloss, die Sache nicht zu vertiefen.

»Wie geht es jetzt weiter?«

»Heute Abend wird Hitler Henderson seine Antwort übermitteln. Die Dinge nehmen ihren ordnungsgemäßen Lauf. Es ist alles in bester Ordnung.«

»Ihr Optimismus in allen Ehren, aber zum Durchatmen scheint es mir zu früh.«

Göring legte Dahlerus eine Hand auf die Schulter. »Mein lieber Dahlerus, Sie sind ein sehr vorsichtiger Mann geworden. Dabei sind kleine Rückschläge bei einer so heiklen Angelegenheit völlig normal. Sie müssen lernen, den Menschen zu vertrauen, sonst werden Sie keine Ruhe finden. Vertrauen ist der Schlüssel zur inneren Ausgeglichenheit, glauben Sie mir. Nehmen Sie Hitler und mich: Wir vertrauen Ihnen blind.« Der Feldmarschall verstärkte den Druck seiner Hand. »Gemeinsam werden wir das Kind schon schaukeln.«

Nach dem Besuch bei Göring fuhr Dahlerus zur englischen Botschaft, um Nevile Henderson kennenzulernen. Bisher hatte der Schwede den britischen Diplomaten nicht persönlich getroffen, er wusste aber, dass Henderson gemäßigte Ansichten vertrat, was das Auftreten Hitler gegenüber anging. Wenn man den deutschen Diktator behandele wie einen Teufel, dann benehme er sich irgendwann wie einer, lautete sein Credo. Henderson hatte, wenn Dahlerus sich recht erinnerte, einmal als Anwalt in Deutschland gearbeitet und galt als leicht aufbrau-send. Zur Überraschung des Schweden wirkte der Diplomat mit seiner hageren Statur und seinem distinguierten Auftreten wie eine Kopie Neville Chamberlains. Dass beide denselben Vornamen trugen, amüsierte Dahlerus zusätzlich.

Während die beiden in Hendersons Arbeitszimmer miteinander sprachen, kraulte der Botschafter, der einen müden und abgeschlagenen Eindruck auf den Schweden machte, einen dicken Dackel. Nachdem beide sich vorgestellt und Höflichkeiten ausgetauscht hatten, kam Dahlerus zur Sache. Er wollte hören, wie ein erfahrener Diplomat die Situation beurteilte.

Henderson klang resigniert. »Hitler lügt, wenn er den Mund aufmacht. Das dürfen Sie nie vergessen. Ich bin diese ständigen Lügen so leid, das können Sie sich kaum vorstellen. Das Schlimme dabei ist, dass Hitler alle diese Hirngespinste und Unwahrheiten so geschickt mit der Wirklichkeit vermengt, dass niemand mehr durchsteigt. Nicht mal mehr er selbst. Mein Motto lautet daher: Traue niemandem. Sie wären gut beraten, es genauso zu halten.«

Dahlerus dachte an die Tirade über das Vertrauen, die Göring ihm eben gehalten hatte. »Ich habe Hitler kürzlich erlebt. Ich weiß, was Sie meinen.«

Henderson schüttelte den Kopf. »Das glaube ich kaum. Sie kennen ihn nicht so, wie ich ihn kenne. Potenzieren Sie ihre schlimmsten Vorstellungen um den Faktor zehn, dann kommen Sie der Sache näher. Hitler spielt ein rücksichtsloses Spiel. Um seine Ziele zu erreichen, ist ihm jedes Mittel recht.«

»Demnach räumen Sie den derzeitigen Annäherungsversuchen keine große Zukunft ein?«

Henderson schwieg. Er überlegte einen Moment. »Es ist meine Pflicht, nichts unversucht zu lassen. Ich bin auch nur ein Mensch. Ich kann mich täuschen.«

Dahlerus hatte nicht geahnt, dass es so schlimm um Henderson stand. Offensichtlich war dessen konziliante Herangehensweise einem düsteren Pragmatismus gewichen. Der Schwede hakte nach. »Glauben Sie, dass Hitlers Meinung sich beeinflussen lässt? Zum Beispiel durch Hermann Göring?«

»Ehrlich gesagt, bin ich da sehr skeptisch. Ich halte Göring zwar nicht für ganz so kriegsbesessen wie Hitler oder Ribbentrop, aber ich rechne nicht damit, dass er sich durchsetzen kann. Göring geht den Weg des geringsten Widerstands, das hat er immer schon getan.«

»Wollen Sie damit sagen, dass er die Unwahrheit sagt? Absichtlich, um uns in die Irre zu führen?«

»Andauernd.«

Dahlerus schluckte. Natürlich wusste er, dass der Feldmarschall taktierte, doch er hatte ihn als einen Mann kennengelernt, der sein Wort hielt. In seinen Augen schien Göring ehrlich am Frieden interessiert zu sein, konnte sich nur gegen Hitlers übermächtige Persönlichkeit nicht durchsetzen.

Der Schwede insistierte. »Meiner Meinung nach ist Göring der einzige deutsche Politiker, der die Situation drehen kann. Was ihm fehlt, ist Durchsetzungskraft. Besäße er größere politische Macht, dürfte er entscheiden, würde es keinen Krieg geben. Das ist meine feste Überzeugung.«

Henderson räusperte sich. »Da mögen Sie recht haben. Zumindest lässt sich mit Göring leichter eine Übereinkunft erzielen als mit allen anderen Mitgliedern der deutschen Regierung. Leider müssen wir uns mit der Realität abfinden: Es ist Hitler, mit dem wir verhandeln. Heute Abend präsentiert er mir seine Antworten auf unser letztes Papier.«

»Was haben Sie für ein Gefühl?«

Der englische Botschafter hörte auf, seinen Dackel zu kraulen. Der Hund sah traurig zu ihm hoch. Hendersons Augen standen denen seines Hundes in nichts nach. »Ich befürchte das Schlimmste.«

Der Mann, der mitten in Dahlerus' Hotelzimmer stand, bedeutete ihm mit einem Finger auf den Lippen zu schweigen. Er reichte dem Schweden ein Blatt Papier. Darauf stand: »Dieser Raum wird abgehört. Ich habe Ihnen etwas Wichtiges mitzuteilen. Restaurant?«

Dahlerus war weniger erschrocken als irritiert. Er hatte keine Ahnung, was der Mensch von ihm wollte. Zudem sah der Mann mit seiner leicht geschwollenen Lippe und dem zerschundenen Gesicht nicht gerade vertrauenswürdig aus. Irgendwie kam ihm der Kerl allerdings bekannt vor. Er versuchte, sich die Schrammen wegzudenken, konnte aber kein Bild abrufen. Der Mann nickte ihm auffordernd zu. Er wirkte gefährlich und verzweifelt zugleich. Eine heikle Mischung, dachte Dahlerus. Vielleicht war es klug, auf das Ansinnen seines ungebetenen Gastes einzugehen. Im Restaurant würde er ihm auf jeden Fall nichts antun. Hoffentlich nichts antun, fügte er schnell hinzu. Er nickte dem Mann seinerseits zu.

Sein Gegenüber schien erleichtert. Er bedeutete ihm mit der Hand, dass Dahlerus vorgehen solle. Statt einen Mittagschlaf zu halten, verließ der Schwede sein Zimmer drei Minuten, nachdem er es betreten hatte – im Schlepptau einen Mann, der so aussah, als wäre er nicht nur auf den Austausch verbaler Argumente spezialisiert.

Auf dem Weg zum Hotelrestaurant wechselten die beiden kein Wort. Dort angekommen, fragte Dahlerus nach einem kleinen, etwas abseits gelegenen Tisch, den er bei Gesprächen stets bevorzugte.

Glücklicherweise war der Tisch frei. Die meisten Gäste hatten bereits zu Mittag gegessen. Dahlerus bot seinem Besucher einen Stuhl, doch der setzte sich so, dass er den Raum im Blick hatte.

Der Schwede sprach als Erster. »Hier können Sie frei sprechen. In meinem Hotelzimmer übrigens auch. Wer sollte sich die Mühe machen, dort Mikrofone zu installieren?«

Der Mann musterte ihn kritisch. »Glauben Sie, was Sie glücklich macht. Ich bin lieber etwas zu vorsichtig. Schlechte Erfahrungen.«

»Komisch. So etwas Ähnliches habe ich heute schon einmal gehört. Was ist so wichtig, dass Sie in mein Hotelzimmer einbrechen? Und wer sind Sie überhaupt?«

»Bevor ich Ihnen das sage, müssen wir eine Sache klären. Sie müssen mir versprechen, nichts von dem, was ich Ihnen anvertraue, an irgendjemanden weiterzugeben. Was ich verlange, ist absolute Diskretion. Im Gegenzug erfahren Sie Dinge, von denen nur einige wenige Menschen wissen und deren Kenntnis Ihre Perspektive auf einige der Personen, mit denen Sie derzeit Umgang pflegen, stark verändern wird. Ich verlange nicht, dass Sie mir helfen; ich bitte Sie darum. Was Sie am Ende tun, ist Ihre Entscheidung. Aber Sie müssen mir versprechen, dieses Gespräch für sich zu behalten.«

Dahlerus rückte seine Brille gerade. »Erstens weiß ich nicht, ob ich es kann. Das kommt darauf an, was Sie mir erzählen. Zweitens weiß ich nicht, ob Sie die Wahrheit sagen. In diesen Zeiten versucht jeder jeden zu instrumentalisieren. Mir wächst das allmählich über den Kopf.«

»Und wenn ich Ihnen sage, dass es um Hitler und Göring geht, Herr Dahlerus? Die beiden Männer, denen Sie so viel Mitgefühl attestieren, einen drohenden Krieg doch noch abzuwenden? Interessiert es Sie nicht, etwas über die beiden größten Verbrecher des Jahrzehnts zu erfahren?«

Dahlerus fiel plötzlich wieder ein, woher er den Mann kannte. Dessen demoliertes Gesicht hatte ihn abgelenkt. Vor drei Tagen waren sie im selben Flugzeug von London nach Berlin geflogen. Blaue Augen, blonde Haare, asketisches Gesicht, ein Vorzeige-Arier, hatte er damals gedacht. Jetzt war er völlig durcheinander.

»Verfolgen Sie mich?«

Der Mann sah ihn erstaunt an. »Wie kommen Sie denn darauf?«

»Sie saßen neben mir im Flugzeug nach Berlin, vor drei Tagen. Das kann ja wohl kein Zufall sein.«

Der Mann atmete hörbar ein. »Ist es aber. Es hatte nichts mit Ihnen zu tun. Gleichwohl kenne ich Sie. Das wiederum liegt an meinem Job. Ich arbeite für den englischen Geheimdienst. Ich bin ein deutscher Überläufer. Mein Name ist Richard Krauss. Wenn Sie mehr wissen wollen, brauche ich Ihr Wort, dass Sie schweigen. Niemand wird von unserer Zusammenkunft erfahren, das verspreche ich Ihnen. Ihre Mission ist nicht gefährdet.«

Dahlerus wusste nicht mehr, was er denken sollte. Was hier vorging, überforderte sein Vorstellungsvermögen. Um Licht ins Dunkel zu bringen, musste er diesen Mann, der sich Krauss nannte, erzählen lassen. Er hatte ihn geschickt an einen Punkt gebracht, an dem Dahlerus die Sache nicht hätte beenden können, ohne beständig damit zu hadern, was hinter dieser Sache steckte. Außerdem schien Krauss zwar unberechenbar, in seiner direkten, fordernden Art aber auch aufrichtig. Dahlerus entschied sich fürs Zuhören.

»Reden Sie! Aber so, dass ich die Zusammenhänge begreife.«

»Ich habe Ihr Wort?«

»Sie haben mein Wort.«

Krauss begann seine Geschichte vor Hitlers Machtergreifung. Er schilderte in aller Kürze den Siegeszug von SA und SS und wie die verschiedenen Nazi-Führer danach trachteten, innerhalb dieser Apparate Eliteeinheiten aufzubauen. Eine dieser Truppen in der Truppe war das nur Hitler unterstellte Kommando von Edgar Krauss, das sich später »Söhne Odins« nannte. Als Dahlerus hörte, wie der martialisch-mystische Name entstanden war, rümpfte er angeekelt die Nase. Krauss registrierte es aufmerksam. Er berichtete von seiner Flucht mit Hanna, den furchtbaren Ereignissen in Frankreich und davon, wie er mit Hitlers Sohn nach London entkommen war. Allzu schreckliche Details sparte er aus, genauso verzichtete er darauf, den Hass, den er für seinen Bruder empfand, zu sehr in den Vordergrund zu stellen. Er erzählte nüchtern, faktisch, wie ein Wissenschaftler, der einen Vortrag hält, einen Vortrag über menschliche Abgründe. Einige Sachen ließ er ganz aus. Das Desaster in der Canal Street zum Beispiel. Und den Auftrag, für den Doyle ihn nach Berlin geschickt hatte.

Dahlerus sollte kein allzu fürchterliches Bild von ihm bekommen; außerdem wollte er den Schweden nicht gefährden. Stattdessen verschleierte er den Grund seiner Reise nach Berlin, führte seine geheimdienstliche Arbeit ins Feld. Die Ereignisse in Berlin waren schnell zusammengefasst, ebenfalls um ein paar Tote reduziert. Krauss endete mit Görings Intervention.

Dahlerus hatte die ganze Zeit schweigend zugehört. »Erwarten Sie von mir, dass ich Ihnen das abnehme? Hitler wollte einen Erben zeugen? Das ist doch abstrus.«

»Glauben Sie, ich besitze die Phantasie, mir so etwas auszudenken? Schauen Sie mich an: Ich bin ein Mann der Tat, kein Schöngeist. Außerdem: Warum sollte ich das tun? Was hätte ich davon?«

Dahlerus dachte an seine erste Nacht in der englischen Botschaft. Forbes hatte ihn ähnlich ungläubig angesehen wie er jetzt diesen Mann namens Krauss, und der Schwede hatte damals ähnlich argumentiert, wie der Deutsche es gerade tat. Man musste wohl akzeptieren, dass in diesen Zeiten viel Absonderliches und Ungeheuerliches geschah. Was nicht automatisch bedeutete, dass Krauss die Wahrheit sprach.

Dahlerus räusperte sich. »Was Sie davon haben? Das werden Sie mir wohl gleich erzählen.«

»Es geht hier nicht um mich, wenn Sie das denken. Sie sollen mir helfen, den Jungen und seine neue Familie zu retten.«

»Hitlers Sohn.«

»Das war er mal. Jetzt ist er ein normaler englischer Junge, mit Freunden, Hobbys und vernünftigen Zukunftsaussichten. Ich möchte, dass das so bleibt.«

Dahlerus versuchte sich vorzustellen, Hitlers Sohn besuche eine Londoner Schule wie jedes andere Kind. Aber warum nicht? Wenn denn ein solcher Sohn überhaupt existierte.

»Was sollte ich Ihrer Ansicht nach dafür tun?«

»Sie sollen eine Nachricht überbringen.«

Dahlerus runzelte die Stirn. »Ist das nicht ein wenig kompliziert, junger Mann? Schicken Sie ein verschlüsseltes Telegramm. Das gehört doch wohl zu Ihrem Job.«

»Sie wissen, dass das nicht so einfach ist. Für jeden Code gibt es einen Schlüssel. Ich brauche einen zuverlässigen Kurier. Zuverlässig und unauffällig.«

Der Schwede wusste, dass Krauss recht hatte, was den Nachrichtenverkehr anging. Seine Vermutung, dass auch die Hotelzimmer abgehört wurden, schien dagegen paranoid. Dahlerus haderte mit sich. Wenn er Krauss half und man fand den Brief bei ihm oder die Sache flog aus anderen Gründen auf, war er für alle Zeiten diskreditiert. Die Vermittlungsbemühungen wären zum Scheitern verurteilt. Das würde er sich nie verzeihen. Dahlerus sah in Krauss' Gesicht. Unter dem demolierten Äußeren schwelte eine stille Wut. »Ich glaube, ich kann Ihnen nicht helfen.«

Krauss ballte beide Hände zu Fäusten und zischte ihn an. »Geben Sie sich einen Ruck! Sie sollen eine Nachricht übergeben, mehr nicht.«

Dahlerus war etwas erschrocken über die Schärfe, die plötzlich in den Worten des Deutschen lag. Der Schwede hatte den Eindruck, er müsse sich rechtfertigen.

»Bedenken Sie, was hier auf dem Spiel steht. Auch mir geht es nicht um meine Person, das wissen Sie genau. Es geht um die Menschen in Europa, Millionen von Menschen. Ich versuche seit Monaten zu verhindern, dass diese Menschen in einen verheerenden Krieg schlittern. In meinem Kopf ist für nichts anderes mehr Platz, ich träume davon, ich denke daran, wenn ich aufstehe, aber meistens schlafe ich gar nicht erst. Ich komme nicht mehr zur Ruhe, weil ich immer wieder brennende Häuser vor meinem inneren Auge sehe, und Menschen, die daraus hervorstürzen, lebende Fackeln, die zu Asche zerfallen. Das treibt mich unablässig um, und damit es nicht passiert, fliege ich hin und her zwischen London und Berlin und versuche, die Männer, die dort regieren, dazu zu bringen, miteinander darüber zu reden, wie man den Frieden erhalten kann. Ich verkneife mir jedes Urteil, korrigiere nur hier ein wenig und lenke dort ein bisschen nach, um das täglich Unausweichlichere vielleicht doch noch zu verhindern. Und dann kommen Sie und sagen, ich solle eine Nachricht überbringen – an Hitlers Sohn. Wenn davon nur ein Detail, eine vage Vermutung öffentlich würde, wäre ich erledigt. Es gäbe keine Gespräche. Keine Annäherung. Alles wäre umsonst gewesen.« Dahlerus legte eine kurze Pause ein. »Ich weiß ja nicht einmal, ob das stimmt, was Sie mir erzählt haben. Vielleicht wollen Sie ja die Verhandlungen boykottieren. Vielleicht arbeiten Sie im Auftrage von Ribbentrop. Sie sind Deutscher. So eine Intrige wäre ein cleverer Schachzug. Niemand macht sich die Hände schmutzig, und ich stehe am Ende dumm da.«

Krauss presste die Lippen zusammen. Er musste sich beherrschen, sprach aber so ruhig er konnte. »Herr Dahlerus, ich arbeite weder für den Außenminister noch verfolge ich persönliche Motive, ein Zustandekommen der Gespräche zu verhindern. Ich habe Ihnen erklärt, in welchem Verhältnis ich zu dem Jungen stehe. Mir geht es nur darum, das Kind zu retten. Die Frau, die ich mehr als alles in der Welt geliebt habe, hat sich für dieses Kind geopfert, obwohl es die Gene eines geisteskranken Tyrannen in sich trägt. Sie wollte mir damit zeigen, dass sie den Jungen für unschuldig hält. Verstehen Sie das? Wenn dieses Kind aufwächst wie jedes andere, wenn dieses Kind ein normales Leben leben kann, wenn dieses Kind eine Zukunft hat, dann haben wir sie auch. Hanna wollte mir beweisen, dass das Böse nicht in jedem von uns schlummert, sondern dass es eine Frage der Erziehung, der äußeren Umstände ist, ob das Böse Besitz von uns ergreift. Und sie wollte es an einem Kind beweisen, das die schlimmstmöglichen Voraussetzungen mitbringt. Am Kind eines rücksichtslosen Mörders. Dieses Kind ist es wert, gerettet zu werden, meine ich, und es ist es wert, dass Sie dafür ein Risiko eingehen.«

Der Mann erzählte die Wahrheit, das war Dahlerus mittlerweile klar. Krauss war ein Getriebener, besessen von einer fixen Idee. Deshalb die unterdrückte Wut. Das machte ihn so gefährlich.

Dahlerus versuchte, Krauss zu beschwichtigen. »Vielleicht sagen Sie ja doch die Wahrheit. Wenn es so ist – und davon gehe ich jetzt einmal aus –, kann ich Ihren Zorn und Ihre Verzweiflung verstehen. Aber Sie müssen sich auch einmal in meine Lage versetzen. Sie reden davon, ein Kind zu retten. Lassen wir einen Moment außer Acht, dass es für einige Menschen Symbolkraft besitzt. Es geht um ein Leben. Ich rede davon, dass Europa im Chaos versinkt, vielleicht sogar die Welt. Ein Leben gegen das von Millionen. Wie wollen Sie das aufrechnen? Und, so zynisch das klingen mag, wir müssen alle Opfer bringen.«

Krauss starrte ihn an. »Ich will gar nichts aufrechnen. Ein Leben ist ein Leben, und das ist es wert, gerettet zu werden. Wollen Sie meine Meinung hören? An diesem Krieg kommen Sie nicht vorbei, der ist längst beschlossene Sache. So wie ich Hitler einschätze, sind bei diesem Mann alle Bemühungen vergeblich. Denken Sie an

Bensler und seine Leute in London, von denen ich Ihnen vorhin erzählt habe. Sie haben den Auftrag, im Kriegsfall Unruhe unter den Menschen zu stiften, die Moral auszuhöhlen. Glauben Sie, Hitler schickt diese Männer nach England, wenn er wirklich Frieden wollte? So naiv können Sie nicht sein. Hitler will diesen Krieg, finden Sie sich damit ab. Was Sie auch tun, Sie können die Menschen in Europa nicht retten.« Krauss machte eine Pause, um seine Aussage zu betonen. »Aber diesen einen Jungen können Sie retten. Einen Menschen, der noch sein ganzes Leben vor sich hat. Wenn Sie den Menschen wirklich helfen wollen, und so schätze ich Sie ein, fangen Sie mit diesem Kind an. Lieber ein Leben retten als gar keines, das ist meine Meinung.«

Je länger Krauss auf ihn einredete, desto mehr wankte Dahlerus. Der Deutsche legte seine Finger auf offene Wunden, sprach die Zweifel aus, die den Schweden Tag für Tag aushöhlten. In seinem tiefsten Inneren hatte Dahlerus die Zuversicht verloren, dass es ihm gelänge, den Frieden auf Dauer zu sichern. Vielleicht schaffte er es, den Kriegsausbruch aufzuschieben. Aber solange Hitler existierte, würde es Konflikte geben. Es war schwer für Dahlerus, sich dies einzugestehen. Denn aufzugeben kam für ihn nicht in Frage. Genauso wenig wie für Krauss. Dieser Mann kämpfte für seine Überzeugungen. Der Schwede respektierte das. Nicht aufgeben zu können, das war ihrer beider Natur. Dieses Kind zu retten, bedeutete vielleicht, nicht aufzugeben. Einen Anfang zu machen, wie Krauss sagte.

Dahlerus staunte über sich selbst, seinen Sinneswandel. Bevor er den Mann unterstützen konnte, musste er noch etwas wissen. »Göring versucht auch, an das Kind heranzukommen?«

»Zumindest hat er mir einen Handel angeboten, wenn ich ihm den Aufenthaltsort verrate. Außerdem hat er selbst ein paar Männer nach England geschickt. Sie sollen ihre Verbindungen spielen lassen und das Kind aufspüren.«

»Er will etwas gegen Hitler in der Hand haben. Oder so sein wie der Führer – ich weiß es nicht.«

»Vielleicht will er dafür sorgen, dass das Kind vom Erdboden verschwindet. Vielleicht will er auf Nummer sicher gehen.«

Dahlerus schwieg betreten. Göring enttäuschte ihn von Tag zu

Tag mehr. Der Schwede faltete die Hände vor dem Gesicht. »Sie müssen mir etwas versprechen, Herr Krauss. Wenn ich doch in Betracht ziehen sollte, Ihnen zu helfen, dürfen Sie meine Vermittlungsbemühungen nicht gefährden. Schieben Sie das, was auch immer Sie mit Ihrem Bruder vorhaben, so lange auf, bis entweder eine Annäherung der Länder erreicht oder der Krieg ausgebrochen ist. Stellen Sie sich vor, was passiert, wenn Sie vorher aktiv werden und bekannt würde, dass ein zu den Briten übergelaufener Deutscher einen Anschlag auf die Gestapo verübt hat. Das wäre das Ende aller Gespräche. Vorhin wollten Sie mein Wort, jetzt brauche ich Ihres.«

Krauss zögerte, stierte auf den Tisch. »Sie haben mein Wort.«

Dahlerus nickte. »Was soll ich tun?«

Krauss drehte den Kopf zu seinem Gesprächspartner. »Das heißt, Sie helfen mir?«

»Erwarten Sie nicht zu viel von mir. Ich werde sehen, was ich tun kann. Ich kann Ihnen nichts versprechen. Es kann jederzeit etwas dazwischen kommen.«

Krauss fasste Dahlerus an die Schulter. »Ich danke Ihnen. Ich wusste, dass ich mich auf Sie verlassen kann.« Er zog ein Kuvert aus seiner Jackentasche. »Hier ist die Nachricht. Die Adresse lautet Garden Lane 37. Sie steht nicht auf dem Brief, Sie müssen sie auswendig lernen. Das ist sicherer, falls Ihnen was zustößt. Geben Sie den Brief möglichst Christa persönlich. Sagen Sie ihr, dass ich Sie geschickt habe. Sollten Sie wieder nach Berlin fliegen, werde ich Sie kontaktieren. Das ist alles.«

Dahlerus sah ihn skeptisch an. »Wie gesagt, ich kann Ihnen nichts versprechen. Ich weiß nicht einmal, wann und ob ich überhaupt wieder nach London fliege. Außerdem: Wenn man mich verfolgt, werde ich es nicht merken. Ich bin kein Nachrichten-Profi. Ich bin Geschäftsmann.«

Krauss schüttelte den Kopf. »Soll ich Ihnen sagen, was Sie sind? Ein guter Mensch. Ich bin Ihnen zu allergrößtem Dank verpflichtet.«

Der Schwede setzte ein schiefes Lächeln auf. »Das höre ich in letzter Zeit häufiger.«

19.
Berlin
29. August
Innenstadt, später Nachmittag

Krauss stieg zu Oda in den BMW. Sie hatten vereinbart, sich zwei Stunden nach dem Gespräch mit Dahlerus in einer Seitenstraße hinter dem Hotel zu treffen. Krauss warf sich in die harten Polster der schnittigen Limousine.

Oda sah ihn erwartungsvoll an. »Und?«

Er lächelte. »Er macht es.«

Sie lächelte zurück. »Ich habe es gewusst.«

Krauss blickte auf die Straße. »Aber er weiß nicht, wann er wieder nach London muss. Ob er überhaupt noch mal fliegt. Das ist das Einzige, was mir Sorgen macht. Momentan sehe es eigentlich sehr gut aus für die Verhandlungen, hat er erzählt. Sie hätten einen Durchbruch erzielt. Henderson erhält heute Abend Hitlers Antworten auf die letzte britische Note. Dahlerus geht davon aus, dass dies der Auftakt für direkte Friedensgespräche sein könnte. Seine Aufgabe wäre damit erledigt.«

Oda hatte bei Krauss' Worten ein zunehmend ernsteres Gesicht aufgesetzt. »Das klingt nicht gut.«

»Aber er hat mir versichert, dass er auch in diesem Fall erst nach London fliegen wird, bevor er den Heimweg nach Schweden antritt. Wir wissen nur nicht, wann das sein wird. Es kann noch Tage dauern. Dabei habe ich das Gefühl, dass uns die Zeit davonläuft.«

Oda umklammerte das Lenkrad. »Wir haben noch ein Problem.«

Krauss sah sie fragend an.

»Wir werden verfolgt. Ich habe es erst vorhin bemerkt, als ich mehrmals um den Block fahren musste, um einen Parkplatz zu finden. Ein schwarzer Opel Kadett – zwei Männer. Ich konnte sie nicht erkennen. Sie parken dreihundert Meter hinter uns.«

»Was meinst du, wie lange sie hinter uns her sind? Haben sie mich ins Hotel gehen sehen?«

»Keine Ahnung, ich weiß es nicht. Tut mir leid.«

Krauss überlegte. »Wir müssen den Plan ändern. Ich habe Dahlerus mein Wort gegeben, Edgar nicht anzutasten, so lange es Hoffnung auf Friedensverhandlungen gibt. Er hat Angst davor, dass ich auffliege und die Gespräche platzen. Edgar bekommt also eine Schonfrist. Wir fahren direkt in das Haus, von dem du mir erzählt hast, und warten ab. Unsere Verfolger müssen wir loswerden.«

Oda hatte konzentriert zugehört. Sie zeigte keinerlei Zeichen von Unruhe. »Ich hänge sie in der Stadt ab.«

Krauss schüttelte den Kopf. »Das reicht nicht. Wenn sie gesehen haben, wie ich ins Hotel bin, könnten sie mich mit Dahlerus in Verbindung bringen.«

»Du willst sie ausschalten.«

»Wir brauchen eine unbelebte Seitenstraße und einen kleinen Vorsprung. Das dürfte ausreichen.«

Oda drehte den Zündschlüssel. Der Motor sprang an. »Es kann losgehen.«

Oda steuerte das Automobil durch den nachmittäglich dichten Verkehr. Sie ist eine gute Fahrerin, dachte Krauss. Aufmerksam, vorausschauend, entscheidungsfreudig. So bewältigte sie auch ihr Leben. Dass sie sich auf seine Seite geschlagen hatte, konnte er kaum fassen. Manchmal beschlich ihn das ungute Gefühl, dass sie ein falsches Spiel trieb. Aber dann blickte er ihr in die Augen und meinte zu sehen, dass sie lange auf diesen Moment gewartet hatte – den Moment der Genugtuung. Krauss reimte sich zusammen, dass sie nur einen Weg sah, ihre geschundene Seele zu retten – indem sie dem Jungen gegen die Menschen half, die ihr eigenes Leben zerstört hatten.

Im Verkehrsgetümmel hatte Krauss den Rückspiegel so eingestellt, dass er den verfolgenden Wagen beobachten konnte. Der Opel hielt etwa zwei- bis dreihundert Meter Abstand. Oda fuhr in ein Wohngebiet am Stadtrand. Sie hatte eine bestimmte Straße im Sinn, ohne Ladenlokale, nur mit Mehrfamilienhäusern bebaut, ein reines Wohnviertel.

Krauss zog die Walther aus der Jackentasche, überprüfte das Magazin. Oda hatte ihm die Waffe gegeben, nachdem sie Schein-Carinhall verlassen hatten. Als Beweis ihres Vertrauens.

Krauss ließ den Ladeschlitten einrasten. »Wie lange noch?«

»Die zweite Straße rechts.«

»Gib Gas! Wir brauchen einen größeren Vorsprung. Wenn du um die Ecke gefahren bist und wir keine Fußgänger sehen, hältst du an. Ich springe raus, du fährst weiter. Wenn sie vorbeikommen, eröffne ich das Feuer.«

Oda nickte. Sie drückte aufs Gaspedal. Der 50 PS starke Motor heulte auf, der Wagen schoss nach vorne und vergrößerte den Abstand zu den Verfolgern. Als Oda in die Straße abgebogen war, sah Krauss sofort, dass die Gegend ideal war. Am Gehweg parkten einige Autos, aber niemand lief herum.

Er brüllte: »Anhalten!«

Oda bremste scharf ab, Krauss öffnete die Tür und sprang heraus. Der Schwung ließ ihn aus dem Auto stolpern, er verlor das Gleichgewicht und fiel zu Boden. Ein stechender Schmerz brandete seine Wirbelsäule hoch. Das alte Projektil.

Nicht jetzt, dachte er. Bitte nicht.

Oda war schon weitergefahren. Mühsam warf er sich zwischen zwei parkende Autos, presste sich an einen Kofferraum, die Walther auf den Knien. Pulsierende Schmerzen umklammerten vom Rückgrat aus seinen Brustkorb. Er atmete flach. Mit quietschenden Reifen schlingerte der Kadett um die Ecke. Offensichtlich fürchteten die Insassen, den Kontakt zu ihrem Zielobjekt zu verlieren. Als der Wagen zehn Meter von Krauss entfernt war, richtete er sich auf und zielte auf die Windschutzscheibe. Er drückte dreimal ab, sah die Scheibe splittern, schon rauschte das Fahrzeug an ihm vorbei. Krauss drehte sich mit dem Automobil, zielte erneut, zog den Abzugsbügel jedoch nicht durch, weil der Kadett nach links ausbrach. Mit lautem Getöse krachte das Fahrzeug in ein geparktes Auto. Es knirschte metallisch, irgendetwas zischte. Qualm stieg aus dem zerstörten Motor die Häuserwände hoch.

Krauss achtete bewusst nicht darauf, was sich nach dem höllischen Spektakel hinter den Fenstern abspielte, sondern beobachtete den Wagen. In seinem Rücken pochte der Schmerz.

Seine Wahrnehmung war getrübt, er kämpfte mit Übelkeit. Es hilft nichts, dachte er. Ich muss die Sache zu Ende bringen. Weiter die Straße runter sah er den BMW. Oda war stehen geblieben, wartete. Mit einem Knirschen sprang die Beifahrertür des Kadett auf. Krauss packte die Walther fester. Ein Mann schnellte aus dem Auto auf die Straße, Krauss schoss und hörte Glas bersten. Er hatte den Kerl verfehlt und stattdessen das Türfenster getroffen. Der Mann lag bäuchlings auf dem Asphalt und hielt eine Maschinenpistole in seinen Händen. Krauss hockte sich im selben Moment hinter den Kofferraum, als die automatische Waffe loshämmerte. Die Kugeln schlugen in die Karosserie des Autos, hinter dem Krauss kauerte. Es hörte sich an, als würde jemand Nägel mit einem Hammer ins Blech schlagen. Nach dem Feuerstoß war wieder Ruhe. Krauss wusste, dass er da, wo er sich jetzt versteckte, nicht bleiben konnte. Geduckt lief er auf dem Bürgersteig zwei Autos weiter, entfernte sich von dem Schützen.

Wieder suchte er Schutz zwischen zwei geparkten Wagen. In dieser Straße gab es keine andere Deckung. Er musste wissen, ob der Mann noch auf der Straße lag. Vorsichtig lugte er an dem Auto entlang. Es war niemand zu sehen. Die Straße war leer. Rund dreihundert Meter weiter wartete immer noch Odas BMW. Die Fahrertür stand offen. Oh nein, dachte Krauss. Sie hatten vereinbart, dass sie im Wagen blieb. Aus dem Augenwinkel nahm er eine Bewegung wahr, auf dem Bürgersteig etwa eine Wagenlänge vor ihm. Er biss die Zähne zusammen und rannte auf die gegenüberliegende Straßenseite. Wegen der Schmerzen fiel es ihm schwer, die Bewegungsabläufe zu koordinieren. Er stieß mit einem Fuß an den Bordstein und stürzte der Länge nach hin. Eine Feuersalve aus der Maschinenpistole verfehlte ihn nur knapp, die Projektile schlugen über ihm Löcher in den Putz. Steinstückchen spritzten herum. Krauss blieb auf dem Boden liegen, robbte in den Schutz eines Autos.

Mit dem Typen war nicht zu spaßen, dachte er. Er hatte ihn wohl auf die Palme gebracht. Durch den schmalen Spalt zwischen Bordstein und Autoboden hatte er die Straße im Blick. Er sah, wie sich zwei beschuhte Füße in seine Richtung bewegten.

Krauss zielte auf einen Fuß, schoss. Er hörte einen Schrei und richtete sich auf. Schwindel erfasste ihn, ließ ihn gegen den Wagen taumeln. Er sah, wie der Mann vielleicht vier Meter von ihm entfernt auf einem Bein schwankte, das Gesicht schmerzverzerrt. Seine Maschinenpistole zielte genau auf Krauss.

Vorbei, dachte er. Eine Urgewalt riss den Schützen herum, bevor er abdrücken konnte. Blut spritzte aus seinem Oberkörper. Krauss registrierte, dass Oda auf der anderen Straßenseite langsam die Waffe senkte. Sie schrie zu ihm herüber.

»Zum Wagen!«

Er nickte, lief leicht gebückt auf seinem Bürgersteig in Richtung des Fahrzeuges, dessen Windschutzscheibe er durchschossen hatte. Oda ging parallel zu ihm auf der gegenüberliegenden Seite.

Krauss näherte sich vorsichtig dem Wagen, sah aber gleich, dass ein Mann hinter dem Steuer eingeklemmt war. Sein Kopf lag bewegungslos auf dem Lenkrad. Eine der drei Kugeln musste ihn getroffen haben, vielleicht sogar mehrere.

Krauss trat an den Wagen. Er wollte sichergehen und schoss dem Fahrer aus der Nähe in den Kopf. Benommen torkelte er weiter Richtung BMW. Der Schmerz war fast unerträglich, die Welt um ihn herum gedämpft, als hätte jemand einen Taucherhelm auf seinen Schädel geschraubt. Er sah hinüber zu Oda, die ihm mit der Hand bedeutete, schneller zu laufen. Krauss keuchte, er fürchtete, dass er es nicht mehr schaffen würde und hier mitten auf der Straße zusammenbrach.

Dann war er am Wagen. Schwer atmend stützte er sich am Dach ab. Oda legte einen Arm auf seine Schulter. Ihre Stimme klang besorgt. »Bist du verletzt, Richard?«

Er antwortete nicht gleich, wollte den Schmerz kontrollieren.

»Richard, hat er dich erwischt?«

»Nein. Es ist die alte Wunde. So schlimm war es lange nicht.«

»Wir müssen hier weg. Ich höre Sirenen. Die Anwohner haben die Polizei informiert.«

Krauss hörte nichts. Er kletterte in den BMW, glitt in die Polster. Oda setzte sich hinters Steuer, drehte den Zündschlüssel und gab Gas. Sie sprachen kein Wort. Oda fuhr so gelassen, als ob nichts passiert wäre. Krauss schloss die Augen. Der Schmerz verebbte allmählich.

»So kann das nicht weitergehen«, sagte er.

»Was meinst du?«

»Mit meinem Rücken. Die Kugel muss raus. Ich wäre fast gestorben auf dieser Straße, wenn du nicht gewesen wärst. Die Wunde macht mich zu einem Risiko. Offensichtlich mag sie keine brenzligen Situationen.«

Oda lächelte. »Die Kugel möchte dich nur nicht mit einer anderen teilen.«

Krauss grinste gequält. Oda sah auf die Straße. Sie hielt sich ans Tempolimit, um so wenig Aufmerksamkeit wie möglich zu erregen. Das Wohnviertel hatten sie bereits hinter sich gelassen. Bisher waren sie keinem Polizeiwagen begegnet.

Krauss hustete. »Wahrscheinlich wimmelt es in der Straße jetzt von Polizisten.«

»Die werden sich freuen, wenn sie merken, dass sie es mit Göring zu tun bekommen.«

Krauss schaute sie fragend an. »Mit Göring? Kanntest du die Männer?«

»Sie gehörten zum F. A., meine Einheit. Kestner und Bredow. Harte Jungs, manchmal etwas zu chauvinistisch für meinen Geschmack. Kestner hat mich erkannt, als ich auf ihn gezielt habe. War wohl leicht verwirrt, der Gute. Ich kann es ihm nicht verdenken.«

»Göring wird sauer sein.«

Oda kicherte leise. »Richtig sauer. Saurer, als du dir vorstellen kannst. Schade, dass ich sein dummes Gesicht nicht sehe.«

Sie erreichten ihr Ziel am frühen Abend. Es war eine kleine gemütliche Jagdhütte in der Nähe von Potsdam. Oda hatte sie gekauft, ohne irgendjemanden einzuweihen. Die Hütte sollte ihr Rückzugsort sein. Nun war sie froh, dass dieser Ort existierte. Zum Haus, das direkt am Waldrand stand, führte nur ein schmaler Feldweg. Oda parkte den BMW hinter der Hütte, so dass man ihn nicht auf Anhieb sehen konnte. Krauss stieg aus und wurde sofort von der würzigen Waldluft überwältigt. Seine Schmerzen waren verschwunden.

»Einen schönen Platz hast du dir hier ausgesucht.«

»Es ist wirklich ein besonderer Ort. Das wirst du bald spüren. Ein Fleckchen, um sich auf das Wesentliche zu besinnen. Auf sich selbst. Auf das, was zählt.«

»Gut, wenn man so einen Platz hat.«

Oda nickte. »Im Kofferraum sind Lebensmittel. Ich habe eingekauft, bevor ich dich abgeholt habe.«

Krauss nahm die Taschen und folgte Oda in die Hütte. Innen roch es muffig, nach Staub und feuchtem Holz. Oda wischte ein paar Spinnweben beiseite. Im Großen und Ganzen wirkte der Hauptraum wohnlich, Krauss sah vor dem großen Fenster, das hinaus auf die Lichtung führte, eine Couchecke mit Beistelltisch. Direkt daneben befand sich ein Kamin. Auf der anderen Seite war eine Kochzeile, davor ein kleiner Esstisch mit drei Stühlen.

Oda breitete die Arme aus. »Willkommen in meinem Schloss. Dies ist der Tanzsaal. Die hintere Tür führt in die Schlafgemächer, hier vorne liegt mein türkisches Dampfbad. Wenn du den Ofen in Gang bekommst, kannst du sogar ein heißes Bad nehmen.«

Krauss stellte die Lebensmittel auf einen Küchenschrank und sah sich um. Das Mobiliar war zwar verstaubt, aber mit Geschmack ausgesucht. In der Hütte konnte man sich wohlfühlen. So wie in Odas Gesellschaft. Er ging zum Fenster und blickte hinaus auf die Wiese. Die Aussicht beruhigte ihn. Es fing an zu regnen. Im Himmel grummelte es. Ein Sommergewitter. Erst kapierte Krauss gar nicht, was los war, so lange war es bereits trocken, aber das gleichmäßige Trommeln der Tropfen auf dem Dach der Hütte entspannte ihn nach wenigen Sekunden. Hinter ihm raschelte Oda. Für einen Moment gab er sich der Illusion hin, ein normales Leben zu führen, eine Familie zu besitzen. Das Bild eines Kindes, das auf der nassen Wiese Fußball spielt, blitzte kurz vor ihm auf und verschwand.

Oda trat neben ihn. »Ich liebe den Regen. Ich fühle mich dann freier. Warum, weiß ich nicht.«

Krauss schwieg. Er wollte den Moment nicht zerstören. Aber er war schon vorbei.

Oda hielt ihm einen in ein Tuch gewickelten Gegenstand hin. »Das habe ich dir mitgebracht.«

Krauss schlug das Tuch auseinander. Darin lag die 38er Smith &

Wesson, die er mit nach Berlin genommen hatte, Hannas 38er. »Wo hast du sie her? Edgar hat mir die Waffe abgenommen.«

»Ich habe sie beiseitegelegt und später eingesteckt. Erinnerst du dich, wie du mir erzählt hast, was dir diese Waffe bedeutet? Gut, hier ist sie. Sie gehört dir.«

Krauss strich über den Revolver. Wie oft er sich die Waffe an den Kopf gesetzt und abgedrückt hatte. Nie hatte sich ein Schuss gelöst. Hannas Leben hatte sie genommen. Natürlich war das Unsinn, dachte Krauss. Es war sein Bruder, der abgedrückt hatte. Die Waffe war ein seelenloses Werkzeug. Trotzdem fühlte er sich ihr verbunden. Jetzt war es ausgerechnet eine Frau, die ihm diese Waffe zurückgab. Eine Frau, zu der er sich hingezogen fühlte.

»Ich hätte nicht gedacht, sie noch einmal wiederzusehen. Vielen Dank, Oda. Ich habe sie extra für Edgar aus London mitgenommen.«

Oda fasste seinen Arm. »Das hat Zeit. Nimm ein Bad, während ich das Essen mache.«

Krauss nickte. Der Regen hatte aufgehört. Über der Wiese dampften Wasserschwaden. Er ging ins Bad. Dort lagen einige Holzscheite, mit denen er einen Ofen befeuerte. Mit etwas Mühe brachte er ihn in Gang. Der Ofen beheizte einen Kessel, so dass er sich ein heißes Bad einlaufen lassen konnte. Ab und zu sah er nach Oda, die jedoch lautstark in der Küche hantierte. Es war mittlerweile dunkel geworden. Als die Wanne voll war, zog Krauss sich aus und stieg ins heiße Wasser. Es war eine Wohltat für seine geschundenen Knochen. Überall am Körper hatte er Schrammen und Blutergüsse. Er streckte sich aus, nahm einen Waschlappen, tauchte ihn ins Wasser und legte ihn sich übers Gesicht.

Nach ein paar Minuten öffnete sich die Tür. Krauss hob den Waschlappen halbhoch. Oda stand vor ihm. Sie war nackt. Ihr schlanker Körper war makellos, abgesehen von einem feuerroten Striemen am Arm, wo der Splitter des Seitenwagens sie getroffen hatte.

»Darf ich zu dir kommen?«

Krauss zog sich den Waschlappen vom Gesicht. »Das ist deine Badewanne.«

20.
Berlin

29. August
Görings Wohnung, Abend

Göring glühte vor Zorn. Wortlos pfefferte er seinen Mantel an seinem Kammerdiener vorbei auf den Boden und marschierte schnurstracks ins Wohnzimmer. Dort steuerte er die nussbaumgetäfelte Bar an, griff sich ein Glas aus dem Regal und goss sich zitternd zwei Fingerbreit Whisky ein. Mit einem Schluck kippte er die Flüssigkeit runter. Wutentbrannt schmetterte er das leere Glas gegen die Wand, wo es mit einem Knall in tausend Splitter zersprang.

»Kropp, Sauerei wegmachen!«, schrie Göring und stürmte aus dem Raum in sein Arbeitszimmer, wo er die Tür hinter sich zuknallte.

Nach dem Ausbruch zwang er sich, die Dinge ruhiger anzugehen. Er war so erregt, dass er kaum noch klar denken konnte. Göring setzte sich und sortierte im Geiste die Ereignisse. Erst der Anruf von Winter aus dem F. A. Zwei seiner Männer, Kestner und Bredow, lagen tot in der Bernauer Straße. Erschossen, am helllichten Tag. Durchlöchert, Hirn weggepustet, einfach so. Mitten in Berlin. Vor Dutzenden von Zeugen, zumeist Hausfrauen, die das lautstarke Schützenfest an die Fenster gelockt hatte. Ihre Aussagen stimmten fast alle überein. Es waren ein Mann und eine Frau gewesen, die sich vor ihren Augen eine wilde Schießerei mit einem der beiden Insassen eines Autos lieferten. Herumirrende Kugeln zerfetzten parkende Wagen und demolierten Häuserwände. Angeblich hatte die Frau die tödlichen Schüsse auf Kestner abgegeben. Oda – es musste Oda gewesen sein.

Göring schlug mit der flachen Hand auf seinen Schreibtisch. Oda und Richard Krauss. Es gab keine andere Möglichkeit. Kestner und Bredow sollten die beiden in seinem Auftrag überwachen. Oda hatte ihre eigenen Kollegen erschossen. Es war unfassbar. Was ging in dem Mädchen nur vor? Er glaubte Oda zu kennen, vertraute ihr blindlings. Ihm hatte sie es zu verdanken, dass sie ein vernünftiges Leben führen konnte. Diese Schlampe! Göring verfluchte sie.

Nachdem Oda und Krauss aus Schein-Carinhall verschwunden waren, angeblich mit seiner Erlaubnis, hatte er sie beobachten lassen. Zum Glück war er so schlau gewesen, zwei Wagen einzusetzen. Schließlich hatte er es nicht mit Anfängern zu tun. Von dem anderen Team wusste er, dass Krauss ins »Esplanade« gegangen war. Über die Gründe ließ sich nur spekulieren. Möglich, dass Krauss nur etwas aus seinem Zimmer holen wollte. Aber einer seiner Männer hatte beobachtet, wie Krauss im Restaurant auf Dahlerus einredete. Das konnte alles Mögliche bedeuten. Wollte Krauss die englische Regierung mit ins Boot holen, um den Jungen zu schützen?

Unwahrscheinlich, dachte der Feldmarschall. Das hätte er längst tun können. Göring hätte eine Kiste seiner Lieblingszigarren aus Österreich darauf verwettet, dass Krauss versuchte, eine Botschaft nach London zu übermitteln, um die Familie des Jungen zu warnen. Dahlerus war der ideale Mann dafür. Niemand würde ihn verdächtigen. Bis auf Göring natürlich. Er hatte sofort alles Notwendige in die Wege geleitet. Die Chance, Hitlers Jungen zu erwischen, durfte er sich nicht entgehen lassen. Glücklicherweise überwachte das Forschungsamt auch die Gestapo – so waren sie schon vor Tagen an Benslers Aufenthaltsort herangekommen. Winter hatte ein paar Männer des F.A. nach London abgeordert und Bensler per Funkspruch ein Angebot von Göring übermittelt, dass der Sohn Odins nicht ablehnen konnte, wenn ihm etwas an einer Zukunft in Deutschland lag. Bensler musste bewusst sein, dass Edgar Krauss' Stern im Sinken begriffen war und er selbst vor der Chance seines Lebens stand. Göring war zuversichtlich, dass ein verkommener Charakter wie Bensler diese Chance ergreifen würde – natürlich beabsichtigte der Feldmarschall nicht, seine Versprechen jemals zu erfüllen. Noch am Nachmittag hatte er Winter angewiesen, Bensler über die aktuelle Entwicklung zu informieren. Wenn Dahlerus in London auftauchte, musste sich jemand an die Fersen des Unterhändlers heften. Am besten eine kleine Kolonne. Für alle Fälle. Er hatte den Schweden bereits aus der Reichskanzlei angerufen und zu sich in seine Wohnung bestellt. Noch wusste Dahlerus nicht, dass der Feldmarschall ihn bereits in wenigen Stunden nach England schicken wollte. Göring lief die Zeit davon. Er musste handeln. Denn noch eine andere Sache bereitete ihm große Sorgen. Göring bezweifelte, ob es ihm gelingen würde, England aus dem bevorstehenden Konflikt mit Polen herauszuhalten. Ribbentrop hatte diese Hoffnung am Abend beinahe zunichte gemacht. Die Note, die Hitler dem englischen Botschafter Henderson vorlas, enthielt einen vom Außenminister formulierten Passus, nach dem am nächsten Tag ein polnischer Unterhändler in Berlin vorsprechen sollte. Henderson hatte erst genauso verdutzt dreingeschaut wie Göring, der nichts von dem Ultimatum wusste. Dann war es aus dem Botschafter herausgeplatzt. Voller Empörung bezeichnete er den Führer als unberechenbar und sagte, er sei es leid, dass die deutsche Regierung mit ständig neuen Überraschungen aufwarte, um die Verhandlungen zu sabotieren. Hitler war ob dieser Unverschämtheit wie vor den Kopf geschlagen und hatte den englischen Botschafter angefahren, was er es wage, sich ihm gegenüber herauszunehmen. Deutschland habe das Recht, über einen Bevollmächtigten direkt mit der polnischen Regierung zu verhandeln, und mache selbstverständlich davon Gebrauch.

Nachdem die beiden noch ein paar unmissverständliche Worte gewechselt hatten, war die Audienz beendet gewesen – und eine Verständigung beider Nationen in weite Ferne gerückt. Göring stellte sich vor, wie er Ribbentrops bornierte Visage mit seinem Marschallstab bearbeitete.

Als Henderson gegangen war, hatte Hitler hämisch gelacht und sich an seinen Feldmarschall gewandt. »Dieser Halunke glaubt tatsächlich, dass wir die Polen aus der Zange lassen. Was für ein Idiot!«

Der Führer erläuterte Göring seine weiteren Pläne, nach denen er den Polen am nächsten Tag ein großzügiges Angebot unterbreiten wollte, wohlwissend, dass sie zu stolz seien, es anzunehmen. Dazu zählte eine Volksabstimmung in den von Deutschen bewohnten polnischen Regionen. Göring solle dafür sorgen, dass die Briten davon erfuhren und weiter in dem Glauben gehalten wurden, dass Deutschland einlenken wolle. So würden sie bis zuletzt in die Irre geleitet und vielleicht sogar am Ende glauben, dass die Polen sich den Salat selbst eingebrockt hatten. Das bereitete Hitler am meisten Freude – die Vorstellung, dass England am Ende seinen polnischen Verbündeten noch fallen ließ. Kichernd malte er sich aus, wie Chamberlain bei ihm zu Kreuze kroch, um ihn für eine Allianz gegen Stalin zu gewinnen. »In der Welt der Politik ist alles möglich«, hatte Hitler fröhlich in die Runde gebellt. Göring sollte nun über seinen schwedischen Unterhändler die Briten von Hitlers bevorstehendem Angebot informieren. Das würde die Glaubwürdigkeit erhöhen.

Göring machte das alles krank. Das Heft des Handelns wurde ihm nach und nach aus der Hand genommen. Er hasste es, nur noch Aufträge auszuführen. Ribbentrop spielte sich zum starken Mann an Hitlers Seite auf, zum allgegenwärtigen Ränkeschmied, der dem Führer die Polen auf dem Silbertablett präsentierte. Auf der anderen Seite zerbröselte Görings Plan, in den Augen der Engländer die vielversprechendste Figur im Deutschen Reich zu werden und mit ihrer Unterstützung den Führer vielleicht abzulösen, von Tag zu Tag mehr. Alles das gärte ihn ihm, ließ seine Wut vor sich hinköcheln. Eine Option nach der anderen schwand dahin.

Der Feldmarschall legte die Stirn auf die Tischplatte. Gott gebe es, dass ich Hitlers Jungen in die Finger bekomme, betete er. Oder dass der Führer an seinem Frühstücksbrötchen erstickt.

Es klopfte. Göring schreckte hoch. »Was gibt's?«

Es war Kropp, der durch die geschlossene Tür sprach. »Herr Dahlerus ist hier.«

Göring antwortete unwirsch. »Reinschicken.«

Eine Minute später öffnete sich die Tür, und Birger Dahlerus trat ein.

Göring hatte sich erhoben und begrüßte den Schweden mit Handschlag. »Der einfache Weg scheint uns nicht vergönnt.«

»Ich habe schon von Forbes erfahren, was passiert ist. Können Sie mir das erklären?«

»Erklären, erklären. Da gibt es nicht viel zu erklären. Henderson ist aus der Haut gefahren, das ist passiert. Der Mann hat sich nicht unter Kontrolle. So kann man mit dem Führer nicht umspringen. Ein Wort ergab das andere. Am Ende ist alles aus dem Ruder gelaufen. Bedanken Sie sich bei Henderson.«

»Mein Kenntnisstand ist ein anderer«, erklärte Dahlerus geschäftsmäßig. »Hitler hat den Polen ein Ultimatum gestellt. In einem Gespräch, das die Situation eigentlich deeskalieren sollte. Darüber hat sich Henderson empört. Zu Recht, wie ich finde.«

»Was ist dagegen einzuwenden, wenn wir einen Vertreter der Regierung, mit der wir vor einer ernsthaften Auseinandersetzung stehen, zu einem persönlichen Gespräch bitten?« Göring spielte den Überraschten. »Ich kann darin nichts Verwerfliches sehen, ich finde es sogar selbstverständlich.«

»Die Art und Weise, wie sie dies einfordern, ist es wohl, was Henderson so aufgeregt hat. Der Stil der deutschen Regierung entspricht nicht den üblichen Gepflogenheiten.«

»Jetzt hören Sie aber mal auf, Dahlerus. Diese Note ist an Entgegenkommen kaum noch zu übertreffen. Versöhnlich von Anfang bis Ende. Ich habe zufällig eine Kopie dabei, mit der ich Ihnen das beweisen kann.«

Göring fingerte in der Innentasche seiner Uniformjacke herum und zog ein leicht verknittertes Papier heraus. Er legte es auf seinen Schreibtisch, strich es glatt, nahm einen Rotstift und unterstrich leise murmelnd einige Passagen. Danach reichte er die Seiten an Dahlerus weiter.

»Da sehen sie es schwarz auf weiß. ›Im Übrigen hat die Deutsche Reichsregierung bei ihren Vorschlägen nie die Absicht gehabt, lebenswichtige Interessen Polens anzugreifen oder die Existenz eines polnischen Staates in Frage zu stellen. Die deutsche Regierung ist unter diesen Umständen daher damit einverstanden, die vorgeschlagene Vermittlung der Königlich Britischen Regierung zur Entsendung einer mit allen Vollmachten versehenen polnischen Persönlichkeit nach Berlin anzunehmen. Sie rechnet mit dem Eintreffen dieser Persönlichkeit für Mittwoch, den 30. August.‹ Wenn das nicht versöhnlich formuliert ist, dann weiß ich es nicht.«

Dahlerus sah von der Note auf, antwortete aber nicht. Er empfand die Formulierung als perfide. Hendersons Ärger war berechtigt. Doch Göring schien gerade nicht besonders empfänglich für Kritik.

»Ich interpretiere Ihr Schweigen als Zustimmung«, polterte der Feldmarschall weiter. »Hendersons Entgleisung ist ein Affront. Er zeigt, dass die Engländer nicht an einem Bündnis mit Deutschland interessiert sind. Für mich grenzt das an Sabotage. England will diesen Krieg, weil es sich für überlegen hält und nur auf die Chance wartet, das Deutsche Reich erneut zu unterjochen. Aber diesmal haben sie sich verrechnet. England wird selbst zugrunde gehen.«

Dahlerus wurde mulmig zumute. Solche Worte hatte er aus Görings Mund bisher noch nicht gehört. Das war Hitler, der da sprach. Der Schwede verschärfte seinen Ton. »Jetzt gehen Sie zu weit, Eure Exzellenz. Sie wissen, dass das nicht stimmt. England will eine Verständigung und hat das bei verschiedenen Gelegenheiten eindeutig zu verstehen gegeben. Dafür kann ich mich verbürgen. Und bisher haben Sie an meinen Worten nicht gezweifelt. Sonst wäre eine Basis der Zusammenarbeit zwischen uns gar nicht möglich.«

»Entschuldigen Sie bitte. Sie haben recht.« Göring spürte, dass er zu weit gegangen war. »Ich bin aufgebracht, weil meine hohen Erwartungen enttäuscht wurden. Da geht es manchmal mit mir durch. Ich möchte den Frieden, wie Sie auch. Das hat Henderson mit seinem sprunghaften Verhalten erst einmal durchkreuzt.«

»Henderson will auch den Frieden, glauben Sie mir.«

Der Feldmarschall setzte ein zerknirschtes Gesicht auf. Er lehnte sich in seinem Stuhl zurück und legte die Hände auf seinem dicken Bauch zusammen. Seine Stimme klang väterlich streng. »Ich muss Ihnen da mal wohl etwas erläutern. Der Passus, über den sich Ihr Henderson so aufgeregt hat, steht nicht von ungefähr in diesem Papier. Wir wissen, wie wir mit den Polen umspringen müssen. Seit Jahren schon legen sie den Deutschen gegenüber ein unverschämtes Verhalten an den Tag. Sie benehmen sich, als seien sie die Gutsherren und wir die Knechte. Dabei sind die Polen ein Volk der Bauern, eine minderwertige und beschränkte Rasse. Sehen Sie sich nur ihre Gesichter an, grobschlächtig und dumm. Was wollen Sie da erwarten? Aber wenn es nur das wäre. Sie drangsalieren und schikanieren uns Deutsche, wo sie nur können. Mobilisieren sogar ihre Armee, wollen uns tatsächlich die Stirn bieten. Jetzt stehen sich an der deutsch-polnischen Grenze zwei Millionen bewaffnete Männer gegenüber. Das ist ein Pulverfass, das jede Sekunde hochgehen kann. Deshalb müssen wir mit den Polen direkt verhandeln. Wir müssen ihnen dabei in die Augen sehen und entscheiden, ob sie es ernst meinen. Selbstverständlich können wir in dieser verfahrenen Lage nicht mehr lange warten. Ein Funke genügt, und Polen steht in Flammen.«

Göring machte eine Pause. Dahlerus schwieg. Der Feldmarschall lamentierte weiter.

»Ob Sie es glauben oder nicht, diese Funken gibt es andauernd. Nur Hitlers Geduld ist es zu verdanken, dass bisher nichts geschah. Erst heute Nachmittag habe ich die Nachricht erhalten, dass ein deutscher Offizier beobachtet hat, wie die Polen fünf deutsche Flüchtlinge, die durch die Warthe schwimmend das deutsche Ufer erreichen wollten, abgeknallt haben wie die Hunde. Das alleine wäre ein Grund, sofort anzugreifen, aber Hitler hat den Befehl erteilt, auf solche Provokationen nicht zur reagieren.« Göring ballte eine Hand zur Faust. »Wäre ich an Stelle dieses Offiziers gewesen, ich hätte mich einen Dreck um den Befehl geschert. Man kann doch nicht tatenlos zusehen, wie die eigenen Landsleute über den Haufen geschossen werden. Das sind unhaltbare Zustände.«

Dahlerus unterbrach ihn. »Woher wollen Sie wissen, ob die Geschichte des Offiziers wahr ist? Sie dürfen sich nicht auf die Aussagen einzelner Männer verlassen. Und schon gar nicht aus diesem Grunde einen Krieg anzetteln. Das wäre in höchstem Maße fahrlässig.«

»Wenn es ein Einzelfall wäre, gäbe ich Ihnen recht. Aber solche Dinge passieren andauernd. Die Polen legen es darauf an zu provozieren. Weil sie mit England im Bunde stehen, halten sie sich für stark genug, uns die Stirn zu bieten. Täglich werden im polnischen Rundfunk Falschmeldungen verbreitet, über die Deutschen an sich, über die deutsche Politik, über die deutsche Wehrmacht. Heute hieß es, deutsche Soldaten seien miserabel ausgerüstet, ihre

»Ich habe noch etwas vergessen. Łódź gehört auch dazu, die ganze Stadt besteht fast nur aus Deutschen.«

Der Feldmarschall kringelte Łódź ein und reichte das Blatt wieder an den Schweden. Dahlerus betrachtete es einen Moment und steckte es ein. Es war bereits die zweite Karte, auf der die Deutschen ihre Ansprüche mit wenigen Federstrichen verewigt hatten. So machte man hier Politik, dachte der Schwede.

Göring klopfte mit dem Stift auf den Tisch. »Ich möchte, dass Sie mit diesem Vorschlag nach London fliegen. Weihen Sie die britische Regierung in unsere Pläne ein, Dahlerus. Sagen Sie Chamberlain, dass wir diese Verständigung wollen und den Polen ein Angebot präsentieren, das sie nicht ablehnen können. Räumen Sie die Missverständnisse von heute Abend aus. Erklären Sie ihnen, wie alles zustande kam. Henderson ist ein Hitzkopf, und Hitler – Ihnen kann ich es ja sagen – ein sturer Hund. Aber behalten Sie das Letzte für sich.« Göring winkte ab. »Oder erzählen Sie meinetwegen, was Sie wollen. Hauptsache, Sie überzeugen die Engländer von unseren guten Absichten. Würden Sie das für mich tun, Dahlerus?«

Der Schwede sinnierte vor sich hin. Er sollte das Kind mal wieder aus dem Brunnen holen. Langsam bekam er darin Routine. »Ich werde sehen, was ich tun kann.«

»Das ist wunderbar. Ich lasse Ihnen eine Maschine fertigmachen. Klären Sie mit den Briten, ob Sie in einem deutschen Flugzeug anreisen dürfen.«

Göring stand auf und ging um den Tisch herum. Auch Dahlerus hatte seinen Platz verlassen. Göring reichte ihm die Hand. Seine Worte klangen so, als wollte er dem Schweden gleich einen Orden an die Brust heften. »Falls wir uns im Leben nicht mehr sehen sollten, möchte ich Ihnen für Ihre unendliche Mühe danken. Sie haben nie aufgegeben, den Frieden zu erhalten. Das rechne ich Ihnen hoch an.«

Dahlerus war mehr erschrocken als erstaunt. »Und ich rechne damit, Sie in Kürze wieder zu treffen. Zumindest wüsste ich nichts, was dagegen sprechen sollte.«

Unter der Polen-Karte, die er in die Innentasche seines Sakkos gesteckt hatte, spürte Dahlerus plötzlich das Kuvert, das ihm

Krauss mitgegeben hatte. Ihm wurde schlagartig heiß. Göring beruhigte ihn nicht wie sonst mit einem Witz. Seine Stimme war ernst. »Ich weiß, dass es Menschen gibt, die verhindern wollen, dass Sie mit dem Leben davonkommen. Passen Sie auf sich auf.«

Dahlerus sah Göring irritiert an. Was wusste der Feldmarschall?

21.
London

30. August
Flughafen Heston, Vormittag

Holprig setzte die Maschine auf dem kleinen Flugplatz von Heston auf. Dahlerus musste sich entscheiden. Einen großen Teil des Fluges hatte er damit verbracht, über Krauss' Ansinnen zu grübeln. Sollte er es wagen, den Brief zu überbringen und damit Hitler und Göring auszutricksen? War die letzte Bemerkung des Feldmarschalls ihm gegenüber so zu deuten, dass er von seinem Vorhaben wusste und ihn vor der damit verbundenen Gefahr warnen wollte? Oder bezog sich der Satz nur auf die zunehmend unübersichtlichere Lage bei Dahlerus' Bemühungen, die englische und die deutsche Seite an den Verhandlungstisch zu bringen? Außenminister Ribbentrop beispielsweise schien die Mission des Schweden zu hintertreiben, wo er nur konnte. Aber Göring war sybillinisch geblieben. Mit dem Resultat, dass der Schwede sich so verunsichert fühlte, dass er das Flugzeug am liebsten nicht verlassen hätte. Aus dem Fenster sah er jedoch schon Sir Charles Spencer und Robert Renig, die ihn am Fuße der Gangway ungeduldig erwarteten. Dahlerus entschloss sich, spontan zu handeln. Aus dem Bauch heraus. Auch wenn das sonst so gar nicht zu ihm passte.

Nach einer kurzen Begrüßung geleiteten die beiden Engländer den Schweden in die winzige Flughafenhalle, die mehr ein umgebauter Hangar war. Dort hatte sich der Rest der Runde versammelt, die vor wenigen Wochen Göring im Sönke-Nissen-Koog davon zu überzeugen suchte, dass es lohnenswert sein würde, Friedensgespräche mit England aufzunehmen.

Spencer erklärte Dahlerus den Plan. »Die Presse hier ist ganz versessen darauf, jedes Detail über die britisch-deutsche Beziehung zu berichten. Es ist sogar durchgesickert, dass ein deutsches Flugzeug Berlin am frühen Morgen verlassen hat, wahrscheinlich mit dem Ziel London. Das habe ich gerade eben noch erfahren, bevor du gelandet bist. In weiser Voraussicht sind wir mit drei Wagen da. Auf der Fahrt ins Foreign Office werden wir mehrfach das Fahrzeug wechseln. So machen wir es etwaigen Verfolgern schwerer.«

Dahlerus musste lächeln. »Du sorgst schon dafür, dass ich mir vorkomme wie in einem Agentenfilm, Charles. Oder war das nicht deine Idee?«

Spencer blickte in die Runde und zuckte mit den Achseln. »Und wenn schon? Mir geht's um deine Sicherheit, und dass nichts nach außen dringt. Ein Fehler in der jetzigen Situation wäre fatal.«

Dahlerus legte eine Hand auf Spencers Schulter. »Schon gut. Du hast ja recht. Ich finde es rührend, wie du dich kümmerst. Wir müssen uns gegen alle Eventualitäten absichern.«

Der Schwede dachte wieder an Görings Worte. Und an die Botschaft, die er bei sich hatte. Das geplante Täuschungsmanöver kam ihm sehr gelegen. Es erhöhte die Wahrscheinlichkeit, unbemerkt agieren zu können. Lief alles glatt, würde Spencer einen kleinen Umweg fahren müssen.

Der Engländer klatschte in die Hände. »Los geht's.«

Die Männer verteilten sich auf die drei Wagen, Dahlerus nahm neben Spencer im mittleren Fahrzeug Platz. Zügig bewegte sich die kleine Kolonne Richtung London.

Spencer spähte unruhig in den Rückspiegel. »Bisher kann ich keine Verfolger entdecken. Aber wir ziehen das hier trotzdem durch.«

Auf einem Parkplatz an einer Fish & Chips-Bude, etwa zwei Kilometer vom Flughafen entfernt, stoppten die Wagen. Die Männer stiegen aus und wechselten die Fahrzeuge nach einer vorher besprochenen Reihenfolge.

Spencer zog Dahlerus am Ärmel mit sich. Danach ging es weiter. An einer Tankstelle wiederholten die Briten ihr Verwirrspiel. Dahlerus lachte, als Spencer mit quietschenden Reifen die Zapfsäule hinter sich ließ. »Du bist verrückt, Charles.«

Spencer lachte mit. An der nächsten Kreuzung bog der Engländer rechts ab, der zweite Wagen wählte die linke Straße, der dritte fuhr geradeaus weiter.

Spencer trommelte mit den Händen aufs Lenkrad. »So, jetzt müssen sie sich entscheiden.«

Nervös blickte er in die Spiegel, beruhigte sich aber nach ein paar Minuten.

»Es hat funktioniert. Alles in Ordnung. Niemand verfolgt uns.«

Dahlerus ergriff die Gelegenheit, seinen Freund einzuweihen. »Charles, du musst mir einen Gefallen tun.«

»Das klingt nach Ärger.«

»Es ist mir ernst. Ich muss eine Botschaft überbringen, von der niemand etwas wissen darf. Eigentlich wollte ich dich da nicht hineinziehen. Aber es geht nicht anders, und außerdem bist du mein Freund. Ich vertraue dir.«

Spencers Miene verdüsterte sich. »Worum geht's?«

»Glaub' mir, es ist besser, wenn du es nicht weißt. Es hat mit unserer Sache nichts zu tun, es ist sozusagen ein Nebenkriegsschauplatz. Aber trotzdem wichtig. Mir ist es sehr wichtig.«

»Wenn es dir wichtig ist, dann ist es auch mir wichtig.«

»Sobald ich die Nachricht übergeben habe, vergessen wir die ganze Sache.«

Spencer grinste. »Welche Sache?«

Dahlerus fiel ein Stein vom Herzen. Auf Spencer war Verlass. Er nannte ihm die Adresse. Der Umweg war nicht so groß, als dass ihre Abwesenheit im Foreign Office irgendjemanden beunruhigen sollte. Spencer hielt vor einem eindrucksvollen Haus in der Garden Lane an. Es war die angegebene Adresse. Dahlerus bat seinen Freund, im Auto zu warten. Der Schwede ging durch den Vorgarten und klopfte. Eine Frau um die dreißig öffnete nach kurzer Wartezeit die Tür. Sie musterte Dahlerus skeptisch.

»Ja, bitte.«

»Christa Riedel?«

Die Frau taxierte ihn unfreundlich. Ihre dunklen Haare hatte sie hochgebunden, was ihr Gesicht streng erscheinen ließ. Die Tür hielt sie so, dass sie sie jederzeit zuschlagen konnte. »Was wollen Sie?«

Dahlerus hörte an ihrem deutschen Akzent, dass er die richtige Frau gefunden hatte.

»Ich habe eine Nachricht für Sie. Von Richard Krauss.«

Die Frau blinzelte. Sie versuchte, ihre Überraschung zu verbergen, aber es gelang ihr nur schlecht.

»Wer sind Sie?«

»Mein Name tut nichts zur Sache. Krauss ist in Berlin an mich herangetreten. Er kann das Land nicht verlassen und hat Angst, Frau Riedel auf anderem Wege eine Nachricht zukommen zu lassen. Deshalb hat er mich gefragt. Ich bin derzeit in einer besseren Lage als er.«

Die Frau sah immer noch nicht überzeugt aus. Dahlerus' ehrliches Gesicht und seine seriöse Erscheinung ermutigten sie jedoch, die Tür etwas weiter zu öffnen.

»Sie haben die Richtige gefunden. Ich bin Christa Riedel.«

Dahlerus nickte. Er griff in seine Sakkotasche, zog den Brief heraus und gab ihn ihr. Sie hielt ihn unschlüssig in der Hand, riss ihn aber nicht auf.

»Wie geht es ihm?«

»Er war leicht ramponiert, aber es ging ihm gut. Zumindest, als ich ihn das letzte Mal gesehen habe.«

»Was hat er Ihnen erzählt?«

Dahlerus sah zu Boden. »Alles.«

Christa sah ihn schweigend an. »Dann vertraut er Ihnen sehr.«

»Er kennt mich nicht.«

»Oder er ist sehr verzweifelt.«

»Das vermute ich eher.«

»Wissen Sie, was in dem Brief steht?«

»Nicht im Detail. Es ist eine Warnung. Sie müssen von hier verschwinden. London ist zu gefährlich.«

Die Frau atmete schwerer. Offensichtlich hatte sie mit der Nachricht zu kämpfen. Sie sah auf den Brief und wieder zu Dahlerus. »Was soll ich tun?«

»Ich weiß es nicht. Lesen Sie den Brief. Ich kann Ihnen leider nicht helfen. Versuchen Sie bitte, mich zu verstehen. Ich bin nur der Bote. Ich muss mich um meine eigenen Angelegenheiten kümmern.«

Christa nickte. »Ich verstehe.«

Dahlerus sah sie aufmunternd an. »Viel Glück.«

Er drehte sich um und ging, ohne sich umzudrehen, durch den Vorgarten zum Auto. Spencer öffnete ihm von innen die Tür. Dahlerus sank in den Beifahrersitz.

»Schnell weg von hier. Ich habe das Gefühl, gerade einen großen Fehler begangen zu haben.«

Etwa zweihundert Meter von ihnen entfernt, perfekt versteckt im breiten Schatten einer Kastanie, saß ein Mann auf einem Motorrad. Sein Name war Wilhelm Laumen. Er hatte die Arme vor der Brust verschränkt und grinste. In erster Linie über sich selbst, denn er hatte es einmal mehr geschafft, ein Objekt unbemerkt zu observieren. Solche Aufträge waren seit Jahren seine Spezialität, und die stümperhaften Versuche, ihn mit einem kleinen Auto-Karussell abzuhängen, waren eher ein Vergnügen als eine Herausforderung. Er grinste aber noch aus einem anderen Grund. Er war sich sicher, einen Volltreffer gelandet zu haben. Laumen hatte endlich gefunden, wonach alle so verzweifelt suchten. Bensler würde vor Freude im Sechseck springen.

Chamberlain begrüßte Dahlerus mit ernster Miene. Auch die anderen Männer im Raum – Sir Horace Wilson, Lord Halifax und Alexander Cadogan – hatten ihre trübsten Gesichter aufgesetzt. Alle trugen sie schwarze Anzüge, so dass sich der Schwede für einen Moment bei einer Beerdigung wähnte. Zu Grabe getragen wurde ein lange dahinsiechender Patient: Europa.

Nach ein paar Floskeln kam der britische Premier gleich zur Sache. »Wir sind mit unserer Geduld am Ende. Hitlers Verhalten ist unmöglich, indiskutabel. Die Art und Weise, wie er mit Nevile Henderson umgesprungen ist, passt ins Bild. So niederträchtig hat Hitler auch Österreich und Ungarn abgekanzelt. Einem polnischen Unterhändler wird es meiner Meinung nach genauso ergehen. Hitler genießt es offensichtlich, eine Regierung nicht nur zu attackieren, sondern auch zu erniedrigen. Ich sage es Ihnen ganz ehrlich, Mr. Dahlerus, ich verliere allmählich den Glauben daran, dass wir mit Verhandlungen überhaupt irgendetwas erreichen.«

»Ich war gestern genauso vor den Kopf geschlagen wie Sie. Mittlerweile weiß ich, dass man bei Hitler mit allem rechnen muss. Trotzdem habe ich die Hoffnung nicht ganz verloren, dass wir etwas erreichen können. Ich will sie einfach nicht verlieren, dafür steht zu viel auf dem Spiel.«

»Aus Ihrer Sicht ist das verständlich. Aber wir müssen die Interessen eines Staates im Auge behalten. Dabei geht es auch darum, die Würde zu wahren. Hitler tritt sie mit Füßen, das können wir nicht hinnehmen.«

»Ich sehe das pragmatischer. Was interessiert die Menschen ihre Würde, wenn sie das Leben dazu verlieren? Sollte Hitler in Polen einfallen, werden Hunderttausende Menschen sterben. Und das wird erst der Anfang sein. Unsere Frage sollte nicht die nach der Würde sein, sondern wie man Hitler von seinen Plänen abhält.«

Chamberlain blickte Dahlerus ratlos an. »Wie wollen Sie ihn dazu bringen? Wir sind mit unserem Latein am Ende.«

Dahlerus holte tief Luft. »Feldmarschall Göring hat mir erzählt, dass die Forderung, ein Bevollmächtigter der polnischen Regierung möge in Berlin vorsprechen, eine Reaktion auf das provokante Verhalten der Polen gegenüber den Deutschen sei. Gestern haben polnische Soldaten angeblich fünf deutsche Flüchtlinge erschossen. Außerdem werde im dortigen Rundfunk täglich deutschfeindliche Propaganda verbreitet.«

»Was empfehlen Sie?«

»Die Polen sollten in der jetzigen, prekären Situation jegliche Provokation gegenüber der deutschen Minderheit unterlassen. Das heißt, sie dürfen keinerlei Gewalt anwenden. Wenn es zu Ausschreitungen seitens der Deutschen kommt, sollten die Polen nicht schießen, sondern die Menschen in Haft nehmen. Flüchtlinge sollten sie unbehelligt ziehen lassen und von antideutschen Meldungen im Rundfunk absehen. Nur so liefern sie Hitler keinen Vorwand für neue Forderungen.«

Chamberlain wandte sich an seine Kollegen. »Hört sich vernünftig an.«

Die Männer nickten.

Chamberlain instruierte seinen Außenminister. »Lord Halifax, bitte geben Sie Botschafter Kennard in Warschau entsprechende Empfehlungen. Er soll sie der polnischen Regierung übermitteln.

Mr. Dahlerus hat recht: Wir dürfen nichts unversucht lassen.« Chamberlain machte eine kleine Pause, bevor er weitersprach. »Auch wenn ich nicht glaube, dass wir damit einen Krieg verhindern.«

Dahlerus antwortete, dass er diese Auffassung grundsätzlich teile. »Ich denke jedoch, dass wir es uns nicht leisten können, uns noch irgendwelche Knüppel zwischen die Beine werfen zu lassen. Göring hat mir gestern anvertraut, dass Hitler den Polen heute ein großzügiges Angebot unterbreiten wolle, ein Angebot, das man nicht ablehnen könne. Meine Sorge ist, dass diese Offerte in letzter Minute sabotiert wird.«

Die wichtigsten Männer Englands tauschten fragende Blicke aus.

Lord Halifax sprach aus, was alle dachten. »Was soll das denn schon wieder heißen? Das ist doch ein neuer perfider Versuch von Hitler und Göring, uns hinters Licht zu führen.«

Chamberlain nickte. »Eine Finte, sonst nichts. Warum sollte Hitler erst jetzt damit rausrücken?«

Dahlerus spürte, wie die Stimmung, die sich gerade etwas aufgehellt hatte, erneut drehte. Er musste etwas tun. »Wenn Sie es wünschen, versuche ich Göring sofort telefonisch zu erreichen und lasse mir von ihm bestätigen, dass an dieser Note gearbeitet wird.«

Wieder herrschte Ruhe im Konferenzraum des englischen Premierministers.

Chamberlains Stimme durchbrach die Stille. »Rufen Sie an! Und wenn möglich, bringen Sie Details in Erfahrung.«

Dahlerus folgte Cadogan in dessen Arbeitszimmer. Der Chef des Foreign Office ließ eine Verbindung nach Deutschland herstellen. Nach einigen Fehlversuchen meldete sich Oberstleutnant Conrad. Dahlerus verlangte Göring zu sprechen, der kurze Zeit später den Hörer übernahm.

»Wie läuft es, mein lieber Dahlerus?« Der Feldmarschall klang entspannter als zuletzt.

»Die englische Regierung zweifelt daran, dass Hitler tatsächlich ein neues Angebot ausarbeitet. Sie möchten eine verbindliche Aussage dazu.«

»Sie können die Herren beruhigen. Hitler arbeitet an der Note, ich habe gerade noch mit ihm gesprochen. Sie wird im Laufe des Tages fertig werden und noch günstiger für die Polen ausfallen, als ich Ihnen erzählt habe.«

»Ich kann mich auf Sie verlassen?«

Göring lachte. »Aber mein lieber Dahlerus, das wissen Sie doch.«

Der Schwede beendete das Gespräch und folgte Cadogan zu den übrigen Mitgliedern der englischen Regierung.

Nachdem der Chef des Foreign Office den Kontakt zu Göring bestätigt hatte, schilderte Dahlerus das Gespräch, das er in der Nacht mit dem Feldmarschall geführt hatte. Vor allem die angeblich beabsichtige Volksabstimmung irritierte die Politiker. Intensiv studierten sie die Karte, auf der Göring in Dahlerus' Beisein die Gebiete gekennzeichnet hatte, in denen man die Menschen befragen wolle.

Halifax meldete sich zu Wort. »Soweit ich mich erinnere, haben die Polen immer behauptet, achtzig Prozent der Bevölkerung im Korridor sei polnisch. Wenn das der Wahrheit entspricht, wie kann Hitler auf solch eine Idee kommen? Das Ergebnis müsste verheerend für ihn ausfallen. Ich kann daraus nur zwei Dinge schließen: Entweder haben die Polen gelogen. Oder Hitler versucht ein weiteres Mal, uns an der Nase herumzuführen.«

Da niemand im Raum die tatsächlichen Bevölkerungsverhältnisse in Polen kannte, ließ sich das Thema nicht abschließend diskutieren. Allerdings tendierten die Männer dazu, der neuen Entwicklung grundsätzlich positiv gegenüberzustehen. Man wolle am Nachmittag im Kabinett beraten, wie sich Botschafter Henderson verhalten solle und was den Polen zu empfehlen sei. Die als Ultimatum verstandene Aufforderung, einen polnischen Unterhändler nach Berlin zu schicken, machte den Engländern zu schaffen. Chamberlain erinnerte daran, wie Hitler mit dem slowakischen Premier Jozef Tiso oder dem österreichischen Kanzler Kurt Schuschnigg umgesprungen war, die er vor drohenden Konflikten zu sich bestellt hatte.

»So ein Verhalten werden wir uns nicht bieten lassen. Mit Vertretern souveräner Staaten kann man nicht umspringen wie mit irgendwelchen Lakaien. Hitler erwartet, dass man sich vor ihm in den Dreck wirft und wie in München schon im Vorhinein die bedingungslose Kapitulation unterzeichnet. Eines kann ich Ihnen sagen, meine Herren: Diese Zeiten sind vorbei.«

In Dahlerus' Ohren klang das nach Kampfansage. Zwar verstand er den Verdruss der Engländer, aber es erschien ihm zielführender, Hitler keinen Vorwand zu liefern, sein Angebot zurückzuziehen. Wenn der Schwede eine Empfehlung an die Polen aussprechen sollte, würde er ihnen raten, sofort einen Emissär auf den Weg zu schicken. Stolz konnte man sich in dieser Lage nicht leisten.

Cadogan hatte eine andere Auffassung. »Wir werden den Polen auf keinen Fall zureden, einen Abgesandten nach Berlin zu schicken. Warum sollten sie zu Kreuze kriechen? Hitler muss begreifen, dass er es nicht nur mit einem Land, sondern mit einer starken Allianz zu tun hat. Meiner Meinung nach sollten alle weiteren Gespräche auf neutralem Boden stattfinden.« Er sah Dahlerus an. »In Schweden zum Beispiel. Das hebt die Sache auf ein anderes Niveau.«

Dahlerus dachte daran, dass der schwedische Premier nie sonderlich begeistert gewesen war, eine Vermittlerrolle einzunehmen. Vielleicht aus Angst, den Zorn der Deutschen auf sich zu ziehen. Dahlerus bot an, Göring ein weiteres Mal anzurufen. »Vielleicht lässt sich Hitler ja dazu bewegen, wenn Göring mitzieht.«

Chamberlain überlegte. »Versuchen Sie es. Und bringen Sie bitte gleich in Erfahrung, wie lange die Frist gilt.«

Wieder begleitete Cadogan den Schweden zum Telefon, wieder musste Dahlerus einige Minuten warten, bis der Feldmarschall den Hörer übernahm. Er lachte. Offensichtlich amüsierten ihn die Anrufe.

»Was gibt es jetzt schon wieder, mein lieber Dahlerus? Sie sollten eine Standleitung zu mir ins Büro beantragen. So oft telefoniere ich nicht mal mit Emmy.«

Dem Schweden war nicht nach Scherzen zumute. »Was halten Sie davon, die weiteren Gespräche an einen anderen, neutralen Ort zu verlegen? Es ist doch nachvollziehbar, dass die Polen es als Affront verstehen, nach Berlin kommen zu müssen.«

Göring polterte gut gelaunt. »Entschuldigen Sie bitte, aber das ist doch Blödsinn. Die Verhandlungen müssen dort stattfinden, wo der Reichskanzler seinen Sitz hat. Und das ist nun mal Berlin. Außerdem begreife ich nicht, was daran schwer sein sollte, einen polnischen Regierungsvertreter von Warschau nach Berlin zu schicken. Wir reden hier von zwei Flugstunden.«

Dahlerus spürte, dass er in dieser Sache wenig erreichen würde. Hitler und Göring hatten nicht vor, von ihrem Plan abzuweichen.

»Wann läuft die Frist aus?«

»Um Mitternacht. Die Briten haben also noch mehr als zehn Stunden, um den Polen ein wenig Feuer unterm Hintern zu machen. Dafür werden sie mit einem Angebot belohnt, das unseren beiden Völkern ein friedliches Miteinander ermöglicht. Sagen Sie das Ihren englischen Freunden.«

Dahlerus beendete das Gespräch und informierte Cadogan über das, was Göring ihm erzählt hatte.

Cadogan verzog keine Miene. »Etwas anderes habe ich nicht erwartet.«

Chamberlain bat Dahlerus, so schnell wie möglich die Rückreise anzutreten. Man brauche ihn wegen seiner direkten Verbindung zu Göring in Berlin. Sollte die Situation eskalieren, würde der Schwede einen schnelleren Zugang zur deutschen Regierung besitzen als der englische Botschafter.

Dahlerus gefiel die Vorstellung nicht, dass der britische Premier offenbar mit dem Schlimmsten rechnete. Chamberlain bat den Schweden zudem, die deutsche Führung darüber in Kenntnis zu setzen, dass die Briten weiterhin an einer friedlichen Lösung des Konflikts interessiert seien. Um sich auf den aktuellen Stand zu bringen, sollte Dahlerus nach seiner Ankunft in Berlin jedoch zuerst die englische Botschaft aufsuchen. Falls es Beschlüsse gebe, die seine Aufgabe beträfen, würde er dort darüber informiert.

Als der Schwede sich verabschiedete, musste er feststellen, dass sich die Stimmung seit seiner Ankunft nicht verbessert hatte. Die Gesichter, in die er schaute, wirkten ernst. Dahlerus wagte es nicht, das Wort hoffnungslos zu denken. Aber in den glanzlosen Augen der alten Männer, die um ihn herumstanden, meinte er schon die Resignation angesichts der heraufziehenden Schrecken zu erkennen. Der Krieg warf seine Schatten voraus und verdunkelte ihre Seelen. Der Schwede fühlte sich müde.

Im Foreign Office warteten Spencer und die anderen. Sie führten Dahlerus in ein Restaurant, löcherten ihn mit Fragen über die Lage, erreichten aber nur, dass der Schwede sich am Ende völlig verschloss. Etwas enttäuscht brachte Spencer seinen Freund am späten Nachmittag zum Flughafen. Um 18 Uhr hob Dahlerus Richtung Berlin ab.

Zu diesem Zeitpunkt war Christa Riedel bereits drei Stunden tot. Ihr letzter Gedanke hatte Philipp gegolten, Hitlers heimlichen Sohn, den Benslers Männer gerade in dem Moment aus dem Haus schafften, als der Nazi Christa sein Messer ins Herz rammte.

22.
Potsdam

30. August
Odas Jagdhütte, Morgen

Morgennebel hing über der Lichtung und schluckte alle Geräusche. Nur schemenhaft schimmerten Bäume durch den weißen Schleier. Eine Märchenlandschaft, dachte Krauss. Er fühlte sich abgeschnitten von der Welt, auf einer Insel des Friedens und der Stille, jenseits aller Schrecken. Oda hatte ihn wie eine mildtätige Fee herausgepflückt aus dem Chaos, ihn zur Einkehr, zur Meditation, zum Innehalten gezwungen. Oda. Immer wieder Oda. Von der ersten Begegnung an hatte er eine Nähe zu ihr gespürt, etwas, das sie beide schicksalhaft miteinander verband. Es war nicht diese tiefe, uneingeschränkte Liebe wie bei Hanna, sondern etwas anderes, schwer Bestimmbares. Eine Verwandtschaft im Schmerz. Der Geruch der Verzweiflung. Durch ihre Adern floss derselbe brennende Hass.

Krauss schloss die Augen. Er bereute die vergangene Nacht nicht, aber er war auch nicht stolz darauf. Beide hatten sie Trost gesucht und gefunden. Hanna würde das verstehen, redete er sich ein. Ihn fröstelte vor dem großen Fenster, er verschränkte die Arme vor der nackten Brust. Er hatte sich aus dem Bett geschlichen, ohne sich etwas überzustreifen, weil er Oda nicht wecken wollte. Nun spürte er, wie die morgendliche Kälte in seine Knochen drang. Gerade als er sich vom Fenster wegdrehen wollte, schmiegte sich Oda von hinten an ihn. Ihr nackter Körper erschien ihm so warm wie glühende Kohle.

»Einen Moment habe ich geglaubt, du seiest verschwunden.« Sie klang schläfrig.

»Wo sollte ich denn hin?«

»Ich weiß es nicht. Weg von mir.«

»Red keinen Unsinn.«

Sie schwieg einen Moment, hielt Krauss weiter umschlungen. »Hast du ein schlechtes Gewissen?«

»Warum sollte ich?«

»Wegen mir. Wegen uns. Wegen letzter Nacht.«

»Es geht mir gut.«

»Ich wusste, dass es passieren würde.«

Krauss lachte leise. »Du hast es provoziert.«

Sie spielte die Entrüstete. »Ach ja, und dir blieb wohl keine Wahl, was?«

Krauss schloss wieder die Augen, genoss den Moment. Oda strich mit ihren Händen zärtlich über seinen Bauch und seinen Oberkörper. Er dachte daran, wie sie in der Nacht seine Tätowierung betrachtet hatte. Auf der linken Brust trug er ein rotes Herz, um das sich ein dornenbewehrtes Hakenkreuz rankte. Reines Blut, reines Herz, reines Volk. Das Zeichen der »Söhne Odins«.

Oda hatte ihn spöttisch angelächelt. »Ich hätte nie gedacht, dass ich mal mit einem Sohn Odins ins Bett steige.«

»Ohne dir nahetreten zu wollen, aber das kann ich kaum glauben.«

»Oh, Avancen gab es genug, auch entschiedene Versuche. Aber ich weiß damit umzugehen. Ein paar schmerzhafte Lektionen, und Edgars Männer hatten es kapiert.«

Krauss hatte gegrinst. »Das wiederum kann ich mir sehr gut vorstellen. Übrigens, nur um es noch einmal klarzustellen: Ich bin kein Sohn Odins. Schon lange nicht mehr. Am liebsten würde ich mir das Zeichen herausschneiden.«

Oda fletschte die Zähne. »Ich beiße es dir raus.«

Sie hatten kurz miteinander gerungen, sich dem Augenblick hingegeben, um das Unleugbare zu überspielen. Dass sie Gezeichnete waren, gebrandmarkt für alle Zeiten, vom Teufel höchstpersönlich.

Odas Worte holten Krauss aus seinen Erinnerungen an die Nacht zurück. »Während du dich fertigmachst, bereite ich uns ein Frühstück. Okay?«

Krauss nahm das Angebot gerne an. Schon alleine, weil es an das gemahnte, was ihm so weit weg erschien wie ein anderes Leben: Normalität.

Nach dem Frühstück setzten sich Oda und Krauss wieder vor das große Fenster. Dieser Platz war das Herzstück des Hauses, hier hatte man das Gefühl, mitten in der Natur zu sitzen, ohne sich preiszugeben. Die Lichtung lag unberührt vor ihnen, der Nebel war verschwunden, verdampft von der hochstehenden Sonne. Die Balken knisterten und knackten, weil sich das Holz erwärmte. Krauss wünschte sich eine Sekunde lang, jeglichen Ballast abwerfen zu können und diesen Ort nie verlassen zu müssen.

Odas Stimme riss ihn aus seinen Phantasien. »Wir müssen erfahren, was läuft. Was Göring weiß, ob Dahlerus noch in Berlin ist.«

»Wie willst du das anstellen?«

»Ich werde heute Abend das F.A. anzapfen.«

»Das hört sich an, als hättest du einen Plan.«

»Ich habe sehr gute Kontakte, sagen wir mal so. Natürlich bleibt ein gewisses Risiko. Aber normalerweise müsste ich bekommen, was ich wissen will.«

Krauss rührte in seiner Kaffeetasse. Er sah sie skeptisch an. »Das ist ab jetzt nicht mehr dein Territorium. Du bewegst dich auf feindlichem Boden. Jeder Schritt aus dieser Hütte ist ein Risiko. Ein großes, wenn du mich fragst.«

»Hierbleiben bringt uns auch nicht weiter.«

»So meine ich es auch nicht. Ich will damit nur sagen … Du sollst auf dich aufpassen.«

Oda lächelte. »Das ist schön, dass ausgerechnet du das sagst.« Krauss konzentrierte sich aufs Rühren. »Wegen letzter Nacht …«

Sie unterbrach ihn, indem sie ihre Hand auf seinen Arm legte. »Lass gut sein. Ich möchte es nicht kaputtreden. Es war schön, das ist alles, was ich wissen muss. Du hast mir die Wärme gegeben, die ich brauchte.«

Er schwieg, sah aus dem Fenster. Beide empfanden die Stille als angemessen.

Krauss atmete einmal hörbar tief ein und wieder aus. »Gut, reden wir nicht mehr darüber. Es ist so, wie es ist. Reden wir über andere Dinge.«

Oda lehnte sich zurück. »Schieß los.«

»Edgar ist nicht der Letzte auf meiner Liste.«

»Was soll das heißen? Willst du die gesamte Gestapo an die Wand stellen? Da hast du eine Menge zu tun.«

»Ich habe einen Auftrag.«

»Von wem?«

»Vom MI5.«

»Dem britischen Geheimdienst?«

»Ich soll Adolf Hitler töten.«

Oda schaute ihn sprachlos an. Er zuckte mit den Augenbrauen. Sie schüttelte den Kopf, schien kurz davor, in Gelächter auszubrechen, besann sich aber eines Besseren.

»Das ist doch nicht dein Ernst, oder?«

Diesmal lehnte Krauss sich zurück, nahm einen Schluck aus seiner Tasse. Er sagte nichts.

Oda insistierte. »Das ist dein Ernst.«

»Es war nicht meine Idee.«

»Weißt du, wie viele Idioten schon versucht haben, an den Führer heranzukommen? Unzählige. Niemand hat es geschafft, ihm auch nur einen Kratzer beizubringen. Hitler hat einen Schutzengel – oder einen Pakt mit dem Teufel abgeschlossen. Was du vorhast, ist idiotisch. Zum Scheitern verurteilt. Ein Himmelfahrtskommando.«

»Vielleicht ist es ja genau das, was ich will.«

Oda wirkte plötzlich sehr ernst. »Das ist also dein Traum. Von Hitlers Leibgarde erschossen zu werden. Ich kann mir Schöneres vorstellen.«

»Du weißt, was ich meine.«

»Nein, das weiß ich nicht. Du willst dich sinnlos opfern – ist es das, was du meinst? Du wirst nicht mal nah genug an Hitler herankommen, um den verächtlichen Blick zu sehen, den er für dich übrig hat.«

Krauss sprach sehr leise. Seine Stimme war kühl. »Du hast es nicht mit einem Heißsporn zu tun. Oder einem Anfänger. Ich bin ein Profi, im Töten ausgebildet. Ich werde an ihn herankommen, auf die eine oder andere Art. Und dann ist Hitler ein toter Mann.«

Oda antwortete nicht sofort. Sie spürte, dass ihre Worte Krauss getroffen hatten. »Glaubst du, Hitlers Tod würde etwas ändern?«

Krauss setzte die Tasse auf den Tisch vor sich. »Er würde alles ändern.«

»Wenn Hitler nicht mehr da wäre, käme Heß an die Macht. Oder Göring. Wahrscheinlich würde sich auch Ribbentrop eine Chance ausrechnen. Und Himmler sowieso. Es wäre ein Hauen und Stechen.«

»Das wäre doch gut. Sie hätten genug mit sich selbst zu tun. Die Kriegsgefahr wäre vorläufig gebannt. Die Briten glauben, dass Göring das Ruder übernähme.«

»Onkel Hermann. Zuzutrauen wäre es ihm. Aber wäre das besser für Deutschland? Mein Onkel ist ein selbstverliebter Despot. Ein fettes, geiles, hinterhältiges Monstrum.«

Krauss verzog die Mundwinkel. »Warum hast du dann so lange für ihn gearbeitet?«

»Mangel an Alternativen.«

»Nun, wenn man dich so hört, ist die Wahl zwischen Hitler und Göring die zwischen Pest und Cholera.«

»Eine mörderische in jedem Fall.«

»Mir ist es egal, wer Deutschland regiert, wenn es nicht Hitler ist. Deshalb werde ich versuchen, das Land von ihm zu befreien. Vorausgesetzt, dass mir Edgar nicht dazwischenfunkt.«

»Schöne Aussichten. Entweder schießt dir Edgar eine Kugel in den Kopf oder die SS. Wie war das noch mit Pest und Cholera?«

Krauss senkte den Kopf. »Du hast ja recht. Aber es geht nicht anders. Ich habe einen Punkt erreicht, von dem aus es kein Zurück mehr gibt. Edgar muss büßen für das, was er getan hat. Was mit mir passiert, ist zweitrangig.«

Oda drückte seine Hand. »Das sehe ich nicht so. Ich werde dir helfen, deinen Bruder und Hitler zu erledigen.«

Am Nachmittag nahm Oda den Wagen und fuhr nach Berlin. Krauss hatte ein ungutes Gefühl dabei, war sich aber der Notwendigkeit bewusst, an aktuelle Informationen heranzukommen. Oda besaß im F. A. ein Netzwerk von Freunden, auf deren Loyalität sie angeblich zählen konnte. Krauss gab zu bedenken, dass sie aufgrund von Zeugenaussagen wahrscheinlich mit den Morden an den beiden F. A.-Männern in Verbindung gebracht würde, aber Oda ließ sich von ihrem Vorhaben nicht abbringen. Sie wisse, wem sie vertrauen könne, und außerdem seien Kestner und Bredow überall verhasst gewesen.

Trotzdem traute Krauss dem Braten nicht, er sah Straßensperren vor seinem geistigen Auge und eine Oda, die im Kugelhagel der Gestapo ihr Leben aushauchte. Oder von Edgar so lange gefoltert wurde, bis sie alles verriet, was sie jemals gewusst hatte. Jeder redet irgendwann, hatte Göring gesagt.

Krauss sah Oda hinterher, bis der Staub über dem Feldweg sich gelegt und der Wald den Wagen verschluckt hatte. Dann ging er zurück ins Haus. Drei bis vier Stunden würde er alleine sein. Genug Zeit, um sich etwas auszuruhen. Zwar schmerzte sein Körper nicht mehr so wie noch vor zwei Tagen, aber er war weit von seiner Bestform entfernt. Krauss legte sich auf das Sofa. Wenn es die letzten Stunden in seinem Leben sein sollten, bevor die Gestapo ihn mitsamt dem Haus abfackelte, wollte er wenigstens diesen phantastischen Blick genießen.

Das Motorengeräusch eines Autos weckte ihn. Es kam schnell näher. Krauss sah, wie das Licht der Scheinwerfer über der Lichtung tanzte. Er sprang auf, griff sich die Walther und bezog so Position, dass er die Tür im Auge und den Fluchtweg durchs Schlafzimmer im Rücken hatte. Der Wagen rumpelte hinters Haus, der Motor erstarb. Eine Tür wurde zugeschlagen. Krauss hörte Schritte, dann schwang die Haustür auf. Jemand kam herein, blieb stehen, horchte in die Dunkelheit.

»Richard?«

Es war Oda. Sie klang verstört. Krauss antwortete, verließ seine Deckung aber nicht.

»Alles in Ordnung, Oda?«

»Ich bin alleine, wenn du das meinst. Niemand ist mir gefolgt. Aber es ist etwas Schreckliches passiert.«

Krauss spürte, wie sich sein Magen verkrampfte. Er trat in den Raum. »Red schon.«

Oda schloss die Tür hinter sich. Krauss ging zum Tisch, entzündete eine Gaslampe. Oda griff sich aus den Vorräten, die sie am Vortag mitgebracht hatten, eine Flasche Wein, entkorkte sie und goss sich ein Glas ein. Den Inhalt schüttete sie in einem Zug hinunter, goss sich aber sofort nach. Mit dem vollen Glas ging sie zu Krauss, setzte sich zu ihm an den Tisch.

»Dahlerus ist schon heute am frühen Morgen nach London geflogen. Er hat deine Nachricht übergeben, wie du es ihm aufgetragen hast. Aber er wurde verfolgt.«

Oda nahm einen kräftigen Schluck. Krauss spürte, dass ihm das Herz bis zum Hals schlug. Er sagte nichts, wartete auf sein Todesurteil.

»Göring hat uns überwachen lassen. Nicht nur durch Kestner und Bredow. Die anderen Männer haben dich und Dahlerus zusammen gesehen. Göring hat seine Schlüsse daraus gezogen. Er ist zwar ein Widerling, aber kein Dummkopf. Außerdem hatte er schon vorher Bensler davon überzeugt, die Seiten zu wechseln. Göring will Edgar fallenlassen. Bensler hat die Chance, seinen Kopf zu retten, natürlich ergriffen. Er ist jetzt Görings Mann. Er hat Dahlerus vom Zeitpunkt seines Eintreffens in London überwachen lassen. Von einem Spezialisten. Dahlerus trifft keine Schuld.«

Krauss hatte die Hände zu Fäusten geballt. In seinen Augen standen Tränen der Wut. Er presste seine Worte zwischen den Zähnen hervor. »Was ist mit Christa und dem Jungen?«

»Bensler hat den Jungen. Sie sind schon auf dem Weg nach Deutschland, erst per Boot, dann auf dem Landweg. Es ist nicht ungefährlich, aber machbar. Er versteht sein Geschäft.«

Krauss starrte auf die Tischplatte. Er hatte das Gefühl, sein Kopf zerplatze. Sein Körper zitterte.

»Christa?«

Oda schwieg.

Krauss schrie sie an. »Was ist mit Christa?«

»Sie ist tot. Jeder in dem Haus ist tot. Bensler hat keine Spuren hinterlassen.«

Krauss knallte bei ihren Worten beide Fäuste auf die Tischplatte und sprang auf. Er nahm den Stuhl, zerschlug ihn auf dem Boden und warf die Reste gegen die Wand. Danach krümmte er sich zusammen, den Kopf in die Hände vergraben. Er sank auf die Knie, schluchzte, stammelte. »Nein, nein, nein …«

Oda ging zu ihm und berührte ihn sanft. Er ließ es geschehen, wiegte sich leicht vor und zurück, Unverständliches vor sich hinmurmelnd. Oda legte den Arm um seine Schultern, flüsterte. »Du kannst nichts dafür, dich trifft keine Schuld. Das war nicht vorauszusehen. Du wolltest nur ihr Bestes, sie außer Gefahr bringen …«

Krauss würgte an seinen Worten. »Nun ist sie tot, sind sie alle tot … Es ist meine Schuld, ganz allein meine Schuld.«

Er stützte sich mit den Händen auf seinen Knien ab, die Augen geschlossen.

Oda kniete neben ihm, einen Arm um ihn gelegt, ihr Kopf ruhte auf seiner Schulter. Er drehte ihr leicht das Gesicht zu. Seine Stimme klang wie die eines anderen Menschen.

»Wie sicher sind deine Informationen?«

»Sehr sicher. Meine Quelle ist absolut zuverlässig. Bensler hat das F. A. mit einem verschlüsselten Funkspruch über den Erfolg seiner Mission informiert. Er ist mit dem Jungen auf dem Weg nach Deutschland und will so schnell wie möglich da sein.«

Krauss erhob sich, zog Oda hoch. Zum ersten Mal, seit sie ihm die katastrophale Nachricht überbracht hatte, sah sie sein Gesicht. Seine Augen hatten sich verändert. In ihnen tobte der Hass. Oda erschrak. Aber sie hatte vom ersten Moment an gewusst, welche mörderischen Gene in ihm schlummerten. Dieselben, die auch Edgar zu seinen furchtbaren Taten trieb.

Krauss' stechender Blick konzentrierte sich auf sie. »Wir müssen Bensler abfangen. Bevor er Göring den Jungen übergibt. Wie und wo wird das geschehen?«

Oda zuckte mit den Schultern. »Ich weiß es nicht.«

Krauss packte sie, schrie sie an. »Wo wird das geschehen?«

Oda riss sich los, schrie zurück. »Ich weiß es nicht. Ich habe dem Jungen nichts angetan, vergiss das nicht. Wenn du jemandem wehtun willst, dann suche dir die Richtigen aus. Ich überbringe nur die schlechten Nachrichten.«

Krauss drehte sich weg. Er stöhnte, rieb sich mit den Händen durchs Gesicht. Er sprach von ihr abgewandt. »Entschuldige bitte. Ich bin einfach am Ende. Das hätte alles nicht passieren dürfen. Und es ist alleine meine Schuld. Ich hätte in England bleiben müssen, um Christa und den Jungen zu schützen. Stattdessen habe ich mich von meinen Rachegelüsten leiten lassen.«

»Sei nicht so ungerecht mit dir. Du bist doch gerade aus dem Grund nach Deutschland gefahren, weil du glaubtest, den beiden damit helfen zu können. Du hast gehofft, mit Edgars Tod ließe sich das alles aus der Welt schaffen. Und mit deinem natürlich.«

Krauss winkte verächtlich ab. »Ich war egoistisch, sonst nichts. Mein Plan war dilettantisch. Ich hätte es besser wissen müssen.«

Er ging zur Küchenzeile, griff sich den von Oda geöffneten Wein und trank direkt aus der Flasche. Gierig ließ er den Alkohol in sich hineinlaufen, fluchte in den Atempausen vor sich hin. Oda sah ihm eine Weile zu und wandte sich dann ab. Keiner von beiden sprach ein Wort, aber die Stille zwischen ihnen hatte ihren Charakter gewechselt. Statt sie auf geheimnisvolle Art miteinander zu verbinden, schuf sie nun Distanz. Jeder hing seinen Gedanken nach. Krauss setzte immer wieder die Flasche an, schnaufte, stöhnte, schluckte. Oda blickte aus dem Fenster hinaus in die Dunkelheit. Die Lichtung war undurchdringlicher Schwärze gewichen.

»So viele Möglichkeiten, wo Bensler hier Unterschlupf suchen kann, gibt es nicht«, sagte Oda nach einer Weile. »Edgar wird Wind davon bekommen haben, dass sein Mann in London ein eigenes Spiel spielt. Das heißt, Bensler kann nicht auf ein Quartier der ›Söhne Odins‹ zurückgreifen. Meiner Meinung nach gibt es nur zwei Möglichkeiten.«

»Und die wären?« Krauss sah auf.

»Bensler hat sich mal an mich herangemacht, als ich erst kurz bei den ›Söhnen Odins‹ war. Das geile Schwein greift jeder unter den Rock, die nicht schnell genug wegläuft. Mir hat er einmal seine private Jagdhütte gezeigt, wollte mit mir dort ein Wochenende verbringen. Mit Bärenfell vor dem Kamin. Ich habe ihm eine gescheuert, dass er zehn Minuten Nasenbluten hatte. Die Hütte könnte der eine sichere Ort für ihn sein. Der andere scheint mir allerdings noch plausibler.«

Krauss hatte sich neben sie gestellt. Die Flasche hielt er in der Hand. Sie war fast leer.

»Göring hält Schein-Carinhall für ein perfektes Versteck. Nur wenige wissen, dass er dort eine geheime Zentrale eingerichtet hat. Zudem lässt sich das Gebäude seiner Ansicht nach gut überwachen. Ich wette darauf, dass Bensler nach Schein-Carinhall kommen soll, um den Jungen zu übergeben.«

»Bensler ist ein feiges Schwein. Er wird versuchen, so schnell wie möglich unter Görings Schutz zu kommen. Schein-Carinhall ist seine einzige Möglichkeit zu überleben.«

»Also Schein-Carinhall.«

Krauss nahm einen Schluck. »Mit wie viel Männern müssen wir rechnen?«

»Göring wird die Sicherheitsstufe erhöhen. Normalerweise sind dort nur wenige Männer stationiert, vielleicht drei oder vier. Jetzt werden es wohl an die zwanzig sein. Darunter einige schwerbewaffnet.«

»Zu viele. Du vergisst, dass Bensler auch nicht alleine kommt.«

Oda schaute Krauss offen an. Ihr Gesicht leuchtete vor Entschlossenheit. »Wir haben einen großen Vorteil. Ich kenne Schein-Carinhall besser als du deine gottverdammte Westentasche.«

23.
Wildpark Werder

30. August,
Görings Sonderzug, kurz vor Mitternacht

Göring betrachtete sich im Fenster seines Salonwagens. Es gefiel ihm, was er dort sah. Die Uniform saß tadellos, betonte seine imposante Gestalt. Sein Haar war akkurat nach hinten gekämmt, mit gerade noch tolerablen Geheimratsecken. Seine Erscheinung strahlte Macht aus. Zufrieden zog er an der österreichischen Zigarre und vernebelte sein Abbild mit dichten Schwaden aromatischen Tabakqualms. Derart von sich selbst befreit, ging er zum kleinen Beistelltisch, der neben seinem wuchtigen Sessel stand, und griff nach dem viertelvollen Whiskyglas, das er sich vor ein paar Minuten eingegossen hatte. Ein paar Sekunden lang spielte er mit dem Gedanken, das Getränk mit ein Paar Tropfen Morphium zu veredeln, verwarf die Idee aber. Die Ereignisse spitzten sich zu sehr zu, als dass er sich eine Auszeit hätte gönnen dürfen. Was wirklich schade war. Schlafend wäre der Sermon des stocksteifen Schweden besser zu ertragen. Dahlerus war bereits in Tempelhof gelandet und auf dem Weg zu Görings Sonderzug. Der Feldmarschall rechnete damit, dass der Unterhändler ihm in einer guten halben Stunde gegenübersaß. Zu diesem Zeitpunkt würde das Ultimatum an die Polen abgelaufen sein. Göring ging davon aus, dass Hitler recht behalten und kein polnischer Diplomat in der Reichskanzlei auftauchen würde. Das wäre ein gefundenes Fressen für Ribbentrop. Der Außenminister würde seine Wut an Henderson auslassen. Göring malte sich die Situation aus und überlegte, wie sich daraus Profit schlagen ließ. Ein heikles Unterfangen. Er nahm einen großen Schluck Whisky. Niemand wusste, was er hier leistete. Es war Schwerstarbeit, auf mehreren Hochzeiten gleichzeitig zu tanzen.

Dank seiner Übersicht und Improvisationsgabe lief jedoch alles besser als gedacht. Hitler hatte ihm heute den Vorsitz des Ministerrats für die Reichsverteidigung übertragen. Die Botschaft war angekommen: Der Führer brauchte ihn – und die Luftwaffe. Ohne die Luftwaffe war ein Krieg nicht zu gewinnen. Von dieser Seite drohte ihm also keine Gefahr. Die Engländer hatten ihn dank Dahlerus ohnehin auf der Rechnung; es fragte sich nur, wie lange er sie noch ergebnislos hinhalten konnte. Denn so gerne er mit den Engländern Frieden geschlossen hätte, er glaubte nicht mehr daran. Nur durfte er sie das nicht spüren lassen. Vielleicht zog ja noch jemand in letzter Sekunde einen Joker aus dem Ärmel. An seinem Image als Friedensstifter durfte er also auf keinen Fall kratzen. Schließlich wollte er es weit bringen.

Er zupfte sich den Uniformrock glatt und rülpste laut. Der Kriegszirkus schlug ihm allmählich auf den Magen. Zu den guten Nachrichten des Tages zählte Benslers Botschaft aus London. Er hatte den Jungen und war auf dem Weg nach Berlin. Görings Gefühl, dass Dahlerus ihn zu dem Kind führen könnte, war goldrichtig gewesen.

Wenn der Schwede wüsste, was er angerichtet hatte. Nun, er würde es ihm nicht auf die Nase binden. Sollte Dahlerus ruhig denken, er habe ein gutes Werk getan. Außerdem wollte Göring nicht mit einem Mann wie Bensler in Verbindung gebracht werden. Der Kerl war einfach widerlich. Aber er verstand seinen Job. Was bald zweitrangig sein würde. Göring beabsichtigte nicht, ihn am Leben zu lassen. Die ganze Mischpoke musste so schnell wie möglich verschwinden, sobald er das Kind hatte. Bensler, Edgar, die »Söhne Odins« – er würde endgültig reinen Tisch machen. Das bereitete ihm keine großen Sorgen. Unbequeme Leute diskret von der Bildfläche entfernen zu lassen, darin war er gut. In Kriegszeiten ohnehin. Bensler spekulierte wahrscheinlich auf einen hohen Posten in der Gestapo oder beim Forschungsamt, Göring hatte ihm nur vage Andeutungen gemacht. Er schnaufte empört. Wenn es sein musste, würde er dem Kretin selbst eine Kugel in den Schädel jagen. Er hatte mit dem fetten Schwein vereinbart, den Jungen nach Schein-Carinhall zu bringen. In den verschachtelten Katakomben waren sie sicher, zudem ließ sich das Gebäude gut abschirmen.

Schein-Carinhall würde das Letzte sein, was Bensler zu sehen bekam.

Die einzigen Unbekannten in seiner komplizierten Gleichung waren Oda und Richard Krauss. Bisher gab es keine einzige Spur. Nach der Schießerei mit Kestner und Bredow waren die beiden abgetaucht. Wie vom Erdboden verschluckt. Das war eindeutig Odas Handschrift. Sie zur Gegnerin zu haben, beunruhigte und vergrätzte Göring ein wenig. Seit sie sich auf Krauss' Seite geschlagen hatte, rätselte er über ihre Motive, suchte in seinen Erinnerungen nach Anzeichen dafür, dass sie ihn verraten würde. Aber da war nichts. Nichts, was je seinen Verdacht erregte. Wäre es anders gewesen, hätte er viel früher gehandelt. Denn Göring hielt Oda für die gefährlichste Frau, der er je begegnet war. Krauss dagegen war für ihn ein unbeschriebenes Blatt. Aber nach dem, was Göring von ihm wusste, vermutete er, dass Krauss es auf seinen Bruder abgesehen hatte. Oda würde ihn zu ihm führen. Der Feldmarschall hoffte, dass die beiden ihm diesen Teil seiner Arbeit abnahmen. Hinterher konnte er sich immer noch um sie kümmern. Allerdings zwangen sie ihn, umsichtiger zu agieren.

Vorsichtshalber hatte er die Mannschaft in Schein-Carinhall vervierfacht. Mehrere Patrouillen überwachten den Wald und die Umgebung. Außer Bensler würde nicht mal eine Maus in das Gebäude hineinkommen.

Es klopfte. Göring brummte ein Ja, und Oberstleutnant Conrad riss die Tür auf. Er übergab dem Feldmarschall ein Blatt Papier. »Herr Dahlerus ist gerade eingetroffen.«

»Schicken Sie ihn rein.«

Göring überflog den Zettel. Es war eine Meldung vom F. A. darüber, dass Dahlerus nach seiner Landung zuerst die englische Botschaft aufgesucht hatte. Wahrscheinlich hoffte er auf eine Nachricht über den Ausgang des Treffens zwischen Henderson und Ribbentrop.

Es klopfte erneut, und Dahlerus trat ein. Göring zerknüllte das Blatt und warf es in den Papierkorb.

»Mein lieber Dahlerus. Schön, Sie zu sehen. Ich werde Sie bald als Mitglied meiner Luftwaffe führen können, bei Ihren Flugstunden.«

Der Schwede grinste gequält. »Ich könnte mir wirklich Schöneres vorstellen, als mein halbes Leben in der Luft zu verbringen. Der Rückflug war recht ruppig.«

»So ein paar Turbulenzen bringen Sie doch nicht aus der Ruhe. Das ist doch nichts gegen das, was wir hier am Boden erleben.«

Dahlerus ließ Görings Hand los. »Da haben Sie recht. Gibt es schon eine Rückmeldung von Hendersons Besuch?«

Der Feldmarschall legte eine Hand auf die Schulter des Schweden und leitete ihn zur Sitzgruppe. »Bisher nicht. Die Frist für die Polen ist ja erst seit einer halben Stunde abgelaufen. Bis wir eine Nachricht bekommen, wird es wohl noch etwas dauern. Erzählen Sie bitte so lange, wie es Ihnen in England ergangen ist. Wie hat Chamberlain auf Hitlers Vorschläge reagiert?«

Dahlerus berichtete wahrheitsgetreu, was bei seinem Besuch in der Downing Street Nr. 10 besprochen worden war. Besonders betonte er, dass die Engländer seinen Rat, die Polen mögen weitere Provokationen unbedingt vermeiden, dankbar aufgenommen und unverzüglich weitergeleitet hätten. Auf der anderen Seite verschwieg er nicht die Skepsis der Briten gegenüber Hitlers Plan einer Volksabstimmung in den von Deutschen besiedelten polnischen Regionen.

Göring unterbrach ihn. »Diese Skepsis ist völlig unangebracht. Ich habe Ihnen schon am Telefon gesagt, dass Hitlers Vorschläge wesentlich weitreichender sind als das, was ich Ihnen vorher verraten habe. Der Führer ist dabei über seinen eigenen Schatten gesprungen. Er hat ein Angebot ausgearbeitet, das Wellen schlagen wird, weil es vom Willen der Aussöhnung geprägt ist, grunddemokratisch und leicht umsetzbar. Sie werden begeistert sein, mein lieber Dahlerus.«

Göring musste innerlich schmunzeln. Was nutzte das schönste Geschenk, wenn der Empfänger es nicht haben wollte? Darauf spekulierte Hitler, das war der teuflische Plan, den er angekündigt hatte. Danach konnte er sich hinstellen und mit seinem nutzlosen Angebot herumwedeln.

Der Feldmarschall stand auf und holte eine Dokumentenmappe von seinem Schreibtisch. »Ich habe das ausgearbeitete Papier hier. Wollen Sie es hören? Es sind insgesamt sechzehn Punkte.«

Dahlerus nickte. »Selbstverständlich.«

Göring las dem Schweden die Note vor. Der wesentliche Aspekt blieb die Volksabstimmung. Allerdings war das betreffende Gebiet weitaus kleiner als vom Feldmarschall in der Karte eingezeichnet. Göring kommentierte diese Diskrepanz nicht. Dahlerus rückte unruhig in seinem Stuhl herum. Er sah auf seine Uhr. »Es ist mittlerweile ein Uhr morgens. Wann rechnen Sie mit einer Nachricht?«

Göring lächelte. »Jederzeit. Bedenken Sie, dass man in solchen Gesprächen nichts überstürzen darf. Wahrscheinlich ist Henderson noch bei Ribbentrop.«

Der Schwede beugte sich vor. »Lassen Sie mich doch in der britischen Botschaft anrufen. Dann wissen wir es genau.«

Göring seufzte. »Sie geben ja doch keine Ruhe. Das Telefon steht auf dem Schreibtisch.«

Dahlerus stand ohne ein weiteres Wort auf, nahm den Hörer ab und ließ sich mit Forbes verbinden.

Göring lehnte sich in seinem Sessel zurück. Mit einem Streichholz entfachte er die erloschene Zigarre aufs Neue. In seinem Rücken hörte er, wie Dahlerus immer einsilbiger auf Forbes' Bericht reagierte. Da war wohl etwas gründlich in die Hose gegangen. Der Feldmarschall inspizierte die Glut seiner Zigarre. Während Hitler und Ribbentrop sich ins Fäustchen lachten, musste er die Wogen glätten. Mal sehen, was sich machen ließ. Eines Tages zahlte sich das hoffentlich aus.

Dahlerus knallte den Hörer auf die Gabel.

Göring nahm einen tiefen Zug. »Schlechte Neuigkeiten?«

Der Schwede setzte sich wieder hin. Seinem Gesicht sah man an, wie schwer es ihm fiel, das eben Gehörte zu verarbeiten.

»Ich muss es in aller Deutlichkeit sagen: Außenminister Ribbentrop sabotiert alle unsere Versuche, eine Einigung zwischen England und Deutschland herbeizuführen.«

Göring runzelte die Stirn. »Wie darf ich das verstehen?«

»Forbes hat mir soeben erzählt, dass sich Ribbentrop unmöglich gegenüber Henderson verhalten hat. Der Außenminister war sehr aggressiv und hat die Note mit den sechzehn Punkten in Windeseile heruntergerasselt. Henderson hat so gut wie kein

Wort verstanden. Auf die Frage des Botschafters, ob er die Punkte in schriftlicher Form mitnehmen dürfe, antwortete Ribbentrop nur, das Angebot sei sowieso überholt, da kein polnischer Unterhändler erschienen sei. Die Note warf er einfach auf einen Tisch. So geht man in dieser Lage nicht mit dem Abgesandten einer großen Nation um. Forbes sagte, dass Henderson stinksauer gewesen sei und dies Ribbentrop zu verstehen gegeben habe. Es sieht danach aus, als sei die Situation extrem verfahren.«

Göring blickte finster vor sich hin. »Verdammt! So eine Schweinerei! Aber denken Sie an meine Worte: Ribbentrop treibt ein gefährliches Spiel. Der Mann trampelt mir schon lange auf den Nerven herum.« Der Feldmarschall stand auf und trat ans Fenster. Vor dem Zug patrouillierten bewaffnete SS-Männer auf und ab. Göring musste seinen guten Willen zeigen. Er wandte sich an Dahlerus. »Wie kriegen wir die Kuh vom Eis? Haben Sie eine Idee?«

Der Schwede dachte konzentriert nach. »Wollen Sie wirklich mit den Engländern kooperieren?«

»Natürlich. Was denken Sie denn?«

»Dann müssen sie auf irgendeine Weise von den sechzehn Punkten erfahren. Einen anderen Weg sehe ich nicht. Ich könnte die Note Forbes am Telefon durchgeben.«

Göring zauderte. Wie würde Hitler ein solch eigenmächtiges Handeln aufnehmen? Aber diente es nicht dazu, die Engländer erneut zu verunsichern? Das war es doch, was Hitler wollte. Göring würde den Lichtstreifen am Horizont vorübergehend wieder anknipsen. Er herrschte Dahlerus an. »Na gut, machen Sie das. Aber schnell!«

Der Schwede ließ sich erneut mit der englischen Botschaft verbinden. Nach wenigen Minuten hatte er Forbes am Apparat. Dahlerus las ihm Görings Kopie der Note vor, in einem Tempo, das es dem Briten ermöglichte, die Zusammenhänge zu begreifen und mitzuschreiben. Der Feldmarschall hingegen drängte den Schweden zu größerer Eile. Er wedelte ungeduldig mit der Hand, um Dahlerus anzutreiben. Man musste das Schicksal ja nicht herausfordern. Besser, wenn Hitler und Ribbentrop es von ihm erfuhren als von ihren Abhörspezialisten.

Fünf Minuten später legte der schwedische Unterhändler den Hörer auf die Gabel. Etwas erschöpft blickte er zu Göring. »Wie sollen wir jemals den Frieden erhalten, wenn uns Menschen wie Ribbentrop aus persönlichen Motiven dazwischenfunken, Eure Exzellenz? Lassen sich solche Störmanöver nicht verhindern? Sie können doch auf den Außenminister einwirken.«

Göring war bei den letzten Worten des Schweden in seinem Salonwagen auf und ab gegangen, den Kopf auf den Boden gerichtet. »Die Situation ist komplizierter, als Sie denken, Dahlerus. Sie wissen nicht, in welcher Lage ich mich befinde. Jeder Schritt will genau überlegt sein. Alles befindet sich in einer hochempfindlichen Balance. Wenn Sie die falsche Strebe wegreißen, fällt alles in sich zusammen.«

Dahlerus betrachtete gedankenverloren das Telefon. »Ich glaube, es ist besser, wenn ich jetzt zurück ins Hotel fahre.«

Göring blieb vor ihm stehen. »Seien Sie nicht unvernünftig, mein lieber Dahlerus. Wir haben fast drei Uhr morgens. Ich lasse Ihnen ein Schlafabteil herrichten. Sie brauchen ein paar Stunden Ruhe.«

Dahlerus schüttelte den Kopf. »Kommt gar nicht in Frage. Wie sieht das aus, wenn ich in Ihrem Zug übernachte? Das bleibt kein Geheimnis, das wissen Sie besser als ich. Nachher halten mich die Briten für einen deutschen Agenten. Einige Ihrer Kollegen denken ja bereits, ich arbeite für die Engländer. Am Ende habe ich auch den letzten Rest Glaubwürdigkeit verspielt. Ich fahre.«

Göring trat näher an Dahlerus heran und legte ihm eine Hand auf die Schulter. »Nun beruhigen Sie sich mal. Wenn jemand aus der Tatsache, dass Sie nach tagelangen Verhandlungen erschöpft sind und sich in meinem Zug eine Mütze voll Schlaf gönnen, ableiten will, dass Sie für mich arbeiten, muss ich an seinem Geisteszustand zweifeln. Das ist völlig absurd. Entweder Sie arbeiten für eine Seite oder nicht. Eine halbe Nacht auf einer Zugpritsche sagt gar nichts aus.«

Dahlerus presste mit den Fingern seine Nasenwurzel zusammen. Er seufzte. »Wahrscheinlich haben Sie recht. Ich bin wohl etwas überspannt.«

»Das scheint mir auch so. Oberstleutnant Conrad bringt Sie in ein Quartier. In ein paar Stunden reden wir weiter. Schlafen Sie gut.«

Göring klingelte nach seinem Adjutanten, der den Schweden in ein Schlafabteil führte. Der Feldmarschall blieb alleine in seinem Salonwagen zurück. Ihm war nicht nach Schlafen zumute. Ribbentrop hatte die Situation wie erwartet verschärft. Es würde nicht mehr lange dauern. Göring musste sich vorbereiten. Er fühlte sich wie eine Spinne, die in mühevoller Kleinarbeit ein riesiges Netz ausgebreitet hatte. Jetzt schwirrten die fetten Brummer nur so um ihn herum. Fragte sich nur, wer am Ende in seinen klebrigen Fängen landete.

24.
Berlin

31. August
Polnische Botschaft, Vormittag

Joseph Lipskis Hände zitterten. Die Augen des polnischen Botschafters flirrten über das Papier wie Mücken im Abendrot. Man musste keine tiefere Menschenkenntnis besitzen, um zu erkennen, dass Lipski nicht in der Lage war, sich auf den Inhalt des Schreibens zu konzentrieren. Dahlerus kniff die Lippen zusammen. Er hätte am liebsten über den Tisch gegriffen und Lipskis Hände festgehalten. Forbes, der neben ihm saß, klopfte ungeduldig mit den Fingern auf die Tischplatte. Der englische Diplomat hatte seinem polnischen Kollegen die sechzehn Punkte des deutschen Angebots handschriftlich auf einer Seite notiert, damit dieser sie leichter aufnehmen konnte. Aber Lipski schüttelte nur fahrig den Kopf. Sein Haar war fettig, das Kinn unrasiert. Selbst sein Anzug wirkte durchgeschwitzt. Nach ein paar Minuten legte er das Blatt auf den Tisch. Statt seine beiden Gesprächspartner anzusehen, fixierte er einen imaginären Punkt zwischen ihnen.

»Ich verstehe nichts von dem, was ich da lese. Tut mir leid.«

Dahlerus biss sich vor Wut fast ein Loch in die Lippe. Es war Hendersons Idee gewesen, den polnischen Botschafter mit den deutschen Vorschlägen zu konfrontieren, wenn kein Pole bereit war, sie von den Deutschen direkt in Empfang zu nehmen. Dahlerus hatte Henderson nach seiner Nacht in Görings Zug aufgesucht und ihm eine genaue Abschrift der deutschen Note mitgebracht. Sie stimmte recht genau mit dem überein, was der Schwede Forbes ein paar Stunden zuvor am Telefon durchgegeben hatte. Henderson wirkte ratlos; das Treffen mit Ribbentrop nagte noch an ihm. Dahlerus schien es, als habe der Brite bereits kapituliert, sich ins Unvermeidliche gefügt. Umso überraschter war er, als Henderson plötzlich darauf bestand, Lipski die deutsche Note zu unterbreiten. Telefonisch vereinbarte er einen Termin und bat Forbes und Dahlerus, die Sache zu übernehmen.

Der Schwede stand von seinem Stuhl auf. Das durfte alles nicht wahr sein. Offensichtlich begriff dieser Pole nicht, dass er dabei war, den letzten rettenden Strohhalm zu ignorieren. Dahlerus fasste sich an die Stirn, dachte nach. Es fiel ihm schwer, weil die Angestellten der Botschaft überall herumschwirrten und Kisten zusammenpackten. Keiner von ihnen wollte eine Sekunde länger als nötig in Berlin bleiben. Dahlerus drehte sich um und wandte sich an Lipski.

»Ich kann Ihrer Sekretärin die sechzehn Punkte diktieren. Sie wird die Note sofort ins Polnische übersetzen. Hilft Ihnen das?«

Lipski vergrub das Gesicht kurz in seinen Händen. Er klang erschöpft. »Sie verstehen das nicht. Es ist vorbei.«

Dahlerus kniff die Augen zusammen. »Was soll das heißen?«

Lipski hob die Schultern und ließ sie wieder fallen. »Vorbei heißt vorbei. Aus, Ende, Finito. Was gesagt ist, ist gesagt. Jetzt sprechen die Militärs.«

Forbes mischte sich ein. »So einfach ist das nicht, Herr Botschafter. Hier geht es nicht nur um die Polen. Wenn Sie in den Krieg ziehen, reißen Sie andere Nationen mit. Es ist Ihre Pflicht, alle diplomatischen Möglichkeiten zu nutzen.«

Lipski stöhnte leise. »Die Diplomatie ist am Ende, Mr. Forbes, das wissen Sie genauso gut wie ich. Außerdem ist das nicht unser Krieg. Wir wollen keinen Krieg. Der Einzige, der Krieg will, ist Hitler. Jetzt bekommt er ihn.«

Lipski wollte aufstehen, aber Forbes legte seine Hand auf den Arm des Botschafters. Seine Stimme hatte etwas Beschwörendes. »Sehen Sie sich die deutschen Vorschläge wenigstens einmal an. Vielleicht erleben Sie ja eine Überraschung.«

Der Pole betrachtete erst die Hand des Briten und blickte ihm danach frontal ins Gesicht. Seine Augen waren leer. »Es ist zu spät. Und es ist alles gesagt. Dieser Vorschlag interessiert mich nicht mehr. Ich bin jetzt fast sechs Jahre in Deutschland und kenne die Lage bestens. Mir muss niemand mehr erklären, wie die Dinge hier laufen. Ich besitze Verbindung zu den maßgeblichen Kreisen im Land, Hermann Göring ist ein enger Freund von mir.

Soll ich Ihnen sagen, was passiert, wenn ein Krieg ausbricht? Das lassen sich die Menschen nicht länger bieten. Sie werden auf die Straße gehen und für ein Ende dieser Tyrannei eintreten. Sie werden sich auf die Seite der Polen schlagen und die siegreiche polnische Armee in Berlin willkommen heißen. Dieser Krieg wird das Ende des Deutschen Reiches besiegeln. Ich habe keine Lust mehr, mir irgendwelche verlogenen Vorschläge Hitlers anzuhören.«

Lipski stand vom Tisch auf und ging zu einer offenen Kiste, um dort Bücher einzuräumen. Das Papier mit der deutschen Note ließ er achtlos liegen.

Forbes und Dahlerus sahen sich an. Für das, was sie sich zu sagen hatten, brauchten sie keine Worte. Der Schwede fuhr sich mit den Händen durch das lichte Haar. Er hatte selten einen Botschafter erlebt, dessen Einschätzung der politischen Lage so weit entfernt von der Wirklichkeit war. Lipski sortierte weiter Unterlagen aus. Forbes und Dahlerus verließen schweigend die polnische Botschaft. Der Schwede hatte das Gefühl, dass er den Krieg schon riechen konnte.

25.
Wildpark Werder

31. August
Görings Sonderzug, Vormittag

Die Nachricht war unmissverständlich. Göring hatte die Zeile jetzt dreimal gelesen, aber sie ließ keinen Spielraum zu. Hitler erteilte den Angriffsbefehl für den »Fall Weiß«. Das Fernschreiben war über das OKW an alle Kommandoeinheiten gegangen. Göring fluchte. Nun hatte er es schwarz auf weiß. Es gab kein Zurück. Natürlich war ihm klar gewesen, dass es so weit kommen würde. Aber es zu wissen, war die eine Sache – es tatsächlich umzusetzen, eine andere. In einem kümmerlichen Winkel seines Verstandes hatte er die Hoffnung gehegt, dass Hitler vielleicht doch noch einen Rückzieher machen würde. Nun blieb dem Feldmarschall nichts anderes übrig, als auch diesen Winkel gründlich auszufegen.

Göring sah von dem Papier auf, äußerlich war er vollkommen ruhig. Er durfte sich jetzt keinen Fehler erlauben. Dahlerus wirkte weiter auf die Engländer ein, versuchte, ihnen die sechzehn Punkte schmackhaft zu machen. Das war gut, verschaffte ihm Zeit. Er klingelte nach Oberstleutnant Conrad. Eine Minute später öffnete sein Adjutant die Tür.

Göring sprach sehr bestimmt. »Es wird ernst, Conrad. Rufen Sie für morgen den Ministerrat für die Reichsverteidigung ein. Ich fahre jetzt in die Reichskanzlei. Lassen Sie das Cabriolet bereitstellen. Ich fahre selbst.«

Conrad nickte und verschwand. Göring schloss die Dokumentenmappe mit dem Angriffsbefehl. Er schwitzte.

Auf dem Weg nach Berlin genoss Göring den Fahrtwind. Am Vorabend hatte es geregnet, die Luft war frischer als in den Tagen zuvor. Der Feldmarschall schmeckte bereits den Herbst, den Geruch modernden Laubs, das Aroma der Vergänglichkeit. Die Landschaft beruhigte ihn, relativierte das Chaos in seinem Kopf. Fräulein Grundtmann kümmerte sich um die Kunstschätze in seiner Berliner Residenz. Er hatte angeordnet, alles Kostbare in den Bunker nach Carinhall zu bringen. Dort sorgte Emmy dafür, dass nichts verloren ging. Wenn die Polen Berlin bombardierten, wollte er sich nicht vorwerfen, fahrlässig gehandelt zu haben. Ganz abgesehen davon, dass die Kunstwerke ein Vermögen wert waren, hatte er sich in viele seiner Stücke hoffnungslos verliebt. In ferner Zukunft wollte er ihnen einen angemessenen Platz errichten, der Welt zeigen, dass sein Herz für die Schönheit schlug. Das Hermann-Göring-Museum. Noch so ein Grund, warum er den Krieg am liebsten abgeblasen hätte. Aber Hitler hörte nicht mehr auf ihn.

Auch die Sache mit Bensler ging nicht voran. Bisher war die Ratte in Schein-Carinhall nicht aufgetaucht. Göring befürchtete, dass man den Gestapo-Mann in Frankreich oder Belgien aufgegriffen hatte. Vielleicht war er auch auf dem Kanal abgesoffen. Wenn Göring es recht überlegte, wäre ihm das in seiner jetzigen Lage am liebsten gewesen. Er hatte genug um die Ohren. War der Krieg erst einmal ausgebrochen, würde er voll eingespannt sein. Da wollte er sich nicht noch mit einer Bazille wie Bensler befassen.

Göring erreichte die Außenbezirke Berlins. Die Stadt schien so normal, so unberührt von den Ereignissen. Er zwang sich dazu, alles bewusst in sich aufzunehmen. Unter den Linden, das Brandenburger Tor, den Ku'damm. Von einem Tag auf den anderen konnte alles vorbei sein. Mit ihm. Mit der Stadt. Ein letztes Mal wollte er versuchen, dies Hitler zu vermitteln – so vorsichtig wie möglich. Er fuhr an der Reichskanzlei vor, stieg aus und stürmte in die Halle. Dort fing ihn Freiherr Ernst von Weizsäcker ab. Der Staatssekretär des Auswärtigen Amtes war hochgradig erregt.

»Eure Exzellenz, ich muss dringend mit Ihnen reden.«

Göring blieb stehen. Er schätzte die Intelligenz und Integrität des Diplomaten. Soweit der Feldmarschall wusste, stand von Weizsäcker einem Krieg ablehnend gegenüber. Genauso wie seinem Vorgesetzten, Außenminister Joachim von Ribbentrop. Das machte den Staatssekretär Göring sympathisch.

»Was gibt es?«

»Wir sind gerade dabei, Deutschland in den Untergang zu führen, nur weil ein Geistesgestörter Hitler seine Wahnvorstellungen ins Ohr flüstert. Das dürfen wir nicht zulassen, Eure Exzellenz.«

Göring musste leicht grinsen. »Ich nehme wohl an, Sie meinen Ribbentrop? Ganz schön starkes Stück, so über seinen Chef zu sprechen.«

Von Weizsäcker blieb unbeeindruckt. »Ich habe ihn mir nicht ausgesucht. Ribbentrop ist der Erste, der für seine Taten baumeln wird. Doch andere werden folgen.«

Der Feldmarschall setzte wieder ein ernstes Gesicht auf. »Glauben Sie mir, ich habe alles getan, um diese Entwicklung zu verhindern. Ich habe Hitler mehrfach beschworen, von seinen Plänen abzulassen. Bisher umsonst. Aber ich bin hier, um es noch ein letztes Mal zu versuchen.«

Der Staatssekretär nickte. »Geben Sie Ihr Bestes.«

Göring ließ den Diplomaten stehen und marschierte weiter zu Hitlers Vorzimmer. Er durfte sofort hinein. Hitler saß hinter seinem Schreibtisch und zeichnete Papiere ab, ohne aufzusehen.

»Nehmen Sie Platz, Göring. Gut, dass Sie da sind. Endlich ist es so weit. Das Warten hat ein Ende. Deutschland ist auf dem richtigen Weg.«

Der Feldmarschall deutete einen Hitlergruß an und setzte sich in den Stuhl vor dem Schreibtisch.

»Mein Führer, ich bin gekommen, um Ihnen zu raten, die Dinge noch etwas aufzuschieben. Die Engländer stehen kurz davor, sich von den Polen loszusagen. Unsere Strategie war erfolgreich. Wenn wir jetzt losschlagen, machen wir alles kaputt. Dann haben wir die Briten gegen uns.«

Hitler heftete seine Augen auf Göring und brüllte ihn an. »Papperlapapp! Wenn ich sage, der Zeitpunkt ist richtig, dann ist er richtig. Die Engländer sind ein kriecherisches Volk, sie werden sich dem Stärkeren beugen. Und wer hier der Stärkere ist, das steht wohl außer Frage. Ich erwarte von Ihnen, Göring, dass Sie die Polen zerquetschen. Die Zeit der diplomatischen Winkelzüge ist vorbei. Merken Sie sich das! Nun müssen wir Deutschlands Zukunft sichern!«

Göring sah betreten zu Boden.

Hitler sprach ruhiger weiter. »Grämen Sie sich nicht, Göring. Es gibt Entscheidungen, die müssen getroffen werden. Ich habe meine getroffen.« Der Führer widmete sich wieder seinen Papieren.

Göring spürte, dass jedes weiteres Insistieren nur noch schrecklichere Wutausbrüche zur Folge haben würde. Es war sinnlos. Er stand auf. »Mein Führer.«

Göring verließ Hitlers Arbeitszimmer, ohne sich umzudrehen. Niemand hielt ihn auf, als er durch die Halle ging. Vor der Reichskanzlei stieg er in seinen Wagen und fuhr in seine nur fünf Minuten entfernte Berliner Residenz. Als er die Haustür hinter sich zuschlug, kam ihm Pili Körner entgegen.

Der Feldmarschall sah ihn traurig an. »Es ist hoffnungslos.«

26.
Berlin
31. August
Schein-Carinhall, Mittag

Krauss und Oda lagen im tiefen Gras. Von ihrer Position aus hatten sie freie Sicht auf das etwa dreihundert Meter entfernte Schein-Carinhall. Um ihren augenblicklichen Fleck zu erreichen, hatten sie einen weiten Fußmarsch auf sich nehmen müssen. Oda kannte sich jedoch bestens aus. Dank ihrer Ortskenntnis war es kein Problem, an den Patrouillen vorbeizukommen. Krauss folgte ihr blind. Ohne sie wäre es schwierig geworden. Wenn er sie gegen sich gehabt hätte, wohl unmöglich.

Oda sondierte mit dem Fernglas die Lage. Sie waren sich beide in ihrer Einschätzung einig, dass Bensler und der Junge noch nicht angekommen sein konnten. Dafür wirkten die Männer zu erwartungsvoll.

Oda flüsterte, ohne das Fernglas abzusetzen. »Ich habe jetzt fünfzehn Wachen gezählt. Acht auf dem Dach, sieben vor dem Haus. Im Hauptbunker werden es noch mal mindestens fünf Mann sein. Dazu kommen die Patrouillen. Göring hat mehr aufgefahren, als wir erwartet haben.«

Krauss flüsterte zurück. »Er hält uns wohl für gefährlich.«

Oda nahm das Fernglas herunter. »Er kennt mich, sagen wir es mal so.«

Krauss lächelte. Sogar jetzt witzelte Oda noch herum. Sie spielte mit ihrem Ruf, aber er wusste, dass ihr Selbstbewusstsein feine Sprünge aufwies. Diese kleinen Unsicherheiten waren es, die sie einander hatten näherkommen lassen.

Krauss versuchte sich von Oda abzulenken, ging in Gedanken noch einmal den Plan durch. Sie hatte ihm den Grundriss der unterirdischen F.A.-Zentrale in Schein-Carinhall aufgezeichnet. Die Katakomben waren weitläufig und bestanden aus drei

Trakten. Zwei davon wurden genutzt, der dritte war noch im Bau, besaß aber schon einen eigenen Einstieg. Wenn Bensler auftauchte, wollten sie die Aufregung nutzen und dort hinein. Genau das bereitete ihm Kopfzerbrechen. Denn weil die Luke mit dem Sicherheitssystem des Bunkers vernetzt war und ihr Öffnen sofort Alarm ausgelöst hätte, mussten sie durch einen Luftschacht eindringen. Oda hatte ihm versichert, dass sie beide durch die enge Röhre passen würden. Sie hatte sich die Bauskizzen sehr genau angesehen – damals dachte sie aber eher an einen unkonventionellen Fluchtweg. Nun wollte sie auf diese Weise in den Bunker einbrechen. Ironie des Schicksals. Einmal im Inneren, trennte nur noch ein Vorhang, der die Soldaten vor dem Staub schützen sollte, den unausgebauten Trakt von der restlichen Anlage. Wenn sie im Hauptbunker waren, mussten sie so schnell wie möglich alle Anwesenden ausschalten und die Gewalt über die Schaltzentrale erlangen. Sollte draußen jemand von ihrem Eindringen erfahren, war ihr Plan zunichte.

Sie spielten auf volles Risiko, dachte Krauss. Es war so, als würden sie beim Poker mit nichts in der Hand alles in den Pott werfen. So ein Bluff mochte gelingen, aber wenn Krauss daran dachte, was in den vergangenen Tagen alles schiefgegangen war, wurde ihm schwindelig. Der Haken war – er hatte keine bessere Idee zu bieten. Verlief alles nach Plan, würden sie Bensler und den Jungen im Bunker in Empfang nehmen, Schein-Carinhall ins Chaos stürzen und verschwinden. Was für ein Wahnsinn! Er drückte die Stirn ins kühle Gras.

Oda rückte näher an ihn ran. Sie klang besorgt. »Ist was passiert, Richard? Hast du Schmerzen?«

Krauss hob den Kopf. »Nein, nein. Schon gut. Ich habe nur nachgedacht. Was alles passieren kann.«

Ihre Augen blitzten ihn an. Sie fasste in seinen blonden Haarschopf. »Sei kein Idiot. Wir werden sie alle töten.«

27.
Berlin

31. August
Görings Palais, Mittag

Dahlerus plagten düstere Vorahnungen. Er hörte selten auf seinen Körper, aber das schummerige Gefühl in der Magengrube, das ihn seit dem Morgen begleitete, verhieß nichts Gutes. Der unerfreuliche Besuch bei Lipski hatte alles nur noch verstärkt. Offensichtlich schien sich jeder ins Unvermeidliche fügen zu wollen. Bis auf ihn. Er würde dagegen aufbegehren, solange er eine winzige Chance sah, sich gegen den Strom stemmen, bis seine Kräfte erlahmten. Aus diesem Grund wollte er auch unbedingt mit Göring sprechen. Vielleicht war der Feldmarschall in der Lage, so weit auf Hitler und Ribbentrop einzuwirken, dass diese sich ohne die Anwesenheit eines polnischen Unterhändlers mit den Engländern an einen Tisch setzten. Nicht gerade eine wahrscheinliche Option, aber besser als keine.

Ungeduldig wartete der Schwede am Eingang von Görings großzügigem Palais. Kropp empfing ihn und führte ihn durch die Halle in die erste Etage. Überall standen Kisten herum, an den Wänden lehnten sorgfältig in Decken eingehüllte Bilder. Das Durcheinander erinnerte Dahlerus sofort an seinen kurzen Aufenthalt in der polnischen Botschaft am Vormittag; offensichtlich breitete sich überall wie ein hochinfektiöser Virus Aufbruchstimmung aus.

Göring gestikulierte aufgeregt im Wohnzimmer, seine Privatsekretärin Fräulein Grundtmann hörte ihm aufmerksam zu. Soweit der Schwede es verstand, ging es darum, welche Kunstwerke noch wegzuschaffen seien.

Göring traute seiner Luftwaffe wohl doch nicht zu, die Polen von Berlin fernzuhalten, dachte Dahlerus.

Der Feldmarschall hatte ihn erspäht und kam auf ihn zu.

Uniformen würden nur noch mit Schnüren zusammengehalten und ihre Waffen seien hoffnungslos veraltet.« Görings fleischiges Gesicht bebte. »Der einzige Grund, warum wir den Polen nicht den Krieg erklären, ist der Wunsch, mit England zu einer Verständigung zu kommen. Hendersons Reaktion war also völlig unangebracht.«

Dahlerus hatte den Deutschen selten so aufgeregt erlebt. Offensichtlich fürchtete er sich wirklich davor, die Annäherungsbemühungen an England könnten scheitern. So richtig konnte sich der Schwede allerdings keinen Reim darauf machen. Einerseits erhöhten die Deutschen beständig den Druck auf die Polen, andererseits suchten sie eine Kooperation mit den Briten. Worauf lief das hinaus?

Göring rückte näher an den Schreibtisch heran, setzte die Ellenbogen auf die Tischplatte, faltete die Hände und stützte den Kopf darauf. »Ich werde Sie jetzt in etwas einweihen, von dem Sie offiziell gar nichts wissen dürften. Aber meiner Ansicht nach kommen wir nur weiter, wenn wir Ihre Kontakte nutzen. Also: Das großzügige Angebot, das Hitler im Laufe des morgigen Tages den Polen präsentieren wird, ist noch großzügiger, als Sie denken. Im Wesentlichen beinhaltet es eine Volksabstimmung in den Gebieten, in denen eine deutsch-polnische Bevölkerung lebt. Die Menschen sollen selbst entscheiden, zu welchem Staat sie gehören wollen. Fallen die Gebiete Polen zu, geben wir uns mit einer Autobahn und einer viergleisigen Eisenbahnlinie zufrieden. Sozusagen mit einem Korridor durch den Korridor. Entscheiden sich die Menschen für Deutschland, erhalten die Polen entsprechende Verkehrswege. Das Ganze wird von mehreren Großmächten überwacht und garantiert.«

Dahlerus schien das zwar nicht neu, aber in der Not ein Ansatz. »Welche Gebiete soll die Volksabstimmung betreffen?«

Göring griff hinter sich ins Bücherregal und legte einen Atlas auf den Tisch.

Dahlerus erinnerte sich an das Treffen mit Hitler. Göring lernte schnell. Er riss die Seite mit Polen aus dem Atlas heraus, malte darauf rum und gab sie dem Schweden. Ehe der sich die Karte ansehen konnte, verlangte Göring sie zurück.

»Lassen Sie sich nicht beunruhigen, mein lieber Dahlerus. Ich hänge einfach zu sehr an meinen Schätzchen. Der Gedanke, dass ihnen etwas zustoßen könnte, macht mich nervös. Also bin ich lieber etwas zu vorsichtig.«

Der Schwede verkniff sich einen Kommentar. »Ich bin gekommen, um Ihnen von meinem Besuch bei Lipski zu berichten. Und Sie darum zu bitten, ein letztes Mal zu prüfen, wie sich die aufgetretenen Missstimmungen zwischen England und Deutschland vielleicht doch noch bereinigen lassen.«

Göring entschuldigte sich bei Fräulein Grundtmann und führte den Schweden in sein Arbeitszimmer. Die beiden Männer hatten kaum Platz genommen, da klopfte es an der Tür. Kropp betrat den Raum und händigte Göring einen roten Umschlag aus. Der Feldmarschall riss das Kuvert auf und las das Schreiben. Dahlerus beobachtete entsetzt, wie Görings Gesicht rot anlief. Der Deutsche hieb mit der Faust auf den Tisch. Nun würde also auch er einmal Zeuge eines der Wutanfälle werden, für die Göring berüchtigt war, dachte Dahlerus. Tatsächlich donnerte die Stimme des Feldmarschalls theatralisch durch den Raum.

»Jetzt haben wir es schwarz auf weiß! Verdammtes Polenpack! Dieses verlogene Gesindel hat es nicht anders verdient. Die Polen sind es, die diesen Krieg wollen. Das ist der Beweis!« Göring war wie von der Tarantel gestochen aufgesprungen und wedelte mit dem Schreiben herum. »Nun gibt es keine Ausreden mehr, keine Lügen. Jetzt können Sie nachlesen, wer Ihre Friedenspläne sabotiert. Jawohl! Wir haben den falschen Mann bezichtigt. Ribbentrop trifft keine Schuld, und wenn ich das sage, dann will das was heißen. Die Polen haben nie vorgehabt zu verhandeln. Sie wollen die Sache auf dem Schlachtfeld ausfechten, Rücken an Rücken mit den Engländern. Dieses feige Pack!«

Dahlerus schlug das Herz bis zum Hals. Bisher wusste er zwar nicht, was Göring da gelesen hatte, aber es schien nicht gerade dazu angetan, den Frieden zu erhalten. »Könnten Sie mir sagen, worum es geht?«

Göring schlug mit einer Hand gegen das Papier. »Dies ist ein Telegramm der polnischen Regierung an ihren Botschafter in Berlin.

Wir haben es abgefangen und entschlüsselt. Diese Polen glauben, sie könnten uns austricksen. Aber dazu sind sie zu dumm.«

»Und was steht drin?«

Göring raunzte Dahlerus an. »Was darin steht? Ich werde Ihnen sagen, was darin steht. Nein, besser, ich werde es Ihnen aufschreiben. Dann können Sie es Henderson zeigen, damit er weiß, mit wem er es zu tun hat. Was seine sogenannten Verbündeten hinter seinem Rücken veranstalten. Diese Mistpocken!«

Der Feldmarschall hatte sich wieder auf seinen Stuhl gesetzt. Hastig schrieb er das Telegramm ab, schnaufte und fluchte dabei fast fortwährend. Erst als er das Papier Dahlerus überreicht hatte und dieser die Zeilen überflog, verstummte Göring. Der Schwede las mit hochgezogenen Augenbrauen, versuchte den Sinn der etwas umständlich formulierten Sätze aufzunehmen. So wie er es verstand, besagte das Telegramm, dass man der englischen Regierung – und keinesfalls der deutschen – in wenigen Stunden eine Nachricht zukommen lassen würde, wie sich die polnische Regierung bezüglich des Angebots einer direkten Vereinbarung zwischen Polen und dem Deutschen Reich zu verhalten gedenke. Außerdem wurde dem Botschafter untersagt, irgendwelche Vorschläge seitens der deutschen Regierung anzunehmen und sich in sachliche Diskussionen einzulassen.

Dahlerus war klar, dass Göring diese Missachtung der deutschen Machthaber als einen Schlag ins Gesicht auffassen musste. Er sah von dem Schreiben auf. Göring blickte ihn finster an. Sein Ton hatte etwas an Schärfe verloren, aber er war immer noch wütend.

»Zeigen Sie das Henderson. Es wird ihm die Augen öffnen. Vielleicht kapiert er dann, mit wem er sich eingelassen hat. Die Polen haben die ganze Zeit auf diesen Krieg hingearbeitet.« Er schüttelte den Kopf. »Mein Gott, wenn ich daran denke, was wir ihnen für Angebote gemacht haben. Jetzt stehen wir da wie Idioten.«

Dahlerus überlegte krampfhaft, wie er Göring besänftigen sollte. Ihm fiel nur eines ein. »Sollen wir das nicht bei einem Essen besprechen? Ich lade Sie ein.«

Görings Gesichtszüge entkrampften sich ein wenig. Er spitzte die Lippen. »Die Schweden haben immer noch die besten Vorschläge.«

28.
Berlin

31. August
Hotel Esplanade, Mittag

Göring brach einem Hummer zufrieden grunzend den Rücken. Der Koch im Esplanade verstand seinen Job. Das feine, mit flüssiger Butter getränkte Hummerfleisch besänftigte Görings Gemüt. Er fragte sich, ob seine Reaktion auf das Telegramm zu heftig gewesen war. Natürlich hatte er sich geärgert, aber noch eine ordentliche Portion darauf gesattelt, um den Polen den Schwarzen Peter zuzuschieben. Der Schwede war vor Schreck ganz blass geworden. Göring entschuldigte sich im Stillen damit, dass sein schauspielerisches Talent ab und zu mit ihm durchging. Genüsslich fieselte er einen Streifen des blassrosafarbenen Fleisches aus der roten Schale, die er sich kaum noch als lebendes Wesen vorstellen konnte. Er wischte sich mit einer Serviette über den fettigen Mund. Dahlerus stocherte lustlos in einem Kartoffelgratin, Oberstleutnant Conrad schaufelte mechanisch einen Sauerbraten in sich hinein.

Dass diese Menschen es nicht verstanden, die guten Seiten des Lebens zu schätzen, dachte Göring. Man durfte nie verlernen, den Moment zu genießen, und war die Zukunft auch noch so düster. Denn was hieß das schon? Selbst der größte Glückspilz war nicht davor gefeit, in der nächsten Sekunde von einem kosmischen Staubkorn erschlagen zu werden. C'est la vie!

Göring räusperte sich. »Der Hummer ist vorzüglich. Mein lieber Dahlerus, Sie wissen, wo man es sich gutgehen lässt. Nur das Wie scheinen Sie verlernt zu haben.«

Dahlerus schaute irritiert. »Ich verstehe nicht ganz …«

»Ich meine, wie Sie da sitzen und in Ihrem Essen herumpulen. Das hat der Koch nicht verdient.«

Der Schwede wirkte genervt. Göring schmunzelte bei dem

Gedanken, wie Dahlerus wohl aus der Wäsche gucken würde, wenn er wüsste, dass die von ihm überbrachte Nachricht eine Kettenreaktion ausgelöst hatte, an deren Ende Hitlers Sohn wieder da landen würde, wo er hingehörte – wenn alles gut ging. Oberstleutnant Conrad hatte dem Feldmarschall die Nachricht überbracht, dass Bensler in Schein-Carinhall bisher nicht aufgetaucht war. Vielleicht plante das Schicksal, ihn herauszufordern, spekulierte Göring, in dem es ihn vor mehrere Aufgaben gleichzeitig stellte. Ihm entfuhr ein leichter Rülpser. Die anderen am Tisch ignorierten sein Benehmen.

Dahlerus legte sein Besteck auf den Teller. »Eure Exzellenz, wir müssen darüber reden, wie es weitergehen soll. Wir können doch nicht einfach hier sitzen und warten, bis die ersten Schüsse fallen.«

Göring stieß erneut auf, hielt sich diesmal aber die Hand vor den Mund. »Was schlagen Sie vor?«

Dahlerus sah ihm in die Augen. »Entschuldigen Sie bitte meine Offenheit, aber ich halte es für sinnlos, von Hitler oder Ribbentrop eine Verbesserung der gegenwärtigen Lage zu erwarten. Wie sagt man in Deutschland? Das Kind ist in den Brunnen gefallen. Beide Herren sind zu aufbrausend und zu negativ gegenüber England eingestellt, als dass sie mit Henderson ein vernünftiges Gespräch führen könnten. Ein fruchtbarer Dialog mit England scheint mir jedoch unvermeidlich, wenn wir noch irgendetwas erreichen wollen. Sie, Eure Exzellenz, sind meiner Meinung nach der Einzige, der dies bewerkstelligen kann.«

Dahlerus machte eine Pause. Göring fragte sich, ob dieser Schwede jemals aufgeben würde. Er nickte. »Ich schätze Ihre Ehrlichkeit. Fahren Sie fort.«

»Sie kennen Henderson, Sie haben mit ihm gejagt, Sie wissen ihn einzuschätzen. Er wiederum hat eine hohe Meinung von Ihnen. Sie beide können miteinander reden, ohne dass der eine dem anderen gleich an die Gurgel geht. Wenn überhaupt noch eine Möglichkeit bestehen sollte, Missverständnisse zwischen Deutschland und England auszuräumen, dann nur auf diesem Weg. Treffen Sie sich mit Henderson. So schnell wie möglich.«

Göring tupfte sich die Lippen ab. »Womöglich haben Sie recht.

Ohne die Zustimmung Hitlers kann ein solches Treffen jedoch nicht stattfinden.«

»Dann holen Sie sich seine Zustimmung«, erwiderte Dahlerus impulsiv.

Der Feldmarschall legte beide Hände auf den Tisch. »Ich werde sehen, was ich tun kann. Wenn Hitler einverstanden ist, empfange ich Henderson zum Tee. Aber Sie müssen mir zwei Dinge versprechen, mein lieber Dahlerus.«

Der Schwede sah Göring fragend an.

»Erstens: Sie überlassen es mir, die Rechnung zu begleichen. Und zweitens: Wenn es zu dem Treffen kommen sollte, will ich Sie dabei haben.«

29.
Berlin

31. August
Görings Palais, Nachmittag

Alles könnte so einfach sein, dachte Dahlerus. Er saß gemeinsam mit Göring, Henderson und Forbes in einem der großzügigen Salons, die das Berliner Palais des Feldmarschalls zu bieten hatte. Bis zum Boden reichende Fenster erlaubten den Blick hinaus in einen gepflegten Garten. Der englische Botschafter und der zweitmächtigste Deutsche verstanden sich ausgezeichnet. Minutenlang hatten sie sich gegenseitig ihrer Wertschätzung versichert, nun tauschten sie begeistert Jägerlatein aus. Dahlerus wünschte, die beiden Männer würden sich einen Ruck geben und den Weg für ein friedliches Miteinander ihrer Nationen bereiten. Er war froh darüber, dass er Henderson hatte überzeugen können, sich auf ein spontanes Treffen mit Göring einzulassen. Der Schwede führte es darauf zurück, dass der englische Botschafter ihm vertraute und genauso wie er selbst den Feldmarschall für den einzigen deutschen Politiker hielt, der am Frieden interessiert war. Als Göring sich Hitlers Einverständnis für das Gespräch geholt und Henderson zum Tee geladen hatte, sagte der Brite sofort zu. Nun saßen sie beisammen und umkreisten mit freundlichen Worten geflissentlich den eigentlichen Grund ihres Treffens. Göring schien bestens gelaunt, ja geradezu liebenswürdig; der Wutanfall vom Mittag war mit diesem vor Charme sprühenden Gastgeber nicht übereinzubringen. Aber Dahlerus wusste mittlerweile zu gut, was hinter dieser Fassade lauerte.

Der Feldmarschall setzte seine Tasse Tee ab und räusperte sich. »Mein lieber Sir Henderson. Ich könnte noch stundenlang mit Ihnen plaudern, aber unsere Zusammenkunft hat ja einen tieferen Grund. Es geht darum, eine Brücke zwischen unseren beiden Nationen zu schlagen, statt den Graben zwischen uns noch tiefer aufzureißen. Leider haben die unglückseligen Verwicklungen der letzten Wochen und Tage die Kluft zwischen uns eher vergrößert als verkleinert. Dabei spreche ich wahrscheinlich auch in Ihrem Sinne, wenn ich sage, dass unsere Völker voneinander nur profitieren können. Wir dürfen es nicht zulassen, dass wir uns wegen anderen die Köpfe einschlagen. Wenn zwei sich streiten, freut sich der Dritte, heißt es bei uns. Lassen wir es nicht so weit kommen. Ich bin befugt, Ihnen direkte Gespräche zwischen Deutschland und England vorzuschlagen, wobei die englische Seite auch die polnische vertritt. Was sagen Sie dazu?«

Henderson hatte aufmerksam zugehört. Er zögerte ein wenig mit seiner Antwort. »Ich weiß nicht recht. Generell begrüße ich natürlich Ihren Vorschlag, aber ich glaube nicht, dass wir die Polen ihrer Souveränität berauben dürfen. Die Polen sind unsere Verbündeten, nicht unsere Untertanen. Zu allen Belangen, die das polnische Volk und polnisches Territorium betreffen, müssen sich die Polen selbst äußern.«

Göring zog ein Blatt Papier aus der Innentasche seiner Uniformjacke und faltete es auseinander. Während er sprach, strich er die Seite mit den Händen glatt. »Das ist sehr lobenswert, was Sie da sagen. Aber die Polen haben so viel Rücksicht nicht verdient. Dies ist ein von uns abgefangenes Telegramm der polnischen Regierung an ihren Botschafter in Berlin. Es enthält die Aufforderung, auf keinerlei deutsche Angebote einzugehen. Außerdem heißt es dort, dass man sich nur der englischen Regierung gegenüber erkläre, ob ein polnischer Unterhändler nach Berlin komme. Sie sehen, dass man es in Polen nicht für nötig hält, mit uns zu reden. In meinen Augen grenzt das an Sabotage. Aber wenn die Polen lieber nur mit den Engländern reden, reicht es doch aus, wenn wir uns miteinander an einen Tisch setzen.«

Henderson wirkte skeptisch. »Ich würde den polnischen Botschafter gerne kontaktieren, bevor ich Ihnen irgendwelche Gespräche in Aussicht stelle.«

Göring sah ihn offen an. »Falls Sie an der Echtheit dieses Dokuments zweifeln, warten Sie das Ergebnis der Zusammenkunft zwischen Lipski und Ribbentrop ab. Die beiden treffen sich um

18.30 Uhr. Dann werden Sie sehen, dass die Polen das Spiel bis zum bitteren Ende ausreizen wollen.«

»Verstehen Sie mich bitte nicht falsch, Eure Exzellenz, aber ich bin vorsichtig geworden. Ich weiß nicht mehr, welcher Weg wirklich gangbar ist, was Sinn hat und was nicht. Entscheiden müssen es ohnehin andere. Ich werde Lord Halifax von Ihrem Vorschlag unterrichten. Aber ich werde keine Empfehlung abgeben.«

Göring nickte. »Denken Sie daran, welche schrecklichen Folgen ein Krieg zwischen Ihrem und meinem Land hätte. Ich müsste meiner Luftwaffe den Befehl geben, England zu bombardieren, und das täte ich äußerst ungern, glauben Sie mir.«

Henderson antwortete ohne eine Spur von Ironie. »Wahrscheinlich würden Sie auch mich unter Trümmern begraben.«

Göring konnte ein leichtes Lächeln nicht unterdrücken. »Das wäre höchst bedauerlich. Aber wenn es so weit käme, würde ich persönlich ein Flugzeug nach England steuern und einen Kranz über Ihrem Grab abwerfen. Mein Flieger-Ehrenwort.«

30.
BERLIN

31. August
Englische Botschaft, Abend

Forbes klappte sein Notizbuch zu. In der vergangenen Stunde war er mit Dahlerus in seinem Arbeitszimmer noch einmal die Ereignisse der letzten Tage durchgegangen, um die wesentlichen Aspekte aufzuschreiben. Er wollte wenigstens irgendetwas in Händen halten, mit dem sich der Wahnsinn belegen ließ; alle wichtigen Dokumente der Botschaft hatte er bereits verbrennen lassen. Die Stimmung war gedrückt, das ergebnislose Treffen mit Göring am Nachmittag verhieß nichts Gutes. Dahlerus fühlte sich leer. Es gab im Moment nichts mehr zu sagen. Forbes hielt sein Notizbuch fest umklammert.

»Machen Sie sich keine Vorwürfe, Herr Dahlerus. Sie haben alles getan, was möglich war. Wir kennen uns jetzt erst seit wenigen Tagen, aber das Eine weiß ich: Ohne Sie wären wir gar nicht so weit gekommen.«

Der Schwede wirkte müde. »Am Ende zählt nur das Ergebnis. Wenn es danach geht, habe ich gar nichts erreicht.«

»So dürfen Sie nicht denken.«

»Doch, Mr. Forbes. So muss ich sogar denken.«

Forbes sah zu Boden. »Es tut mir leid.«

»Warum? Es ist doch nicht Ihre Schuld.«

»Was machen Sie jetzt?«

»Ich werde noch etwas essen und dann zu Bett gehen. Göring möchte mich morgen früh in seinem Zug sehen. Er sagte, es gebe Neuigkeiten.«

Forbes stand auf und reichte Dahlerus die Hand. »Ich glaube, dass es nicht mehr lange dauert.«

Der Schwede drückte fest zu. »Da irren Sie sich. Es hat längst angefangen.«

31.
Berlin

31. August
Schein-Carinhall, Abend

Krauss rannte geduckt hinter Oda her. Vor einer Minute war ein Wagen am Rande der Lichtung erschienen, der die Aufmerksamkeit der Wachen auf sich zog. Bensler. Krauss betete, dass er den Jungen dabei hatte. Es dämmerte, aber die Männer auf dem Dach von Schein-Carinhall hatten trotzdem schon ihre Scheinwerfer angeschaltet. Ab und zu war der Lichtkegel ihnen im Gras gefährlich nahe gekommen. Doch jetzt konzentrierten sich alle Strahler auf das Fahrzeug, das langsam zum Haus fuhr. Das erhöhte ihre Chancen, unentdeckt zum Eingang des Luftschachts zu gelangen, hoffte Krauss. Zudem hatte der Wind aufgefrischt und bewegte die Büsche, in deren Deckung sie am Waldrand entlangliefen. Oda fand sich im Zwielicht bestens zurecht, sie schien tatsächlich jeden Strauch, jede Wurzel, jeden Stein zu kennen, bewegte sich fließend durchs Gestrüpp.

Krauss und Oda mussten ans Ende des östlichen Gebäudeflügels gelangen. Der Einstieg zum noch nicht ausgebauten Bunkertrakt lag in diesem Flügel, der Luftschacht etwa zehn Meter von der Hausattrappe entfernt. Wenn Oda recht behielt, würden sie von der gewaltigen Balkenkonstruktion verdeckt; nur jemand, der vom Dach direkt zu ihnen hinunterschaute, konnte sie ausmachen.

Oda bedeutete ihm mit der Hand zu warten. Krauss hielt inne. Er drückte die Tasche mit der Ausrüstung an seine Brust. Oda sondierte das Gelände mit dem Fernglas. Sie waren am Ende des Ostflügels angelangt, aber noch im Schutz des Waldes. Bis zum Haus mussten sie etwa hundert Meter freies Gelände überwinden. Von der Vorderfront des Gebäudes drangen Stimmen zu ihnen herüber.

»Die Gelegenheit ist günstig«, flüsterte Oda. »Wir müssen es versuchen.«

Krauss nickte. Oda spurtete los, Krauss folgte ihr mit zwei Metern Abstand.

Sie rannten, bis sie die Wand des Gebäudes erreicht hatten. Nichts passierte.

Oda gab Krauss ein Zeichen, wo der Luftschacht ungefähr lag. Sie ging vor, drückte dabei mit den Händen immer wieder das kniehohe Gras auseinander.

»Hier ist es.«

Oda kauerte sich hin, Krauss hockte sich neben sie. Vor ihnen war ein Gitter im Boden eingelassen, der Eingang zum Schacht. Krauss schätzte ihn etwa 1,20 Meter mal 70 Zentimeter. Er würde hindurchpassen, aber nur knapp. Sehr knapp.

Oda machte sich am Gitter zu schaffen, hebelte es auf. »Es ist nur aufgesetzt. Ein Provisorium, weil der Trakt noch im Bau ist. Schlamperei.« Sie lachte leise und sah Krauss an. »Gib mir das Seil. Ich gehe rein.«

Krauss öffnete die Tasche und nahm das Seil raus. Sie hatten ihr Vorgehen mehrfach durchgesprochen. Oda wollte, gesichert mit einem Seil, zuerst einsteigen. Gab es Probleme im Schacht, sollte Krauss sie herausziehen. Lief alles glatt, würde er sich das Seil umbinden und nachkommen. Zweimal ziehen am Seil bedeutete Probleme, dreimal ziehen hieß, dass alles klar war.

Oda hatte sich das Seil schon fest um die Brust geschlungen. Sie nahm Krauss' Gesicht in beide Hände. »Wir holen den Jungen da raus. Versprochen.«

Sie drehte sich um, überprüfte das Seil und rutschte kopfüber in den Schacht. Nach wenigen Sekunden war sie verschwunden. Krauss blickte sich um. Allmählich legte sich Dunkelheit über Schein-Carinhall. Er hoffte, dass sie Erfolg haben würden mit ihrem Befreiungsplan. Normalerweise war es ihm egal, ob er bei einem Auftrag mit dem Leben davonkam. Diesmal aber ging es um andere. Er durfte nicht versagen. Alles hing davon ab, dass er sich keine Schwächen erlaubte.

Das Seil ruckte dreimal. Er nahm das lose Ende und knotete es um seinen Oberkörper. Dann kroch er, die Tasche vor sich herschiebend, in den Schacht. Der Lufteinlass verlief in einem spitzen Winkel zur Oberfläche, um bei einem Angriff auf das Gebäude möglichst nicht von Trümmern verschüttet zu werden und eine Versorgung mit Sauerstoff zu garantieren. Krauss robbte Zentimeter für Zentimeter durch den engen Schacht. Die Luft war stickig, es roch nach Erde.

So ähnlich musste es sich anfühlen, begraben zu sein, dachte Krauss. Endlich Ruhe, endlich Frieden. Er versuchte, den Gedanken auszublenden. Der Junge brauchte ihn.

Krauss zog sich weiter durch den Schacht. Ein paar Meter vor sich sah er ein Licht blinken. Es war Oda mit ihrer Taschenlampe. Krauss erreichte die Öffnung in den Bunker. Sie war etwa zwei Meter über dem Fußboden. Oda nahm ihm die Tasche ab. Sie sprach sehr leise. »Lass dich vorsichtig nach vorne gleiten. Ich helfe dir.«

»Danke. Aber ich mache das lieber alleine. Leuchte auf den Boden.«

Er rutschte mit ausgestreckten Armen nach vorne, hielt sich nur mit den Füßen im Schacht. Dann ließ er los und rollte sich auf dem harten Fußboden ab.

Oda zog ihn auf die Beine. »Alles in Ordnung?«

Krauss nickte.

»Dann los.« Oda leuchte mit der Taschenlampe nach vorne. »Da lang.«

»Einen Moment.« Krauss nahm seine Walther aus der Tasche, zog den Ladeschlitten durch. »Fertig.«

Oda ging los, Krauss folgte. In dem noch unfertigen Trakt herrschte vollkommene Dunkelheit. Außerhalb des schmalen Lichtkegels der Taschenlampe konnte Krauss rein gar nichts erkennen. Ab und zu streifte der Lichtstrahl die unverputzten Wände. Überall standen Gerätschaften herum, Eimer, Leitern, Werkzeug. Es war ein abweisender, unwirklicher Ort.

Er hielt sich eindeutig zu oft an solchen Plätzen auf, dachte Krauss. Irgendwann würde er nicht mehr unterscheiden können – dann hätte sich die Welt in einen unwirklichen Ort verwandelt.

Oda schaltete die Taschenlampe aus und blieb stehen. Sie flüsterte. »Ab hier müssen wir extrem vorsichtig sein. Wir sind kurz vor dem Zugang zum mittleren Bunker.«

Zuletzt sei der Eingang zum Rohbau nur mit Tüchern verhängt gewesen, hatte ihm Oda versichert. Schließlich wurde fast jeden Tag in dem Trakt gearbeitet. Niemand rechnete damit, dass von dort Gefahr drohen könnte.

Oda und Krauss tasteten sich vorsichtig vorwärts. Der Eingang musste hinter der nächsten Ecke liegen. Krauss sah einen schwachen Lichtschein, tippte Oda an. Sie hatte es längst registriert. Leise betraten sie den Gang. Nur drei Meter vor ihnen hingen weiße Tücher von der Decke bis zum Boden. Das Licht der Lampen aus dem Hauptgang schimmerte durch die Lappen hindurch. Genauso wie der Umriss eines Mannes. Der offene Durchgang zum Rohbau wurde bewacht. Krauss war erleichtert, dass der Soldat sie nicht sehen konnte, solange er im Licht stand. Oda nahm ihre Luger. Krauss legte einen Zeigefinger auf seine Lippen. Er trat vorsichtig an die Tücher heran und lupfte eine Seite. Der Gang vor ihm war leer, der Wachposten stand mit dem Rücken zu ihm. Krauss ging einen Schritt zurück, zielte mit der schallgedämpften Walther auf den Kopf des Mannes und drückte ab. Es gab ein dumpfes Plopp, und die Wache fiel um. Oda lief mit der Luger im Anschlag an Krauss vorbei in den Haupttrakt. Sie hatten vorher alles besprochen. Oda würde in den Kommandoraum eindringen. Von dort ließen sich alle Räume überwachen und alle Türen ver- und entriegeln. Ohne die Herrschaft über die Kommandozentrale waren sie hier unten verloren. Krauss musste die Wachposten ausschalten.

Er schulterte die Tasche und ging weiter. Zwei Türen weiter musste der Schlaf- und Aufenthaltsraum für die Mannschaft sein. Bevor er die Tür erreichte, schwang sie auf. Ein Soldat kam heraus. Krauss umklammerte seinen Hals mit dem linken Arm, zog ihn ruckartig zurück und stieß ihm den Lauf der Walther in den Rücken. Ein zweiter Mann tauchte auf, riss entsetzt die Augen auf. Krauss schoss. Die Kugel durchschlug den Körper der Wache, die Krauss an sich drückte, und klatschte dem zweiten Soldaten in die Brust. Der Mann taumelte. Krauss ließ seine plötzlich kraftlose Wache auf den Boden sinken und schoss dem anderen Mann in den Kopf. In dem Raum klapperte es metallisch. Krauss blickte kurz hinein und zog sich blitzartig zurück. Mitten im

Raum zielte eine Wache mit dem Gewehr auf den Eingang und drückte mehrfach ab. Der Lärm in dem Kellergewölbe war ohrenbetäubend. Krauss wartete die Schüsse ab, drehte sich schnell in den Rahmen und schoss dem dritten Mann, der gerade nachlud, in die Brust. Er fiel hinterrücks auf einen Tisch. In dem Raum war sonst niemand. Krauss orientierte sich wieder in den Gang. Er hörte Schritte. Dann ging das Licht aus.

Undurchdringliche Dunkelheit umfing ihn. Krauss legte sich hin, atmete flach. Oda hatte es geschafft. Sie herrschte über die zentrale Leitstelle. Sie hatten vereinbart, dass sie das Licht ausschalten sollte, sobald Schüsse fielen. Krauss kramte in der Tasche herum, zog einen Gegenstand hervor, der an eine Thermoskanne erinnerte. Es war ein neu entwickeltes Gerät für die Wehrmacht, der Prototyp eines Nachtsichtgerätes. Es war in der Lage, Infrarotstrahlung wahrzunehmen und damit die Wärme, die ein organischer Körper abgab, auf einem kleinen Bildschirm abzubilden. Krauss richtete das Gerät in den Gang. Es war ein Risiko, weil man nur die vagen Umrisse eines Menschen erkannte und nicht, um wen es sich handelte. Doch ohne Risiken würden sie diesen Abend nicht überleben.

Krauss sah zwei flackernde Gestalten auf dem kleinen Monitor. Er zielte in die Richtung und schoss mehrfach. Auf dem Monitor konnte er verfolgen, wie ein Körper fiel. Er tastete sich an der Wand entlang, schwenkte das Nachtsichtgerät hin und her. Es zeigte keine Spuren von menschlicher Wärme.

Plötzlich hämmerte ihn etwas mit Wucht an die Wand. Das Gerät flog ihm aus der Hand. Die Wache klammerte sich an ihm fest, versuchte Krauss zu Boden zu drücken. Selbst aus dieser Nähe sah er nichts, hörte nur das schwere Keuchen des Mannes. Krauss ließ sich fallen, rollte sich zur Seite weg und stieß mit dem Ellbogen zu. Sein Gegner stöhnte laut auf und lockerte seinen Griff. Mit einer schnellen Bewegung konnte Krauss sich befreien. Er atmete so flach wie möglich, um kein Geräusch abzugeben. Die beiden Männer waren vielleicht einen Meter voneinander entfernt, aber keiner von beiden sah den anderen. Krauss spürte einen Luftzug, bewegte sich davon weg. Wieder sirrte etwas vor ihm. Der Soldat hatte ein Messer, schnitt damit durch die Luft. Krauss ging vorsichtig zwei Schritte zurück, zog auch sein Messer. Dann rollte er sich über den Boden in die Richtung, in der er den Mann vermutete. Er stieß auf einen Widerstand. Es waren die Beine des Soldaten, der strauchelte und zu Boden krachte. Krauss bekam ein Bein zu fassen, zog sich daran über den Mann und rammte ihm das Messer in den Leib. Die Wache schrie, Krauss sprang auf, zielte mit der Walther auf die Stimme und drückte zweimal ab. Der Mann verstummte. Krauss tastete sich vorwärts, kam mit dem Fuß an den anderen Körper. Er war reglos. Krauss schrie, so laut er konnte. »Oda. Alles okay.«

Nach einem kurzen Moment ging das Licht wieder an. Krauss wechselte das Magazin und sondierte den Gang. Direkt vor ihm lag die Wache, die ihn angegriffen hatte. Der Mann rührte sich nicht mehr. Am anderen Ende des Ganges lag der andere Soldat. Eine Tür öffnete sich. Krauss hörte Odas Stimme.

»Ich bin's. Ich komme raus. Wir haben sie alle erledigt. Die Bildschirme zeigen keine weiteren Wachen an.«

Krauss taxierte Oda von oben bis unten. »Bist du okay?«

Sie lächelte. »Nichts Lebenswichtiges getroffen, wenn du das meinst. Obersturmführer Seidelmann hat mich allerdings angespuckt, bevor ich ihm in den Hals geschossen habe. Er hat mich noch nie gemocht.«

Krauss fragte sich, in welcher Situation Oda ihren Humor verlor. »Hat man die Schüsse oben gehört?«

»Dann hätten sie längst versucht, Kontakt mit uns aufzunehmen. Oder den Eingang aufzubrechen. Nein, bisher läuft alles wie am Schnürchen.«

Es entstand eine kleine Pause.

»Weißt du, wo Bensler steckt?«

»Sie haben ihm deine Zelle gegeben.«

Krauss traute sich kaum, es auszusprechen. »Ist der Junge bei ihm?«

Oda verzog das Gesicht. »Nein. Er ist nicht hier unten.«

Krauss stöhnte auf. »Verdammt! Alles umsonst.«

»Abwarten. Bensler wird uns schon verraten, wo der Junge steckt.«

»Bensler ist eine Ratte.«

»Sie sind alle gleich.«

Krauss fuhr sich mit der Hand über den Hinterkopf. »Öffne seine Zelle. Ich mache ihm ein Angebot.«

Oda sah ihn wortlos an und verschwand im Kommandoraum. Krauss suchte im nächsten Gang nach der Zelle, in der er zwei Tage verbracht hatte. Bensler würde die Schüsse gehört haben. Er war vorbereitet. Aber aller Wahrscheinlichkeit nach unbewaffnet. Göring würde nicht mit einem bewaffneten Mann reden. Schon gar nicht, wenn er Abmachungen missachtete. Bensler sollte den Jungen nach Schein-Carinhall bringen. Offensichtlich traute er Göring nicht. Krauss konnte es ihm nicht verdenken.

Er stand vor Benslers Zelle, öffnete die Tür und trat ein, die Waffe im Anschlag. Der Nazi saß in demselben Sessel, in dem schon Oda und Göring auf Krauss eingeredet hatten.

Bensler verschränkte die Arme vor der Brust. »Na schau einer an. Richard Krauss. Das ist aber mal eine Überraschung. Tut mir leid, dass ich bei deinem letzten Besuch nicht auf dich warten konnte. Aber ich hatte plötzlich etwas Dringendes zu erledigen.«

»So viel Glück hast du kein zweites Mal.«

Bensler schien ungerührt. »Willst du nicht wissen, was ich zu erledigen hatte? Aber wahrscheinlich weißt du es schon. Sonst wärst du ja nicht hier.«

Krauss antwortete kalt. »Treib es nicht zu weit. Sonst töte ich dich auf der Stelle.«

Benslers Stimme triefte vor Hohn. »Wenn du meinst, dass du den Jungen auch ohne mich findest, bitte schön. Aber du solltest wissen, dass ich genaue Anweisungen gegeben habe für den Fall, dass ich nichts von mir hören lasse. Melde ich mich nicht in einem festgelegten Rhythmus, wird der Kleine leider dran glauben müssen. Wäre schade um das putzige Kerlchen. Andererseits weiß er sowieso nicht mehr, wo er hin soll. Wo er doch Mama und Papa und Kindermädchen gleichzeitig verloren hat. Tragisch, was?«

Krauss schlug Bensler die Waffe ins Gesicht. Bensler heulte auf. Blut lief seine Wange hinunter.

Krauss baute sich vor ihm auf. »Ich reiße dich in Stücke, Bensler, bis ich weiß, wo der Junge ist. Du weißt, dass ich es ernst meine.«

»Mach, was du willst. Von mir erfährst du nichts.«

»Du wirst dieses Angebot von mir nur ein einziges Mal hören. Ich töte dich nicht, wenn du mir sagst, wo der Junge ist. Mehr kannst du nicht von mir erwarten.«

Bensler lachte gackernd. »Hältst du mich für einen Vollidioten? Glaubst du, ich traue dir? Solange ich den Jungen habe, wirst du mir nichts tun. Ich werde hier herausspazieren, und du wirst mich nicht daran hindern. Weder du noch Göring noch sonst irgendjemand.«

»Da wäre ich mir mal nicht so sicher.«

Es war Oda, die sich ins Gespräch einmischte. Bensler fielen fast die Augen aus dem Kopf.

»Da wird ja der Hund in der Pfanne verrückt. Oda? Was machst du denn hier? Jetzt fehlt nur noch Edgar, und wir können auf die alten Zeiten anstoßen.«

Oda reagierte nicht auf Benslers Geschwätz. Sie wandte sich an Krauss. »Hast du seine Schuhe gesehen? Sie sind voll frischer schwarzer Erde. Das Haus, das er mir einmal gezeigt hat, liegt am Ende eines lehmigen Waldweges, nur eine halbe Stunde von hier entfernt. Gestern hat es geregnet. Er hat den Jungen in seinem Haus versteckt.«

Unruhig rutschte Bensler auf dem Sessel hin und her. Krauss betrachtete die Schuhe des Nazis. Oda hatte recht. Sie waren lehmverschmiert.

Bensler wurde plötzlich leichenblass, seine Stimme hatte ihren spöttischen Ton verloren. »Du glaubst doch nicht dieser Schlampe, Richard? Sie arbeitet für Edgar, falls du das nicht weißt. Wenn sie dir was anderes erzählt hat, lügt sie.«

Krauss sah ihm in die Augen. »Du weißt nicht mehr, wovon du redest. Deine Zeit ist abgelaufen. Diesmal kommst du nicht davon.«

Bensler schrie plötzlich. »Richard, ich bringe dich zu dem Jungen, wirklich, ich schwör's …«

Seine letzten Worte brachte er nur noch gurgelnd hervor. Krauss hatte ihm in die Stirn geschossen. Benslers Kopf klappte nach hinten auf die Sessellehne. Krauss drehte sich zu Oda. »Ich hoffe, du hast recht.«

Oda schluckte. »Lass uns hier verschwinden.«

Sie liefen zurück zum zentralen Schaltraum. Krauss betrat die Leitstelle zum ersten Mal. Die Vielfalt der Schalter und Monitore war für ihn verwirrend. Ohne Oda hätte er damit nicht umzugehen gewusst. Zwei Männer lagen auf dem Boden, unter einem von ihnen breitete sich eine große Blutlache aus.

Oda trat ans Schaltpult. »Und es werde Nacht über Schein-Carinhall.« Sie drückte ein paar Knöpfe. »So, die Jungs draußen haben jetzt ein paar Probleme. Mal sehen, ob ihnen ein Licht aufgeht.«

Wieder lief Oda voran und Krauss folgte. Sie hatte die komplette Stromversorgung für Schein-Carinhall lahmgelegt. Die Wachleute standen im Dunkeln. Nur im Bunker brannte Licht, weil er über einen eigenen Generator versorgt wurde. Oda peilte den regulären Ausstieg über den Rohbau an. Sie hatte die entsprechende Tür im Kommandoraum entriegelt. Den Alarm würde niemand mehr registrieren.

Nach zwei Minuten standen sie unter der Luke.

Oda wandte sich an Krauss. »Falls draußen jemand warten sollte ...«

Krauss unterbrach sie. »Red nicht, sondern geh. Wir haben keine Zeit zu verlieren.«

Oda wollte etwas sagen, verkniff es sich aber. Sie öffnete die Tür und ging mit gezogener Waffe hindurch. Draußen war alles dunkel. Sie befanden sich nun im Inneren des Ostflügels. Krauss tastete sich vor, bis er neben Oda stand. Aus der Ferne hörten sie Stimmen, die durcheinanderriefen. Oda knipste kurz die Taschenlampe an. »Da lang.«

Sie gingen in kleinen Schritten weiter, bis sie die innere Wand des Gebäudes erreichten. Nun galt es, die versteckte Tür zu finden. Oda hatte eine ungefähre Vorstellung davon, wo sie suchen musste, aber in der Dunkelheit fiel es ihr schwer, sich zu orientieren. Wieder schaltete sie kurz die Taschenlampe an. Sie juchzte leise. »Ich sehe den Riegel.«

Etwa dreißig Meter hinter ihnen knallte ein Schuss, die Kugel schlug nur einen Meter vom Lichtkegel entfernt ins Holz.

Krauss schrie. »Licht aus!«

Weitere Schüsse fielen, Holzsplitter spritzten durch die Luft. Oda betätigte den Riegel, die Tür öffnete sich. Sie lief los, auf den Wald zu. Krauss wartete einen Moment, versuchte die Augen an die neuen Lichtverhältnisse zu gewöhnen. Auch draußen war es dunkel, aber nicht ganz so konturlos wie in den geschlossenen Räumen. Er rannte los. Oda hatte schon fast den Waldrand erreicht. Erneut setzte Gewehrfeuer ein. Krauss ließ sich ins Gras fallen, drehte sich auf den Rücken. Die Schützen standen auf dem Dach. Vor dem mattschwarzen Himmel hoben sich ihre Umrisse gut ab. Krauss hörte, wie die Kugeln ins Unterholz pfiffen. Er hielt die Walther mit beiden Händen, zielte, drückte zweimal ab. Eine Kontur verschwand. Der zweite Mann schoss auf Krauss' Mündungsfeuer. Kugeln klatschten neben ihm in den Boden. Er nahm den zweiten Umriss ins Visier, schoss und traf. Ein dumpfes Grunzen, dann war alles still. Krauss wirbelte herum, drückte sich hoch und rannte weiter Richtung Wald. Im Schutz der Bäume blieb er stehen, versuchte die Dunkelheit zu durchdringen. Oda war verschwunden.

Krauss rief mit unterdrückter Stimme. »Oda! Wo bist du?«

Es kam keine Antwort. Er tastete sich vorwärts. Das Gelände war uneben, er stolperte über Wurzeln, riss sich die Hände auf und stieß mit dem Kopf an Äste. Der Wald hatte Oda verschluckt. Krauss dachte an die Patrouillen, die hier unterwegs waren. Auch sie mussten die Schüsse gehört haben und zu ihnen unterwegs sein. Ausgestattet mit Taschenlampen, so viel war sicher.

Er kam besser voran, das Gestrüpp wurde lichter. Plötzlich leuchtete ihm jemand ins Gesicht und schrie ihn an. »Keine Bewegung. Hände hoch und Waffe weg!«

Krauss blieb stehen. Er war geblendet, sah gar nichts. Zu seiner Rechten vernahm er undefinierbare Geräusche, der Lichtstrahl auf seinem Gesicht trudelte wild herum und beleuchtete die Sträucher, irgendetwas schlug schwer auf dem Boden auf.

Oda rief ihm von rechts etwas zu. »Hierher, Richard!«

Krauss bückte sich und griff nach der Lampe. Er schwenkte den Strahl über den Boden, sah einen Uniformierten auf dem Rücken liegen. Aus seiner Brust sickerte Blut. Oda war zur rechten

Zeit gekommen. Krauss folgte ihrer Stimme, fand sie an einen Baum gedrückt.

Sie blaffte ihn an. »Das nächste Mal bleibst du hinter mir.«

»Schon gut. Geh voran.«

Sie lief wieder voraus, er unmittelbar dahinter, um sie in der Schwärze nicht zu verlieren. Ab und zu blieb sie stehen, schaltete für ein paar Sekunden die Taschenlampe an. Dann ging es weiter. Krauss hörte Männerstimmen, die sich etwas zuriefen, aber nicht allzu nah an sie herankamen. Oda leitete ihn schweigend durch den Wald, konzentrierte sich auf ihren Weg, der sie zu dem BMW führen sollte. Sie hatten ihn drei Kilometer vor Schein-Carinhall an einem Pfad abgestellt und mit Zweigen getarnt. Je weiter sie sich von den Stimmen entfernten, desto sicherer wurde Oda. Nach einer Weile ließ sie die Lampe an, was ihre Geschwindigkeit beträchtlich erhöhte. Krauss bemühte sich, mit ihr Schritt zu halten, ohne sich zu verletzen. Oda hob die Hand, hockte sich hin. Sie sprach mit gesenkter Stimme. »Wir sind gleich am Wagen. Aber ich glaube, ich höre ein Motorengeräusch. Es kommt näher.«

Krauss lauschte in den Wald. Oda hatte recht. Ein Fahrzeug näherte sich. Es musste auf dem Pfad unterwegs sein. Also war es einigermaßen geländegängig. Ein Kübelwagen. Görings Männer. Krauss fingerte in der Tasche herum, zog zwei Stabhandgranaten heraus. »Du kümmerst dich um unseren Wagen, ich mich um den anderen. Los, wir dürfen keine Zeit verlieren.«

Sie stolperten eine Böschung hinunter, die unmittelbar auf den Pfad traf. Krauss blieb stehen, Oda rannte zehn Meter weiter. In einer Mulde stand der BMW. Sie riss die großen Äste herunter, die den Wagen vor flüchtigen Blicken schützen sollten. Krauss kauerte sich hinter ein paar Büsche an den Rand des Pfades. Das Motorengeräusch kam näher. Oda hatte den BMW von seiner Tarnung befreit. Sie stieg ein, startete den Motor und fuhr auf den Pfad, um zu drehen. Krauss sah zwei Scheinwerferkegel heranwackeln. Der Kübel war noch etwa fünfzehn Meter entfernt. Krauss schleuderte die Handgranate vor die Scheinwerfer und duckte sich in die Büsche. Die Explosion riss einen Krater in die Straße und schleuderte den Wagen mehrere Meter hoch in die Böschung.

Erde rieselte auf Krauss. Er sprang auf und lief in Richtung des BMW. Drei Meter vor dem Wagen blieb er stehen und sah sich um. Der Kübel lag brennend auf der Seite, auch einige Bäume hatten Feuer gefangen. Krauss warf die zweite Granate und sprang in den BMW. Oda gab Gas, als die zweite Explosion den Wagen vollständig zerfetzte. Sie sah ihn an. »Das wird Göring uns nie verzeihen.«

»Er bekommt nur, was er ohnehin will. Jetzt hat er seinen Krieg.«

Oda rumpelte mit ihrem Wagen ungehindert über den Pfad zur Landstraße. Dort entfernte sie sich so schnell wie möglich von Schein-Carinhall. Krauss füllte Patronen in das leere Magazin der Walther. Er sprach, ohne aufzublicken. »Weißt du, wie viele Leute Bensler dabei hat?«

»Nein, darüber gab es keine Informationen. Aber so wie ich ihn kenne, reist er nicht alleine.«

»In London war noch eine Frau. Sie konnte entkommen.«

»Wenn du Eva erschossen hast, muss das Irene gewesen sein – Irene Schiller. Sie wurde nur mitgenommen, weil Stracke darauf bestanden hat.«

Krauss sah sie verständnislos an.

»Helmut Stracke. Der Mann in London. Du hast ihn getötet. Irene und er waren ein Paar. Er wollte sie unbedingt dabeihaben. Ich halte sie nicht für sonderlich gefährlich.«

»Sie ist schnell.«

»Sportlich, ja. Aber das reicht nicht.«

»Da werden noch andere sein.«

»Wahrscheinlich.«

»Beschreib mir das Haus.«

»Es liegt mitten im Wald, an einem See. Bensler hat dort einen Anleger für ein Ruderboot. Er geht gerne fischen. Das Haus ist klein, kaum größer als meine Jagdhütte. Es gibt nur einen Weg, der dorthin führt. Ein Besuch bleibt nicht unbemerkt.«

»Wie ist das Gelände am See beschaffen?«

»Baumreich. Am Ufer Kies und kleine Felsen.«

»Kommt man voran?«

»Ich denke schon.«

»Wie weit ist es von der Landstraße bis zum Ufer? Und würde ich den Weg im Dunkeln alleine finden?«

Oda überlegte. »Es gibt eine Stelle, an der ich dich rauslassen könnte. Dort führt ein schmaler Trampelpfad an den See. Kinder benutzen ihn, wenn sie schwimmen gehen wollen. Aber von da aus sind es rund drei Kilometer bis zum Haus.«

Krauss nickte. »Das schaffe ich in zwanzig bis dreißig Minuten. Du kommst über die Straße und lenkst sie ab. Sie werden denken, dass du immer noch zu Edgar gehörst. Sage ihnen, dass sie verfolgt wurden, dass Edgar sich an Hitler gewandt hat und ihnen nichts passiert, wenn sie den Jungen abliefern. Das wird sie eine Zeitlang beschäftigen.«

»Sie werden mir nicht glauben.«

»Sie werden nicht mehr wissen, was sie glauben sollen.«

Oda schwieg einen Moment. »Das wird eine knappe Geschichte«, sagte sie dann.

»Hast du einen anderen Vorschlag?«

Sie kaute auf ihrer Lippe, schüttelte den Kopf.

Krauss steckte die Walther in die Tasche. »Wir können nicht warten. Das ist unser Problem.«

Bis Oda am Straßenrand anhielt, sagten beide kein Wort. Hinter dem Fenster sah Krauss nur nachtschwarzen Wald.

Oda wies in die Dunkelheit. »Da vorne beginnt der Pfad. Du darfst ihn nicht verlieren.«

Krauss strengte sich an, etwas zu erkennen, gab aber schnell auf. »Zeichne mir auf einem Zettel die ungefähre Lage des Hauses auf. Sei frühestens in dreißig Minuten da. Halte dich in Rufweite zum Haus und bleibe beim Wagen. Wenn jemand aus dem Haus kommen sollte, um mit dir zur reden, kannst du ihn blenden. Aber gib mir erst eine Chance, hineinzukommen.«

»Woher weiß ich, ob du in der Nähe bist?«

Krauss packte den Türgriff. »Gar nicht. Du musst dich auf mich verlassen.«

Oda schaute ihn an. »Gut. Zur Not werde ich diese Affen selbst erledigen.«

Er schmunzelte. »Etwas anderes habe ich von dir nicht erwartet.«

Krauss öffnete die Tür und stieg aus. Er ging zum Kofferraum, holte ein Gewehr raus und hängte es sich um. Oda war ebenfalls ausgestiegen und zeigte ihm mit der Taschenlampe den Pfad. Krauss nahm die Lampe.

»Wir sehen uns in einer halben Stunde.«

Oda deutete einen soldatischen Gruß an. »Zu Befehl, Sir.«

Krauss trabte durch den Wald, den Schein der Taschenlampe vor sich auf den Boden gerichtet. Der Pfad war relativ gut ausgetreten, die Gefahr, sich zu verlaufen, gering.

Schon das zweite Himmelfahrtskommando in einer Nacht, dachte er. Selbst für seine Verhältnisse war das viel. Beim ersten Mal hatten sie Glück gehabt. Ob sie auch diesmal ungeschoren davonkommen würden? Wichtig war nur, dass dem Jungen nichts passierte. Mit Oda an seiner Seite rechnete er sich eine reelle Chance aus. Sie war intelligent und kaltblütig zugleich, hatte keine Angst zu sterben. Daraus bezog sie ihre Überlegenheit. Er dankte den schicksalhaften Mächten, die sie an seine Seite geführt hatten.

Krauss hielt inne. Der Bewuchs hatte sich geändert, die Bäume standen weiter auseinander. Er schaltete die Lampe aus, ließ seinen Augen etwas Zeit, sich an die Dunkelheit zu gewöhnen. Über ihm rauschten die Blätter im Wind. Es hörte sich an, als ob es regnete. Aber Krauss nahm noch etwas anderes wahr, ein leichtes Plätschern aus der Ferne. Wellen, die ans Ufer schlugen. Er war fast am See. Vorsichtig lief er weiter auf dem jetzt recht gut zu erkennenden Pfad. Bald hörte er die Wellen deutlicher und spürte, wie sich der Untergrund änderte, von moosig weich zu kiesig hart. Er stand am Ufer. Von hier aus musste er sich nach links orientieren, hatte Oda gesagt. Krauss kam erst gut voran, stolperte und drosselte das Tempo. Er sah auf die Uhr. In knapp fünfzehn Minuten musste er am Haus sein. Ohne Taschenlampe war das kaum zu schaffen. Von nun an beleuchtete er seinen Weg und machte Strecke. Alle hundert Meter knipste er die Lampe aus und suchte zwischen den Bäumen nach den Lichtern eines Hauses.

Als er ungefähr vierhundert Meter vor sich durch die Äste etwas schimmern sah, erschrak er, weil er näher am Ziel war, als er dachte. Hoffentlich hatten sie ihn nicht gesehen. Er schlich so langsam und so leise wie möglich weiter, hoffte, dass der Wind seine Geräusche schlucken würde.

Rund zwanzig Meter vor dem Haus suchte Krauss Schutz zwischen den Bäumen. Es war niemand zu sehen. Das Gebäude besaß tatsächlich keine besonders große Grundfläche, dafür aber eine erste Etage. Die Tür führte nicht zum See hinaus, sondern zu der Seite, die Krauss einsehen konnte. Bensler hatte einen schmalen Steg ins Wasser gebaut; an dessen Ende lag eine kleine Jolle mit Außenbordmotor.

Wahrscheinlich geht eine zweite Tür aus dem Wohnzimmer auf den Steg hinaus, dachte Krauss. Er korrigierte seine Position, bis er beide Seiten des Hauses gut im Blick hatte. Gerade, als er anfing, sich um Oda Sorgen zu machen, hörte er ein Motorengeräusch, das näher kam. Wenige Sekunden später krochen zwei Scheinwerferkegel auf das Gebäude zu. Die Tür ging auf, und ein Mann, dessen Gesicht Krauss nur schlecht erkennen konnte, trat auf den Weg. Er hielt eine Maschinenpistole auf den langsam heranfahrenden BMW gerichtet. Oda stoppte den Wagen zehn Meter vor dem Mann, der aus der Distanz völlig ruhig wirkte. Die Scheinwerfer erloschen. Nur noch das matte Licht aus den Fenstern beleuchtete die Szenerie. Oda öffnete die Wagentür, stieg aus und blieb hinter der geöffneten Tür stehen. Krauss legte das Gewehr an; er zielte auf den Mann mit der Maschinenpistole, beobachtete aber aus den Augenwinkeln auch das Gebäude. Offensichtlich hatte der Mann Oda erkannt, er riss seine Waffe an die Schulter und schrie. »Was willst du denn hier, du Schlampe?«

Oda hob beschwichtigend beide Hände. »Ich bin unbewaffnet und alleine, Wilhelm. Es besteht keine Gefahr. Edgar schickt mich. Er will euch ein Angebot machen.«

»Wenn du mich austricksen willst, knall ich dich ab.« Der Kerl namens Wilhelm beruhigte sich nicht.

»Ich sage die Wahrheit. Edgar weiß, dass Bensler ihn hintergehen und den Jungen Göring ausliefern will. Hitler weiß es auch. Und er weiß, dass Bensler euch keine Wahl gelassen hat. Er garantiert, dass euch nichts passiert, wenn ihr den Jungen an ihn ausliefert. Der Einzige, der bezahlen muss, ist Bensler. Ihr seid die ganze Zeit überwacht worden. Ich bin alleine hier, um euch zu zeigen, dass das Angebot ernst gemeint ist. Hitler will nicht, dass dem Jungen ein Härchen gekrümmt wird. Falls das doch passiert, seid ihr alle erledigt. Also lasst es nicht auf eine Befreiungsaktion ankommen.«

Der Mann antwortete kühler. »Ich glaube dir kein Wort, Oda. Du bist das verlogenste Luder, das ich kenne. Sobald du den Jungen hast, knallt ihr uns alle ab. Aber so läuft das nicht.«

Krauss registrierte im ersten Stock eine Bewegung. Er sah, wie sich der Lauf eines Gewehres aus einem offenen Fenster schob. Der Schütze zielte auf Oda. Krauss schoss dreimal in das offene Fenster und warf sich in dem Moment zu Boden, als der Mann mit der Maschinenpistole auf ihn feuerte. Die Kugeln klatschten in die Bäume, zerfetzten Blätter und Äste. Krauss spürte einen stechenden Schmerz in der linken Seite. Wilhelm hatte ihn getroffen. Aber er feuerte nicht mehr. Krauss hob den Kopf. Oda hielt ihre Luger mit beiden Händen vom Körper weggestreckt, der Mann mit der Maschinenpistole lag reglos am Boden. Sie lief auf die Tür zu. Krauss rappelte sich hoch. Oberhalb der Hüfte hatte jemand Salzsäure in seinen Körper geschüttet. Blut sickerte in sein Hemd. Er humpelte auf die dem See zugewandte Seite des Hauses zu. Wenn jemand versuchen würde zu fliehen, dann mit dem Boot. Geduckt lief er an der Hauswand entlang, warf einen Blick durchs Fenster.

Im Wohnraum stand Oda, ihre Waffe auf eine Frau gerichtet. Es war die Frau, die ihm in London entkommen war – Irene Schiller. Sie hielt auch eine Pistole in der Hand. Aber sie zielte nicht auf Oda, sondern auf einen kleinen Jungen, den sie mit dem linken Arm an sich presste. Philipp.

Krauss fluchte. Irene ging langsam rückwärts auf eine Tür zu, die zum See führte. Oda wagte es nicht zu schießen. Krauss hockte sich neben die Tür. Er spürte, wie das Blut aus ihm herauslief, aber der Schmerz ließ sich verdrängen. Die Tür schwang auf, Irene kam mit Philipp rückwärts heraus. Jetzt konnte Krauss auch verstehen, was sie sagte. Sie klang aufgeregt.

»Sag deinen Leuten, wenn Sie auf mich schießen, ist es um den Jungen geschehen. Ich meine es ernst, das weißt du.«

Oda sprach sehr ruhig. »Überlege dir genau, was du tust, Irene. Lass den Jungen gehen, und dir wird nichts passieren, das verspreche ich. Wenn du da rausgehst, kann ich für nichts garantieren. Außerdem: Wo willst du denn hin? Hitler weiß, was du getan hast. Du bist nirgendwo sicher. Gib den Jungen frei.«

Irene Schiller schüttelte den Kopf. Sie stand jetzt fast neben Krauss, sah aber nur in Richtung Oda. Krauss schleuderte sich aus der Hocke vorwärts, die Waffe der Frau fest im Blick. Er bekam die Pistole mit der Linken zu packen und stürzte durch den Schwung gemeinsam mit seinem Opfer auf den Rasen vor dem Steg. Der Junge rannte ins Haus, wo Oda ihn festhielt.

Krauss schlug der Frau mit der Faust ins Gesicht. Sie ließ ihre Waffe los. Krauss stemmte sich hoch, eine Hand an der blutenden Hüfte. Irene Schiller war von dem Schlag noch benommen. Er rief ins Haus. »Ist der Junge verletzt?«

»Nein alles in Ordnung.« Oda hörte sich erleichtert an.

»Bring ihn in den Wagen, ich komme sofort nach.«

Krauss wartete eine Minute. Es durfte nicht die geringste Spur zu ihnen führen. Er schraubte den Schalldämpfer auf die Walther.

Die Frau sah ihm entsetzt zu. Sie zitterte. »Ich sage nichts, zu niemandem. Sie müssen das nicht tun.«

Krauss richtete die Waffe auf ihren Kopf. »Wenn ich jetzt sagen würde, dass es mir leid tut, wäre das gelogen. Sie haben sich für die falsche Seite entschieden. Beschweren Sie sich nicht.«

Trotz seiner Schmerzen fuhr Krauss den Wagen. Oda saß mit Philipp hinten. Der Junge war zwar nicht verletzt, aber hochgradig verstört. Krauss hatte ihm auf Englisch erklärt, dass er keine Angst mehr haben müsste, weil sie die Guten seien, diejenigen, die ihn nach England zurückbrachten. Doch der Junge war Worten kaum noch zugänglich, und Krauss wusste nicht, ob er ihn verstand. Oda kümmerte sich rührend um Philipp. Krauss war überrascht, plötzlich mütterliche Seiten an ihr zu entdecken. Es schien nur wenige Situationen zu geben, denen sie nicht gewachsen war. Bevor sie losfuhren, hatte Oda ihm aus zerrissenen Bettlaken einen provisorischen Druckverband gemacht. Bei näherem Hinsehen wirkte die Wunde weniger schlimm als erwartet.

Höchstwahrscheinlich hatte die Kugel, die in seinen Körper ein- und wieder ausgetreten war, keine lebenswichtigen Organe getroffen. Krauss war sich mittlerweile sicher, dass Oda auch mit Nadel und Faden umgehen konnte.

Benslers Haus würde mittlerweile abgebrannt sein. Nachdem Krauss alle Zimmer gründlich untersucht hatte und dabei nur auf den von ihm erschossenen Mann im ersten Stock gestoßen war, kam es ihm plötzlich richtig vor, das Haus anzuzünden. Vorher zog er noch die beiden anderen Leichen hinein. Es fühlte sich gut an zu sehen, wie die Flammen einen Teil dessen verzehrten, was die ›Söhne Odins‹ aufgebaut hatten. Aber es linderte nicht den Schmerz.

Sie erreichten die Jagdhütte ohne weitere Zwischenfälle. Oda versuchte, den Jungen zum Essen zu animieren, jedoch ohne Erfolg. Philipp wollte vor allem schlafen. Krauss hatte den Eindruck, dass der Junge Oda vertraute. Es war ihm ein Rätsel, was diese Frau mit den Menschen anstellte. Oda brachte Philipp ins Schlafzimmer, während Krauss seine Wunde mit Wasser reinigte. Es blutete längst nicht mehr so stark. Oda kam dazu, Nadel und Faden schon in der Hand.

Während sie die Wunde nähte, fielen die ersten Schüsse auf polnischem Boden.

32.
Berlin

1. September
Reichskanzlei, Vormittag

Hitler stank so fürchterlich aus dem Mund, dass Dahlerus fast schlecht wurde. Wie eine Jauchegrube, dachte der Schwede. Der Mann, der da im kleinen Salon der Reichskanzlei vor ihm auf- und abging, die Hände hinter dem Rücken verschränkt, war innerlich längst verfault. Wenn Dahlerus an die vergangenen Stunden dachte, erschien es ihm, als liege Hitlers brackiger Odem wie eine Dunstglocke über diesem schicksalhaften Tag.

Seit dem frühen Morgen schon sammelte der Schwede schlechte Nachrichten, und ein Ende war nicht in Sicht. Göring hatte ihm um 8 Uhr im Salonwagen seines Zuges mitgeteilt, dass polnische Freischärler in der Nacht den Radiosender in Gleiwitz überfallen hätten. Außerdem sei die Brücke in Dirschau gesprengt worden. Etliche Deutsche hätten dabei ihr Leben gelassen. Dahlerus spürte, wie ihm die Knie weich wurden, denn ihm war sofort klar, dass diese Zwischenfälle nicht folgenlos bleiben würden.

Tatsächlich erklärte ihm Göring etwas zögerlich, dass Hitler den Befehl erteilt habe, die Polen zurückzudrängen. Außerdem solle die deutsche Luftwaffe die polnischen Flieger und Flughäfen zerstören. Göring hatte dabei nicht glücklich gewirkt und versucht, den Schweden zu beschwichtigen.

»Ich habe meine Leute angewiesen, die Zivilbevölkerung so weit wie möglich zu schonen, Städte zu meiden und vor allem militärische Ziele zu bombardieren.«

Dahlerus hatte den Feldmarschall nur schweigend angesehen, was diesen ermutigte, weiterzureden.

»Tatsächlich hat die Luftwaffe bereits viele polnische Maschinen zerstören können. Ohne Flieger können die Polen nur wenig ausrichten. Alles sieht danach aus, als sei der Krieg schneller wieder vorbei, als er angefangen hat.«

Der Schwede schüttelte den Kopf. »Warum haben Sie es nur so weit kommen lassen?«

Göring setzte ein überraschtes Gesicht auf. »Wieso denn ich? Ich habe doch alles versucht, um den Frieden zu erhalten. Das wissen Sie doch. Ich war immer gesprächsbereit. Die Polen sind es, die diesen Krieg wollten. Von Anfang an.«

»Sie hätten mehr auf Hitler einwirken müssen.«

Dahlerus hatte gespürt, dass sich Görings Laune veränderte. Der Feldmarschall wurde lauter. »Ach ja? Und wieso haben die Engländer nicht mehr auf Hitler eingewirkt? Ihm das geliefert, was er verlangt hat, nämlich einen polnischen Unterhändler in Berlin? Die Engländer haben dies alles mitzuverantworten, weil sie nicht in der Lage waren, ihre sogenannten Verbündeten zu irgendetwas zu bewegen. Wie auch? Denn da kommen wir gleich zum zweiten Punkt. Die Polen wollten sich überhaupt nicht zu irgendetwas bewegen lassen. Sie haben diesen Konflikt gesucht, haben uns permanent provoziert. Erinnern Sie sich an die Vorfälle, von denen ich Ihnen berichtet habe. Wäre Hitler nicht so geduldig gewesen, ständen wir schon lange im Krieg. Aber irgendwann ist eben Schluss, da geht es einfach nicht mehr. Wenn Sie mich fragen, dann sind die Deutschen von den Polen in diesen Krieg hineingezwungen worden. Hitler blieb am Ende gar nichts anderes übrig, um das deutsche Volk zu schützen. Selbst friedliebende Menschen geraten einmal an ihre Grenzen.«

Dahlerus hätte beinahe die Kontrolle über sich verloren und verächtlich losgeprustet, beherrschte sich aber. Niemandem war gedient, wenn er seinen guten Draht zu Göring verlor. Stattdessen dachte er darüber nach, wie sich die Katastrophe begrenzen ließ. »Gibt es überhaupt noch eine Chance, das Schlimmste abzuwenden?«

Der Feldmarschall sah ihn fest an. »Ehrlich gesagt, bin ich mit meinem Latein am Ende.«

»Vielleicht hilft es, wenn Sie persönlich noch einmal mit den Engländern reden. Sie und Henderson verstehen sich gut. Das ist doch eine Basis, auf der man aufbauen kann.«

»Vielleicht.«

»Ich kann Sie nur inständig bitten, es zu versuchen.«

»Ohne Hitlers Einverständnis geht es nicht.«

»Dann holen Sie es sich.«

Göring blickte aus dem Fenster seines Salonwagens. Abgesehen von den Uniformierten, die überall herumstanden, sah die Welt dort draußen friedlich aus. Die Sonne war gerade aufgegangen, es schien ein schöner Tag zu werden. »Ich werde sehen, was ich tun kann.«

Nach dem Besuch bei Göring war Dahlerus in die britische Botschaft gefahren, um dort Henderson ebenfalls zu beschwören, einen letzten Versuch zu unternehmen, den Wahnsinn aufzuhalten. Doch die Laune des Diplomaten befand sich auf dem Nullpunkt, er wirkte mürrisch und wortkarg. Er empfing Dahlerus in seinem Arbeitszimmer und deutete auf das offene Fenster. »Hitler hält gleich eine Rede vor dem Reichstag. Er wird hier vorbeifahren. Dann können Sie einen Blick auf den Mann werfen, der Europa in Trümmer legt.«

Der Schwede hakte sofort ein. »Auch wenn es auf den ersten Blick unmöglich scheint, gibt es vielleicht doch noch eine Chance, wenn deutsche und englische Delegierte sich an einen Tisch setzen. Das muss ja nicht hier in Berlin sein, sondern vielleicht in Holland oder meinetwegen auch Schweden. Nur so können wir den Wahnsinn stoppen. Was halten Sie davon?«

In Hendersons Stimme schwang tiefste Verachtung mit. »Von mir können Sie nichts erwarten. Ich habe genug von den perfiden Spielchen, die Hitler mit uns treibt, und werde den Teufel tun, jetzt auch noch zu Kreuze zu kriechen. Wir haben unsere Angebote unterbreitet, er hat es in der Hand gehabt und sich dafür entschieden, die Welt ins Verderben zu stürzen. Jetzt müssen die Deutschen die Konsequenzen tragen. In meinen Augen sind Hitler und Ribbentrop nicht ganz bei Trost. Warum sollte ich mit Geisteskranken verhandeln? Sagen Sie mir das, Dahlerus.«

»Was ist mit Göring?«

Henderson winkte ab. »Was sollen wir mit Göring? Der tut auch nur, was sein Führer ihm befiehlt.«

Dahlerus hatte schnell begriffen, dass er Henderson heute kaum umstimmen würde, blieb aber hartnäckig. Der britische Botschafter beharrte jedoch auf seiner unnachgiebigen Position. Als sich der Schwede unverrichteter Dinge nach einer Stunde wieder verabschieden wollte, kam Forbes ins Zimmer. »Göring ist am Telefon, Mr. Dahlerus.«

Der Feldmarschall teilte dem Schweden mit, dass Hitler ihn in der Reichskanzlei zu sehen wünsche. Sofort. Er wolle Rücksprache mit ihm halten. Angesichts der dramatischen Ereignisse schien es Dahlerus ratsam, der Einladung zu folgen. Vielleicht suchte Hitler ja nach einem Weg, mit den Briten in Kontakt zu kommen, weil er die Tragweite seiner Handlungen erkannte und fürchtete. So unwahrscheinlich das auch sein mochte.

Zwei Offiziere holten den Schweden in der britischen Botschaft ab und geleiteten ihn durch mehrere Absperrungen in die Reichskanzlei. Dort wurde er von Göring empfangen. Das Gesicht des Feldmarschalls leuchtete.

Irgendetwas war passiert, dachte Dahlerus.

Göring platzte mit den Neuigkeiten sofort heraus. »Der Führer hat mich heute in seiner Rede vor dem Reichstag offiziell zu seinem Nachfolger ernannt. Nun weiß es die ganze Welt. Sie wissen, dass ich darauf hingearbeitet habe, und es bürdet mir große Pflichten auf. Aber es hilft mir auch, unsere Sache voranzutreiben, mein lieber Dahlerus. Selbst wenn es Ihnen derzeit aussichtslos erscheinen mag, so habe ich die Hoffnung auf eine friedliche Lösung noch nicht aufgegeben. Und ich zähle dabei auf Sie.«

Der Schwede betrachtete den Feldmarschall, dessen Wangen euphorisch glühten. Die Laune des Deutschen schien ihm diametral entgegengesetzt zu seiner eigenen. Außerdem bezweifelte er, dass Görings nun offizieller Nimbus als Stellvertreter Hitlers irgendetwas an der verfahrenen Situation ändern würde. Dahlerus äußerte seine Skepsis unverhohlen. »Deutschland hat Macht vor Recht gesetzt, Eure Exzellenz. Statt Worten lassen sie Waffen sprechen. Sie wollen Polen mit Gewalt in die Knie zwingen. Wer glaubt Ihnen noch, wenn Sie von Frieden sprechen? Wenn es Ihnen ernst damit wäre, hätten Sie so viele Gelegenheiten gehabt, es zu beweisen. Nun ist es zu spät.«

Görings gute Laune war unerschütterlich. »Das aus Ihrem Munde? Sie predigen mir doch immer, dass es nie zu spät ist. Die Hoffnung stirbt zuletzt, mein lieber Dahlerus, das gilt auch im Krieg.«

Der Schwede verzog keine Miene. »Meine Hoffnung ist nur noch ein Funke, und auch der verglimmt allmählich. Arrangieren sie ein Treffen zwischen englischen und deutschen Regierungsvertretern, wie ich es Ihnen heute Morgen empfohlen habe. So verhindern Sie vielleicht das Schlimmste.«

»Glauben Sie wirklich, dass die Engländer bereit sind, mit uns eine Vereinbarung zu treffen? Nach allem, was vorgefallen ist?«

Dahlerus breitete die Arme aus. »Ich weiß es nicht, Eure Exzellenz, aber ich hoffe es. Wenn Sie sich zusammensetzen und vernünftig miteinander reden, will ich es nicht ausschließen. Natürlich werden Sie Zugeständnisse machen müssen. Ohne ein Entgegenkommen von deutscher Seite werden sich die Engländer auf nichts einlassen.«

Göring neigte den Kopf. »Würden Sie uns weiter behilflich sein, ein Treffen zustande zu bringen, mein lieber Dahlerus? Sie genießen Chamberlains Vertrauen, er hört auf Ihren Rat. Ohne Sie wird es nicht funktionieren.«

Der Schwede sah ihn streng an. »Selbstverständlich können Sie auf mich zählen. Mir geht es um die Menschen in Europa, und ich werde sie nicht im Stich lassen, wenn es hart auf hart kommt. Aber ehrlich gesagt, Eure Exzellenz, weiß ich nicht, ob ich auf Sie zählen kann.«

»Ich kann Sie verstehen, doch ich versichere Ihnen, dass ich weiter an einer friedlichen Lösung interessiert bin.«

»Dann verhandeln Sie.«

»Ich werde es mit dem Führer beraten und Sie danach dazuholen.«

Zum zweiten Mal in einer Woche stand der Schwede nun persönlich vor Adolf Hitler, und er nahm sich vor, dies nicht zur Gewohnheit werden zu lassen. Schon allein, weil es anstrengend war, nicht durch die Nase zu atmen, um die von Hitlers Mundgeruch verpestete Luft nicht riechen zu müssen. Der Führer wirkte fahrig, die Haare hingen ihm strähnig in die Stirn. Er trug einen grauen Uniformrock und schwarze Stiefel, seine Feldkluft.

Als der Deutsche ihn begrüßte, erschrak Dahlerus – Hitlers Hand war eiskalt. Er sprach, ohne den Schweden anzusehen. »Ich möchte Ihnen für Ihre unermüdliche Bereitschaft danken, eine Verständigung zwischen dem englischen und dem deutschen Volk herbeizuführen. Dass es missglückt ist, liegt nicht an Ihnen. Das müssen die Engländer ganz allein auf ihre Kappe nehmen. Sie haben den Frieden hintertrieben, weil sie keinen Frieden wünschen. England fürchtet, seine Vormachtstellung zu verlieren. Hier geht es nur um Machtpolitik. Wer wen dominiert. Und Deutschland ist nicht mehr bereit, sich dominieren zu lassen. Die Zeiten sind vorbei.«

»Das sehe ich anders…«, wagte Dahlerus einzuwenden.

Hitler schnitt ihm das Wort ab. »Das weiß ich. Aber Sie wissen nicht, was ich weiß. Dass es nämlich in der Natur der Engländer liegt, nach der Macht zu streben. Entweder man unterwirft sich oder nicht. Sehe ich so aus, als ob ich mich unterwerfe? Nein, so sehe ich bestimmt nicht aus. Ich sehe aus wie jemand, der den Engländern die Stirn bietet. Die Zeit der Verhandlungen ist vorbei, Herr Dahlerus, ein Ausgleich zwischen unseren Völkern nicht mehr möglich.«

Göring mischte sich ein. »Die Polen haben uns keine Wahl gelassen. Wir mussten mit unseren Truppen vorrücken, das war ein Akt der Selbstverteidigung.«

Hitler hob eine Hand, der Feldmarschall verstummte. »Jetzt gibt es keinen Weg zurück mehr. Ich werde den Widerstand des polnischen Volkes brechen und es vernichten. Wenn die Engländer verhandeln wollen, bin ich dazu bereit. Wenn sie den Fehler begehen und gegen mich zu Felde ziehen, bin ich auch darauf vorbereitet. Sie werden teuer dafür bezahlen.«

Dahlerus beobachtete, wie sich Hitlers Miene verfinsterte, wie er sich nach innen wandte, völlig auf sich selbst bezogen. Der Schwede war schon einmal Zeuge dieser Verwandlung gewesen, und der Ablauf schien sich zu wiederholen. Hitler hackte mit den Armen durch die Luft, als habe er spastische Anfälle, und schrie unvermittelt in den Raum.

»Wenn England ein Jahr kämpfen will, so werde ich ein Jahr kämpfen; wenn England zwei Jahre kämpfen will, so werde ich zwei Jahre kämpfen.«

Dahlerus trat einen Schritt zurück, aber Hitler nahm nichts mehr wahr. Seine Stimme überschlug sich fast, seine geballte Faust drohte der Zimmerdecke. »Wenn England drei Jahre kämpfen will, werde ich drei Jahre kämpfen ...«

Hitler schluckte, holte Luft und schrie, beugte sich dabei wie von einem Krampf geschüttelt nach vorne, so dass seine geballte Faust beinahe den Boden berührte.

»Und wenn es nötig sein wird, werde ich zehn Jahre kämpfen!«

Dahlerus sah entsetzt, dass Göring sich von dem Schauspiel abgewandt hatte. Nicht einmal der zweite Mann des Reiches konnte Hitlers wahnwitzige Ausfälle körperlich ertragen. So weit war es also gekommen. Nur zog keiner Konsequenzen daraus. Deutschland wurde von jemandem regiert, der nicht mehr zurechnungsfähig war, und die gesamte Führungselite ließ es geschehen. Es war zum Verzweifeln. Mit Hitler an der Spitze des Deutschen Reiches würde Europa in Flammen aufgehen. Göring musste dies sehr wohl bewusst sein, aber er unternahm nichts, um an die Stelle des Führers zu treten. Stattdessen sonnte er sich in dessen Gunst. Dabei hatte der Feldmarschall oft genug erlebt, wie die Laune Hitlers von einer Sekunde auf die andere umschlug, er mit einem Federstrich alles zunichte machte. Wer auf das Wohlwollen des Führers setzte, war verloren.

Jemand anderes musste an seinen Platz treten, jemand von gesunder Geisteskraft. Würde Göring dafür den Mut aufbringen, würde er stark genug sein? Dahlerus bezweifelte es. Für einen Augenblick dachte er an Hitlers leiblichen Sohn, dessen Zieheltern er in London vor Görings Häschern gewarnt hatte. Nicht auszudenken, was dem Jungen blühte, geriete er in die Hände dieser irren Menagerie. Dahlerus beruhigte sich mit dem Gedanken, richtig gehandelt zu haben.

Hitler hatte schon seit einer Weile nichts mehr gesagt. Schweigend stand er vor dem Fenster, kehrte den beiden anderen Männern den Rücken zu.

Göring räusperte sich. »Mein Führer, wenn es Ihnen recht ist, würden wir uns gerne verabschieden.«

Es kam keine Antwort. Göring fasste es als Signal zum Aufbruch auf und nickte Dahlerus auffordernd zu. Die beiden Männer gingen zur Tür. Gerade als der Schwede den Raum verlassen wollte, ertönte Hitlers Stimme. Er sprach, ohne sich umzudrehen.

»Leben Sie wohl, Herr Dahlerus. Und grüßen Sie Ihre Frau recht lieb von mir.«

33.
Berlin

1. September
Schein-Carinhall, Mittag

Göring schritt die Reihe der Leichen ab, die vor ihm auf den Boden lagen. Die ersten Toten des Krieges, schoss es ihm durch den Kopf. Zumindest würde er ihr Ableben so den Angehörigen verkaufen. Tatsächlich ging das Massaker auf das Konto von Oda und Richard Krauss. Die beiden hatten geschafft, was er nie für möglich gehalten hätte, nämlich in Schein-Carinhall einzudringen und die halbe Mannschaft zu erledigen. Insgesamt gab es dreizehn Opfer zu beklagen, darunter die Insassen eines Kübelwagens, auf Patrouille zerfetzt von zwei Handgranaten. Unter den Toten war auch Bensler, vor dessen Körper Göring verharrte. Mit Abscheu betrachtete er die schwammige Gestalt, die seiner nicht unähnlich war. Bensler hatte ihm nicht getraut und den Jungen irgendwo untergebracht. Das alleine überraschte Göring nicht. Er an seiner Stelle hätte wohl auch versucht, sich abzusichern. Aber die Tatsache, dass der Sohn Odins nicht mehr lebte, bereitete dem Feldmarschall Sorgen. Krauss hätte Bensler niemals getötet, wenn er nicht den Aufenthaltsort des Jungen wüsste. Andererseits konnte sich Göring nicht vorstellen, dass Bensler geredet hatte. Das wäre ja geradezu fahrlässig dumm.

Göring wandte seinen Blick ab. Wie auch immer es gelaufen war, er musste davon ausgehen, dass Oda und Krauss den Jungen befreit hatten. Die beiden zu finden würde nicht leicht werden. Er schloss sogar die Möglichkeit nicht aus, dass sie entkommen könnten.

Innerlich aufgewühlt verließ der Feldmarschall den noch unfertigen Bunkertrakt, in dessen kühlen Räumen die Leichen lagerten. Über den Teil der Anlage waren Krauss und Oda eingedrungen. Göring verfluchte seine Nichte, deren Kenntnisse und Fähigkeiten viel weitreichender waren, als er vermutet hatte.

Vor ihm salutierte Hauptmann Kennekamp. »Eure Exzellenz, was machen wir mit den Leichen?«

»Warten Sie noch einen Tag, dann geben Sie die Toten als Opfer eines Scharmützels hinter der polnischen Grenze aus. Bis auf Bensler. Den lassen Sie verschwinden.«

Kennekamp nickte.

Göring tippte ihm mit dem Zeigefinger auf die Brust. »Aber so, dass man nicht mal mehr einen Zehennagel von ihm findet. Ist das klar?«

»Vollkommen klar.«

»Gut. Bringen Sie mich hier raus.«

Göring folgte dem Hauptmann durch die Räume der kaum beleuchteten Baustelle in den Haupttrakt. Er versuchte sich vorzustellen, wie Oda und Krauss ein paar Stunden zuvor hier gewütet hatten. So eine Aktion durchzuziehen, dazu gehörte Mut. Göring ertappte sich dabei, dass ein Teil von ihm die beiden bewunderte. Er wischte den Gedanken beiseite. Um das Teufelspaar dingfest zu machen, war entschlossenes Handeln gefragt. Vom »Kurfürsten« aus würde er das F.A. instruieren. Auf jeden Fall musste Edgar Krauss rund um die Uhr überwacht werden. Wenn sein Bruder irgendjemandem einen Besuch abstattete, dann ihm.

Der Feldmarschall stieg die Treppe zum Haupteingang hoch. Die Wachen nahmen Haltung an. Ohne sich weiter umzusehen, ging er durch das Tor zu seinem offenen Zweisitzer. Bis zu seinem Hauptquartier im Wildpark Werder war es eine gute halbe Stunde Fahrt. Für den Nachmittag hatte sich Dahlerus angekündigt. Göring wollte ihn nicht warten lassen. Vielleicht ließ sich mit Hilfe des Schweden die englische Intervention noch hinauszögern. Egal was auch passierte, der Feldmarschall wollte sich später auf keinen Fall vorwerfen, irgendetwas unversucht gelassen zu haben.

Dahlerus sah ungeheuer müde aus. Wie ein Mann, dachte Göring, der vom Leben nichts mehr zu erwarten hat. Allerdings hatte das Schicksal auch ihm übel mitgespielt. Für einen Moment tat es Göring fast leid, den Schweden belügen zu müssen. Aber wie hätte er ihm die Wahrheit sagen können? Wo er doch manchmal selbst kaum mehr zwischen Lüge und Wirklichkeit unterscheiden konnte. Der Überfall auf den deutschen Sender Gleiwitz durch polnische Freischärler zum Beispiel. Tatsächlich waren es SS-Männer in Zivil. Aber das würde, wenn alle Beteiligten dicht-hielten, wahrscheinlich nie ans Tageslicht kommen. Aus einer perfiden Finte würde ein historisches Faktum. Wahrheit – es gab nur eine Wahrheit: die der Sieger. Göring lächelte.

Dahlerus Stimme klang vorwurfsvoll. »Sie scheinen sich ja bestens zu amüsieren, Eure Exzellenz. Darf ich an den Gründen Ihrer guten Laune teilhaben?«

Görings Mundwinkel strafften sich. »Sie haben recht. Es gibt eigentlich keinen Anlass, gut gelaunt zu sein. Ich habe mich nur eine Sekunde über den Vertrauensbeweis des Führers gefreut. Man wird nicht jeden Tag zum zweiten Mann des Reiches ernannt. Aber es gibt in der Tat wichtigere Dinge.«

Dahlerus sah betreten vor sich hin. »Die Welt stürzt in einen Krieg, und Sie denken nur an sich. Ich habe mehr von Ihnen erwartet, Eure Exzellenz.«

Göring spürte, wie Ärger in ihm hochkochte. Er versuchte, ihn herunterzuschlucken. »Seien Sie bitte nicht ungerecht, Dahlerus. Ich habe mich nach Kräften bemüht, Sie zu unterstützen. Aber selbst meine Macht ist begrenzt. Sie haben doch einen Einblick bekommen, wie die Dinge laufen. Ohne Mitstreiter steht man schnell auf verlorenem Posten. Ribbentrop zum Beispiel hat immer gegen uns agiert.«

»Trotzdem müssen wir darüber nachdenken, ob sich noch etwas retten lässt.«

»In Bezug auf Polen wohl kaum. Sie haben gehört, wie der Führer die Lage sieht. Mittlerweile glaube ich selbst, dass der Krieg schneller vorbei ist, als wir alle denken. Die ersten Berichte von der Front sind vielversprechend. Die deutschen Einheiten rücken schnell vor, und meine Luftwaffe hat schon etliche polnische Flugzeuge ausgeschaltet.«

»Sobald England in den Krieg eintritt, wird sich die Lage ändern. Das wissen Sie ganz genau.«

Göring hatte sich wieder gefangen. »Ich denke, Sie unterschätzen die Schlagkraft der Deutschen Wehrmacht, mein lieber Dahlerus. Wir werden den Engländern Paroli bieten, und nicht nur ihnen. Aber vielleicht kommt es gar nicht so weit. Vielleicht ist der Krieg so schnell vorbei, dass es sich für die Engländer gar nicht mehr lohnen würde einzugreifen. Vielleicht bleibt dieser Krieg eine Sache zwischen Deutschland und Polen.«

Dahlerus schüttelte entrüstet den Kopf. »Das glauben Sie doch selber nicht. Ihnen flattert doch schon morgen eine Kriegserklärung ins Haus.«

Göring zuckte mit den Achseln. »Was soll ich daran ändern? Oder sehen Sie noch eine Chance?«

»Nach dem Treffen mit Hitler war ich auf der englischen Botschaft und habe den Chef des Foreign Office in London angerufen. Die Briten sind zu Gesprächen bereit, wenn zwei Bedingungen erfüllt werden. Erstens muss Deutschland die Feindseligkeiten einstellen. Und zweitens müssen alle deutschen Truppen an die deutsch-polnische Grenze zurückgezogen werden.«

Der Feldmarschall brummte. »Darauf wird Hitler nicht eingehen.«

»Dann erklärt Chamberlain ihm den Krieg.«

Göring sah auf seine Armbanduhr. »Es ist kurz vor sechs. Entschuldigen Sie bitte, dass ich unser Gespräch kurz unterbreche. Aber ich muss eine wichtige Zeremonie vornehmen. Sie können gerne dabeibleiben, es dauert nicht lange.«

Göring ging zu seinem Schreibtisch und kramte in einem Karton herum, der dahinter auf dem Boden stand.

Zwei Minuten später klopfte es. Oberstleutnant Conrad öffnete die Tür. »Eure Exzellenz, die Staatssekretäre Körner und Gritzbach.«

»Sollen eintreten.«

Körner und Gritzbach kamen in den Salonwagen und nahmen vor Görings Schreibtisch Haltung an. Göring streckte den rechten Arm zum Hitlergruß. »Heil Hitler, meine Herren. Sie sind heute hier, weil Sie sich in Friedenszeiten unermüdlich um das Deutsche Reich verdient gemacht haben. Menschen wie Ihnen haben wir es zu verdanken, dass Deutschland zu den führenden Nationen der Welt gehört. Sie verbreiten die Lehre des Nationalsozialismus, und Sie sind immer bereit, Ihr Leben für den Führer zu opfern. Deshalb erhalten Sie beide heute von mir den SS-Ehrendegen.«

Göring überreichte beiden einen kurzen Degen in einer schwarzen Scheide, auf der die SS-Runen eingraviert waren.

»Ich bin mir sicher, dass Sie diesen Degen auch in Kriegszeiten mit Auszeichnung tragen werden.« Der Feldmarschall trat zurück und hob erneut den Arm. »Sieg Heil!«

»Sieg Heil!

»Sieg Heil!«

Die beiden Männer drehten sich um und verließen den Raum. Göring wollte sich wieder seinem Gast zuwenden. Doch der Sessel, in dem der Schwede gesessen hatte, war leer. Birger Dahlerus hatte es vorgezogen, sich grußlos zu verabschieden.

34.
Berlin

1. September
Hotel Esplanade, Abend

Dahlerus war gerade fünf Minuten auf seinem Zimmer, als es an der Tür klopfte. Der Schwede erwartete niemanden. Konnte das Richard Krauss sein? Der Mann hatte gesagt, er würde wieder Kontakt mit ihm aufnehmen.

Mit gemischten Gefühlen öffnete Dahlerus die Tür. Es war das Zimmermädchen. Der Schwede sah sie fragend an. »Ja, bitte?«

Das Zimmermädchen schaute auf den Boden. Ihre Worte kamen nur stockend. »Entschuldigen Sie die Störung, Herr Dahlerus. Mein Name ist Henrike Kornmüller, und ich mache Ihr Zimmer.«

»Haben Sie etwas vergessen? Kein Problem, kommen Sie nur herein.«

»Nein, nein.«

Die Hotelangestellte wirkte, als ob sie gleich losheulen würde. Dahlerus versuchte, sie zu beschwichtigen. »Was ist denn los? Kann ich Ihnen helfen?«

»Ich dachte nur, ich weiß, was Sie machen. Sie versuchen, den Krieg zu verhindern. Ich meine, jetzt ist er zwar ausgebrochen, aber vielleicht schaffen Sie es ja doch noch …« Das Zimmermädchen sah Dahlerus jetzt offen an. Die junge Frau weinte. »Ich wollte Sie nur bitten … Ich habe solche Angst, und ich erwarte ein Kind. Was soll nur werden?«

Der Schwede wusste nicht, was er sagen sollte. Seit er Göring überstürzt verlassen hatte, saß ein Kloß in seinem Hals. Er legte der Frau eine Hand auf die Schulter. »Ich tue, was ich kann. Machen Sie sich keine Sorgen. Ihrem Kind passiert nichts.«

Das Zimmermädchen wischte sich die Tränen aus dem Gesicht. Sie nahm Dahlerus' Hand, küsste sie auf den Handrücken, drehte sich um und lief den Flur herunter. Der Schwede lief rot an, so peinlich war ihm die Szene. Er schloss die Tür hinter sich und legte sich aufs Bett.

Zwei Minuten später klopfte es erneut. Dahlerus stöhnte und schleppte sich zur Tür. Davor stand Karl Wagenknecht, einer der Oberkellner, ein magerer, nervöser Typ mit hoher Stirn. Sein Gesicht machte einen gehetzten Eindruck.

Der Schwede war irritiert. »Karl?«

»Herr Dahlerus, ich muss Sie dringend sprechen.« Wagenknecht sprach schnell, als liefe eine unsichtbare Uhr ab.

»Was gibt es?«

Der Oberkellner zog ein zerknittertes Papier aus seiner Jackentasche und hielt es Dahlerus hin. »Mein Einberufungsbescheid. Ist heute angekommen. Sie wissen, ich habe Frau und Kinder. Was soll aus denen werden? Meine Frau heult sich die Augen aus. Ich kann nicht mehr. Ich weiß nicht, was ich tun soll. Da habe ich an Sie gedacht. Sie sind ein feiner Herr. Sie kennen Göring persönlich. Legen Sie ein gutes Wort für mich ein, ich flehe Sie an. Kämpfen Sie für meine Freistellung. Auf Sie wird er hören, da bin ich mir ganz sicher. Würden Sie das für mich tun? Ich weiß sonst nicht, wie es weitergehen soll. Herr Dahlerus?«

Der Schwede strich sich mit einer Hand über den Hinterkopf. Was sollte er diesem verzweifelten Menschen sagen? Wagenknecht wedelte mit dem Einberufungsbefehl vor seiner Nase herum, seine Augen sahen aus wie die eines gejagten Tieres.

Dahlerus rang nach Worten. »Ich würde Ihnen gerne helfen, Karl, aber meine Möglichkeiten sind begrenzt. Ich weiß, dass Ihnen das nicht weiterhilft, doch Sie müssen versuchen, mich zu verstehen. Wenn ich glauben würde, Ihnen helfen zu können, würde ich es tun.«

Der Oberkellner betrachtete ihn eine Weile, ohne ein Wort zu sagen. Dann faltete er das Schreiben zusammen, steckte es weg und lächelte den Schweden an. »Verzeihen Sie meinen Überfall. Natürlich verstehe ich das. Sie können sich nicht um jeden kümmern. Und es ist nicht Ihre Schuld. Bitte schlafen Sie wohl, Herr Dahlerus. Ich wünsche Ihnen alles Gute.« Er gab dem Schweden die Hand und verschwand.

Dahlerus sah ihm hinterher. Gerade als er die Tür schließen wollte, hörte er, wie jemand nach ihm rief und ging zurück auf den Flur. Zwei Kellner und ein Rezeptionist kamen auf ihn zu.

»Herr Dahlerus, bitte warten Sie einen Moment.«

»Ja?«

Die drei jungen Männer stellten sich vor und schilderten ihr Anliegen. »Glauben Sie, es lässt sich noch etwas machen? Franz hier hat sich gerade ein kleines Häuschen gekauft, und ich habe die ganzen letzten Jahre eifrig gespart. Wir wissen nicht, was wir tun sollen. Ein Krieg würde alles gefährden, was wir aufgebaut haben. Wir wollten Ihren Rat, Herr Dahlerus. Sie wissen am besten, wie es steht.«

Der Schwede antwortete, so gut er konnte. Als die drei Männer gegangen waren und er die Tür hinter sich geschlossen hatte, atmete er tief durch. Die Menschen glaubten noch an ihn, das berührte ihn zutiefst. Aber das Verhängnis nahm seinen Lauf, und er war nicht in der Lage, es aufzuhalten.

Tränen stiegen ihm in die Augen. Er ließ sie laufen, fing an zu zittern, verkrampfte sich. Er schluchzte, rotzte, heulte, fiel auf die Knie. Nach vorne gebeugt weinte er, bis keine Tränen mehr kamen. Erschöpft ließ er sich auf den Teppich fallen, lag einfach nur da. Sein Kopf war vollkommen leer. Er schlief wie ein Toter.

35.
Potsdam
1. September
Odas Jagdhütte, später Vormittag

Krauss kam nicht zur Ruhe. Seine Wunde brannte, doch den Schmerz hätte er ausblenden können. Was ihn trotz der kräftezehrenden Nacht nicht schlafen ließ, war die Ungewissheit. Darüber, wie es weitergehen sollte. Natürlich war er froh, den Jungen wieder in seiner Obhut zu haben. Aber es stellte ihn auch vor neue Probleme. Er war nun wieder für Philipps Sicherheit verantwortlich, und er wusste nicht, wie er sie garantieren sollte. Er wusste kaum für seine eigene Sicherheit zu sorgen, geschweige für die eines Kindes, das von der nationalsozialistischen Elite gejagt wurde.

Deshalb zerbrach Krauss sich seit Stunden den Kopf. Draußen war es längst hell und das grelle Licht ein weiterer Grund, weshalb er nicht abschalten konnte. Er hatte sein Nachtlager auf dem Sofa vor dem großen Fenster zur Lichtung aufgeschlagen, seinem Lieblingsplatz in der Hütte. Oda lag mit dem Jungen im Bett. Philipp hatte bisher kein Wort gesprochen, reagierte aber auf sie. Er schien Oda zu vertrauen. Sie hatte etwas Ernstes an sich, etwas Verbindliches. Göring war darauf angesprungen, Edgar und schließlich auch er selbst. Nun fühlte sich Philipp zu ihr hingezogen. Je mehr Krauss darüber nachdachte, desto mehr gefiel ihm der Gedanke.

Allmählich kristallisierte sich aus dem Durcheinander in seinem Kopf eine brauchbare Idee.

Er hörte, wie die Tür zum Schlafzimmer leise knarrte. Oda schaute vorsichtig übers Sofa, sah, dass er wach war. Sie setzte sich zu ihm. »Philipp schläft.«

»Das ist gut.«

Oda nickte. »Was macht die Wunde?«

»Geht schon.«

»Lass mich mal sehen.«

»Nicht nötig.«

»Stell dich nicht so an, Richard. So etwas kann sich leicht entzünden. Dann hast du wirklich ein Problem.«

Krauss murrte, zog aber die Decke weg und drehte sich auf die Seite.

Oda inspizierte den Verband. »Es hat aufgehört zu bluten. Ich werde die Binden wechseln.«

Krauss wollte erst widersprechen, zwang sich aber dazu, den Mund zu halten. Oda hatte recht, und es hatte keinen Sinn, sie gegen ihn aufzubringen. Er registrierte, wie sie im Bad herumklapperte, dann kehrte sie mit einer Schere, einer Schale und frischen Kompressen zurück.

Geschickt schnitt sie den Verband auf und entfernte die blutige Gaze. Krauss machte keinen Mucks. Oda beugte sich über die Wunde.

»Sieht gut aus. Nicht entzündet. Perfekte Näharbeit. Es zahlt sich also doch aus, wenn man Socken stopfen kann.« Sie grinste.

Krauss verrenkte den Kopf, um einen Blick auf seine Verletzung zu werfen.

Oda drückte ihn sanft zurück. »Entspann dich. Ich reinige die Stelle mit etwas Alkohol. Das wird ein wenig stechen, aber reiß dich zusammen. Denk an den Jungen.«

Krauss konzentrierte sich. Oda tupfte die Schusswunde ab. Für ihn fühlte es sich an, als ob sie ihn mit Säure behandelte, so brannte es. Aber er hielt still, stöhnte nur im Geiste. Oda säuberte erst die Stelle, an der die Kugel eingetreten war, und reinigte dann die Austrittswunde. Krauss versuchte, es positiv zu sehen: Die neue Verletzung überlagerte die alte. Seit Benslers Mann ihn angeschossen hatte, herrschte Ruhe an der Wirbelsäulen-Front. Immerhin etwas.

Oda hatte ihre gekonnte Säuberungsaktion beendet und legte frische Kompressen auf. Sie tippte Krauss an. »Drücke bitte mal fest.«

Krauss hielt die Tücher mit der Linken auf der Wunde, während Oda eine Mullbinde ansetzte. Er musste seinen Körper kurz hochhieven, damit sie die Binde fest um ihn wickeln konnte. Nach drei Minuten war die Prozedur beendet. Oda legte Krauss eine Hand auf die Wange. »Tapfer, tapfer. Indianer kennen keinen Schmerz, was?«

Krauss lächelte gequält. »Ich war immer der Cowboy.«

»Dafür hast du dich gut gehalten.«

Oda wollte aufstehen, aber Krauss hielt sie am Arm fest. »Bleib bitte. Wir müssen reden.«

Sie nickte. »Ich weiß.«

Krauss hievte sich in eine bequemere Position. »Ich habe die ganze Nacht darüber nachgedacht, wie es weitergehen soll.«

»Und zu welchem Ergebnis bist du gekommen?«

»Dass wir hier nicht bleiben können. Früher oder später werden sie uns finden. Wir dürfen nicht vergessen, dass wir es sowohl mit Görings als auch mit Edgars Leuten zu tun haben. Das heißt doppeltes Risiko.«

Oda kaute auf der Unterlippe. »Das sehe ich genauso. Die Hütte bietet auf Dauer keinen Schutz. Hier kommen Jäger vorbei, manchmal Wanderer. Außerdem müssen wir unsere Vorräte auffüllen. Es kann eine Zeitlang gut gehen, muss aber nicht.«

Krauss sah aus dem Fenster. Die Lichtung, deren Anblick er ins Herz geschlossen hatte, lag wie unberührt da. »Der Junge ist nur außerhalb Deutschlands sicher. Und nicht einmal da gibt es hundertprozentigen Schutz, wie wir gesehen haben. Aber das war eine Ausnahme. Auf jeden Fall muss der Junge raus aus dem Land. Du musst ihn wegbringen.«

Oda sah ihn mit großen Augen an. »Was soll das heißen?«

»Es heißt, dass ich dir den Jungen anvertraue. Ich glaube, dass du ohne mich besser dran bist. Ich bin verletzt, eine Belastung. Wenn es jemand alleine schafft, dann du. Das hast du in den letzten Tagen bewiesen.«

Sie schüttelte den Kopf. »Kommt nicht in Frage. Du spinnst, wenn du glaubst, dass ich dich alleine hier zurücklasse. Wir gehen zusammen. Eine kleine Familie auf der Flucht. Vater, Mutter, Sohn. So kommen wir durch. Du bist nicht der Einzige, der hier denken kann, Richard. Ich habe auch nachgedacht. Das ist mein Plan. Wir verschwinden gemeinsam.«

Krauss schwieg einen Moment. Er fuhr sich mit der Hand durchs Gesicht. Seine Stimme klang beschwörend. »Dein Plan ist nicht schlecht, aber meiner ist besser. Tue mir den Gefallen, und denk einfach noch mal darüber nach. Denk an Edgar. Jetzt, wo er weiß, dass der Junge lebt, wird er nicht locker lassen. Niemals. Göring schon. Für ihn war der Junge eine gute Gelegenheit, die mitzunehmen sich sozusagen am Wegesrand ergeben hat. Er wird seine Niederlage schnell akzeptieren und zur Tagesordnung übergehen. Edgar nicht. Für ihn ist der Junge ein ewiger Stachel in seinem Fleisch, etwas, das ihn bis aufs Blut peinigt. Außerdem wird er glauben, dass dort, wo der Junge steckt, auch ich zu finden bin. Er wird niemals aufgeben.«

Oda presste verächtlich Luft durch die Backen. »Na und? Er wird uns nicht finden. Und falls doch, wird er es nicht überleben.«

»Vielleicht. Vielleicht auch nicht.«

Jetzt schwieg Oda. Sie starrte vor sich hin, kaute nicht nur an ihrer Unterlippe, sondern auch am rechten Daumennagel. So fahrig hatte Krauss sie selten gesehen.

»Was hast du also vor?« Sie klang unsicher.

»Ich werde mich an meinen ursprünglichen Plan halten und Edgar töten. Vielleicht auch Hitler. Wenn es dir gelingt, den Jungen außer Landes zu schaffen, wird euch niemand mehr verfolgen. Natürlich bleibt ein gewisses Risiko. Wir können beide scheitern. Aber so ist es nun mal. Wir können nur probieren, das Beste daraus zu machen.«

Oda hatte die ganze Zeit, während Krauss sprach, den Kopf geschüttelt. »Du spinnst wirklich, Richard. Das schaffst du niemals. Du bist angeschossen worden und hast eine ernste Verletzung. Edgars Anwesen wird schwer bewacht. Du hast nicht den Hauch einer Chance, an deinen Bruder heranzukommen. Und selbst wenn es dir gelingen sollte, bist du ihm körperlich unterlegen. Edgar wird dich zertreten.«

»Du hast keine besonders hohe Meinung von meinen Fähigkeiten.«

»Ich sage dir nur, wie es ist. Du machst dir was vor, wenn du glaubst, dass du momentan zu solch einer Tat in der Lage bist. Einer muss dir ja die Augen öffnen.«

Krauss zog die Beine an und setzte sich hin. »Ich habe ja nicht behauptet, dass ich heute losziehe. Gib mir ein paar Tage Ruhe, dann geht es schon wieder. Außerdem habe ich nicht vor, blind ins Verderben zu rennen. Ein wenig mehr solltest du mir schon zutrauen.«

Oda sah wenig überzeugt aus. Sie grübelte vor sich hin, suchte nach dem einen entscheidenden Argument, das Krauss überzeugen würde. »Lass mich das mit Edgar erledigen. Nur so hat es Sinn. Ich komme an ihn ran, das verspreche ich dir. Du hast selbst zugegeben, wie sehr du meine Fähigkeiten schätzt. Du verschwindest mit dem Jungen. Er ist Teil deiner Vergangenheit. Außerdem glaube ich nicht, dass ich mich zur Ersatzmutter eigne.«

Krauss schüttelte den Kopf. »Sieh mich doch an. Ich bin ein Wrack, seelisch und körperlich kaputt. Ich schaffe das nicht noch mal, den Jungen sicher unterzubringen.« Er zögerte. »Mir fehlt die Kraft und das Vertrauen in mich selbst. Bei dir ist das anders. Du kannst mit dem Jungen einen Neuanfang starten. Philipp ist deine Chance, aus der ganzen Scheiße herauszukommen. Das willst du doch. Ein neues Leben.«

Oda schlug mit der flachen Hand aufs Sofa. »Verdammt!«

Krauss beugte sich vor und packte zart ihre Schulter. »Beruhige dich! Ich weiß, dass ich viel von dir verlange, aber ich weiß auch, dass du es schaffen kannst. Sonst würde ich es nicht sagen.«

Oda wirkte verzweifelt. »Das ist es nicht. Was du vorhast, ist Wahnsinn. Du wirst es nicht überleben, egal wie es ausgeht. Du willst es nicht überleben.«

Er antwortete nicht sofort, sah zu Boden. Wieder entstand diese Stille zwischen ihnen, eine Stille, die sich ausbreitete wie ein See, und beide standen sie an entgegengesetzten Ufern. Was sollte er Oda sagen? Dass sie ihn durchschaut hatte, dass er dieses Leben nicht mehr ertrug, weder bewältigen konnte noch wollte? Dass er endlich eintauchen wollte in diese Stille, nach der er sich sehnte wie nach der Dunkelheit in der kleinen Kammer unter der Treppe. Schwärze, Stille, Frieden für die Ewigkeit. Oda spürte das, so wie Hanna seine Gedanken erriet, in ihm las wie in einem aufgeschlagenen Buch. Aber Oda war nicht Hanna, und er wollte alles so einrichten, dass die Dinge über seinen Tod hinaus geregelt waren. Kein Chaos hinterlassen. Oda und Philipp, das war ein vielversprechender Anfang. Mittlerweile schien es ihm wie eine Fügung des Schicksals, dass er Oda begegnet war. Sie war sein Ausweg aus diesem Leben, und das würde er auf keinen Fall verspielen.

Er überlegte sich seine Worte gut. »Wahrscheinlich sieht es für dich so aus. Vielleicht ist auch was dran. Um ehrlich zu sein, wenn ich mein eigenes Leben einsetzen müsste, um Edgar zu töten, würde ich es wohl tun. Aber ich lege es nicht darauf an. Noch schöner wäre es, Edgars Tod auszukosten. Ich habe nicht vor, mich zu opfern, wenn du das glaubst.«

Oda sah immer noch wütend aus. »Das nehme ich dir nicht ab.«

»Es ist aber so.«

Wieder entstand eine Pause.

Nach einer Weile seufzte Oda. »Was soll ich deiner Meinung nach tun?«

Krauss atmete erleichtert auf. Sie gab nach. »Du bringst Philipp außer Landes. Wie du das anstellst, weißt du besser als ich. Du kennst dich hier aus. Wenn du mich fragst, würde ich kein unmittelbar benachbartes Land wählen. Hitler ist kriegsbesessen, und wer weiß, was noch passiert. Keine Nation ist vor ihm sicher. Lege also so viel Raum zwischen euch und Deutschland, wie du kannst. England ist gut oder Portugal, Amerika noch besser. Fang irgendwo neu an. Das Kind dazu hast du schon.«

Odas Stimme klang sehr müde. »Und du kommst irgendwann nach. Wenn du überlebst.«

Krauss senkte den Kopf. »Versteh mich bitte nicht falsch. Ich möchte nicht mal wissen, wo ihr seid.«

36.
Berlin

2. September
Görings Sonderzug, Vormittag

Dahlerus wusste weder ein noch aus. Die Lage schien hoffnungslos, aber er nutzte trotzdem jede Gelegenheit, über die von Sekunde zu Sekunde schwindenden Möglichkeiten einer friedlichen Lösung zu diskutieren. Etwas tief in ihm drin ließ ihm keine Wahl, trieb ihn an, gegen Mauern zu rennen, selbst auf die Gefahr hin, sich eine blutige Nase zu holen. Sein Nervenzusammenbruch vom Vorabend war so gut wie vergessen, eine vorübergehende Unpässlichkeit. Der Besuch der Angestellten des Esplanade hatte ihn zutiefst berührt, ihre ängstlichen Gesichter waren ihm Ansporn, nicht aufzustecken. Offensichtlich wollten nicht alle Menschen in Deutschland einen Krieg.

Bei dem Mann, der ihm gegenüber saß, war er sich da nicht so sicher – nicht mehr. Seit Hitler Hermann Göring offiziell die Rolle seines Stellvertreters übertragen hatte, wirkte der Feldmarschall wie verwandelt, unterdrückte seine jovialen Züge zugunsten eines mehr staatsmännischen Auftretens oder dem, was er dafür hielt. Dahlerus schien diese Entwicklung wenig vielversprechend. Göring hatte ihn zu seinem Sonderzug chauffieren lassen, um über Auswege aus der sich abzeichnenden internationalen Krise zu sprechen. Er trug eine für seine Verhältnisse schlichte, nur mit wenigen Orden behängte Uniform. Auch das interpretierte Dahlerus als schlechtes Zeichen. Der eitle, auf Luxus versessene Göring war ihm lieber, weil berechenbarer gewesen. Hitlers Stellvertreter eröffnete das Gespräch denn auch steifer, als es sonst seine Art war.

»Ich habe interessante Nachrichten, Dahlerus. Mussolini bemüht sich zu vermitteln. Er will die Ausbreitung des Krieges verhindern und ein zweites München zustande bringen. England und

Frankreich sind bereits darüber unterrichtet. Die Franzosen haben angeblich schon signalisiert, dass sie gesprächsbereit sind. Auch Hitler begrüßt die Initiative des Duce.«

Dahlerus war etwas ratlos. »Wieso gerade Mussolini? Was hat er davon?«

»Nun, genau kann ich Ihnen das auch nicht sagen. Aber zum einen besitzt der Duce ein großes Geltungsbedürfnis, und eine erfolgreiche Friedensvermittlung würde sein Ansehen beträchtlich steigern. Zum anderen fürchtet er wohl, in einen möglichen Konflikt hineingezogen zu werden. Man weiß ja nie, wie sich so eine Sache entwickelt.«

»Das fällt Ihnen aber früh auf.«

»Sie sind ungewöhnlich aggressiv, Dahlerus. Dabei wissen Sie doch, dass ich auf Ihrer Seite stehe. Immer noch.«

»Ich weiß überhaupt nichts mehr. Bis auf die Tatsache, dass Deutschland mit den Polen im Krieg steht.«

Göring schnaubte demonstrativ. »Die Polen haben uns angegriffen! Sie dürfen nicht anfangen, die Wirklichkeit zu verdrehen.«

»Ich verdrehe gar nichts. Und ich behaupte auch nichts. Ich stelle nur fest.«

»Dann stelle ich fest, dass wir warten müssen, was der Duce zustande bringt. Insbesondere die Beantwortung der britischen Note von gestern sollten wir aufschieben, bis wir mehr wissen.«

»Ehrlich gesagt glaube ich nicht, dass uns viel Zeit bleibt.«

»Genauso gefährlich ist es, die Dinge zu überstürzen. Damit können Sie unter Umständen alles kaputtmachen.«

»Was unter den gegebenen Umständen relativ ist. Momentan geht es wohl eher darum, dass entstandene Unglück zu begrenzen.«

Göring wischte das Gesagte mit dem Handrücken weg. »Wie auch immer. Ich setze auf Mussolini, weil das ein ernstzunehmender Ansatz ist und auf höchster Ebene geschieht.«

Dahlerus hatte den Eindruck, als sei dies ein Seitenhieb gegen seine eigenen Versuche, Gespräche zustande zu bringen.

Göring bemerkte die Irritation des Schweden. »Das bedeutet nicht, dass ich Ihre Bemühungen nicht schätze. Sie waren für mich eine unentbehrliche Hilfe. Aber wenn eine Friedensinitiative von der Regierung eines souveränen Staates ausgeht, hat das natürlich ein anderes Gewicht.«

Dahlerus nickte, zog es allerdings vor zu schweigen.

Göring fuhr fort. »Eines muss jedoch allen Beteiligten klar sein. Wenn niemand bereit ist, mit Deutschland Gespräche aufzunehmen, sind wir unsererseits entschlossen, den begonnenen Krieg zu Ende zu führen. Und nicht nur das: Wir werden auch vor den Westmächten nicht kapitulieren, sondern ihnen mit erhobenem Haupt und aufgepflanztem Bajonett entgegentreten. Wenn England und Frankreich diesen Krieg wollen, werden sie ihn kriegen.«

Die Worte des Feldmarschalls trugen kaum dazu bei, die Laune des Schweden zu verbessern. Aufgewühlt und beunruhigt verließ er Görings Befehlszug, um sich die dort erfahrenen Neuigkeiten in der britischen Botschaft bestätigen zu lassen. Die Fahrt dorthin dauerte etwa eine Dreiviertelstunde, und wie in den Tagen zuvor erschien es Dahlerus auf den letzten Kilometern der Strecke, die mitten durch Berlin führte, dass die Stadt vollkommen normal, von den Ereignissen nahezu unberührt wirkte. Ein steter Strom von Menschen bewegte sich an diesem Samstag über die Bürgersteige, alle gingen dem nach, was sie auch zu Friedenszeiten bewegte. So schien es. Das Personal im Esplanade hatte dem Schweden eine andere Perspektive offenbart, die der Übergangenen.

In der britischen Botschaft wurde er freundlich von Forbes empfangen. Dahlerus beglückwünschte sich dazu, in dem Diplomaten einen ihm Wohlgesinnten, ja fast einen Freund gefunden zu haben. Sie bewegten sich auf einer Wellenlänge, das war ihnen beiden seit ihrem ersten Treffen klar. Ein Vorteil, denn Dahlerus musste keine Zeit vergeuden. Er berichtete Forbes von Görings Informationen bezüglich Mussolini.

Der Brite wirkte überrascht. »Von einem italienischen Vermittlungsversuch ist mir nichts bekannt. Und ich habe vor einer Viertelstunde noch mit Cadogan in London gesprochen. Wenn er etwas wüsste, hätte er es erwähnt.«

Dahlerus begriff gar nichts mehr. »Göring hat im Brustton der Überzeugung davon erzählt. Wie wichtig es sei, dass nun ein

Staatsmann zu schlichten suche. Und dass er auf Mussolini und dessen Vermittlungskünste vertraue. Was soll das?«

Forbes zuckte mit den Achseln. »Wer weiß das schon? Wir werden doch tagtäglich an der Nase herumgeführt. Eine neue Lüge, eine neue Finte? Das spielt für Leute wie Göring keine Rolle. Sie haben längst den Überblick verloren oder die Fähigkeit, zwischen Täuschung und Wahrheit zu unterscheiden.«

»Aber was sollte es bringen, mich zu belügen? Als ob sich zu diesem Zeitpunkt noch irgendjemand davon beeinflussen lassen würde. Die Deutschen haben Fakten geschaffen, und die Briten haben darauf reagiert. Alles andere ist doch Augenwischerei.«

Forbes nickte. »Stimmt. Und was mich dabei extrem beunruhigt ist die Tatsache, dass unsere Note von gestern noch unbeantwortet ist. Chamberlain wird sich das nicht lange bieten lassen. Hier geht es nicht mehr nur um Polen, hier geht es um Grundsätzliches. Darum, der deutschen Regierung zu zeigen, dass sie mit ihrer Politik so nicht ungeschoren weitermachen kann. Dass das System Hitler am Ende ist.«

Dahlerus sah Forbes zweifelnd an. »Ich glaube, dass uns das teuer zu stehen kommt.«

37.
Berlin

3. September
Görings Sonderzug, früher Morgen

Göring träumte, er liege auf einer Wiese. Neben ihm spielten Emmy und Edda im Gras. Merkwürdigerweise standen überall Staffeleien mit seinen Bildern herum. Eine verdammte Schlamperei. Wenn nun ein streunender Hund eine Staffelei umriss oder ein Vogel sich auf einen Rahmen setzte und das Bild beschmutzte. Er musste die Werke in Sicherheit bringen. Wütend drückte er sich hoch und ging zu der Staffelei, die ihm am nächsten lag. Es war ein Bild von Lucas Cranach, das er sehr mochte, »Madonna mit Kind«. Er packte es und wollte es von der Staffelei nehmen, aber es ließ sich nicht lösen. Er rüttelte stärker, hob es hoch, doch das Kunstwerk blieb fest mit dem Holzdreifuß verbunden. Göring spürte, wie es in ihm brodelte und er kurz davor war, noch rabiater zu werden – da kräuselte sich die Leinwand, und die Farbe rieselte wie feiner Staub zu Boden. Verzweifelt versuchte er, den Staub mit den Händen aufzufangen, aber er rann ihm durch die Finger. Ein Windstoß verteilte die Farbe auf der Wiese. Göring war den Tränen nahe. Was ihn ablenkte, waren Emmy und Edda, die im Gras tanzten und dazu ein Kinderlied sangen. Emmy hielt ihre Tochter an den Händen, sie drehten sich im Kreis, ihre Haare flatterten im Wind. Mein Gott, war Edda groß geworden, und hübsch dazu. Er wollte mittanzen, wollte sich einreihen in diesen unbeschwerten Reigen, doch als er näher kam, nahm Emmy das Kind auf den Arm und trat einen Schritt zurück. Göring blieb überrascht stehen. Es war gar nicht Emmy, die da vor ihm stand, sondern Oda, und sie trug auch nicht Edda, sondern einen Jungen. Als er kapierte, was los war, ging er weiter, doch wieder veränderten sich ihre Gesichtszüge. Er kannte diese Frau, das wusste er, ganz bestimmt, es war … Carin. Göring zuckte zusammen, so erschrak er vor diesem geliebten Antlitz. Nun streckte sie ihre Hand aus, einladend, wie ihm schien, und er wollte sie nehmen, griff aber vor Schreck daneben, denn ihre Hand war fleckig, das Fleisch grau und die Finger knochig ...

Er schrie und richtete sich im Bett auf. Sein Atem ging schwer, sein Herz klopfte wie ein Hammer. Göring setzte sich auf die Bettkante, beruhigte sich. Es war nur ein Traum. Ein böser, kleiner Traum. Dabei schlief er meistens traumlos, vor allem, wenn er sich ein paar Tropfen Morphium gegönnt hatte. Und dass ausgerechnet seine geliebte verstorbene Frau ihn auf diese Weise heimsuchte, empfand er fast als einen Affront. Sie ruhte doch friedlich in der schönsten Gruft, die sich ein Mensch wünschen konnte. Aber ruhten die Toten wirklich in Frieden? Wer konnte das wissen? Vielleicht trieb es sie rastlos herum, wo sie nun auf ihrer Seite zusammenrücken sollten, um Platz zu schaffen für die Legionen derjenigen, die er im Begriff war, zu ihnen zu schicken.

Göring wollte nicht weiter darüber nachdenken, wollte diese morbiden Gedanken aus seinem Kopf vertreiben, dem Tag nicht mit einem missglückten Start ein düsteres Gepräge geben. Er stand auf, schlüpfte in seinen erbsengrünen Morgenmantel und ging zur Bar. Dort schenkte er sich einen Brandy ein und kippte den Muntermacher, wie er ihn nannte, in einem Zug herunter. Das taube Gefühl in seinem Kopf, das der Traum hinterlassen hatte, hielt sich jedoch hartnäckig. Göring beschloss, mit gesünderen Mitteln dagegen anzugehen. Er quetschte sich in das zu klein geratene Bad seines Sonderzuges, drehte den Hahn auf und schaufelte sich kaltes Wasser ins Gesicht. Im Spiegel betrachtete ihn eine fahle, aufgeschwemmte Gestalt mit teigigen Wangen. Die Haare klebten fettig am Kopf, die Augen waren blutunterlaufen. Göring brauchte einen Moment, um sich zu erkennen.

Während das Wasser von seinem Kinn ins Waschbecken tropfte, fragte er sich, was heute so verdammt schief lief. War es die Angst davor, endlich der Wahrheit ins Auge blicken zu müssen, der Wahrheit, dass sie heute den Krieg bekamen, den Hitler immer angestrebt und er selbst nicht verhindert hatte? Alles schien darauf hinzudeuten: Henderson hatte darauf bestanden, Ribbentrop um 9 Uhr eine Nachricht zu überbringen. Es konnte sich nur um ein Ultimatum von britischer Seite handeln. Entweder die Deutschen stellten die Kämpfe ein und zogen sich zurück, oder England würde in den Krieg eintreten. Göring wischte sich das Gesicht ab. Er war bereit, es mit der Welt aufzunehmen. War die Welt auch bereit für ihn?

Er wählte eine taubenblaue Uniform, streifte sich eine Schärpe über und legte ein paar Orden mehr an als in den Tagen zuvor. Zumindest äußerlich wollte er dieser historischen Stunde angemessen begegnen. Es war alles eine Frage von Haltung und Würde, selbst in ausweglosen Situationen. Ehrensache. Vielen fehlte dafür das Verständnis, auch Hitler, dessen Manieren zu wünschen übrig ließen und den Göring deshalb oft als ungehobelt empfand. Birger Dahlerus dagegen besaß diese Würde, war ein Mann von Anstand und guter Gesinnung. Ein Teil von Göring bedauerte es, dass er dem Schweden gegenüber nicht immer ehrlich gewesen war, dass er ihn für seine Zwecke instrumentalisiert hatte. Der weitaus größere Teil aber nahm es als situationsgegeben hin. So funktionierte das Spiel eben, und er war weiß Gott nicht angetreten, es zu verlieren. Wenn Dahlerus die Züge seines Gegners nicht durchschaute, war das ganz allein sein Problem.

Göring erwartete den Schweden gegen 9 Uhr, mit frischen Informationen aus britischen Botschaftskreisen. Es war also nur Zeit für ein kurzes Frühstück – aber der Traum hatte ihm ohnehin den Appetit verdorben.

Der Feldmarschall klingelte nach Kropp, der kurz darauf erschien und ihm mitteilte, dass im Salonwagen bereits gedeckt war. Während Göring sein Frühstücksei köpfte, wünschte er sich, endlich Richard Krauss und Oda eigenhändig den Schädel einschlagen zu können, doch an dieser Front herrschte unbegreifliche Ruhe. Die beiden waren spurlos verschwunden und nicht einmal in der Nähe von Edgar Krauss' Anwesen aufgetaucht. Irgendwann würden sie sich aus ihrer Deckung wagen, da war sich Göring sicher, aber irgendwann würde er auch sein Interesse an ihnen verlieren. Im Moment sah es für ihn so aus, als würden sie darauf spekulieren. Er musste also durchhalten. Es war immer dasselbe: Wenn keiner mehr mit ihm rechnete, sprang er plötzlich auf die Bühne wie das Mädchen aus der Torte. Göring, das

Stehaufmännchen. Hitler hatte ihn zum zweiten Mann des Reiches und zu seinem Stellvertreter ernannt, als neunmalkluge Generäle wie von Manstein oder Rommel keinen Pfifferling mehr auf ihn gegeben hätten. Jetzt mussten sie sich in Acht nehmen. Jeder musste sich in Acht nehmen. Zwar durfte er seinen Plan, sich die Unterstützung der Engländer zu sichern, wohl als gescheitert betrachten. Dafür aber stand Hitler zu ihm. Der Führer wusste, dass nur Göring das Format dazu besaß, sein Nachfolger zu werden.

Gerade als er sich in die Rolle des ersten Mannes im deutschen Staat hineinzufühlen bemühte, kündigte Oberstleutnant Conrad Dahlerus an. Der Schwede war zehn Minuten zu früh dran, ein untrügliches Zeichen, dass ihm etwas auf der Seele brannte. Nach einer kurzen Begrüßung wies Göring ihm einen Stuhl an seinem Tisch an. Dahlerus wirkte übernächtigt, unter seinen Augen lagen schwarze Schatten. Da haben wir was gemeinsam, dachte Göring, wenigstens etwas.

Der Schwede kam gleich zur Sache. »Botschaftsrat Forbes hat mich heute früh auf den aktuellen Stand gebracht. In diesen Minuten legt Henderson Ribbentrop ein Schreiben der britischen Regierung vor. Es besagt, dass die Deutschen binnen zwei Stunden die Kampfhandlungen einstellen und sich auf ihr Territorium zurückziehen müssen. Andernfalls erklärt England Deutschland den Krieg.«

Göring nippte an seinem Kaffee. So weit erzählte Dahlerus ihm nichts Neues. Alles andere als ein Ultimatum der Briten hätte ihn überrascht. Dass den Deutschen aber nur zwei Stunden Zeit gelassen wurde, war schon bemerkenswert. Chamberlain schien es diesmal ernst zu meinen.

Vorsichtshalber wollte der Feldmarschall sich aber vergewissern. »Das hört sich in der Tat bedenklich an. Glauben Sie, da ist nicht mehr dran zu rütteln?«

Dahlerus hob die Hände. »Woher soll ich das wissen? Nach dem, was Forbes gesagt hat, kann ich es mir allerdings kaum vorstellen.«

Der Feldmarschall schüttelte scheinbar bestürzt den Kopf. »Die Engländer sitzen auf einem derart hohen Ross, es ist wirklich zum Kotzen. Seit wann muss sich eine siegreiche Armee zurückziehen, bevor es überhaupt zu Verhandlungen gekommen ist? Kennen Sie einen vergleichbaren Fall in der Weltgeschichte? Ich nicht. Sie sehen, dass es hier vor allem darum geht, alte Muster zu beleben. Denken Sie an Versailles! Auch damals zwang man die Deutschen, die Waffen niederzulegen, und diktierte ihnen anschließend die Bedingungen. Die Engländer fürchten um ihre Vormachtstellung in der Welt, das ist der eigentliche Grund für dieses Ultimatum. Dabei haben Sie und ich wirklich alles daran gesetzt, zu einer friedlichen Lösung zu gelangen.« Göring sah auf die Uhr. »Es ist jetzt 9.15 Uhr. Ich möchte kurz den Außenminister anrufen und mir das Ultimatum bestätigen lassen. Würden Sie mich dafür bitte kurz alleine lassen?«

Dahlerus nickte. »Selbstverständlich. Aber wenn ich noch eines anfügen darf: Versuchen Sie zu verhindern, dass Ribbentrop oder Hitler die Note beantworten. Sie dagegen haben mir immer versichert, zu einer Verständigung mit den Engländern kommen zu wollen. Nehmen Sie die Sache also selbst in die Hand, oder wirken Sie auf die beiden ein. Andernfalls kommt es meiner Meinung nach zur Katastrophe.«

Danach stand Dahlerus auf und verließ den Raum. Göring wollte nicht, dass der Schwede mitbekam, dass Hitlers Stellvertreter sich seine Informationen selbst zusammenklauben musste. Er ging an seinen Schreibtisch und rief im Außenministerium an. Wenig später hatte er Joachim von Ribbentrop in der Leitung. Göring verkniff sich eine dumme Bemerkung und ließ sich nur den genauen Inhalt der britischen Note mitteilen. Er stimmte mit dem überein, was Dahlerus erzählt hatte. Göring legte auf, ohne sich von Ribbentrop verabschiedet oder die Frage einer Antwort für die Briten erörtert zu haben. Aber er wusste genau, dass Dahlerus mit seiner Einschätzung richtig lag. Wenn Ribbentrop die Antwort abfasste, hieß das Krieg.

Er klingelte nach Kropp, um ihm die Order zu geben, Dahlerus wieder einzulassen. Göring nickte dem Schweden zu. »Ihre Informationen sind richtig. Uns bleiben noch zwei Stunden. Eine Stunde und vierzig Minuten, um genau zu sein. Sehr wenig Zeit, um ein unter Volldampf fahrendes Schiff abzubremsen.«

»Wenn man ehrlichen Willens ist, ist es nie zu spät.«

Göring musterte Dahlerus. Was trieb diesen Mann nur an, was ließ ihn nie innehalten, nie vollends verzagen? Es war ihm unerklärlich, ja manchmal geradezu unheimlich, aber es nötigte ihm Respekt ab. Selbst jetzt, zehn Sekunden vor zwölf, war er nicht bereit aufzugeben. So wie der Schwede seine Stirn in Falten legte, grübelte er gar über einem neuen Vorschlag, einem letzten Ausweg in schier aussichtsloser Lage. Bevor Göring etwas erwidern konnte, sprach Dahlerus weiter.

»Lassen Sie mich mit London telefonieren. Vielleicht kann ich doch noch etwas erreichen.«

Glaubte der Schwede tatsächlich, er könne Chamberlain umstimmen? So weit ging Görings Vertrauen in die Fähigkeiten des Unterhändlers denn doch nicht. Andererseits, was schadete ein Versuch?

»Bitte. Probieren Sie es. Aber es wird schwierig sein, eine Verbindung herzustellen.«

»Das wird schon klappen. Von welchem Apparat kann ich einigermaßen ungestört sprechen?«

»Nehmen Sie den Apparat zwischen Speisewagen und Küche.«

Dahlerus entfernte sich. Göring wartete drei Minuten, setzte sich an seinen Schreibtisch und drückte dort einen Knopf auf einem kleinen Schaltpult. Aus einem kleinen Lautsprecher drang Dahlerus' drängende Stimme, die in dringlichem Ton auf eine Telefonistin einredete. »Ich flehe Sie an, stellen Sie bitte eine Verbindung her.«

»Ich habe Ihnen doch schon zweimal gesagt, alle Verbindungen nach England sind unterbrochen.«

»Glauben Sie mir, ich würde es nicht versuchen, wenn es nicht dringend wäre. Es geht nicht mal um mich, sondern es betrifft uns alle. Auch Sie und Ihre Kinder, falls Sie welche haben. Wenn Sie etwas wirklich Hilfreiches tun wollen, verbinden Sie mich.«

Die Telefonistin zögerte. »Ich weiß nicht. So einfach, wie Sie sich das vorstellen, ist das nicht.«

»Das ist mir klar. Aber ich weiß keinen anderen Ausweg. Und ich habe keine Zeit mehr. Geben Sie sich einen Ruck. Tun Sie etwas Gutes.«

»Sie lassen aber nicht locker. Bleiben Sie in der Leitung.«

»Ich danke Ihnen.«

»Danken Sie mir nicht zu früh. Ich kann Ihnen nichts versprechen.«

In der Leitung knackte und rauschte es, dann bekam Dahlerus ein Freizeichen, das hohl und weit entfernt klang. Nach ein paar Sekunden meldete sich eine weibliche Stimme, die nun auf Englisch versuchte, Dahlerus' Wunsch nach einer Verbindung ins Foreign Office abzublocken. Wieder bot der Schwede alle seine Überredungskünste auf, diesmal allerdings in einer anderen Sprache, und wieder hatte er damit Erfolg.

Göring an seinem Schreibtisch zog den Hut vor so viel Ausdauer. Dahlerus telefonierte mittlerweile mit einem Beamten des Foreign Office.

»Mein Name ist Birger Dahlerus. Mr. Chamberlain ist bestens über meine Person und meine Rolle informiert. Ich habe eine wichtige Nachricht für ihn. Würden Sie ihm sie so schnell wie möglich mitteilen?«

Die Antwort war eher kühl. »Ich werde sehen, was ich tun kann. Von wo rufen Sie an?«

»Aus dem Befehlszug des deutschen Reichsfeldmarschalls Hermann Göring. Ich hatte gerade eine Unterredung mit ihm und glaube, dass ich über wesentliche Informationen verfüge, das britische Ultimatum betreffend.«

»Informationen welcher Art?«

»Sagen Sie dem Premierminister, dass ich nach Kenntnis der jetzigen Lage nicht der Auffassung bin, dass die Deutschen sich zu einem Rückzug aus Polen bewegen lassen. Sagen Sie ihm, dass ich allenfalls eine sofortige Beendigung der Kampfhandlungen für realistisch halte. Nach Görings Worten musste sich noch nie in der Weltgeschichte eine siegreiche Armee zurückziehen, bevor überhaupt Verhandlungen begonnen haben. Sagen Sie Mr. Chamberlain weiterhin, dass ich in der momentanen Lage den Austausch weiterer Noten für nicht zielführend halte und stattdessen die Aufnahme direkter Gespräche zwischen England und Deutschland empfehle. Würden Sie ihm das ausrichten?«

»Wie ich schon sagte, ich werde sehen, was ich tun kann.«

»Sie wissen, dass nicht viel Zeit bleibt.«

»Ich bin darüber im Bilde.«

Dahlerus bedankte sich und legte auf. Göring drückte wieder auf ein Knöpfchen und setzte sich auf den Stuhl, auf dem er gesessen hatte, als Dahlerus gegangen war. Eine Minute später betrat der Schwede den Salonwagen. Göring sah ihn auffordernd an. Er war gespannt, wie Dahlerus ihm das ergebnislose Gespräch verkaufen würde.

»Nun? Was haben sie erreicht?«

In dem Schweden arbeitete es, das sah Göring sofort.

»Was halten Sie davon, wenn Sie sofort nach England fliegen und dort die Bedingungen einer Verständigung aushandeln? Entscheidend ist, dass Sie deutschen Boden vor 11 Uhr verlassen. Das wäre ein Signal, das die Briten nicht einfach ignorieren können.«

Göring war erstaunt über so viel Einfallsreichtum. In der Unterhaltung mit dem Foreign Office hatte Dahlerus den Vorschlag nicht mit einer Silbe erwähnt. Aber er war nicht schlecht. Eine letzte Möglichkeit, seine Rolle bei den Engländern wieder aufzuwerten. Allerdings musste er Hitler mit ins Boot holen.

Göring nickte. »Gute Idee. Ich werde General Bodenschatz unterrichten, der wiederum den Führer informiert. Liegt auch eine Bestätigung der englischen Regierung vor?«

Dahlerus druckste herum. »Das muss ich erst noch klären.«

»Wenn England dazu bereit ist, bin ich es auch.«

»Darf ich ein weiteres Gespräch führen?«

»Sicher.«

Es war 10.20 Uhr. Dahlerus verschwand, und Göring setzte sich erneut an seinen Schreibtisch. Er hatte das Gefühl, ein Déjà-vu zu erleben, so sehr glichen sich die Gespräche. Wieder musste Dahlerus zwei störrische Telefonistinnen diesseits und jenseits des Kanals davon überzeugen, ihn weiterzuverbinden, wieder ebnete ihm der Furor seiner Verzweiflung den Weg. Im Foreign Office hörte man den Schweden nun freundlicher als noch vor ein paar Minuten an, offensichtlich hatte man den Mann am Telefon über die Seriosität des Vermittlers aufgeklärt. Nachdem Dahlerus sein Anliegen geschildert hatte, bat man ihn um einen Moment Geduld. Die Minuten verstrichen. Göring spürte, wie auch bei ihm die Anspannung stieg, weil sich unvermutet ein neues Fenster öffnen konnte.

Kurz darauf teilte der britische Beamte dem Schweden mit, dass die englische Regierung erst die Antwort auf ihr Ultimatum abwarten wolle, bevor sie die Genehmigung zu direkten Gesprächen mit Feldmarschall Göring gebe. Dahlerus legte resigniert auf. Es war 10.35 Uhr.

Göring betrachtete versonnen die Decke. Das Fenster hatte sich soeben geschlossen. Dahlerus kehrte zurück und berichtete dem Feldmarschall, was der schon längst wusste. Göring hatte keine rechte Ahnung, was er sagen sollte. Alles war zigfach hin- und hergewälzt, zerkaut, verdaut, wieder ausgeschieden und erneut zubereitet. Er bat Dahlerus, ihn alleine zu lassen. Dem Schweden stand der Kummer ins Gesicht geschrieben, aber das ließ sich nicht ändern. Er drehte sich wortlos um und verließ den Waggon.

Göring blieb noch eine Weile sitzen. Wie profan ein solch historischer Moment doch in Wirklichkeit war. Man saß da und wartete. Wie beim Zahnarzt oder beim Friseur. In der Rückschau aber würde die Uhr des Schicksals ticken, der Himmel dramatisch blitzen und ein Streichquartett zum finalen Crescendo ansetzen. Das Leben verzichtete auf solchen Unsinn.

Göring erhob sich seufzend und ging ebenfalls nach draußen. Im Schatten einiger Buchen standen ein paar Klappstühle. Er steuerte sie an und ließ sich in einen hineinfallen. Etwa hundert Meter von ihm entfernt spazierte Dahlerus auf und ab, alleine, die Hände hinter dem Rücken verschränkt. Obwohl der Schwede ihn gesehen hatte, machte er keine Anstalten, zu ihm herüberzukommen. Auch sonst traute sich keiner in Görings Nähe. Er sah auf die Uhr. Es war 10.50 Uhr.

Ein leichter Windstoß ließ die Blätter über ihm rascheln. Sonnenlicht sprenkelte den Schatten. Göring hörte Vögel zwitschern, roch frisches Gras und feuchte Erde. Bilder stiegen in ihm auf, Erinnerungen an unbeschwerte Tage, in denen die Zukunft unendlich und vielversprechend vor ihm lag. Aber es gelang ihm nicht, diese Bilder festzuhalten, irgendetwas drängte sich dazwischen wie eine zweite Haut, die alle Empfindungen dämpfte. Er forschte in sich, konnte es aber nicht gleich ausmachen, bis es ihm plötzlich wieder einfiel. Es war der Traum, der ihn immer noch umklammert hielt, der sich über seine Sinne gelegt hatte wie ein schwarzer Schleier. Carin. Ein Gruß aus der Gruft. Ihn schauderte.

Pili Körners Räuspern holte ihn zurück in die Realität. Sein treuester und längster Begleiter stand unmittelbar neben ihm und hielt ihm ein Blatt Papier hin. Göring sah ihn an. »Was ist das?«

»Eine wichtige Mitteilung.«

Göring nahm den Zettel. Mürrisch überflog er die Worte. Sie besagten, dass Chamberlain Deutschland offiziell den Krieg erklärt hatte, weil bis 11 Uhr keine Antwort auf das Ultimatum erfolgt war. Göring hielt das Blatt in der Hand, ohne weiter darauf zu schauen. Stattdessen sah er hinüber zu Dahlerus, der wiederum ihn aus der Distanz genau beobachtete.

Mit einem Mal zerknüllte Göring das Papier und schrie: »Jetzt hat Ribbentrop, was er wollte! Jetzt hat er seinen Krieg! Er ist der alleinige Schuldige!«

Der Feldmarschall stand so plötzlich auf, dass der Stuhl nach hinten umfiel. Wutentbrannt schleuderte er Körner die ramponierte Mitteilung vor die Brust. Göring machte seinem Zorn Luft. »Die Engländer haben es von Anfang an darauf angelegt. Sie wollten keine Verständigung, das ist ja jetzt wohl allen klar. Sie wollten den Krieg, und den werden sie kriegen.«

Dahlerus hatte sich mittlerweile auf Sprechweite genähert. Natürlich war er über das Geschehene im Bilde. Selbst ohne Görings Geschrei hätte er gewusst, was passiert war. Der Feldmarschall sah ihn erst trotzig, dann zunehmend ernüchterter an. Dahlerus trauriger Blick besänftigte seine Wut.

»Glauben Sie mir, Dahlerus, dieser Krieg ist schnell vorbei, vielleicht noch schneller, als Sie und ich denken. Und ich werde alles tun, um ihn so menschlich wie möglich zu führen, das verspreche ich Ihnen.«

Der Schwede sagte nichts, sah ihn nur an. Dann drehte er sich zum zweiten Mal wortlos um und ließ Göring stehen. Dem Feldmarschall kam gerade die Galle hoch, da tippte ihn Körner von der Seite an. Er hatte ein Feldtelefon in der Hand und formte mit seinen Lippen lautlos »Hitler«.

Göring nahm den Hörer. »Mein Führer.«

Hitler schnarrte in gewohnt hoher Lautstärke. »Jetzt sind Sie wohl total verrückt geworden. Bodenschatz hat mir von Ihren Plänen berichtet, nach England zu fliegen. Für mich grenzt das an Landesverrat – in dieser Lage.«

Göring sah sich im Geiste vor einem Erschießungskommando, Auge in Auge mit auf ihn gerichteten Karabinern.

Hitler sprach weiter, ruhiger jetzt. »Zum Glück haben Sie Bodenschatz von Ihren Plänen informiert und die Sache nicht leichtfertig überstürzt. Kommen Sie sofort in die Reichskanzlei. Ich brauche Sie jetzt hier, Göring, an meiner Seite.«

Göring wurde es warm ums Herz. »Jawohl, mein Führer.«

38.
Potsdam

3. September
Odas Jagdhütte, Vormittag

Krauss stand verloren im Raum. Oda wuselte um ihn herum, geschäftiger als eigentlich nötig. Für ihre Fahrt packte sie zusammen, was die Hütte hergab, und das war nicht sehr viel. Ein paar Konserven, Werkzeug, Decken. Es war sehr gut möglich, dass sie mit dem Jungen im Auto übernachten musste.

Krauss wollte helfen, aber Oda hatte abgelehnt. Er müsse sich schonen, seine Verletzung auskurieren. Sie war nicht abweisend, aber distanziert, kühl, wie bei ihrer ersten Begegnung. Schon am Tag zuvor hatte Krauss gespürt, dass sie sich ihm entzog. Noch nicht so offensichtlich wie im Augenblick, aber spürbar. Stattdessen bemühte sie sich um Philipp, kramte ihre englischen Brocken zusammen, sprach mit ihm, nahm ihn in den Arm, versuchte ihn zu necken. Der Junge war verstockt, verstört durch das, was er erlebt hatte, und traute sich noch nicht aus seiner Isolation. Aber Oda gab nicht auf. Am Nachmittag hatte sie ihn soweit, dass er einmal lachte, aber dabei erschrak er über sich selbst. Mehr war nicht zu machen. Krauss beobachtete sie. In ihren leuchtenden Augen schimmerte Schmerz. Er hoffte, dass es alte Wunden waren. Am Abend war sie kurz angebunden gewesen, wollte Krauss keine Gesellschaft leisten. Er bedauerte das, aber er begrüßte es auch. Sie löste sich von ihm, konzentrierte sich ganz auf ihre neue Aufgabe. Krauss war überzeugt davon, dass sie es schaffen würde.

Oda fand nichts mehr, was sich mitzunehmen lohnte. Philipp saß bereits im BMW, wartete auf sie. In den vergangenen zwei Tagen hatte er Vertrauen zu ihr gefasst, das war offensichtlich. Der Junge mochte sie, sah vielleicht auch die Chance, die sie ihm bot. Krauss gegenüber war er scheu und vorsichtig, auch wenn der Deutsche sich ihm dank seiner guten Englischkenntnisse besser verständlich machen konnte. Nun, bald musste Philipp keine Angst mehr haben. Dann war er mit Oda alleine. Sie stand vor ihm, offensichtlich verlegen. Statt distanziert wie noch ein paar Minuten zuvor wirkte sie nun sehr verletzlich. Ihre Stimme klang unsicher.

»Ich habe keine Erfahrung im Abschiednehmen.«

Krauss lächelte. »Mach es nicht dramatischer, als es ist.«

»Stimmt. Ist doch Quatsch. Wo wir uns doch erst seit ein paar Tagen kennen.«

»So musst du es sehen.«

»Ist aber eine Menge passiert in den paar Tagen.«

»Allerdings. Wir haben einiges erlebt. Du hast mich zweimal befreit, einmal davon für die Galerie.«

Jetzt lächelte auch Oda. »Das war nicht meine Idee. Aber gut ausgeführt, das musst du zugeben.«

Krauss nickte anerkennend. »Absolut erstklassig. Was du machst, hat Hand und Fuß.«

»Ach ja?«

»Du schießt gut, kochst perfekt, flickst Wunden zusammen und bringst einen verstörten Jungen zum Lachen. Das ist unschlagbar.«

Oda sah zu Boden. »Wenn du das sagst.«

Krauss schwieg. Schon drängte sie sich wieder zwischen sie, diese Stille.

Nicht jetzt, dachte Krauss.

»Ich bin in meinem Leben nur einer Frau begegnet, die mir mehr bedeutet hat als du.«

Oda verzog das Gesicht. »Red jetzt bloß keinen Schmus. Das passt nicht zu dir.«

»Das ist kein Schmus. Ich wollte dir nur sagen, wie nahe du mir stehst.«

Sie umfasste seine Hand. »Das ist lieb von dir. Du bedeutest mir auch viel.«

Er spürte ihre Wärme. Sie glühte. »Trotzdem musst du jetzt gehen.«

Sie nickte. »Ich werde dich nie mehr wiedersehen, oder?«

»Es ist besser so.«

Sie umarmten sich, standen einfach so da. Er roch ihre Haare, fühlte ihr Herz klopfen. Sie weinte nicht, hielt ihn nur fest. Dann riss sie sich los, drückte noch einmal seine Hand, sah ihm in die Augen und ging zur Tür.

Dort drehte sie sich noch einmal um. Ihre Stimme hatte die gewohnte Entschlossenheit wiedergefunden. »Du musst mir noch eines versprechen, Richard.«

»Und das wäre?«

»Bring das Schwein um.«

Krauss sah dem Wagen nach, bis er im Wald verschwunden war. Zum zweiten Mal hatte sich ein ihm wichtiger Mensch aus seinem Leben verabschiedet. Diesmal aber war er es, der den Zeitpunkt bestimmte. Es gab ihm nur ein bedingt besseres Gefühl. Denn es war längst nicht klar, ob es Oda wirklich gelingen würde, mit Philipp das Land zu verlassen. Wahrscheinlich sogar würde er es nie erfahren. Aber unter den gegebenen Umständen hatte er das Menschenmögliche getan. Ein schwacher Trost.

Zumindest wusste er jetzt, wie er an Edgar herankommen konnte. Oda hatte ihm genau beschrieben, wo das Anwesen seines Bruders lag. Am Wannsee. Am Wasser. Natürlich. Krauss hatte gleich gefragt, ob sich Oda an eine Badeinsel erinnern konnte. Ja, rund fünfzig Meter vom Ufer entfernt, direkt vor seinem Haus, hatte Edgar eine Badeinsel eingerichtet. Beide waren sie versessen aufs Schwimmen gewesen, hatten keine Gelegenheit versäumt, im Sommer in den See oder in ein Schwimmbad zu gehen. Edgar war sich in dieser Hinsicht treu geblieben, hatte auch als Erwachsener das Schwimmen als tägliche Leibesübung beibehalten. Offensichtlich bis heute.

Krauss musste nur früh am Morgen zu der Badeinsel gelangen und warten. Die Chance, seinen Bruder dort zu erwischen, schätzte er als extrem hoch ein. Alles andere war ein Selbstmordkommando. Edgars Anwesen wurde schwer bewacht; für eine Person war es so gut wie unmöglich, dort einzudringen. Auch am Ufer standen Posten, um potenzielle Angreifer von der Seeseite abzuwehren. Mit einem Schwimmer würden sie jedoch kaum rechnen. Krauss musste sich also nicht so sehr um die Wachen sorgen. Sein Problem war, mit seiner Verletzung von der anderen Seeseite bis zu der Badeinsel zu gelangen, ohne vorher zu ertrinken. Heute wollte er sich vor Ort ein Bild verschaffen. Aber vorher musste er noch etwas erledigen, was ihm auf der Seele brannte. Er musste dem Menschen, den er in all das hineingezogen hatte, einen Besuch abstatten.

39.
Berlin

3. September
Hotel Esplanade, Nachmittag

Dahlerus saß betreten auf seinem Bett. Er fühlte sich leer, ausgelaugt, überflüssig. Selten in seinem Leben hatte er eine so tiefe Müdigkeit empfunden, eine Müdigkeit, die nach mehr verlangte als bloß nach Schlaf. Aber nach was? Wie sollte er sich selbst wiederherstellen, die schlaffe Hülle, die sein ausgebranntes Inneres umgab, mit Energie füllen? Er hatte bisher nicht einmal die Kraft gefunden, Elisabeth anzurufen und ihr seine Niederlage einzugestehen. Weil er sie dafür selbst hätte akzeptieren müssen. Dabei sehnte er sich nach ihren aufmunternden Worten. Wenn jemand in der Lage war, seine Batterien wieder aufzuladen, dann seine Frau. Noch fehlte ihm der Mut loszulassen.

Von Görings Zug hatte er sich direkt zur britischen Botschaft begeben. Er wollte wissen, wie die deutsche Antwort auf das britische Ultimatum ausgefallen war, auch wenn das nichts mehr an der Situation änderte. Die Replik war zwar nur eine Fußnote der Geschichte, für Dahlerus allerdings eine immens aufschlussreiche.

An der Botschaft angekommen, erlebte er eine Überraschung. Deutsche Soldaten hatten das Gebäude abgeriegelt, so dass er nicht mehr hineinkam. Ein Offizier verwies ihn auf das Hotel Adlon.

Der Schwede fuhr sofort dorthin. Im Foyer wimmelte es von Menschen. Einige diskutierten aufgeregt miteinander, andere standen abwesend herum. Es sah aus, als hätte sich der Inhalt mehrere Reisebusse über die Rezeption ergossen. Dahlerus war sich unsicher, ob er Forbes in dem Gewusel finden würde, entdeckte aber zum Glück sehr schnell den Charakterkopf des Diplomaten. Forbes nahm den Schweden sofort beiseite und teilte ihm mit, dass seit der englischen Kriegserklärung alle Botschaftsangehörigen als Gefangene betrachtet wurden. Sie waren aufgefordert worden, sich im Hotel Adlon zu versammeln.

Forbes wirkte trotz der angespannten Lage nicht im Geringsten beunruhigt. »Niemand wird eingesperrt. Die deutsche Regierung organisiert unsere Heimreise. Wir werden so bald wie möglich mit einem Sonderzug über Holland zurück nach England gebracht. Es besteht also kein Grund zur Sorge.«

Dahlerus fiel ein Stein vom Herzen. »Wenigstens etwas. Somit bestehen also gute Chancen, dass Sie in Sicherheit sind, wenn es hier richtig losgeht.«

»Zumindest sicherer als in Berlin. Das ist kein guter Platz hier, darin sind wir uns wohl einig.«

Der Schwede nickte. »Ich habe auch ein schlechtes Gefühl. Es könnte schlimmer werden, als wir beide uns vorzustellen wagen. Wissen Sie Genaueres über die Antwort auf die britische Note?«

Forbes winkte ab. »Vergessen Sie es. Eine Unverschämtheit. In einem Ton formuliert, der keinerlei Zweifel lässt, dass Hitler diesen Krieg will. Wenn Sie mich fragen – er hat ihn immer gewollt.«

Dahlerus sah leicht zerknirscht aus. »Da haben Sie wohl recht.«

Die beiden Männer hatten sich herzlich voneinander verabschiedet, nicht ohne sich gegenseitig zu versichern, in Kontakt zu bleiben, und sich Glück für die Heimreise gewünscht. Dahlerus plante, am nächsten Morgen mit dem Zug nach Kopenhagen aufzubrechen, um dort einen Flieger nach Stockholm zu erwischen. Er konnte den Gedanken nicht ertragen, weiter in Berlin zu bleiben. Was hätte er tun sollen? Zusehen, wie sein Luftschloss in Trümmer fiel? Zu Hause, in der behüteten Enge von Djursholm, konnte er sich zumindest der Illusion hingeben, dass diese Welt eine Zukunft hatte. So weit war es mit ihm gekommen.

Einmal auf seinem Zimmer, fing sein innerer Motor an zu stottern. Dahlerus fühlte sich unfähig, auch nur einen klaren Gedanken zu fassen. Nach einer geraumen Weile – wie viel Zeit genau vergangen war, hätte er nicht zu sagen vermocht – versuchte er, sich abzulenken, indem er sortierte, was vor seiner Abreise noch zu tun, wer noch zu treffen war. Göring würde ihn verabschieden wollen, aber Dahlerus spürte seinerseits wenig Lust.

Wahrscheinlich aber ließ es sich nicht vermeiden. Gerade als er alles ein zweites Mal durchging, klopfte es. Der Schwede vermutete, dass es sich wieder um Hotelpersonal handelte, das sich zu Recht um die Zukunft sorgte.

Schwerfällig schlurfte er zur Tür und öffnete. Eine Gestalt drängte sich an ihm vorbei in den Raum. Dahlerus wollte protestieren, doch der Mann gebot ihm mit einem Finger auf seinen Lippen zu schweigen. Jetzt erkannte ihn der Schwede: Es war Richard Krauss, der Deutsche, dessen Botschaft er in London überbracht hatte. Er sah etwas zerzaust aus, aber genauso wild entschlossen wie bei ihrer ersten Begegnung. Aus Krauss' Gesten schloss Dahlerus, dass er ihm nach draußen folgen sollte. Der Schwede überlegte. Warum nicht? So ließ sich auch dieses Kapitel abschließen. Außerdem bestand die Möglichkeit, dass Krauss über Informationen darüber verfügte, ob die von ihm übermittelte Nachricht den gewünschten Erfolg gebracht hatte, ob Hitlers heimlicher Sprössling in Sicherheit war.

Der Schwede zog sich sein Sakko über, nahm den Zimmerschlüssel und folgte dem Deutschen. Er führte ihn den Flur entlang an den Aufzügen vorbei zum Notausgang. Über eine Treppe liefen sie die Stockwerke hinunter, wie schon beim letzten Besuch des Deutschen, ohne dass dieser das Wort an Dahlerus richtete. Selbst als Krauss die Tür zum Erdgeschoss links liegen ließ und weiter zum Keller hinabstieg, folgte ihm der Schwede. Eine innere Stimme sagte ihm, dass der Deutsche nicht beabsichtigte, ihm ein Leid anzutun.

Krauss öffnete die Tür zum Keller und hielt sie Dahlerus auf. Der Schwede sah im schummrigen Licht überall gestapelte Kartons, wahrscheinlich mit Vorräten gefüllt. Krauss ging zielstrebig weiter, um diese und jene Ecke, kannte sich bemerkenswert gut aus. Vor einer schweren Holztür blieb er stehen, öffnete sie vorsichtig, steckte den Kopf hinein. Offensichtlich war er mit dem Ergebnis zufrieden, denn er forderte den Schweden auf hineinzugehen. Dahlerus betrat den Raum, ein kühles, weitläufiges Gewölbe. An einigen Wänden türmten sich Holzkisten, andere waren mit Regalen gepflastert. In den Gestellen lagerten Flaschen, unzählige Flaschen, viele von ihnen staubbedeckt.

Je staubiger, desto wertvoller, dachte Dahlerus. Sie waren im berühmten, weil hervorragend ausgestatteten Weinkeller des Esplanade.

Krauss schloss die Tür. Er kam ohne Umschweife zur Sache, sprach aber bedrückt, wie einer, der die Folgen seiner Worte fürchtete. »Ich musste Sie noch einmal treffen, Herr Dahlerus. Es hat mir keine Ruhe gelassen.«

Der Schwede bemerkte, dass Krauss sich die linke Seite hielt. »Geht es Ihnen gut?«

»Ich bin angeschossen worden. Nichts Ernstes. Die Wunde verheilt gut.«

Dahlerus wagte sich kaum auszumalen, was dieser Mann erlebt hatte. »Was lässt Ihnen keine Ruhe?«

Krauss zog sich eine Weinkiste heran und animierte den Schweden mit einer Kopfbewegung, es ihm gleichzutun. Sie setzten sich.

»Ich wollte mich unbedingt bei Ihnen bedanken und Ihnen sagen, dass es dem Jungen gutgeht. Er ist in Sicherheit. Jetzt, wo die Deutschen in Polen einmarschieren, ist diese Erkenntnis vielleicht ein Trost für Sie. Ein kleiner nur, aber immerhin. Sie haben einen Menschen gerettet. Und ich bin der Meinung, dass Sie das auch erfahren sollten.«

Trotz dieser positiven Nachricht sah Dahlerus etwas in den Augen des Deutschen, das ihn beunruhigte. Der Schwede konnte nur nicht genau sagen, was es war.

»Dann war die Nachricht also hilfreich, ja? Sie glauben ja gar nicht, wie mich das erleichtert.«

Krauss zögerte mit einer Antwort.

Dahlerus hakte nach. »Oder verschweigen Sie mir etwas?«

Der Deutsche wandte den Blick ab. »Es ist nicht alles so gelaufen, wie wir uns das gewünscht haben.«

Dahlerus spürte ein dumpfes Brennen in der Kehle. »Was soll das heißen?«

Krauss faltete die Hände vor dem Gesicht. »Bitte, lassen Sie die Sache auf sich beruhen. Der Junge lebt, es geht ihm gut, darauf kommt es an. Alles andere ist Nebensache.«

»Was ist passiert? Ist etwas schiefgegangen?«

Krauss stand unvermittelt auf. Er streckte Dahlerus die Hand hin. »Ich bin das losgeworden, was mir auf der Seele lag. Es ist Zeit, dass wir uns voneinander verabschieden.«

Dahlerus blieb sitzen. Er sah zu Krauss auf, aber sein Ton duldete keinen Widerspruch. »Setzen Sie sich.«

Krauss blieb einen Moment unschlüssig stehen, als habe er vergessen, weshalb er eigentlich da war. Dann ließ er sich auf die Kiste fallen. Das Holz knirschte bedenklich.

»Warum geben Sie keine Ruhe? Sie haben dem Kind einen großen Dienst erwiesen, das muss doch reichen.«

»Ich habe ein Recht, alles zu wissen.«

Krauss strich sich fahrig durch die Haare. »Es ist kompliziert.«

»Das ganze Leben ist kompliziert. Die Wahrheit ist dagegen meist unglaublich simpel.«

Krauss lachte gequält. »Die Wahrheit. Seit wann geht es denn um die Wahrheit? Die Wahrheit ist das, was wir aus ihr machen. Was ich Ihnen gesagt habe, ist die Wahrheit. Der Junge lebt und ist in Sicherheit.«

Dahlerus hatte mittlerweile einen Kloß in der Kehle. Sein Kopf glühte.

Krauss wand sich vor ihm, um nicht mit etwas herausrücken zu müssen, das den Schweden aus der Bahn werfen könnte. Aber Dahlerus war es leid, nur mit Halbwahrheiten gefüttert zu werden.

»Ich will alles wissen. Man hat mich wochenlang nur angelogen, bis ich Lügen und Realität nicht mehr auseinander halten konnte. Ich bin es leid, schrecklich leid. Sagen Sie mir die Wahrheit. Ich habe sie verdient.«

Krauss rutschte auf seiner Kiste herum. Er sprach so leise, dass Dahlerus Mühe hatte, ihn zu verstehen.

»Sie trifft keine Schuld.«

»Sprechen Sie lauter.« Dahlerus erkannte den Klang seiner eigenen Stimme kaum.

Krauss sah ihn an. »Sie trifft keine Schuld.«

»Was ist passiert?«

Krauss senkte den Kopf. »Man hat sie vom Flughafen aus verfolgt. So hat Bensler den Aufenthaltsort des Jungen erfahren. Er und seine Männer sind in das Haus eingedrungen. Sie haben alle getötet. Den Jungen haben sie mitgenommen.«

Dahlerus schlug die Hände vors Gesicht. Ihm wurde schwindelig. Was hatte er nur angerichtet? Krauss sprach weiter, tonlos. Für Dahlerus hörte er sich an wie ein Richter, der ein Urteil verlas.

»Bensler ist mit dem Jungen nach Deutschland geflohen. Er hatte eine Abmachung mit Göring, wollte ihm das Kind übergeben. Ich habe das verhindert. Der Junge ist wieder in meiner Obhut, Bensler und seine Männer sind tot.«

Der Schwede mochte es kaum glauben. Göring war in die schreckliche Geschichte verwickelt. Er hatte die Toten mitzuverantworten. Es war furchtbar. In Dahlerus' Kopf herrschte heilloses Durcheinander. Ich muss aufpassen, sonst brennen mir die Sicherungen durch, dachte er. Aber er war unfähig, etwas zu entgegnen.

Krauss hatte sich vor ihn gehockt, ihm eine Hand aufs Knie und eine auf die Schulter gelegt. Er sprach jetzt eindringlich, beruhigend. »Noch einmal: Sie trifft keine Schuld an dem, was vorgefallen ist. Ich bin hier der Schuldige. Ich habe auf Sie eingeredet, Sie gedrängt, die Nachricht für mich zu überbringen. Sie konnten nicht übersehen, auf was Sie sich da einlassen. Sie wollten nur guten Willens sein, mir helfen. Dass das alles in die Katastrophe führt, war nicht vorherzusehen. Ich habe gedacht, ich tue das Richtige. Ich wollte den Jungen schützen. Stattdessen habe ich unfassbares Unglück über ihn gebracht. Sie waren nur der Bote. Ich war derjenige, der Sie geschickt hat. Ich kann es nicht oft genug wiederholen: Ich bin der alleinige Schuldige, ich allein. Ich wollte, dass Sie das wissen.«

Aus Dahlerus platzte es heraus. »Das ist doch Unsinn. Es war meine Entscheidung, Ihnen zu helfen. Also habe ich mich mitschuldig gemacht. Ich hätte auch nein sagen können. Aber ich habe es nicht getan. Ich habe diese Familie in ihr Verderben geschickt.«

Krauss schüttelte den Kopf. »Machen Sie sich bitte keine Vorwürfe. Ich habe Sie manipuliert, Sie unter Druck gesetzt, Ihre Hilfsbereitschaft ausgenutzt. Es war mir bewusst, dass Sie nur schwer nein sagen können. Sie haben alles daran gesetzt, diesen Krieg zu verhindern, obwohl das nicht immer leicht gewesen sein muss. Wenn jemand so gestrickt ist wie Sie, lässt er sich leicht für eine gute Sache begeistern.«

»Wenn Sie damit sagen wollen, dass ich ein Trottel bin, liegen Sie wohl richtig.«

»Hören Sie auf damit. Sie sind ein Vorbild, ein guter Mensch. Besser als ich es je war und je sein werde. Besser als die meisten. Als alle, die ich kenne.«

Dahlerus stöhnte verächtlich. »Vorbildlich gescheitert, das allerdings.«

Krauss runzelte die Augenbrauen. »Was soll das heißen?«

Der Schwede hätte sein Versagen am liebsten der ganzen Welt mitgeteilt. Stattdessen blaffte er einen einzigen Deutschen an, der ihn aus kalten blauen Augen ansah.

»England hat Deutschland den Krieg erklärt, wissen Sie das nicht? Alle meine Bemühungen waren sinnlos, vergeblich, Hirngespinste eines naiven Träumers. Und jetzt kommen Sie und erzählen mir, dass ich außerdem noch den folgenreichsten Fehler meines Lebens begangen habe.«

Krauss schwieg einen Moment. Dass Hitler gegen Polen marschierte, war ihm zwar bekannt, aber nicht, dass sich die Lage verschärft hatte. Wobei dies nur eine Frage der Zeit gewesen war.

Dahlerus bemerkte, wie es in dem Deutschen arbeitete.

»Das habe ich wirklich nicht gewusst. Aber es ändert nichts.«

»Woran?«

»Das spielt keine Rolle.«

Dahlerus spürte, wie ihm das Wasser in die Augen schoss. Er war kurz davor, die Kontrolle über sich selbst zu verlieren.

Krauss redete wieder auf ihn ein. »Seien Sie doch nicht dumm, Herr Dahlerus. Wie können Sie für all das die Verantwortung übernehmen? Das ist doch Wahnsinn. Sehen Sie es mal so: Die Menschen, die in London sterben mussten, waren die ersten Toten dieses Krieges. Hunderttausende werden folgen, vielleicht Millionen. Wollen Sie für alle diese Toten die Schuld auf sich nehmen? Damit bringen Sie sich selbst ins Grab.«

Dahlerus schluchzte. Es war ihm egal, was Krauss dachte. Dieser Mann hatte selbst getötet, wahrscheinlich dutzendfach, lebte nach völlig anderen Moralvorstellungen. Wie konnte er sich in einen Menschen hineinversetzen, der Recht und Gesetz achtete? Dahlerus sah das Gesicht der jungen Frau vor sich, der er in London die Nachricht übergeben hatte. Sie war besorgt gewesen, hatte sich nach Krauss' Befinden erkundigt. Jetzt war sie tot. Und Dahlerus hatte die Mörder auf ihre Spur gebracht. Er weinte krampfartig.

Krauss gab nicht auf. »Gut, Sie sind gescheitert. Wir sind beide gescheitert. Aber das ist doch nichts Verwerfliches. Wir haben es wenigstens versucht. Wer kann das schon von sich behaupten? Sie haben nie aufgegeben, trotz aller Widerstände, trotz aller Lügen, die man Ihnen aufgetischt hat. Das ist am Ende alles, was zählt: dass Sie es versucht haben. Dass wir es versucht haben.«

»Was wissen Sie schon von mir? Sie kennen mich nicht, genauso wenig wie ich Sie kenne. Ich weiß nur, dass Sie ein Mörder sind. Sie verkörpern alles das, was ich verachte, gegen das ich kämpfe. Und Sie sitzen hier und reden von Schuld. Sie wissen doch gar nicht, was das bedeutet.«

Krauss taxierte ihn mit seinen leblosen Augen. »Es ist schwer, so zu sein wie Sie. Für mich ist es unmöglich. Das heißt aber nicht, dass ich nicht weiß, was richtig ist und was falsch. Wenn Sie so wollen, habe ich mich dazu entschieden, das Richtige im Falschen zu tun.«

Dahlerus begriff, dass er zu weit gegangen war. Er hatte sich von seiner Enttäuschung in die Irre leiten lassen. Krauss war ein intelligenter, differenziert denkender Mensch, den die Verhältnisse zu dem gemacht hatten, was er heute war. Eine verlorene Seele. Ein Verdammter.

»Es tut mir leid.«

Krauss deutete ein Lächeln an. »Sie müssen sich nicht entschuldigen. Sie nicht.«

Dahlerus beruhigte sich etwas. Da war ohnehin nicht mehr viel Kraft in ihm. Schon merkwürdig, was dieser im Vergleich zu ihm vollkommen konträre Mensch für ein Einfühlungsvermögen hatte. Aber auch Krauss besaß eine moralische Leitlinie, nur war sie weitaus kompromissloser. Was er sagte, klang ehrlicher als das, was Dahlerus sich von Göring oder Hitler hatte anhören müssen. Zuletzt war der Schwede noch an einen ehrlichen Mörder geraten.

Als Dahlerus sprach, klang ihm die eigene Stimme heiser und hohl. »Ich werde diese Frau nie vergessen, Christa hieß sie, glaube ich. Ihr Antlitz wird mich an die Menschen erinnern, die in diesem Krieg ihr Leben lassen werden. Menschen, die ich nicht kenne. Christa gibt ihnen ein Gesicht.«

»Wenn Sie es so sehen wollen, dann ist das Ihre Sache.«

Dahlerus reagierte erst nicht. Dann sprach er weiter. »Danke, dass Sie noch einmal vorbeigekommen sind. Hätte ich ohne Ihre Informationen vom Tod dieser Menschen erfahren, weiß ich nicht, wie ich damit hätte leben sollen. Wahrscheinlich haben Sie ein großes Risiko auf sich genommen, um mich zu besuchen.«

Krauss zuckte mit den Schultern. »Ich bin ein Profi, das wissen Sie doch.«

»Geht es dem Jungen denn gut? Wo ist er?«

»Es ist besser, wenn Sie so wenig wie möglich über ihn wissen. Soweit ich es weiß, geht es ihm gut. Ich hoffe, dass ihn niemand mehr findet, niemals.«

Dahlerus nickte kaum merklich, seine erste Bewegung seit ein paar Minuten. »Gut so. Was haben Sie jetzt vor?«

»Ich muss noch eine letzte Sache ins Reine bringen. Eine Familienangelegenheit.«

»Bevor was?«

»Bevor nichts.«

Dahlerus gab es auf, diesen Mann zu ergründen. Er hatte ihm von seinem Nazi-Bruder erzählt, und was dieser getan hatte. Was Krauss sagte, hörte sich so an, als sollte hier etwas zu Ende gebracht werden. Dahlerus wollte dies nicht genauer wissen. Es war so, wie es war. Er musste lernen, sich mit den Dingen abzufinden. Einen Schlussstrich ziehen. Vielleicht war Krauss deshalb gekommen. Um ihm zu zeigen, wie man die Dinge zu Ende brachte. Man musste lernen, etwas abzuschließen, bevor man wieder neu anfangen konnte.

Dahlerus stand auf und streckte Krauss die Hand hin. »Alles Gute für Sie, Herr Krauss. Danke für Ihren Besuch und Ihre Worte. Ich hoffe, dass Sie finden, was Sie suchen.«

Auch Krauss hatte sich erhoben. Er ergriff die Hand des Schweden und drückte sie fest. »Wenn die Welt nur aus Menschen wie Ihnen bestünde, wäre sie lebenswerter. Ich bin stolz, Sie getroffen zu haben. Und wenn ich mir noch etwas wünschen darf: Geben Sie niemals auf. Kämpfen Sie weiter für Ihre Sache. Damit es wenigstens einer tut.«

Dahlerus nickte. »Ich tue, was ich kann.«

»Wenn ich weg bin, warten Sie noch einen Moment hier unten. Es ist besser, man sieht uns nicht zusammen.«

Krauss drückte Dahlerus' Hand, drehte sich um und verschwand wortlos durch die Tür. Der Schwede war alleine. Er hockte sich auf die Kiste. Wäre er jünger gewesen, in Krauss' Alter, hätte er mehr zuzusetzen gehabt. So aber fühlte er sich krank und schwach wie ein zittriger Greis. Er musste neues Leben in seine müden Knochen bringen. Sein Blick fiel auf die Regale. Teure Tropfen lagerten hier, edle Schätze aus Frankreich, Italien und Spanien. Er las die Etiketten, die ihm am nächsten waren. Ein Chateau Lamothe De Bergeron, Jahrgang 1936. Warum eigentlich nicht? Dahlerus stand auf, suchte nach einem Korkenzieher, fand tatsächlich einen. Er nahm den Bordeaux, wog ihn kennerhaft in der Hand und setzte den Öffner an. Der Korken machte ein sanftes Plopp, als der Schwede ihn aus der Flasche zog. Er war nur einmal in seinem Leben wirklich berauscht gewesen, als junger Mann, kurz nach dem Krieg. Birger Dahlerus nahm einen kräftigen Schluck aus der Flasche. Heute würde das zweite Mal sein.

40.
Berlin

4. September
Wannsee, früher Morgen

Krauss schätzte die Entfernung bis zur Badeinsel auf rund achthundert Meter. Natürlich konnte er leicht daneben liegen. Aber nicht viel. Plusminus hundert Meter, spekulierte er. Innerhalb der Toleranz. Eine Strecke, die er früher mühelos geschwommen wäre und sich auch heute noch zutraute. Allerdings ohne Schussverletzung. Es war unmöglich zu kalkulieren, wie sich die Wunde auf seine Kräfte auswirkte. So fühlte er sich gut, konnte sich annähernd normal bewegen. Oda hatte perfekte Arbeit geleistet. Wenn sie keine Probleme bekommen hatte, war sie mit dem Jungen vielleicht schon außer Landes. Aber was lief in diesen Tagen schon problemlos?

Er stand am Ufer des Wannsees, durch Sträucher und Bäume vor Blicken gut geschützt. Auf der gegenüberliegenden Seite lag die Villa seines Bruders, schmiegte sich in ein grünes, leicht hügeliges Grundstück. Edgar hatte sich nicht lumpen lassen. Das Gebäude wirkte herrschaftlich, mit einem Steg in den See und einem Bootshaus. Krauss observierte das Gelände seit dem Vorabend mit dem Fernglas. Oda hatte recht gehabt. Überall waren Wachen postiert, die das Kommen und Gehen kontrollierten. Selbst am Ufer des Sees patrouillierten zwei Männer.

Offenbar traute Edgar ihm viel zu, dachte Krauss. Am Ende aber doch zu wenig.

Der Morgen dämmerte, graues Licht gab dem See ein düsteres Gepräge. Die Wasserfläche lag so glatt wie ein Spiegel vor Krauss. Er konzentrierte sich auf sein Vorhaben, versuchte, Gedanken über das, was alles passieren konnte, zu verdrängen. Hätte ihn ein Außenstehender, ein frühmorgendlicher Spaziergänger vielleicht, aus der Ferne gesehen, so hätte er sich vielleicht gefragt, was dieser schlanke Mann dort tat, warum er einfach nur kerzengerade dastand und hinausstarrte auf den stillen See. War es ein Verzweifelter, der seinem Leben ein Ende bereiten wollte, oder nur ein Sinnsucher im Zwiegespräch mit der Natur? Aber es kam niemand vorbei, der hätte Anstoß nehmen können. Krauss war vollkommen allein.

Nach ein paar Minuten entkleidete er sich bis auf die Unterhose. Obwohl es ein kühler Morgen war, fröstelte er nicht. Die 38er hatte er in einen wasserdichten Sack gestopft, an dem eine Schnur befestigt war, die er sich wie ein Stirnband um den Kopf wand. Er würde brustschwimmen, um so wenig Wellen und Geräusch wie möglich zu erzeugen, und den Beutel mit sich ziehen wie ein kleines Rettungsboot.

Langsam ging er ins Wasser. Es war wärmer als die Luft, aufgeheizt vom warmen Sommer. Seine Wunde prickelte leicht, als sie in Kontakt mit der Nässe kam. Er ging einige Meter durch den schilfbewachsenen Uferbereich, konnte noch stehen. Dann verlor er den Boden unter den Füßen und schwamm los. Schon der erste Beinschlag versetzte ihm einen Stich in seiner verletzten Seite. Krauss ignorierte den Schmerz, bemühte sich, in einen Rhythmus zu kommen. Um die Wachen nicht auf sich aufmerksam zu machen, hielt er den Kopf knapp über der Wasseroberfläche. Später wollte er sich im Blickschatten der Badeinsel halten. Er schwamm in ruhigen Zügen, genoss das seidige Seewasser.

Die ersten zweihundert Meter verliefen problemlos. Krauss hatte seinen Rhythmus gefunden, atmete ruhig und gleichmäßig. Dann begannen die Schmerzen. Sie strahlten von dort aus, wo die Kugel seine Leiste durchschlagen hatte. Krauss spürte, dass die Stelle wärmer war als der Rest seines Körpers. Die Wunde war aufgeplatzt, blutete wieder. Sollte ihn doch noch eine Kugel der Söhne Odins aufhalten, mit einiger Verspätung zwar, aber kurz vorm Ziel?

Krauss biss die Zähne zusammen. Er hatte sich gute dreihundert Meter von dem Punkt entfernt, an dem er ins Wasser gegangen war. Etwa ein Drittel der Strecke war geschafft, es lohnte also nicht, wieder umzudrehen. Jeder Beinschlag erzeugte ein messerscharfes Echo in seinem Rumpf. Krauss blendete den Schmerz aus. Er koordinierte seinen Atem mit seinen Armzügen. Nach einer Weile spürte er seine linke Seite nicht mehr. Sie war taub. Krauss wurde langsamer. Er drohte, die Kontrolle über sein linkes Bein zu verlieren. Das durfte nicht passieren. Er entschied sich, nur noch das rechte Bein zu bewegen, um handlungsfähig zu bleiben. Zwar würde er an Tempo einbüßen, aber das Risiko, nicht mehr auf die Insel zu gelangen, war ihm zu hoch. Einbeinig schwamm er weiter. Die Insel war nun deutlich größer, er musste sehr vorsichtig sein. Wobei er darauf hoffte, dass die Aufmerksamkeit der Wachen zu dieser frühen Stunde am geringsten war. In dieser Zeit, wenn das Licht zurückkehrte, ließ die Anspannung der Nacht nach, gab man sich der Hoffnung hin, dass heute alles gut werden würde. Krauss wusste es besser. Nichts wurde gut, niemals.

Das Schwimmen war eine Qual, aber es ging. Er schätzte die Entfernung bis zur Badeinsel auf zweihundert Meter. Ein lautes Plantschen, einmal Wasser gehustet, und es war vorbei. Ab jetzt glitt er durch den See. Er bewegte sein rechtes Bein nur noch leicht, um sich an der Oberfläche zu halten, die Hauptarbeit leisteten die Arme. Die Insel war wenige Meter entfernt. Niemand hatte ihn bemerkt, oder sie waren professionell genug, es für sich zu behalten und ihn zu überraschen.

Er erreichte sein Ziel, hielt sich an den Stricken fest, mit denen leere Fässer unter die Planken gebunden waren. Die Insel schaukelte leicht. Krauss rührte sich nicht. Jetzt spürte er die Erschöpfung in seinen Gliedern, die verspannten Muskeln in seinem Nacken, seine pochende Wunde. Die Strecke ohne Training zu schwimmen war Wahnsinn gewesen. Genausogut hätte er ertrinken können. Aber er war es nicht. Stattdessen hing er in den Seilen. Krauss musste grinsen. Der Spruch hätte von Oda stammen können. Doch er lag gar nicht so falsch. Verzichtete Edgar heute auf seinen täglichen Sport, hätte er tatsächlich ein Problem. Dann musste er den ganzen Tag hier zubringen und in der Dunkelheit versuchen, das andere Ufer zu erreichen. Dass ihm das gelingen würde, bezweifelte er.

Die Sonne war mittlerweile aufgegangen, schien auf den See. Krauss zog sich halb auf die Fässer, verhakte einen Fuß in den

Seilen. So war ein Teil seines Körpers aus dem Wasser und konnte in der Sonne trocknen. Er durfte nicht auskühlen, das hätte ihn unbeweglich gemacht. Krauss vermutete, dass es gegen 6.30 Uhr war. Wenn Edgar schwamm, würde dies zwischen 7 und 8 Uhr sein. Vor dem Frühstück. Krauss klammerte sich fest und wartete. Seine Situation entbehrte nicht einer gewissen Absurdität. Da hatte ihn der englische Geheimdienst nach Deutschland geschickt, um Adolf Hitler zu töten, stattdessen tappte er von einer Katastrophe in die andere und wartete am Ende verletzt an einer Badeinsel hängend auf seinen Bruder, der vielleicht Besseres zu tun hatte, als ihm in die Arme zu schwimmen. Doyle würde begeistert sein. Aber Krauss hatte nicht vor, mit dem MI5-Mann noch einmal zu reden. Er hatte nicht vor, mit irgendjemanden noch einmal zu reden –, außer mit seinem Bruder. Dahlerus war eine andere Sache gewesen. Den Schweden hatte er mit in eine Geschichte hineingezogen, die dieser unmöglich überblicken konnte. Krauss hoffte von ganzem Herzen, dem Schweden einen nicht allzu großen Schock versetzt zu haben. Er hatte es nicht verdient. Aber was hieß das schon? Hatte Hanna es verdient, so jung ermordet zu werden? Hatte der Junge es verdient, seiner Eltern beraubt zu werden? Hatte die neue Familie des Kindes es verdient, dass so viel Elend über sie gebracht wurde? Hatte überhaupt ein menschliches Wesen einen Vater wie Hitler verdient? Hier ging es nicht um Gerechtigkeit, das Leben führte kein Konto mit Soll und Haben. Hier ging es nur um eine mörderische Ideologie, deren Verfechtern man sich besser nicht in den Weg stellte. Nationalsozialismus war das falsche Wort, dachte Krauss, Nationaldarwinismus hätte es besser getroffen. Die Starken führten die Schwachen – ins Verderben.

Sein Bruder war einer der größten Verführer gewesen, jung, charismatisch und schön, beseelt von dem Gedanken, das Land von einer Last zu befreien. Der Schmach der Vergangenheit. Dem Erbe der Alten. Edgar verglich das Land gerne mit einem Menschen. Die Weimarer Republik, das war ein dahinsiechender Greis, im Innersten verfault, geschwächt, ohne Abwehrkräfte gegen die Gebrechen, die ihn langsam auffraßen. Der neue Staat, den Hitler propagierte, war gesund an Geist und Körper, strotzte vor Energie und Tatkraft. Krankheiten wurden einfach ausgemerzt. Edgar sprach gerne über diese neue Welt, die er mitbegründen wollte, und wenn er so redete, glänzten seine Augen. Ihrem Licht war Krauss gefolgt, denn auch er träumte davon, erleuchtet zu werden wie sein Bruder. Aber so sehr er sich auch anstrengte, in ihm glimmte nur der Funke eines Mitläufers, der beflissen bei der Sache war, ohne das große Ganze zu begreifen.

Krauss musste auch an seine Eltern denken. Sein Vater, ein Verwaltungsangestellter im mittleren Dienst, war ein Anhänger der Republik. Erst beobachtete er mit Sorge die Entwicklung seiner Söhne, später lieferte er sich erbitterte Diskussionen mit ihnen, vor allem mit seinem Ältesten. Edgar rastete bei solchen Wortgefechten zunehmend aus, nannte seinen Vater einen Totengräber des Reiches. Irgendwann gab es der alte Herr auf, gegen seine Söhne anzurennen, zog sich in die innere Emigration zurück. Da war der Graben zwischen den Generationen schon zu tief, eine Verständigung unmöglich. Krauss schämte sich bis heute dafür, wenn er an seine Mutter dachte, wie sie hilflos zwischen Vater und Söhnen zu schlichten versuchte. Als die Partei an die Macht geriet, waren er und Edgar schon lange aus dem Haus, hatten in den Kameraden eine Ersatzfamilie gefunden. Sein Vater war daran zerbrochen, das hatte Krauss aus Briefen seiner Mutter erfahren, die sie an die Gestapo-Zentrale schickte, bis auch dieser Kontakt abriss.

Was hätte er darum gegeben, noch einmal mit seinen Eltern zu reden, dachte Krauss, festgeklammert an seine Badeinsel. Er war davon überzeugt, dass sie ihm verzeihen würden. Und ging es am Ende nicht darum? Dass die Menschen, die man liebte, einem verziehen? Musste er nicht auch seinem Bruder verzeihen?

Krauss spannte seinen Körper an. Niemals. Hanna hätte es wahrscheinlich gekonnt, dachte er. Sie hatte der Angst, dem Druck und der Grausamkeit, die sie umgaben, ihre Liebe entgegengesetzt. Sie verstand sich auf die Kunst, Fragen in Krauss auszulösen. Das war ihr Geheimnis. Was war er sich plötzlich dumm vorgekommen. Aber sie ließ ihn das nie spüren, umarmte ihn auf eine Weise, dass er sich geborgen fühlte wie im Schoß der Erde. Sie besaß die Fähigkeit, ihm die Verlorenheit, die Teil seines

Wesens war, zu nehmen. Auch Oda war dies gelungen, auf eine ganz andere Art zwar, aber ebenso nachhaltig. Obwohl er davon überzeugt gewesen war, keine Frau mehr zu treffen, die Ähnliches auslösen konnte wie Hanna. Er hatte sich geirrt. Natürlich war Oda anders, aber auch sie hatte in ihm etwas zum Klingen gebracht, einen Ton erzeugt, der ihn mehr und mehr ausfüllte, die Stille in ihm verdrängte. Er wünschte ihr, dass sie durchkam, mit dem Jungen eine neues Leben anfangen konnte. Es war an der Zeit, sich die Wahrheit einzugestehen – er wäre gerne dabei.

Krauss betrachtete den See. Es gab noch einen anderen Weg, ohne das Blut seines Bruders zu vergießen, ohne ewige Verdammnis. Er musste sich nur hineingleiten lassen in diesen schwarzen Spiegel, nur hineingleiten in die flüssige Seide, sich dem Sog des Vergessens hingeben. Einmal hatte er Hanna gefragt, wie sie sich den Tod vorstelle, ob es ihrer Meinung danach noch etwas gebe, und sie hatte geantwortet, sie denke an eine Landschaft auf dem Meeresgrund. Sie schwebe darüber, befreit von den Kümmernissen ihres körperlichen Daseins. Er hatte wissen wollen, ob sie in ihrer Vision denn alleine sei, worauf sie lachte und sagte, natürlich nicht, sie sei umgeben von den Menschen, die sie liebten. Sofern sie denn tot seien. Ihre Worte hallten in ihm nach. Sofern sie denn tot seien. Er müsste nur loslassen, und auch er würde schweben bis in alle Ewigkeit. Nur loslassen.

Stimmen am Ufer rissen Krauss aus seinen Gedanken. Er konnte nicht verstehen, was sie sagten, dafür waren sie zu weit entfernt, aber irgendetwas war passiert. Dadurch, dass er an der dem See zugewandten Seite der Badeinsel hing, blieben ihm nur seine akustischen Eindrücke, um die Lage zu beurteilen. Die Stimmen klangen für Krauss unaufgeregt, kaum angehoben in der Lautstärke. So unterhielten sich Menschen, die sich täglich begegneten. Etwas fiel ins Wasser. Oder sprang. Sein Bruder war unterwegs. Krauss konzentrierte sich auf das, was vor ihm lag.

Nach ein paar Minuten hörte er es prusten und plantschen. Edgar war in der Nähe der Badeinsel. Wenn Krauss seinen Bruder richtig eingeschätzt hatte, würde er auf die Insel klettern, um sich von den warmen Strahlen der Morgensonne aufwärmen zu lassen.

Edgar liebte das, es gehörte zu seinen Ritualen, den Tag zu beginnen.

Eine Minute später wackelte die gesamte Badeinsel. Edgar kletterte über die auf der Uferseite angebrachte Leiter auf die Planken und legte sich hin. Er atmete schwer, hatte auf den hundert Metern alles gegeben. Krauss wartete einen Moment. Es kam jetzt darauf an, dass er schnell und entschieden handelte. Er nahm die 38er in die rechte Hand. Den Beutel ließ er treiben. Vorsichtig zog er sich auf die Holzbohlen der Plattform. Noch schaukelte die Insel von dem Schwung, mit dem Edgar heraufgeklettert war. Er schöpfte keinen Verdacht. Krauss hatte den Kopf über den Planken, konnte Edgar nun sehen. Sein Bruder lag auf dem Rücken, die Füße wiesen zum Haus, der Kopf zum See, dahin, wo Krauss sich gerade hochdrückte. Mit einer Kraftanstrengung war er oben und rollte sich auf seinen Bruder zu, die Waffe im Anschlag.

Edgar, der die Augen geschlossen hatte, drehte sich erschrocken um. »Was?«

Krauss fuhr ihn leise an. »Kein Laut!«

Edgar rückte unwillkürlich ein Stück von ihm weg. »Richard! Wie kommst du … was machst du …?«

»Wenn du springst, schieße ich. Wenn du schreist, schieße ich. Also sei still und höre zu!«

Edgar versuchte, den Schock zu verdauen. Es war ihm anzusehen, dass er nicht begriff, was hier vor sich ging. Wie sein Bruder es geschafft hatte, an den Wachen vorbeizukommen. Krauss blickte fasziniert in Edgars ungläubiges Gesicht.

»Du fragst dich, was du falsch gemacht hast. Ich kann es dir sagen: Du hast mich unterschätzt. Das hast du immer getan.«

Edgar war etwas ruhiger geworden. Er musterte seinen fast nackten Bruder, betrachtete die Waffe, die auf ihn gerichtet war. »Du blutest, Bruderherz. Offensichtlich geht es dir nicht so gut, wie du den Anschein erwecken möchtest. Vielleicht ist die Waffe auch nass geworden. Vielleicht versuchst du nur, mich zu blenden, wie du es immer getan hast.«

Krauss lächelte. »Schön, dass du wieder zu deiner alten Überheblichkeit gefunden hast. Das geht wirklich bemerkenswert schnell bei dir, wie du dich auf neue Situationen einstellst. Deshalb hast du es auch so weit gebracht. Leider auf der falschen Seite.«

Edgar lächelte nun ebenfalls. »Was weißt du schon davon? Du bist hier der Landesverräter, nicht ich. Und du hast dich nicht nur gegen dein Land, sondern auch gegen deine Familie gestellt. Das wiegt noch viel schwerer, in allen Kulturen, auch vor Gott.«

»Lass Gott aus dem Spiel. Das ist doch lächerlich. Jemand wie du, der gnadenlos meuchelt, hat kein Recht, Gott für sich in Anspruch zu nehmen.«

Edgars Lächeln gefror. »Du bist also gekommen, um dich zum Richter aufzuspielen. Gerade du! Aber vorher möchte ich dir noch etwas sagen. Der Weg zurück in die Familie steht dir immer offen. Das eigene Blut ist stärker als alles andere. Auch wenn es dir schwerfällt, mir zu glauben, aber ich hatte nie vor, dich zu töten. Ich musste dich hart anfassen, um das aus dir herauszubekommen, was ich wissen wollte. Mehr aber auch nicht. Was meinst du, weshalb ich die Nummer mit Oda abgezogen habe? Weil ich dir nicht wirklich wehtun wollte. Beim Russisch Roulette waren keine Kugeln in der Trommel. Du hast es gesehen. Ich bin dein Bruder. Ich wollte dich nicht verlieren. Ich will dich nicht verlieren.«

Krauss schüttelte den Kopf. »Dein Talent zu lügen ist unfassbar. Ich glaube dir tatsächlich kein Wort. Es stimmt, dass du mein Bruder bist. Und genau deshalb weiß ich, dass du lügst. Das hast du gekonnt, seit ich dich kenne. Du hast jeden belogen, Vater, Mutter, mich, einfach jeden. Es hat dir nie etwas ausgemacht. In dem Keller habe ich den Hass in deinen Augen gesehen, Hass und Mordlust. So wie du Hanna ohne Zögern hingerichtet hast, so hättest du auch mich getötet. Du bist als Mörder geboren, und so wirst du auch sterben.«

Edgar verzog das Gesicht. »Meine Güte, Richard, jetzt gehst du aber zu weit. Wie sollte ich dich denn einschüchtern, wenn nicht dadurch, den brutalen Bruder zu spielen. Du weißt, dass ich solche Spielchen liebe. Du hast es selbst zugegeben. Aber ich würde dich niemals töten. Schau hinter mich. Das da ist mein Haus. Wenn du willst, ist es auch deines. Es gehört dir genauso wie mir. Du bist willkommen. Dort leben deine Schwägerin und deine Neffen und Nichten. Deine Familie. Vielleicht musst du erst wieder lernen, was das bedeutet. Erinnerst du dich daran, was du vor langer Zeit mal zu mir gesagt hast? Zusammen sind wir unschlagbar. Wir beide, du und ich. Das gilt immer noch. Uns beiden ist niemand gewachsen. Wenn wir wollen, können wir alles erreichen. Gerade jetzt, wenn Deutschland in den Krieg zieht, braucht es Menschen wie uns. Der Führer braucht uns.«

»Der Führer wird sich freuen, mich wiederzusehen. Vor allem, weil ich ihm seinen Sohn genommen habe. Und weil ich nicht beabsichtige, ihn ihm zurückzugeben.«

Edgar wirkte plötzlich eilfertig. »Das kriege ich schon hin. Du weißt, wie nahe ich dem Führer stehe. Er wird das akzeptieren.«

Krauss lachte verächtlich. »Was bist du nur für ein Kretin. Du würdest alles behaupten, um deinen Kopf aus der Schlinge zu ziehen.«

Edgar schwieg. Krauss ließ seinen Bruder nicht aus den Augen. Sie lagen beide auf den Planken, einen Arm aufgestützt, fast wie früher, in den wunderbaren Sommern am See. Nur dass Krauss diesmal eine Waffe auf Edgar gerichtet hielt. Am Ufer schien sich noch niemand für die Insel zu interessieren.

Lange würde das nicht mehr gutgehen, dachte Krauss. Aber das musste es auch nicht.

»Die Zeit des Redens ist vorbei, Edgar. Ich habe lange auf diesen Augenblick gewartet. Deine Lügen werden mich nicht mehr von meinem Ziel abbringen. Die Waffe in meiner Hand hat Hanna gehört. Du solltest sie eigentlich kennen. Mit ihr hast du Hanna erschossen und sie dann weggeworfen. Ich habe sie an mich genommen und all die Jahre aufbewahrt. Ich möchte, dass du dich jetzt hinkniest, das Gesicht zu mir.«

Edgar sah ihn fassungslos an. »Was soll das? Die Wachen werden dich erschießen. Lass uns das Ganze doch vernünftig regeln, wie zwei erwachsene Menschen.«

Krauss richtete sich auf. Sein Ton war scharf. »Knie dich hin! Sonst erschieße ich dich sofort.«

Edgar rappelte sich auf die Knie. Krauss stellte sich einen Meter vor ihn. Er warf einen kurzen Blick ans Ufer. Dort war Bewegung in die Wachen gekommen. Die Männer gestikulierten, schrien, wiesen hinaus auf die Insel. Krauss glaubte nicht, dass sie schießen würden. Die Gefahr, Edgar zu treffen, war zu groß. Er schloss für einen Moment die Augen. Er roch den See, spürte den Wind in seinen Haaren, die Sonne auf seiner nackten Haut. Er fühlte sich jung, und gleichzeitig unendlich alt – älter als die Welt. Von irgendwo her rief jemand seinen Namen. Vom anderen Ufer? Er sah eine Frau dort stehen und gestikulieren. Alles war perfekt. So, wie es sein sollte. Ein plötzlicher Windstoß ließ ihn frösteln. Zeit, es zu Ende zu bringen.

»Vielleicht überlebst du das ja hier, Edgar. In der Trommel sind nur zwei Kugeln. Eine reelle Chance. Die gleiche, die du Hanna gelassen hast. Aber ehrlich gesagt, kann ich es mir nicht vorstellen. Dieser lange Weg kann nicht umsonst gewesen sein.« Er spannte den Hahn. »Hanna wird uns beide erlösen.«

Edgar hob den Kopf. Seine Stimme zitterte. »Ich bin dein Bruder.«

Krauss drückte ab.

Nachwort

Birger Dahlerus hat wirklich gelebt. In den Wochen vor Ausbruch des Zweiten Weltkriegs versuchte er, Gespräche zwischen der deutschen und der englischen Regierung zu vermitteln, in der Hoffnung, den drohenden Konflikt zu verhindern. Der vorliegende Roman erhebt jedoch nicht den Anspruch, den Menschen Dahlerus biographisch genau abzubilden; vieles ist erfunden, überspitzt, verdichtet. Selbst wenn ich im Ablauf der historischen Ereignisse auf Dahlerus' Aufzeichnungen (»Der letzte Versuch«) und damit auf einige seiner Äußerungen und Beobachtungen zurückgreifen konnte, so entspringt doch der Großteil der Dialoge meiner Phantasie. Krauss ist eine fiktive Figur, eine Begegnung zwischen Dahlerus und ihm hat es daher nie gegeben, ebensowenig wie den beschriebenen Rachefeldzug gegen seinen Bruder; gleichwohl versucht der Roman, die Rolle des schwedischen Unterhändlers in den letzten Wochen vor dem Kriegsausbruch zu beleuchten und ihm als von einer Friedensmission beseelten Menschen gerecht zu werden. Wie es wirklich in seinem Herzen ausgesehen hat, was ihn angetrieben hat, gegen alle Vernunft sein aussichtsloses Unterfangen nie aufzugeben, werden nur die wissen, die ihm nahestanden.

Dahlerus' Rolle wird von Historikern sehr unterschiedlich bewertet. Einige wenige halten ihn für einen Wichtigtuer, dessen Wunsch, im Konzert der Mächtigen mitspielen zu dürfen, ihm den Blick für die Realität verstellt habe. Verbreiteter ist die Meinung, dass der schwedische Industrielle – nicht nur aus uneigennützigen Motiven, denn er hatte ja ein großes Unternehmen zu führen – sich in den Kopf gesetzt hatte, den Krieg zu verhindern. Er besaß die Kontakte, und er war mit einem unermüdlichen Willen ausgestattet. Selbst nach Kriegsausbruch erlahmten seine Versuche nicht, Verhandlungen zwischen der englischen und der deutschen Regierung herbeizuführen. Vielleicht kann man Dahlerus eine gehörige Portion Naivität vorwerfen, durchschaute er doch weder die Hinhaltetaktik Görings noch den Kriegswillen Hitlers. Allerdings fällt es leichter, aus heutiger Sicht zu urteilen; aus Dahlerus' Perspektive im Jahre 1939, nicht der eines Politikers, sondern eines politisch interessierten Privatmannes, war das Ausmaß der heraufziehenden Katastrophe unmöglich abzusehen.

Wohl erst bei den Nürnberger Prozessen ging dem Schweden auf, wie stark er von Göring und Hitler instrumentalisiert worden war, um England zum Stillhalten in der Polen-Frage zu überzeugen. Dahlerus stellte sich im Zeugenstand dem Kreuzverhör, und er verließ den Gerichtssaal als ein Gescheiterter, aber mit erhobenem Haupt. Seine Rolle in den Tagen vor dem Kriegsausbruch wurde von der britischen Regierung lange verschwiegen, zu sehr haderte man damit, einen Privatmann als Unterhändler eingeschaltet zu haben. In Schweden warf man Dahlerus die Nähe zu Göring und damit zum Nationalsozialismus vor. Bis heute interessiert man sich in Schweden wenig für diesen Landsmann, der nicht in politischen Schattierungen dachte, den Fragen von Nationalität, Volk oder Rasse kalt ließen. Dahlerus glaubte an das Gemeinwohl, an ein friedliches Miteinander über Ländergrenzen hinweg. Er war ein weltgewandter Pazifist mit humanistischer Seele. Birger Dahlerus starb 1957 mit 66 Jahren, unbeachtet vom Weltenlauf.

Mit Hermann Göring an der Spitze des Deutschen Reichs hätte es den Zweiten Weltkrieg wohl nicht gegeben – diese Einschätzung teilen die meisten Historiker. Göring liebte zwar die Macht, aber er schätzte auch ein luxuriöses Leben. Der Roman versucht, Görings innere Zerrissenheit zu beschreiben, ohne ihn zu entdämonisieren. Dabei bedarf es keiner großen Übertreibung, um sich diesem machiavellischen Monster zu nähern. In Carinhall liefen wirklich junge Löwen frei herum, das Potemkinsche Dorf Schein-Carinhall sollte tatsächlich feindliche Bomber täuschen (allerdings gab es dort keine unterirdischen Katakomben) und Görings Liebe zu ausgefallener Kleidung ist hinlänglich dokumentiert.

Die »Söhne Odins« sind dagegen frei erfunden. Tatsächlich aber gab es schon in den 20er Jahren paramilitärische Organisationen, oft Ableger von politischen Parteien. Am bekanntesten waren wohl der

»Stahlhelm« und der »Jungstahlhelm«, Sammelbecken glühender Verfechter einer neuen, auf Heroismus und kompromisslosen Kampf setzenden Generation. Edgar Krauss stammt aus dieser Generation, seine fiktive Gestapo-Elitetruppe ist eine denkbare Variante eines pervertierten Unterdrückungsapparates.

Obwohl die Nationalsozialisten danach trachteten, mit Organisationen wie der »NS-Frauenschaft« oder dem Projekt »Lebensborn« möglichst viele »erbgesunde« Kinder in die Welt zu setzen, hat es einen Sohn Hitlers nie gegeben. Zwei unter Historikern umstrittene und schlüssig widerlegte Fälle beschäftigen sich mit Hitlers Vaterschaft. So erklärte der Franzose Jean-Marie Loret Anfang der 70er Jahre, er sei ein unehelicher Sohn Hitlers, gezeugt zur Zeit des Ersten Weltkriegs. Hitler hielt sich damals als Soldat in Frankreich auf. Das zweite Gerücht besagt, Lady Unity Mitford, eine britische Bewunderin des deutschen Diktators, habe sich von ihm schwängern lassen und 1940 in England ein Kind entbunden. Von dem fehlt freilich jede Spur. Sie selbst starb 1948 an den Spätfolgen eines Selbstmordversuchs. Wie heikel der Gedanke ist, dass Hitlers Erbgut weitergereicht wird, zeigt der Schwur seiner heute noch in Amerika lebenden Großneffen – sie wollen niemals Kinder zeugen, damit die genetische Linie endgültig ausstirbt.

Alan Gifford
P.O.W. - Gefangen
Thriller
Aus dem Amerikanischen von Wolfgang Thon
363 Seiten. Gebunden
ISBN 978-3-352-00768-2

Prisoner of War

Colorado im Sommer 1944: Ernst Halder ist als »Prisoner of War« in einem Lager der Amerikaner inhaftiert. Als ein Häftling ermordet wird, begreift der junge Mechaniker, dass der Krieg noch keineswegs zu Ende ist. Einige Kameraden wollen fliehen, um Sabotageakte zu verüben. Wer sich gegen sie stellt, wird getötet. Als auch Ernst zu einer Geheimmission befohlen wird, gerät er in einen dramatischen Konflikt: Er hat sich in die Farmerstochter Celena verliebt. Wenn Halder sich für sie entscheidet, weiß er, dass nicht nur sein Leben, sondern auch Celena in Gefahr ist. Ein Thriller mit zwei unvergleichlichen Helden und einem Schauplatz, wie wir ihn noch nie gesehen haben.

Mehr Informationen erhalten Sie unter
www.aufbau-verlag.de oder in Ihrer Buchhandlung

rütten & loening

Taavi Soininvaara
Der Finne
Thriller
Aus dem Finnischen
von Peter Uhlmann
400 Seiten. Gebunden
ISBN 978-3-351-03270-8

Ins Herz der finnischen Seele

Ratamos Gesundheit ist lädiert, und er hat Liebeskummer. Dabei benötigt er alle Kraft, um seinen neuesten Fall zu lösen: Gemeinsam mit dem Geschichtsprofessor Eerik und der Führerin Taru begibt er sich auf die Suche nach einem Buch, das den Namen »Schwert des Marschalls« trägt. Kurz vor dem Ziel wird das Trio von einem russischen Hubschrauber beschossen, und nur knapp gelingt ihm die Flucht. Während Major Jarkow nichts unversucht lässt, um an das Dokument zu gelangen, tritt ein mächtiger Mann ins Bild: Wladimir II., der Patriarch von Moskau, kennt den Inhalt des »Schwerts« genau. Er braucht das Buch, um den amtierenden Präsidenten Bukin zu vernichten. Die Jagd nach dem Buch findet in Finnlands ältester Holzkirche ihren Höhepunkt, wo Geschichte neu geschrieben wird.

»Spannende und glaubwürdige Action-Szenen, die auf gesellschaftspolitische Tendenzen verweisen.« SÜDDEUTSCHE ZEITUNG

Mehr von Taavi Soininvaara im Aufbau Taschenbuch (Auswahl):
Finnischer Tango. Kriminalroman. AtV 2530-0
Finnisches Quartett. Kriminalroman. AtV 2438-9
Finnisches Roulette. Kriminalroman. AtV 2356-6

Mehr Informationen erhalten Sie unter
www.aufbau-verlag.de oder in Ihrer Buchhandlung

aufbau

Michael Gruber
Shakespeares Labyrinth
Roman
Aus dem Amerikanischen
von Ulrike Seeberger
583 Seiten. Gebunden
ISBN 978-3-351-03233-3

Ein Buch, wie es euch gefällt

Albert Crosett arbeitet in einem New Yorker Antiquariat. Er träumt vom Filmemachen und von Carolyn, seiner unnahbaren Kollegin. Als er auf ein Jahrhunderte altes, teils chiffriertes Manuskript stößt, gerät er in eine irreale Zwischenwelt. Der Experte, dem er den Fund überlässt, stirbt. Carolyn verschwindet, echte und falsche Erben tauchen auf. Jake Mishkin, Anwalt für Urheberrecht in New York, hält das Manuskript in seinem Safe unter Verschluss. Doch auch er kann dem unwirklichen Zauber nicht widerstehen, der es umgibt: Hat der Verfasser tatsächlich William Shakespeare ausspioniert und ein unbekanntes Stück des Dramatikers versteckt? Jake Mishkin und Albert Crosetti, der Anwalt und der Computerfreak, machen sich auf die Suche nach dem Shakespeare-Original und geraten tief hinein in ein gefährliches Abenteuer.

»Ein Wunder intelligenter Fiction – eines der wichtigsten Bücher der letzten Jahre.« Washington Post

Mehr Informationen erhalten Sie unter
www.aufbau-verlag.de oder in Ihrer Buchhandlung

aufbau

Fred Vargas
Der verbotene Ort
Roman
Aus dem Französischen
von Waltraud Schwarze
423 Seiten. Gebunden
ISBN 978-3-351-03256-2

Ein mörderisches Spiel

Ein internationaler Polizeikongress führt Kommissar Adamsberg und seinen Kollegen Danglard nach London. Bei einer Sightseeingtour machen sie vor dem Friedhof Highgate einen grausigen Fund: siebzehn fein säuberlich aufgereihte Schuhe, in denen herrenlos gewordene Füße stecken. Und zurück in Paris: Pierre Vaudel, pensionierter Jurist, wurde auf unerklärlich gnadenlose Weise in seinem Haus hingerichtet; als einziges Indiz verweist ein kryptischer Brief auf ein serbisches Dörfchen. Hellhörig wird Adamsberg, als Danglard behauptet, unter den Schuhen von Highgate die seines serbischen Onkels wiedererkannt zu haben. Adamsberg nimmt die Fährte auf und reist in das einstige Transsilvanien, das Ursprungsland des Vampirglaubens.

»Sie ist gut, richtig gut – das weiß man bereits nach wenigen Seiten dieses zehnten Kriminalromans von Fred Vargas.« LIBÉRATION

Mehr von Fred Vargas im Aufbau Taschenbuch (Auswahl):
Das Orakel von Port-Nicolas. AtV 1514-1
Bei Einbruch der Nacht. AtV 1513-4
Fliehe weit und schnell. AtV 2115-9

Mehr Informationen erhalten Sie unter
www.aufbau-verlag.de oder in Ihrer Buchhandlung

aufbau